Laura Joh Rowland

DER KIRSCHBLÜTEN-MORD

Bitte beachten Sie,
daß Rezensionen nicht vor dem Erstverkaufstag
(13. August 1996)
erscheinen sollten.

Bitte geben Sie dieses Leseexemplar
auch an Ihre Kolleginnen und Kollegen weiter.

Gelesen von:	Datum

Laura Joh
Rowland

Der Kirschblütenmord

ROMAN

Deutsch
von
Wolfgang
Neuhaus

Unverkäufliches Leseexemplar

GUSTAV
LÜBBE
VERLAG

Titel der Originalausgabe: Shinjū
Originalverlag: Random House, Inc., New York /
Random House of Canada Limited, Toronto

Aus dem Amerikanischen übertragen
und mit einem Glossar von Wolfgang Neuhaus
mit freundlicher Unterstützung
von Masami Ono-Feller

Schutzumschlag und Einbandentwurf:
Axel Bertram, Berlin
Autorenfoto: Carroll S. Grevemberg
Satz: Kremerdruck GmbH, Lindlar
Gesetzt aus der Trump Mediaeval von Linotype-Hell
Druck und Einband: Franz Spiegel Buch GmbH, Ulm

ISBN 3-7857-0857-2
Printed in Germany

3 2 1

Für meine Eltern,

Lena und

Raymond Joh

Danksagung

Mein besonderer Dank gilt den folgenden Personen, ohne deren Hilfe dieses Buch nicht entstanden wäre: Meinem Freund und Mentor, dem bekannten Science-Fiction-Autoren George Alec Effinger. Meiner Agentin Pamela Gray Ahearn, meinem Lektor David Rosenthal und meinem Mann Marty Rowland. Und den Teilnehmern meines Schriftstellerkurses: Larry Barbe, Cary Bruton, Kim Campbell, O'Neil DeNoux, Debbie Hodgkinson, Jack Jernigan, Michael Keane, Mark McCandless, Marian Moore, John Webre und Fritz Ziegler.

Edo

Genroku-Periode, Jahr 1, 12. Monat

(Tokio, Januar 1689)

Prolog

Der Reiter zügelte seine Stute auf einem schmalen Pfad, der zum Fluß Sumida führte, und lauschte in die Nacht. Hatte er irgendwo im dunklen Wald Schritte vernommen? Beobachtete ihn jemand? Die Furcht ließ sein Herz schneller schlagen.

Doch er hörte nur den eisigen Wind, der in den winterkahlen Ästen der Bäume raschelte, und das leise Hufescharren seines Pferdes, welches sich unruhig bewegte. Hoch über dem Horizont stand hell der letzte Vollmond des alten Jahres und überzog den Pfad und die Bäume mit frostig-silbernem Licht. Der Reiter spähte in die Schatten, doch er sah niemanden.

Er lächelte verzerrt: Seine Schuldgefühle und die Phantasie hatten ihm etwas vorgegaukelt. Dieser Pfad in den entlegenen Randbezirken im Norden Edos wurde selbst bei Tage nur wenig benutzt. Jetzt, kurz nach Mitternacht, war er menschenleer.

Wie der Reiter es vorhergesehen hatte.

Er trieb die Stute voran, durch ein Dickicht aus Ästen und Zweigen, die am Kapuzenumhang des Reiters und dem langen, unförmigen Bündel zerrten, welches hinter ihm auf dem Pferderücken festgebunden war. Die Stute bockte, wieherte leise und blieb stehen; sie war das zusätzliche Gewicht nicht gewöhnt. Der Reiter versuchte, das Tier zu beruhigen, doch es wollte keinen Schritt mehr tun. Als es mit den Hufen aufstampfte, schwankte das Bündel bedrohlich. Rasch griff der Reiter hinter sich und hielt es fest. Eisige Furcht stieg in ihm auf. Das Bündel durfte nicht zu Boden fallen! Der Reiter war ein kräftiger Mann, doch er würde es nicht schaffen, die Last wieder auf den Pferderücken zu heben – nicht hier. Ebensowenig konnte er das Bündel den Rest des Weges bis zum Fluß tragen. Zu Fuß würde es eine Stunde dauern – unmöglich mit einem Bündel, das fast so groß war wie er selbst und zudem noch schwerer. Und falls er seine Last über den Boden schleifte, würden die dünnen Reishalme der *tatami*-Matten zerreißen, in die er das Bündel eingewickelt hatte, und der Inhalt Schaden nehmen.

Plötzlich trottete die Stute wieder los, nachdem sie noch einmal mit dem Huf aufgestampft hatte. Die Stricke hielten. Die Furcht des Reiters verebbte. Ihm tränten die Augen, und sein Gesicht wurde taub von der Kälte; obwohl er Handschuhe trug, schienen seine Hände an den Zügeln festzufrieren. Nur das Wissen, daß jeder Schritt ihn der Erfüllung seines Auftrags näherbrachte, verlieh ihm die Kraft weiterzumachen.

Endlich wurde der Wald lichter, und der Pfad führte steil zum Fluß hinunter. Der Reiter konnte das Wasser riechen und das Plätschern der Wellen hören, die ans Ufer schlugen. Er stieg vom Pferd, band die Zügel um einen Baumstamm und verließ den Pfad.

Das Boot war noch dort, wo er es gestern zurückgelassen hatte, zwischen den unteren Ästen einer großen Fichte verborgen. Mit seinen froststeifen Händen packte der Mann den Bug des Bootes. Vorsichtig, damit der felsige Boden dem flachen hölzernen Kiel keinen Schaden zufügen konnte, zog er das Boot auf den Pfad, bis er neben der Stute angelangt war. Dann band er die Stricke los, mit denen er das Bündel auf dem Pferderücken festgezurrt hatte. Als der letzte Knoten gelöst war, fiel die Last mit einem lauten, dumpfen Aufprall ins Boot.

Der Mann schob das Boot den Hang hinunter bis ans Flußufer. Der Hang war nur vierzig Schritt lang, doch steil und uneben. Das Heben und Schieben, Drehen und Wenden des Bootes verlangte dem Mann alle Kräfte ab, so daß er bald vor Anstrengung keuchte. Schließlich gelangte er ans Ufer, und das Boot glitt mit einem zischenden Geräusch ins Wasser. Der Mann watete in den eiskalten Fluß und zog das Boot hinter sich her, bis es genügend Wasser unter dem Kiel hatte und auf den Wellen trieb. Dann stieg er hinein.

Das Boot schwankte bedrohlich unter der vereinten Last des Mannes und des Bündels. Wasser schwappte über den Bootsrand. Für einen schrecklichen Augenblick befürchtete der Mann, das Gefährt könnte sinken, doch plötzlich hörte das Schwanken auf, und das Boot lag ruhig; der Schandeckel befand sich dicht über der Wasseroberfläche. Mit einem Seufzer der Erleichterung ergriff der Mann das Paddel, stellte sich vorsichtig im Heck auf und ruderte nach Süden in Richtung Stadt.

Vor ihm breitete sich wie ein riesiges Tuch aus ölgetränkter, von silbernem Mondlicht gesprenkelter schwarzer Seide der Fluß aus. Das Rauschen des Paddels bildete einen rhythmischen Kontrapunkt zum klagenden Heulen des Windes.

In der Nähe, am Ufer zur Rechten, erstrahlten Lichtpunkte aus dem dunklen Land, das sanft zu den Hügeln anstieg: Es waren Laternen, die das Vergnügungsviertel Yoshiwara erleuchteten, und Fackeln in den Tempelgärten von Asakusa. Vom sumpfigen Honjo, das an der fernen Küste im Osten lag, war nichts zu sehen. Und anders als im Sommer zierten keine farbenfrohen Ausflugsschiffe die Szenerie. Heute hatte der Mann den Fluß für sich allein. Beinahe genoß er die Einsamkeit und die gespenstische Schönheit der Nacht.

Doch bald wurden seine Arme müde, und sein Atem ging in kurzen, keuchenden Stößen. Schweiß tränkte seine Kleidung, so daß der bitterkalte Wind sie durchdringen konnte. Der Mann verspürte den sehnlichen Wunsch, das Boot einfach in der Strömung treiben zu lassen, zur Bucht von Edo und zum Meer. Nur die zwingende Notwendigkeit zur Eile verlieh ihm die Kraft durchzuhalten. Ihm blieben nur noch wenige Stunden bis zum Anbruch der Dämmerung, und er brauchte den Schutz der Dunkelheit. Wenn er die Reise doch zu Lande hätte machen können, auf dem Pferderücken! Aber die vielen bewachten Tore Edos wurden vor Mitternacht geschlossen; jeder Teil der Stadt wurde abgeriegelt, und man durfte weder hinein noch hinaus. Der einzige Weg war der Fluß.

Der Mann war unendlich erleichtert, als sich voraus allmählich der vertraute Anblick der Stadt aus dem Dämmerlicht und den Nebeln schälte. Zuerst sah er die Gartenhäuser der Daimyō, der mächtigen Feudalherren, denen nicht nur ein Großteil des Landes am Oberlauf des Flusses gehörte, sondern der größte Teil Japans. Dann erhoben sich die weiß getünchten Reis-Lagerhäuser der Stadt aus der Dunkelheit. An den Anlegestellen und Kais lagen ungezählte Schiffe vertäut, deren Bug zur Mitte des Flusses wies; dessen Wasser war inzwischen trüb geworden und stank nach Fisch und Abfällen, die hier Tag für Tag über Bord geworfen wurden. Schließlich wölbte sich die Ryōgoku-Brücke vor dem Mann auf; die kunstvoll ineinandergefügten Pfeiler und Streben der Holzkonstruktion bildeten ein komplexes Muster vor dem Hintergrund des Nachthimmels.

Erschöpft lenkte der Mann das Boot ans Ende einer Anlegestelle, die sich stromabwärts, jedoch immer noch in Sichtweite der Brücke befand. Er stellte das Paddel zur Seite und vertäute das Boot an einem Pfahl. Erneut stieg Furcht in ihm auf; diesmal stärker als zuvor: Hinter den tristen Fassaden der Lagerhäuser lag die ganze riesige Stadt Edo. Der Mann konnte die Millionen von Seelen spüren, die dort lebten. Sie schliefen nicht, sondern beobachteten ihn. Er kämpfte die aufsteigende Panik nieder und kniete sich vor dem Bündel zu Boden. Behutsam, um das Boot nicht zum Schwanken zu bringen, wickelte er das steife Strohgeflecht ab. Ein Blick zum Himmel zeigte ihm, daß der Mond untergegangen war; die einsetzende Morgendämmerung tauchte den östlichen Horizont bereits in zartrosa Licht. Der Mann konnte schon die Anlegestellen vor den Holzlagern von Fukagawa auf dem gegenüber liegenden Ufer ausmachen.

Er kämpfte das Verlangen nieder, die letzte Reisstrohmatte hastig herunterzuzerren; statt dessen wickelte er sie vorsichtig ab.

Die zwei Leichen, im Tod durch Stricke vereint, die um ihre Fuß- und Handgelenke gebunden waren, lagen vor ihm; ihre Gesichter waren einander zugewandt, Wange an Wange. Der Mann trug einen kurzen Kimono und die Baumwollhose eines gemeinen Bürgers. Er hatte ein nichtssagendes, derbes Gesicht und kurzgeschorenes Haar. Die verquollenen Augen und der sinnliche Mund kündeten von einem Leben voller Ausschweifungen, Fleischeslust und Habsucht. Dieser Mann hatte den Tod verdient. Wie leicht es doch gewesen war, ihn mit dem Versprechen auf Reichtümer ins Verderben zu locken!

Aber die Frau …

Ihr unschuldiges junges Gesicht, das mit Schminke aus Reismehl bedeckt war, schimmerte in einem beinahe durchscheinenden Weiß. Die dünnen dunklen Striche, die über ihre rasierten Brauen gezogen waren, bildeten schön geschwungene Bögen über den geschlossenen, mandelförmigen Augen mit den langen Wimpern. Die Lippen waren leicht geöffnet und gewährten den Blick auf zwei makellose Schneidezähne, mit Tusche geschwärzt, wie es bei Damen von hoher Geburt in Mode war. Sie schimmerten wie zwei schwarze Perlen. Das lange schwarze Haar reichte ihr fast bis zu den Füßen; in sanften Wogen fiel es über einen Kimono aus Seide, der mit seinem Muster von zarten Kirschblüten ihren schlanken Körper umhüllte.

Seufzend dachte der Mann daran, daß der Tod der Frau ebenso notwendig gewesen war wie der ihres Gefährten. Doch er konnte ihre Schönheit nicht betrachten, ohne einen Stich von Trauer zu verspüren …

Ein scharfes, pochendes Geräusch ließ ihn aufschrecken. Kam jemand über die Anlegestelle in seine Richtung? Das Pochen wiederholte sich: zwei lange, kräftige Schläge, gefolgt von drei leichteren, rasch aufeinander folgenden. Der Mann entspannte sich. Es war nur der Nachtwächter, der irgendwo an Land mit seinem hölzernen Stecken auf den Boden gepocht hatte, um die Uhrzeit zu vermelden. Das Wasser hatte das Geräusch verstärkt.

Der Mann nahm eine kleine, flache Schachtel aus Lack aus seinem Umhang und schob sie unter die Schärpe der Frau. Dann packte er beide Körper zugleich, hob sie in die Höhe und rollte sie über den Bootsrand. Ein gedämpftes Klatschen ertönte, als die Leichen ins dunkle Wasser fielen. Bevor sie versinken konnten, ergriff der Mann das Ende des Seils, mit dem die Hand- und Fußgelenke der Toten aneinander gefesselt waren, band es um den Pfahl und klemmte es in einer Spalte im aufgeweichten, pilzbewachsenen Holz fest. Er warf einen Blick auf die zwei Leichen, die nun dicht unter der Wasseroberfläche trieben, in einem sanft wogenden Gespinst, das vom langen Haar der Frau gebildet wurde. Dann schaute der Mann zurück zur Brücke.

Und nickte zufrieden. Wenn man die Toten entdeckte – und das würde schon bald der Fall sein –, würde jeder vermuten, daß der Mann und die Frau gemeinsam von der Brücke in den Tod gesprungen und mit der Strömung den Fluß hinuntergetrieben waren, bis das Seil, mit dem sie sich aneinander gefesselt hatten, am Pfahl hängengeblieben war. Der versiegelte Brief in dem wasserdichten Kästchen aus Lack würde diesen Eindruck untermauern. Ein letztes Mal blickte der Mann auf den Pfahl, um sich zu vergewissern, daß das Seil hielt. Dann band er das Boot los und machte sich auf die lange, kalte Rückfahrt stromaufwärts.

I.

Yoriki Sano Ichirō, der neueste Bezirksvorsteher der Polizei von Edo, ritt langsam über die Nihonbashi-Brücke. Am frühen Morgen dieses sonnigen, klaren Wintertages wimmelte es um ihn herum von Menschen: Lastenträger, die Körbe voller Gemüse zum Markt brachten; Wasserverkäufer, die hölzerne Stangen über den Schultern trugen, an deren Enden Eimer hingen; Kunden und Händler aller Art beugten sich unter den Lasten auf ihrem Rücken. Die Planken der Brücke dröhnten und bebten unter den Schritten holzbesohlter Sandalen; die Luft war erfüllt von Rufen, Gelächter und Stimmengewirr. Selbst Sanos Status als Samurai, den bestimmte äußere Merkmale erkennen ließen, ermöglichte ihm kein schnelleres Vorankommen. Sein Pferd, eine braune Stute, hob ihn nur um weniges über die wogenden Köpfe der Menge empor. Die zwei Schwerter, die er trug – ein Langschwert mit gekrümmter Klinge sowie ein kürzeres, dolchartiges Schwert – bewirkten nur hier und da ein gemurmeltes: »Ich bitte um Vergebung, ehrenwerter Herr.«

Doch Sano genoß den gemächlichen Ritt und seine Freiheit. Endlich einmal war er der Langeweile entronnen, die seinen ersten Monat im Amt des *yoriki* gekennzeichnet hatte. Als einstiger Lehrer und Geschichtsgelehrter hatte Sano rasch erkannt, daß die Verwaltungsarbeit in seinem kleinen Polizeibezirk ihn längst nicht so ausfüllte wie das Studium alter Texte oder die Lehrtätigkeit an der Knabenschule. Er vermißte seinen alten Beruf. Der Gedanke, nie mehr einer verlorenen oder geheimnisvollen Fährte in die Vergangenheit zu folgen, hinterließ eine bittere, schmerzhafte Leere in seinem Innern. Hinzu kam, daß er nicht aufgrund besonderer Begabungen oder gar aus freiem Entschluß, sondern familiärer Umstände und Verbindungen wegen in die ihm unbekannte Welt des Polizeidienstes eingetreten war. Doch er hatte sich geschworen, das Beste daraus zu machen.

An diesem Tag wollte Sano seinen neuen Zuständigkeitsbereich persönlich in Augenschein nehmen, statt in seiner Amtsstube zu sitzen und die Berichte seiner Untergebenen mit Dienstsiegeln zu versehen. Voller erwartungsvoller Neugier blickte er über das Brückengeländer auf das Panorama der Stadt Edo.

Auf dem breiten, von weißgetünchten Lagerhäusern gesäumten Kanal wimmelte es von Barken und Fischerbooten. Der Rauch aus zahllosen Kohlebecken und Herdstellen bildete einen Dunstschleier über den niedrigen Ziegel- und Strohdächern, die sich in allen Himmelsrichtungen über die Ebene ausbreiteten.

Durch den Dunst konnte Sano den Palast von Edo erkennen, der auf einem Hügel am Ende des Kanals stand. Dort hatte Ieyasu, der erste Tokugawa-Shōgun, vor vierundsiebzig Jahren das Zentrum seiner Militärdiktatur eingerichtet, fünfzehn Jahre, nachdem er die gegnerischen Kriegsherrn in der Schlacht von Sekigahara geschlagen hatte. Die in die Höhe gebogenen Vorsprünge der vielen Dächer des Palasts verliehen ihm das Aussehen einer Pyramide aus weißen Vögeln, die im Begriff waren, sich in die Luft zu erheben: ein passendes Symbol für den Frieden, der nach der Schlacht eingetreten war – die längste Friedenszeit, die Japan seit fünfhundert Jahren erlebt hatte.

Hinter dem Palast lag das Hügelland im Westen; pastellene Schemen, die nur um weniges blauer waren als der Himmel. Der ferne, schneebedeckte Kegel des Fujiyama ragte über den Hügeln empor. Leise wehte das Klingeln von Tempelglocken an Sanos Ohren und trug zur Kakophonie der Geräusche bei.

Am Fuß der Brücke angelangt, kam Sano am lärmenden, übelriechenden Fischmarkt vorüber. Er trieb sein Pferd durch die schmalen, gewundenen Straßen von Nihonbashi, dem Viertel der Bauern und Händler, das nach der Brücke benannt war. In einer der Straßen, in den offenen Eingängen der aus Holz errichteten Läden, feilschten Sakeverkäufer mit ihren Kunden. Hinter der nächsten Straßenecke befand sich eine Reihe von Färbereien; hier arbeiteten Männer an dampfenden Bottichen. Die Hufe des Pferdes und die Sandalen der Passanten bewegten sich mit schmatzenden, glucksenden Lauten über den schlammigen, von Abfällen bedeckten Boden. Sano bog um eine weitere Straßenecke.

Und gelangte auf eine große freie Fläche, wo in der letzten Nacht ein Feuer drei Straßenzüge vollkommen niedergebrannt hatte. Die verkohlten Überreste von etwa fünfzig Häusern – nasse Asche, geschwärzte Balken und Dachsparren, durchnäßte Trümmer und Dachziegel – lagen auf dem Boden verstreut. Der bittere Geruch von verbranntem Zypressenholz hing in der Luft. Verzweifelte Anwohner wühlten auf der Suche nach Gegenständen, die noch zu gebrauchen waren, durch die schwelenden Haufen aus Asche, Schmutz und Schutt.

»*Aiija*«, klagte eine alte Frau. »Mein Haus ist vernichtet, all mein Hab und Gut! Was soll ich nur tun?« Andere stimmten in ihr Klagen ein.

Sano seufzte und schüttelte den Kopf. Vor zweiunddreißig Jahren – zwei Jahre vor seiner Geburt – hatte das Große Feuer den größten Teil der Stadt verschlungen und hunderttausend Menschenleben gefordert. Und noch immer sprossen die »Blüten von Edo«, wie die Brände hier genannt wurden, fast jede Woche zwischen den Holzhäusern, wo der steife Wind einen einzigen Funken rasch zu einer verheerenden Feuersbrunst entfachen konnte. Deshalb läuteten die Feuerwächter von ihren wackligen hölzernen Türmen hoch über den Dächern beim ersten Anblick einer offenen Flamme die Alarmglocken. Die Bürger Edos schliefen unruhig, stets darauf gefaßt, den Feueralarm zu vernehmen. Die meisten Brände waren Unglücksfälle und entstanden durch ein harmloses Mißgeschick, etwa durch eine Lampe, die jemand zu nahe an einen Wandschirm aus Papier gestellt hatte. Doch auch Brandstiftung war keine Seltenheit.

Sano war sicher, daß er erfahren würde, ob dieses Feuer durch Brandstiftung entstanden war. Doch ein Blick auf die Ruinen zeigte ihm, daß er nicht damit rechnen konnte, dort den Beweis dafür zu finden. Er mußte sich auf die Schilderungen von Zeugen stützen. Sano stieg vom Pferd und trat auf einen Mann zu, der eine eiserne Kiste aus dem Schutt zerrte.

»Habt Ihr beobachtet, wie das Feuer ausgebrochen ist?« rief Sano.

Die Antwort bekam er nie, denn in diesem Augenblick erklangen hinter ihm schnelle Schritte und die Rufe: »Bleib stehen! Bleib stehen!« Sano drehte sich um. Ein dünner, in Lumpen gekleideter Mann rannte keuchend und schluchzend an ihm vorbei. Ein Pöbelhaufe verfolgte ihn, schreiend und Knüttel schwingend. Plötzlich rutschte der barfüßige Mann auf dem schlammigen Untergrund aus und fiel etwa zehn Schritt von Sano entfernt zu Boden. Sofort stürzten die Verfolger sich auf den Mann und schlugen mit den Knütteln auf ihn ein.

»Dafür wirst du sterben, du erbärmlicher Hund!« rief einer von ihnen.

Die Schluchzer des zerlumpten Mannes wurden zu Schreien der Angst und des Schmerzes. Er warf die Arme in die Höhe, um sich vor den Schlägen zu schützen.

Sano eilte zu der Gruppe hinüber und packte einen der Angreifer beim Arm. »Hör auf, du bringst ihn ja um! Was glaubst du, was du tust?«

»Wer will das wissen?«

Als Sano die schroffe Stimme im Rücken hörte, drehte er sich um. Ein stämmiger Mann mit kleinen, bösartigen Augen stand dicht hinter ihm. Er trug einen kurzen Kimono über Beinlingen aus Baumwolle; sein geschorenes Haar und das Kurzschwert, das er an der Hüfte über seinem grauen Umhang trug, kennzeichneten ihn als einen Samurai niederen Ranges. Dann erblickte Sano einen Gegenstand, den der Mann in der rechten Hand hielt: einen dünnen stählernen Stab mit zwei gekrümmten Dornen über dem Griffstück, welche die Schwertklinge eines Angreifers abfangen konnten. Es war eine *jitte*, eine Verteidigungswaffe, die zur üblichen Ausrüstung der *dōshin* gehörte, jener Polizeibeamten, die durch die Stadt patrouillierten, um Ruhe und Ordnung aufrecht zu erhalten.

Sano durchzuckte die plötzliche Erkenntnis, daß dieser Mann zu den Hunderten seiner Untergebenen zählte – eines aus der langen Reihe demutsvoll gesenkter Häupter, an denen Sano Ichirō bei seiner formellen Amtseinführung vorübergeschritten war, als er seinen Mitarbeitern vorgestellt wurde. Die bewaffneten Schläger, die inzwischen von ihrem Opfer abgelassen hatten und nun Sano anstarrten, waren die zivilen Helfer des *dōshin*, von dem sie in Eigenverantwortung eingestellt wurden. Diese Helfer erledigten die polizeiliche Dreckarbeit unter der Leitung des *dōshin*, und sie waren nur ihm Rechenschaft schuldig. Drei der Schläger kamen nun in drohender Haltung auf Sano zu.

»Wer seid Ihr?« wiederholte der *dōshin* mit scharfer Stimme.

»Ich bin *yoriki* Sano Ichirō«, erwiderte Sano. »Und jetzt sagt mir, weshalb Eure Männer diesen Bürger verprügeln.«

Obwohl Sano mit ruhiger, fester Stimme gesprochen hatte, schlug ihm das Herz bis zum Hals, denn er würde kaum die Möglichkeit haben, notfalls seine erst kürzlich erworbene Amtsgewalt geltend zu machen.

Der *dōshin* starrte Sano offenen Mundes an. Sichtlich verwirrt rieb er sich mit der Hand über das vorstehende Kinn. Dann verbeugte er sich unterwürfig.

»*Yoriki* Sano-*san*«, murmelte er. »Ich habe Euch nicht erkannt.«

Herrisch nickte er seinen Helfern zu, die hastig in einer Reihe Aufstellung nahmen und sich vor Sano verbeugten, die Hände auf den Knien. »Ich bitte demütigst um Vergebung.«

Der mürrische Tonfall des Mannes strafte seine respektvollen Worte Lügen. Sano konnte die verschleierte Verachtung des *dōshin* spüren. Die Lider des Mannes wurden schmal, als sein Blick über den frisch rasierten Scheitel und das eingeölte Haar Sanos glitt, das am Hinterkopf zu einem kunstvollen Knoten gebunden war. Abscheu lag in seinen kleinen, bösartigen Augen, als er die vornehme Kleidung Sanos musterte: den schwarz und braun gestreiften *haori* und die neue schwarze *hakama*, die weite Hose, die Sano unter dem Umhang trug. Angesichts dieser offenkundigen Respektlosigkeit loderte Zorn in Sano auf; doch er konnte die Verachtung des Mannes verstehen. Die *yoriki* galten allgemein als eitel. Sano gab zwar nichts auf Äußerlichkeiten, doch sein Vorgesetzter, Magistrat Ogyū, hatte besonders hervorgehoben, wie wichtig gute Kleidung und ein ordentliches Erscheinungsbild seien.

»Ich nehme Eure Entschuldigung an«, sagte Sano und beschloß, sich mit dem aktuellen Vorfall zu beschäftigen, anstatt sich mit Nebensächlichkeiten aufzuhalten und einem respektlosen Untergebenen den Kopf zurechtzusetzen. »Und nun beantwortet meine Frage: Was hat dieser Mann getan, daß Ihr ihn bestraft?«

Jetzt konnte Sano Verwunderung auf dem Gesicht des *dōshin* erkennen. *Yoriki* begaben sich nur selten auf die Straßen; sie zogen es vor, sich den schmutzigen Niederungen der alltäglichen Polizeiarbeit fernzuhalten. Ein *yoriki* erschien allenfalls bei sehr ernsten Vorfällen, und dann auch nur als oberster Befehlsherr in voller Rüstung, mit Helm und Lanze. Sano vermutete, daß er der erste *yoriki* war, der Nachforschungen über einen alltäglichen Häuserbrand anstellte.

»Das hier hat der Mann dort getan«, antwortete der *dōshin* und zeigte erst auf die ausgebrannten Hausruinen, dann auf den Zerlumpten. »Er hat das Feuer gelegt und fünfzehn Menschen getötet.« Er spuckte auf den Mann, der immer noch mit dem Gesicht im Schlamm lag. Dieser schluchzte leise, und seine Schultern zuckten.

»Woher wißt Ihr das?«

Vor Zorn und Haß reckte der *dōshin* sein vorstehendes Kinn noch weiter vor. »Gleich nach Ausbruch des Brandes haben die Anwohner einen Mann aus der Straße flüchten sehen, *yoriki* Sano-*san*. Außerdem ist der Kerl geständig.«

Sano ging an den Helfern des *dōshin* vorüber zu dem am Boden liegenden Mann. »Ihr braucht keine Angst mehr zu haben«, sagte er mit ruhiger Stimme. »Steht auf!«

Schwerfällig drehte der Mann sich auf die Seite,

krümmte die Hüfte und erhob sich auf die Knie. Auf den Fersen sitzend, wischte er sich den Schlamm aus dem Gesicht. Dann öffnete er zu Sanos Erstaunen den Mund zu einem breiten, zahnlosen Lächeln.

»Ja, Herr.« Er nickte, und seine Augen funkelten. Trotz der Falten, die seine Wangen und die Stirn furchten, sah er so unschuldig aus wie ein Kind.

»Wie heißt Ihr?« fragte Sano.

»Ja, Herr.«

Sano stellte die Frage noch einmal. Als er wieder die gleiche Antwort bekam, versuchte er es auf andere Weise. »Wo wohnt Ihr?«

»Ja, Herr.«

»Habt Ihr das Feuer gelegt?« Sano wurde allmählich klar, wen er vor sich hatte.

»Ja, Herr! Ja, Herr!« Als der Mann sah, wie Sanos Miene sich verdüsterte, schwand sein Lächeln. Mühsam erhob er sich, fiel aber wieder zu Boden, als die Helfer des *dōshin* ihn erneut umringten. »Nicht mehr schlagen, Herr!« flehte er.

»Niemand wird dir ein Leid tun.« Wutentbrannt fuhr Sano zum *dōshin* herum. »Dieser Mann ist nicht bei Verstand. Er weiß nicht, was er sagt, und er kann Eure Fragen nicht begreifen. Sein Geständnis ist nichts wert.«

Das Gesicht des *dōshin* rötete sich. Er spannte die Schultern und schüttelte die *jitte* in der geballten Faust. »Ich habe den Mann gefragt, ob er das Feuer gelegt hat. Er hat es zugegeben. Woher sollte ich wissen, daß er schwachsinnig ist?«

Eine Stimme aus der wachsenden Menge der Zuschauer rief: »Hättest du dir Zeit genommen, mit ihm zu reden, hättest du's bemerkt!« Und jemand anders rief: »Er ist bloß ein harmloser alter Bettler!« Zustimmendes Gemurmel erhob sich.

»Seid still!« Der *dōshin* fuhr zu der Menge herum, und das Murmeln verstummte. Dann wandte er sich wieder an Sano. »Brandstiftung ist ein schweres Verbrechen«, sagte er mit erzwungener Ruhe und einem gerüttelt Maß an Selbstgerechtigkeit. »Jemand muß dafür büßen.«

Für einen Augenblick war Sano versucht, die Stimme

zu erheben. Diesem Polizisten – und vielen anderen, falls die Gerüchte der Wahrheit entsprachen – war es offenbar wichtiger, einen Sündenbock zu finden, als die Wahrheit aufzudecken. Zu gern hätte Sano diesen Mann, der seine Pflichten vernachlässigte, scharf zurechtgewiesen. Dann sah er, wie die freie Hand des *dōshin* sich zum Schwertgriff bewegte. Sano wußte, daß nur sein Rang den Mann davon abhielt, ihn auf der Stelle zu fordern. Er, der *yoriki*, hatte den *dōshin* das Gesicht verlieren lassen, vor seinen eigenen Leuten und den Bewohnern des Viertels. Gleich am ersten Tag auf den Straßen Edos hatte Sano sich einen Feind gemacht.

Um Frieden zu stiften, sagte er versöhnlich: »Dann müssen wir den wirklichen Brandstifter finden. Ihr, Eure Männer und ich werden die Zeugen befragen.«

Sano beobachtete, wie der *dōshin* und dessen Leute davongingen, um sich unter die Menge der Gaffer zu mischen. Ein seltsames Hochgefühl überkam Sano. Er hatte eine Ungerechtigkeit verhindert und wahrscheinlich zudem einem Mann das Leben gerettet. Zum erstenmal erkannte er, daß auch das Amt des *yoriki* Möglichkeiten bot, die Wahrheit zu finden – und Lohn einbrachte, wenn man diese Wahrheit gefunden hatte. Vielleicht größeren Lohn, als einem Gelehrten zuteil wurde, der sich mit alten Schriften beschäftigte. Doch Sano fragte sich besorgt, wie viele Feinde er sich noch machen würde.

Als er ins Verwaltungsviertel von Hibiya, im Südosten des Palasts von Edo, zurückkehrte, war es früher Nachmittag. In Hibiya befanden sich die Villen der hohen städtischen Beamten; sie dienten als Wohnhäuser und Verwaltungsgebäude zugleich. Botengänger kamen mit Dokumentenrollen an Sano vorbei, als er über die schmalen Straßen ritt, zwischen den Lehmmauern hindurch, hinter denen die Fachwerkhäuser mit ihren Ziegeldächern standen. Amtsträger in weiten Seidengewändern schlenderten zu zweit oder in Gruppen umher; Bruchstücke von Gesprächen, die sich um Regierungsangelegenheiten oder den neuesten politischen Klatsch drehten, drangen an Sanos Ohren. Dienstboten eilten durch die Tore der Villen, Servierbretter mit Tee und Speisen in den Händen. Beim Gedanken an diese Leckerbissen bedauerte Sano, auf dem Rückweg an einem Verkaufsstand fette Nudeln gegessen zu haben. Doch die Nachforschungen über die Feuersbrunst hatten länger gedauert als erwartet, und die hastige, wenig schmackhafte Mahlzeit hatte es Sano immerhin ermöglicht, sich ohne weiteren Aufschub seinen anderen Pflichten zuzuwenden. Er bog um eine Gebäudeecke und hielt auf die Polizeizentrale zu.

»*Yoriki* Sano-*san!*« Atemlos kam ein Bote zu ihm gerannt und verbeugte sich flüchtig. »Verzeiht, Herr. Magistrat Ogyū möchte Euch sofort sprechen. Im Gerichtssaal, Herr.« Fragend hob der Mann den Blick, wartete auf Sanos Antwort.

»Ist gut. Du kannst gehen.«

Einer Vorladung des Magistraten mußte man unverzüglich Folge leisten. Sano zog sein Pferd herum und schlug eine andere Richtung ein.

Die Villa des Magistraten Ogyū gehörte zu den größten im Verwaltungsviertel. An den überdachten Portalen des Tores wies Sano sich bei zwei bewaffneten Posten aus, die Brustharnische und Helme aus Leder trugen. Er ließ sein Pferd bei den Wächtern zurück; dann betrat er das Grundstück und ging zwischen kleinen Gruppen von Stadtbewohnern hindurch, die sich auf dem Hof versammelt hatten. Einige warteten darauf, dem Magistraten ihre Streitigkeiten vorzutragen; andere, deren Hände gefesselt waren und die von *dōshin* bewacht wurden, warteten offensichtlich auf ihre Verhandlung.

Im Haupteingang des langen, niedrigen Gebäudes blieb Sano stehen. Vor den Fenstern befanden sich schlichte Holzgitter. Die vorstehenden Dachvorsprünge warfen tiefe Schatten auf die Veranda. Bei seinem ersten Besuch in der Villa Ogyūs hatte Sano deren düstere, bedrückende Atmosphäre irgendwie als symbolisch für die oft harten Urteile betrachtet, die im Innern dieses Gebäudes verkündet wurden. Der Garten, der die Villa umgab, erinnerte Sano an einen Friedhof: unbeleuchtete steinerne Laternen, winterkahle Bäume. Er schüttelte diese Eindrücke ab und stieg die Holztreppe zum Eingang hinauf.

Ein Nicken der beiden Wachen, die dort auf Posten standen, und Sano öffnete die schwere, mit Schnitzereien verzierte Tür.

»Hufschmied Gorō.« Magistrat Ogyūs Stimme hallte durch den langen Gerichtssaal, als Sano im Türeingang innehielt. »Was die Anklage betrifft, die gegen dich erhoben wird, habe ich alle Beweise erwogen, die mir vorgetragen wurden.«

Sano wartete im hinteren Teil der Halle bei den Samurai, die als Ordner im Gerichtssaal dienten. Am anderen Ende kniete Magistrat Ogyū auf einem Podium. Er war ein alter, dünner Mann mit hängenden Schultern und wirkte in seinen großen, roten und schwarzen Seidenroben geradezu winzig. Im Licht der Lampen zu beiden Seiten seines schwarz lackierten Schreibpults sah er aus wie eine Figur auf einer Bühne. Bis auf das Podest, auf dem Ogyū saß, lag der Raum im Halbdunkel; das Sonnenlicht, das trübe durch die mit Seidenpapier bespannten Fenster fiel, war die einzige andere Lichtquelle. Unmittelbar vor dem Podest befand sich der *shirasu*, ein rechteckiges Stück Fußboden, das mit weißem Sand bedeckt war, dem Sinnbild der Wahrheit. Dort kniete der Angeklagte auf einer Matte, an Hand- und Fußgelenken gefesselt. Zwei *dōshin* knieten zu beiden Seiten des *shirasu*. Eine kleine Zuschauermenge – die Zeugen, die Familie des Angeklagten und der Vorsteher seines Wohnbezirks – bildete eine lange Reihe, die sich bis in den hinteren Teil der Halle erstreckte.

»Die Beweise lassen ohne jeden Zweifel erkennen, daß du des Mordes an deinem Schwiegervater schuldig bist«, fuhr Ogyū fort.

»Nein!« brach es wie ein Verzweiflungsschrei aus dem Beschuldigten hervor. Er wand sich auf der Matte und zerrte an den Fesseln.

Einige Zuschauer schrien laut auf. Eine Frau brach weinend zusammen.

Ogyū hob die Stimme, so daß sie den Lärm übertönte. »Ich verurteile dich zum Tode«, sagte er. »Deine Familie wird aus der Provinz verbannt, auf daß sie deine Schande teilen möge.« Er nickte einem der *dōshin* zu, worauf dieser aufsprang und den schreienden, wild an den Fesseln zerrenden Gefangenen durch eine Hintertür schleppte. Die Aufseher eilten nach vorn und führten die Zuschauer aus dem Saal; einer zerrte die weinende Frau am Ellbogen hinaus. Dann rief Ogyū: »Sano Ichirō. Tretet vor.«

Sano ging in den vorderen Teil des Gerichtssaals und kniete hinter dem *shirasu* nieder. Er war ein wenig schockiert: Ogyū hatte soeben einen Mann zum Tode verurteilt und seine Familie in die Verbannung geschickt, doch er machte einen so gelassenen Eindruck, als wäre nichts geschehen. Sano rief sich ins Gedächtnis, daß Ogyū seit dreißig Jahren als einer der beiden Magistraten Edos diente: Er hatte so viele Urteile gefällt, daß er gegen jegliche Gefühle immun geworden war – Gefühle, die andere Menschen in Gewissensnöte gebracht hätten. Sano verbeugte sich tief und fragte: »Womit kann ich Euch dienen, ehrenwerter Magistrat?«

Ogyūs fahle, spinnengleiche Hände spielten mit dem Magistratssiegel, einem rechteckigen Stück Alabaster, in das die Schriftzeichen seines Namens und Ranges graviert waren. Sein verhärmtes Gesicht mit den schweren Lidern wirkte im flackernden Licht der Lampen bleich und kränklich, und sein altersfleckiger, kahler Schädel sah aus wie eine faulige Melone.

»Brandstiftung ist ein schweres Verbrechen«, murmelte Ogyū und betrachtete mit gespielter Besorgnis sein Amtssiegel. Er hielt inne; dann fügte er hinzu: »Aber kein außergewöhnliches.«

»Ja, ehrenwerter Magistrat«, erwiderte Sano und fragte sich, weshalb Ogyū ihn zu sich bestellt hatte. Bestimmt nicht, um Belanglosigkeiten auszutauschen. Doch wie viele Angehörige der vornehmen, gehobenen Klasse, kam auch Ogyū niemals sofort zum Kern der Sache. Als Sano vor dem Magistraten kniete, kam es ihm so vor, als würde über ihn selbst – oder besser, sein Begriffsvermögen – zu Gericht gesessen.

Schließlich fuhr Ogyū fort: »Derart wichtige, aber unerquickliche Angelegenheiten sollten am besten den niederen Schichten des Volkes selbst überlassen werden. Außerdem haben die Taten eines einzelnen die unglückselige Eigenschaft, sich negativ auf die Taten anderer auszuwirken.« Ogyū drehte den Kopf zu den Fenstern, die nach Norden wiesen, in Richtung Palast.

Plötzlich wußte Sano Bescheid: In Edo wimmelte es von Spitzeln und Informanten; sie gehörten zum Netzwerk der Geheimen Dienste, das dem Shōgun half, die uneingeschränkte Macht der Tokugawas über das Land aufrecht zu erhalten. Zweifellos hatte jemand von dem Tag an, da Sano sein Amt angetreten hatte, Ogyū von den Aktivitäten des neuen *yoriki* berichtet. Dieser Jemand mußte auch in der Zuschauermenge am Ort der Feuersbrunst gewesen sein. Und Ogyū hatte Sano soeben zu verstehen gegeben, daß es eine Schande für die ganze Regierung sei – bis hinauf zum Shōgun –, wenn ein Mann im Range eines *yoriki* die Arbeit eines *dōshin* übernahm. Wenngleich Sano seinem Vorgesetzten nicht widersprechen wollte, sah er sich zur Verteidigung gezwungen.

»Ehrenwerter Magistrat, der *dōshin* und seine Männer hätten einen Unschuldigen verhaftet, hätte ich sie nicht aufgehalten«, sagte er. »Durch die Zeugenbefragung haben wir eine Beschreibung des wirklichen Brandstifters erhalten, und …«

Ogyū hob einen Finger, und Sano verstummte. Nie zuvor hatte er eine Geste des Magistraten gesehen, die einem unverhohlenen Tadel so nahe kam. Doch statt über die Nachforschungen bei der Brandstiftung zu reden, wechselte Ogyū das Thema. »Ich hatte gestern die Ehre, von Katsuragawa Shundai zum Tee geladen zu werden.«

Die Silben des Namens stürzten wie eine Decke aus Eisen auf Sano nieder. Alle weiteren Einwände erstarben ihm auf den Lippen. Katsuragawa Shundai war sein Gönner – jener Mann, der ihm zu seinem Amt verholfen hatte.

Während der Bürgerkriege im vergangenen Jahrhundert hatte Sanos Urgroßvater, ein Lehnsmann im Dienste des Fürsten Kii, einem Kriegskameraden das Leben gerettet – dem Oberhaupt der Familie Katsuragawa. Das Vermögen der Katsuragawas war gewachsen, während das der Sanos dahingeschmolzen war; doch die Tat auf dem Schlachtfeld hatte unverbrüchliche Bande zwischen beiden Familien geknüpft. Sano konnte sich noch an den Tag erinnern, als sein Vater die alte Schuld eingefordert hatte …

Der Vater hatte Sano zu Katsuragawa Shundai ins Schatzamt der Stadt mitgenommen. Sie hatten sich in Katsuragawas luxuriöser Schreibstube niedergekniet und von einem Diener zwei Schalen Tee entgegengenommen.

»Ich habe nicht mehr lange zu leben, Katsuragawa-*san*«, hatte Sanos Vater gesagt. »Deshalb muß ich in einer bestimmten Angelegenheit Eure Hilfe erbitten. Es betrifft meinen Sohn. Ich kann ihm kein Vermögen hinterlassen, und er ist nur ein Lehrer ohne Zukunftsaussichten und ohne besondere Fähigkeiten. Aber mit Eurem Einfluß könntet Ihr gewiß dafür sorgen …?«

Katsuragawa beantwortete die unausgesprochene Frage nicht sofort. Er zündete sich seine Pfeife an und musterte Sano abschätzend. Schließlich sagte er: »Ich werde sehen, was ich tun kann.«

Sano hielt den Blick gesenkt und starrte auf die Teeschüssel. Er hoffte, daß Katsuragawa nichts für ihn tun würde, denn er wußte, daß die Gehorsamspflicht dem Vater gegenüber verlangte, jedes Angebot Katsuragawas anzunehmen. Doch Sano konnte sich nicht mit dem Gedanken abfinden, von Katsuragawas Macht und Einfluß zu profitieren. Heutzutage, in Friedenszeiten, konnten Samurai mit dem Schwert weder Ruhm ernten noch ihren Lebensunterhalt verdienen. Ihre Hoffnung auf Erfolg gründete sich vielmehr darauf, ein Amt in der Regierungsbürokratie zu erlangen, was durch die Verbindung familiärer Beziehungen und persönlicher Fähigkeiten am ehesten möglich war. Doch Sano war der Gedanke zuwider, seinen geliebten Beruf für eine Anstellung aufgeben zu müssen, die so wenig zu ihm paßte wie er zu ihr.

Ogyūs Stimme riß ihn in die Gegenwart zurück. »Ich hoffe, wir haben uns verstanden.«

»Ja, ehrenwerter Magistrat«, sagte Sano bedrückt. Ogyū hatte ihn an seine Verpflichtungen gegenüber dem Vater und Katsuragawa Shundai erinnert. Um diese Verpflichtungen zu erfüllen, hatte Sano eingewilligt, das Amt des *yoriki* anzunehmen, nachdem Ogyū, Katsuragawas Bitte entsprechend, ihm diese Stelle angeboten hatte. Dies aber ließ Sano keinen Freiraum mehr für Diskussionen, eigenständiges Handeln oder ungezwungenes Auftreten.

Pflicht, Treue und Gehorsam waren die obersten Prinzipien des *bushidō* – des »Wegs des Kriegers« –, jenes strengen Kodex, der das Verhalten eines Samurai bestimmte. Seine Ehre, die höchste und bedeutendste aller Tugenden, verlangte das bedingungslose Festhalten an diesem Kodex. Und die Militärregierung, der Sano diente, schätzte Fügsamkeit und Gehorsam höher ein als die Suche nach Wahrheit und Gerechtigkeit, die ihr ohnehin als dehnbare Begriffe galten. Sano mußte sich auf Kosten der eigenen Wünsche und Vorstellungen denen seiner Vorgesetzten beugen. Und er fühlte sich durch Ogyūs unausgesprochene Kritik zutiefst beschämt. Nie wieder würde er das Verwaltungsviertel verlassen, um vor Ort Nachforschungen über jene Fälle anzustellen, die über sein Schreibpult gingen. Von nun an würden diese Fälle für Sano lediglich Schriftzeichen auf Papier sein. Noch einmal verbeugte er sich – in der Erwartung, von Ogyū entlassen zu werden.

Doch der Magistrat hatte noch etwas vorzubringen. »Mir ist da eine Sache zu Ohren gekommen«, sagte er, »die mit äußerster Diskretion behandelt werden muß. Ihr werdet genau das tun, was ich Euch jetzt sage.«

Ogyūs ungewohnte Direktheit erregte Sanos Neugier.

»Heute morgen hat ein Fischer zwei Leichen aus dem Fluß gezogen, einen Mann und eine Frau«, fuhr Ogyū fort. Sein kleiner Mund verzog sich vor Abscheu. »Ein *shinjū*.«

Sanos Neugierde wuchs. Doppelselbstmorde aus Liebe waren beinahe so alltäglich – und sicherlich nicht minder verabscheuungswürdig – wie die Brandstiftung, deren Aufklärung Sano auf Befehl des Magistraten nunmehr dem *dōshin* überlassen mußte. Liebende, denen aufgrund familiärer Widerstände die Ehe verwehrt wurde, wählten häufig den gemeinsamen Freitod, in der Hoffnung, im buddhistischen Paradies auf ewig vereint zu sein. Doch weshalb verlangte Ogyū, daß er sich mit einem unbedeutenden *shinjū* befaßte?

Der Magistrat gab die Antwort auf Sanos unausgesprochene Frage. »Das hier wurde am Körper der Frau gefunden«, sagte er, nahm einen zusammengefalteten Brief aus seinem Schreibpult und hielt ihn Sano hin.

Sano erhob sich, schritt über den *shirasu* hinweg und

nahm das Schreiben entgegen. Das dünne Reispapier knisterte in seinen Händen, als er den Brief entfaltete und die Schriftzeichen las, die von zarter weiblicher Hand mit Tusche geschrieben waren.

Ein Lebewohl dieser Welt, ein Lebewohl dem Tag
Wir gehen die Straße, die zu den Toten führt –
Womit kann man dies vergleichen?
Am Weg, der zum Friedhof weist, ein Kirschzweig,
Der niemals erblüht, weil der Frühling nicht kommt:
Wie traurig ist dieser Traum eines Traumes!

Noriyoshi (Künstler)
Niu Yukiko

Sano erkannte die Verse wieder: Sie stammten aus einem volkstümlichen Kabuki-Schauspiel, das von einem todgeweihten Liebespaar handelte. Es war ihr letztes Lied, bevor sie in den Tod gingen. Jetzt wußte Sano auch, weshalb Ogyū von ihm verlangte, die Sache diskret zu behandeln. Der Mann, Noriyoshi, war ein gemeiner Bürger, wie das Fehlen des Nachnamens und der Hinweis auf seinen Beruf deutlich zeigten. Ein Niemand. Yukiko hingegen war die Tochter von Niu Masamune, Fürst der Provinzen Satsuma und Ōsumi, eines der reichsten und mächtigsten Daimyō.

»Wie ich sehe, schätzt Ihr die Brisanz dieser Sache richtig ein«, sagte Ogyū. »Da die Todesursache offensichtlich ist, werdet Ihr diese Angelegenheit so rasch und unauffällig wie möglich erledigen. Ihr sorgt dafür, daß Niu Yukikos Leichnam ihrer Familie übergeben wird. Und sagt Euren Untergebenen, daß jeder, der Yukikos Namen oder die Umstände ihres Todes in der Öffentlichkeit erwähnt, aufs schwerste bestraft wird.

»Der Mann hingegen, dieser Noriyoshi …« Ogyū nahm einen Schreibpinsel und tauchte ihn ins Tuschefaß. »Noriyoshi soll die schlimmste Strafe erleiden, die nach den Gesetzen dieses Landes verhängt werden kann. Das ist alles, *yoriki* Sano.«

In Sanos Innerem kämpften widersprüchliche Gefühle.

Ogyū verlangte von ihm, den Fall ohne weitere Nachforschungen abzuschließen. Zum einen, um Yukikos Identität geheimzuhalten; zum anderen, um Schande über Noriyoshis Familie zu bringen, indem man seinen Leichnam öffentlich zur Schau stellte – die übliche Vorgehensweise bei einem Selbstmord aus Liebe. Doch Ogyū hatte den Befehl, Diskretion zu wahren, dermaßen betont, daß es Sanos Argwohn erregte. Sein Instinkt sagte ihm, daß er der Wahrheit über diesen *shinjū* auf den Grund gehen müsse. Doch er hatte den Eid abgelegt, sich stets korrekt zu verhalten und der Gehorsamspflicht nachzukommen.

»Jawohl, ehrenwerter Magistrat«, sagte er und verbeugte sich. »Ich gehorche.«

Die Polizeizentrale befand sich im südwestlichen Teil des Verwaltungsviertels, fernab von den Amtsvillen und in größtmöglicher Entfernung vom Palast; denn nach den Glaubensregeln der Shintō-Religion bedeutete jeder Kontakt mit dem Tod eine rituelle Unreinheit, eine spirituelle Beschmutzung. Allein die Tatsache, daß die Polizei mittelbar für die Hinrichtungen zuständig war, schreckte andere Beamte von dem Gebäude ab.

Die Isolation der Polizeizentrale spiegelte sich auch in ihrem Erscheinungsbild wider: Sie war von einer hohen, geschlossenen Mauer umgeben; nicht einmal die Dachgiebel waren von der Straße aus zu sehen.

Sano holte sich bei den Torwachen die Erlaubnis ein, auf das Gelände zu reiten, und gab sein Pferd bei einem Stallburschen in Obhut. Er überquerte einen Hof, der von *dōshin*-Kasernen gesäumt war, betrat das verschachtelte Hauptgebäude und ging durch den Empfangsraum – eine große freie Fläche, die nur von quadratischen Säulen unterbrochen wurde. Hier herrschte wie meist das reinste Chaos. Auf einer erhöhten Plattform in der Mitte des Raumes saßen vier Schreiber; sie schickten Botengänger los und fertigten Besucher ab, die in langen Reihen vor den Schreibpulten standen. *Dōshin* warteten darauf, sich vom Dienst abzumelden, ihre Schicht anzutreten oder ihre Berichte abzugeben. Diener eilten durch die Schiebetüren und brachten Servierbretter mit Tee oder Speisen in die Zimmer im Innern des Gebäudes, wo sich die Schreibstuben der *yoriki* befanden. Gedämpfter Sonnenschein fiel durch die mit Seidenpapier bespannten Fenster und warf Lichtspeere in die zum Schneiden dicke Luft, die von Essensdünsten, Schweiß und dem Tabakrauch aus ungezählten Pfeifen gesättigt war. Ein stetes, leises Gemurmel war zu vernehmen, das nur hin und wieder von einer erhobenen Stimme übertönt wurde.

Im inneren Empfangszimmer dagegen war es wohltuend leise, als Sano eintrat. Nur zwei Männer hielten sich im Zimmer auf. Beide trugen Amtskleidung von elegantem Schnitt und mit den modischsten Mustern – weite, wallende Hosen aus Seide und Überröcke mit ausgestellten Schultern und mit weißen Schärpen gegürtet. Ihr sorgfältig frisiertes Haar verströmte den Duft von Gaultherienöl. Diese Männer waren die Verkörperung des stolzen, auf vornehme Eleganz bedachten *yoriki*.

»Yamaga-*san*. Hayashi-*san*.« Sano verbeugte sich. »Ich grüße Euch.«

Yamaga, der größere und ältere der beiden, erwiderte den Gruß, indem er leicht den Kopf neigte, ohne ein Wort zu sagen. Auf seinem Gesicht spiegelte sich Feindseligkeit. Hayashi, ein Mann in Sanos Alter, verzog die dünnen Lippen zu einem spöttischen Lächeln.

»Guten Tag, Neuling«, sagte er. »Ich hoffe, Ihr könnt Eure Aufgaben bewältigen. So gut oder schlecht jedenfalls, wie man es von jemandem erwarten kann, der nicht dazu geboren wurde, eine solche Verantwortung zu tragen.« Der spöttische Unterton verwandelte die Worte Hayashis in eine Beleidigung.

Betrübt sah Sano zu, wie die beiden Männer davongingen. Er hatte von Anfang an erkannt, daß es nicht leicht für ihn sein würde, mit diesen beiden *yoriki* und seinen siebenundvierzig anderen Amtskollegen auszukommen. Denn im Unterschied zu Sano waren sie echte *yoriki*, die das Amt von ihren Vätern geerbt hatten. Daß ein unqualifizierter Außenseiter so rasch und problemlos in ihr Amt hineinrutschen konnte, war ein Affront gegenüber ihren Familien und ihrem beruflichen Stolz. Die frostige Ablehnung der Amtskollegen verfolgte Sano, als er den langen

Flur hinunterging, seine eigenen Amtsstuben betrat und den Mitarbeitern zunickte, die unter seiner Aufsicht arbeiteten.

Als Sano die Tür aufschob, die in seine private Schreibstube führte, erwartete ihn dort eine weitere Quelle der Unzufriedenheit. Hamada Tsunehiko, sein sechzehnjähriger Privatsekretär und Schreiber, lümmelte sich auf den Matten in der Nähe des Kohlebeckens, mit dem das Zimmer beheizt wurde, und blätterte in einem bebilderten Geschichtenbuch. Die Berichte, die Sano dem jungen Burschen gegeben hatte, lagen unangetastet auf dem Schreibpult. Tsunehikos fetter, unförmiger Leib spannte die Nähte seines schwarzen Baumwollkimonos mit dem weißen Spiralmuster und dem Saum mit den roten Karos bis zum Zerreißen. Mit seinem kahl rasierten Scheitel ähnelte Tsunehiko eher einem riesigen Kleinkind als einem jungen Mann aus einer Samurai-Familie.

Als Tsunehiko seinen Vorgesetzten erblickte, legte sich ein beinahe lächerlicher Ausdruck des Entsetzens auf sein rundes, feistes Gesicht.

»*Yoriki* Sano-*san!*« rief er. »Ihr seid wieder da!« Hastig rappelte er sich auf und verbeugte sich, nachdem er das Buch rasch hinter dem Rücken versteckt hatte. »Ich erwarte Eure Befehle!«

Sano blickte Tsunehiko mit einer Mischung aus Zorn, Mitleid und Zuneigung an. Der Vater des jungen Mannes war ein mächtiger Bürokrat, der Ogyū dazu bewegt hatte, seinem trägen, nicht sonderlich aufgeweckten Sohn eine Anstellung im Regierungsdienst zu verschaffen. Ogyū hatte Tsunehiko die Stelle eines Schreibers gegeben und ihn Sano zugeteilt. Bisher hatte der junge Mann sich als faul und obendrein unfähig erwiesen, selbst die einfachsten Arbeiten beim ersten Versuch zu bewältigen. Außerdem schnaufte er laut und schwer durch seine chronisch verstopften Nasenlöcher; ein zusätzliches Ärgernis für Sano. Dennoch mochte er den jungen Burschen. Tsunehiko war fröhlich und gutmütig – und er war hier genauso fehl am Platze, wie Sano sich fühlte.

»Schon gut, Tsunehiko«, sagte er. »Nimm bitte einen Bericht auf.« Sano kniete sich vor sein Schreibpult, während

Tsunehiko Papier und Schreibzeug aus einem Schrank holte. Nachdem der junge Mann das Tuschefäßchen bereitgestellt und an seinem eigenen, kleinen Schreibpult Platz genommen hatte, begann Sano: »Sechzehnter Tag des zwölften Monats im Jahre eins der Genroku«, diktierte er. »Betrifft: Doppelselbstmord des Künstlers Noriyoshi und der Niu Yukiko, Tochter des Fürsten ...«

Sano hielt inne, als Tsunehiko ein verzweifeltes Schnaufen ausstieß, nachdem er die Namen niedergeschrieben hatte. Dann zerknüllte er den Bogen Reispapier. Offenbar hatte er schon wieder einen Fehler gemacht: Tsunehikos Fähigkeiten auf dem Gebiet der Kalligraphie und beim Aufnehmen von Diktaten waren äußerst beschränkt. Sano hätte die Berichte lieber selbst geschrieben, doch er mußte den Regeln gehorchen, selbst wenn es um so banale Dinge wie die Beschäftigung eines unfähigen Schreibers ging, den man ihm zugeteilt hatte. Wenngleich Sano auf Befehl des Magistraten Ogyū diesen Bericht verfassen mußte, hätte es sich nicht gehört, Tsunehiko die Arbeit abzunehmen. Außerdem wollte er die Gefühle des Jungen nicht verletzen. Er wartete, bis Tsunehiko ein neues Blatt Papier aus dem Schrank genommen hatte. Dann verfaßten sie – sorgsam und in aller Ruhe – gemeinsam den Bericht, begleitet von Tsunehikos angestrengtem Schnaufen. Sano überflog die vierte und letzte Fassung, entdeckte zu seiner Erleichterung keinen Fehler und versah das Schriftstück mit seinem Siegel.

»Bringe den Bericht zum Obersekretär und sorge dafür, daß er die Anweisungen an alle zuständigen Abteilungen weiterleitet«, sagte er zu Tsunehiko.

»Jawohl, *yoriki* Sano-*san!*« Tsunehiko nahm den Bericht entgegen, rollte das Blatt Papier zusammen und verschnürte die Rolle mit einem Band aus Seide. Immer noch schnaufend, erhob er sich und schob die Tür auf.

Auf dem Flur erklang Gelächter. Yamaga und Hayashi eilten an der Tür der Schreibstube vorbei.

Sano hörte, wie Yamaga sagte: »Heute abend machen wir einen Zug durch Yoshiwara! Die Frauen dort können alle Lüste eines Mannes befriedigen. Alle Phantasien erfüllen.«

»Dann laß uns bloß nicht zu lange warten!« erwiderte Hayashi.

Noch einmal hallte das Lachen über den Flur, als die beiden *yoriki* sich entfernten. Nur noch ein paar anzügliche Worte drangen an Sanos Ohren: »... kleine Hintern ... weiche Schenkel ...«

Plötzlich blitzte ein Bild aus der Zukunft vor Sanos innerem Auge auf. Er sah, was geschehen würde, falls er dem Weg folgte, den sein Vater und Ogyū ihm bereitet hatten: Der Verhaltenskodex der Samurai würde für ihn seine Bedeutung verlieren. Er würde wie Yamaga und Hayashi werden, die sich mehr um Mode und Vergnügungen kümmerten als um ihre Arbeit. Früher oder später würde er seine Abteilung von Günstlingen verwalten lassen, während er seine Schreibstube so oft wie möglich verließ, um sich im Vergnügungsviertel mit Prostituierten zu amüsieren. Er würde die Wahrheit der beruflichen Sicherheit opfern und die Gerechtigkeit einem Leben in Wohlstand.

»Warte!« befahl er Tsunehiko.

Sano riß seinem verdutzten Schreiber die Papierrolle aus der Hand und zerfetzte sie. Rasch verfaßte er einen neuen Bericht, in dem er die Selbstmorde Noriyoshis und Yukikos als »zweifelhaft« einstufte, so daß genauere Nachforschungen angestellt werden mußten. Dann reichte er Tsunehiko den neuen Bericht und verließ das Zimmer.

Ohne entsprechende Leistungen zu erbringen, wollte Sano keinen beruflichen Aufstieg – ebensowenig die vielen Vergünstigungen, die blinder Gehorsam ihm einbringen würde. Nein, er wollte die Erregung verspüren, wenn man sich auf die Suche nach der Wahrheit begab – so wie damals, als er noch Lehrer und Forscher gewesen war, oder wie an diesem Morgen, als er die Untersuchungen über die Brandstiftung angestellt hatte. Er wollte das Hochgefühl erleben, etwas Gutes bewirkt zu haben, *indem* er eine Wahrheit aufdeckte. Irgendwie mußte er seine persönlichen Wünsche mit dem »Weg des Kriegers« und den damit verbundenen Verpflichtungen gegenüber der Familie und den Vorgesetzten in Einklang bringen.

Er mußte die Wahrheit über den *shinjū* herausfinden.

2.

Das Gefängnis von Edo war ein Ort des Todes und der Entwürdigung, an den sich nie jemand freiwillig begab. Auch Sano war noch niemals dort gewesen, und er wäre auch an diesem Tag nicht zum Gefängnis geritten. Doch er wußte, daß man die Körper Noriyoshis und Yukikos in die dortige Leichenhalle gebracht hatte. Vom Pferderücken aus betrachtete Sano das Bauwerk mit einer Mischung aus Neugierde und Unbehagen.

Das Tokugawa-Gefängnis lag dicht am Ufer eines engen Kanals, der vor dem Eingangstor einen Wassergraben bildete. Wachttürme ragten an den Ecken der hohen steinernen Mauern auf, die sich aus dem unbewegten Wasser erhoben. Eine dunkle Flüssigkeit unbestimmbarer und vermutlich unsäglicher Natur tröpfelte aus Löchern am unteren Rand der hohen Wände in den Kanal, dicht über der trüben Wasseroberfläche. Giebeldächer ragten über die Wände hinaus. Zeichen der Vernachlässigung legten stummes Zeugnis ab, was den Abscheu der Stadt gegenüber dem Gefängnis und dessen Insassen betraf: Unkraut und Moos wuchsen zwischen den Steinen, viele Dachziegel fehlten, und der Putz bröckelte von den Mauerwänden. Eine wacklige Holzbrücke überspannte den Kanal und endete vor dem Wachthaus und den Pforten eines schweren hölzernen Tores mit dicken Eisenbeschlägen. Rings um den Gefängniskomplex befanden sich die armseligen Behausungen und die tristen, schmutzigen Straßen von Kodemma-cho. In der Nähe des Flusses gelegen, im nordöstlichen Teil Nihonbashis, war Kodemma-cho der ideale Standort für das Gefängnis – so weit vom Palast und dem Verwaltungsviertel entfernt, wie die Sicherheit und Bequemlichkeit es gerade noch erlaubten.

Sano war fast dankbar für die schrillen Schreie der zerlumpten Kinder, die auf den Straßen spielten, und für den ranzigen Geruch des Essens, das auf Hinterhöfen der Behausungen gebraten wurde: Der Lärm und Gestank Kodemma-chos überdeckte sämtliche Geräusche und Gerüche, die aus dem Gefängnisgebäude drangen. Ein eisiger Schauer rieselte Sano über den Rücken, als er an Geschichten dachte, die er über die Verhältnisse in diesem Gefängnis gehört hatte. Er holte tief Atem und trieb sein Pferd auf die Brücke.

Im Wachthaus entstand Bewegung, als Sano dort anlangte. Während er vom Pferd stieg und die Zügel um einen Pfahl schlang, drängten drei Wächter so hastig durch die Tür, daß sie beinahe übereinander gestolpert wären. Sano bemerkte, wie die Männer verwunderte Blicke tauschten, als sie ihn erkannten. Dann verbeugten sie sich tief.

»Wir stehen Euch zu Diensten, Herr«, sagten die Wächter wie aus einem Munde.

Sano betrachtete die Männer: ihr ungepflegtes Äußeres, ihr kurz geschorenes Haar, die häufig ausgebesserten ledernen Harnische und Beinlinge sowie die Schwerter, die sie an der Hüfte trugen. Diese Männer waren gemeine Bürger – möglicherweise ehemalige kleine Ganoven, denen man erlaubt hatte, Waffen zu tragen, damit den Samurai ein so erniedrigender Dienst erspart blieb.

»Ich bin *yoriki* Sano Ichirō«, stellte Sano sich vor. »Ich möchte den Beamten sprechen, der für die Leichen des Mannes und der Frau zuständig ist, die den *shinjū* begangen haben.«

Die Posten starrten Sano mit offenem Mund an. Wahrscheinlich ist noch nie ein *yoriki* hierher zu Besuch gekommen, dachte Sano bei sich, und erst recht nicht mit einem solchen Ansinnen. Er war sicher, daß seine Amtskollegen dieses Gefängnis nie betraten. Einer der Wächter stieß ein nervöses Kichern aus. Der riesige Mann neben ihm, vermutlich sein Vorgesetzter, schlug ihm kräftig mit dem Handrücken ins Gesicht.

»Worauf wartest du?« fuhr er den Wächter an. »Führe ihn sofort zum Oberaufseher!«

Der Wächter zog die dicken Holzbalken zurück, mit denen das Tor verriegelt war, und öffnete. Sano betrat den Gefängniskomplex, auf das Schlimmste gefaßt.

Doch als er den Blick über das Gelände schweifen ließ, war der erste Eindruck beruhigend. Auf einem schlichten Hof, dessen Boden aus festgestampfter Erde bestand, patrouillierten fünf weitere Wächter. Der Gestank von Urin lag in der Luft, doch es war nicht schlimmer als in der Nähe der öffentlichen Aborte auf den Nebenstraßen Edos. Dreißig Schritt voraus stand ein schmuddeliges Holzgebäude mit dicken Gittern vor den Fenstern. Als Sano durch eine Brettertür eintrat, sah er am Ende des Eingangsflures ein Zimmer, das im Verwaltungsbezirk von Edo eine Schreibstube hätte sein können, sofern man die schmuddelige Einrichtung und das schäbige Erscheinungsbild der Bediensteten außer acht ließ. Der Wächter führte Sano einen der äußeren Flure hinunter, blieb schließlich vor einer Tür stehen und klopfte an.

»Herein!«

Im Türeingang verbeugte der Wächter sich vor jemandem im Innern des Zimmers und sagte: »Ehrenwerter Oberaufseher, darf ich einen vornehmen Besucher zu Euch führen?« Dann trat er zur Seite, um Sano einzulassen.

Der Oberaufseher, ein untersetzter Mann, der hinter einem Schreibpult saß, das mit Papieren beladen war, reagierte mit einem verdutzten Blick auf Sanos Ersuchen. Dann zuckte er die Achseln und sagte zum Wächter: »Bringe ihn zu den Eta.« Entschuldigend wandte er sich an Sano. »Ich muß Euch bitten, sich draußen mit ihnen zu treffen, *yoriki*. Die Eta dürfen dieses Gebäude nicht betreten.«

»Natürlich.«

Als Sano dem Wächter zurück auf den Hof folgte, dachte er über diese Gefängnisvorschrift nach. Die Eta waren gesellschaftlich Ausgestoßene. Ihre auf Erbfolge beruhende Verbindung mit Berufen, die mit dem Tod zu tun hatten – dem des Metzgers oder Gerbers, zum Beispiel – machte sie zu spirituell unreinen Menschen. Demzufolge wurden sie von den höherstehenden sozialen Schichten gemieden. Die Eta lebten abseits vom Rest der Bevölkerung in Elendsvierteln am Rande der Stadt. Sie durften nur jemanden aus ihrer eigenen sozialen Klasse heiraten, und sie hatten keine Möglichkeit zu gesellschaftlichem Aufstieg. Die Eta erledigten die schmutzigsten und niedersten Aufgaben: das Leeren von Jauchegruben, das Einsammeln von Müll, das Bergen der Toten nach Überschwemmungen, Feuersbrünsten und Erdbeben – und sie stellten die Belegschaft des Gefängnisses und der Leichenhalle. Daher hatte Sano gewußt, daß die Eta für die Leichen Yukikos und Noriyoshis zuständig waren, doch ihm war neu, daß den Eta sogar das Betreten bestimmter Bereiche des Gefängnisses untersagt war.

»Wartet hier bitte, Herr.« Der Wächter verschwand um eine Gebäudeecke. Kurz darauf kam er mit drei Männern zurück, die identische, kurze, ungebleichte Kimonos aus Musselin trugen.

Zwei der Männer waren Halbwüchsige, noch keine zwanzig Jahre alt; der dritte mochte um die Fünfzig sein. Sie besaßen die müden Augen gefangener, schicksalergebener Tiere. Demutsvoll ließen sie sich vor Sano auf die Knie fallen und berührten mit der Stirn den Boden, die Arme zu den Seiten ausgestreckt. Die beiden jungen Männer zitterten. Sano wußte, warum: Ein Samurai hätte sie nach Lust und Laune töten können – um die Schärfe eines neuen Schwerts zu erproben, zum Beispiel –, ohne befürchten zu müssen, dafür zur Rechenschaft gezogen zu werden. Andererseits waren Sano entsetzliche Geschichten über das Leid zu Ohren gekommen, das die Eta als Wärter, Folterer und Scharfrichter den Gefangenen zufügten. Nun wandte er sich mit einer Mischung aus Mitleid und Abscheu an die drei Männer.

»Habt ihr euch um die beiden Leichen kümmern müssen, die heute morgen gebracht wurden? Den Mann und die Frau, die den *shinjū* begangen haben?« fragte er.

Schweigen. Schließlich sagte der alte Mann: »Ja, Herr.«

Dann gaben auch die beiden jüngeren mit leiser Stimme die gleiche Antwort.

»Habt ihr irgendwelche Anzeichen entdeckt, daß es kein Selbstmord gewesen sein könnte? Wunden? Irgendwelche Verletzungen?«

»Nein, Herr«, antwortete der alte Mann. Diesmal schwiegen die beiden jüngeren, die noch immer zitternd am Boden knieten.

»Hab keine Angst«, wandte Sano sich nun direkt an den alten Mann. »Denke nach. Sag mir, wie die Leichen ausgesehen haben.«

»Es tut mir leid, Herr, aber das weiß ich nicht.«

Nach mehreren weiteren Versuchen erkannte Sano, daß aus diesen verängstigten, ungebildeten Männern keine brauchbaren Informationen herauszubekommen waren. »Ihr könnt gehen«, sagte er enttäuscht.

Die beiden jüngeren Eta zogen sich hastig zurück, wobei sie noch ein Stück auf den Knien rutschten; dann sprangen sie auf und rannten davon. Der alte Mann aber rührte sich nicht von der Stelle.

»Ehrenwerter Herr, ich bitte um die Erlaubnis, Euch helfen zu dürfen«, sagte er.

In Sano keimte wieder Hoffnung auf. »Steh auf«, befahl er, um sich diesen Eta, der den Mut hatte, ein wenig Selbstbewußtsein zu zeigen, genauer anzuschauen. »Was möchtest du mir sagen?«

Der Eta erhob sich. Er hatte graues Haar, tiefliegende, intelligente Augen, ein ernstes, kantiges Gesicht und eine würdevolle Haltung.

»Ich kann Euch nichts sagen, Herr«, erklärte er und blickte Sano fest in die Augen. »Aber ich kann Euch zu jemandem führen, der alles weiß, was es zu wissen gibt.«

Sano horchte auf. »Gut«, sagte er. »Führe mich hin.«

Er folgte dem Eta den gleichen Weg entlang, den der Wächter ihn geführt hatte; es ging um das Gebäude herum und dann über einen weiteren Hof. Dort erblickte Sano ein riesiges Bauwerk aus gebrannten, nackten Lehmziegeln, das auf einem hohen Fundament aus Stein errichtet war: das eigentliche Gefängnis. Winzige Fenster hoch über dem Boden verliehen ihm das Aussehen einer Festung. Fünf weitere Wächter führten Sano und den Eta durch eine Tür, die noch dicker und schwerer war als die am Haupttor.

Geräusche und Gestank attackierten gleichzeitig Sanos Sinne. Hinter den massiven Türen, die sich zu beiden Seiten des Ganges befanden, drangen Schreie, Stöhnen und Schluchzen hervor. Zwei Wärter drängten sich an Sano vorbei. Einer hämmerte laut gegen sämtliche Türen auf dem Gang, was den Höllenlärm nur noch unerträglicher machte.

»Ruhe, ihr stinkenden Hurensöhne!« rief er. »Seid endlich still!«

Der andere Wärter schob durch Schlitze, die sich unter den schweren Türen befanden, die Essensrationen auf Holzplatten in die einzelnen Zellen. Im trüben Licht, das durch die Fenster an beiden Enden des Ganges fiel, konnte Sano erkennen, daß die Mahlzeit aus fauligem Gemüse und schimmeligem Reis bestand. Es wimmelte von Ungeziefer und Fliegen; ganze Schwärme ließen sich auf Sanos Gesicht und Händen nieder. Angeekelt schlug er sie immer wieder fort. Der Übelkeit erregende, stechende Gestank von Urin, Kot und Erbrochenem stieg ihm in die Nase, und er versuchte, die Luft anzuhalten. Dünne Bäche stinkenden, verseuchten Wassers sickerten aus den Zellen auf den steinernen Boden des Ganges. Sano stieß erschreckt den Atem aus, als dicht vor ihm eine fette Ratte über den Korridor huschte. Rasch führte der Eta den Besucher um eine Ecke und einen anderen Gang hinunter. Nach und nach verebbte der Lärm, wenngleich der Gestank blieb.

Allmählich entspannte sich Sano – als plötzlich eine Tür aufflog. Zwei Wärter stürmten an ihm vorbei. Sie hielten einen nackten, bewußtlosen Gefangenen zwischen sich gepackt und zerrten ihn über den Gang. Dem Mann lief Blut aus der Nase; frische Schnittwunden bedeckten seinen Oberkörper. Die Wärter öffneten die Tür zu einer Zelle und stießen den Mann hinein. Als Sano vorüberkam, erhaschte er einen Blick auf fünf ausgemergelte Männer, die sich in der beengten Zelle in einem Haufen Dreck und Unrat drängten. Voller Entsetzen wandte Sano den Blick ab. Konnte jemand eine derart unmenschliche Behandlung verdient haben? Gab es für die Regierung keine andere Möglichkeit, ihre Untertanen zu Recht und Ordnung anzuhalten, als diejenigen zu foltern, zu demütigen und auszuhungern, die gegen ein Gesetz verstoßen hatten? Zwar waren die meisten Haftstrafen kurz, doch dies war ein zweifelhafter Segen: Viele Gefangene wurden nach der Verhandlung hingerichtet. Es erfüllte Sano mit Furcht, einer Regierung zu dienen, die solche Dinge tat. Er versuchte, nicht daran zu denken.

Schließlich führte der Eta ihn gnädigerweise hinaus an die kalte, frische Luft. Erleichtert holte Sano tief Atem. Sie waren auf einen weiteren Hof gelangt, der von einem hohen Zaun aus Bambus umgeben war.

»Die Leichenhalle, Herr.« Der Eta öffnete die Tür eines Gebäudes mit Strohdach und bedeutete Sano, ihm zu folgen.

Sano zögerte. Was immer ihn in der Leichenhalle erwartete – er hatte Angst, der Anblick könnte noch schlimmer sein als alles, was er bis jetzt schon gesehen hatte. Doch als er ins Innere trat, stellte er fest, daß es sich lediglich um einen nüchternen Raum mit Holzfußboden handelte; an den Wänden standen Schränke und Tröge aus Stein, und in der Mitte befanden sich zwei hüfthohe Tische mit erhöhten Kanten.

Ein Mann stand am offenen Fenster, das Profil Sano zugewandt, und las im verblassenden Licht des Nachmittags in einem Buch. Er trug einen langen, dunkelblauen Umhang, die traditionelle Uniform der Ärzte; dazu einen grauen Schal über den Schultern, um sich vor der klammen Kälte im Zimmer zu schützen. Der Mann wandte sich zur Tür um. Beim ersten Blick in sein Gesicht durchfuhr Sano schockhaftes Wiedererkennen.

Der Mann mochte um die siebzig Jahre alt sein. Er besaß eine hohe Stirn und vorstehende Wangenknochen. Tiefe Falten verliefen zu beiden Seiten der langen, asketischen Nase bis zum schmalen Strich des Mundes. Das kurze weiße Haar lichtete sich an den Schläfen, war ansonsten aber noch dicht und voll. Für einen Moment betrachteten die klugen Augen des Mannes Sano mit Mißfallen; dann schaute er wieder in sein Buch, als wäre er über die Störung verärgert. Sano folgte dem Blick des Alten und sah ebenfalls in das Buch. Als er nähertrat, erkannte er darin die Zeichnung eines menschlichen Körpers, die von Worten in einer fremden Sprache bedeckt war.

Beim Anblick des ausländischen Buches, des charakteristischen Äußeren des Mannes und seiner Uniform wußte Sano sofort, wen er vor sich hatte. Vor zehn Jahren hatte er beobachtet, wie dieser Mann in Schimpf und Schande durch die Straßen Edos geschleift worden war. Damals hatte Sano das Gesicht dieses Mannes auf allen öffentlichen Mitteilungstafeln der Stadt sowie auf Flugblättern gesehen, welche die Nachrichtenverkäufer verteilt hatten.

»Doktor Itō Genboku!« stieß Sano hervor. »Aber ich dachte ...« Er hielt inne, denn er wollte den Arzt nicht durch persönliche Bemerkungen beleidigen.

Vor fünfzig Jahren hatte die Regierung eine Politik der strikten Isolation von der Außenwelt begonnen. Iemitsu, der dritte Tokugawa-Shōgun, wollte dem Land nach dem jahrelangen Bürgerkrieg innere Festigkeit verleihen. Aus Furcht, daß machtgierige Daimyō mit Hilfe fremdländischer Waffen und militärischer Unterstützung sein Regime stürzen könnten, hatte Iemitsu die portugiesischen Kaufleute und Missionare sowie sämtliche anderen Ausländer aus Japan vertrieben und das Land von jedem fremdländischen Einfluß gereinigt. Lediglich den Holländern hatte man Handelsrechte belassen. Die Kaufleute durften sich jedoch nur auf der Insel Dejima in der Bucht von Nagasaki aufhalten; sie wurden Tag und Nacht streng bewacht, und die Kontakte mit den Japanern wurden auf die engsten Gefolgsleute des Shōgun beschränkt. Bis zum heutigen Tag waren in Japan ausländische Bücher verboten, und jeder, der sich mit einer fremdländischen Wissenschaft beschäftigte, mußte mit härtester Bestrafung rechnen.

Doch unter den Gelehrten waren Geheimbünde und Untergrundbewegungen entstanden. Japanische *rangakusha* – Gelehrte, die der holländischen Sprache mächtig waren – schmuggelten über verbotene Kanäle ausländische Bücher ins Land, die sich mit Medizin, Astronomie, Mathematik, Physik, Botanik, Geographie und Militärwissenschaften beschäftigten.

Nun staunte Sano, daß er dem berühmtesten *rangakusha* gegenüberstand, einem Mann, dessen Mut er insgeheim bewundert und den er nie vergessen hatte. Doktor Itō Genboku, einstiger Leibarzt der kaiserlichen Familie, verbannt nach Enoshima, weil er holländische Heilmethoden praktiziert und wissenschaftliche Experimente gemacht hatte. Was tat dieser Mann hier, an diesem Ort?

»Ja, ich bin Itō Genboku. Aber ich bin nie nach Enoshima gereist«, sagte der alte Mann, als hätte er Sanos Gedanken gelesen. Er hatte eine trockene, jedoch angenehme Stimme, die von Belustigung und Ironie gefärbt war, als er nun hinzufügte: »Obwohl gewisse Leute meine Stellung als Aufseher der Leichenhalle von Edo als schlimmere Strafe betrachten würden als die Verbannung. Zweifellos hatten die Tokugawas genau dies im Sinn, als sie meinen Urteilsspruch dahingehend geändert haben. Wie dem auch sei, es hat seine Vorteile, hier zu arbeiten.« Er hielt das Buch in die Höhe. »Hier kann ich ungestört meinen Studien nachgehen. Es kümmert niemanden, solange die Arbeit in der Leichenhalle ordnungsgemäß vonstatten geht.« Dann, unvermittelt, fragte er: »Wer seid Ihr, und was wollt Ihr?«

Als Sano sich vorstellte und den Grund für sein Kommen nannte, wurde ihm klar, daß er Doktor Itō nicht mit dem angemessenen Repekt begrüßt hatte. Aber dieser Mann hatte irgend etwas an sich, das Förmlichkeiten überflüssig erscheinen ließ. Vielleicht war es seine ungewöhnlich direkte Art; vielleicht lag es aber auch daran, daß sein Status als Arzt ihn außerhalb des starren Systems gesellschaftlicher Klassen stellte, welches die Beziehungen der Menschen zueinander bestimmte.

»Die Eta konnten meine Fragen nicht beantworten, deshalb hat dieser Mann mich zu Euch gebracht«, endete Sano. »Habt Ihr irgendeinen Hinweis darauf entdeckt, daß es sich nicht um einen *shinjū* gehandelt hat?«

»Ich habe die beiden Toten noch nicht untersucht. Bedauerlicherweise war ich zu sehr mit den Opfern des Häuserbrands von gestern abend beschäftigt.« Doktor Itō bedachte Sano mit einem herausfordernden Blick. »Vielleicht solltet Ihr Euch auf Eure eigene Beobachtungsgabe verlassen und die Leichen selbst in Augenschein nehmen, um etwas über die Umstände des Todes der beiden zu erfahren, statt sich auf meine Erkenntnisse zu stützen. Allerdings wurde der Leichnam Niu Yukikos bereits ihrer Familie übergeben.«

Also hat Magistrat Ogyū mir doch nicht völlig vertraut, ging es Sano durch den Kopf. Ogyū mußte den Befehl, Yukikos Leichnam ihrer Familie zu übergeben, persönlich erteilt haben, um möglichen Fehlern und Nachlässigkeiten einen Riegel vorzuschieben.

»Aber Noriyoshis Leichnam ist noch hier«, fuhr Doktor Itō fort. »Möchtet Ihr ihn mit mir gemeinsam untersuchen?«

Sano fühlte sich wie in einer Falle. Er war nach Shintō-Tradition erzogen worden, und diese lehrte, daß jeder Kontakt mit einem Toten eine spirituelle Beschmutzung bedeute. Doch es wäre schändlich gewesen, einem Mann wie Itō diese Ängste einzugestehen. Sanos kleine, eigenständige Suche nach Wahrheit und Wissen erschien ihm unbedeutend im Vergleich zu den Opfern, die Itō gebracht hatte.

»Ja, Itō-*san*«, antwortete er.

Doktor Itō wandte sich an den Eta. »Mura-*san*«, sagte er und gebrauchte die respektvolle Form der Anrede, wie Doktor Itō sie bei jedem Menschen benutzen würde, »hole bitte Noriyoshis Leichnam.«

Mura verließ die Leichenhalle und kam in Begleitung der beiden jungen Eta zurück, denen Sano bereits begegnet war. Mura hielt ein Kleiderbündel in den Armen und reichte es Doktor Itō. Die beiden jungen Männer schleppten einen großen, länglichen Gegenstand ins Zimmer, der in weiße Baumwolltücher gewickelt war. Sie hoben ihn auf einen der beiden Tische und machten sich daran, die Tücher abzuwickeln.

»Noriyoshis Habseligkeiten«, sagte Doktor Itō und hielt Sano das Kleiderbündel hin.

Sano breitete die Sachen auf dem freien Tisch aus, um

den ersten Blick auf die Leiche, die allmählich unter den Baumwolltüchern zum Vorschein kam, so lange wie möglich hinauszuzögern. Eingewickelt in die blaue Hose und den Kimono von gleicher Farbe, entdeckte Sano eine einzelne, aus Stroh geflochtene Sandale.

»Ein armer Mann«, bemerkte Sano und rieb den rauhen, billigen Stoff der Kleidung zwischen den Fingern. Die Sandale, die an der Ferse bereits stark abgelaufen war, hätte jedem gemeinen Bürger gehören können. Er seufzte. »Die Nius hätten einer Heirat zwischen ihm und Yukiko schon aus diesem Grunde niemals zugestimmt.« Sano fragte sich, ob er das Risiko, den Zorn Magistrat Ogyūs auf sich zu ziehen, für nichts und wieder nichts eingegangen war. Hatte er die Schrecknisse in diesem Gefängnis für nichts und wieder nichts über sich ergehen lassen? »Vielleicht war es doch Selbstmord aus Liebe.«

»Möglicherweise wird Noriyoshi es uns selbst erzählen.« Doktor Itō legte das Buch zur Seite und ging zu der Leiche, die nun, von den Baumwolltüchern befreit, auf dem Tisch lag. Wenngleich Itōs Haltung aufrecht und respekteinflößend war, bewegte er sich zögernd. Ein Ausdruck des Widerwillens huschte über sein Gesicht. »Ihr könnt jetzt gehen«, sagte er zu den beiden Eta, die den Leichnam gebracht hatten. »Mura-*san*, ich möchte, daß du bleibst.«

Sano konnte den Blick auf die Leiche nicht länger hinauszögern. Er gab sich einen Ruck und drehte sich zum Tisch um.

Seine erste Empfindung war Erleichterung. Die Leichenstarre war bereits eingetreten, so daß Noriyoshis Gliedmaßen vollkommen steif waren: Seine Zehen wiesen zur Decke, und sein Mund stand weit offen, so daß er mehr einer grotesken Puppe ähnelte als einem Menschen, der gelebt und geatmet hatte. Er besaß keine Ähnlichkeit mit den verstümmelten Leichen, die Sano auf den öffentlichen Hinrichtungsplätzen gesehen hatte, oder mit den aufgedunsenen Kadavern, die man nach einem Hochwasser aus den Kanälen zog. Schmutz und Fasern von Seetang klebten auf seiner nackten Haut und dem Lendenschurz, doch nirgends waren Blut oder Spuren der Verwesung zu sehen. Neugierig geworden, trat Sano näher an den Tisch. Die tiefroten Wundmale an Noriyoshis Hand- und Fußgelenken erregten seine Aufmerksamkeit.

»Dort wurde die Haut von dem Seil aufgescheuert, mit dem er und Yukiko sich aneinander festgebunden hatten«, erklärte Doktor Itō.

Doch bis auf diese Wunden war Noriyoshis Körper völlig unversehrt. Er hatte einen Schmerbauch und ein aufgedunsenes Gesicht; Arme und Beine waren dünn, und sein Gebiß war nahezu vollständig. Vor seinem Tod hatte Noriyoshi sich für einen Mann in den Vierzigern offenbar guter Gesundheit erfreut. Falls es eine andere Todesursache gab als Ertrinken, war es nicht festzustellen.

»Ich habe genug gesehen«, sagte Sano und ging zum offenen Fenster. »Danke für Eure …«

Doch der Arzt schien ihn gar nicht zu hören. Stirnrunzelnd blickte er auf den Leichnam. Dann sagte er: »Drehe ihn auf die linke Seite, Mura-*san*.«

Gehorsam rollte der Eta den Toten auf die Seite. Itō beugte sich über den Leichnam und betrachtete eingehend den Kopf und den Hals.

Sano trat wieder an den Tisch. Plötzlich stiegen ihm die Ausdünstungen des Körpers in die Nase: ein süßlicher, Übelkeit erregender Geruch, wie auf dem Hinterhof eines Metzgerladens, vermischt mit dem Fischgestank des brackigen Flußwassers. Sano wich rasch einen Schritt zum Fenster zurück. Itō bedeutete dem Eta, die Leiche auf den Bauch zu drehen.

»Woher stammt das?« fragte Sano und zeigte auf die ausgedehnte Fläche rötlich verfärbter Haut, die sich über Noriyoshis Arme, den Rücken, das Gesäß und die Beine erstreckte.

»Vom Liegen«, erwiderte Itō sachlich. »Dort hat sich das Blut nach Eintritt des Todes gesammelt.« Er nahm ein Tuch aus seinem Ärzteumhang und bedeckte damit seine Hand. Dann betastete er Noriyoshis Kopf. Wenngleich Doktor Itō ein Arzt mit fortschrittlichen Ansichten war, hatte auch er die Abneigung Toten gegenüber offenbar noch nicht überwunden.

»Nimm dir ein Messer, Mura-*san*«, befahl Itō, »und ein

Rasiermesser.« Dann, an Sano gewandt: »An der Schädelbasis befindet sich eine kleine, eingeschlagene Stelle. Wir sollten sie uns genauer anschauen.«

Sano betrachtete den Schädel des Toten, konnte aber nichts entdecken. Den Kopf zu berühren, brachte er nicht über sich. Deshalb wartete er, bis Mura dem Toten ein Büschel Haare abgeschnitten hatte und die Stelle, die Doktor Itō ihm gezeigt hatte, anschließend mit einem Rasiermesser abschabte, bis die Kopfhaut freilag. Jetzt sah auch Sano die dunkelrot verfärbte Vertiefung in der Schädeldecke. Fragend blickte er Itō an.

»Woher stammt diese Wunde? Von einem Schlag, der ihn getötet hat, bevor er in den Fluß geworfen wurde?«

»Vielleicht. Oder von einem Felsen oder einem Pfosten, der ihn getroffen hat – nachdem er in den Fluß gesprungen ist.« Doktor Itō betonte die letzten Worte. »Oder er ist während der ersten Stunde nach Eintritt des Todes gegen einen Felsen oder Pfosten geprallt, als er von der Strömung fortgetrieben wurde. Ich kann es unmöglich sagen. Aber es gibt eine Möglichkeit, festzustellen, ob er ertrunken ist.«

Sanos Herz klopfte schneller. Sein Instinkt sagte ihm, daß ein Mörder Noriyoshi diese Wunde zugefügt hatte. Doch er mußte es mit Bestimmtheit wissen. »Und wie geht das?« fragte er neugierig.

»Falls der Mann ertrunken ist, sind seine Lungen mit Wasser aus dem Fluß gefüllt«, erwiderte Itō. »Doch um das festzustellen, müssen wir ihn aufschneiden.«

Sano starrte den Arzt entsetzt an. Das Sezieren eines menschlichen Körpers – wie auch jede andere Handlung, die auch nur im Entferntesten mit ausländischen Wissenschaften zu hatte – war noch genauso streng verboten wie damals, als Itō verurteilt wurde. Vermutlich interessierte es die Behörden nicht mehr, ob Doktor Itō gegen das Gesetz verstieß – aber was war mit ihm, dem frischgebackenen *yoriki*? Wenn die falschen Leute erfuhren, daß er einer Leichenöffnung zugestimmt hatte, würde es ihn nicht nur sein Amt kosten. Man würde ihn verbannen, und er würde sein Heim und die Familie nie wieder sehen. Sano wollte widersprechen, doch als sein Blick sich mit dem Itōs traf, gefroren ihm die Worte auf den Lippen. Ich habe alles aufs Spiel gesetzt, um nach verborgenen Wahrheiten zu suchen, schienen Itōs kluge Augen zu sagen. Wie weit bist du zu gehen bereit?

Sanos Inneres wand sich angesichts dieser unausgesprochenen Herausforderung. Er versuchte, das Bild seines Vaters heraufzubeschwören und das Bild Magistrat Ogyūs. Er rief sich ins Gedächtnis, daß er diesen beiden Männern verpflichtet war. Statt dessen aber sah er vor seinem geistigen Auge, wie der *dōshin* und dessen Schläger einen hilflosen Bettler verprügelten, und plötzlich verspürte Sano die gleiche Hochstimmung wie an diesem Morgen, als er die Ungerechtigkeit des *dōshin* verhindert und eine Untersuchung eingeleitet hatte, die zurück auf den Weg zur Wahrheit führte.

»Also gut«, sagte er.

Kaum hatte Sano die Worte ausgesprochen, erkannte er, daß er sich in dem Moment dieser Sache verschrieben hatte, als er seine Zustimmung erteilte, die Leiche in Augenschein zu nehmen. Schon in diesem Moment hatte er den ersten Schritt getan – und keine Wahl mehr gehabt, was den zweiten Schritt betraf.

Itō nickte Mura zu, worauf der Eta zu einem der Schränke ging und ein hölzernes Tablett mit Instrumenten herausnahm – stählerne Sägen, lange, dünne Klingen und eine Sammlung verschiedener Messer und Geräte, wie Sano sie nie zuvor gesehen hatte. Es mußte sich um Instrumente holländischer Herkunft handeln. Mura stellte das Tablett auf den freien Tisch neben dem Leichnam; dann ging er noch einmal zum Schrank und nahm ein weißes Tuch heraus, das er sich über die untere Gesichtshälfte band.

Muras geübte Bewegungen verrieten Sano, daß dies nicht die erste Leichenöffnung war, die hier vorgenommen wurde. Das Rohr aus Bambus, das von einem Loch im Tisch zu einem Abfluß im Fußboden führte, erhärtete diesen Verdacht. Das Zimmer war für die Experimente Doktor Itōs hergerichtet worden.

Mura drehte Noriyoshis Leichnam wieder auf den Rücken. Dann nahm er ein dünnes Messer und hielt es über die Brust des Toten. Offenbar nahm Mura, nicht Itō, die eigentlichen Schnitte vor. Trotz seiner unkonventionellen Ansichten hielt Itō sich an die Tradition, den Umgang mit Leichen den Eta zu überlassen.

Mit einer Mischung aus Faszination und Entsetzen beobachtete Sano, wie die Klinge glatt durch Noriyoshis Haut und Fleisch drang und sich von der Mitte des Schlüsselbeins aus nach unten zum Nabel bewegte.

»Kein Blut?« fragte Sano, erleichtert, daß ihm dieser Anblick erspart blieb. Dann aber sah er das rohe, rosige Fleisch an der Schnittstelle und wurde blaß. Sein Herz schlug wild, und seine Hände wurden kalt und feucht.

»Die Toten bluten nicht«, erwiderte Doktor Itō.

Derweil machte Mura mehrere Schnitte, die quer zum ersten verliefen. Dann schob er ein Instrument mit flacher Klinge in einen dieser Schnitte.

Sano starrte auf das schimmernde rote Gewebe, das zum Vorschein kam, als Mura die Fleischlappen über dem Brustkasten zur Seite klappte; dann blickte er entsetzt auf Muras schleimige Hand, während sie das Instrument führte, um die Lappen abzutrennen. Sano schluckte schwer. Übelkeit stieg in ihm auf und ließ seinen Magen rebellieren. Trotz der kühlen Luft, die durchs Fenster wehte, rannen ihm Schweißtropfen übers Gesicht. Eine Gänsehaut überlief ihn. Er versuchte, die Übelkeit niederzukämpfen, indem er sich auf etwas anderes konzentrierte: Er dachte daran, daß es nun unmöglich geworden war, Noriyoshis Leichnam öffentlich auszustellen, um ihn und seine Familie der Schande preiszugeben; die Spuren der Leichenöffnung ließen sich nicht mehr verwischen. Sano mußte den Befehl erteilen, Noriyoshi auf dem Scheiterhaufen zu verbrennen, sobald er in seine Schreibstube zurückgekehrt war. Doch Sanos Versuch, sich durch diese Gedanken abzulenken, schlug fehl. Er wollte nicht sehen, was Mura tat, konnte aber nicht anders, als trotzdem hinzuschauen.

Er beobachtete, wie Mura nach und nach Noriyoshis Inneres freilegte: die bleichen, schimmernden Rippen; die beiden gräulich-rosafarbenen, schwammigen Lungenflügel; das rote, fleischige Herz und das verschlungene weiße

Geflecht der Darmwindungen, das den unteren Rand des Schnittes bildete. Wie ein geschlachtetes Tier, dachte Sano benommen. Entsprechend waren die Ausdünstungen, die aus der geöffneten Höhlung im Leib des Toten drangen: süß, faulig und durchdringend.

Wie andere Männer seines Alters war Sano noch nie in den Krieg gezogen. Natürlich wußte er von den Greueln einer Schlacht: Männer, die mit einem einzigen Schwerthieb enthauptet oder mit Gewehren erschossen worden waren, die man von fremdländischen Barbaren gekauft hatte. Abgetrennte Gliedmaßen. In Stücke gehackte Körper. In historischen Texten hatte Sano Berichte darüber gelesen und Geschichten gehört, die von Generation zu Generation weitergegeben wurden. Doch irgendwie hatte er sich das Gemetzel einer Schlacht stets als etwas Edles, Heroisches und Notwendiges vorgestellt, als Bestandteil einer Tradition, die allein den Samurai vorbehalten war. Aber das hier – dieses kühle, unbeteiligte, wohlberechnete Zerstückeln eines menschlichen Körpers – erschien ihm obszön. Es war eine Schändung in ihrer schlimmsten Form. Sano konnte spüren, wie die Verunreinigung seine Haut beschmutzte, wie sie ihm in die Nase stieg und seine Augäpfel trübte. Der Magen drehte sich ihm um. Selbst sein Schweiß schien verpestet zu sein; er brachte es nicht über sich, seine Haut zu berühren und ihn abzuwischen. Sano preßte die Lippen zusammen, um zu verhindern, daß der Schweiß ihm in den Mund lief.

»Die beiden oberen Rippen auf der rechten Seite, Mura-*san*«, sagte Itō.

Sano beobachtete, wie Mura die Kiefer einer klobigen Zange um eine der Rippen schloß, und schlug die Augen zu, als das widerliche Geräusch brechender Knochen ertönte – einmal, zweimal. Als er die Augen wieder öffnete, sah er, weshalb Mura sich das Tuch umgeschlungen hatte: Knochensplitter und kleine Stückchen rot schimmernden Gewebes waren jetzt auf dem weißen Tuch zu sehen, mit dem der Eta seinen Mund bedeckt hatte.

»Gut.« Doktor Itō nickte. »Jetzt schneide … hier.« Mit dem Finger zeichnete er über dem Toten eine Linie in die Luft, dort, wo die Rippen gewesen waren, genau über jenem Teil des schwammigen, gräulich-rosa Lungenflügels, der nun freilag. An Sano gewandt, sagte Itō: »Falls er Wasser geschluckt hat, ist es in den Atemsäcken.«

Sano nickte hastig, denn er befürchtete, sich übergeben zu müssen, wenn er auch nur ein Wort sagte. Er beobachtete, wie die dünne Messerklinge in den Lungenflügel drang, und wappnete sich gegen den Anblick, einen Schwall Flüssigkeit daraus hervorschießen zu sehen.

Nichts dergleichen geschah. Statt dessen schrumpfte der Lungenflügel ein wenig zusammen, wie die angestochene Schwimmblase eines Fisches.

»Kein Wasser.« Auf Doktor Itōs Gesicht erschien ein Ausdruck grimmiger Zufriedenheit. »Dieser Mann ist nicht ertrunken. Er war tot, bevor er ins Wasser gelangte. Er wurde ermordet und dann in den Fluß geworfen.«

Sano wurde schwarz vor Augen; die Knie wurden ihm weich, und er schwankte. Dann würgte er.

»*Yoriki* Sano-*san!* Ist Euch schlecht?«

Sano versuchte zu antworten, doch bittere Galle brannte ihm in der Kehle. Ohne Abschiedsgruß wankte er aus der Leichenhalle. Er mußte raus hier. So schnell wie möglich.

Die Gefängnisflure kamen ihm endlos lang vor; die Schreie der Gefangenen hörten sich an wie das Heulen der höllischen Dämonen. Irgendwie schaffte Sano es bis zum Tor. Es gelang ihm noch, auf sein Pferd zu steigen und die Hälfte der Brücke zu überqueren. Dann rebellierte sein Magen aufs neue. Sano stieg rasch ab und übergab sich würgend in den Kanal. Doch daß die Übelkeit schwand, brachte ihm nur wenig Erleichterung. Noch immer kam er sich schrecklich besudelt vor. Er hatte nur noch einen Gedanken: sich so schnell und so weit wie möglich von diesem Ort des Grauens zu entfernen. In wildem Galopp ritt er blindlings durch das trübe Licht der Dämmerung.

Schließlich ragte – wie ein Geschenk der Götter – ein Gebäude vor ihm auf, über dessen Eingang ein blaues Schild hing, auf dem das Schriftzeichen *yu* abgebildet war: heißes Wasser. Ein Badehaus. Sano zerrte an den Zügeln, bis die Stute stand, sprang vom Pferderücken, stürmte ins Innere des Badehauses und warf ein paar Münzen auf den Ladentisch.

»Ein heißes Bad kostet nur acht *sen*, Herr!« rief der Bedienstete ihm nach und hielt das Wechselgeld in der ausgestreckten Hand.

Sano beachtete ihn nicht. Er schnappte sich einen Beutel mit Seife aus Reiskleie vom Empfangstisch und schob dem Bediensteten hastig seine Schwerter zur Aufbewahrung zu. Dann taumelte er in die Badestube. In dem dunstigen, feuchten Raum saßen Männer mit Lendenschurzen und Frauen in dünnen Untergewändern. Sie schrubbten und spülten sich ab oder ließen sich im tiefen Badebecken treiben. Sano war sich der erstaunten Blicke der anderen Besucher gar nicht bewußt, als er sich die Kleidung vom Leib riß und sie achtlos zu Boden schleuderte. Wild rieb er sich mit der Seife ein, bis die Haut wie Feuer brannte. Dann goß er sich einen Eimer Wasser über dem Kopf aus, stieg ins Badebecken und tauchte immer wieder unter. Das Wasser war kochend heiß, doch Sano zwang sich, Mund und Augen offen zu halten, damit das Wasser ihn von innen und außen reinigen konnte.

Endlich überkam ihn eine tiefe innere Ruhe. Er fühlte sich nicht mehr beschmutzt. Keuchend zog er sich aus dem Badebecken, ging zu einer der Bänke im Dampfraum und setzte sich. Dann schloß er die Augen und stöhnte auf, als ihm schlagartig eine Erkenntnis kam.

Noriyoshi war ermordet worden. Die Logik sagte Sano, daß auch Yukiko einem Mord zum Opfer gefallen war. Doch weil er niemandem von der verbotenen Leichenöffnung erzählen durfte, mußte er eine andere Möglichkeit finden, zu beweisen, was niemand wissen durfte.

3.

Sano erwachte vom Geräusch der Schritte, die vor seiner Schlafkammer in den Kasernen der *yoriki* ertönten. Unter seiner dicken Decke drehte er sich zur Tür und hob den Kopf von der hölzernen Nackenstütze. Ein schmaler Lichtschacht fiel ins Zimmer und wurde breiter, als das Türblatt zur Seite geschoben wurde. Dann kam das Dienstmädchen auf den Knien ins Zimmer und brachte einen Eimer mit heißen Kohlen herein.

»Guten Morgen, *yoriki-san*«, sagte sie fröhlich und beugte sich vor, um einige Kohlestücke in ein Becken zu legen, das in der Nähe von Sanos Futon stand.

Durch die dünnen Wände drangen die anderen morgendlichen Geräusche der erwachenden Kasernen. Die Holzdielen der Veranda, die sich vor der Tür von Sanos Wohnung und zehn weiteren erstreckte, ächzten und bebten unter hastigen Schritten. Die *yoriki* riefen einander Begrüßungen zu. Sano hatte eine Zeitlang gebraucht, sich an diese Geräuschkulisse zu gewöhnen, die ganz anders war als die Stille des Hauses, in dem er allein mit seinen Eltern und einem einzigen Dienstmädchen gewohnt hatte, das für alle Arbeiten zuständig war. Als im angrenzenden Zimmer ein lautes Krachen ertönte, verzog Sano das Gesicht und erhob sich vorsichtig.

Zu seiner Erleichterung war die Übelkeit von ihm abgefallen, die ihm nach der Leichenöffnung den ganzen gestrigen Abend zu schaffen gemacht hatte. Er fühlte sich ausgeruht und hungrig; ja, er war sogar zuversichtlich, herauszufinden, wer Noriyoshi und Niu Yukiko ermordet hatte. Nur die Sorge um seinen Ruf und die unterschwellige Furcht, Magistrat Ogyūs Befehl mißachtet zu haben, trübten seine Gedanken.

Eilig streifte Sano seinen dicken Winterumhang über und ging zum Türeingang, um seine Sandalen anzuziehen. Er schauderte in der kalten Luft des grauen Morgens, als er über die Veranda zu den Toiletten ging, die sich in einem Anbau gleich hinter den Kasernen befanden. Zu seiner Erleichterung traf er dort keinen seiner Amtskollegen an; denn Sano war aus dem Kameradenkreis ausgeschlossen und wurde mit Herablassung, ja, Verachtung behandelt.

Nachdem er auf sein Zimmer zurückgekehrt war, half ihm sein Diener beim Waschen und Ankleiden. Sano zog einen frischen schwarzen *hakama* an, dazu ein weißes Untergewand und einen dunkelblauen, mit schwarzen Quadraten bedruckten Kimono mit schwarzer Schärpe. Das Hausmädchen hatte Sanos Bettzeug derweil im Schrank verstaut, die Kleidung vom gestrigen Tag aufgelesen, um sie zum Waschen zu bringen, und die Matten gefegt. Als der Diener ihm das Haar einölte und ihn frisierte, mußte Sano sich eingestehen, daß das Amt des *yoriki* seine Vorzüge hatte. Seine Wohnung, die sich auf dem umzäunten Gelände der Polizeikasernen befand, war größer und schöner, als er es je erwartet hatte. Im Schlafraum hätte eine ganze Familie nächtigen können, und das nicht minder große Wohnzimmer besaß eine Nische mit Schreibpult und Regalen, die in die Wände eingelassen waren, wie im Hause eines reichen Mannes. Sanos Einkünfte betrugen zweihundert *koku* jährlich – eine Summe, von der man zweihundert Menschen ein Jahr lang mit Reis hätte ernähren können. Selbst nach Abzug der Unkosten für Wohnung und Verpflegung, der Löhne für die Dienerschaft und der Stallgebühren blieb Sano ein Vielfaches seines früheren Lehrergehalts.

Er seufzte leise, als er den Diener entließ und zum Speisesaal der Kaserne ging. Was nutzten ihm alle diese Privilegien? Da seine Amtskollegen ihm alles andere als kameradschaftlich begegneten, konnte er sich an den vielen Annehmlichkeiten seines neuen Berufs nicht recht erfreuen.

Obwohl es schon spät war, knieten noch immer sechs Männer im Speisesaal beim Frühstück: Yamaga, Hayashi und vier weitere *yoriki*. Sie alle waren tadellos gekleidet und frisiert und hielten Teeschalen in den manikürten Händen. Die Männer hoben die Köpfe, als Sano im Türeingang innehielt, und blickten ihn an. Die Gespräche verstummten.

Dann sagte Hachiya Akira, der dienstälteste *yoriki*, ein massiger, pausbäckiger Mann in den Fünfzigern: »Wir dachten schon, Ihr kommt nicht.« Er nahm einen Schluck Tee. »Danke, daß Ihr uns die Ehre gebt, Euch zu uns zu setzen.« Auch im gedämpften Murmeln der anderen lagen Mißbilligung und leise Ironie.

»Ich bitte um Vergebung«, sagte Sano und nahm seinen Platz neben Hayashi ein. So unwillkommen er bei den anderen *yoriki* auch sein mochte, erwarteten sie dennoch von ihm, daß er mit ihnen gemeinsam die Mahlzeiten einnahm und sich auf ihren Zimmern einfand, wenn sie sich abends trafen, um zu trinken und zu plaudern. Sano hätte es vorgezogen, in seiner Wohnung zu essen und seine Freizeit mit Lesen oder in der Gesellschaft alter Freunde zu verbringen. Doch das Erdulden der Sticheleien und Kränkungen, des Ausgeschlossenseins und der Einsamkeit war eine Pflicht, der er sich nicht entziehen konnte.

»Na schön.« Hachiya beachtete Sano nicht weiter, wandte sich den anderen zu und nahm das Gespräch wieder auf, das sich wie üblich um Politik drehte.

»Was man von unserer Regierung auch halten mag«, sagte er, »eins kann niemand bestreiten: Sie sorgt im ganzen Land für Ruhe und Ordnung. Seit dem Shimabara-Bauernaufstand vor mehr als fünfzig Jahren gab es keine nennenswerten inneren Unruhen. Wir brauchen keinen Bürgerkrieg mehr zu befürchten, weil die Militärmacht der Tokugawas weitaus stärker ist als die jeder anderen Daimyō-Familie, die das Herrscherhaus herausfordern könnte.«

Sano war anderer Meinung, doch er schwieg. Er wußte,

daß viele ehrgeizige Männer sich im Laufe der Geschichte mehr als einmal erfolgreich gewaltigen Herausforderungen gestellt hatten, um die Macht an sich zu reißen. Vor fünfhundert Jahren, beispielsweise, hatte Minamoto Yoritomo – ein Ahnherr der herrschenden Tokugawas – das kaiserliche Heer besiegt und war Shōgun geworden. Dann wieder hatte die Ashikaga-Sippe die Minamotos verdrängt. Und in jüngerer Zeit hatten große Feldherren einen fast hundert Jahre währenden Bürgerkrieg geführt, um die Macht an sich zu reißen. Kein Kaiserhaus überdauerte für immer; auch die Herrschaft der Tokugawas würde irgendwann enden, ungeachtet ihrer scheinbar dauerhaften militärischen Überlegenheit. Daß die Regierung blitzschnell handelte, wenn es galt, drohende Aufstände aufzudecken und niederzuschlagen, machte nur deutlich, daß das Kaiserhaus sich dieser Tatsache bewußt war. Dennoch betrachtete die Mehrzahl der Samurai derartige Präventivschläge als überflüssig; denn sie hielten die Tokugawas für unbesiegbar.

»Trotzdem muß ich zugeben, daß sich seit der Ermordung seines Beraters Masatoshi, dieses hervorragenden Staatsmannes, die Dinge geändert haben«, fuhr Hachiya fort. »Ohne Masatoshis Rat und Führung scheint Shōgun Tokugawa Tsunayoshi die Lust an den Regierungsgeschäften verloren zu haben. Wenn ich nur daran denke, wie hart und entschlossen er vor acht Jahren bei dem Bestechungsskandal in Takata durchgegriffen hat! Dem dortigen Daimyō wurde sein Lehensgebiet aberkannt; seinem Stellvertreter befahl man, *seppuku* zu begehen, und alle anderen Abtrünnigen wurden in die Verbannung geschickt. Und wie sieht es heutzutage aus? Tsunayoshi geht ganz anderen Freizeitbeschäftigungen nach. Er lehrt seine Staatsdiener chinesische Philosophie und Klassik. Er läßt die alten Shintō-Feste wieder aufleben. Er ist ein Gönner des Theaters und gründet Hochschulen, an denen die Lehren des Konfuzius verbreitet werden.«

In Hachiyas sachlicher Stimme lag nicht der Hauch von Unzufriedenheit, Mißmut oder Verachtung. Da es überall Spione gab, wagte es niemand, den Shōgun offen zu kritisieren. Doch Sano hatte verstanden, und er wußte, daß für seine Kollegen gleiches galt: Tokugawa Tsunayoshi hatte Gegner – in diesem Zimmer ebenso wie in allen Schichten der Gesellschaft.

Yamaga schnaubte verächtlich. »Der oberste Kammerherr seiner Hoheit – der hochgebildete und liebenswerte Yanagisawa – übt inzwischen eine sehr große Macht aus«, sagte er und setzte seine Teeschale ab. Dann, ganz beiläufig, als wollte er das Thema wechseln, fuhr er fort: »Die Verbreitung gewisser sexueller Praktiken scheint zuzunehmen. Die Folgen sind nicht zu übersehen. Seine Hoheit ... viele Einzelpersonen ... das Schatzamt ...« Er ließ seine Worte im Raum stehen.

»Hmmm.« Zurückhaltendes, zustimmendes Gemurmel der anderen erhob sich; sie nickten und schlugen die Augen nieder.

Sano unterdrückte ein Lächeln, als er von einer Dienstmagd sein *ozen* entgegennahm – ein Servierbrett mit einer Mahlzeit aus Reis, Fisch und eingelegtem weißem Rettich sowie einer Schale Tee. Yamagas Talent, seine Meinung auf unverfängliche Weise kundzutun, war beinahe so ausgeprägt wie bei Magistrat Ogyū. Wenngleich mit wenigen Worten, hatte Yamaga den anderen soeben zu verstehen gegeben, daß Gerüchte besagten, Kammerherr Yanagisawa würde Männer den Frauen vorziehen, ja, daß er eine Affäre mit dem Shōgun selbst gehabt habe, dessen Protégé er seit seiner Jugend gewesen war. Auf diese Liebesaffäre war der wachsende Einfluß des Kammerherrn zurückzuführen. Doch die Lust des Shōgun auf junge Männer konnte von Yanagisawa allein nicht befriedigt werden. Offensichtlich hatte der Shōgun einen Griff in die Schatzkammer getan und Regierungsgelder dazu benutzt, seine vielen Geliebten mit Geschenken zu überschütten, darunter einen Harem von Jungen. Dies wiederum hatte nicht nur unter der Dienerschaft im Palast des Shōgun Zorn hervorgerufen, sondern auch unter den mächtigen Daimyō. Allerdings galt dieser Groll nicht den sexuellen Vorlieben des Shōgun. Viele Samurai praktizierten gleichgeschlechtliche Liebe; sie betrachteten diese Art von Sexualität als einen Ausdruck, den »Weg des Kriegers« zu beschreiten. Der Zorn der Höflinge und der Daimyō galt vielmehr der unverhohlenen Günstlingswirtschaft des Shōgun.

Das Gespräch wandte sich wieder allgemeineren Themen zu. Während des Essens zu reden galt zwar als Stilbruch, doch die anderen hatten ihre Mahlzeit inzwischen beendet und betrachteten es offensichtlich nicht als Unhöflichkeit, zu schwatzen, während Sano noch bei ihnen saß und frühstückte. Da Sano wie jeden Morgen aus der Gesprächsrunde ausgeschlossen war, hing er seinen eigenen Gedanken nach, die sich diesmal um ihn selbst und seine Amtskollegen drehten. Wie groß der Unterschied zwischen ihnen und den Kriegern aus den alten Zeiten doch war! Statt sich am Morgen im Freien zu versammeln und über Strategien vor einer Schlacht zu diskutieren, frühstückten sie in aller Ruhe und plauderten über Politik und Hofklatsch. Hachiya, zum Beispiel, der sich soeben über seine Probleme mit einem bestimmten Beamten des Schatzamts ausließ, war nicht annähernd mit General Hōjō Masamura zu vergleichen, der das Land vor vierhundert Jahren erfolgreich gegen den Ansturm der Mongolen verteidigt hatte. Natürlich dankte Sano den Göttern, daß Friedenszeiten herrschten, die dem Land zu Wohlstand und innerer Festigkeit verholfen hatten; doch er bedauerte die verlorene martialische Schlichtheit jener vergangenen Tage.

Die Zeiten hatten sich geändert, und im Zuge dieser Veränderungen hatte auch der »Weg des Kriegers« eine unmerkliche Wandlung erfahren. Noch immer galten den Samurai die Ehre, der Mut, der Gehorsam und die Treue als die höchsten aller Tugenden. Noch immer trugen sie Schwerter und waren verpflichtet, ihre Fertigkeiten im Waffenkampf für den Kriegsfall auf dem höchstmöglichen Stand zu halten. Doch neben dem Treueschwur zu einem Fürsten waren die Samurai meist in ein kompliziertes und mitunter widersprüchliches Netz aus Verpflichtungen gegenüber Vorgesetzten, Verbündeten und Gönnern eingebunden – zusätzlich zu den Gelöbnissen, die sie dem Shōgun geleistet hatten. Zwar übten die meisten Samurai den Waffenkampf an besonderen Schulen – Sanos Vater leitete eine solche Akademie –, doch viele verzichteten heutzutage darauf und waren in der Folge verweichlicht, wie Yamaga und Hayashi.

Gewiß, die Samurai wurden dazu angehalten, sich sowohl politisch zu bilden als auch militärische Übungen zu betreiben. In Friedenszeiten mußten die Energien der Samurai in zivile Kanäle geleitet werden; sowohl ihre Ausbildung als auch ihre schwindenden Einkünfte machten sie zu idealen Anwärtern für den Dienst in der Regierungsbürokratie. Doch Sano war der Meinung, daß Körper und Seele des Samurai viel von ihrer einstigen stählernen Härte verloren hatten – was unter anderem damit zusammenhing, daß die Samurai ihre Existenz heutzutage nicht mehr als immerwährende Vorbereitung für den Kampf auf Leben und Tod im Dienste ihres Fürsten betrachteten.

Nichts in Sanos Leben hatte ihn darauf vorbereitet, einen Mordfall zu untersuchen und den Täter zu finden. Wie sollte er an diese Aufgabe herangehen?

Während Sano sein Dilemma überdachte, bemerkte er plötzlich, daß Hayashi ihm mit ungeduldiger Stimme eine Frage stellte, was darauf hindeutete, daß er diese Frage bereits wiederholte.

»Ich bitte um Verzeihung, Hayashi-*san*. Ich habe nicht zugehört. Was habt Ihr gesagt?«

Hayashi blickte Sano fest in die Augen und sagte mit übertriebener Betonung: »Jedermann weiß, daß Lehrer ihrem Beruf deshalb nachgehen, weil sie keine anderen Fähigkeiten haben. Insofern ist es ein Segen, daß die Regierung so gut organisiert ist, daß sie sich praktisch selbst verwalten kann. Aus diesem Grunde spielt es kaum eine Rolle, auf welche Weise Stellen vergeben werden oder wie qualifiziert die Männer sind, die diese Stellen bekommen. Meint Ihr nicht auch?«

Die Worte hingen schwer und lastend im Zimmer. Schweigen breitete sich aus, als die anderen auf Sanos Reaktion warteten. Er konnte spüren, wie ihm die Röte in die Wangen stieg, während er beobachtete, wie seine Kollegen Blicke tauschten und ein Grinsen unterdrückten. Bislang hatte Sano die dauernden Sticheleien und verschleierten Beleidigungen hingenommen. Jetzt aber – vermutlich deshalb, weil er Hayashis abfällige Meinung teilte, was seine Qualifikation betraf – loderte plötzlich heißer Zorn in ihm auf. Die Erniedrigungen und Enttäuschungen der letzten Monate brachen sich Bahn. Sano lag eine heftige Erwiderung auf der Zunge. Doch weil ein offener Streit mit Hayashi ihm einen strengen Verweis Ogyūs einbringen würde, schwieg Sano. Denn Ogyū erwartete, daß die Arbeit der Polizeitruppe reibungslos und unauffällig vonstatten ging.

»Manche Leute mögen dieser Meinung sein.« Sano zwang sich, mit gelassener Stimme zu antworten. »Andere sind es wahrscheinlich nicht.«

Hayashis hämisches Grinsen ließ die Flammen von Sanos Zorn noch höher auflodern. Doch dieser Zorn brachte die Einsicht hervor, Zurückhaltung zu üben: Mochten diese Männer denken, was sie wollten – ein Lehrer und Geschichtsgelehrter besaß sehr viele nützliche Fähigkeiten! Fähigkeiten, mit der man jede Aufgabe in Angriff nehmen konnte, sogar die Nachforschungen in einem Mordfall. Wenn Sano irgend etwas über ein geschichtliches Ereignis oder eine historische Persönlichkeit erfahren wollte, befragte er Menschen, die Zeugen dieses Ereignisses gewesen waren oder die betreffende Person gekannt hatten. Bis jetzt hatte er keinen Zeugen der Morde gefunden. Aber er konnte mit den Menschen reden, die Yukiko und Noriyoshi nahegestanden hatten. Vielleicht gelang es ihm auf diese Weise, das Motiv und die Identität des Mörders aufzudecken. Er warf seine Eßstäbchen auf das Servierbrett, erhob sich und verbeugte sich zum Abschied vor den anderen.

Hachiya runzelte die Stirn. »Wollt Ihr uns so schnell verlassen?«

»Ja.« Sano blickte auf die sechs Männer hinunter. Die Feindseligkeit, die er auf ihren Gesichtern lesen konnte, erfüllte ihn mit Trauer und Sorge. Daß er es nicht schaffte, sich diese Männer zu Kameraden zu machen, ließ für die Zukunft nichts Gutes ahnen. Doch Sano versuchte sich einzureden, daß die Feindschaft der anderen *yoriki* bedeutungslos war. Es zählte allein, die Wahrheit zu finden und einen Mörder vor Gericht zu bringen. »Ich muß in meine Schreibstube und meinen Mitarbeitern

Anweisungen erteilen. Dann werde ich den Familien der Toten meine Aufwartung machen.«

Die *yashiki* – große, befestigte Residenzen der Daimyō – beanspruchten riesige Landgebiete im Süden und Osten des Palasts von Edo. Jedes *yashiki* war von einem geschlossenen Ring aus flachen Wohngebäuden umgeben, in denen nicht weniger als zweitausend Gefolgsleute des jeweiligen Fürsten lebten. Die weiß getünchten Wände waren mit schwarzen Kacheln verziert, die in geometrischen Mustern angeordnet waren; nur an einigen Stellen wurde der geschlossene Mauerring von schwerbewachten Toreingängen unterbrochen. Ebene, gerade Durchgangsstraßen – breit genug, daß man gewaltige Militärparaden darauf hätte abhalten können – trennten die einzelnen Anwesen. Auf diesen Straßen waren zahllose Samurai unterwegs, zu Fuß oder zu Pferd.

Sano ging mit raschen Schritten durch die Straßen und suchte an jedem Tor eines jeden *yashiki* nach dem Wappen der Fürstenfamilie Niu. Es war kälter geworden; ein bewölkter Himmel hatte sich drückend auf die Stadt gesenkt und drohte mit Schneefall. Sanos Atem kondensierte in der frostigen Luft, und obwohl er Handschuhe trug, schob er die Hände in die Ärmel seines Umhangs, um ihnen zusätzliche Wärme zu spenden. Unter dem Arm trug er das obligatorische Beileidsgeschenk: ein Paket mit feinstem Gebäck, in weißes Papier gewickelt und mit schwarzen und weißen Stoffbändern umwunden. Über ihm ragte der Palast von Edo auf, ein eindrucksvolles Gefüge aus steinernen Mauern und Ziegeldächern auf der Kuppe eines bewaldeten Hügels.

Für einen Moment blieb Sano stehen und schaute sich um. Der Anblick des Palasts, der Festungen, von denen er umgeben war, und der Vielzahl bewaffneter Männer erinnerte ihn daran, daß diese Stadt im Grunde ein riesiges Militärlager war. Die Tausende von Stadtbewohnern, die auf engstem Raum auf dem kleinen, verbliebenen freien Stück Land wohnten, das sich zwischen Sanos jetzigem Standort und dem Fluß befand, lebten nur, um der Stadt zu dienen. Edo gehörte dem Shōgun und den Daimyō.

Sano setzte den Weg fort. Er vermutete, daß Fürst Niu Masamune, seiner Macht und seinem Reichtum gemäß, in einem der *yashiki* in unmittelbarer Nähe des Palasts wohnte. Und dann fand er es endlich, das Wappen der Niu-Sippe: eine Libelle im Innern eines Kreises, der in roter Farbe auf eine weiße Flagge gemalt war. Schwarze Trauerbänder waren über dem Tor zu großen Schleifen gebunden. Die Libelle, das Symbol des Sieges, schien in Sanos Augen ein unpassendes Wappentier für diese Familie zu sein. Nicht nur des Selbstmordes Yukikos wegen – die Nius und ihre Verbündeten waren in der Schlacht von Sekigahara von den Tokugawas und deren Anhängern besiegt worden. Nach der Schlacht hatte man den Nius ihr seit Generationen angestammtes Lehnsgebiet entzogen. Doch Ieyasu, der erste Tokugawa-Shōgun, hatte erkannt, daß seine besiegten Feinde sich erneut gegen ihn erheben würden, falls er sich nicht mit ihnen aussöhnte. Er gab ihnen neue, aber ferne Lehnsgebiete – den Nius beispielsweise in Satsuma, weit fort von ihrem angestammten Machtzentrum. Ieyasu und seine Nachfolger hatten von den Daimyō-Sippen ein Vermögen an Tributzahlungen kassiert, während die Daimyō als Gegenleistung einen Großteil ihrer Reichtümer behalten und ihre Provinzen eigenverantwortlich regieren durften. Somit hatte Niu Masamune seinen Status als einer der hochrangigsten Fürsten behalten, wenngleich mit fernem Machtbereich; denn er zählte zu jenen Männern, deren Sippen Tokugawa Ieyasu nach der Niederlage in der Schlacht von Sekigahara den Treueid geleistet hatten und mit neuen Lehnsgebieten in der Provinz bedacht worden waren. Schon das kunstvolle Tor mit den roten Balken, den zwei Wachthäusern, den schweren Doppeltüren und dem gewaltigen Ziegeldach kündete von der Vormachtstellung dieser Sippe gegenüber den niederrangigen Daimyō, deren Tore vor den *yashiki* schmuckloser waren.

Ein paar Schritte vor dem Tor des Niu-*yashiki* blieb Sano stehen. Er hätte nie damit gerechnet, einem Daimyō einen Besuch abzustatten, aus welchem Grund auch immer. Nun fragte er sich, ob er die Kühnheit und das Geschick besaß, den Nius Einzelheiten aus Yukikos Leben zu entlocken, während er vorgab, ihnen einen offiziellen Beileidsbesuch abzustatten. Nur sein wachsendes Verlangen, die Wahrheit aufzudecken und Yukikos Mörder zu finden, verlieh ihm den Mut, sich den Wachthäusern zu nähern.

Er gab sich den Posten zu erkennen und erklärte: »Ich möchte der Familie Niu persönlich mein Beileid aussprechen.« Dann, um als Grund für seinen Besuch keine vollständige Lüge zu nennen, fügte er hinzu: »Und einige Dinge regeln, die Fräulein Yukikos Tod betreffen.«

»Wartet bitte einen Augenblick«, sagte der Posten. Anders als die Wächter im Gefängnis von Edo, zeigte der Mann sich weder erstaunt noch unterwürfig. Zweifellos empfing er als Bediensteter eines mächtigen Fürsten viele Besucher, die im Rang weit höher standen als ein *yoriki*. Der Posten kam aus der Tür und ging zu dem zweiten Wachthaus hinüber, wo er sich mit dem anderen Bewaffneten besprach. Dann öffnete er das Tor, sagte irgend etwas zu jemandem, der sich dahinter befand, schloß die Türflügel wieder und wandte sich erneut an Sano. »Bitte, geduldet Euch noch einen Augenblick«, wiederholte der Mann.

Sano wartete. Die klamme, kalte Luft drang in seine Kleidung, und er schritt vor den Wachthäusern auf und ab, um sich warm zu halten. Als er schon damit rechnete, gar nicht erst Zutritt zum *yashiki* zu bekommen, schwangen die Torflügel wieder auf.

Ein weiterer Wachtposten stand vor Sano. Er verbeugte sich und sagte: »Fürst Niu hält sich zur Zeit nicht in der Stadt auf, Herr. Doch falls Ihr die Güte habt, mir zu folgen, wird Fürstin Niu Euch empfangen.«

Es überraschte Sano nicht, daß Niu Masamune außerhalb der Stadt weilte, während die Fürstin sich daheim in Edo aufhielt: Es entsprach dem Gesetz des »wechselnden Aufenthaltsortes« oder »turnusmäßigen Besuchs«. Die Daimyō mußten jedes Jahr vier Monate in der Stadt und acht Monate auf ihren Ländereien in der Provinz verbringen. Wenn sie zu ihren fernen Lehnsgebieten reisten, hielt der Shōgun ihre Ehefrauen und Familien in Edo als Geiseln. Die Daimyō waren zudem in Gruppen aufgeteilt, so daß die einen sich in Edo, die anderen sich auf ihren Ländereien aufhielten. Alle diese Einschränkungen waren zwar eine tiefe Demütigung für die stolzen Feudalherren, hielten sie aber wirkungsvoll davon ab, sich gegen den Shōgun zu verschwören und einen Aufstand anzuzetteln. Außerdem waren die Daimyō auf diese Weise gezwungen, zwei Wohnsitze zu unterhalten, wodurch sie einen Großteil ihres Vermögens für nichtmilitärische Ausgaben verwenden mußten. Der Frieden kostete einen hohen Preis, den die Daimyō mit ihrem Geld, ihrem Stolz und ihrer Freiheit bezahlen mußten.

Dennoch hatte Sano nicht damit gerechnet, von Fürstin Niu empfangen zu werden. Die meisten adeligen Damen verbrachten ihre Zeit in den Frauengemächern der Villen, während die Bediensteten der Daimyō sich um die alltäglichen Belange kümmerten. Nur selten empfingen die Fürstinnen männliche Fremde. Voller gespannter Neugier – und zunehmend unsicher, wie er sich verhalten sollte – folgte Sano dem Wächter durch das Tor.

Schon auf den ersten Blick erkannte er, das dieses *yashiki* wie ein Militärlager angelegt war, in dem die Zelte der Soldaten um das des Generals herum aufgestellt waren. Hier, im Innern des *yashiki*, umgrenzte der äußere Ring der Kasernengebäude einen ausgedehnten Hof, auf dem Gruppen von Samurai patrouillierten und das Zentrum des Anwesens schützten, wo sich das Herrenhaus der Nius befand. Andere Samurai putzten in den Wachthäusern ihre Waffen oder saßen untätig herum. Weitere Kasernen – größere, luxuriösere Unterkünfte, für die höheren Offiziere gedacht – bildeten einen inneren Schutzwall. Über einen gepflasterten Gehweg gelangten Sano und sein Führer in einen kunstvoll angelegten Garten, hinter dem sich die Villa des Daimyō befand, ein großes, trügerisch schlicht aussehendes Gebäude mit Ziegeldach und Wänden aus Fachwerk, das auf einem podiumartigen Fundament aus Granit stand. Sano wußte, daß solche Herrenhäuser in Wahrheit ein verschachtelter Komplex aus mehreren Gebäuden waren, durch lange Flure oder sich überschneidende Dächer miteinander verbunden. Diese Villen beherbergten Hunderte von Menschen. Das Gefühl der Minderwertigkeit, vermischt mit Ehrfurcht, schwächte Sanos anfängliche Entschlossenheit. Bist du ein Narr, fragte er sich, daß du es wagst, einer so reichen und mächtigen Familie mit solchen Fragen gegenüberzutreten?

Direkt vor dem Haus befand sich eine offene Hütte, in der mehrere Sänften standen, welche mit kunstvoll geschnitzten Lackarbeiten verziert waren. Sano folgte dem Wächter unter dem Vordach hinweg in die große Empfangshalle. Dort zog er seine Sandalen aus und streifte Pantoffeln über, die für Besucher bereitstanden. Er legte seine Schwerter auf ein Regal, auf dem bereits eine große Zahl von Bogen, Speeren und Schwertern lagen; die Etikette verlangte, daß ein Samurai ein fremdes Heim stets unbewaffnet betrat. Dann folgte Sano dem Wachtposten in den Wohnbereich des Hauses.

Der Posten schritt schnell aus, so daß Sano nur einen flüchtigen Blick in die riesige, leere Empfangshalle mit den Wandgemälden, die grüne Inseln in einem wogenden blauen Meer zeigten, der kassettierten Decke und dem großen Podium werfen konnte, an dessen entferntem Ende bei feierlichen Zeremonien der Daimyō saß. Ein Hausmädchen öffnete die Fenster, um frische Luft in die Halle zu lassen; durch eines dieser Fenster konnte Sano die Freiluftbühne sehen, auf der im Sommer traditionelle Nō-Dramen aufgeführt wurden. Alles war geschmackvoll und luxuriös eingerichtet, ohne protzig zu wirken. Die strengen Luxusgesetze der Tokugawas erlaubten keine verschwenderische Ausstattung eines Heimes, und kein Daimyō würde es wagen, die Beschlagnahme seines Eigentums zu riskieren.

Ein Flur führte zu einem weiteren Empfangszimmer, aus dem das leise Murmeln von Stimmen drang. Nachdem Sano und sein Führer das Zimmer betreten hatten, kniete der Wächter nieder und verbeugte sich.

»*Yoriki* Sano Ichirō von der Dienststelle des Magistraten Ogyū«, verkündete er, erhob sich und stellte sich neben die Tür.

Auch Sano kniete nieder und verbeugte sich. Als er den Kopf hob, wurde sein Blick sofort von der Frau gefangen, die auf einer Estrade kniete und das Zimmer sowie sämtliche Anwesenden durch die bloße Kraft ihrer Persönlichkeit beherrschte.

Vor dem Hintergrund eines Gemäldes, das dunstige graue Berge zeigte, bildete Fürstin Niu in ihrem grünblauen Kimono, der mit farbigen Landschaftsbildern bedruckt war, einen wunderschönen Kontrast. Ihr Körper war stämmig wie der eines Mannes, ihre Haltung kerzengerade, und ihr weißer Hals, der aus dem tief ausgeschnittenen Kimono ragte, war wie eine starke, dicke Säule. Doch ihr Kopf war von beeindruckender klassischer Schönheit. Ihr Gesicht war ein längliches Oval mit straffer, jugendlicher Haut, gerader Nase, langen, schmalen Augen und einem sorgsam geschminkten kleinen Mund, der in scharlachroter Farbe leuchtete. Ihr schwarzes Haar war aus der Stirn nach hinten gekämmt und zu einem kunstvollen Knoten im Nacken geflochten; es war mit Spangen aus Lack festgesteckt und wies nicht eine graue Strähne auf. Ihre aufrechte Haltung und die Aura der Selbstsicherheit unterstrichen die frauliche Reife Fürstin Nius. Eine seidene, mit aufgestickten blauen und schwarzen Brillanten gemusterte Decke lag auf ihrem Schoß und war bis über ein Kohlebecken ausgebreitet, von dem nur die quadratischen Umrisse zu sehen waren. Ihre gefalteten Hände waren so klein und zart, daß sie die Aura der Macht, die diese Frau ausstrahlte, Lügen straften. Fürstin Niu war eine faszinierende Persönlichkeit voller Gegensätze: eine Frau, die Schönheit mit Strenge vereinte, Weiblichkeit mit Energie und Kraft; eine Frau, die sich nicht durch Konventionen von der Außenwelt aussperren ließ, wie es für Damen von Adel üblich war. Sofort verspürte Sano den Wunsch, mehr über diese Frau zu erfahren.

Noch einmal verbeugte er sich und sagte die Worte, die dem vorgeblichen Zweck seines Besuchs angemessen waren: »Ich möchte Euch diese bescheidene Gabe als Zeichen meiner Achtung überreichen.« Mit beiden Händen streckte er die Schachtel mit dem Gebäck vor. Die Gebräuche erlaubten es Sano nicht, während eines Beileidsbesuchs eine Bemerkung zu machen, die sich unmittelbar auf den Tod bezog. Er mußte sich behutsam an dieses

Thema herantasten, nachdem er den Förmlichkeiten Genüge getan hatte.

»Ich nehme Eure Gabe mit tiefem Dank entgegen.« Die Stimme der Fürstin war heiser, aber melodiös. Die Trauer, die sie über den Tod Yukikos empfinden mochte, verbarg sie hinter der Fassade ruhiger Gelassenheit, wie es die Konvention verlangte. Sie neigte leicht den Kopf; dann blickte sie zur Wand zu ihrer Linken. »Eii-*chan*?«

Erst jetzt bemerkte Sano die anderen Personen im Zimmer. Die Gestalt, die sich ihm näherte, war beileibe kein Kind, worauf die Verkleinerungsform *chan* hätte schließen lassen, sondern ein hünenhafter, kräftiger Mann mit einem derben, pockennarbigen Gesicht. Als Sano die ausdruckslose Miene des Mannes sah, glaubte er zuerst, daß es sich um einen geistig zurückgebliebenen Diener handelte, der sich aus irgendwelchen Gründen im Frauengemach und in der Nähe der Fürstin aufhalten durfte; vielleicht aus Gründen der Pflicht oder aus Sentimentalität seitens der Fürstin. Doch die schweren schwarzen Seidenumhänge und die zwei kunstvollen Schwerter ließen erkennen, daß Eii-*chan* zu den hochrangigsten Gefolgsleuten des Daimyō zählte. Außerdem sah Sano das Aufblitzen wacher Intelligenz – lauernd und abschätzend – in den kleinen Augen des Mannes, als ihre Blicke sich für einen Moment trafen. Ohne ein Wort zu sagen, hielt Eii-*chan* dem Besucher ein Tablett hin, um dessen Geschenk entgegenzunehmen und ihm die traditionelle Gegengabe zu überreichen: eine verzierte Zündholzschachtel. Dann brachte Eii-*chan* das Tablett an einen Tisch neben der Tür, stellte Sanos Geschenk zu den anderen und nahm wieder seinen Platz in der Nähe der Fürstin ein.

»Fürst Nius Töchter«, sagte die Fürstin und wies mit einem Kopfnicken auf einen strohgeflochtenen Wandschirm auf der rechten Seite des Zimmers.

Durch das dichte Gitterwerk konnte Sano zwei schemenhafte Gestalten erkennen. Ansonsten sah er nichts von den jungen Frauen; nur ein roter, zusammengefalteter Kimono lag neben dem Schirm auf dem Fußboden. Noch während Sano diesen Kimono betrachtete, zuckte eine

Hand hervor und zog ihn hinter den Schirm. Sano fiel auf, daß die Fürstin nicht »meine Töchter«, sondern »Fürst Nius Töchter« gesagt hatte. Demnach mußte es sich um die Töchter von Konkubinen handeln, die der Fürstin in Obhut gegeben waren.

»Wie ich hörte, ist Euer Besuch eine offizielle Angelegenheit, die Yukiko betrifft«, sagte Fürstin Niu.

»Ja.« Sano war froh, daß die Fürstin dieses Thema zuerst angeschnitten hatte. »Bedauerlicherweise muß ich Euch mit einigen Fragen belästigen.«

Fürstin Niu schlug die Augen nieder und gab damit zu verstehen, daß sie einverstanden war. Ihre Miene spiegelte friedliche, ja heitere Gelassenheit wider, wie das Gesicht einer königlichen Schönheit auf einem alten Gemälde.

Sano hatte sich seine Fragen sorgfältig zurechtgelegt, denn er durfte sich nicht anmerken lassen, daß er insgeheim Ermittlungen in einem Mordfall anstellte, und er mußte vermeiden, die Nius auf irgendeine Weise zu beleidigen. Außerdem war er sich bewußt, daß die Töchter des Fürsten hinter dem Wandschirm lauschten; zweifellos waren sie begierig darauf, geheimes, verbotenes Wissen zu erfahren.

Statt die Fürstin direkt zu fragen, ob sie der Meinung sei, daß der *shinjū* in Wahrheit ein Selbstmord gewesen war, stellte Sano die vorsichtige Frage: »Hat Euch die Art und Weise des Ablebens der ehrenwerten Yukiko überrascht?«

»Ja, gewiß ...«, erwiderte Fürstin Niu und hielt kurz inne. »Aber rückblickend muß ich gestehen, daß es bedauerlicherweise Yukikos Charakter entsprach.«

Erschrecktes Keuchen erklang hinter dem Wandschirm, jedoch so leise, daß Sano es kaum vernehmen konnte.

Fürstin Niu hörte die Geräusche offensichtlich nicht – oder wollte sie nicht hören. »Viele junge Mädchen werden zu sehr vom Theater beeinflußt, *yoriki* Sano«, sagte sie, »wie Ihr gewiß dem Bericht entnommen habt, den Magistrat Ogyū Euch gezeigt hat. Ihr seid neu im Polizeidienst, nicht wahr?«

»Ja, das stimmt.« Ihre Bemerkung traf Sano völlig unerwartet, denn er war davon ausgegangen, daß nur Personen, die sich von Berufs wegen mit derartigen Angelegenheiten beschäftigten, seine Identität kannten und wußten, daß man ihn mit dem Fall des *shinjū* betraut hatte. Daß Fürstin Niu zu diesen Personen zählte, hatte er nicht erwartet. Die meisten Frauen interessierten sich ohnehin nicht für Regierungsangelegenheiten. Erneut fragte sich Sano, was die Fürstin so anders als andere Frauen machte.

In diesem Moment wurde an einer Seite des Zimmers eine Tür aufgeschoben. Ein Hausmädchen kam auf den Knien in den Raum, ein Servierbrett mit Reiskuchen, einer Teekanne und Teeschalen in den Händen. Das Mädchen erhob sich und ging durchs Zimmer. Als sie das Tablett vor Sano abstellte und ihm einschenkte, zitterten ihre Hände so sehr, daß sie den grünen Tee über das Servierbrett vergoß. Sano sah ihr angespanntes, blasses Gesicht und die verweinten roten Augen.

»O-hisa! Bring das Tablett hinaus, du Närrin, und hole sofort ein neues!« sagte Fürstin Niu mit scharfer Stimme.

Das Hausmädchen brach in Tränen aus; ihr Schluchzen klang überlaut in der Stille. Sie nahm das Servierbrett auf, doch nun stießen ihre heftig zitternden Finger den Reiskuchen herunter, so daß er zu Boden fiel. Sano beugte sich vor, um der jungen Frau zu helfen. Er staunte über ihre heftige Reaktion auf Fürstin Nius Schelte. Oder gab es einen anderen Grund dafür? War es die Trauer um Yukikos Tod?

»Eii-*chan*, kümmere dich um sie!« befahl Fürstin Niu.

Für einen so großen Mann bewegte Eii-*chan* sich schnell und geschmeidig. Schon Augenblicke bevor die Fürstin sich an ihn gewandt hatte, war er losgeeilt, als hätte er ihren Befehl vorausgeahnt. Blitzschnell durchquerte er das Zimmer, legte den Kuchen zurück aufs Servierbrett, nahm es vom Boden auf und packte den Arm des Hausmädchens – alles in einer einzigen, fließenden Bewegung. Unsanft beförderte er das Mädchen samt Tablett aus dem Zimmer; dann nahm er wieder neben der Fürstin Platz. Das alles geschah so schnell, daß Sano kaum mit den Augen blinzeln konnte, und Eii-*chans* Gesicht war so unbewegt wie eine geschnitzte No-Maske geblieben. Trotz seines grobschlächtigen Erscheinungsbildes war er der perfekte Diener und vermutlich weitaus klüger und aufmerksamer, als seine Herren vermuteten – ein Mann, der sich durchaus seine eigene Meinung bildete.

»Ich möchte mich für die Ungelegenheit entschuldigen, die meine tolpatschige Dienerin Euch bereitet hat«, sagte Fürstin Niu. Dann legte sie den Kopf zur Seite und runzelte die Stirn, als hätte sie irgendein Geräusch gehört, das ihr mißfiel.

Dann hörte auch Sano die gedämpften Schluchzer. Sie kamen hinter dem Wandschirm hervor, hinter dem die Töchter des Daimyō sich verbargen. Weinten auch sie um Yukiko? Sano glaubte, in diesem Haus eine seltsame Unterströmung aus Gefühlen spüren zu können. Doch *welche* Gefühle? Furcht? Verzweiflung? Oder beeinflußte das Wissen, daß Yukiko vermutlich gar keinen Selbstmord begangen hatte, Sanos Urteilsvermögen?

»Midori. Keiko. Laßt uns allein!« Auf Fürstin Nius leisen Befehl hin verstummte das Schluchzen. Dann erklangen Scharren und Schritte; eine Tür, die vom Wandschirm verborgen war, wurde geöffnet und geschlossen. Die Mädchen waren gegangen, ohne daß Sano sie zu Gesicht bekommen hatte.

»Es ist wohl das beste, wir bereden diese Angelegenheit, ohne daß unschuldige junge Mädchen zugegen sind«, sagte Fürstin Niu. »Nun denn, was möchtet Ihr noch wissen?«

In diesem Augenblick wurde die Tür, durch die O-hisa ins Zimmer gekommen war, erneut aufgeschoben. Sano – dankbar, durch diese Unterbrechung Gelegenheit zu bekommen, seine Gedanken zu ordnen – schaute zur Tür und sah einen jungen Mann im Eingang stehen.

»Entschuldige, daß ich dich unterbreche, Mutter«, sagte er, »aber der Priester ist gekommen, um mit dir die Einzelheiten für Yukikos Totenfeier zu besprechen.«

Zum erstenmal schien Fürstin Niu sich unbehaglich zu fühlen. Sie hob den Arm, als wollte sie den jungen Mann aus dem Zimmer winken; dann aber faltete sie die Hände wieder im Schoß und sagte steif: »*Yoriki* Sano, darf ich Euch meinen Sohn vorstellen? Niu Masahito, jüngster Sohn des Fürsten Niu.«

Sano verbeugte sich. Er staunte über die Ähnlichkeit des jungen Fürsten mit seiner Mutter. Beide besaßen die gleiche Schönheit des Gesichts, zu der die untersetzte, stämmige Gestalt einen seltsamen Kontrast bildete. Der Oberkörper des Fürstensohnes ließ erkennen, daß er harte körperliche Übungen machte. Er hatte breite Schultern und eine deutlich ausgeprägte Muskulatur am Hals und jenen Bereichen von Armen und Brust, die nicht vom tristen grauen und schwarzen Kimono bedeckt waren. Doch die funkelnden hellen Augen des jungen Mannes verliehen seinem Gesicht eine Ausdruckskraft, die seiner Mutter fehlte. Und während die Fürstin selbst in kniender Stellung hochgewachsen wirkte, war ihr Sohn von kleiner Gestalt. Obwohl sein Körperbau, sein Auftreten und der Klang seiner Stimme auf ein Alter von Anfang Zwanzig schließen ließen, war er nicht größer als ein Knabe von vierzehn, fünfzehn Jahren. Sano hatte des öfteren hinter vorgehaltener Hand gehört, wie der Vater dieses jungen Mannes, Fürst Niu Masamune, seiner Körpergröße wegen »kleiner Daimyō« genannt worden war, was ganz und gar nicht seinem gesellschaftlichen Status entsprach. Der Sohn schien auf den Vater zu kommen.

»Sei so freundlich, und sprich selbst mit dem Priester, Masahito.« In der Stimme der Fürstin lag eine kaum hörbare Warnung.

Doch Masahito schien sie zu überhören. Er durchquerte das Zimmer und kniete sich neben die Estrade, das Gesicht Sano zugewandt. Er bewegte sich mit steifen Schritten, wie Sano bemerkte, und als er niederkniete, benutzte er beide Hände, um das rechte Bein neben das linke zu ziehen.

»*Yoriki* Sano ist zu uns gekommen, um gewisse Verwaltungsangelegenheiten zu besprechen, die Yukikos Tod betreffen«, sagte die Fürstin zu ihrem Sohn. »Diese Dinge brauchen dich nicht zu interessieren.«

»Im Gegenteil, Mutter. Ich wüßte nicht, was mich mehr interessiert.« Masahito winkte Sano mit einer herrischen Geste zu. »Fahrt fort, bitte.«

Daß Fürst Masahito nun bei ihnen war, machte Sano Sorgen. Der junge Mann stellte eine Ablenkung dar, die bewirken konnte, daß die Fürstin sich weniger hilfsbereit zeigte als bisher, und die Sano zudem in Gefahr brachte, einen Fehler zu begehen. Andererseits begrüßte er die Gelegenheit, einen weiteren Familienangehörigen Yukikos kennenzulernen.

»Was für ein Mensch war Yukiko?« erkundigte er sich. Die Frage, ob sie irgendwelche Feinde gehabt hatte, brannte ihm auf der Zunge, doch er mußte seine Absichten hinter behutsamen, höflichen Erkundigungen verbergen. »Wie ist sie mit anderen Menschen zurechtgekommen?«

Fürstin Niu antwortete sofort. Sie redete hastig, als wollte sie verhindern, daß der Sohn ihr zuvorkam. »Yukiko war verschlossen. Sie hat ihre Gedanken stets für sich behalten. Trotzdem war sie ein ausgesprochen höfliches und kluges Mädchen. Jeder hat sie bewundert.«

»Jeder, Mutter?« warf Masahito ein, wobei er die Betonung auf das erste Wort legte.

Es schien ihm Freude zu bereiten, die Mutter in Bedrängnis zu bringen, doch außer einem kurzen, flehentlichen Blick auf ihren Sohn zeigte Fürstin Niu keine Reaktion. Offensichtlich war sie nachsichtig mit Masahito und tolerierte ein solches Benehmen, das einer Tochter eine harte Strafe eingebracht hätte. Sano gelangte zu der Ansicht, daß die Anwesenheit des jungen Fürsten letztendlich ein Vorteil für ihn war. Masahitos Bemerkung stand im krassen Widerspruch zur Charakterisierung Yukikos durch Fürstin Niu.

»Also gab es Personen, die Yukiko nicht gemocht haben?« fragte Sano den jungen Mann.

Wieder meldete die Fürstin sich zu Wort, bevor ihr Sohn antworten konnte. »Masahito scherzt nur. Jeder, der Yukiko kannte, hat sie sehr geschätzt.«

Diesmal widersprach Masahito nicht. Er hielt den Blick auf Sano gerichtet; ein Lächeln spielte um seine Mundwinkel.

Sano versuchte, das Thema zu wechseln. In der Hoffnung, zu erfahren, wie Yukikos Mörder sich Gelegenheit hatte verschaffen können, das Mädchen zu töten, fragte er: »Wäre es für Yukiko nicht schwierig gewesen, das Haus allein zu verlassen?« Er wollte mit dieser Frage den Eindruck erwecken, als würde ihn lediglich interessieren, wie eine wohlbehütete junge Dame es bewerkstelligen konnte, sich heimlich mit ihrem Liebhaber zu treffen.

»Dies ist ein großes Haus, *yoriki* Sano«, antwortete Fürstin Niu. »Hier wohnen viele Menschen, und es ist so gut wie unmöglich, jeden im Auge zu behalten. Außerdem haben wir erfahren, daß Yukiko eine der Wachen bestochen hat. Er hat sie beim letzten Treffen vor ihrem Tod nach Anbruch der Dunkelheit durch das Tor gelassen.« Die Lippen der Fürstin wurden schmal. »Wir haben diesen Mann inzwischen entlassen.«

Sanos Interesse war geweckt. »Hat jemand beobachtet, wie Yukiko am Abend ihres Todes das Anwesen verließ? Oder weiß jemand, wohin sie wollte?«

»Nein«, erwiderte Fürstin Niu. »Unglücklicherweise haben wir alle an diesem Abend die Aufführung eines Gesangsstücks besucht, die Fürst Kuroda veranstaltet hat.« Sie wies mit dem Kopf in Richtung des benachbarten *yashiki*. »Niemand hat Yukiko vermißt«, fügte sie hinzu. »Die Aufführung hat ziemlich spät geendet.«

Masahito stieß ein schallendes Lachen aus. »›Ziemlich spät‹? Das dürfte wohl untertrieben sein, Mutter.« An Sano gewandt, fuhr er fort: »Wir waren bis zum Morgengrauen fort. Da wundert es wohl kaum, daß niemand sich die Mühe gemacht hat, einmal nachzusehen, wer sich wo aufgehalten hat, als wir nach Hause kamen. Würdet Ihr mir da zustimmen?«

»Ja.« Sano fühlte sich zunehmend entmutigt. Die Nius hatten ihm bislang keinerlei Hinweis gegeben, den er Magistrat Ogyū gegenüber als Beweis für seine Mordtheorie hätte anführen können. Und nun gingen Sano die Fragen aus.

Masahito beugte sich zu ihm vor; in seinen fiebrig glänzenden Augen lag ein nachdenklicher Ausdruck. »Wenn man Eure Fragen genauer betrachtet, *yoriki*, könnte man beinahe glauben, daß Ihr der Meinung seid, Yukiko wurde ermordet. Denn wie mir scheint, wollt Ihr herausfinden, ob jemand sie getötet hat oder zumindest einen Grund dafür gehabt hätte, sie zu ermorden, und ob wir den Betreffenden kennen.« Fragend hob er eine Braue. »Ja? Nein?«

Sano schwieg. Er war bestürzt, daß der junge Fürst ihn so leicht durchschaut hatte. Doch er zwang sich, dem Blick des jungen Mannes standzuhalten. Aus den Augenwinkeln sah er, wie Fürstin Niu nervös das Gewicht verlagerte, doch sie mischte sich nicht ein.

»Aber Yukiko hat Selbstmord begangen«, fuhr Masahito fort; sein Grinsen verwandelte sich in ein breites Lächeln, so daß seine makellosen Zähne zu sehen waren. »Deshalb besteht kein Grund, weitere Fragen zu stellen, nicht wahr?« Sein Tonfall deutete an, daß er das Gespräch als beendet betrachtete.

Sano hatte keine andere Wahl, als sich von den Nius zu verabschieden und dem Wächter durch den Flur in den Hauptempfangsraum zu folgen. Die Enttäuschung lastete schwer auf ihm, als er am Ausgang der Halle seine Schwerter und Sandalen in Empfang nahm. Er hatte bei seinem Besuch kaum etwas Brauchbares erfahren – im Grunde nur, daß Fürstin Niu und ihr Sohn Yukikos Tod offenbar eindeutig als Selbstmord betrachteten. Aber geschah das nicht ein bißchen zu schnell? Und zu bereitwillig? Wollten die Fürstin und ihr Sohn verhindern, daß Nachforschungen darüber angestellt wurden, ob Yukikos Tod nicht doch ein Mord gewesen war, weil in diesem Fall die ganze Familie in Gefahr geriet? Sano ließ seiner Phantasie freien Lauf. Wenngleich Eifersucht und Rivalität auch in den vornehmsten Familien einen Mord provozieren konnten, hatte er keinen Grund zu der Annahme, daß einer von Yukikos eigenen Verwandten mit ihrem Tod zu hatte. Die Spannungen, die Sano im Hause des Daimyō beobachtet hatte, wurden vermutlich aus einer anderen Quelle gespeist. Das weinende Hausmädchen, das Entsetzen der Töchter und Masahitos versteckter Hinweis auf einen Feind, den es in Yukikos Vergangenheit gegeben hatte, deuteten nicht zwangsläufig in eine andere Richtung.

Als der Wachtposten Sano zum Tor führte, blieb der

Mann stehen, um sich mit einem anderen Wächter zu unterhalten, der ihnen auf dem Fußweg durch den Garten begegnete. Während Sano wartete, fragte er sich, ob er mehr Erfolg haben würde, wenn er die Familie Noriyoshis befragte.

Plötzlich erklang ein melodisches Pfeifen, und Sano drehte den Kopf. Es war kein Vogelgesang gewesen, sondern ein paar Takte einer klassischen Melodie.

Sano blickte sich um. Von den beiden Wächtern und ihm selbst abgesehen, war der Garten menschenleer. Die geschlossenen Fenster der Kasernengebäude ringsum starrten Sano wie blinde Augen an.

»Herr!« flüsterte eine drängende Stimme. »Herr!«

Plötzlich erblickte Sano ein Gesicht, das aus einem Türeingang der Villa spähte, welcher sich in der Nähe des Haupteingangs befand. Es war das Gesicht eines jungen Mädchens; ihr langes, glattes Haar war in der Mitte gescheitelt und flatterte im Wind.

»Ich muß Euch etwas sagen«, zischte das Mädchen. »Kommt mit. Rasch!« Hastig hob sie die Hand und winkte ihm, und Sano erhaschte einen Blick auf ihren Kimono. Er war von roter Farbe – wie der zusammengefaltete Kimono, den er neben dem Wandschirm im Zimmer der Fürstin gesehen hatte.

Das Mädchen verschwand im Türeingang. Sano zögerte. Was würde mit ihm geschehen, falls er dem Mädchen folgte und entdeckt wurde? Es hatte Fälle gegeben, da Männer schon wegen des bloßen Verdachts, sich einer Fürstentochter gegenüber unangemessen benommen zu haben, schwer bestraft worden waren: Degradierung, Verbannung, Verstümmelung. Er warf einen raschen Blick auf die beiden Wachen. Tief in ihr Gespräch versunken, schlenderten sie den Gehweg hinunter, den Rücken Sano zugewandt. Das Verlangen, den Mörder zu fassen, gab den Ausschlag. Ohnehin konnte niemand seinem vorherbestimmten Schicksal entrinnen. Er ging das Wagnis ein und folgte der Aufforderung des Mädchens.

Sano huschte durch den Türeingang und gelangte in einen langen und engen Durchgang, der zwischen einem Zaun aus Bambus und den Wänden eines anderen Flügels der weitläufigen, verschachtelten Villa verlief. Als er den Durchgang hinuntereilte, sah er keine Spur von dem Mädchen. Doch er hörte Stimmen im Innern des Hauses. Sano schritt schneller aus, blickte gehetzt über die Schulter und rechnete jeden Augenblick damit, von irgend jemandem angerufen zu werden.

Der Durchgang führte in einem Bogen nach links und endete abrupt vor einem offenen Tor. Vorsichtig spähte Sano nach links und rechts. Niemand zu sehen. Auf den Zehenspitzen schlich er durchs Tor und gelangte in einen Garten. Die knorrigen Äste einer großen Kiefer verwehrten den Blick zum Himmel und ließen den trüben Wintertag noch düsterer erscheinen. Eine Brücke, die aus einem einzigen Steinblock gehauen war, führte über einen Teich, dessen Oberfläche mit Kiefernnadeln und toten Blättern übersät war. Am Ufer des Teichs standen mehrere Felsblöcke, die an den windzugewandten Seiten von Flechten- und Moosbewuchs braun gefärbt waren.

Das Mädchen trat so plötzlich hinter dem größten der Felsblöcke hervor, daß Sano einen leisen Aufschrei nicht zurückhalten konnte.

»Pssst!« Sie legte den Zeigefinger auf die Lippen und warf einen verstohlenen Blick auf die Veranda, die sich an einer Seite des Gartens befand.

Jetzt, da er dem Mädchen von Angesicht zu Angesicht gegenüberstand, erkannte Sano, daß sie nicht älter als zwölf oder dreizehn war. Sie hatte Pausbacken, volle Lippen und ein rundes Kinn. Aus dunklen Augen musterte sie Sano ernst.

»Kann ich Euch vertrauen?« fragte das Mädchen.

Sano staunte über die unmädchenhafte Direktheit dieser Frage. Er antwortete, wie er es bei einem seiner Schüler getan hätte: »Ich kann Euch nicht sagen, wem man vertrauen darf und wem nicht, Fräulein … Midori?«

Sanos Aufrichtigkeit schien das Mädchen zufriedenzustellen. Und was ihren Namen betraf, hatte er richtig vermutet. Sie nickte; dann warf sie wieder einen raschen Blick zur Veranda und flüsterte: »Yukiko hat sich nicht selbst getötet!«

»Aber Eure Mutter ist sicher, daß sie Selbstmord begangen hat.« Sano mußte sich gegen eine Woge der Erregung stemmen, um klaren Kopf zu behalten. »Und Euer Bruder ebenfalls.« Und Magistrat Ogyū, dachte er, und alle anderen. Bis auf Doktor Itō und mich.

Midori stampfte mit dem Fuß auf; ihre kleinen Hände waren zu Fäusten geballt. »Sie ist nicht meine Mutter!« rief sie. »Nennt sie nie wieder so …!« Das Mädchen verstummte abrupt, schlug die Hand vor den Mund und blickte ängstlich in die Runde. Dann fuhr sie mit gesenkter Stimme fort: »Sie ist die Zweitfrau meines Vaters. Meine Mutter – Yukikos Mutter – war eine Konkubine des Fürsten. Sie ist tot. Und was andere Leute über Yukiko denken, interessiert mich nicht. Sie hätte niemals Selbstmord begangen. Erst recht nicht auf diese Weise, mit einem Mann. Sie kannte keine Männer. Jedenfalls keinen, mit dem sie …« Sie errötete und senkte den Kopf, so daß ihr seidiges Haar wie ein Schleier vor ihr Gesicht fiel.

Keinen Mann, mit dem sie geschlafen hat, führte Sano in Gedanken den Satz zu Ende, bei dem Midori aus Scham verstummt war.

»Woher wißt Ihr das?« fragte er. Schließlich war Midori noch ein junges Mädchen und besaß die instinktive Abwehrhaltung eines Kindes, das der geliebten älteren Schwester ein derart schlimmes Vergehen niemals zutrauen würde.

Offenbar hatte sich Sanos Mißtrauen in seine Stimme eingeschlichen, denn Midori hob ruckartig den Kopf; ihre Augen funkelten, und wutentbrannt zischte sie: »Ich weiß es! Ich kann es beweisen!« Sie zerrte so heftig am Ärmel ihres Kimonos, daß Sano glaubte, der Stoff würde zerreißen. »Jemand hat Yukiko getötet. Bitte, glaubt mir. Ihr müßt …«

»Midori! Was fällt dir ein?«

Beim Klang der schroffen Stimme fuhr Sano zusammen. Er wandte sich um und sah Fürstin Niu auf der Veranda stehen; der offene Türeingang umrahmte ihre Gestalt. Heißer Zorn verzerrte ihr schönes Gesicht. Midori rückte dicht an Sano heran und stieß ein leises Wimmern aus. Für einen Augenblick standen die drei sich in eisigem Schweigen gegenüber.

Dann sagte Fürstin Niu: »Gehe sofort auf dein Zimmer, Midori!« Der Zorn in ihrer Stimme war einer tödlichen Ruhe gewichen, doch ihre Miene hatte sich nicht verändert.

Ohne noch einen Blick auf Sano zu werfen, ging Midori mit schleppenden Schritten, den Kopf zwischen die Schultern gezogen, über einen Pfad, der aus dem Garten führte.

»Und was Euch betrifft, *yoriki* Sano«, fuhr die Fürstin fort, »so rate ich Euch, sofort zu gehen. Und nie wieder hierherzukommen.«

Sano hörte Schritte im Rücken. Er drehte sich um und sah den Wächter, der ihn wütend und vorwurfsvoll anstarrte.

»Bringe ihn fort!« befahl Fürstin Niu dem Mann.

Sano ließ sich vom Wächter zum Tor am Ausgang geleiten. Er fühlte sich erleichtert und unsäglich dumm zugleich. Was für eine Ironie es wäre, wenn nach all den Gefahren, die er eingegangen war, sein Lohn nun darin bestand, daß er seine Karriere zerstört hatte, nur um sich die dunklen Andeutungen eines jungen Mädchens anzuhören.

Erst als Sano auf der Straße und in Sicherheit war, bedauerte er, Midoris Geschichte nicht zu Ende gehört zu haben. Möglicherweise hätte das Mädchen ihm den Beweis liefern können, den er brauchte, um Magistrat Ogyū von der Notwendigkeit weiterer Nachforschungen zu überzeugen. Vielleicht, überlegte er sich, gehst du das Risiko ein und versuchst, Midori zu einem späteren Zeitpunkt noch einmal zu befragen – nachdem du die Familie Noriyoshi aufgesucht hast.

4.

Midori rannte durch den Garten, stürmte durch das innere Tor und eilte die Treppe hinauf, die zur Tür ihrer Schlafkammer in den Frauengemächern führte. Doch statt das Zimmer zu betreten, hielt sie plötzlich inne, schaudernd im kalten Wind. Dann traf sie eine impulsive Entscheidung. Sie zog ihre holzbesohlten Sandalen aus und trug sie an den Riemen mit sich, während sie auf Strümpfen und mit leichten, schnellen Schritten über die Veranda huschte, an einer Reihe von Türen vorbei, die sich im Schatten des überhängenden Dachvorsprungs befanden.

Abrupt blieb sie vor einem geöffneten Fenster stehen, als sie die Stimmen der Hausmädchen hörte, die drinnen den Flur fegten und sich dabei angeregt unterhielten. Midori duckte sich unter dem Rahmen hindurch, so daß die Mädchen sie nicht sehen konnten, während sie vorüberschlich. Als Midori um eine Ecke bog, erklangen weitere Frauenstimmen, durch eine dünne Fensterbespannung aus Reispapier gedämpft. Es waren die Konkubinen ihres Vaters, die sich mit Nähen oder Sticken beschäftigten und mit ihren Dienerinnen den neuesten Klatsch austauschten. Ein Säugling schrie. Jemand begann auf einer Shamizen eine Melodie zu spielen und hielt abrupt inne.

»Nein, nein!« hörte Midori den Musiklehrer ihrer jüngeren Schwestern schimpfen. »Zu schnell!«

Die Melodie setzte erneut ein, diesmal langsamer. Midori huschte am Musikzimmer vorbei. Sie war froh, daß die Kinder beschäftigt waren und ihr nicht hinterherwatscheln konnten.

Schließlich gelangte sie ans Ziel, eine Tür am nördlichen Ende der Frauengemächer. Midori öffnete und spähte vorsichtig hindurch. Der Flur hinter der Tür war leer. Sie huschte darüber hinweg und durch eine weitere Tür auf der gegenüberliegenden Seite des Flurs in Yukikos Schlafkammer, die auf Fürstin Nius ausdrücklichen Befehl niemand betreten durfte.

Midori schob die Tür hinter sich zu und blickte sich im Zimmer um. Sämtliche Fenster waren geschlossen, so daß nur ein gedämpfter Lichtschimmer aus dem Flur ins Zimmer fiel. Midori konnte kaum das Muster der silbernen Blätter auf der weißen Papiertapete erkennen, welche die freien Flächen an den Wänden zwischen den Holztüren bedeckte. Das Kohlebecken auf dem Fußboden war längst erloschen und strahlte keine Wärme mehr ab. Midori durchrieselte ein Schauer, der nicht nur auf die Kälte im Zimmer zurückzuführen war. Sie schlug die Arme um den Oberkörper, um sich Wärme und Trost zu spenden.

Alle persönlichen Gegenstände Yukikos – ihr Bettzeug, die Sitzkissen, die Toilettenartikel, das Schreibpult und das Schreibzeug – waren aus dem Zimmer geschafft worden. Die Matten waren gefegt und die Schränke, die eine Wand einnahmen, geschlossen. Das leere Zimmer sah aus, als hätte Yukiko es nie bewohnt, ja, als hätte sie niemals existiert.

Ein Schluchzen stieg in Midoris Kehle auf. Die unpersönliche Leere des Zimmers machte ihr wieder einmal schmerzlich bewußt, daß Yukiko nicht mehr lebte. Selbst der Anblick von Yukikos Körper, der friedlich in der Familienkapelle lag – in ein Leichentuch gehüllt und von duftenden Weihrauchbrennern und betenden Priestern umgeben –, hatte Midori mehr geschmerzt als getröstet. Tränen liefen ihr über die Wangen, als ihr bei diesem Gedanken deutlich wurde, daß der Tod ihrer Schwester kein Alptraum war, aus dem man erwachte.

Sie ließ ihre Sandalen fallen und wischte mit dem Ärmel die Tränen fort. Noch durfte sie nicht um Yukiko trauern. Zuerst mußte etwas erledigt werden – etwas, das

Midori schon vor Monaten hätte tun müssen. Und jetzt, da ihre ältere Schwester tot war, erschien es Midori wichtiger als je zuvor. Sie eilte zu den Schränken und riß die Türen auf. In hektischer Eile – weil sie ihre Suche beendet und aus dem Zimmer geflüchtet sein mußte, bevor jemand sie finden konnte – durchwühlte sie die Kleidungsstücke, die sorgfältig gefaltet in den Regalen lagen.

Beinahe hätte Midori der Mut verlassen. Als sie Yukikos Kimono berührte, konnte sie die Anwesenheit der Schwester spüren, konnte den frischen, blumigen Duft ihres Badeöls riechen. Wieder brannten Midoris Augen, und eine einsame Träne fiel auf den Kimono. Doch sie zwang sich, weiterzumachen. Sie öffnete eine große Truhe, die unter den Regalen auf dem Schrankboden stand. Und dort, unter einem Stapel Sommer-Kimonos, fand Midori, was sie gesucht hatte: mehrere Kladden, in schwarze Seide gebunden, jede ein dickes Bündel aus cremefarbenem, weichem Papier.

Yukikos Tagebücher.

Midori nahm die oberste Kladde vom Stapel und ging damit zum Fenster, wo die Lichtverhältnisse am besten waren. Das Herz klopfte ihr bis zum Hals, als sie das Buch aufschlug. Jetzt würde sie endlich erfahren, weshalb Yukiko gestorben war – so hoffte sie jedenfalls. Denn ungeachtet ihrer Aussagen dem hübschen jungen Polizeibeamten gegenüber war Midori nicht sicher, ob Yukiko nicht *doch* Selbstmord begangen hatte. In der letzten Zeit vor ihrem Tod war die stets so heitere, ausgeglichene Yukiko bedrückt und in sich gekehrt gewesen. Midori wußte nicht, aus welchem Grund. Sie wußte jedoch, daß Yukiko ihre Gedanken, ihre täglichen Erlebnisse und Eindrücke stets ihrem Tagebuch anvertraut hatte. Nun würde dieses Tagebuch Midori berichten, ob Yukiko tatsächlich einen Liebhaber gehabt hatte, ob sie aus irgendeinem Grund so verzweifelt gewesen war, daß sie sich das Leben genommen hatte – oder ob etwas anderes die Ursache für ihren Tod gewesen war.

Ungeduldig befeuchtete Midori ihren Zeigefinger, schlug die Seiten um und suchte nach der letzten Eintragung. Doch als sie erst die Hälfte des Tagebuchs durchgeblättert hatte, fiel ihr ein bestimmter Abschnitt ins Auge. Die Zungenspitze zwischen die Vorderzähne geschoben, begann Midori zu lesen.

> Gestern waren wir im Garten von Fürst Kurodas Villa in Ueno auf Glühwürmchenjagd. In unseren dünnen, zarten Sommer-Kimonos sind wir wie Geister über die dunklen Felder gehuscht und haben die geheimnisvollen glimmenden Lichter verfolgt, die von den winzigen Lebewesen ausgestrahlt werden. Die süßen Düfte von Erde und frisch gemähtem Gras stiegen vom Boden auf, und die Grillen haben eine ständige Begleitmusik zum Lachen und Rufen der Kinder gesungen. Wir haben die Glühwürmchen in kleine Weidenkörbe gesperrt, in denen sie weiter leuchteten und in sanftem Licht flackerten – lebende Laternen!

Trotz ihrer Trauer lächelte Midori. Yukikos Worte ließen die Freuden dieses Abends wieder lebendig werden. Solange Midori las, hatte sie das Gefühl, ihre Schwester wäre noch immer bei ihr.

> Auf dem Weg zurück zum Haus sind Midori und Keiko im Überschwang der Freude losgerannt, haben gekichert und sich gegenseitig geschubst, so daß sie die Glühwürmchenkäfige der Kurodas fallen ließen und daraufgetreten sind. Soviel Mitleid ich auch verspürte, als ich ihre jammervollen Gesichter sah – ich habe sie dennoch angewiesen, ihre Missetat zu gestehen und sich bei der Fürstin Kuroda zu entschuldigen. Aber ich glaube, die beiden haben eingesehen, daß ich recht hatte; denn sie waren mir hinterher nicht böse.

Niemand konnte böse auf dich sein, Yukiko, dachte Midori, als die Trauer sie wieder überkam. Als älteste Schwester hatte Yukiko Midori und die sieben anderen Mädchen stets beaufsichtigt und, falls nötig, zurechtgewiesen, jedoch mit soviel Liebe und Sanftmut, daß die jüngeren ihr gern gehorcht hatten, und sei es nur, um auf diese Weise Yukikos Liebe zu erwidern …

Leise Schritte erklangen auf dem Flur; Füße, die in Strümpfen steckten, ließen den dünnen Holzfußboden knarren. Midori hob ruckartig den Kopf. Schuldbewußt schlug sie das Tagebuch zu und schaute sich nach einem Versteck um. In diesem Zimmer durfte sie nicht erwischt werden! Ihre Stiefmutter würde sie schwer bestrafen. Dann aber wurden die Schritte leiser. Midori schlug das Tagebuch an anderer Stelle wieder auf, weiter am Schluß. Erneut begann sie zu lesen. Diesmal widerstand sie der Versuchung, glückliche Zeiten wiederaufleben zu lassen; statt dessen suchte sie nach Hinweisen auf den Tod Yukikos.

Der nächste Tagebucheintrag, den Midori las, erwies sich als Enttäuschung. Es war die Schilderung eines Ereignisses, welches vor sechs Jahren stattgefunden hatte und nichts mit Yukikos Tod zu tun haben konnte. Diesmal war Yukikos Sprache trockener; die Sätze waren abgehackt, als hätte sie den Absatz widerwillig geschrieben, ohne die gewohnte Freude am Formulieren.

Der siebente Tag des elften Monats. Ein dunkler Tag. Regnerisch. An einem Tag wie diesem wurde das Mannbarkeitsfest meines Bruders Masahito gefeiert. In der Hauptempfangshalle. Unser Vater gab Masahito seinen neuen Erwachsenennamen und den neuen Hut. Anschließend fand die *fundoshi-iwai*-Zeremonie statt. Die ganze Familie war dabei. Auch Gäste in schönen Gewändern. Vaters Gefolgsleute standen in Reihen im hinteren Teil der Empfangshalle. Laternen brannten. Ich war stolz und glücklich, als ich miterlebte, wie Masahito seinen neuen Lendenschurz erhielt. Sein erstes Kleidungsstück als erwachsener Mann. Jetzt denke ich an diesen Tag zurück und muß weinen. Könnte ich doch dieselbe Freude, denselben Stolz für den Mann von einundzwanzig Jahren empfinden, wie ich sie für den fünfzehnjährigen Jungen empfunden habe!

Midori fragte sich verwundert, was diese Zeilen bedeuten mochten. Für eine Halbschwester und deren Halbbruder hatten Yukiko und Masahito sich sehr nahe gestanden. Allerdings hatte Midori in letzter Zeit spüren können, daß eine gewisse Kälte zwischen den beiden geherrscht hatte. Sie blätterte die Seite um und hoffte, dort etwas über den Grund für diese Entfremdung zu erfahren. Doch Yukiko hatte den Absatz nicht weitergeführt. Statt dessen entdeckte Midori eine Einkaufsliste: Nähgarn, Haarnadeln, Gesichtspuder ...

Midori gemahnte sich, daß sie keine Zeit verlieren durfte. Hastig blätterte sie die verbliebenen Seiten durch und suchte nach Noriyoshis Name. Beinahe hätte sie triumphierend aufgelacht, als sie ihn nirgends entdecken konnte. Es war genau so, wie sie es erwartet hatte: Yukiko hatte den Mann gar nicht gekannt! Den nagenden Verdacht, daß Yukiko ihren Liebhaber vielleicht deshalb nicht erwähnte, weil sie befürchtet hatte, irgend jemand könne ihre Tagebücher lesen, verdrängte Midori. Statt dessen wandte sie sich dem letzten Eintrag zu, den Yukiko am Tag vor ihrem Tod geschrieben hatte.

> Die Zeit der Entscheidung ist gekommen.
> Aber ich weiß nicht, was zu tun ist. Zu handeln
> würde Leben vernichten. Doch nichts zu tun –
> das wäre unendlich viel schlimmer! Reden ist Verrat.
> Schweigen ist Sünde.

Midori kaute auf den Nägeln und las den Absatz noch einmal. Sie fuhr mit dem Finger die Schriftzeichen entlang, die unregelmäßig waren, offenbar mit zitternder Hand geschrieben – ganz anders als die schöne, gleichmäßige Schrift der früheren Einträge. Yukikos innerer Aufruhr hatte sich offenbar in ihrer Handschrift widergespiegelt. *Vernichten ... Verrat ... Sünde.* Diese drastischen Begriffe gaben Midori die Gewißheit, daß hier irgendwo der Beweis zu finden war, daß Yukiko ermordet wurde, weil sie irgend etwas gewußt hatte. Aber was? Welche »Entscheidung« hatte Yukiko am letzten Tag ihres Lebens so schreckliche Qualen bereitet? Midori blätterte zur vorhergehenden Seite zurück und las mit wachsender Bestürzung und Faszination, was dort geschrieben stand. Sie war dermaßen gefesselt, daß sie nicht bemerkte, wie die Tür aufgeschoben wurde, bis sie mit einem lauten Klicken einrastete.

Midori schrie auf und ließ das Tagebuch fallen. Sie fuhr herum. Ihr anfänglicher Schreck verwandelte sich in Entsetzen, als sie die Gestalt ihrer Stiefmutter im Türrahmen erkannte. Im Gegenlicht, das aus dem Flur ins Zimmer fiel, war Fürstin Nius Gesicht ein ovaler Schatten. Hinter ihr ragte die unverwechselbare, riesige Gestalt Eii-*chans* auf. Sein düsteres Schweigen, seine Häßlichkeit und Bedrohlichkeit hatten Midori immer schon Angst eingejagt. Sie warf einen gehetzten Blick durchs Zimmer, suchte verzweifelt nach einem Versteck. Der Wandschrank? Die Truhe? Aber es war längst zu spät. Fürstin Niu näherte sich bereits. Zitternd erwartete Midori den Wutausbruch ihrer Stiefmutter und die unvermeidlichen schallenden Ohrfeigen.

Doch einige Schritte von dem Mädchen entfernt, blieb Fürstin Niu stehen. Ihr ernster Blick huschte über Midori hinweg, dann hinunter auf das Tagebuch, das am Boden lag, und schließlich über den zerwühlten Inhalt der Schränke.

»Du hast dieses Zimmer gegen meinen ausdrücklichen Befehl betreten.« Wenngleich die Fürstin Midori nicht anschrie wie zuvor im Garten, klang ihre gedämpfte Stimme auf seltsame Weise noch furchteinflößender. »Du hast ohne meine Erlaubnis mit einem Polizeioffizier gesprochen und ihm zweifellos dumme Lügen über unsere Familie erzählt. Und nun hast du auch noch die Erinnerung an deine Schwester entehrt, indem du ihre persönlichen Gegenstände mißbraucht hast.«

Midori zitterte noch heftiger. Ihre Lippen bewegten sich in stummem Flehen. »Bitte … nein …« Sie fühlte, daß sie weit Schlimmeres erwartete als eine Tracht Prügel. Sie wich zurück und spürte, wie ihr Ellbogen die Fensterscheibe aus Seidenpapier durchstieß.

»Für dein Vergehen mußt du bestraft werden«, fuhr Fürstin Niu in unverändertem Tonfall fort. Sie verstummte, und ihre schönen Augen wurden schmal. Midori glaubte zu wissen, welche Bestrafungen ihre Stiefmutter nun aufzählen würde: keine Bücher, keine Gesellschaft, keine Spiele, tagelang Stubenarrest und schlechtes Essen. Midori hatte alle diese Strafen zuvor schon erdulden müssen. Schließlich nickte Fürstin Niu; offenbar hatte sie eine Entscheidung getroffen.

»Geh auf dein Zimmer«, befahl sie dem Mädchen, »bis alle Vorbereitungen getroffen sind.« Und zu Eii-*chan*, der neben ihr stand, sagte sie: »Du sorgst dafür, daß Midori auf ihr Zimmer kommt – und dort bleibt.«

In stummer Verzweiflung ging Midori dem riesigen Mann voraus zur Tür. Die Angst um sich selbst vertrieb alle Gedanken an die Tagebuchaufzeichnungen Yukikos. Plötzlich erklang das Geräusch zerreißenden Papiers. Midori blickte über die Schulter auf ihre Stiefmutter – und stieß einen schrillen Schrei aus.

Fürstin Niu hatte Yukikos Tagebuch aufgehoben, zerriß die Seiten in kleine Fetzen und ließ sie ins Kohlebecken fallen.

5.

Als Sano in seine Schreibstube zurückkehrte, fand er dort einen ungewohnt bedrückten Tsunehiko vor. Mit einem gedämpften Murmeln erwiderte der junge Schreiber Sanos Begrüßung und schaute kaum von seinem Pult auf, als er eine Verbeugung andeutete.

»Was ist geschehen, Tsunehiko?« fragte Sano.

»Nichts«, antwortete der junge Mann, den Blick gesenkt, die Unterlippe trotzig vorgeschoben.

Seufzend kniete Sano sich neben seinem Schreiber nieder. Irgend etwas machte Tsunehiko offensichtlich zu schaffen; als Lehrer hatte Sano genug Erfahrungen mit Jungen gesammelt, um die Zeichen zu erkennen. Schicksalergeben bereitete er sich darauf vor, sich Tsunehikos Klagen anzuhören und den Jungen zu trösten.

»Komm schon, sag mir, was los ist.«

Nervös befingerte Tsunehiko seine hellblaue Schärpe, die farblich mit dem blauen Wabenmuster seines Kimonos harmonierte, welcher weit geöffnet war und einen Teil der fleischigen Brust enthüllte, die sich bei jedem der schweren, schnaufenden Atemzüge hob und senkte. Sano glaubte bereits, der Dicke würde nicht mit der Sprache herausrücken, als er plötzlich murmelte: »Die anderen *yoriki* nehmen ihre Schreiber immer mit, wenn sie dienstlich unterwegs sind. Ihr habt das noch nie getan.«

Jetzt, da seine Zunge sich endlich gelöst hatte, sprudelte es aus Tsunehiko hervor, bevor Sano irgend etwas erwidern konnte. »Gestern habt Ihr mir eine Unmenge von

Anweisungen erteilt und Euch dann auf den Weg gemacht. Und heute war es schon wieder so. Mein Vater hat gesagt, daß ich hier bin, um einen Beruf zu erlernen! Aber wie soll ich etwas lernen, wenn Ihr mir nichts beibringt?«

Er hob den Kopf und wandte Sano sein rosiges, feistes Gesicht zu. Seine Stirn hatte sich in so tiefe Kummerfalten gelegt, daß er schielte, und Zorn und Leid verliehen ihm ein jammervoll-komisches Aussehen. Sano unterdrückte ein Lächeln, als Tsunehiko mit trauriger Stimme fortfuhr: »Außerdem fühle ich mich einsam. Ich habe hier keine Freunde. Niemand kann mich leiden.«

Angesichts dieser Vermischung kindlicher Sorgen mit den Kümmernissen eines Erwachsenen wäre Sano vor Erheiterung beinahe in lautes Gelächter ausgebrochen. Doch er sah ein, daß Tsunehiko recht hatte: Bislang war er seinem Schreiber ein schlechter Mentor gewesen; er hatte dem Jungen nur wenige wichtige Aufgaben erteilt und dessen Trägheit und Fehler hingenommen. Der Lehrer in Sanos Innerem aber spürte noch immer die Verantwortung, einen jungen Menschen zu unterweisen, der ihm anvertraut war. Plötzlich beschämte es ihn, diese Verantwortung so lange ignoriert zu haben.

»Von heute an werden wir enger zusammenarbeiten, Tsunehiko«, sagte er. »Ich werde dir alles beibringen, was ich dich lehren kann.« Und allen Ärger schlucken, den du mir machen wirst, fügte er in Gedanken hinzu.

Tsunehikos Kopf bewegte sich langsam auf und ab, und er zeigte ein zögerliches Lächeln.

Sano erwiderte das Lächeln, erheitert und verärgert zugleich bei dem Gedanken an das Bild, das sie beide jetzt abgaben: ein *yoriki*, der von den Amtskollegen geschnitten wurde, und ein melodramatischer junger Jammerlappen, welche sich zu einem lächerlichen Gespann zusammengetan hatten.

Sano schüttelte diesen Gedanken ab, wechselte das Thema und brachte die Angelegenheit zur Sprache, die ihn beschäftigt hatte, als er in die Schreibstube gekommen war.

»Hast du die Anschriften, die du für mich heraussuchen solltest?« fragte er.

Bevor Sano sich an diesem Morgen zum Anwesen der Nius begeben hatte, hatte er Tsunehiko gebeten, die Adressen von Noriyoshis Wohnung und Arbeitsplatz aus den Akten des Tempelverzeichnisses und den Unterlagen der Künstlergilde herauszusuchen. Da es Sano nicht gelungen war, den Nius Informationen über eine mögliche Ermordung Yukikos zu entlocken, war die Befragung der Verwandten Noriyoshis von entscheidender Wichtigkeit. Sano hoffte inständig, daß Tsunehiko wenigstens diese einfache Aufgabe hatte lösen können.

»Jawohl, *yoriki* Sano-*san!*« verkündete der Schreiber strahlend und schien mit einem Schlag wieder zu dem fröhlichen Dicken zu werden, als den Sano ihn kannte. Hastig nahm Tsunehiko ein Blatt Papier von seinem Schreibpult und reichte es mit einer schwungvollen Bewegung seinem Vorgesetzten.

Angestrengt entzifferte Sano die riesigen, ungelenken Schriftzeichen Tsunehikos:

Noriyoshi, Künstler
Kunsthandlung Okubata
Straße der Galerien
Yoshiwara, Edo

»Yoshiwara.« Langsam und nachdenklich las Sano laut den Namen dieses Stadtbezirks. Yoshiwara war das von Mauern umgebene Vergnügungsviertel Edos, unweit des Flusses in den nördlichen Randgebieten gelegen. Dort war Prostitution jeder Art erlaubt. Dort wurden Essen und Trinken und eine Vielzahl von Unterhaltungen geboten: Theater, Musik, Glücksspiel, Einkaufsbummel und andere, weniger harmlose Vergnügungen. Dies alles bot Yoshiwara jedem im Übermaß, der dafür zu zahlen bereit war.

Ursprünglich hatte man das Gebiet »Wiese des Schilfs« genannt – nach dem sumpfigen Grund und Boden dieser Gegend. Dann hatte der gerissene Besitzer eines Vergnügungsbetriebs die Schriftzeichen so verändert, daß aus der »Wiese des Schilfs« die »Glückswiese« geworden war, und dieser Name hatte sich eingebürgert. Eine weitere Bezeichnung lautete »Stadt ohne Nacht«: Yoshiwara schlief nie.

»Noriyoshi hat in ein und demselben Haus gewohnt und gearbeitet«, erklärte Tsunehiko. »In beiden Unterlagen stand die gleiche Anschrift. Und Okubata war sein Arbeitgeber.«

»Verstehe.« Gemäß den Regeln, die das traditionelle Lehrer-Schüler-Verhältnis bestimmten, lobte Sano seinen Schreiber nicht für die gute Arbeit, die er geleistet hatte. Doch er konnte ihm eine Belohnung zukommen lassen. Und der gegenwärtige Zeitpunkt war für Sano am besten geeignet, sein Versprechen einzulösen und Tsunehiko an den Untersuchungen zu beteiligen. Der Junge würde sich zwar als Klotz am Bein erweisen, doch Sano war sicher, damit fertig zu werden …

»Würde es dir gefallen, mich nach Yoshiwara zu begleiten und mir bei den Nachforschungen über Noriyoshi zu helfen?«

»Oh, ja! Vielen Dank, *yoriki* Sano-*san!*« Vor Freude sprang Tsunehiko so begeistert auf, daß er sein Schreibpult umstieß, so daß Papiere und Schreibfedern durchs Zimmer flogen und die Tusche über den Fußboden spritzte.

Kurze Zeit später befanden sie sich auf einer langsamen, schaukelnden Fähre, die stromauf in Richtung Yoshiwara fuhr. Das offene Boot, das zehn Passagieren Platz bot, wäre im Sommer belegt gewesen. An diesem Wintertag aber waren Sano und Tsunehiko die einzigen Fahrgäste. In ihren dicken Umhängen und mit den breiten Strohhüten kauerten sie unter dem flatternden Baldachin, der kaum Schutz vor dem kalten, feuchten Wind bot, der über den Fluß wehte. Hinter ihnen sangen die beiden muskulösen Bootsleute im Rhythmus ihrer klatschenden Paddel ein Lied; hin und wieder unterbrachen sie ihren Gesang, um Männern auf vorüberfahrenden Fischerbooten und Lastkähnen Grüße zuzurufen. Das übelriechende braune Wasser, das um das Boot herum wogte und wirbelte, war so schmutzig und trüb, daß sich kein Schimmer des tiefhängenden grauen Himmels darauf spiegelte.

Tsunehiko öffnete sein Essenspaket, das er mitgenommen hatte, um sich für die zweistündige Bootsfahrt zu wappnen. »Eigentlich hätten wir auf weißen Pferden nach Yoshiwara reiten sollen«, sagte er. »Schließlich ist es so üblich. Wir hätten uns ja verkleiden können, damit uns niemand als Samurai erkennt.« Dann schlang er mit staunenswerter Geschwindigkeit die Reisbällchen, das eingelegte Gemüse und den gesalzenen Fisch hinunter.

Sano lächelte über Tsunehikos Unwissenheit. Zwar untersagten die Gesetze den Samurai einen Besuch Yoshiwaras, doch weil diesen Gesetzen nur selten Geltung verschafft wurde, strömten sie in hellen Scharen ins Vergnügungsviertel, und dies in aller Offenheit. Eine Verkleidung war gar nicht nötig, es sei denn, ein Samurai wollte sich den Spaß am Verbotenen durch eine Maskerade würzen.

»Wir sind in einer offiziellen Angelegenheit unterwegs, mein Junge«, sagte Sano.

»Offizielle Angelegenheit«, stimmte Tsunehiko kauend zu und grinste, wobei er einen Mundvoll halbzerkauter Nahrung zur Schau stellte.

Sano aß sein Mittagsmahl gemächlicher. Er hatte sich für die langsame Fahrt mit dem Boot entschieden, um die Möglichkeit zu nutzen, eingehend den Fluß zu betrachten, der beinahe die Leichen Yukikos und Noriyoshis verschlungen hätte. Nun ließ Sano den Blick über die Reihen der Lagerhäuser zu seiner Linken schweifen. Die Leichen konnten praktisch überall in den Fluß geworfen worden sein: von einem der Docks oder Anlegestellen oder Bootshäuser am Fuß der steinernen Uferbefestigung; von der Ryōgoku-Brücke, unter deren großem Bogen das Boot in diesem Augenblick hindurchschwamm; selbst in die Sümpfe am gegenüberliegenden Ufer. Falls Sano in Yoshiwara nichts in Erfahrung brachte, mußte er den ganzen Flußlauf entlang nach Zeugen suchen – eine Aufgabe, die Tage in Anspruch nehmen würde.

Schließlich legte die Fähre neben dem Pier an. Sano bezahlte die Bootsleute. Nachdem sie von Bord gegangen waren, dehnten Sano und Tsunehiko ihre verkrampften Muskeln, bevor sie die Stufen der steinernen Uferbefestigung hinaufstiegen. Oben angelangt, folgten sie der Straße ins Binnenland und kamen an den ersten Läden und Gasthäusern vorüber. Serviermädchen lächelten sie einladend aus Türeingängen an, die mit Vorhängen verdeckt waren. Sobald die Mädchen bemerkten, daß die beiden Reisenden kein Interesse zeigten, wurden ihre Gesichter mürrisch. Als Sano und sein Schreiber die Reisfelder und Sümpfe vor Asakusa durchquerten, konnten sie in der Ferne das Ziegeldach des Sensōji-Tempels sehen, das über die umliegenden Häuser und die Dächer der kleineren Tempel emporragte. Ein Gong ertönte; der Wind trug das Geräusch, zusammen mit dem schwachen Duft von Weihrauch, bis zu den beiden Reisenden. Einige Priester mit kahlgeschorenen Köpfen riefen sie vom Straßenrand aus an; die Hände mit den Bettelschalen ausgestreckt, baten sie um Gaben.

Nach einem kurzen Wegstück gelangten Sano und Tsunehiko bis dicht vor die irdene Mauer, von der das Vergnügungsviertel wie eine Festung umgeben war. An einem der überdachten, reichverzierten Tore standen zwei Samurai mit Helmen und Brustpanzern. Es waren die Posten der Tagwache; denn die Tore Yoshiwaras wurden rund um die Uhr bewacht, wie auch die Besucher.

Als Sano die Posten befragte, mußte er wieder einmal die Erfahrung machen, wie schwierig es war, inoffizielle Nachforschungen in einem Mordfall anzustellen.

»Ja, wir haben Noriyoshi gekannt«, sagte einer der Torwächter. Doch als Sano den Posten fragte, ob er Noriyoshi an seinem Todestag gesehen habe, erwiderte der Mann: »Er ist sehr oft durch dieses Tor gegangen, hinaus und hinein. Wie soll ich mich da erinnern, ob ich ihn an diesem Tag gesehen habe? Außerdem ist er tot. Was spielt es da noch für eine Rolle?«

Sano, der auf diese Auskunft keine passende Erwiderung parat hatte, erkundigte sich geduldig: »Hat vorgestern abend jemand Yoshiwara mit einem Sack oder einem großen Bündel verlassen?« Groß genug, um eine Leiche darin zu verstecken, hätte er gern hinzugefügt. Er hörte, wie Tsunehiko neben ihm aufgeregt zu schnaufen begann, als er gespannt jedes Wort in sich aufnahm. Der Junge glaubte offenbar, nun mitzuerleben, wie ein *yoriki* sein Amt ausübte. Hoffentlich begreift er nicht, um was es wirklich geht, dachte Sano. Sonst könnte es gefährlich werden, falls er jemandem von unserer Reise erzählt.

Der zweite Posten schnaubte. Anders als die Torwächter in Edo hielten er und sein Kollege – der das Symbol der Tokugawas auf den Ärmeln aufgestickt hatte, das dreifache Stockrosenblatt – es offenbar nicht für nötig, sich einem städtischen Beamten gegenüber höflich zu verhalten. »Schon möglich«, beantwortete der Posten Sanos Frage und fügte in herablassendem Tonfall hinzu: »Aber wir haben noch sehr viel anderes zu tun, als bloß sämtliche Lastenträger im Auge zu behalten, *yoriki*.«

Beispielsweise müßt ihr dafür sorgen, daß keine Frauen aus Yoshiwara fliehen können, dachte Sano. Fast alle *yūjo* – Kurtisanen – waren als junge Mädchen von ihren verarmten Familien an Bordellbesitzer verkauft worden, oder man hatte sie als Strafe für ein Verbrechen nach Yoshiwara geschickt. Doch während einige wie Prinzessinnen in den Freudenhäusern residierten, in prunkvollen Zimmern und von mächtigen, reichen Männern verehrt, führten andere, von grausamen Herrn mißhandelt, ein erbärmliches Leben. Oft versuchten diese Mädchen, als Dienerinnen oder Jungen verkleidet, durch die Tore zu fliehen. Schon deshalb waren die Torwächter weniger aufmerksam, was das Kommen und Gehen von Lastenträgern oder Männern betraf, die sie kannten.

»Ich möchte ja nicht respektlos erscheinen«, fuhr der Posten in einem Tonfall fort, der seine Worte Lügen strafte, »aber Ihr versperrt das Tor. Wollt Ihr nun hindurchgehen oder nicht?«

»Vielen Dank für Eure Hilfe«, sagte Sano. Als er und Tsunehiko die Nakano-chō betraten, die Hauptstraße, blickte Sano sich aufmerksam um. Er war schon oft in Yoshiwara gewesen: als kleiner Junge zur Sommerzeit, wenn er und seine Eltern sich anderen Familien aus Edo angeschlossen hatten, um sich die prächtigen Umzüge der *yūjo* anzuschauen. Und später, als Student, war er mit Freunden durch die Straßen gezogen und hatte die schönen *yūjo* mit den Augen verschlungen. Doch seit seinem letzten Besuch waren Jahre vergangen. Die Preise für Speisen, Getränke und weibliche Gesellschaft waren ihm viel zu hoch, und die Notwendigkeit, sich seinen Lebensunterhalt verdienen zu müssen, ließ ihm keine Zeit für die lange Reise hierher und zurück nach Edo – von den Stunden, die er beim Reiswein und den Frauen verbringen würde, ganz zu schweigen.

Sano stellte fest, daß einige Dinge so geblieben waren, wie er sie in Erinnerung hatte, andere hingegen nicht: Die Reihen der Holzgebäude waren ihm noch vertraut, ebenso die schreiend bunten Schilder vor den Teehäusern – in denen jedoch kein Tee, sondern Sake ausgeschenkt wurde –, die Läden, Eßlokale und Bordelle. Auch an den Gestank nach schalem Wein und Urin, der in der Luft lag, konnte Sano sich erinnern. Doch das Vergnügungsviertel war größer geworden. Wenngleich die Mauer dem Wachstum eine Grenze setzte, hatten neue Läden die Lücken zwischen den älteren gefüllt. Sanos letzter Besuch in Yoshiwara hatte an einem Abend stattgefunden; damals hatten leuchtende Papierlaternen von den Dachvorsprüngen gehangen, und hinter den vergitterten, käfigartigen Fenstern an den Frontseiten der Freudenhäuser hatten wunderschöne Kurtisanen mögliche Freier angelockt. Jetzt, an diesem Nachmittag, brannten keine Laternen, und hinter den Gittern vor den Fenstern der Bordelle hatte man Schirme aus Bambus heruntergezogen, um den Blick ins Innere zu verwehren, denn die Häuser wiesen die unvermeidlichen Zeichen des Alters auf: vergilbter Stuck, abgetretene Türschwellen, angedunkelte Säulen aus Holz.

Natürlich trug auch die Jahreszeit dazu bei, daß Yoshiwara dermaßen trist erschien. Die Äste der eingetopften Zierkirschenbäume, die an der Straße standen, prangten im Frühling in leuchtendem Rosa und im Sommer in sattem Grün. Jetzt waren sie nackt und kahl. Zwar waren zahlreiche vergnügungssuchende Samurai und gemeine Bürger zu sehen, doch sie gingen mit eiligen Schritten, statt gemächlich dahinzuschlendern, und sie hüllten sich zum Schutz gegen die Kälte tief ihre dicke Winterkleidung. Selbst das Gelächter, das aus einigen Vergnügungsbetrieben drang, klang gedämpft. Der festliche Glanz Yoshiwaras, an den Sano sich erinnern konnte, war verblaßt.

Tsunehiko dagegen schien die winterliche Tristesse des Vergnügungsviertels nichts auszumachen. »Ist es nicht phantastisch?« rief er begeistert und blickte fasziniert auf die Schilder. »Ich kann gar nicht verstehen, warum Yoshiwara so weit von der Stadt weg ist. Wäre die Reise nicht so lang, könnten wir jeden Tag hierherkommen.«

»Die Regierung legt Wert darauf, daß dieses Viertel so weit wie möglich von der Stadt entfernt ist, weil sie die öffentliche Moral schützen will«, erwiderte Sano und nutzte die Gelegenheit, seinem Schützling eine weitere Lektion zu erteilen. »Außerdem ist es für die Polizei einfacher, ein Vergnügungsviertel zu kontrollieren, das abgeschlossen und nicht über mehrere Stadtteile verstreut ist. Auf diese Weise kann man beispielsweise die Zahl junger Mädchen verringern, die entführt und von Zuhältern an die Bordelle verkauft werden.«

Er wollte hinzufügen, daß auch den *metsuke* – den Spionen der Regierung – Yoshiwara sehr dienlich war, da sie in diesem abgeschlossenen Vergnügungsviertel Bürger von zweifelhaftem Ruf besser im Auge behalten konnten. Doch Sano bemerkte, daß Tsunehiko ihm gar nicht mehr zuhörte. Der junge Bursche hatte sich gebückt und spähte unter einem Vorhang hindurch, der vor dem Eingang eines Teehauses hing. Ein Schild über der Tür verkündete: »HIER FRAUEN-SUMO! Erlebt die berühmten Ringerinnen Busen-Beben, Steck-ihn-rein, Quetsch-den-Sack und Klammerschenkel in gnadenlosem Zweikampf!« Auf einem kleineren Schild stand zu lesen: »Heute abend Sondervorstellung: Blinde Suche nach dem dunklen Punkt – weibliche Ringer gegen blinde Samurai!« Kehlige Schreie und laute Jubelrufe erklangen aus dem Innern des Teehauses und ließen erkennen, daß die Kämpfe, die in der Stadt Edo überall verboten waren, bereits begonnen hatten.

Sano schüttelte den Kopf. Es war ein Fehler gewesen, Tsunehiko mit hierher zu nehmen. Jetzt mußte er kostbare Zeit dafür verschwenden, den Jungen im Auge zu behalten. Eine Sorge mehr, dachte er. Als wären ein verwirrender Mordfall, der Zorn einer Fürstin und die Gefahren, die mit seinen verbotenen Nachforschungen verbunden waren, nicht schon schlimm genug.

»Komm endlich, Tsunehiko«, sagte er. »Wir müssen die Straße der Galerien suchen.«

Zu Sanos Erstaunen erwies Tsunehiko sich zum erstenmal in seiner Schreiberkarriere als echte Hilfe. Wenn auch widerwillig, zog er den dicken Kopf unter dem Vorhang des Teehauses hervor und erklärte: »Ich weiß, wo die Straße ist. Folgt mir, ich kenne eine Abkürzung.«

Tsunehiko stapfte die Nakano-chō hinunter, führte Sano um eine Gebäudeecke und dann eine Straße hinunter, die von Mauern gesäumt war, hinter denen die Lustgärten der Freudenhäuser versteckt lagen. Kurz darauf drangen sie in ein Labyrinth aus schmalen Gassen ein, die von geschlossenen Türen, vergitterten Fenstern und überquellenden Müllbehältern aus Holz gesäumt waren. Streunende Hunde wühlten in den übelriechenden Abfallhaufen. Sano war erleichtert, als sie aus dem dunklen Gewirr der Gassen auf eine breite, helle Straße gelangten.

»Da wären wir«, verkündete Tsunehiko stolz. »Seht Ihr?«

Zu beiden Seiten der Straße der Galerien waren durch die offenen Ladeneingänge Regale und Wände zu sehen, welche mit farbenfrohen Holzschnitten behängt waren. Kunstsammler eilten vorüber. Viele von ihnen waren Samurai, die gegen das Gesetz verstießen, welches ihnen den Besitz sogenannter unmoralischer Kunstwerke untersagte. Vor den Galerien standen Marktschreier; sie riefen die Preise aus und priesen die Qualität ihrer Waren. In den Läden selbst feilschten die Eigentümer lautstark mit ihren streitbaren Kunden. Sano betrachtete die Namensschilder über den Galerien. Die Kunsthandlung Okubata lag etwa in der Mitte der Straße. Jetzt mußte er nur noch Tsunehiko loswerden, dann konnte er sich ungestört mit dem Eigentümer unterhalten …

Zu seiner Erleichterung kam ihm Tsunehikos Neugier zu Hilfe. Der Schreiber verschwand alsbald in einem der Geschäfte und begann, sich durch einen Stapel Zeichnungen zu wühlen. Erleichtert ging Sano allein die Straße hinunter.

Kaum war er vor der Kunsthandlung angelangt, als ihm auch schon ein Marktschreier entgegentrat und rief: »Guten Tag, Herr! Sucht Ihr nach den feinsten Holzschnitten zu den günstigsten Preisen? Dann seid Ihr bei mir genau richtig!«

Der Händler war ein fetter Mann von verblüffender Häßlichkeit. Sein hervorstechendstes Kennzeichen, ein großes, flammendrotes Muttermal, erstreckte sich von der Oberlippe über den Mund bis hinunter zum Kinn. Haare sprießten aus seinen Nasenlöchern, und Blatternarben übersäten seine Haut wie winzige Krater. Die hervorquellenden Augen verliehen ihm das Aussehen eines Insekts, einer Gottesanbeterin vielleicht. Die Ähnlichkeit mit diesem Tier wurde durch die hängenden Schultern und die Art und Weise unterstrichen, wie der Mann sich die knochigen Hände rieb, während er Sano wie ein Beutetier anstarrte.

»Tretet ein, tretet ein«, drängte er und zerrte Sano am Ärmel.

Sano stieg zum Eingang des Geschäfts hinauf und schob den Vorhang zur Seite, der den Blick ins Innere teilweise verwehrte. Die Kunsthandlung erwies sich als kleiner Laden: ein einziger Raum, dessen Wände mit Holzschnitten und Tuschezeichnungen bedeckt waren, die hinter Ständern und Regalen verschwanden, welche mit weiteren Holzschnitten und Zeichnungen beladen waren. Sano war der einzige Kunde.

»Nun denn, was kann ich für Euch tun?« fragte der häßliche Mann. Offensichtlich war er Marktschreier und Ladeninhaber in einer Person. »Wie wäre es mit wunderschönen Landschaftsbildern?«

Er zeigte auf eine Sammlung von Holzschnitten, die an einer Wand hingen und den Fujiyama im Wandel der vier Jahreszeiten zeigten. Jetzt erkannte Sano, weshalb sich keine Kunden in dem Laden aufhielten. Die Stiche waren von minderer Qualität und grellen, unnatürlichen Farben; zudem war die Passer ungenau, so daß die Bilder verschwommen wirkten. Sano staunte, daß die Okubata-Kunsthandlung nicht längst schon Pleite gemacht hatte.

»Seid Ihr Herr Okubata?« fragte er den Mann.

»Ja, der bin ich. Aber jeder nennt mich Kirschenesser.« Mit einem gekünstelten Lachen zeigte der Ladenbesitzer auf sein Muttermal.

Sano hatte das Gefühl, daß der Name »Kirschenesser« eine zweite, anzüglichere Bedeutung besaß, wie der verschmitzte Ausdruck in den Augen des Mannes anzudeuten schien.

Kirschenesser zog einen Holzschnitt vom nächststehenden Regal. »Oder zieht Ihr die klassische Kunst vor, Herr?« fragte er.

Sano zuckte zusammen, als er den Holzschnitt sah. Er war eine primitive Kopie des klassischen Gemäldes *hegassen*, der »Furzschlacht«. Auf Kirschenessers Plagiat waren zwei berittene Samurai zu sehen, die sich ihre nackten Hintern zuwandten und sich mit Fürzen duellierten, denen der Maler die Form riesiger, farbiger Flammenwolken verliehen hatte.

»Eine wundervolle Huldigung Eurer heldenhaften Ahnen«, kommentierte Kirschenesser das Machwerk. »Wie wäre es damit?«

»Nein, danke.« Sano, dem die indirekte Beleidigung seines Standes sauer aufstieß, musterte den Ladenbesitzer und suchte nach Anzeichen von Ironie oder Boshaftigkeit, doch das häßliche Gesicht des Mannes war höflich und freundlich. »Um ehrlich zu sein, bin ich hergekommen, um mit Euch über Herrn Noriyoshi zu reden, Euren Angestellten. Ich bin …«

Bevor Sano die Gelegenheit hatte, sich vorzustellen, rief Kirschenesser: »Aaah! Warum habt Ihr das nicht gleich gesagt?« Mit einem wissenden Kopfnicken bedeutete er Sano, ihm zu einem Regal im hinteren Teil des Ladens zu folgen. Dort angelangt, fuhr Kirschenesser fort: »Es ist ein Jammer, daß der große Künstler Noriyoshi Abschied von dieser Welt genommen hat. Aber hier habe ich seine allerletzten Arbeiten. Und seine besten, wie ich hinzufügen möchte. Gefallen sie Euch? Nun?«

Als er die Holzstiche betrachtete, erkannte Sano sofort, womit die Kunsthandlung Okubata ihr Geld verdiente: durch den Verkauf von *shunga* – erotischen Kunstwerken – an eine vermutlich ausgewählte Kundschaft. Die anderen Holzschnitte waren lediglich Schaufensterdekoration. Noriyoshis Arbeiten zeigten Liebespaare in allen erdenklichen Stellungen und Situationen: in einem Schlafzimmer, wobei der Mann auf der Frau lag; in einem Garten, wobei die Frau mit gespreizten Beinen in einer Astgabel saß, während der Mann vor ihr stand und in sie eindrang. Auf einigen Bildern waren weitere Personen zu sehen: Dienstmädchen, zum Beispiel, die dem Liebespaar Hilfestellungen leisteten, oder Voyeure, die durch Fenster spähten und das Paar beobachteten. Kleidung, Umgebung und vor allem die Genitalien hatte Noriyoshi in großer Detailgenauigkeit widergegeben. Ein riesiges Bild zeigte einen liegenden Samurai, dessen Schwerter neben ihm am Boden lagen; sein Gewand klaffte auf und enthüllte eine gewaltige Erektion. Mit einer Hand streichelte er ein nacktes Mädchen, das neben ihm lag, zwischen den Beinen, mit der anderen zog er die Hand des Mädchens an sein Glied heran. Die Bildunterschrift lautete:

Seht nur, seht
Mit ganzem Herzen
Teilen sie das Liebesbett:
Welch Mädchens Antlitz
Würde nicht erröten,
Ihr Atem schneller gehen,
Liebkost man ihre edelsteinfunkelnde Pforte,
Während sie den Stab aus Jade ergreift?

Sämtliche Holzschnitte waren denen im vorderen Teil des Ladens technisch und künstlerisch haushoch überlegen. Die Farben waren klar und harmonisch; die Zeichnungen meisterhaft. Außerdem besaßen die Holzschnitte eine sinnliche Anmut, die den meisten gewöhnlichen *shunga* fehlte. Sano spürte, wie die Bilder ihn gegen seinen Willen zunehmend erregten.

»Vielleicht können Noriyoshis Werke Euch bei Euren romantischen Begegnungen hilfreich sein«, flüsterte Kirschenesser verschwörerisch.

Dieser verbale Hieb gegen seine Manneskraft – ob beabsichtigt oder nicht – riß Sano aus seinen Betrachtungen.

Entweder war dieser Kerl ein äußerst gerissener Schurke, oder er war einfach zu gedankenlos, als daß ihm bewußt gewesen wäre, wie sehr derartige Bemerkungen seine Kunden beeinflussen konnten. Sano wandte sich von den Bildern ab und sagte mit scharfer Stimme: »Ich bin nicht hier, um etwas zu kaufen.«

Als Sano sich als *yoriki* zu erkennen gab, konnte er mit einer gewissen Befriedigung feststellen, wie Kirschenesser erbleichte, so daß sein Muttermal wie ein fieberglühender Ausschlag auf seinem Gesicht erstrahlte. Die Blicke des Kunsthändlers huschten zu seinen Holzschnitten hinüber, von denen keiner das rote runde Siegel der Steuereintreiber trug, wodurch die Werke eindeutig als Konterbande kenntlich waren, deren Besitz oder Veräußerung unter Strafe standen.

»Ich interessiere mich ebensowenig für Eure Geschäfte«, fügte Sano rasch hinzu. »Ich möchte nur, daß Ihr mir einige Fragen über Noriyoshi beantwortet.«

Die Farbe strömte in Kirschenessers Gesicht zurück. »Falls ich es kann, Herr. Fragt, was Ihr wollt.« Vor Erleichterung schien er plötzlich sehr mitteilsam zu sein.

Um den Mann zu besänftigen und zu vermeiden, daß er Verdacht schöpfte, begann Sano mit einer harmlosen Frage: »Wie lange hat Noriyoshi für Euch gearbeitet?«

»Oh, nicht lange genug.«

Trotz des unschuldigen Lächelns, das Kirschenesser aufsetzte, erkannte Sano, daß die Seitenhiebe und klugscheißerischen Bemerkungen des Ladenbesitzers beabsichtigt waren, wenngleich er sie in gekonnt gespieltem Ernst vorbrachte, so daß die meisten Leute sich vermutlich davon täuschen ließen. Zornig warf Sano ihm einen warnenden Blick zu.

Verschmitztheit leuchtete in Kirschenessers Augen auf, während er an den Fingern abzählte. »Noriyoshi war sechs ... sieben Jahre bei mir.«

Lange genug, daß die beiden sich sehr gut gekannt haben, ging es Sano durch den Kopf. »Was für ein Mann war Noriyoshi?«

»Ziemlich normal. Er hatte zwei Augen, zwei Ohren, eine Nase ...«

Sanos Verärgerung wuchs. Düster starrte er Kirschenesser an und legte die Hand auf den Griff eines seiner Schwerter, um die Drohung zu unterstreichen.

Kirschenessers vorstehende Insektenaugen traten noch weiter hervor; sein Lächeln schwand. Offensichtlich hatte er eingesehen, daß er zu weit gegangen war, und schlagartig wurde er ernst.

»Oh, Noriyoshi war ein hochbegabter Künstler. Und äußerst produktiv. Seine Werke haben sich gut verkauft. Ich werde ihn sehr vermissen.«

»Ich wollte eigentlich wissen, wie er als Mensch war«, sagte Sano geduldig. »War er freundlich? Beliebt?«

Kirschenesser grinste. »Na ja, nicht sehr beliebt. Aber er hatte viele Freunde, würde ich sagen.« Er wies mit der Hand zur Straße. »Im ganzen Bezirk.«

»Sagt mir ihre Namen.« Wenn man davon absah, daß Sano die nervtötende Art des Kunsthändlers ertragen mußte, lief es besser, als er erwartet hatte.

Kirschenesser nannte eine Reihe von Namen; es handelte sich ausnahmslos um Männer, die in den Teehäusern oder Eßlokalen Yoshiwaras als Künstler arbeiteten.

Sano prägte sich jeden Namen ein. »Keine Frauen?« fragte er.

»Nein, Herr. Nicht, daß ich wüßte. Bis auf die junge Dame, die mit ihm zusammen gestorben ist.«

Eine Bewegung fiel Sano ins Auge. Er senkte den Blick. Wenngleich Kirschenessers Gesichtsausdruck sich nicht verändert hatte, verlagerte er nervös das Körpergewicht von einem Fuß auf den anderen. Diese Beobachtung – nahm man die unerwartet nüchterne Antwort hinzu – ließ Sano erkennen, daß der Kunsthändler log. Sein Körper, seine ganze Haltung verrieten es.

Sano wechselte das Thema, um Kirschenesser vorerst in Sicherheit zu wiegen und ihn dann mit gezielten Fragen zu überfallen. »Hat Noriyoshi hier Verwandte?«

Kirschenessers Füße kamen zum Stillstand. »Hier nicht, Herr. Aber er hat viele Verwandte in der Welt der Geister. Er hat mir erzählt, daß alle seine Angehörigen beim Großen Feuer ums Leben gekommen sind.«

»Wer waren Noriyoshis Feinde?«

»Er hatte keine Feinde, *yoriki*«, antwortete Kirschenesser mit sachlicher Stimme. »Er war allgemein beliebt.«

Sano wartete auf irgendeine vorwitzige Bemerkung, doch sie blieb aus. Wieder betrachtete er die unruhig scharrenden Füße des Kunsthändlers. »Ihr solltet es mir lieber gleich sagen«, erklärte Sano. »Falls Ihr es nicht tut, erfahre ich es gewiß von jemand anderem. Oder seid Ihr sicher, daß Ihr Euren und Noriyoshis gemeinsamen Freunden …«, er zählte sämtliche Namen auf, die Kirschenesser ihm genannt hatte, »… so sehr trauen könnt, daß sie nichts ausplaudern?«

»Es tut mir leid, Herr, aber ich verstehe nicht, was Ihr damit sagen wollt.« Linker Fuß, rechter Fuß, linker Fuß. Die Bodenbretter knarrten unter Kirschenessers Gewicht.

»Wer ist Noriyoshis Freundin?«

Kirschenesser verschränkte die Arme über seiner vorgewölbten Brust. »Mit allem gebotenen Respekt, *yoriki*, aber es gefällt mir nicht, wie Ihr mit mir redet. Ihr bezeichnet mich als Lügner.« Offenbar hatte der Entschluß zu bluffen Kirschenessers Nerven beruhigt. Seine Füße standen still. »Entweder Ihr nehmt mich fest und bringt mich vor den Magistraten, oder Ihr verlaßt mein Geschäft!«

Ganz kurz schloß Sano die Augen. Er ärgerte sich über sich selbst. Seiner Unerfahrenheit wegen hatte er das Gespräch an einen toten Punkt geführt. Jetzt würde Kirschenesser ihm kein Wort mehr sagen. Und weil der Mann sich geweigert hatte, eine Frage zu beantworten, die mit einem offiziell als Selbstmord deklarierten Fall zu tun hatte, konnte Sano ihn schwerlich festnehmen. Sano wagte es nicht einmal, Kirschenesser wegen des Verkaufs illegaler Kunstgegenstände oder der Beleidigung eines Polizeioffiziers zu verhaften: Magistrat Ogyū hatte deutlich gemacht, daß er es nicht wünschte, daß seine *yoriki* die Arbeit der *dōshin* taten. Vor allem durfte Ogyū nicht erfahren, daß Sano die Ermittlungen über Yukikos und Noriyoshis Tod auf eigene Faust weiterführte, solange er nicht beweisen konnte, daß es sich um Morde handelte.

»Ich hatte nicht die Absicht, Euch zu beleidigen«, sagte er zu Kirschenesser, obwohl es ihm gegen den Strich ging, sich angesichts der Sticheleien und Anzüglichkeiten des anderen zu entschuldigen. Doch Sano hoffte, den Kunsthändler soweit zu besänftigen, daß dieser ihm den Wohn- und Arbeitsplatz Noriyoshis zeigte. Sano wollte ein Gespür für den Ermordeten bekommen, einen Eindruck von diesem Mann – vielleicht sogar einen Hinweis darauf, weshalb jemand einen Grund gehabt haben könnte, ihn zu töten. »Ich bin nicht hierher gekommen, um Euch festzunehmen, und ich habe keinen Zweifel an Eurer Lauterkeit. Ich möchte nichts weiter als Informationen für meine Unterlagen, und bisher habt Ihr Euch sehr hilfsbereit gezeigt. Dürfte ich Euch vielleicht noch um eine kleine Gefälligkeit bitten? Würdet Ihr mir Noriyoshis Wohnräume zeigen?«

»Selbstverständlich, Herr.« Kirschenesser schien froh zu sein, daß Sano selbst ihm einen Grund gab, nicht mehr von Noriyoshis Frauen und Feinden erzählen zu müssen. Er schob eine Tür in der Wand zur Seite; dahinter kam ein schmaler, schummrig erleuchteter Durchgang zum Vorschein. »Hier entlang.«

Sano folgte dem Kunsthändler den Durchgang hinunter und auf einen kleinen, schmutzigen Hof. Die linke Seite des Hofes wurde von der Wand des benachbarten Geschäfts begrenzt; auf der rechten Seite befand sich ein großes, hüttenartiges Gebäude, vor dem eine schmale Veranda verlief. Auf der Hinterseite des Hofes erblickte Sano einen Abort, einen Holzstapel und eine Reihe von Vorratsbehältern aus Keramik, die an einen Bambuszaun gelehnt waren. Der bittere, stechende Geruch von Tusche überlagerte den Gestank von Abwässern und den würzigen Duft von Sägemehl. Kirschenesser führte seinen Besucher an der Hütte vorbei. Durch offene Türen konnte Sano drei identische Kammern sehen. In jedem dieser winzigen Räume kniete ein Mann vor einem Tisch mit schräger Arbeitsfläche. Der Mann im ersten Zimmer kerbte mit einem Hohlmeißel aus Metall Rillen in einen geglätteten Holzblock. Der zweite bestrich einen fertig geschnitzten Block mit Tusche und drückte ihn auf ein weißes Blatt Papier. Der dritte schließlich malte gedruckte Schwarzweiß-Holzschnitte mit Farben aus.

Kirschenesser stieg zur Veranda hinauf und blieb vor der geschlossenen Tür einer vierten Kammer stehen. »Noriyoshis Zimmer«, sagte er und schob die Tür auf.

Sano trat ein und stieg über zwei Paar Holzsandalen hinweg, die hinter der Schwelle standen. Die Decke war so niedrig, daß er sich bücken mußte. Wie schon die anderen drei Räume, war auch dieser winzig klein; der Arbeitstisch, der an einer Wand stand, nahm einen Großteil des Zimmers ein und ließ gerade noch genügend Platz für die Schlafstelle eines erwachsenen Mannes. Ausgefranste, von Sägemehl übersäte Matten lagen auf dem Fußboden. Neben dem Arbeitstisch stand eine geöffnete Werkzeugkiste, in der sich verschiedene Messer, Stichel und Hohlbeitel befanden. Auf dem Tisch lag eine Tuscheskizze; daneben standen ein frisch zugeschnittener Holzblock sowie ein Topf mit verkrusteter, eingetrockneter Paste aus Weizenmehl, in der ein Pinsel steckte. Noriyoshi hatte offenbar alles vorbereitet, um seinen Entwurf in den Holzblock einzuritzen. Als Sano die Tuscheskizze genauer betrachtete, war er dermaßen verblüfft, daß er zweimal hinschauen mußte: Es war ein *shunga* im gleichen Stil, wie er sie hinten im Laden gesehen hatte, nur daß diese erotische Zeichnung zwei Männer zeigte.

»Eine Sonderanfertigung für einen besonderen Kunden, hä-hä-hä.« Kirschenesser kauerte sich neben Sano nieder, kicherte und rieb sich die Hände. »Viele Samurai haben eine Vorliebe für so etwas, nicht wahr?«

Sano überhörte die Stichelei. Obwohl er niemals gleichgeschlechtliche Liebe praktiziert hatte – und auch nicht den Wunsch danach verspürte –, teilte er die herrschende Meinung, was diese und andere sexuelle Vorlieben betraf: Solche Dinge waren Privatsache und gingen Außenstehende nichts an, solange die Gefühle anderer nicht verletzt wurden. Außerdem war er es leid, sich die versteckten Andeutungen des Kunsthändlers anzuhören, zumal es ihm ziemlich egal war, wie Kirschenesser über ihn und die Kaste der Samurai dachte. Sano wandte sich einem klappriger Schrank zu, der an der Wand gegenüber vom Arbeitstisch stand.

Die geflickten Kleidungsstücke, das zerschlissene

Bettzeug, das angeschlagene Geschirr und die Sammlung von Pinseln, Kohlestiften und Entwürfen, die Sano entdeckte, bewiesen ihm nur, was er bereits wußte: daß Noriyoshi ein Künstler mit großem Talent und sehr bescheidenen Einkünften gewesen war. Sano beendete soeben die flüchtige Durchsuchung mehrerer Kimonos aus Baumwolle, als seine Finger etwas Hartes ertasteten. Er zog einen kleinen Beutel hervor, der mit einer Kordel zugezogen war. Das Gewicht des Beutels verwunderte ihn – bis er ihn öffnete und die goldenen *koban* darin entdeckte. Es mußten mindestens dreißig dieser schimmernden ovalen Münzen sein; eine Summe, die hoch genug war, daß eine große Familie ein Jahr lang bequem davon leben konnte. Es war viel zuviel Geld, als daß ein armer Künstler wie Noriyoshi es je auf rechtmäßige Weise hätte verdienen können.

»Wißt Ihr, woher dieses Geld stammt?« fragte Sano den Kunsthändler.

Mit erstaunlicher Geschwindigkeit schoß Kirschenessers Hand vor und packte den Beutel. Er steckte ihn in seinen Umhang und erklärte: »Das gehört mir. Manchmal hat Noriyoshi ausstehende Gelder für mich kassiert.«

Sano musterte den Kunsthändler von oben bis unten. Auf seinem Gesicht lag ein unschuldiger Ausdruck, doch mit wachsender Verzweiflung bemerkte Sano, daß der Mann wieder nervös mit den Füßen scharrte: Kirschenesser hatte ihn schon wieder belogen.

Sano unterdrückte den Impuls, die Wahrheit aus dem Kerl herauszuprügeln. Die Vernunft sagte ihm, daß er Geduld haben und einen anderen Weg suchen mußte, der zu Wissen und Wahrheit führte. Falls er diesen Weg nicht fand, konnte er diesem Laden immer noch einen zweiten Besuch abstatten.

»Danke für Eure freundliche Hilfe«, sagte er. »Dürfte ich jetzt ein Wort mit Euren Angestellten reden?« Vielleicht konnten sie ihm mehr über Noriyoshis Aktivitäten berichten.

Kurze Zeit später kehrte Sano durch die enge, schummrige Passage in den Laden zurück. Er war ratloser als zuvor. Die drei Künstler – alle mindestens zwanzig

Jahre jünger als Noriyoshi – hatten ihren einstigen Kollegen kaum gekannt. Sie behaupteten, aus den Provinzen nach Edo gekommen zu sein und erst seit einem Jahr für Kirschenesser zu arbeiten. Noriyoshi hätte nur wenig Zeit mit ihnen verbracht, und sie wüßten nicht, wohin er in seinen Mußestunden gegangen sei und mit wem er sie verbracht habe. Sano hatte die drei jungen Männer einzeln befragt; aufgrund der übereinstimmenden Aussagen glaubte er, daß sie die Wahrheit gesagt hatten. Falls Noriyoshis Freunde sich als ebenso verschlossen erwiesen wie Kirschenesser, blieb Sano keine andere Wahl, als die Einwohner des gesamten Viertels zu befragen, um *vielleicht* jemanden aufzustöbern, der ihm ausführlichere Informationen geben konnte und wollte. Vielleicht kann Tsunehiko dir helfen, überlegte Sano; doch große Hoffnungen hatte er nicht. Er fragte sich, wo der junge Bursche steckte.

Als Sano durch die Tür in der Wand ins Geschäft trat, sah er Kirschenesser mit einem gebrechlich aussehenden, glatzköpfigen alten Mann sprechen, der draußen auf der Straße stand. In der einen Hand hielt der Fremde einen langen Gehstock, in der anderen eine Flöte aus Holz. Die beiden Männer unterhielten sich in gedämpftem, drängendem Tonfall.

Als Kirschenesser Sano erblickte, verstummte er sofort. »Geh jetzt«, sagte er zu dem Alten. »Wir reden später weiter.«

Doch der alte Mann lehnte seinen Gehstock an die Schulter und streckte Sano die Hand hin. »Herr Samurai! Ich bin Heilende Hände, der beste blinde Masseur von ganz Edo! Habt Ihr Schmerzen? Oder nervöse Beschwerden? Dann erlaubt mir, Euch davon zu befreien! Meine Fähigkeiten sind berühmt und meine Preise niedrig.« Er richtete die blicklosen Augen auf Sano. Fahl und trüb, erinnerten sie an die Augen eines toten Fisches.

Sano fragte sich, woher der Blinde wissen konnte, daß er einen Samurai vor sich hatte. Entweder mußte Kirschenesser es ihm gesagt haben, oder der alte Mann hatte das Haaröl Sanos gerochen. Blinde entwickelten einen ausgeprägten Geruchssinn.

»Ich könnte Euch mit Geschichten die Zeit vertreiben, während ich Euch behandle, Herr«, fuhr der Masseur fort. »Möchtet Ihr eine Kostprobe hören?«

Ohne die Antwort abzuwarten, begann er mit einer Geschichte, die »Der Hunde-Shōgun« hieß. Die kratzige Stimme des Alten wurde zu einem monotonen Singsang. »Tokugawa Tsunayoshi war ein tüchtiger Regent und ein großer Mann, doch wollte es ihm nicht gelingen, einen Erben zu zeugen. Darauf holte seine Mutter, die Fürstin Keisho-in, sich Rat bei dem buddhistischen Priester Ryūkō. Dieser sagte ihr, daß Tsunayoshi, um einen Sohn zeugen zu können, erst für die Sünden seiner Ahnen büßen müsse. Gemeinsam gelang es der Fürstin Keisho-in und Ryūkō, Tokugawa Tsunayoshi davon zu überzeugen, daß er diese Buße tun könne, wenn er ein Gesetz zum Schutz der Hunde erließe; denn Tsunayoshi war im Jahr des Hundes geboren.

Deshalb müssen streunende Hunde nunmehr gefüttert und gehegt werden. Kampfhunde dürfen nicht mehr durch Schläge, sondern nur durch einen Schwall kalten Wassers voneinander getrennt werden. Wer einen Hund verletzt, kommt in den Kerker; wer einen Hund tötet, wird hingerichtet. Wir müssen alle Hunde mit Respekt behandeln. Und zwar so!«

Heilende Hände eilte zu einem Hund, der die Straße hinuntertrottete. Der Masseur mußte den Hund gerochen haben, oder er hatte gehört, wie die Krallen des Tieres auf den harten Boden klickten. Mit einer tiefen Verbeugung rief er: »Ich grüße Euch, o *oinu-sama*, ehrenwerter Hund!« Dann wandte er sich zu Sano um. »Ich kenne noch viele andere Geschichten, Herr. Möchtet Ihr sie hören, während Ihr meine wohltuende Massage genießt?«

Sano lächelte und fragte sich, ob die Massagen des alten Mannes besser waren als seine Geschichten. Die vom Hunde-Shōgun war ein alter Hut; jeder hatte sie gehört, als Tokugawa Tsunayoshi vor zwei Jahren sein »erstes Gesetz zum Schutz der Hunde« erlassen hatte. Der anfängliche Schock und die Verwirrung im ganzen Land waren inzwischen stummem Zorn darüber gewichen, daß die Regierung Unsummen für das Wohl der Hunde verschleuderte und härteste Strafen gegen Personen verhängte, die gegen das Hundeschutzgesetz verstießen.

»Heute nicht«, lehnte Sano das Angebot des Blinden ab. Dann, einer plötzlichen Regung folgend, fragte er: »Habt Ihr Noriyoshi gekannt?«

Doch bevor Heilende Hände antworten konnte, meldete Kirschenesser sich zu Wort. »Mein Freund muß schnellstens zu einem Patienten, *yoriki*«, sagte er. Dann wandte er sich an Heilende Hände. »Ich glaube, du solltest dich sputen.« Wieder scharrte er mit den Füßen, und seine fahrigen Handbewegungen zeigten Sano deutlich, wie sehr Kirschenesser darauf bedacht war, daß sein Freund verschwand.

Doch Heilende Hände beachtete den Wink des Kunsthändlers nicht und stützte sich bequem auf seinen Gehstock. »O ja, Herr«, sagte er. »Noriyoshi war ein netter Mann. Er hat mir viele Kunden geschickt. Er kannte jeden, wißt Ihr. Mächtige Herren, reiche Kaufleute.«

»Wer war seine Freundin?« fragte Sano gespannt. Dank der Geschwätzigkeit des Masseurs erfuhr er vielleicht doch noch etwas Interessantes.

»Oh, Ihr meint Wisterie? Sie arbeitet in einem Freudenhaus, dem Palast des Himmlischen Gartens, an der Nakano-chō. Sie …«

»Sei still, du Narr! Noch ein falsches Wort von dir, und ich lasse dich vom *dōshin* in den Kerker werfen!«

Nach Kirschenessers heftigem Ausbruch verfiel der Masseur in Schweigen. Er drehte sich in Sanos Richtung, machte eine entschuldigende Geste und sagte unsicher: »Ich muß jetzt gehen, Herr.« Damit wandte er sich um und schlurfte die Straße hinunter, wobei er auf seiner Flöte blies, um Kunden anzulocken.

Sano verabschiedete sich von Kirschenesser und eilte Heilende Hände hinterher. Als er zu dem alten Mann aufgeschlossen hatte, fragte er ihn nach Noriyoshis Feinden und ob er irgendwelche Gerüchte über den Tod des Künstlers gehört habe.

Doch Heilende Hände hatte sich Kirschenessers Warnung zu Herzen genommen. Er sagte nur: »Sprecht mit Wisterie.«

Sano blieb stehen und starrte auf den Rücken des alten Mannes, als dieser gemächlich davonschlenderte. Die Reise nach Yoshiwara war zwar enttäuschend verlaufen, doch ein völliger Reinfall war sie nicht gewesen. Sano hatte die Namen von Noriyoshis Bekannten und seiner Freundin erfahren; zudem wußte er nun, daß der Künstler tatsächlich Feinde gehabt hatte und auf irgendeine Weise an eine große Summe Geldes gekommen war. Eine dieser Fährten konnte zu Noriyoshis Mörder führen.

Sano und Tsunehiko müßten jedoch bis zum Anbruch der Dunkelheit in Yoshiwara bleiben; erst dann öffneten der Palast des Himmlischen Gartens und andere Vergnügungsbetriebe ihre Pforten. Aber sie konnten dann immer noch die letzte Fähre zurück nach Edo erwischen.

Doch plötzlich fiel Sano ein, daß er an diesem Abend seine Familie besuchen wollte – zum erstenmal, seit er sein Zuhause verlassen hatte. Plötzlich lag die Last der Verpflichtung den Eltern gegenüber mit all ihrem erdrückenden Gewicht auf Sano. Es fiel ihm schwer, seine Nachforschungen gerade jetzt aufzuschieben, wo sie erfolgversprechend zu werden schienen. Außerdem behagte ihm der Gedanke nicht, seinen Eltern mit dem Wissen gegenüberzutreten, gegen die Befehle seines Vorgesetzten gehandelt und seine gesicherte Zukunft aufs Spiel gesetzt zu haben, die dem Vater und der Mutter so sehr am Herzen lag. Doch seine Eltern zu enttäuschen – besonders seinen Vater – würde bedeuten, gegen seine Pflichten als Sohn zu verstoßen.

Seufzend ging Sano die Straße hinunter, um Tsunehiko zu suchen und ihm zu sagen, daß es an der Zeit sei, in die Stadt zurückzukehren.

6.

Es war fast Abendessenszeit, als Sano nach Nihonbashi gelangte. Am Rande dieses Stadtbezirks, in unmittelbarer Nähe des Palasts, wohnten seine Eltern in Gesellschaft anderer Samurai-Familien, die sich dem Handel zugewandt hatten und inmitten der Stadtbewohner lebten.

Sano ritt durch das Tor, hinter dem die Straße begann, die durch diesen Teil Nihonbashis führte. Er nickte den beiden Posten zu, die am Tor Wache hielten. Eine kurze Brücke führte Sano über den Kanal, dessen Ufer von Weiden gesäumt waren. Hinter der Brücke verlief die Straße durch ein Trümmergrundstück; hier hatte vor kurzem ein Feuer zwei Häuser vernichtet, die zu beiden Seiten der Straße gestanden hatten. Sano zügelte sein Pferd und betrachtete die niedergebrannten Gebäude. Sein Vater hatte in seinem letzten Brief von diesem Feuer berichtet, bei dem Angehörige aller vier Familien ums Leben gekommen waren, die in den Häusern gewohnt hatten; außerdem hatte der Brand ihre Läden vernichtet. Als Sano weiterritt, fragte er sich, was sich sonst noch verändert haben mochte, seit er von hier fortgegangen war. Er kam am Lebensmittelgeschäft, dem Schreibwarenladen und mehreren Futterhandlungen vorüber und zügelte sein Pferd an einer Straßenecke.

Vor ihm stand die Sano-Akademie für Waffenkunst.

Die eigentlichen Ausbildungsräume befanden sich im Innern des langen und niedrigen Holzgebäudes, das sich auf einer Ebene mit der Straße befand. Die schmuddeligen braunen Dachziegel wiesen die gleiche Farbe wie die Wände auf; vor den Fenstern waren rissige Bretter angebracht, und auf einem verblaßten Schild stand der Name der Akademie. Das Gebäude kam Sano älter und kleiner zugleich vor, seit er es das letzte Mal gesehen hatte – erst einen Monat zuvor. In der zunehmenden Abenddämmerung stieg er vom Pferd, band die Zügel am Geländer der niedrigen Veranda fest und betrat das Gebäude. Eine Woge wehmütiger Erinnerungen durchflutete sein Inneres.

Im Übungsraum wurde die winterliche Dunkelheit von Öllampen erhellt, die an den Wänden befestigt waren. Zwei Reihen junger Männer, in weiten Jacken und Hosen aus Baumwolle, standen einander in simuliertem Zweikampf gegenüber. Statt der echten stählernen Schwerter schwangen die Schüler in der einen Reihe Übungsschwerter aus Holz; ihre Gegner in der anderen Reihe parierten die Schläge mit Waffen der unterschiedlichsten Art – Stöcken, Lanzen, Ketten und eisernen Fächern. Ihre Schreie, das Dröhnen der Hiebe und die stampfenden Schritte hallten mit ohrenbetäubendem Lärm von den Wänden wider. Sano nahm die altbekannte Mischung verschiedener Gerüche in sich auf – Schweiß, Haaröl, feuchter Putz, altes Holz – und fühlte sich plötzlich getröstet und traurig zugleich. Er konnte sich an keine Zeit in seinem Leben erinnern, da dieses Gebäude nicht sein Zuhause gewesen war. Als Knabe hatte er unter der strengen Anleitung seines Vaters die verschiedenen Kampftechniken erlernt; Sano hatte mit den Übungen begonnen, kaum daß er groß genug gewesen war, ein Miniaturschwert für Kinder zu halten. Später, als junger Mann, unterrichtete er seine eigenen Schüler. Ursprünglich hatte er die Akademie eines Tages leiten sollen, wie es der Tradition entsprach; denn der älteste oder einzige Sohn übernahm das Familiengeschäft, nachdem der Vater in den Ruhestand getreten war.

Doch die Akademie hatte sich als finanzieller Fehlschlag erwiesen. Zum Teil lag es daran, daß viele Samurai sich nicht mehr die Mühe machten, ihre militärischen Fertigkeiten zu perfektionieren oder ihre Söhne in Kampftechniken ausbilden zu lassen. Der Hauptgrund aber lag in der Akademie selbst: Sie war keiner der großen Familiensippen angegliedert und erhielt deshalb keine festen Bezüge; Sanos Vater mußte die Behörden bezahlen, um seine Akademie betreiben zu dürfen. Und da es ihr an wohlhabenden Gönnern und einer prestigeträchtigen Lage fehlte – und da zudem die Lehrmethoden eines obskuren Schwertmeisters mit kleiner Gefolgschaft angewendet wurden –, sank die Zahl der Schüler von Jahr zu Jahr. Bald waren es zu wenige, als daß Sano und sein Vater eigene, getrennte Klassen hätten unterrichten können. Daraufhin hatte Sano als Privatlehrer gearbeitet, um seinen Lebensunterhalt zu verdienen und die Familie zu unterstützen, so gut es ging.

In diesem Jahr hatte Sanos Vater verkündet, daß er die Akademie nach seinem Tod an seinen Lehrling Aoki Koemon übergeben würde – jenen *sensei*, der am heutigen Abend die Klasse unterrichtete. Und kurze Zeit später hatte Sano senior mit seinem Sohn Katsuragawa Shundai aufgesucht und diesen um Fürsprache zwecks einer Anstellung Sanos im Regierungsdienst gebeten.

»Sano-*san!*« Koemon kam lächelnd zu ihm, verbeugte sich tief und sagte: »Guten Abend.«

Sano begrüßte den *sensei*. Sie waren zusammen aufgewachsen, doch nun, als Erwachsener, redete Koemon den Freund stets mit dem Respekt an, der Sano als Sohn eines Schwertmeisters gebührte. Als er Koemon nun entspannt und zuversichtlich in jener Welt erlebte, die er selbst hinter sich gelassen hatte, verspürte Sano einen Anflug von Neid. Die Vergangenheit war ihm verschlossen; es gab kein Zurück. Die Gegenwart mit all ihren Problemen, den Ängsten und der Einsamkeit war alles, was er besaß.

»Nun, was meint Ihr?« fragte Koemon und zeigte auf die Übungsgruppe.

Sano musterte die Schüler, deren Gesichter ihm noch vertraut waren, sowie die verschiedenen Waffen, von denen einige ihm neu waren. Schließlich nickte er und sagte: »Die Zeiten haben sich geändert.«

Sano, sein Vater und Koemon hatten seit mehreren Jahren darüber diskutiert, ob man bei der Ausbildung an der Akademie auch Waffen benutzen sollte, die nicht zur traditionellen Bewaffnung der Samurai gehörten. Sanos Vater, ein strikter Anhänger des *kenjutsu*, hatte dafür plädiert, die Übungen lediglich auf den Schwertkampf zu beschränken.

»Heutzutage muß ein Samurai imstande sein, mit Gegnern zu kämpfen, die mit den verschiedensten Waffen ausgerüstet sind. Außerdem muß die Akademie etwas Neues bieten, um Schüler zu interessieren«, wiederholte Sano das Argument, das er und Koemon stets vorgebracht hatten, um den alten Mann davon zu überzeugen, daß Fertigkeiten im Schwertkampf allein nicht mehr genügten und daß bei der Ausbildung entsprechende Änderungen vorgenommen werden müßten. Doch als Sano nun sah, daß diese Änderungen erst nach seinem Weggang eingetreten waren, überkam ihn ein unerklärliches Gefühl der Beklommenheit, das erst verebbte, als er die Waffe bemerkte, die Koemon in der Hand hielt.

»Lehrst du die Schüler, mit der *jitte* zu kämpfen?« fragte Sano erstaunt.

Koemon zuckte die Achseln. »Nur die Grundlagen. Ich verstehe nicht genug davon.«

Mehr aus Neugier als aus Notwendigkeit hatte Sano in der Übungshalle der Polizeikaserne mit der *jitte* trainiert. »Laß es uns einmal versuchen«, sagte er, legte Umhang und Hut ab und rollte die Ärmel auf.

Während Koemon ein Holzschwert mit bewußt langsamen Bewegungen führte, demonstrierte Sano, wie man mit der *jitte* eine Schwertklinge ablenken und Gegenschläge führen konnte.

»Paß auf«, sagte er, »*so* mußt du parieren!«

Sano riß die *jitte* in die Höhe und wehrte einen Schwerthieb ab, der auf seine Schulter gezielt war. »Du mußt den Gegenschlag führen, bevor dein Gegner wieder die Kampfstellung einnehmen kann – so schnell es geht, denn mit dem Schwert hat dein Gegner die größere Reichweite.«

Sano wirbelte die Waffe herum, so daß der dünne Stiel leicht gegen Koemons Arm prallte. Nachdem er einen weiteren Hieb pariert hatte, stieß er mit dem stumpfen Ende der *jitte* nach dem Hals des Freundes.

»Hast du gesehen? Und wenn der richtige Augenblick gekommen ist ...« Sano wehrte Koemons nächsten Schlag ab und klemmte die Schwertklinge blitzschnell zwischen den Dornen der *jitte* fest. Eine scharfe Drehung, und Sano hatte dem Freund das Schwert aus der Hand gewunden. »Wenn du genug Kraft einsetzt, kannst du die Schwertklinge des Gegners zerbrechen.«

Dann tauschten sie die Waffen, und Sano demonstrierte, wie man es vermeiden konnte, daß die Schwertklinge zwischen die Dornen der *jitte* geriet, und welche Schritte man tun mußte, um einen Sturz zu verhindern oder einem Hieb auszuweichen, wenn die Klinge festgeklemmt war. Bald war Sano schweißgebadet, doch die willkommenen körperlichen Übungen ließen frische Kraft durch seine Glieder strömen und machten seinen Kopf wieder klar. Es tat ihm gut, in gewohnter Umgebung zu sein. Beinahe hätte er glauben können, wieder hierher zu gehören.

Nachdem sie den Übungskampf beendet hatten, wandte Koemon sich an die Schüler und rief mit erhobener Stimme, um den Lärm zu übertönen:

»Das ist alles für heute!«

Kaum war dieses Kommando ertönt, verharrten die Schüler regungslos. Im Übungsraum breitete sich Stille aus, während die Gegner in den beiden Reihen sich erst voreinander, dann vor Sano und ihrem *sensei* verbeugten. Dann gingen die Schüler langsam und geordnet zur Tür des Umkleideraums.

»Wo ist mein Vater?« fragte Sano, als er und Koemon allein waren. »Geschäftlich unterwegs?«

Koemon zögerte. »Er ist heute nicht hierher gekommen.«

Wieder stieg ein Gefühl der Beklommenheit in Sano auf. Sein Vater hatte nie einen Arbeitstag versäumt. »Da stimmt doch etwas nicht«, sagte er. »Was ist los?«

»Ich weiß es nicht.« Koemon wich Sanos Blick aus, was darauf hindeutete, daß er es sehr wohl wußte. Doch entweder wollte er nicht mit der Sprache heraus, oder irgend jemand hatte es ihm verboten.

Eilig verabschiedete Sano sich von dem Freund. Die

neuen Lehrmethoden und Waffen hatten plötzlich eine ominöse Bedeutung bekommen. Weshalb hatte sein Vater diesen Änderungen schließlich doch zugestimmt? Als Sano den Übungsraum verließ, krampfte sein Magen sich vor Nervosität zusammen. Er führte sein Pferd um eine Gebäudeecke und eine schmale Seitengasse hinunter, an hohen Zäunen vorüber, welche die Hinterhöfe mehrerer Geschäfte vor neugierigen Blicken schützten. Auf diesen Höfen standen die Häuser der Ladenbesitzer, von kleinen Gärten umgeben. Durch Lücken im Zaun konnte Sano den gelben Schein der Lampen sehen, die in diesen Gärten brannten, und er hörte die vertrauten abendlichen Geräusche: das Schwatzen der Bewohner, das dumpfe Pochen von Holzeimern, die gegen Brunnenwandungen stießen, als sie in die Höhe gezogen wurden, und das Wiehern von Pferden in den Ställen hinter den Wohnhäusern. Ein leichter Wind trug die Gerüche von Miso-Suppe und Knoblauch an seine Nase. Doch an das Essen dachte Sano am allerwenigsten, als er schließlich das Tor vor dem Haus seiner Eltern aufstieß.

Er führte sein Pferd in den Stall, der sich im Garten befand. Als er sah, daß der zweite Stellplatz leer war, wuchs seine Besorgnis. Sein Vater hatte bereits seit mehreren Jahren seinen Tod vorhergesagt. Doch daß der alte Mann vor ein paar Monaten darauf verzichtet hatte, sich nach dem Tod seines Pferdes ein neues Tier zu kaufen, war ein viel beredteres Anzeichen dafür, daß sein Leben sich dem Ende zuneigte.

Sano ging ins Haus und ließ seine Sandalen und die Schwerter am Eingang zurück. In der großen Küche zu seiner Rechten kniete Hana, die alte Hausdienerin, vor dem Herd und rührte eine Suppe um. Daneben stand ein Topf mit kochendem Reis. Auf einem Holztisch neben dem steinernen Waschbecken lag Gemüse. Zwei *ozen* aus schwarzem Lack standen vor der Wand auf dem irdenen Fußboden; die Tabletts waren mit Schüsseln, Eßstäbchen und Tassen gedeckt. Sano erwiderte Hanas Lächeln und ihre Verbeugung mit einem Kopfnicken. Hana hatte schon für die Familie gearbeitet, als Sano noch nicht geboren war; normalerweise wäre er zu ihr gegangen und hätte mit ihr geplaudert, doch ein tiefes, abgehacktes Husten erklang aus dem Wohnraum und erregte seine Aufmerksamkeit. Sano schob die Tür auf.

Sein Vater lag unter einer großen Tagesdecke. Er krümmte sich vor Schmerz und hustete qualvoll in ein Tuch, das Sanos Mutter ihm vor den Mund hielt. Dann holte er tief und röchelnd Atem und begann erneut zu husten. Sanos Mutter redete beruhigend auf ihn ein. Mit der freien Hand zog sie das eine Ende der Decke über den Kohleherd, damit die warme Luft zum Körper ihres Mannes strömen konnte. Eine Öllampe stand auf dem Fußboden neben dem Lager des Kranken; sie warf die Schatten des Paares an die Wand des kleinen Zimmers und ließ die Falten, die der Schmerz in das ausgemergelte Gesicht des alten Mannes gegraben hatte, noch tiefer erscheinen.

»*Chichive!*« rief Sano erschüttert.

Schon seit langer Zeit war die Gesundheit seines Vaters angegriffen; eine merkliche Verschlechterung war jedoch nicht eingetreten. Nun aber erkannte Sano entsetzt, wie schrecklich sein Vater in nur einem Monat verfallen war.

Die Eltern wandten sich gleichzeitig dem Sohn zu, und der Hustenanfall des alten Mannes verebbte.

»Warum hast du mir nicht geschrieben, daß du krank bist, *chichive?*« fragte Sano bestürzt und kniete sich neben dem Lager des Vaters nieder.

Erschöpft, mit geschlossenen Augen, schüttelte der alte Mann den Kopf. Seine knochige Hand kam unter der Decke hervor und tat Sanos Frage mit einem zittrigen Wink ab.

Anstelle ihres Mannes antwortete Sanos Mutter. »Er wollte nicht, daß du dir Sorgen machst, Ichirō«, sagte sie. »Außerdem geht es ihm heute schon viel besser. Bald ist er wieder gesund.« Ihre Stimme und ihr Lächeln waren zuversichtlich, doch ihr von Kummer gezeichnetes Gesicht sprach die Wahrheit. Sie blickte auf das Tuch in ihrer Hand. Als sie die Blutflecken sah, drückte sie es sich hastig an den Schoß, um es vor Sano zu verbergen.

»War schon ein Arzt bei ihm?« fragte Sano die Mutter und versuchte, sich seinen Zorn und sein Mitleid angesichts ihrer Selbsttäuschung nicht anmerken zu lassen. Seine Mutter hatte immer schon versucht, Probleme zu verleugnen; zum einen, weil sie hoffte, daß diese Probleme sich von selbst lösten, zum anderen, weil ihre Erziehung sie gelehrt hatte, der Welt stets eine Fassade der Zuversicht zu zeigen. Sano konnte und wollte sie nicht zwingen, der bitteren Wahrheit ins Auge zu schauen und hinzunehmen, daß ihr Mann todkrank war; diese Aufgabe würden Zeit und Natur ihm abnehmen. Sanos Mitleid für die Mutter war beinahe stärker als sein eigener Schmerz.

»Kein Arzt«, keuchte der alte Mann. Wieder hustete er; dann fuhr er mit heiserer Stimme fort: »Es ist spät. Wir werden jetzt speisen. *Omae*, laß das Essen bringen. Unser Sohn soll keinen Hunger leiden.«

Gehorsam erhob sich Sanos Mutter und verließ das Zimmer.

Mit wehem Herzen stellte Sano eine weitere Veränderung an seinem Vater fest: Der alte Mann hatte früher nur ungern über die Symptome seiner Krankheit geredet – den Husten, die Schmerzen, das Fieber, die Atemnot. Dennoch war er bereitwillig zu verschiedenen Ärzten gegangen und hatte deren Mittel eingenommen; er hatte Wahrsager aufgesucht, um zu erfahren, wie lange er noch zu leben hatte; er war mit Sano sowohl bei buddhistischen als auch bei shintōistischen Priestern gewesen, um Gebete zu sprechen und die Götter zu bitten, ihm das Leben zu bewahren. Jetzt aber nahm er die Krankheit und deren unausweichliche Folgen mit gelassener Resignation hin. Sanos Augen brannten, und als er weinte, beugte er den Kopf über das angefeuchtete Tuch, das die Mutter ihm gereicht hatte, damit seine Eltern die Tränen nicht sahen. Sano konnte der Mutter nicht in die Augen blicken, als sie ihm tröstend die Hand streichelte.

Hana stellte ein *ozen* mit Speisen und Getränken vor Sano und seinen Vater zu Boden. Sie aßen schweigend und hielten sich wie stets streng an die Gewohnheit, beim Essen nicht zu reden. Da Sano jede Möglichkeit zur Ablenkung fehlte, beobachtete er seinen Vater; der alte Mann aß langsam und sehr wenig. Er nahm nur einige Löffel Miso-Suppe, ein kleines Stück eingelegten weißen Rettich und einen Bissen Fisch zu sich; zwischendurch trank er ein paar winzige Schlucke Tee. Sanos Mutter, die ihrem Sohn wie üblich eine viel zu große Portion hatte zukommen lassen, richtete derweil ihre ganze Aufmerksamkeit darauf, ihrem Gatten immer wieder die Essensschale nachzufüllen. Doch es war ein vergeblicher Versuch, den alten Mann zu bewegen, mehr Nahrung zu sich zu nehmen. Als sie die Mahlzeit beendet hatten, beschloß Sano, noch einmal das Thema Arztbesuch anzuschneiden.

Doch nachdem Hana die *ozen* fortgeräumt und das Tablett mit dem Rauchzeug ins Zimmer gebracht hatte, ergriff Sanos Vater zuerst das Wort.

»Ich habe eine vielversprechende Braut für dich gefunden, Ichirō«, sagte er. »Ikeda Akiko. Sie ist neunzehn Jahre alt und bringt eine Mitgift von vierhundert *ryō* in die Ehe.«

Sanos Miene blieb ausdruckslos. Immer wieder hatte sein Vater ihm hartnäckig die Töchter wohlhabender Samurai als Ehefrauen vorgeschlagen; dies war der Hauptgrund dafür, daß Sano im fortgeschrittenen Alter von dreißig Jahren noch immer Junggeselle war. Er wollte seinem Vater nicht widersprechen, und es schnitt ihm ins Herz, dem alten Mann eine neuerliche Absage erteilen zu müssen – doch wie nicht anders zu erwarten, wies Sano den Vorschlag zurück.

»Die Ikedas stehen im Rang weit höher als wir, *chichive*«, sagte er. »Ich glaube nicht, daß sie mich als Schwiegersohn haben möchten.«

»Unsinn!« Der heftige Ausruf seines Vaters löste einen weiteren Hustenanfall aus. Nachdem er wieder zu Atem gekommen war, fuhr er fort: »Unser Mittelsmann wird Geschenke schicken und mit den Ikedas Kontakt aufnehmen, um den Termin für einen *miai* zu vereinbaren. Ich bin sicher, die Ikedas sind einverstanden. Besonders jetzt, da du *yoriki* bist.«

Yoriki oder nicht – Sano wußte, die Ikedas würden dem *miai*, einem förmlichen Treffen zwischen ihm, Akiko und den beiden Familien, niemals zustimmen. Vermutlich würden die Ikedas die Geschenke von Boten zurückbringen lassen.

»Ja, *chichive*«, sagte Sano; denn er befürchtete, daß sein Vater einen weiteren Hustenanfall erlitt, falls er dem Vorschlag nicht zustimmte. Und der zerbrechliche Körper des alten Mannes konnte gewiß keine allzu großen Belastungen mehr aushalten.

Zufrieden wechselte Sanos Vater das Thema. »Kommst du mit der Arbeit gut zurecht, mein Sohn?« fragte er und zündete seine Pfeife an dem kleinen, mit Glut gefüllten Metallkorb an, der auf dem Tablett stand. Er machte einen Zug, hustete, spuckte in ein Taschentuch und legte die Pfeife zur Seite.

Sano beschloß, dem Vater nichts von der Ermahnung zu sagen, die Magistrat Ogyū ihm erteilt hatte, und auch seine illegalen Nachforschungen über die Morde zu verschweigen. Statt dessen schilderte er dem alten Mann seine Schreib- und Wohnstube und erzählte von seinen Aufgaben, wobei er alles in einem so hellen Licht wie möglich erstrahlen ließ, ohne prahlerisch zu erscheinen. Von der Kälte seiner Amtskollegen, seiner Einsamkeit und seinen Problemen sagte er nichts.

Sanos Lohn war der Stolz, der sich in den Augen seines Vaters spiegelte. Der alte Mann setzte sich ein wenig auf, und Sano konnte plötzlich wieder den Krieger sehen, der einst beim Schwerttraining allein gegen ganze Übungsgruppen von Samurai gekämpft hatte.

»Diene weiterhin gehorsam und treu deinem Amt und den Vorgesetzten«, ermahnte er Sano, »dann wirst du stets einen Herrn haben. Niemals darfst du zu einem *rōnin* werden.«

Sanos Vater war zum *rōnin* geworden – zu einem herrenlosen Samurai –, als der dritte Tokugawa-Shōgun, Iemitsu, vor vierzig Jahren die Ländereien des Fürsten Kii beschlagnahmte, was dazu geführt hatte, daß Sanos Familie und die anderen Gefolgsleute des Fürsten für sich selbst sorgen mußten. Von dem Schlag, seinen Herrn, seinen Lebensunterhalt und seine erbliche Stellung verloren zu haben, die über viele Generationen hinweg auf ihn übergegangen war, hatte der Stolz des alten Mannes sich nie mehr erholt. Doch im Unterschied zu anderen *rōnin* war Sanos Vater nicht zu einem Rebellen oder Gesetzlosen geworden. Statt dessen hatte er die Akademie für Waffenkampf gegründet und ein anständiges Leben geführt, seine Scham und seinen Kummer jedoch stets im Herzen getragen.

Als Kind hatte Sano zum erstenmal von der Großen Verschwörung von vierhundert *rōnin* gehört, die versucht hatten, die Regierung zu stürzen. Er hatte die Geschichte nicht geglaubt. Doch jetzt, als Erwachsener, spürte er die Unterströme der Unzufriedenheit, die noch immer unter der ruhigen Oberfläche des Landes flossen, und er erlebte die ständigen Bemühungen der Tokugawas, die Rebellionen aufzudecken und zu ersticken, die unter arbeitslosen, unzufriedenen Samurai hin und wieder aufflammten.

Damals, als Junge, hatte Sano irrtümlich angenommen, daß alle *rōnin* aufrechte, gesetzestreue Männer wären wie sein Vater, welche ihre Kräfte und ihren Ehrgeiz allein darauf richteten, ihre Söhne zu Männern zu formen, die dort Erfolg hatten, wo die Väter versagt hatten. Nun stieg eine Woge von Schuldgefühlen in Sano auf, als er sich fragte, was sein Vater denken würde, wüßte er, daß sein Sohn Schande und eine mögliche Entlassung aus dem Amt riskierte, weil er den Befehlen seines neuen Herrn nicht gehorchte.

Gleichzeitig aber loderte ein Funke irrationalen Zorns in Sanos Innerem auf. Hatte nicht sein Vater – wie unbeabsichtigt auch immer – die Wahrheitsliebe und den Forscherdrang in ihm entfacht, die nun seine Zukunft gefährdeten? Hatte nicht sein Vater ihn auf die Tempelschule geschickt, um Literatur, Musik, Mathematik, Recht, Geschichte, politische Theorie und die chinesischen Klassiker zu studieren und auf diese Weise eine Ergänzung zur rein militärischen Ausbildung zu schaffen, die Sano zu Hause erhielt? Die Mönche hatten ihn viel mehr gelehrt, als bei einem gewöhnlichen Fußsoldaten üblich war; denn in einem Land, in dem praktisch kein Krieg mehr herrschte, wurden keine Soldaten mehr gebraucht. Die Mönche hatten Sano gelehrt, seinen Verstand zu gebrauchen, statt blind Befehlen zu gehorchen, wie es in dem Regierungsamt erforderlich war, das sein Vater ihm verschafft hatte.

»Jetzt, wo du den Weg des Ruhmes gehst, brauche ich mich nicht mehr gegen den Tod zu wehren. Jetzt kann ich in Frieden sterben«, sagte Sanos Vater so leise wie im Selbstgespräch.

Sanos Zorn verflog; die Schuldgefühle blieben. Er erkannte, daß sein Vater nur deshalb gegen die Krankheit gekämpft und sich so lange ans Leben geklammert hatte, um noch erleben zu können, daß sein Sohn sicher versorgt war. Jetzt gab der alte Mann auf. Wie konnte Sano sein Amt gefährden, das nach dem innigsten Wunsch des Vaters seine Zukunft sichern sollte? Wie konnte er einen Weg beschreiten, der ihm jene Menschen zu Gegnern machen würde, die seine Zukunft bestimmten? Die Antwort war einfach: Er durfte nicht so weitermachen. Der Geist seines Vaters würde ihm niemals verzeihen. Und das waren die Nachforschungen über die Morde nicht wert. Wahrheit und Gerechtigkeit konnten Noriyoshi und Yukiko nicht wieder zum Leben erwecken. Sano würde es sich nie verzeihen, wenn er nicht die Verpflichtungen einhielt, die sein Name ihm auferlegte:

Ichirō. *Erstgeborener Sohn.*

Und da Sano Einzelkind war, lasteten die Sohnespflichten allein auf seinen Schultern.

7.

Achtzehnter Tag des zwölften Monats im Jahre eins der Genroku«, diktierte Sano. »Niederschrift über die polizeiliche Arbeit dieses Tages.« Er fuhr fort, die Berichte zusammenzufassen, die er von den *dōshin* erhalten hatte. »Gesamtzahl der Festnahmen: siebenundvierzig. Siebzehn wegen ungebührlichen Benehmens, zwölf wegen Diebstahls, acht wegen der Mißhandlung oder Tötung von Hunden, sechs wegen tätlichen Angriffs, drei wegen Ehebruchs und eine wegen Prostitution außerhalb des amtlichen Erlaubnisbereichs.

Zwei Samurai wurden unter Hausarrest gestellt – der eine wegen ungebührlichen Benehmens, der andere wegen Körperverletzung. Die verhafteten gemeinen Bürger wurden ins Gefängnis von Edo gebracht. Den Ehebrecherinnen wurden die Köpfe geschoren und ihren Gatten die Scheidung gewährt.«

Sano versah den Bericht mit seinem Siegel, nachdem Tsunehiko ihm das Schriftstück gereicht hatte. »Bring diesen Bericht in Magistrat Ogyūs Schreibstube. Dann kannst du nach Hause gehen. Das ist alles für heute.«

Sano unterdrückte ein Gähnen und rieb sich die rotgeäderten Augen, die ihm vom Schlafmangel brannten. Am gestrigen Abend war er nicht in die Kasernen zurückgekehrt, sondern im Haus seiner Eltern geblieben. Die ganze Nacht hindurch hatte er abwechselnd wachgelegen und dem Husten seines Vaters gelauscht, der durchs ganze Haus hallte, und an der Schlafstelle des alten Mannes gesessen, ihm die Stirn mit einem feuchten Tuch abgewischt und ihm Kräutertee eingeflößt, um die Schmerzen zu lindern.

Tsunehiko war unschlüssig im Türeingang stehengeblieben. »Heute haben wir gar keine Nachforschungen angestellt, *yoriki* Sano-*san*«, sagte er. »Wie sieht es morgen damit aus?«

»Ich fürchte, mit den Nachforschungen ist es vorbei, Tsunehiko.« Diesmal gähnte Sano herzhaft und legte die Hand vor den Mund. »Wir werden sie weder morgen weiterführen, noch sonstwann.«

Auf Tsunehikos Gesicht spiegelte sich Sanos eigene Unzufriedenheit wider. »Warum denn nicht? Es hat soviel Spaß gemacht!«

Sano hatte die ganze Nacht damit verbracht, sich davon zu überzeugen, daß es richtig sei, die Nachforschungen einzustellen. Jetzt hatte er keine Lust mehr, noch einmal darüber nachzudenken oder gar darüber zu reden; deshalb sagte er nur: »Weil die Pflicht und die Verantwortung uns andere Aufgaben auferlegen.« Er wußte, daß Tsunehiko, der ja ebenfalls in der Tradition der Samurai erzogen worden war, diese Erklärung akzeptieren würde, ohne Fragen zu stellen.

Nachdem Tsunehiko gegangen war, räusperte Sano sich; dann überquerte er den Hof zu den Kasernen. Es war wärmer geworden; in der Luft lag der erste Hauch von Frühling, und die Spätnachmittagssonne schien golden von einem Himmel, der mit weißen Schäfchenwolken getupft war. In Yoshiwara hatten um diese Zeit die nächtelangen Feiern bereits begonnen. Die *yūjo* – die eleganten, teuren Huren – lockten nun hinter den Gitterfenstern ihrer Zimmer in den Freudenhäusern ihre Kunden an. Und Sano wußte, daß eine von ihnen, Wisterie aus dem Palast des Himmlischen Gartens, den Schlüssel zur Aufklärung der Morde an Noriyoshi und Yukiko in den Händen hielt …

Entschlossen schob Sano diesen Gedanken von sich. Er beschloß, sofort zu Bett zu gehen, ohne zu Abend zu essen. Doch als er sein Zimmer betrat, blieb er zögernd vor dem Schrank stehen, in dem sich sein Bettzeug befand. So müde er auch war – er wußte, daß er keinen Schlaf finden würde, solange er sich über Wisterie den Kopf zerbrach. Langsam öffnete er den Schrank und nahm den Futon und die Decken heraus. Doch als er die Decken auf dem Boden ausbreiten wollte, hielt er inne. Er rief sich ins Gedächtnis, weshalb er auf eine neuerliche Reise nach Yoshiwara verzichten sollte: Seines Vaters wegen. Seiner Zukunft wegen. Der Pflicht, der Ehre zu genügen.

Dennoch wurde Sanos Verlangen, die Wahrheit aufzudecken, stärker und stärker – bis er nicht mehr leugnen konnte, daß dieses Verlangen gerechtfertigt war. Von plötzlicher Entschlossenheit erfüllt, ließ er das Bettzeug zu Boden fallen und ging zum Schrank, in dem er seine Kleidung aufbewahrte. Er streifte einen langen grauen Umhang über und setzte sich einen breiten Strohhut auf, der sein Gesicht verdeckte. Dann suchte er sein gesamtes Bargeld zusammen. Es konnte kostspielig werden, eine gewisse Zeit in Yoshiwara zu verbringen; zum anderen mußte er vielleicht jemanden bestechen, um an eine gewünschte Information zu gelangen. Dann ging Sano zu den Ställen, um sein Pferd zu holen. Diesmal würde er statt der langsamen Fähre den schnelleren Landweg nach Yoshiwara nehmen.

Als er auf sein Pferd stieg, wurde ihm klar, daß er sich gar nicht anders hätte entscheiden können – trotz seines festen Vorsatzes, die Nachforschungen einzustellen. Am heutigen Tag hatte er seine Amtspflichten erfüllt, ohne von den Vorschriften und Gewohnheiten abgewichen zu sein. Aber eins hatte er nicht getan: den Bericht fertigzustellen, der die Nachforschungen über den Tod Noriyoshis und Yukikos für abgeschlossen erklärte.

»Eine letzte Befragung kann nicht schaden«, sagte er laut, was ihm verdutzte Blicke der Stallburschen einbrachte. »Danach höre ich endgültig auf.«

Dennoch konnte er seine Schuldgefühle und die Ahnung einer bevorstehenden Katastrophe nicht abschütteln.

Sano stellte fest, daß der Anblick des abendlichen Yoshiwara ihm viel besser in Erinnerung war als der am Nachmittag. Die Sonne ging unter, und vor dem Hintergrund des rotglühenden Himmels im Westen wimmelte die Nakano-chō vom Leben und Treiben. An den Dachvorsprüngen erstrahlten bunte Laternen. Aus den weit geöffneten Türen der Gasthäuser strömte der verlockende Duft der verschiedensten Köstlichkeiten – gebratene Nudeln, gegrillter Fisch und Garnelen, süßer Kuchen – und lockte die vorüberschlendernden Besucher an. In den Teehäusern erklang rauhes Gelächter, und wie auf einem Gemälde umrahmte jedes Fenster Gruppen von plaudernden, scherzenden Männern, die an Schalen mit Reiswein nippten. Wunderschöne *yūjo* in leichten Kimonos, exotischen Schmetterlingen gleich, saßen in den Gitterfenstern der Freudenhäuser, vor denen Männer umherschlenderten und die Insassen mit lüsternen Blicken bedachten. Mit schrillen Stimmen versuchten die Frauen, die Männer zu becircen. Aus den Zimmern im hinteren Teil der Bordelle waren die Klänge von Shamizen zu vernehmen: Einige glückliche Kunden hatten bereits ihre Wahl getroffen, und die Feiern hatten begonnen.

Sano fand den Palast des Himmlischen Gartens ohne Schwierigkeiten; er war das größte Gebäude an der Straße. Mit seinen geschnitzten, rot angestrichenen Balken und Säulen, die mit grünen und gelben Bemalungen verziert waren, ähnelte das Bauwerk einem chinesischen Tempel. Über dem Eingang hielten zwei glänzende Drachen ein rotes Banner zwischen sich, das in goldenen Schriftzeichen den Namen des Bordells trug. Nachdem Sano sich einen Weg durch die Menge gebahnt hatte, die in drei Reihen vor den Fenstern stand, sah er, daß die Frauen hier noch schöner waren als in den anderen Freudenhäusern.

Einem jungen Mädchen in einem roten Kimono, der mit weißen, glückbringenden Schriftzeichen bedruckt war, rief er zu: »Wo kann ich Wisterie finden, ehrenwerte Dame?« Es war üblich, *yūjo* mit großem Respekt zu behandeln, wie er sonst nur adeligen Damen entgegengebracht wurde.

Roter Kimono zog einen anmutigen Schmollmund. »Die ehrenwerte Wisterie, Herr? Was kann sie Euch bieten, das Ihr nicht auch von mir haben könnt?« Die förmliche Anrede und die gestelzte Sprache wurden von allen Prostituierten Yoshiwaras benutzt, wenn sie mit Kunden redeten. »Ein so männlicher und scharfsichtiger Krieger wie Ihr wird doch gewiß ein zartes Mädchen vorziehen, dessen frauliche Blüte sich eben erst entfaltet hat.«

Sie wedelte mit dem Fächer und beschirmte dabei verschämt ihr Gesicht – auf eine Art und Weise, die genauso gekünstelt war wie ihre Sprache. Die anderen Frauen kicherten und warteten auf Sanos Antwort.

Sano nahm all seine Geduld zusammen und erwiderte: »Ich wollte Euch nicht beleidigen, meine Dame.« Wie bedeutungslos die Schmeicheleien der Kurtisanen auch sein mochten oder wie schamlos ihre Aufforderungen waren, stets wurde ihnen höflich geantwortet. Ein anderes Verhalten hätte gegen die Traditionen Yoshiwaras verstoßen und den Zorn der Bordellbesitzer erregt, die ungehobelte Freier aus den Freudenhäusern jagten. »Aber ich muß mit Wisterie reden.«

»Reden? Er ist hergekommen, um zu reden?«

Wieder kicherten die anderen Frauen.

Sano gelangte zu der Einsicht, daß es das Beste sei, sich zu erkennen zu geben und den Grund seines Besuchs zu nennen. »Ich bin *yoriki* Sano Ichirō von der Polizei in Edo. Ich muß in einer amtlichen Angelegenheit mit Wisterie reden. Seid Ihr so freundlich und laßt ihr ausrichten, daß ich hier bin?«

Roter Kimono war unbeeindruckt, doch offensichtlich ein wenig verärgert darüber, ihre Bemühungen an einen Mann verschwendet zu haben, der kein möglicher Kunde war. Sie legte ihr kokettes Gehabe ab und sagte: »In Eurer Welt, *yoriki*, müssen andere Euren Befehlen gehorchen. Ich aber gehöre nicht zu Euren Dienern.« Wieder kicherten die anderen Frauen. »Es sei denn …«

Mit verächtlichem Blick musterte sie Sano, betrachtete seinen schlichten Umhang und den Hut. Ein hochmütiges Lächeln umspielte ihre Mundwinkel. Es sei denn, du hast Geld genug, mich zu bezahlen, sagte dieses Lächeln; dann werde ich sehen, was ich tun kann.

»Bitte«, sagte Sano. »Es ist sehr wichtig. Ich muß mit Wisterie über Noriyoshi reden.«

Als Noriyoshis Name fiel, schwand das Lächeln von Roter Kimono. Sie nickte Sano kurz zu; dann drehte sie sich um und winkte jemandem im Zimmer hinter ihr. Augenblicke später öffnete ein Hausmädchen die Tür und verbeugte sich vor Sano.

»Geht mit ihr«, sagte Roter Kimono.

Sano trat in den Eingangsflur des Palasts des Himmlischen Gartens und zog die Sandalen aus. Als er seine Schwerter in ein Holzregal legte, mußte er daran denken, daß Sicherheit und Etikette vorschrieben, Waffen gar nicht erst mit in ein solches Haus zu nehmen: Eine unglückliche *yūjo* konnte versuchen, ihrer aufgezwungenen Knechtschaft zu entfliehen, indem sie mit einer unbeaufsichtigten Waffe Selbstmord beging.

Im großen Salon lagen *yūjo* und ihre Kunden plaudernd und lachend auf schimmernden Seidenkissen. Ein Shamizen-Spieler trug ein volkstümliches Liebeslied vor. Dienstmädchen gingen mit Tabletts voller Delikatessen und gefüllten Reisweinschalen zwischen den Liegenden umher. Münzen klimperten, als die Kunden – reiche Kaufleute, der prächtigen Kleidung nach zu urteilen – den Mädchen großzügige Trinkgelder zusteckten. Sano folgte seiner Führerin durch den Salon und eine Schiebetür und gelangte hinaus auf die überdachte Veranda.

Vor der Veranda lag ein Garten, der im Frühling und Sommer gewiß der Schauplatz vieler ausgelassener Feiern war, wenn die Kirschbäume ihre Blüten über den Rasen, auf die steinernen Laternen und in den Zierteich verstreuten, in dessen Mitte sich eine Insel mit einem kleinen Tempel befand. Jetzt, zum Ende des Winters, war der Garten menschenleer. Doch auf den Veranden der Gebäude, die den Garten umschlossen, brannten Laternen – eine über jeder Tür. Sanftes Licht fiel durch die Fenster. Aus einigen Zimmern, in denen die *yūjo* bereits damit begonnen hatten, ihren Freiern ungestört jene Vergnügungen zu bereiten, derentwegen sie gekommen waren, erklang leises Lachen.

Das Dienstmädchen wies auf eine Tür, die sich an der hinteren linken Ecke der Veranda befand. »Dort, Herr.«

Sano ging in die gewiesene Richtung und klopfte an die

Tür. Er wartete. Aus dem Zimmer erklang kein Lachen, nur erwartungsvolle Stille. Dann:

»Kommt herein.« Es war eine Frauenstimme; die gezwungene Fröhlichkeit, die in der kurzen Aufforderung lag, war unüberhörbar.

Sano trat ein und verbeugte sich vor der Frau, die an einem Schminktisch aus Lack saß. »Guten Abend, ehrenwerte Wisterie.«

Die Frau hatte Sano das Gesicht zugewandt und ihn mit einem willkommen heißenden Lächeln angeschaut; jetzt schwand das Lächeln plötzlich. »Ich hatte jemand anderen erwartet«, sagte sie. »Wer seid Ihr?« Anders als bei Roter Kimono war Wisteries Sprache ein schlichtes, ungekünsteltes Edo – vermutlich, weil Sanos Anblick sie überrascht hatte.

Noch einmal verbeugte sich Sano und stellte sich vor, während er Wisterie insgeheim musterte. Sie paßte ganz und gar nicht in das Bild, das er sich von Noriyoshis Freundin gemacht hatte. Sano hatte eine Frau erwartet, die die Blüte ihrer Jahre längst hinter sich hatte und für ihre Kunden eine Art Mutterrolle spielte. Doch Wisterie war nicht älter als zwanzig und sichtlich eine *yūjo* der ersten Garnitur. Sie trug einen prächtigen, schwarzweiß karierten Kimono aus Seidenbrokat mit einem kräftigen Muster aus lavendelfarbenen Wisterienblüten und blaßgrünen Blättern, das sich von der linken Schulter quer über den ganzen Kimono bis hinunter zum Saum erstreckte. Es war ein sichtlich teures Kleidungsstück. Die ungewöhnlich runden Augen der jungen Frau verliehen ihrem zarten Gesicht einen exotischen, reizvollen Ausdruck. Das große, luftige Zimmer spiegelte ihren hohen Status wider und hob ihre Schönheit hervor. Es war luxuriös eingerichtet: Futon und Decken aus Seide; Vitrinen und Schränke, mit Einlegearbeiten aus geschnitztem Lack verziert; bemalte Laternen. In der Nische stand ein Zweig getrocknetes Wintergrün in einer cremefarbenen Vase, die sichtlich das Werk eines meisterlichen Töpfers war; an der Wand darüber hing eine Schriftrolle mit klassischen chinesischen Versen in der unverkennbaren Handschrift eines berühmten Kalligraphen aus Kyoto.

»Ich bin wegen Eures Freundes gekommen, Herrn Noriyoshis«, sagte Sano und blickte wieder die junge Frau an, nachdem er sich im Zimmer umgeschaut hatte.

Wisteries schimmernde, helle Augen schienen sich zu verdüstern. Abrupt wandte sie sich wieder zum Spiegel über dem Schminktisch um, nahm einen Kamm und begann, sich die Frisur zurechtzumachen. Sie kämmte die lange, schimmernde Fülle ihres schwarzen Haares an den Seiten zurück und flocht sie im Nacken zu einem komplizierten Knoten. Ihre Bewegungen besaßen etwas Träges, Sinnliches, das auf Sano höchst erregend und erotisch wirkte, und mochte er sich noch so sehr mit dem Mordfall beschäftigen.

»Ich habe nicht die Absicht, mich über Noriyoshi zu unterhalten. Außerdem erwarte ich einen Gast«, sagte Wisterie. »Also geht. Sofort.«

Ihre Stimme war traurig und ohne jede Feindseligkeit. Sano erkannte, daß nicht Zorn, sondern Kummer der Grund für ihre Abweisung war. Er zögerte, denn er wollte ihr keinen Schmerz zufügen. Doch er wollte nicht gehen, ohne erfahren zu haben, was diese Frau wußte.

Wisterie schleuderte den Kamm zu Boden und blickte Sano an. »Was ist? Worauf wartet Ihr noch?« Tränen funkelten in ihren Augen. »Wenn Ihr gekommen seid, um mir zu sagen, daß Noriyoshi aus Liebe zu dieser kleinen dummen Gans aus der besseren Gesellschaft Selbstmord begangen hat und daß seine Leiche am Ufer zur Schau gestellt werden soll, damit die Leute sie begaffen können … nun, das weiß ich bereits. Diese Geschichte hat sich im ganzen Viertel herumgesprochen. Also, geht jetzt. Laßt mich in Ruhe.«

Sano beschloß, Wisterie soviel von der Wahrheit zu sagen, wie er vertreten konnte. »Noriyoshi hat sich nicht selbst getötet. Er wurde ermordet.«

Sie starrte ihn an. Es wurde so still, daß beide die Geräusche aus dem angrenzenden Zimmer hören konnten: die Klänge einer Shamizen, die von einer weiblichen und einer männlichen Stimme begleitet wurden. Auf Wisteries Gesicht zeigte sich zuerst Unglaube, dann aufkeimende Hoffnung.

»Ermordet?« Ihre Stimme sank zu einem Flüstern herab. »Ist das möglich? Woher wollt Ihr das wissen?«

»Das kann ich Euch nicht sagen«, erwiderte Sano. Er wußte nicht, ob er der Frau trauen konnte, und er wollte vermeiden, daß die Geschichte von der Leichenöffnung sich in ganz Yoshiwara verbreitete. »Aber es ist die Wahrheit.« Er kniete neben ihr nieder. »Ich möchte herausfinden, warum Noriyoshi ermordet wurde und von wem. Werdet Ihr mir dabei helfen?«

»Wie?«

»Erzählt mir alles, was Ihr über Noriyoshi und seine Familie wißt. Was für ein Mann er gewesen ist, wer seine Feinde waren, und warum einer dieser Feinde seinen Tod gewollt haben könnte.«

Wisteries Augen blickten plötzlich in weite Fernen. Sie strich sich mit den Fingern durchs Haar. Vielleicht war es nur eine Geste der Nervosität, doch selbst diese Bewegung ließ Sano – wie alles an dieser Frau – an körperliche Liebe denken: der schwache, blumige Duft, den sie verströmte; ihr rosiger Mund; das prächtige Zimmer mit dem Bett, das bereit war, den nächsten Liebhaber aufzunehmen. Als Sano Wisteries schlanke, zarte Hände betrachtete, stellte er sich vor, wie diese Hände seinen Körper liebkosten. Unruhig trat er von einem Fuß auf den anderen. Im Zimmer kam es ihm plötzlich sehr warm vor.

»Alle Leute glauben, daß Noriyoshi ein Arbeitswütiger gewesen ist, der sich nur für seine Geschäfte und für sich selbst interessiert hat«, sagte Wisterie. »Man braucht nur seinen Namen zu nennen, und die Leute machen so.«

Sie blickte über die Schulter, als wollte sie sich vergewissern, daß sie nicht beobachtet wurde. Dann lächelte sie verschmitzt und tat so, als würde sie mit der Rechten Geldmünzen von einer unsichtbaren Hand nehmen und sie eine nach der anderen in die Handfläche ihrer Linken fallen lassen. Diese ordinäre Geste paßte nicht zu ihrem gepflegten, vornehmen Erscheinungsbild, doch sie vermittelte Sano einen flüchtigen Eindruck, wie Noriyoshi gewesen sein mußte.

»Aber zu mir war er anders.« Wisterie hielt inne; dann fuhr sie mit gesenkter Stimme fort: »Als ich zehn Jahre alt war, bin ich aus der Provinz Dewa nach Edo gekommen. Mein Vater verkaufte mich an einen Bordellbesitzer, weil er in dem Jahr Mißernten hatte und kein Geld mehr besaß, um meine Mutter, meine vier Brüder und mich zu ernähren. Ich habe hier, im Palast des Himmlischen Gartens, als Aushilfsmädchen angefangen. Wißt Ihr, was das bedeutet?«

Sano nickte. Diese blutjungen Mädchen wurden in Freudenhäusern praktisch wie Sklaven gehalten, sofern sie nicht außerordentlich vielversprechend aussahen. Sie mußten lange und hart schuften: als Reinigungsfrauen, als Küchenhelferinnen und als Laufbotinnen; sie erhielten einen erbärmlichen Lohn und hausten in schäbigen Unterkünften. Viele starben, bevor sie das Erwachsenenalter erreichten; die meisten anderen brachten es allenfalls bis zum Hausmädchen oder wurden zu zweitklassigen Prostituierten. Nur wenige schafften den Aufstieg zur gefeierten *yūjo*, und die allerwenigsten erlangten die Freiheit von den Männern, deren persönlicher Besitz sie waren.

»Ein Jahr später habe ich Noriyoshi kennengelernt, als er hierher kam, um ein paar *shunga* für die Damen zu liefern, die sie dann den Kunden zeigen konnten. Er kam auf einen Becher Tee in die Küche. Ich war gerade damit beschäftigt, Gemüse zu putzen.« Ein wehmütiges Lächeln umspielte Wisteries Lippen. »Er hat mich nach meinem Namen gefragt und woher ich käme. Er muß gesehen haben, wie hungrig ich gewesen bin; ich war bis auf die Knochen abgemagert.« Sie berührte die weiche, zarte Haut über dem Schlüsselbein. »Und die Haare fielen mir aus. Von diesem Tag an hat Noriyoshi mir immer etwas zu essen gebracht, wenn niemand es beobachten konnte. Ich hatte Angst, daß er irgendwann nicht mehr käme, aber er kam jeden Tag. Und ich wurde wieder gesund. Mein Haar wuchs nach. Dann machte Noriyoshi es sich zur Gewohnheit, mich zu begleiten, wenn ich das Haus verließ, um Einkäufe oder Botengänge zu erledigen. Er war ein humorvoller Mann, der mich zum Lachen gebracht hat, der mir den Mut zum Leben zurückgab. Und er hat mich gelehrt, wie man sich bewegen muß, wie man lächeln muß und wie man mit Männern redet. Offenbar war ich eine gute Schülerin, denn eines Tages sagte mein Besitzer zu mir, daß ich nicht mehr in der Küche arbeiten müsse. Die Hausmädchen mußten mir elegante Kleidung beschaffen und sie mir dann anprobieren. Und von da an ...«

Mit einer weit ausholenden Handbewegung wies sie durchs Zimmer, dann zeigte sie auf sich selbst. »Den Rest der Geschichte könnt Ihr Euch denken.«

»Ja.« Sano konnte sich vorstellen, wie Noriyoshi mit den Augen des Künstlers die wahre Schönheit Wisteries entdeckt hatte. Er hatte sie vor einem harten Schicksal bewahrt. Aber nicht aus Selbstlosigkeit: Ohne Zweifel hatte er dafür gesorgt, daß Wisterie ihre Schuld bei ihm beglich, indem sie sich ihm hingab. Sanos Blick schweifte zum Ausschnitt des Kimonos, wo der Ansatz ihrer Brüste zu sehen war. Das Blut schoß ihm in die Lenden. Für einen Augenblick beneidete er den Toten beinahe.

Doch Wisteries scharfer Blick wies ihn stumm zurecht.

»Ich weiß, was Ihr denkt«, sagte sie schroff. »Aber so war es nicht. Noriyoshi ist nie mein Liebhaber gewesen. Er hat Männer bevorzugt, müßt Ihr wissen.«

Das konnte eine Erklärung für die Skizze sein, die Sano auf Noriyoshis Arbeitstisch gesehen hatte; der Entwurf für das erotische Bild, das zwei Männer zeigte.

»Als ich von seinem Tod hörte, war ich wütend«, sagte Wisterie traurig. »Nicht, weil er sich in dieses Mädchen verliebt oder weil er sie begehrt hatte, wie er *mich* nie begehrt hat. Nein, ich war wütend, weil er es mir nie erzählt hat. Noriyoshi hat sich mir nie anvertraut. Aber ... er hat sich auch sonst niemandem anvertraut. Und jetzt, wo Ihr sagt, daß er ermordet wurde« – sie schluckte –, »schäme ich mich meiner Wut so sehr.«

Sano schaute taktvoll zur Seite, als das Mädchen sich gegen die Tränen wehrte. Sie wollte ihm gerade erzählen, wer Noriyoshis Feinde waren, als jemand an die Tür klopfte.

Wisterie sprang auf. »Rasch, rasch!« Sie öffnete die Tür eines Schranks und bedeutete Sano, hineinzusteigen. »Das ist mein Kunde. Er darf Euch hier nicht sehen.«

Aus dem dunklen Innern des Schranks hörte Sano, wie Wisterie die Eingangstür zur Seite schob. Er vernahm eine tiefe Männerstimme und hörte, wie Wisterie sich entschuldigte. »... unpäßlich ... tut mir leid. Vielleicht morgen abend ... vielen Dank.« Das Rascheln von Seide, als sie den Fremden umarmte. Wie es wohl sein würde, fragte sich Sano, wenn er sie umarmte? Er war froh, als die Tür wieder zuglitt und seine Phantasien unterbrochen wurden. Er kam aus dem Schrank hervor und sah, wie Wisterie das Geschenk ihres Kunden – einen seidenen Fächer – achtlos auf den Schminktisch warf.

»Wer Noriyoshis Feinde waren?« nahm sie den Gesprächsfaden wieder auf, nachdem sie beide Platz genommen hatten. »Über welchen von ihnen möchtet Ihr etwas wissen? Über alle oder nur über den Schlimmsten?«

»Fangt mit dem Schlimmsten an.«

Wisterie runzelte die Stirn, als könnte sie sich nicht recht entscheiden, wer oben auf die Liste gehörte. »Kikunojō«, sagte sie schließlich.

»Kikunojō?« erwiderte Sano erstaunt. »Doch nicht etwa der Kabuki-Schauspieler?«

»Genau der.« Wisterie nickte.

»Warum sollte er Noriyoshi ermordet haben?«

Wisterie zuckte die Achseln. »Noriyoshi hat manchmal ... Geld von Leuten genommen und als Gegenleistung deren Geheimnisse für sich behalten.«

Erpressung. Das häßliche, unausgesprochene Wort stand drückend im Raum. Sano sah, wie Wisterie errötete, und ihr Atem ging heftiger. Sie tat ihm leid, daß sie die Fehler und Schwächen ihres Freundes preisgeben mußte. Doch ihr Erröten und das schnellere Atmen erinnerten ihn zugleich daran, wie eine sinnlich erregte Frau aussah. Sanos Verlangen wurde größer, zumal das Paar im Nebenzimmer sein Duett beendet hatte; statt dessen war nun ein unverkennbares, dumpfes, rhythmisches Geräusch zu vernehmen. Sano wandte den Blick ab, als Wisterie ihn flüchtig anlächelte. Vermutlich wollte sie sich mit diesem Lächeln für die eindeutigen Geräusche im Nebenzimmer entschuldigen, doch Sano schien das Lächeln zu sagen: Möchtest du nicht auch tun, was die zwei dort drüben tun?

Um seine Verlegenheit zu überspielen, fragte er rasch:

»Noriyoshi wurde also von Kikunojō für sein Schweigen bezahlt. Von wem noch?«

»Ich weiß nur von einem einzigen weiteren Mann. Ein Sumo-Ringer. Seinen Namen kenne ich nicht.«

Vielleicht kannte einer der anderen Freunde Noriyoshis den Namen des Ringers. »Hat Noriyoshi kurz vor seinem Tod eine große Geldsumme bekommen?« fragte Sano, als er an die Goldmünzen dachte, die er im Zimmer des Künstlers entdeckt hatte.

Wisteries Augen trübten sich. »Kann sein. Er sagte, daß er bald genug Geld hätte, um mich aus dem Palast des Himmlischen Gartens freizukaufen und seine eigene Kunsthandlung zu eröffnen, die wir dann gemeinsam führen würden. Er hatte sich sogar schon ein Gebäude dafür ausgesucht. Ein Haus mit Zimmern im hinteren Teil, in denen wir wohnen könnten. Aber ich weiß nicht, ob er das Geld jemals bekommen hat.«

Sano beschloß, Wisterie nichts von dem Geld zu erzählen, das Kirschenesser an sich genommen hatte. Es würde sie nur verletzen. Außerdem war die Summe, die er in Noriyoshis Zimmer entdeckt hatte, zwar beträchtlich; aber um die Pläne zu verwirklichen, die Wisterie umrissen hatte, hätte es nicht gereicht. Demnach mußte Noriyoshi noch mehr Geld erwartet haben – viel mehr. Vielleicht von Kikunojō, der ihn aus diesem Grund ermordet hatte.

Als hätte sie Sanos Gedanken gelesen, sagte Wisterie voller Bitterkeit: »Es ist gut möglich, daß Kikunojō ihn getötet hat. Er hat damit gedroht. Und Noriyoshis andere Feinde …« Sie zählte eine lange Liste von Personen auf, sowohl Samurai als auch gemeine Bürger, denen Noriyoshi Geld geschuldet, die er beleidigt oder betrogen hatte. »Aber ich glaube nicht, daß es so schlimm war, daß einer von ihnen ihn deshalb ermordet hätte.«

Endlich hatte Sano Informationen, die brisant genug waren, um sie Magistrat Ogyū vorzubringen. Er verbeugte sich. »Ich danke Euch, ehrenwerte Wisterie. Ich werde alles tun, was in meiner Macht steht, um Noriyoshis Mörder der gerechten Strafe zuzuführen.«

Sano stand auf, um zu gehen … und stellte fest, daß er sich keinen Schritt von Wisterie entfernen konnte. Er spürte, wie er in die dunklen Tiefen ihrer Augen gesogen wurde, wie ihre Arme sich nach ihm ausstreckten, ohne sich zu bewegen. Er blickte sie an, hilflos, voller Verlangen.

»Wartet.« Wisterie ergriff Sano am Ärmel. »Laßt mich nicht allein.« Sie versuchte, ihn zu sich herunterzuziehen. »Bleibt heute nacht bei mir.«

In Sano stieg eine Hitzewoge auf. Er war bereits sexuell erregt, und der Gedanke, bei dieser Frau zu liegen, ließ sein Glied steif und hart werden. Jetzt erkannte er, daß Wisterie ihn schon die ganze Zeit verführt hatte, die er bei ihr war – mit voller Absicht und unendlich geschickt. Sanos Körper schmerzte vor Verlangen. Doch eine *yūjo* wie Wisterie konnte er sich nie und nimmer leisten.

»Es ... tut mir leid«, brachte er mühsam hervor und streifte sanft ihre Hand ab. »Bitte ...« Bitte, erspare mir die Demütigung, dir gestehen zu müssen, daß ich zu arm bin, um dich zu besitzen.

Wisterie erhob sich und streichelte zärtlich seinen Arm. »Nein, Ihr versteht nicht. Ich möchte nichts von Euch.« Mit der freien Hand streichelte sie ihm über die Brust. »Nur ... Euch selbst.«

»Warum?« Sano konnte es nicht fassen, daß eine *yūjo*, die mit den reichsten und mächtigsten Männern Edos verkehrte, ihn haben wollte. Aber was spielt das für eine Rolle? fragte sein Körper, während seine Haut bei den Berührungen Wisteries brannte.

»Weil ich vor Euch meine Trauer nicht zu verbergen brauche.«

Sie trat einen Schritt von ihm zurück. Mit einer anmutigen Bewegung löste sie den Knoten ihrer Schärpe. Ihr Kimono klaffte auf und fiel zu Boden. Nackt stand sie vor Sano. Ihre Brüste waren klein und fest, die Arme und Beine lang und schlank, und ihre makellose Haut besaß die Farbe von altem, bronzefarben schimmerndem Elfenbein. Ihr Schamhaar war rasiert – das Markenzeichen aller *yūjo* – und gewährte den Blick auf ihre Weiblichkeit. Trotz des blumigen Parfums auf ihrer Haut konnte Sano ihren natürlichen Duft wahrnehmen, berauschend und durchdringend. Wisterie nahm seine Hand und führte sie an ihre Brüste.

Sano stöhnte leise, als seine Finger ihre Brustwarzen berührten. Doch als Wisterie die Lippen auf die seinen drückte, löste er sich von ihr und wich zurück. Wie viele andere Samurai hatte Sano die Freuden der Liebe schon oft genossen – mit den Dienstmägden der Nachbarsfamilien oder mit Mädchen, die er in den Lokalen und Teehäusern Nihonbashis kennengelernt hatte. Aber noch nie hatte er den exotischen *seppun* praktiziert, den die verbannten ausländischen Barbaren in Japan eingeführt hatten: das Berühren der Münder.

»Es wird dir schon nicht weh tun«, murmelte Wisterie, deren warmen Atem Sano auf den Lippen spürte. In ihrer Stimme lag leise Erheiterung.

Zuerst stieß die warme Feuchtigkeit ihres Mundes ihn ab. Dann aber loderte seine Leidenschaft auf, und er öffnete die Lippen, um ihrer tastenden Zunge Einlaß zu gewähren. Wer hätte gedacht, daß dieser Austausch von Atem und Speichel derart erregend sein konnte? Sano löste sich nur so lange von Wisterie, wie er zum hastigen Abstreifen seiner Kleidung brauchte; dann suchte er rasch wieder ihre Lippen, und seine Hände glitten forschend über ihren Körper.

Gemeinsam ließen sie sich auf den Futon sinken. Sano staunte, mit welcher Leidenschaft Wisterie ihren Körper an den seinen preßte. Er hatte viele Geschichten über die *yūjo* gehört: über ihre Erfahrung, über die einfallsreichen, kunstvollen Spiele, die sie mit ihren Kunden trieben, über ausgefallene sexuelle Praktiken, Bettgeflüster, Aphrodisiaka und schmeichlerische, vorgetäuschte Schreie der Ekstase. Doch falls Sano sich nicht gründlich irrte, waren Wisteries Stöhnen und ihre lustvollen Bewegungen nicht vorgetäuscht. Wie sie seine Brust und seine Lenden liebkoste, wie sie sein Glied streichelte – das waren keine mechanischen Bewegungen ohne jedes Gefühl, sondern die schlichte, triebhafte Lust einer Frau auf einen Mann. Und die äußeren Zeichen der Leidenschaft, die Sanos Hände an ihrem Körper spürten – die verhärteten Brustwarzen oder die Feuchtigkeit zwischen ihren Beinen –, konnten nicht vorgetäuscht sein.

Für einen Augenblick fragte er sich, warum Wisterie so

anders war als die anderen *yūjo*. War es eine besondere Gabe, die nur sie allein besaß? Begehrte sie tatsächlich jeden Mann, mit dem sie schlief? Vielleicht versuchte sie, ihre Trauer über Noriyoshis Tod eine Zeitlang durch physische Lust zu vergessen; durch die körperliche Liebe eines Mannes, den zu befriedigen sie nicht verpflichtet war. Doch der Grund spielte keine Rolle. Ihr aufrichtiges, heftiges Verlangen brachte Sano an den Rand des sexuellen Höhepunkts. Beinahe ohnmächtig vor Lust, drang er in sie ein.

Und ließ sich auf einer Woge der Leidenschaft davontreiben.

Sano war so rasch in den Schlaf gesunken, daß er die Veränderung kaum bemerkt hatte. Nun aber erwachte er schlagartig, als er das leise Schluchzen hörte. Er setzte sich auf und warf die Decken zur Seite. Dann blickte er in die Ecke des Zimmers, in der Kerzenflammen eine kleine Grotte aus Licht bildeten.

In einen weißen Umhang gehüllt, kniete Wisterie vor einem niedrigen Tisch. Zwischen die brennenden Kerzen, das Obst und die Blumen hatte sie mehrere kleine Gegenstände auf den Tisch gelegt. Immer wieder neigte sie den Kopf; ihre Lippen bewegten sich, während ihr Tränen über die Wangen liefen. Sano erhob sich vom Futon, ging zu Wisterie hinüber und kniete sich neben ihr nieder. Er sah ein Stirnband aus Baumwolle auf dem Tisch liegen, daneben eine Tabakspfeife und einen Satz Spielkarten. Die Karten waren keine passende Zier für einen buddhistischen Altar, denn auf dem Blatt jeder Karte war ein Miniatur-*shunga* abgebildet. Plötzlich wußte Sano Bescheid. Noriyoshi hatte diese Karten gemalt; das Stirnband und die Pfeife gehörten ihm. Wisterie, in ihrer weißen Trauerkleidung, betete für Noriyoshis Geist.

Bewegt und beschämt zugleich, suchte Sano nach Worten. Er war es nicht gewöhnt, einen Menschen so offen trauern zu sehen; die meisten Leute hielten ihre Gefühle tief im Innern verborgen, sogar auf Totenfeiern. Vielleicht wäre es das Beste, zu gehen und Wisterie ihrer stillen Trauer und den Gebeten zu überlassen. Doch Sano konnte sie nicht einfach verlassen, als wäre nichts zwischen ihnen gewesen. Zögernd legte er Wisterie die Hand auf die Schulter.

»Gehe in Frieden in dein neues Heim, Noriyoshi«, flüsterte sie. »Eines Tages sehen wir uns wieder.« Sie wandte sich zu Sano um. Ihre großen runden Augen waren Brunnen voller Leid; Mund und Nase waren vom Weinen gerötet und verquollen.

Sano spürte, wie Wisteries Schmerz in seinem Innern widerhallte. »Tut mir leid«, sagte er unbeholfen. Er wollte sie in die Arme schließen, doch sie zuckte vor seiner Berührung zurück.

»Mein einziger wahrer Freund ist tot!« rief sie, und plötzlicher Zorn blitzte durch den Schleier aus Tränen. »Und wie habe ich es ihm gedankt? Indem ich mit einem *yoriki* geschlafen habe!« Ein ersticktes Schluchzen brach tief aus ihrer Kehle hervor. »Mit dir! Einem Mann, den der Schmerz anderer Menschen kalt läßt! Du bist nur gekommen, um mir Fragen zu stellen. Du hast mir den Besorgten und Betroffenen nur vorgespielt. Für Menschen von niederem Stand gibt es keine Gerechtigkeit, weil sie nicht bestechen oder schöntun oder sonstwie dafür sorgen können, daß unsere hohen Herrn ihnen Recht gewähren. Du wirst zurück auf deine Schreibstube gehen und eine nette, kleine offizielle Version darüber schreiben, was mit Noriyoshi geschehen ist. *Shinjū*. Schlicht und einfach. Und vor allem bequem! Bloß keine Nachforschungen. Es könnte ja Arbeit für dich und deine Vorgesetzten bedeuten oder Ärger mit der Familie des Mädchens, wer sie auch gewesen sein mag. Du wirst Noriyoshis Schande mit deinem Schweigen und deiner Unterschrift besiegeln, während sein Mörder frei herumläuft!«

Wenngleich Sano erkannte, daß Trauer und Selbstverachtung Wisteries Angriff auf ihn ausgelöst hatten, schmerzten ihn ihre Worte. Denn er wußte, wie nahe er daran gewesen war – und noch immer war –, genau das zu tun, was sie soeben gesagt hatte.

»Du irrst«, sagte er. »Noriyoshi ist mir nicht gleichgültig. Und ich habe nicht die Absicht, seinen Mörder ungeschoren davonkommen zu lassen.« Noch während Sano diese Worte sagte, ließ der Gedanke an Magistrat Ogyū, Katsuragawa Shundai und seinen Vater ihn innerlich aufschreien.

Wisterie bedeckte das Gesicht mit beiden Händen. »Laß mich allein«, flüsterte sie.

Sano zog sich rasch an und verließ das Zimmer. Im Salon des Palasts des Himmlischen Gartens war die Feier noch in vollem Gange; draußen pulsierte die nächtliche Nakano-chō noch immer von Leben, Lachen und Fröhlichkeit, und trotz der späten Stunde waren die Besuchermassen nicht kleiner geworden. Doch das Haupttor von Yoshiwara war bereits geschlossen. Auf dem Weg zu den öffentlichen Ställen, wo Sano sein Pferd untergestellt hatte, blickte er mit Bestürzung zum Nachthimmel. Er war viel länger bei Wisterie geblieben, als er vorgehabt hatte. Nun war er, wie jeder andere in Yoshiwara, die Nacht über eingeschlossen.

Sano begab sich in den ärmlicheren Teil des Vergnügungsviertels und betrat eine kleine Gaststube, an die er sich aus seiner Studentenzeit erinnerte. Dort konnte er zu einem horrenden Preis, der ihn alles Geld kosten würde, das er bei sich hatte, ein paar Stunden Ruhe finden und auf den Tagesanbruch warten, wenn die Tore wieder geöffnet wurden.

Später, als er auf einer strohgedeckten Pritsche lag und dem trunkenen Schnarchen der neun anderen Männer lauschte, die das Zimmer mit ihm teilten, überkamen ihn erneut Unbehagen und Schuldgefühle. Er erkannte, daß es nicht recht gewesen war, die Einsamkeit und Trauer einer Frau auszunutzen. Als er an Wisteries Schmerz dachte, wünschte er sich, er hätte die Kraft gehabt, ihrer Schönheit zu widerstehen. Daß er mit Wisterie geschlafen hatte, hatte ihr keinen Trost gespendet. Nun verspürte er den Wunsch, ihr für den zusätzlichen Schmerz, den er ihr bereitet hatte, Wiedergutmachung zu leisten.

Diese Wiedergutmachung konnte ihn die Familienehre kosten. Aber was konnte er Wisterie anderes bieten, als sein Bestes zu geben, Noriyoshis Mörder vor Gericht zu bringen?

8.

Diesmal fand Sanos Gespräch mit Magistrat Ogyū nicht im Gerichtshof statt, sondern in Ogyūs privater Schreibstube. Die Fenster waren durchscheinend, und die Morgensonne fiel hell ins Innere, so daß dieses Zimmer eine viel freundlichere Atmosphäre besaß als der düstere Gerichtssaal. Kein *dōshin*, kein Verteidiger, keine Zeugen waren anwesend; nur Ogyūs Diener, ein älterer Mann, schlurfte durchs Zimmer und schenkte Tee ein.

Und diesmal saß Sano dem Magistraten nicht hinter dem *shirasu*, der Grube mit dem weißen »Sand der Wahrheit« gegenüber – wie ein Verbrecher, der auf den Urteilsspruch wartet –, sondern die beiden Männer knieten auf seidenen Kissen, wie es den Gepflogenheiten entsprach, wenn höhere Beamte ein Gespräch führten. Dennoch hatte Sano erneut das Gefühl, vor Gericht zu stehen.

»Ehrenwerter Magistrat, ich bitte untertänigst um Eure Erlaubnis, die Nachforschungen über den Tod von Niu Yukiko und Noriyoshi weiterführen zu dürfen«, kam er ohne Umschweife zur Sache.

Sano hatte hin und her überlegt, ob er Ogyū an diesem Tag aufsuchen oder noch warten sollte, bis er weitere Informationen besaß, um die Dringlichkeit seines Anliegens zu unterstreichen. Seine Schuldgefühle hatten ihn schließlich veranlaßt, Ogyū schon jetzt um ein Gespräch zu bitten; zumindest Offenheit schuldete er seinem Vorgesetzten.

Der Magistrat erwiderte zunächst nichts, nachdem

Sano seine Bitte vorgebracht hatte; statt dessen nahm er die Teeschale in beide Hände, hob sie bis unter die Nase und sog den Dampf ein, der aus der Schale aufstieg. An diesem Morgen trug Ogyū seine Amtskleidung – einen schwarzen *haori* mit breiten, wattierten Schultern über einem schwarzen Kimono, der mit kreisförmigen, goldenen Familienwappen bedruckt war. Der kräftige schwarze Stoff verlieh der Haut des alten Mannes ein besonders bleiches und vertrocknetes Aussehen. Vor dem Hintergrund des farbenprächtigen Wandgemäldes wirkte Ogyū wie ein uraltes, mit Pinsel und Tusche gezeichnetes Ahnenporträt.

»Ich bin froh, daß Ihr zu mir gekommen seid«, sagte er schließlich. »Wie mir scheint, haben wir viel zu besprechen.«

Sano versuchte, in dieser sachlichen Äußerung einen Hoffnungsschimmer zu erkennen. »Tatsächlich, ehrenwerter Magistrat?«

»Zunächst einmal wäre da eine kleine Angelegenheit zu klären. Es geht um diesen Bericht hier, den Ihr geschrieben habt.« Ogyū blickte auf ein entrolltes Blatt Papier, das vor ihm auf dem Schreibpult lag.

Sano erkannte seine eigene Schrift und sein Siegel, und Unruhe stieg in ihm auf. Es war der Bericht, in dem er den *shinjū* als zweifelhaft eingestuft hatte.

»Ich fürchte, der Inhalt dieses Dokuments entspricht nicht der Übereinkunft, die wir bei unserem letzten Gespräch getroffen haben«, fuhr Ogyū fort.

Sano wurde bang ums Herz. Falls Ogyū der Bericht mißfiel, würde der Magistrat keinen weiteren Bitten und Vorschlägen mehr zugänglich sein.

»Außerdem habt Ihr angeordnet, Noriyoshis Leiche zu verbrennen – ein krasser Verstoß gegen das Gesetz, daß die Opfer eines *shinjū* als Strafe für ihr Verbrechen öffentlich zur Schau gestellt werden müssen. Was habt Ihr zu Eurer Verteidigung vorzubringen, *yoriki* Sano?«

»Bitte, laßt mich erklären«, sagte Sano. Er konnte beinahe spüren, wie der Boden ihm unter den Füßen versank. »Als ich von den Todesfällen hörte, war ich der Meinung, daß sie weiterer Nachforschungen bedurften. Deshalb habe ich diesen Bericht verfaßt.« Als er bemerkte, daß Ogyū ihn stirnrunzelnd betrachtete, fuhr Sano hastig fort. Seine Anordnung, Noriyoshis Leichnam zu verbrennen, erwähnte er jedoch nicht, und er hoffte flehentlich, daß Ogyū dieses Thema nicht mehr anschnitt.

»Verzeiht mir meine Anmaßung; ich hätte Euren Befehlen nicht zuwider handeln dürfen«, sagte Sano. »Aber jetzt, da ich einige Nachforschungen angestellt habe, bin ich der Überzeugung, daß Yukiko und Noriyoshi ermordet wurden. Ich bitte Euch um Erlaubnis, meine Untersuchungen abschließen zu dürfen, um den Mörder zu finden und ihn der gerechten Strafe zuzuführen.« Sano hielt es für überflüssig, den Magistraten daran zu erinnern, daß man zumindest den Tod einer Fürstentochter genauer untersuchen mußte, wohingegen der Tod eines gemeinen Bürgers wie Noriyoshi für gewöhnlich keine großen polizeilichen Aktivitäten nach sich zog.

Die Falten auf Ogyūs gerunzelter Stirn wurden tiefer – ob aus Verärgerung oder Erstaunen, konnte Sano nicht erkennen. »Und woher wißt Ihr das?« fragte er.

Sano nahm einen Schluck Tee, um seine Nerven zu beruhigen. »Ich habe erfahren, daß Noriyoshi sexuell mit Männern verkehrte. Deshalb ist nicht anzunehmen, daß er aus Liebe zu einer Frau Selbstmord begangen hat. Außerdem hatte er Feinde. Mindestens einer dieser Feinde hat Noriyoshi so sehr gehaßt, daß er fähig gewesen wäre, ihn zu ermorden.«

»Und wer könnte das sein?« Ogyū trank die Schale Tee leer; dann bedeutete er dem Diener, ihm und Sano nachzufüllen.

»Kikunojō, der Kabuki-Schauspieler.«

»Wie habt Ihr von diesem ... Feind erfahren?« Die Pause, die Ogyū vor dem Wort »Feind« einlegte, ließ deutlich seine Skepsis erkennen.

»Ich habe mit einer engen Freundin Noriyoshis gesprochen, einer Frau namens Wisterie«, antwortete Sano. Als er diesen Namen nannte, um seinen Darlegungen mehr Glaubwürdigkeit zu verleihen, hoffte er inständig, daß Ogyū sich nicht nach Wisteries Beruf erkundigte.

Doch offenbar kannte Ogyū die *yūjo*. Gerüchte besagten, daß der Magistrat trotz seines hohen Alters noch immer die Freudenhäuser Yoshiwaras besuchte. Ogyū seufzte und zitierte ein altes Sprichwort: »Zwei Dinge sind sehr selten: viereckige Eier und eine aufrichtige *yūjo*.«

»Ich glaube, Wisterie hat die Wahrheit gesagt«, erwiderte Sano und mußte unwillkürlich an die vergangene Nacht denken – an Wisteries Trauer; an ihre flehentliche Bitte, Kikunojō wegen des Mordes an ihrem Freund zu verhaften; an ihre Leidenschaft ... Sanos Blut geriet in Wallung, und er mußte sich zwingen, sich auf das Gespräch mit Ogyū zu konzentrieren.

Der Magistrat schüttelte den Kopf. »*Yoriki* Sano ...« Wie könnt Ihr nur so leichtgläubig sein, besagte sein Tonfall. Wie könnt Ihr es wagen, mir mit einem solchen Unsinn meine kostbare Zeit zu stehlen?

»Als ich in der Leichenhalle war, Ehrenwerter Magistrat, um mir Noriyoshi anzuschauen, habe ich eine schwere Verletzung an seinem Kopf entdeckt. Als hätte jemand ihn geschlagen«, sagte Sano mit wachsender Verzweiflung. »Und er ... er sah nicht so aus, als wäre er ertrunken.« Jetzt bewegte er sich auf gefährlichem Boden. Was war, wenn Ogyū mehr über den Besuch in der Leichenhalle erfahren wollte?

Zum Glück hielt Ogyūs kultiviertes Feingefühl ihn davon ab, dieses Thema zu vertiefen. Er zog ein mißbilligendes Gesicht und sagte: »Über solche Dinge reden wir hier nicht.«

Sano hatte seine stichhaltigsten Argumente vorgebracht; jetzt wußte er nicht mehr, was er Ogyū sonst noch sagen konnte. Falls der Magistrat ihn abwies, hatte Sano keine Aussicht mehr auf Erfolg.

Ogyū räusperte sich und bedeutete dem Diener, ihnen noch einmal Tee nachzuschenken. Sano wappnete sich gegen einen wohlüberlegten, gezielten Verweis des Magistraten – möglicherweise eine Anspielung auf seinen Gönner, Katsuragawa Shundai. Doch Sano erkannte rasch, daß die gewundenen Gedankengänge des Magistraten in eine ganz andere Richtung führten.

»Wir Menschen können aus dem Reich der Tiere sehr

viel lernen«, sagte Ogyū. »Wenn der Tiger sich zum Fluß begibt, wartet das Reh, bis er seinen Durst gestillt hat und wieder fort ist. Erst dann wagt es sich ans Wasser. Und wenn der Falke am Himmel kreist, verstecken sich die kleinen Lebewesen, bis er davongeflogen ist.«

Sano nickte und fragte sich, worauf Ogyū hinauswollte.

»Und wenn die Libelle ihre prächtigen Flügel ausbreitet, wagen andere Insekten sich nicht an sie heran, und sie erregen erst recht nicht ihren Zorn«, fuhr Ogyū fort und hielt inne, um das Gesagte wirken zu lassen.

Ein solches Szenarium gab es in der Natur zwar nicht, doch Sano hatte die Botschaft sehr wohl verstanden.

»Ihr habt also von meinem Besuch bei den Nius gehört?« sagte er. Die Nius, deren Familienwappen die Libelle war und deren Macht einen großen Schatten warf.

Sanos Unverblümtheit ließ Ogyū zusammenzucken. »Es ist nicht an Euch, Fragen zu stellen, *yoriki* Sano! Müßt Ihr wirklich daran erinnert werden, wie gefährlich es ist, eine mächtige Daimyō-Familie zu belästigen? Fürstin Niu hat mich persönlich aufgesucht und sich über Eure Einmischung beschwert.« Seine Stimme wurde immer schriller und vorwurfsvoller. »Welche Dummheit, welche Dreistigkeit hat Euch Narr dazu getrieben, die Nius auf eine so unverschämte Weise und zu so unpassender Zeit aufzusuchen?« Ogyūs eingefallene Wangen röteten sich vor Zorn, und seine Lider wurden schmal.

Nach außen hin nahm Sano die Beleidigungen gelassen hin, doch jede einzelne versetzte seinem Stolz als Samurai einen Stich. Sanos Gesicht brannte vor Scham, den Vorgesetzten so sehr gereizt zu haben, daß dieser seinem Zorn freien Lauf ließ. Doch unter der Oberfläche aus Betroffenheit und Beschämung spürte Sano die noch beängstigendere und schmählichere Berührung durch die eiskalte Hand der Furcht. Wie würde Ogyū ihn bestrafen?

Doch als der Magistrat schwieg, gewann der nüchterne, wißbegierige Teil seines Verstandes die Oberhand und ließ in Sano die Frage aufkeimen, weshalb Ogyū eigentlich so sehr darauf bedacht war, daß die Nachforschungen eingestellt und die Nius beschwichtigt wurden.

»Die Nius haben mich in Ehren und mit Anstand empfangen«, sagte er tapfer. Trotz Ogyūs Mißfallen war Sano nach wie vor der Meinung, daß er richtig gehandelt hatte, die Nius zu befragen. Er bedauerte lediglich, so wenig erfahren zu haben. »Ich hatte nicht den Eindruck, daß Fürstin Niu sich gestört fühlte oder verärgert war. Warum sollte sie auch? Ich habe nur einige Fragen gestellt, und die Fürstin und ihr Sohn haben mir sie gern beantwortet. Außerdem ... aus welchem Grunde sollten die Nius etwas gegen Nachforschungen einzuwenden haben, falls Yukiko ermordet wurde? Müßten sie dann nicht viel eher den Wunsch haben, mit uns zusammenzuarbeiten, damit der Mörder gefaßt wird? Müßten sie nicht der Familienehre wegen Gerechtigkeit wünschen – Vergeltung?«

»*Falls* Yukiko ermordet wurde, *yoriki* Sano.«

Ogyūs Widerstand erinnerte Sano an irgendeine Bemerkung, die Wisterie in der vergangenen Nacht gemacht hatte: »Bloß keine Nachforschungen! Es könnte ja Arbeit für dich und deine Vorgesetzten bedeuten oder Ärger mit der Familie dieses Mädchens, wer sie auch gewesen sein mag.« Sano fragte sich, ob die Nius einen Grund hatten, sich gegen die Nachforschungen über Yukikos Tod zu wehren. Oder zu verhindern, daß der Mörder gefaßt wurde.

Aber falls dem so war – weshalb? Sano versuchte, sich diesen Gedanken zu verschließen. Er *wollte* glauben, daß seine Vorgesetzten sich nur von höchsten moralischen Prinzipien leiten ließen. Gewiß wollten die Nius und Magistrat Ogyū lediglich den Skandal vermeiden, der unweigerlich war, falls allgemein bekannt wurde, daß Yukiko sich durch einen *shinjū* das Leben genommen hatte. Das war alles. Doch Sanos Zweifel blieben, wie ein Übelkeitsgefühl seiner Seele.

»Yukiko und Noriyoshi haben sich von eigener Hand das Leben genommen«, sagte Ogyū soeben. Seine Stimme war jetzt ruhig, und sein Gesicht hatte wieder die gewohnte Blässe angenommen. Doch noch immer redete er mit ungewohnter Direktheit, als wollte er das Risiko vermeiden, daß Sano ihn mißverstehen könnte. »Die Art und Weise ihres Todes läßt es deutlich erkennen. Ebenso der

Abschiedsbrief. Ich wünsche keine weitere Diskussion in dieser Angelegenheit. Und nun möchte ich Euch das Versprechen abnehmen, die Nius nie wieder zu belästigen. Ihr werdet mir versprechen, Eure Zeit nicht mehr damit zu vergeuden, irgendwelchen Hirngespinsten nachzujagen.«

Sano nahm allen Mut zusammen, um einen letzten Versuch zu wagen. Er holte tief Luft und sagte: »Magistrat Ogyū. Ich bin sicher, daß Yukiko und Noriyoshi ermordet wurden! Ich habe sogar einen Tatverdächtigen.« Er wußte, daß seine Worte zu forsch und respektlos waren, doch er konnte sie nicht zurückhalten. »Ich bitte Euch, laßt mich die Untersuchungen fortführen und erteilt mir die Erlaubnis, die Nius aufzusuchen. Ich möchte ihnen erklären, weshalb weitere Nachforschungen notwendig sind. Der Mörder läuft frei herum. Er ist eine Gefahr für die Allgemeinheit. Als *yoriki* betrachte ich es als meine Pflicht, ihn festzunehmen, bevor er weiteren Menschen Leid zufügen kann. Und als Magistrat ist es auch *Eure* Pflicht«, fügte er wagemutig hinzu.

Von qualvoller Spannung erfüllt, wartete er auf Ogyūs Antwort. Dem Appell an seine Pflichten konnte der Magistrat – ebenfalls ein Samurai und somit dem strengen Kodex des Bushidō unterworfen – sich nicht entziehen.

Doch statt auf Sanos leidenschaftliche Rede zu antworten, wechselte Ogyū das Thema. »Zu meinem Bedauern habe ich erfahren, daß es Eurem Vater nicht gutgeht«, sagte er.

Die auf den ersten Blick höfliche Bemerkung traf Sano wie ein Schlag in den Magen. Heiße Wut stieg in ihm auf; das Blut rauschte ihm in den Ohren, und sein Blick trübte sich. Wie konnte Ogyū es wagen, die Sohnespflichten mit voller Absicht auf so bösartige Weise ins Spiel zu bringen! Sprachlos vor Zorn, mühte sich Sano, die Beherrschung zu wahren.

Durch den Wirrwarr von Gedanken, die ihm durch den Kopf schossen, vernahm er Ogyūs gelassene Stimme, als er unerbittlich fortfuhr: »Ein Mann in seinem Alter hat es verdient, den Ruhestand zu genießen, und ihm gebührt die Achtung aller Menschen, die ihm nahestehen. Es wäre höchst bedauerlich, wenn die Krankheit Eures Vaters sich verschlimmert, weil Schande über seine Familie gekommen ist.«

Wie ein Schwall eiskalten Wassers spülte eine Woge des Entsetzens Sanos Zorn hinweg. Ogyū drohte ihm mit Entlassung aus dem Amt! Um seines Vaters willen durfte Sano dies um keinen Preis geschehen lassen. Er mußte seine Nachforschungen einstellen. Doch Sano wollte nicht aufgeben, ohne eine allerletzte Bitte zu stellen.

»Magistrat Ogyū ...«, begann er.

Ogyū ließ sich von seinem Diener noch einmal Tee einschenken. Diesmal bot er Sano keine Schale an – ein Zeichen, daß der Magistrat das Gespräch als beendet betrachtete. Widerstrebend erhob sich Sano und verbeugte sich. Zitternd und auf wackligen Beinen ging er durchs Zimmer.

»*Yoriki* Sano?«

Die Hand an der Türgriffmulde, wandte Sano sich um.

»Darf ich noch heute morgen mit Eurem Abschlußbericht über den *shinjū* rechnen?« fragte Ogyū freundlich. »Heute nachmittag treffe ich Fürstin Niu auf Yukikos Totenfeier. Ich möchte ihr gern mitteilen, daß der Fall abgeschlossen ist.«

Sano verbeugte sich noch einmal, schob die Tür auf und verließ wortlos das Zimmer. Sollte Ogyū sein Schweigen deuten, wie er wollte!

9.

Den Blick starr nach vorn gerichtet, eilte Sano über die Straßen zur Polizeizentrale und zum ruhigen Hafen seines eigenen Zimmers. Passanten kamen ihm entgegen; Sano mied ihre Blicke. Schon der Gedanke war ihm zuwider, mit irgend jemandem zu reden oder auf seine Schreibstube zu gehen, wo er Tsunehiko und seine anderen Mitarbeiter antreffen würde. Jetzt, da er noch immer vor hilfloser Wut am ganzen Körper zitterte, stand ihm nicht der Sinn danach. Er mußte allein sein, um seine Gefühle und Gedanken wieder in den Griff zu bekommen.

»Guten Morgen, *yoriki* Sano-*san*«, rief jemand.

Sano eilte weiter, ohne den Gruß zu erwidern, und erreichte schließlich die Polizeizentrale. Doch als er in die Kasernen gelangte, sah er Bodenmatten und Bettzeug an den Geländern der Veranden hängen. Er hörte Frauenstimmen. Sämtliche Türen standen offen, und in seinem Zimmer schrubbte ein Hausmädchen den Fußboden. Sano schüttelte den Kopf. Er hatte vollkommen vergessen, daß die Kasernen am heutigen Tag, zu dieser Stunde, gründlich sauber gemacht wurden, wie jede Woche. Zu Sanos Zorn gesellten sich Hilflosigkeit und Ratlosigkeit. Er stürmte in den Garten hinter dem Kasernengebäude. Zu seiner Erleichterung hielt sich niemand dort auf.

Doch die Ungestörtheit brachte ihm keinen Frieden. Der Zorn auf Magistrat Ogyū schwelte weiter. Sano sah sich um, erblickte einen faustgroßen Stein zu seinen Füßen, hob ihn auf und schleuderte ihn in den Teich.

Mit einem lauten Klatschen traf der Stein auf die Wasseroberfläche. Sofort fühlte Sano sich besser. Kopfschüttelnd kicherte er vor sich hin. Was für ein kindisches Verhalten! Wie damals, wenn einer seiner Schüler einen Wutanfall bekommen hatte. Sano kauerte sich am Ufer des Teichs nieder, betrachtete die Fichtennadeln, die auf den sanften Wellen trieben, und überdachte seine nächsten Schritte.

Jetzt, wo sein Zorn sich abgekühlt hatte, konnte er Ogyūs Einstellung besser verstehen. Beim Tod von Yukiko und Noriyoshi hatte in der Tat alles für einen Doppelselbstmord gesprochen. Und nur einer rätselhaften Kopfverletzung Noriyoshis wegen konnte Ogyū schwerlich die Untersuchungen im Rahmen eines *Mordfalles* rechtfertigen – ebensowenig aufgrund der Tatsache, daß Noriyoshi homosexuell gewesen war oder daß er sich Feinde gemacht hatte.

Sano mußte zugeben, daß die Indizien, die er Ogyū vorgebracht hatte, zu dürftig gewesen waren. Er konnte es dem Magistraten nicht einmal zum Vorwurf machen, eine dermaßen drastische Abschreckungstaktik angewendet zu haben, um eine mögliche Katastrophe abzuwenden. Sano sah ein, daß er einen hieb- und stichfesten Beweis für die Morde finden mußte. Einen Beweis, den weder Ogyū noch die Nius ignorieren konnten. Einen Beweis, für den sie ihm aus tiefstem Herzen *danken* mußten.

Seufzend erhob er sich. Um diesen Beweis zu finden, müßte er erneut Ogyūs Befehle mißachten. Außerdem würde er bei seinen Nachforschungen möglicherweise herausfinden, daß die Nius mit dem Verbrechen zu tun hatten – und daß Ogyū mit ihnen unter einer Decke steckte und ihnen Rückendeckung gab. Diese Aussicht behagte Sano ganz und gar nicht; in diesem Fall nämlich konnten er selbst und seine Familie in höchste Gefahr geraten.

Doch irgendwie – beinahe ohne daß Sano es bemerkt hätte – war das Verlangen, die Wahrheit aufzudecken, erneut in ihm erwacht, bis es so stark wurde, daß es die Verpflichtungen gegenüber seinem Vater, seinem Gönner Katsuragawa Shundai und seinem Vorgesetzten Ogyū aufwiegen konnte. Hinzu kam das unbestimmte, aber starke Gefühl, Wisterie und Doktor Itō etwas schuldig zu sein. Wisteries Aussagen und die Liebe, die sie ihm geschenkt hatte … das Wagnis, das Doktor Itō bei der Leichenöffnung Noriyoshis eingegangen war – beide hatten ihm viel gegeben, und er stand in ihrer Schuld.

Die Erkenntnis, daß er bereit war, fast alles aufs Spiel zu setzen, um seine Pflicht zu erfüllen, traf Sano fast wie ein Schock. Und sein Verlangen, die Wahrheit zu finden, speiste eine Quelle der Kraft und des Wagemuts in seinem Innern, von deren Existenz er bislang nichts gewußt hatte. Diese Erkenntnis ängstigte ihn mehr als die Gefahr, sein Amt zu verlieren. Denn es war unendlich viel schlimmer, vom Weg des Kriegers und den damit verbundenen Geboten der unerschütterlichen Treue und des unbedingten Gehorsams abzuweichen; dies hätte Folgen, die Sano sich nicht einmal vorstellen konnte.

Als er sich auf den Weg zu den Stallungen machte, sprach Sano sich Mut zu. Er sagte sich, daß seine Nachforschungen über den rätselhaften Mordfall ihm keine Nachteile einbringen würden, wenn er behutsam genug vorging. Kikunojō zu vernehmen konnte ihn eigentlich nicht in Gefahr bringen. Und wenn er Glück hatte, würden Magistrat Ogyū und Fürstin Niu erst von seinen verbotenen Aktivitäten erfahren, wenn er Ergebnisse vorweisen konnte.

Sano versuchte, seine Befürchtung zu verdrängen, daß die Nius und Ogyū sich in jedem Fall gegen eine Untersuchung wehren würden – egal, welche Beweise er ihnen vorlegte …

Als Sano in das Theaterviertel Saruwaka-chō gelangte, hob seine Stimmung sich beträchtlich. Das Viertel lag in der Nähe von Ginza, einem Stadtbezirk Edos, und war nach der Silbermine benannt, welche die Tokugawas dort errichtet hatten. Das milde Wetter des Vortages hielt an, und der gemächliche Ritt erinnerte Sano an die Ferienzeiten in seinen Kindertagen, als die Familie, zusammen mit Freunden und Verwandten, ganze Tage im Theater verbracht hatte. Sie waren in der Morgendämmerung eingetroffen, wenn die Vorstellungen begannen, und hatten sich erst bei Sonnenuntergang, nach Ende der letzten Aufführung, auf den Heimweg gemacht. Sanos Vater, der – wie viele ältere Samurai – das klassische No-Drama bevorzugte, hatte sich über die melodramatischen Kabuki-Stücke beklagt, wenngleich er sie voller Spannung verfolgte. Sano erinnerte sich auch an Ausflüge, die nicht so lange Zeit zurücklagen, als die Theater ihm und anderen jungen Männern die Möglichkeit geboten hatten, mit Mädchen zu flirten, die ebenfalls die Vorstellungen besuchten. Doch in den letzten fünf Jahren hatte die Arbeit ihm nur wenig Zeit für solche Zerstreuungen gelassen. Jetzt schaute Sano sich mit wehmütigen Erinnerungen im Theaterviertel um.

Wie in den alten Zeiten funkelte Saruwaka-chō von Farbe und Leben. Auf Plakaten an den Wänden der vier größten Theater standen die derzeitigen Spielpläne. Hin und wieder brandeten Geräusche auf: die Stimmen von Sängern, Jubelrufe oder Beifall, die aus den Fenstern hoch droben unter den Dachfirsten der Theatergebäude drangen und erkennen ließen, daß eine Aufführung stattfand. In kleinen, viereckigen Türmen, die sich auf den Dächern befanden, wurden in regelmäßigem, dumpfem Rhythmus Baßtrommeln geschlagen, um Besucher aus entfernten Stadtteilen herbeizulocken. Menschen aus allen Gesellschaftsschichten und Altersgruppen strömten durch die breiten Straßen, standen vor den Kassenhäuschen an den Theatereingängen, besuchten die vielen Teehäuser und Eßlokale, welche die Lücken zwischen den Theatergebäuden ausfüllten, oder standen plaudernd beieinander. Sano wußte, daß einige dieser Leute die ganze Nacht gewartet hatten, um einen guten Platz zu bekommen, damit sie sich ihre Lieblingsschauspieler aus nächster Nähe anschauen konnten.

»Wo tritt Kikunojō auf?« fragte Sano den Wärter des Mietstalles, in dem er sein Pferd unterstellte.

Der Wärter zeigte in die Richtung, in der sich das größte Theater befand, und sagte: »Im Nakamura-za.«

Sano bahnte sich einen Weg durch die Menschenmassen. Als er das Nakamura-za erreichte, sah er die Schilder, die vor dem Theater aufgestellt waren: »*Narukami* – in der Hauptrolle: der große Kikunojō!« Zu Sanos Enttäuschung stand keine Warteschlange vor dem Kassenhäuschen. Offensichtlich hatte die Vorstellung bereits begonnen.

»Kann ich jetzt noch hinein?« fragte er den Billettverkäufer, doch ohne große Hoffnung. *Narukami* – die Geschichte einer Prinzessin, die Japan vor einem verrückten Mönch rettet, der durch einen Zauber bewirkt, daß kein Regen mehr fällt – war ein beliebtes Stück. Und mit Kikunojō als Hauptdarsteller war jede Vorstellung so gut wie ausverkauft, egal, welches Stück gegeben wurde.

Doch der Billettverkäufer nickte. Er nahm Sanos Geld, reichte ihm die Eintrittskarte und sagte: »Es sind noch Plätze frei, Herr. Das Stück wird hier seit Monaten aufgeführt; fast jeder hat es schon gesehen.«

Als Sano das Theater betrat, hielt er für einen Augenblick inne, um sich zu orientieren. In dem großen Saal, der nur von den Fenstern unter dem Dach und hinter der Galerie erhellt wurde, war es schummrig; aufgrund der Feuerschutzgesetze war künstliche Beleuchtung im Innern verboten. Als Sanos Augen sich an das Dämmerlicht gewöhnt hatten, konnte er die unbeleuchteten Laternen erkennen, die von den Dachbalken hingen. Auf jedem Laternenschirm war das Wappen eines Schauspielers abgebildet, der im Nakamura-za aufgetreten war. Frauen und gemeine Bürger nahmen die schlechteren Plätze an den Wänden und den hinteren Rängen ein. Trennwände teilten den Bereich unmittelbar vor der Bühne in quadratische Logen; hier waren die meisten Zuschauer Samurai, wie die rasierten Scheitel und die Griffe der hochgeschobenen Schwerter erkennen ließen, die über die Trennwände hinausragten. Erfrischungsverkäufer eilten mit Tabletts voller Speisen und Getränken von Loge zu Loge.

Unter den Zuschauern herrschte ruhelose Bewegung, und ihr unaufhörliches Geschnatter übertönte beinahe die Geräusche der Holzrasseln, welche die Musiker schlugen. Sano ging suchend an den Trennwänden entlang, bis er in einer der Logen einen freien Platz entdeckte. Er kniete sich zu fünf anderen Samurai auf die Fußbodenmatte und wandte seine Aufmerksamkeit dem Geschehen auf der Bühne zu. Die Aufführung näherte sich dem Ende. Vor dem Hintergrund des gemalten Bühnenbilds, das Berge und Wolken zeigte, sang der Schauspieler, der den verrückten Mönch Narukami darstellte, von dem Chaos, das er übers Land bringen würde, indem er ihm den Regen vorenthielt. Seine Maske mit den riesigen schwarzen Augenbrauen und dem buschigen Backenbart verlieh ihm ein dämonisches Aussehen. Auf dem glänzenden rot-goldenen Priesterumhang, den er über seiner braunen Mönchskutte trug, schimmerte das trübe Licht. Er brüllte jedes Wort mit donnernder Stimme heraus, um die Geräusche im Publikum zu übertönen; dazu stampfte er laut mit den Füßen, schritt hektisch auf und ab und gestikulierte wild, um sich der Aufmerksamkeit der Zuschauer zu versichern. Die Musiker saßen zu beiden Seiten der Bühne und spielten eine mißtönende Begleitmusik auf ihren Rasseln, Flöten und Shamizen.

Das Lied endete; die Musik verstummte. In der plötzlichen Stille ging ein Raunen durch das Publikum. Köpfe ruckten herum; Blicke wandten sich dem hinteren Teil des Theatersaales zu.

»Er kommt«, flüsterte jemand.

Die Rasseln erklangen wieder – laut und hektisch. Sano konnte die spannungsvolle Erwartung spüren, die das Publikum gepackt hatte.

Langsam und anmutig schritt eine Frau den Mittelgang hinunter, der sich vom hinteren Teil des Saales bis zur Bühne erstreckte. Prinzessin Taema, gewandet in einen prächtigen purpurnen Seidenkimono, der mit Chrysanthemen bedruckt war, kam herbei, um den Regen und ihr Volk aus den dämonischen Krallen des wahnsinnigen Mönchs zu befreien. Ihr Gesicht war wunderschön: dick mit weißem Puder bedeckt und mit blutrot geschminktem Mund. Ihr langes schwarzes Haar war an den Seiten nach hinten gekämmt und fiel ihr bis zur Taille.

»Kikunojō.« Wie ein kollektiver Seufzer der Bewunderung durchlief der Name die Zuschauerreihen. »Kikunojō.« Dann brach der ganze Saal in Jubelstürme aus.

Prinzessin Taema erreichte die Bühne. Im Publikum wurde es totenstill, als sie zu singen begann. Sano kniete wie angewurzelt auf der Fußmatte. Er hatte zwar gewußt, daß Kikunojō Edos führender *onnagata* war – ein Spezialist für weibliche Rollen –, doch Sano konnte es nicht fassen, daß die Gestalt auf der Bühne ein Mann war. Die Stimme, die Körperhaltung, die Miene, die Gesten, jede Bewegung waren von vollkommener Weiblichkeit. Nicht einmal das Kopftuch aus purpurnem Stoff, das den rasierten Scheitel Kikunojōs bedeckte, konnte dieser Illusion Abbruch tun. Fasziniert beobachtete Sano, wie Prinzessin Taema den verrückten Mönch mit ihren Verführungskünsten betörte. Gewiß, jeder weibische Mann konnte so gekleidet und geschminkt werden, daß er einer schönen Frau ähnelte, doch Kikunojōs schauspielerisches Genie bestand darin, daß er nicht nur weibliche Äußerlichkeiten wiedergeben, sondern auch weibliche Gefühle perfekt zum Ausdruck bringen konnte. Sano konnte die sexuelle Spannung spüren, die von Prinzessin Taema auf Mönch Narukami übersprang, und er wußte, daß es den anderen Zuschauern nicht anders erging. Wie konnte Narukami sich der List Prinzessin Taemas widersetzen?

Er konnte es nicht. Mit viel Gesang und noch mehr Gesten gab der Mönch sich schließlich geschlagen. Prinzessin Taema konnte das magische Band zerschneiden, das den Regen an den Himmel fesselte. Die Musiker ahmten das Geräusch niederprasselnden Wassers nach. Unter Jubelrufen, Applaus und Pfiffen wurde Japan gerettet.

Sano blieb an seinem Platz, bis die meisten Zuschauer das Theater verlassen hatten. Dann verließ er die Loge und ging auf die Bühne, wo Kikunojō vor einer Gruppe weiblicher Bewunderer Hof hielt.

Der *onnagata* war größer, als er von weitem ausgesehen hatte. Kopf und Schultern ragten hoch über die Frauen hinweg, die sich um ihn drängten. Sano stellte fest, daß Kikunojō sogar ihn überragte. Der Schauspieler, der den verrückten Mönch dargestellt hatte, mußte Sandalen mit sehr dicken Sohlen getragen haben, um größer als die »Prinzessin« zu erscheinen.

Als Sano näher kam, entdeckte er weitere Merkmale, die Kikunojōs wirkliches Geschlecht erkennen ließen: Die langen, anmutigen Hände, die mit demselben weißen

Puder geschminkt waren wie das Gesicht des *onnagata*, besaßen große Fingerknöchel und knochige Gelenke. Seine Gesichtszüge waren zwar fein, doch fehlte es ihnen an femininer Weichheit. Einige Tricks und Kniffe, die Kikunojō benutzte, um seine Männlichkeit zu verbergen, waren offensichtlich: Das lange, herunterhängende Ende seiner speziell gefertigten Schärpe ließ ihn kleiner erscheinen, und er hielt stets das Kinn gesenkt, um seinen Adamsapfel zu verbergen.

Doch das alles schien Kikunojōs weibliche Bewunderer nicht zu stören. Im Gegenteil: Der Anblick männlicher Kraft, die sich unter weiblicher Kleidung, Schminke und Frisur verbarg, erregte die Frauen. Sie erröteten und kicherten, als eine nach der anderen schüchtern auf ihn zutrat, um ihm ein Geschenk zu überreichen: ein liebevoll eingewickeltes Päckchen, ein gestammeltes Kompliment. Mit ätherischem Lächeln und anmutigen Verbeugungen nahm Kikunojō diese Huldigungen entgegen. Er legte die Geschenke auf einen kleinen Tisch, der offensichtlich nur zu diesem Zweck diente.

»Na los, nun mach schon, du alter Feigling!« Eine Frau neben Sano stieß ihre Begleiterin an, eine großmütterlich aussehende Matrone.

Großmutter schoß nach vorn, stellte sich auf die Zehenspitzen und berührte rasch Kikunojōs purpurnes Kopftuch. Ihr faltiges Gesicht strahlte vor Glückseligkeit ob ihres Wagemuts, als sie zurück an ihren Platz eilte. Die anderen Frauen kicherten.

Sano grinste. Die Regierung hatte versucht, die sexuelle Anziehungskraft der *onnagata* zu mindern, indem sie von ihnen verlangte, sich den Scheitel kahlscheren zu lassen. Doch für viele Frauen waren die Kopftücher nicht minder erotisch wie dichtes Haupthaar.

Sano wartete, bis die letzte Bewunderin des Schauspielers gegangen war; dann stellte er sich vor. »Kikunojō-*san*, darf ich ein Wort unter vier Augen mit Euch sprechen?«

Kikunojō zog einen seidenen Fächer aus den Falten seines Gewandes, bedeckte damit die untere Hälfte seines Gesichts, fächelte sich affektiert Luft zu und murmelte: »Ehrenwerter Meister ... meine Pflichten ... meine Engagements ... ich muß schon bald zu meinem nächsten Auftritt ... vergebt mir, aber ich habe jetzt wirklich keine Zeit ... vielleicht ein andermal ...?« Die Geste mit dem Fächer, seine hohe, liebliche Stimme, die Wortwahl und die Sprechweise waren eine perfekte Nachahmung einer adeligen Dame.

»Es geht um Noriyoshi«, sagte Sano. »Wir können uns entweder hier unterhalten, in aller Öffentlichkeit, oder woanders. Ihr habt die Wahl.« So eindrucksvoll die schauspielerische Leistung Kikunojōs auch war – Sano hatte nicht die Absicht, den Burschen so leicht davonkommen zu lassen.

Ganz kurz weiteten sich Kikunojōs Augen; dann senkte er die Lider, nickte geziert und sagte, den Fächer vor dem Mund: »Kommt mit mir.«

Sano folgte Kikunojōs würdevoller Gestalt durch eine Tür in der Nähe der Bühne, dann einen schummrigen Flur hinunter bis zur Garderobe des *onnagata*. Die beiden Männer ließen ihre Sandalen vor dem Türeingang stehen, der sich hinter einem Vorhang befand. Belustigt stellte Sano fest, daß Kikunojōs Füße größer waren als die seinen.

Die Garderobe war winzig. Prächtige Kimonos hingen an Kleiderständern. Fünf Perücken, die auf hölzernen Köpfen saßen, beanspruchten das oberste Brett einer Regalwand; auf den unteren lagen Haarschmuck und anderer Zierrat, zusammengefaltete Unterkleidung und Sandalen. Der Ankleidetisch war mit Puderquasten, Pinseln und Schminktöpfchen übersät; seidene Halstücher hingen vor dem großen Spiegel. Auf einem Tisch lagen ähnliche Päckchen, wie Kikunojō sie vorhin auf der Bühne von seinen Verehrerinnen in Empfang genommen hatte. Hatte Yukiko auch dazu gezählt? Der Text des Abschiedsbriefes jedenfalls ließ darauf schließen, daß eine Verbindung zwischen ihr und dem Kabuki-Theater bestand, auch wenn Yukiko es nicht ausdrücklich geschrieben hatte. Außerdem hatte Fürstin Niu eine Bemerkung über den »schlechten Einfluß des Theaters auf junge Mädchen« gemacht.

Kikunojō kniete sich vor den Schminktisch. Auch Sano kniete nieder; plötzlich war ihm die ganze Angelegenheit ein wenig peinlich. Echte *onnagata* wie Kikunojō schlüpften niemals vollständig aus ihrer weiblichen Scheinpersönlichkeit, nicht einmal hinter der Bühne. Sie behaupteten, ihre Rollen auf diese Weise überzeugender spielen zu können. Sano fragte sich, ob er bei dieser Scharade mitspielen sollte, indem er Kikunojō wie eine Frau anredete und behandelte. Nein, das würde er nicht fertigbringen. Schon der sehr männliche Schweißgeruch des Schauspielers, der in winzigen Zimmern wie diesem besonders aufdringlich wirkte, war ein zu deutlicher Hinweis auf sein wahres Geschlecht.

Zu Sanos Erleichterung legte Kikunojō sein weibisches Gehabe ab. Entweder hatte er das Unbehagen seines Besuchers gespürt, oder er sah keine Veranlassung, seine Bemühungen an einen *yoriki* zu verschwenden.

»Was immer Ihr zu sagen habt, sagt es schnell«, verlangte Kikunojō. Er warf den Fächer zur Seite, hob den Kopf und straffte seine gebeugte Gestalt. Doch seine Stimme blieb hoch und mädchenhaft, als hätte es ihn irgendwie verweiblicht, daß er seit Jahren als Frau auf der Bühne stand. »Ich habe heute nachmittag noch eine Vorstellung und muß vorher einige sehr wichtige geschäftliche Dinge erledigen.«

»Zum Beispiel jemanden wie Noriyoshi bezahlen, damit er Eure Geheimnisse für sich behält?« fragte Sano in der Hoffnung, den Schauspieler zu überrumpeln.

Doch Kikunojō zuckte nur die Achseln. »Ah«, sagte er. »Ihr wißt also schon, daß Noriyoshi mich erpreßt hat. Ich hoffe, es stört Euch nicht, wenn ich mich umziehe. Ich bin ziemlich in Eile.«

»Es stört mich überhaupt nicht.« Fasziniert beobachtete Sano, wie Kikunojō das Kopftuch abnahm, so daß sein kahler Scheitel zum Vorschein kam. Der Schauspieler löste ein kompliziertes System aus Nadeln und Knoten, mit dem die lange schwarze Perücke an seinem echten Haar befestigt war, das er an den Seiten nach hinten gekämmt und im Nacken zu einem kunstvollen Knoten zusammengebunden hatte. Dann nahm er ein Tuch, tauchte es in einen Topf mit Öl und wischte sich die Schminke aus dem Gesicht. In einer verblüffenden Verwandlung wurde aus der wunderschönen jungen Prinzessin Taema ein Mann mit einem regelmäßigen, aber nicht sonderlich bemerkenswerten Gesicht, der die Dreißig bereits weit überschritten hatte.

»Tja, jetzt wird Noriyoshi mir keine Schwierigkeiten mehr machen«, fuhr Kikunojō fort, »oder jemand anderem. Er ist tot, und ich kann nicht behaupten, daß es mir leid tut. Dieser miese kleine Schuft!«

Du wärst bestimmt nicht so freimütig mit deinen Äußerungen, wenn du wüßtest, daß du unter Mordverdacht stehst, dachte Sano, denn du hast soeben zugegeben, daß Noriyoshi dir irgendwelche Schwierigkeiten gemacht hat.

»Womit hat er Euch erpreßt?«

Kikunojō erhob sich, band seine Schärpe los und zog seine Über- und Unterkimonos aus. Darunter trug er Baumwollpolster, die er sich auf der Brust, an den Hüften und am Gesäß festgeschnallt hatte. Als er die Polster ablegte, kam ein schlanker, aber erstaunlich muskulöser Körper zum Vorschein. Sano erkannte, daß der *onnagata* durchaus die Kraft besaß, Yukiko und Noriyoshi zu töten und ihre Leichen in den Fluß zu werfen.

»Man erzählt sich da eine seltsame Geschichte«, sagte Kikunojō. »Die Leute munkeln, daß Noriyoshi in Wirklichkeit gar keinen Selbstmord begangen hat, sondern ermordet wurde. Habt Ihr auch schon davon gehört?«

»Kann sein.« Sano erkannte, daß Wisterie die Mordversion offenbar sehr schnell verbreitet hatte. Dennoch mußte er zugeben, daß Kikunojōs Trick ausgesprochen clever war: Durch seine beiläufige Bemerkung war der Schauspieler dem *yoriki* zuvorgekommen und hatte vermieden, die Frage beantworten zu müssen, ob Noriyoshi einem Mord zum Opfer gefallen sein könnte. Ein so rasches Denkvermögen ließ einen Mann erkennen, der intelligent genug war, einen ausgeklügelten Mordplan zu schmieden und in die Tat umzusetzen.

Doch Sano fiel nicht auf Kikunojōs Trick herein. »Womit hat Noriyoshi Euch erpreßt?« wiederholte er seine Frage.

Der Schauspieler nahm einen schwarzen, mit goldenen Wagenrädern und blauem Wellenmuster verzierten Männer-Seidenkimono vom Kleiderständer, streifte ihn über einen blauen Unterkimono und verschnürte ihn vorn mit einer schlichten schwarzen Schärpe. »Ich glaube kaum, daß Euch das etwas angeht«, sagte er.

Mit vorgetäuschtem Interesse blickte er zur Tür. Durch einen Spalt im Vorhang war ein Teil der Bühne zu sehen. Für jene Zuschauer, die das Theater gar nicht erst verlassen hatten, wurde die Pause durch ein Unterhaltungsprogramm überbrückt. Ein als Samurai gekleideter Schauspieler führte den *yariodori* auf, einen komischen Tanz, mit dem er sich über die Gefolgsleute der Daimyō lustig machte. Er bewegte seine federgeschmückte Kriegslanze wie eine Frau ihren Besen beim Frühjahrsputz. Die Lacher aus dem Publikum kamen vornehmlich von den gemeinen Bürgern, während die Samurai zischten, pfiffen und Buhrufe von sich gaben.

»Falls Noriyoshi ermordet wurde, geht es mich sehr wohl etwas an«, erwiderte Sano.

Kikunojō stieß ein indigniertes Seufzen aus, während er einen schwarzen Umhang über seinen Kimono streifte. »Ich habe ihn nicht getötet, falls Ihr gekommen seid, um das herauszufinden.« Als Sano nichts erwiderte, fuhr der Schauspieler fort: »Ja, ich gebe zu, daß Noriyoshi dahintergekommen ist, daß ich eine Liaison mit einer verheirateten Dame habe. Würde ihr Gatte das herausfinden, würde er uns beide töten. Ihr wißt ja, wie das ist.«

Sano nickte. Das Kabuki-Theater war etwa hundert Jahre zuvor von einer Shintō-Priesterin aus dem Izumo-Heiligtum gegründet worden. Doch schon bald hatte das Theater den Bezug zur Religion verloren. Die Rollen wurden von Kurtisanen übernommen, und ihre schlüpfrigen Aufführungen überschritten die Grenzen der Schicklichkeit. Männliche Bewunderer rissen sich um die Gunst dieser Damen, was häufig zu öffentlichen Ärgernissen und Skandalen führte. Die Regierung reagierte darauf, indem sie die weiblichen Schauspielerinnen von der Bühne verbannte. Seitdem wurden sämtliche Rollen von männlichen Darstellern gespielt.

Aber damit hatte der Ärger kein Ende. Die Schauspieler standen den Kurtisanen in nichts nach, was die Fähigkeit betraf, öffentliche Empörung auszulösen. Im Gegenteil: Die *onnagata* zogen sowohl Frauen an, die ihre Verkleidung erregend fanden, wie auch Männer, die sich zu Männern hingezogen fühlten. Kikunojō, mit seiner heimlichen Affäre, war Teil einer Tradition.

»Der Shōgun kann tun, was ihm gefällt, sogar mit den Frauen und Töchtern seiner Minister«, fuhr Kikunojō fort. »Aber wir gewöhnlichen Ehebrecher werden bestraft – wenn nicht von wütenden Gatten, dann von den Behörden. Wie denkt Ihr darüber, *yoriki?*«

Wieder hatte Sano den Eindruck, als würde Kikunojō versuchen, das Gespräch in andere Bahnen zu lenken.

»Je höher der Rang, desto größer die Privilegien, Kikunojō-*san*. Also, was ist nun mit Noriyoshi?«

Kikunojō warf Sano einen raschen Blick zu, aus dem widerwillige Bewunderung sprach. »Noriyoshi hat Geld von mir gefordert«, sagte er. »Immer größere Summen. Er hat mich in den Ruin getrieben. Aber dann, vor ungefähr einem Monat, kam mir ein Gedanke. Wer würde Noriyoshi glauben, falls er die Geschichte über meine Affäre ausplaudert? Dann stünde sein Wort gegen das meine – und wer war Noriyoshi denn schon? Also bin ich das Risiko eingegangen. Ich habe ihm gesagt, daß ich ihm nichts mehr zahlen würde, und ich habe ihm auch den Grund dafür genannt.« Kikunojō nahm einen weißen Hochzeitskimono und einen roten Unterkimono vom Kleiderständer und legte beides auf ein viereckiges Tuch; dann legte er frische Strümpfe, ein purpurnes Kopftuch, die schwarze Perücke, die er abgenommen hatte, und einige Schminkdosen hinzu. »Ich hätte es schon vor langer Zeit tun sollen. Denn wie ich es nicht anders erwartet hatte, hielt Noriyoshi den Mund und hat nie mehr Geld von mir verlangt.«

Falls Kikunojō seinem Erpresser tatsächlich nichts mehr gezahlt hat, woher stammte dann das Geld, das ich in Noriyoshis Zimmer gefunden habe? fragte sich Sano. Plötzlich sah er die Möglichkeit, sich Kikunojōs anfängliche Bemerkung zunutze zu machen.

»Angenommen, die Gerüchte stimmen, und Noriyoshi wurde ermordet«, sagte er. »Könntet Ihr beweisen, daß Ihr

Euch woanders aufgehalten habt, als der Mord begangen wurde?«

Kikunojō lachte, während er die Enden des Tuchs verknotete, in das er seine Habseligkeiten eingewickelt hatte. »Guter Mann, selbst wenn ich den Wunsch gehabt hätte, Noriyoshi zu töten – mir hätte die Zeit dafür gefehlt. An dem Abend, als er gestorben ist, war ich auf einer Probe, die bis weit nach Mitternacht gedauert hat. Übrigens ist morgen die Erstaufführung dieses Stückes. Und nach der Probe« – sein Lächeln ähnelte auf gespenstische Weise dem der reizenden Prinzessin Taema – »war ich bei meiner Dame.«

»Könnte sie das bestätigen?«

Der *onnagata* bedachte Sano mit einem bedauernden Blick. »Natürlich nicht. Habe ich noch nicht erwähnt, daß sie verheiratet ist? Und macht Euch gar nicht erst die Mühe, mich nach ihrem Namen zu fragen, denn ich sage ihn Euch nicht.«

Sano biß in hilflosem Zorn die Zähne zusammen. Den Leuten bei inoffiziellen Nachforschungen in einem Mordfall Informationen zu entlocken erwies sich als wahre Tortur. Sano hatte keine rechtliche Handhabe, einen Befragten zur Aussage zu zwingen, und falls er illegale Methoden anwendete, würde dies zweifellos Magistrat Ogyūs Aufmerksamkeit erregen.

»Habt Ihr sonst noch Fragen?« wollte Kikunojō wissen.

»Eine. Wart Ihr mit Yukiko bekannt, der Tochter des Fürsten Niu?«

Wenngleich Sano aufmerksam das Gesicht des Schauspielers beobachtete, entdeckte er nicht den kleinsten Hinweis auf Unsicherheit, nur leichtes Erstaunen über eine offenkundig irrelevante Frage.

»Yukiko«, sagte Kikunojō und zog nachdenklich die Stirn kraus. »Ja, ich habe sie einmal getroffen. Die Familie Niu geht oft ins Theater.«

Falls der Schauspieler Yukiko und Noriyoshi tatsächlich ermordet hatte, konnte dieses Eingeständnis der gerissene Versuch sein, anzudeuten, daß er nichts zu verbergen habe. Zudem mußte Kikunojō damit rechnen, daß Sano längst erfahren hatte, daß die Nius leidenschaftliche

Liebhaber des Kabuki-Theaters waren, und daß eine Lüge deshalb den Verdacht des *yoriki* erregt hätte.

Sano versuchte sich vorzustellen, wie und weshalb die Morde verübt worden waren. Vielleicht hatte der Schauspieler Yukiko getötet, weil sie Zeugin des Mordes an Noriyoshi gewesen war ...

»Wenn Ihr mich jetzt entschuldigt, ich muß mich auf den Weg machen«, unterbrach Kikunojō Sanos Überlegungen. »Es wird höchste Zeit.« Dann – ganz beiläufig, als wäre ihm dieser Gedanke gerade erst gekommen – fügte er hinzu: »Falls Ihr den Verdacht habt, daß Noriyoshi von jemandem ermordet wurde, den er erpreßt hat, dann solltet Ihr mit einem Sumo-Ringer namens Raikō sprechen.«

Wieder einmal mußte Sano Kikunojōs Intelligenz und seine rasche Auffassungsgabe bewundern. Gab es eine bessere Methode, einen Verdacht von sich zu lenken, als ihn auf jemand anderen zu richten?

»Was hatte Noriyoshi gegen diesen Raikō in der Hand?« fragte Sano.

Kikunojō zuckte die Achseln. »Das müßt Ihr ihn schon selbst fragen.« Er schob die äußere Tür der Garderobe auf, um den frischen, kühlen Wind hereinzulassen, der von der Straße herüberwehte.

Die Aussicht, einen *onnagata* ungeschminkt und in Männerkleidung aus der Tür gehen zu sehen, lenkte Sano für einen Augenblick von den Gedanken an seine Nachforschungen ab. »Ich dachte, Ihr zeigt Euch auch in der Öffentlichkeit nur in Frauenkleidern«, sagte er.

»Manchmal muß ich meine Kunst auf dem Altar der Anonymität opfern«, erwiderte Kikunojō. »Würde ich in diesen Sachen durch die Stadt gehen« – mit einer raschen Handbewegung wies er auf seine Frauen-Kimonos und die Perücken –, »würden die Leute mich erkennen. Einige meiner glühendsten und hartnäckigsten Bewunderer könnten mir folgen. Und das kann ich mir nicht erlauben. Nicht heute, wo ich mich um eine sehr persönliche Angelegenheit kümmern muß. Aber es ist in der Tat ein ziemlicher Aufwand. Ich muß mich nämlich wieder ganz umziehen, wenn ich gleich am Ziel bin.« Er legte sich das Kleiderbündel über die Schulter.

Erst jetzt wurde Sano klar, daß Kikunojō seine Geliebte besuchen wollte. Darüber, weshalb der Schauspieler einen langen Hochzeitskimono mitnahm, wollte Sano allerdings lieber nicht ausgiebiger nachdenken.

Geziert schlug der *onnagata* die Augen nieder und lächelte. »*Sayōnara, yoriki*«, murmelte er und machte eine tiefe Verbeugung. Auch ohne Schminke und Kostüm verwandelte er sich vor Sanos Augen in eine Frau. Dann wandte der große Kikunojō sich um, eilte hinaus auf die Straße – und wurde wieder zu einem unscheinbaren Mann, der sich rasch in der Menge verlor.

Kurz entschlossen folgte Sano dem Schauspieler. Zum einen hatte Kikunojō ein Motiv, Noriyoshi zu ermorden; zum anderen bestand eine Verbindung zwischen ihm und den Nius. Außerdem besaß Kikunojō die nötige Intelligenz, die Morde zu planen, und die erforderliche Körperkraft, sie auszuführen. Und in der Kleidung eines Mannes konnte er sich in der Stadt ungehindert bewegen, ohne erkannt zu werden. Es mochte zwar sein, daß die Schauspielerkollegen bezeugen konnten, daß tatsächlich Kikunojō an der Theaterprobe teilgenommen hatte – aber hatte er den Rest der Nacht wirklich bei seiner Geliebten verbracht? Sano mußte herausfinden, wer diese Frau war. Um ihren Namen zu erfahren, mußte er entweder viele Stunden damit verbringen, sich den Klatsch und Tratsch im Theaterviertel anzuhören – oder er ließ sich vom *onnagata* geradewegs zu der Dame führen.

10.

Obwohl die Kunst des Beschattens nicht zu Sanos militärischer Ausbildung gezählt hatte, war es erstaunlich leicht für ihn, Kikunojō unauffällig zu folgen. Der *onnagata* ging mit forschen Schritten die Straße hinunter und schlängelte sich schwungvoll durch die Menge, doch seiner Körpergröße wegen überragte er die meisten anderen Passanten – die ohnedies in der Mehrzahl Frauen und Kinder waren –, so daß Sano keine Mühe hatte, ihn im Auge zu behalten. Er hielt sich etwa zwanzig Schritt hinter Kikunojō, während sie sich durch Saruwaka-chō bewegten. Sano achtete darauf, sich jederzeit rasch hinter einer Gruppe von Passanten oder im Eingang eines Teehauses verstecken zu können, falls Kikunojō einen Blick über die Schulter warf.

Doch Kikunojō schaute nicht zurück; er schien von seinem Verfolger nichts zu bemerken. Sano wiederum brauchte nicht zu befürchten, daß der Schauspieler sich plötzlich auf ein Pferd schwang und davonritt. Er hatte zwar gehört, daß der Shōgun – ein begeisterter Liebhaber und Förderer der schönen Künste – die Absicht habe, Kikunojō als Anerkennung für seine Verdienste auf dem Gebiet der Schauspielkunst den Status eines Samurai zu verleihen; aber noch war der *onnagata* ein gemeiner Bürger, und gemeine Bürger ritten nicht. Allmählich machte Sano die Verfolgung Spaß.

Plötzlich, als Kikunojō am Yūki-za-Puppentheater vorüberkam, wurde die Tür geöffnet, und eine Gruppe

Männer strömte heraus: Samurai, die nach der Vorstellung das Theater verließen. Augenblicklich war Kikunojō zwischen den Männern verschwunden. Sano stürmte los und versuchte verzweifelt, das Objekt seiner Beschattung wieder zu entdecken.

»He! Paßt doch auf, wo Ihr hintretet, Bruder«, sagte jemand. Der Sprecher packte Sano und schob ihn in die Richtung zurück, aus der er gekommen war.

Sano riß sich los und kämpfte sich wieder bis zum Yūki-za durch. Als er das Puppentheater erreichte, war von Kikunojō weit und breit nichts mehr zu sehen. Sano blickte die Straße hinauf und hinunter und spähte in die nächste Seitengasse. Nichts. Kikunojō war wie vom Erdboden verschluckt. Plötzlich erblickte Sano vor dem Eingang des Puppentheaters drei Paare von Sänftenträgern, die soeben die Tragebalken ihrer Transportgeräte auf ihre Schultern hoben und lostrotteten. Sofort hatte Sano den Verdacht, daß der *onnagata* in einer der drei Sänften saß, deren Fenster von Vorhängen verdeckt waren. Aber in welcher?

In Ermangelung einer besseren Idee erwählte Sano auf gut Glück eine der Sänften. Er folgte den Trägern in eine stille Straße unweit des Theaterviertels, in der sich die festen Ziegeldächer und die soliden, schmucken Fachwerkwände der Häuser reicher Kaufleute über hölzernen Zäunen erhoben. Hinter einem öffentlichen Anschlagbrett versteckt, beobachtete Sano, wie die Träger hielten und die Sänfte vor einem Tor absetzten. Lag hinter diesem Tor die Villa von Kikunojōs Geliebter? Sano spähte auf die Fenster und hoffte, einen Blick auf die Frau zu erhaschen.

Der Vorhang der Sänfte hob sich. Zu Sanos maßloser Enttäuschung war der Passagier, der ausstieg, nicht Kikunojō, sondern ein sehr alter, sehr betrunkener Mann. Er schwankte bedrohlich und ließ sein Geld zu Boden fallen, als er die Sänftenträger bezahlen wollte.

Sano verfluchte sein Pech, als er sich auf den Weg zurück ins Theaterviertel machte, um sein Pferd aus dem Mietstall zu holen. Nun mußte er sich doch den Tratsch und Klatsch der Theaterleute anhören, um nähere Informationen über Kikunojōs Geliebte zu bekommen. Doch derart langweilige Aussichten gefielen Sano nach der aufregenden Verfolgung ganz und gar nicht. Er hatte Geschmack an der Detektivarbeit gefunden. Der für ihn vollkommen neue Gedanke, daß auch Täuschung und Verstellung einem ehrenvollen Zweck dienen konnten, reizte ihn sehr. Er dachte an Kikunojōs Bemerkung über Raikō, den Ringer, Noriyoshis anderes Erpressungsopfer, und erinnerte sich, daß auch Wisterie einen Sumo-Ringer erwähnt hatte. Also beschloß er, zuerst einmal nach Raikō Ausschau zu halten.

Er fand den Ringer in einem schäbigen Vergnügungsviertel in der Nähe der Nihonbashi-Brücke, das vor allem von gemeinen Bürgern besucht wurde. Der Besitzer eines der Teehäuser, in denen Eintrittskarten für die großen, offiziellen Sumo-Kämpfe verkauft wurden, hatte Sano den Weg durch das Gewirr der namenlosen Straßen Nihonbashis so ausführlich beschrieben, daß er nun fast *alles* finden konnte.

»An dem großen Möbelgeschäft müßt Ihr von der Nord-Süd-Hauptstraße nach links abbiegen«, hatte der Mann gesagt. »Von dort geht's dann immer geradeaus, an den Straßen der Silberschmiede und der Korbmacher und dann an mehreren Wäschereien vorbei. Ihr könnt sie an den Gestellen auf den Dächern erkennen, an denen die Wäscherinnen die Sachen trocknen. Dort müßt Ihr rechts ab. Dann kommt Ihr am Nudel-Eßlokal, dem Friseurladen und drei weiteren Teehäusern vorbei. Dann seid Ihr fast am Ziel. Ihr findet Raikō an der Straße vor dem Haus des Geschichtenerzählers. Das ist sein Revier.«

Sano ritt an den Straßen der Silberschmiede und der Korbmacher vorbei. Er fand die Wäschereien und das Nudellokal, den Friseurladen und die drei Teehäuser. Vor dem Haus des Geschichtenerzählers hatte sich eine lärmende Menge versammelt – aber offensichtlich nicht, um dem alten Mann zu lauschen, der im Innern des Gebäudes eine Gruppe von Müttern und deren Kinder mit seinen Geschichten unterhielt: Die ungeteilte Aufmerksamkeit der lärmenden Meute war auf irgendein Spektakel gerichtet, das vor dem Haus des Geschichtenerzählers stattfand, inmitten eines dichten Walles aus Leibern, der Sano den Blick versperrte. Die Zuschauer feuerten irgendwelche unsichtbaren Gegner mit lauten Schreien an.

Sano stieg ab, band sein Pferd vor einem der Teehäuser an und drängte sich durch die Menge, bis er sehen konnte, was sich abspielte.

Statt der Ballen aus Reisstroh, die normalerweise den Kampfplatz von Sumo-Ringern umgrenzten, markierten Kieselsteine einen unregelmäßigen Kreis. Der Boden des Ringes war bereits zertrampelt und zerwühlt. Ein zerlumpter kleiner Junge, der mit einem Stock rhythmisch auf einen Holzblock schlug, diente als Ersatz für die Trommler, die durch Edo marschierten, um die offiziellen Kämpfe anzukündigen. An einer Seite des provisorischen Ringes schritt ein Mann auf und ab, bei dem es sich nur um Raikō handeln konnte.

Der Ringer war ungefähr in Sanos Alter und besaß in etwa die gleiche Größe; aber damit erschöpften sich auch schon die Gemeinsamkeiten. Raikō trug einen leuchtendgelben Kimono; auf dem Rückenteil war eines jener Bilderrätsel aufgedruckt, die zur Zeit beliebt waren: ein Kirschbaumzweig, ein Schwert und ein Paddel. Die Symbole, laut gelesen, hörten sich in etwa an wie: »Ich liebe den Kampf.« Raikōs Kimono war geöffnet, so daß man seinen gewaltigen, wabbeligen Schmerbauch sehen konnte, der sich über einem schwarzen, fransenbesetzten Lendenschurz wölbte. Der Sumo-Ringer stemmte die Hände in die schwammigen Seiten und verbeugte sich in der Hüfte, wobei er seine riesigen nackten Pobacken entblößte. Dann ging er in die Hocke, stützte die Hände auf die Oberschenkel, beugte sich zur Seite und hob das linke, angewinkelte Bein seitlich in die Höhe, um dann so fest mit dem schmutzigen nackten Fuß aufzustampfen, daß der Boden erbebte. Dann vollführte er die gleiche Übung mit dem rechten Bein. Staubwolken wirbelten empor. Zum einen sollte dieses Aufstampfen die Kraft des Ringers demonstrieren, zum anderen sollte es böse Geister vertreiben. Raikōs düstere Miene verwandelte sein rundes, feistes Gesicht in eine Dämonenmaske.

Die Zuschauer jubelten und riefen: »Raikō!« Der

Name – ein mehr oder minder phantasievolles Pseudonym, wie es viele Berufsringer benutzten – bedeutete »Blitz und Donner«. Raikōs begeisterte Anhänger führten sich tatsächlich so auf, als erwarteten sie von ihrem Idol einen Ausbruch von Kraft, der mit der Wucht eines schrecklichen Gewitters auf seinen Gegner niederging. »*Rai-kō! Rai-kō!*« Immer mehr Zuschauer fielen in die Anfeuerungsrufe ein und warfen dem Meister Münzen zu Füßen.

»Der andere ist kein Gegner, sondern ein Opfer«, sagte ein Mann neben Sano.

Sano stimmte insgeheim zu, nachdem er Raikōs Widersacher betrachtet hatte. Der Mann, der soeben auf der anderen Seite des Ringes seinen Umhang ablegte, war so groß und fett wie Raikō, aber eindeutig kein Berufsringer. Seine gute Kleidung und die Tatsache, daß er kein Schwert trug, ließen darauf schließen, daß er Kaufmann war. Als er seinen Kimono auszog, konnte Sano für einen Moment das prächtige Futter sehen: der geheime Protest eines reichen Kaufmanns gegen ein Gesetz der Regierung, welches ihm das Tragen von Seidenkleidung untersagte. Der Mann schauderte in der kalten Luft; dann ging er in die Hocke und ahmte unbeholfen Raikōs Aufstampfen nach. Auf seinem Mondgesicht lag ein seltsamer Ausdruck: eine Mischung aus verzweifelter Entschlossenheit, Angst und Verwirrung, so, als könnte er nicht recht begreifen, wie er den Mut aufgebracht hatte, sich auf so etwas einzulassen. Die Männer, die seine Kleidung hielten – vermutlich seine Freunde –, feuerten ihn an.

Raikō zog einen Beutel aus seinem Kimono hervor, öffnete ihn und schüttete eine weiße, pulverige Substanz auf seine Handfläche. Das meiste davon schleuderte er in den provisorischen Ring; den Rest streute er sich auf die Zunge. Es war Salz, das dazu dienen sollte, sich und den Kampfplatz zu reinigen, wie die uralte Tradition es verlangte. Dann streifte auch er seinen Kimono ab und warf ihn dem Jungen mit der Holztrommel zu.

Die beiden Kontrahenten nahmen Aufstellung, indem sie sich an gegenüberliegenden Seiten des Ringes niederkauerten. Die Fäuste auf den Boden gestützt, starrten sie sich in die Augen. Stille senkte sich über die Zuschauermenge. Sano spürte, wie auch sein Herz schneller schlug, als die Spannung stieg. Instinktiv trat er einen Schritt zurück, fort vom Ring und den beiden Kolossen.

Dieses Spektakel hatte nichts mit dem uralten shintōistischen Fruchtbarkeitsritual zu tun, das eintausendvierhundert Jahre zuvor begründet worden war, als Ringer aus benachbarten Dörfern gegeneinander kämpften, um zur Zeit der Reissaat den Segen der Götter zu erflehen. Ebensowenig hatte dieses »Sumo« mit dem sagenhaften Kampf gemein, der vor neunhundert Jahren zwischen zwei Söhnen des Kaisers stattgefunden hatte, um zu entscheiden, wer von den beiden den Thron besteigen durfte. Dieses Schauspiel ähnelte nicht einmal den großen Sumo-Turnieren der Jetztzeit, die vor den bedeutendsten Tempeln Edos stattfanden und bei denen Berufsringer, die in Diensten eines Daimyō standen, in traditionellem Stil vor gewaltigen Zuschauermengen kämpften. Dies hier war Gassen-Sumo der schlimmsten Sorte: gewalttätig, schmutzig und gefährlich. Es konnte alles mögliche passieren, bis hin zur Straßenschlacht zwischen den Anhängern der Kontrahenten. Sano fragte sich, ob er versuchen sollte, den Kampf zu verhindern. Obwohl die Regierung regelmäßig Verordnungen erließ, in denen das Straßen-Sumo verboten wurde, galt es nicht als illegal und wurde zumeist stillschweigend geduldet. Auf einer Seite des Ringes erblickte Sano zwei *dōshin*, die zu seinen Untergebenen zählten; damit hatte dieser Kampf sogar den Anstrich offizieller Absegnung.

Laut brüllend griffen Raikō und sein Gegner gleichzeitig an. Mit einem gewaltigen Klatschen prallte Fett gegen Fett. Die Wucht des Zusammenstoßes ließ beide Kontrahenten zurücktaumeln. Die Zuschauer sprangen beiseite; dann erhoben sich wieder wildes Geschrei und Anfeuerungsrufe.

»Bring ihn um! Bring ihn um!« donnerten die Rufe in Sanos Ohren.

Raikō griff den Gegner nun mit einer Geschwindigkeit an, die für einen so massigen Mann erstaunlich war. Indem er *tsuppari* benutzte – eine spezielle Schlagtechnik –, landete er eine Serie schneller, mit geöffneten Händen ausgeführter Hiebe auf Brust, Kehle und ins Gesicht des Widersachers. Der Kaufmann grunzte, wenngleich mehr aus Verblüffung als aus Schmerz. Der Mann versuchte, zurückzuschlagen, doch Raikō attackierte ihn schon wieder und trieb ihn in eine Ringecke. In dem Moment, als es ganz danach aussah, als würde der Kampf mit einem Sieg Raikōs enden, trat der Ringer zurück. Er grinste und winkte seinem keuchenden Widersacher, ihn anzugreifen. Sano erkannte, daß Raikō keinen so raschen Sieg davontragen wollte. Er hielt sich zurück, um dem Kaufmann eine weitere vermeintliche Chance zu geben, wodurch er weitere Zuschauer anlocken und ein paar Münzen mehr einheimsen konnte.

Mit müden Bewegungen taumelte der Kaufmann nach vorn und warf sich auf Raikō. Die Gegner umklammerten sich. Der Kaufmann schob und drückte, stieß und schubste. Doch während Raikō die Angriffe mühelos abwehrte und wie ein Fels in der Brandung dastand, keuchte und schnaufte der Kaufmann immer lauter. Schließlich sprengte Raikō die Umklammerung des Gegners und taumelte zwei Schritte zurück – ob mit Absicht oder nicht, konnte Sano nicht erkennen. Vielleicht hatte Raikō das Gleichgewicht verloren, oder er wollte dem Gegner eine Schwäche vortäuschen.

»Jetzt erwischst du ihn!« riefen die Freunde des Kaufmanns.

Durch diese Unterstützung mit frischem Mut erfüllt, stürmte der Kaufmann zu einem wilden Angriff voran. In Erwartung eines neuerlichen Zusammenpralls der Fettmassen zuckte Sano zusammen. Doch Raikō wich im letzten Augenblick aus, packte den Lendenschurz des vorüberstürmenden Gegners mit beiden Händen und nutzte den Schwung des Mannes, um ihn mit einem Außenarmwurf, einem der achtundvierzig klassischen Griffe der Sumo-Ringer, aus dem Ring zu schleudern.

Der Kaufmann schoß in die Zuschauermenge hinein. Als er zu Boden stürzte, halfen seine Freunde ihm auf. Raikōs Anhänger jubelten laut; die des Kaufmanns brüllten ihre Enttäuschung heraus. Plötzlich verwandelten sich der Jubelsturm und die Enttäuschungsschreie in ein ängstliches Gemurmel.

Sanos Herz setzte einen Schlag aus, als er den Grund dafür sah. Raikōs Gesicht, auf dem bis jetzt ein spöttisches Lächeln lag, hatte sich in eine mörderische Fratze verwandelt, die vor unerklärlichem wildem Zorn rot angelaufen war. Ohne Vorwarnung warf er sich auf seinen wehrlosen Gegner, schleuderte ihn zu Boden und bearbeitete ihn mit den Fäusten, wobei er wie ein verrückt gewordener Bär brüllte.

»Aufhören!« kreischte der Kaufmann. Blut spritzte ihm aus der Nase. »Ihr habt gesiegt! Ich gebe auf!«

Die Freunde des Kaufmanns versuchten, Raikō vom Gegner fortzuziehen, worauf der Ringer sich auf sie stürzte. Plötzlich verwandelte die Menge sich in ein Chaos aus wimmelnden Körpern, wirbelnden Fäusten und tretenden Beinen. Männer riefen sich Beleidigungen zu; Schmerzensschreie erklangen.

»Hört auf!« rief Sano, doch das Gebrüll der prügelnden Männer übertönte seine Stimme. Er versuchte, sein Schwert zu ziehen, wurde aber zwischen den Körpern der Kämpfenden eingeklemmt, so daß er sich kaum mehr bewegen konnte. Hätte er den Kampf doch verhindert, als noch die Möglichkeit dazu bestand!

Schlägereien wie diese waren die eigentliche Gefahr beim Straßen-Sumo. Es kam nur selten vor, daß bei den Kämpfen, die ohne Ringrichter geführt wurden, einer der Kontrahenten eine Verletzung davontrug, obwohl es hin und wieder vorkam. Viel gefährlicher jedoch waren die Ausbrüche von Gewalt unter den Zuschauern. Eine Menschenmenge konnte rasch zu einer hirnlosen, mörderischen Waffe werden – zu einem Schwert, das von einer Hand geführt wurde, die blindlings zuschlug. Jetzt rannten die ersten Zuschauer los, um sich in Sicherheit zu bringen. Sano sah, wie der Junge mit der Trommel zu Boden geschleudert wurde und unter den stampfenden Füßen verschwand.

Zum Glück besannen sich die beiden *dōshin* endlich auf ihre Pflichten. »Auseinander!« brüllten sie. »Nach Hause mit euch! Der Spaß ist vorbei!«

Indem sie die Streithähne mit ihren *jitte* stießen und stachen, gelang es ihnen schließlich, die Menge auseinanderzutreiben. Einer der *dōshin* rief seine Helfer herbei, die Verletzten zusammenzutragen. Sano hatte sich derweil in den Schutz des Eingangs zu einem Teehaus zurückgezogen, um zu vermeiden, zusammen mit dem Rest der Zuschauer davongejagt zu werden. Er beobachtete, wie der andere *dōshin* zu Raikō hinüberschlenderte, der in der Mitte des Ringes stand.

Die rätselhafte Wut des Kolosses schien so rasch verflogen zu sein, wie sie ihn gepackt hatte. Jetzt lag ein verdutzter Ausdruck auf seinem Gesicht, und er runzelte die Stirn. In offensichtlicher Verwirrung starrte er seinem flüchtenden Publikum hinterher und rief, wenngleich ohne rechte Überzeugung: »Gibt's noch einen Herausforderer? Wer von euch ist tapfer genug, gegen den gewaltigen Raikō anzutreten? Wer will's versuchen?«

Niemand wollte. Der *dōshin* blieb vor Raikō stehen und streckte den Arm aus, die Handfläche nach oben. Raikō seufzte. Er bückte sich und sammelte die Münzen ein, die im Ring lagen, zählte die Hälfte ab und legte sie dem *dōshin* in die Hand. Der *dōshin* grinste schmierig und schlenderte davon, wobei er die Münzen in der Hand klingeln ließ. Er bemerkte Sano nicht, was verständlich war: Er rechnete wohl kaum damit, seinen Vorgesetzten an einem Ort wie diesem anzutreffen.

Raikō bezahlt einen *dōshin* dafür, daß dieser seine Kämpfe duldet und unter den Zuschauern für Ordnung sorgt, dachte Sano und schüttelte den Kopf. Er mußte diesem *dōshin* bei der nächsten Besprechung einen strengen Verweis erteilen. Die Straßenschlacht hätte noch viel schlimmer enden können; bei solchen Prügeleien hatte es schon Tote gegeben. Vorsichtig trat Sano aus dem Türeingang und ging zu Raikō hinüber, der jetzt allein im Ring stand und sich mit der linken Hand zwischen den Beinen kratzte, während er die Münzen betrachtete, die er in der rechten Pranke hielt. Der Ringer sah jetzt ziemlich harmlos aus. Aber was war, wenn ihn wieder ein Wutanfall packte?

»Nicht mal genug, um satt zu werden«, beklagte sich

Raikō. »Warum mußten diese *dōshin* auch eingreifen und meinen Kampf unterbrechen!«

Hat der Kerl etwa vergessen, daß er vor wenigen Augenblicken noch drauf und dran war, einen hilflosen Mann zu erschlagen und einen regelrechten Aufstand anzuzetteln? fragte Sano sich verdutzt und mißtrauisch zugleich. Er beschloß, dennoch den Versuch zu machen, sich dem angeblichen Erpressungsopfer Noriyoshis zu nähern.

»Darf ich Euch zum Essen einladen?« fragte Sano. Vielleicht war Raikō eher geneigt, Fragen zu beantworten – und vor allem weniger reizbar –, wenn er mit Speisen und Getränken versorgt wurde.

Raikōs mürrische Miene wich einem heiteren Lächeln. »Oh, ja, gern«, erklärte er sich auf der Stelle einverstanden. Diese Eilfertigkeit ließ Sano erkennen, daß Raikō es gewöhnt war, von Fremden Almosen anzunehmen. Wahrscheinlich lebte er davon. Daß Raikō seinen Beruf auf der Straße ausübte, ließ darauf schließen, daß er keinen Daimyō-Gönner oder eine andere ständige Einnahmequelle hatte.

Sano wartete, als Raikō seinen Kimono, die Sandalen und den Umhang anzog; zuletzt band er sich sein Schwert um, das in einer Mulde außerhalb des Ringes gelegen hatte. Dann gingen beide Männer die Straße hinunter zum Nudellokal.

Das Lokal war kaum mehr als eine Eßbude an einem Straßenrand. Die Schiebetüren standen weit offen; nur ein kurzer blauer Vorhang, der am Dachvorsprung befestigt war, trennte das Innere von der Straße. Ein kurzer Korridor führte an der linken Wand entlang durch das winzige Speisezimmer in die Küche, in der zwei Frauen sich inmitten von Dampf und Rauch an einem Kohleherd abmühten. Aus den riesigen Kesseln strömte der verlockende Duft von Fleischbrühe, die mit Knoblauch, Sojasoße, Miso und Schalotten gewürzt war. Ein alter Mann in blauem Kimono und Stirnband stand hinter dem Tresen, der einen Teil der Küche vom Speisezimmer trennte. Einige glückliche Mittagsgäste knieten mit ihren Schüsseln und Eßstäbchen auf den Holzplanken vor dem Tresen; die anderen saßen zusammengedrängt auf dem irdenen Fußboden des winzigen Speisezimmers, die Beine entweder im Korridor, der in die Küche führte, oder auf der Straße. Sano und Raikō betraten das Lokal und stiegen über die Gäste hinweg zum Tresen.

»Zweimal nach Art des Hauses«, bestellte Raikō, der hier Stammkunde zu sein schien, worauf auch das Kopfnicken und die Verbeugungen hindeuteten, mit denen der Wirt und die Gäste ihn begrüßten. »Und Sake. Aber reichlich.«

Das Gericht ›nach Art des Hauses‹ erwies sich als *kitsune udon*, »Fuchsnudeln«, die nach dem bösartigen Fuchsgeist benannt waren, den jedermann, vom Bettler bis zum Shōgun, für jeden Kummer verantwortlich machte. Die dicken weißen Nudeln mit der fetten braunen Fleischsauce waren das Leibgericht des Fuchsgeistes und offenbar auch Raikōs Lieblingsspeise. Sano sah, daß die Schüssel des Ringers doppelt so groß war wie seine, und die Flasche Reiswein war riesig.

Die Detektivarbeit kommt mich ganz schön teuer, ging es Sano durch den Kopf, als er dem Wirt das Geld reichte. Erst das Beileidsgeschenk für die Nius, dann die Reise nach Yoshiwara, dann die Eintrittskarte für das Theater – und jetzt mußte er noch einen Koloß von Sumo-Ringer durchfüttern. Für diese Summe hatte Sano früher, als Privatlehrer, eine Woche arbeiten müssen.

Ohne größere Schwierigkeiten räumte Raikō in einer Ecke des Eßzimmers zwei Plätze frei. Sano wurde zwischen dem Tresen und Raikōs massiger Gestalt eingequetscht. Immerhin hielten die heiße Luft aus der Küche und der verschwitzte Körper des Ringers ihn warm.

Mit Hilfe der Stäbchen schaufelte Raikō sich die Nudeln aus der Schüssel direkt in den Mund. Zwischen den Bissen hielt er dann und wann inne, rülpste und erzählte mit vollem Mund von seinem bitteren Los.

»Es ist eine Schande, daß ein so großer Ringer wie ich für ein paar läppische Münzen auf der Straße kämpfen muß, findet Ihr nicht auch?« *Rülps, schlürf.* »Wie ein gewöhnlicher Bettler muß ich von der Hand in den Mund leben!« *Schlürf, rülps.* »Aber laßt Euch gesagt sein, Fremder – so ist es dem großen Raikō nicht immer ergangen!«

Sano konnte nicht anders: Er mußte auf Raikōs Hände starren. Sie sahen seltsam gelenklos aus, wie die Hände von Personen auf Holzstichen. Die Finger mit den winzigen, spatenförmigen Nägeln waren unglaublich beweglich. Wie können Hände, die so schwach aussehen, fragte sich Sano, die Kraft aufbringen, die ein Sumo-Ringer benötigt? Oder die Kraft, die man braucht, um zwei Menschen zu töten und in den Fluß zu werfen …?

Raikō stellte die Schüssel ab, füllte seine Schale mit Sake und leerte sie auf einen Zug. »Vor zwei Jahren, im Frühling, war ich noch einer der besten Ringer in Fürst Toriis Mannschaft. Ich hatte eine herrliche Wohnung auf seinem Anwesen und zehn Diener, die nur für mich da waren. Ich konnte alle Frauen haben, die ich begehrte. Ich bekam die feinsten Speisen und konnte essen, soviel ich wollte. Ich habe gegen die besten Männer gekämpft und sie alle besiegt. Der Shōgun persönlich hat mich zu meiner Kraft und Kampftechnik beglückwünscht.«

Das war mit Sicherheit maßlos übertrieben. Wäre Raikō ein bekannter Ringer gewesen, hätte Sano bestimmt von ihm gehört; aber das war nicht der Fall. Außerdem zählte Fürst Torii zu den weniger bedeutenden Daimyō. Sein Vermögen war nur einen Bruchteil so groß wie das der Nius; ganz bestimmt konnte Fürst Torii sich keine eigene Sumo-Mannschaft der Spitzenklasse leisten. Und was den Shōgun betraf, galten seine Interessen den Künsten und den Lehren des Konfuzius, nicht den volkstümlichen Sportarten.

»Ein herrliches Leben, findet Ihr nicht auch?« sagte Raikō und kippte eine weitere Schale Reiswein hinunter. Eine gewisse Wehmut in Raikōs Stimme ließ Sano erkennen, daß der Ringer nicht nur prahlte, um Eindruck zu machen – vor allem wollte er seinem Selbstbewußtsein Auftrieb geben. Beinahe hatte Sano Mitleid mit dem Mann, selbst als er daran dachte, wie Raikō mit dem Kaufmann umgesprungen war.

Raikō leerte seine Essensschüssel und winkte dem Wirt, ihm eine weitere zu bringen. Seufzend griff Sano nach seinem Geldbeutel.

»Aber Fürst Torii hat mich entlassen«, fuhr Raikō fort,

»weil ich mir den Waffenmeister gepackt und ihn gegen eine Wand geschleudert habe. Ungerecht, findet Ihr nicht auch? Schließlich hab' ich dem Mann ja nur ein bißchen weh getan. Jedenfalls lebte er noch. Und überhaupt ... eigentlich wollte ich's gar nicht. Aber seit ich mich vor längerer Zeit bei einem Kampf am Kopf verletzt habe, sitzt ein Dämon in meinem Schädel und läßt mich die schrecklichsten Dinge tun.« Er rieb sich über die Schläfe und fügte traurig hinzu: »Deshalb bin zu meinem Namen gekommen: ›Blitz und Donner‹. Ich kann jederzeit und überall einschlagen – und wenn das geschieht, sollte jeder machen, daß er mir schleunigst aus dem Weg geht.«

Raikō – ein Mann, der es offenbar gewöhnt war, ein Gespräch zu beherrschen – zeigte an Sanos Person kein Interesse. Vom rhetorischen »Findet Ihr nicht auch?« abgesehen, stellte er keine einzige Frage. Sano aß schweigend und ließ Raikō weiter drauflos plappern. Falls er sich als *yoriki* zu erkennen gab, würde es nur den unbekümmerten Redefluß des Mannes unterbrechen, und manches, was der Ringer hervorsprudelte, waren interessante Dinge, die er preisgab, ohne daß man ihn dazu drängen mußte. Immerhin wußte Sano bereits, daß der Ringer knapp bei Kasse war und ein sprunghaftes, unberechenbares Temperament besaß. Und beides machte ihn zu einer leichten, aber gefährlichen Beute für einen Erpresser wie Noriyoshi.

Soeben ließ Raikō sich lang und breit über die Härten seines Lebens aus: schlechtes Essen; ein geldgieriger Vermieter; mangelnder Respekt seitens der Berufskollegen. Sano hielt es für an der Zeit, ins Gespräch einzugreifen und es in sachdienlichere Bahnen zu lenken.

»Habt Ihr von dem Künstler gehört, der *shinjū* begangen hat?« fragte er. »Ich glaube, er hieß Noriyoshi.«

Für einen Augenblick hörte Raikō auf, die Fuchsnudeln hinunterzuschlingen. Er bedachte Sano mit einem mißtrauischen Blick. »Kann sein«, erwiderte er beiläufig, saugte eine Nudel in den Mund und wischte sich mit dem Ärmel die Lippen ab. Doch das Zucken seines Körpers, als Noriyoshis Name gefallen war, hatte seine Lässigkeit Lügen gestraft.

»Habt Ihr ihn gekannt?« hakte Sano nach.

»Kann sein.« Raikōs Stimme blieb gelassen, doch als er sich wieder über die Nudeln hermachte, begann er plötzlich hektisch zu kauen.

»Habt Ihr ihn nicht gemocht?«

Raikō erwiderte nichts. Sano wartete. Er glaubte nicht, daß der geschwätzige Ringer lange schweigen würde. Und er hatte recht. Raikō schleuderte seine leere Essensschüssel durch die Tür und rief: »Ich hab' den erbärmlichen Dreckskerl gehaßt!«

Sein Körper spannte sich, und er ballte die schlaffen Hände zu Fäusten. Sein Gesicht lief rot an – wie vorhin, als er über den Kaufmann hergefallen war.

Sano bemerkte, wie die anderen Gäste zu ihm und Raikō hinüberstarrten. Einige sprangen auf und verließen fluchtartig das Lokal. Sano legte verstohlen die Hand an den Schwertgriff und sagte in – wie er hoffte – besänftigendem Tonfall zu Raikō: »Beruhigt Euch, es ist alles in Ordnung.« Obwohl er den Ringer erst sehr kurze Zeit kannte, bemerkte er die Anzeichen des aufkeimenden Wutanfalls. Konnte er Raikō aufhalten, bevor der Koloß jemanden verletzte?

Zu Sanos Erleichterung entspannte der Körper des Ringers sich allmählich, und seine Miene wurde stumpf und ausdruckslos. Er blinzelte und schüttelte den massigen Schädel, so, als wollte er einen klaren Kopf bekommen. Dann starrte er Sano an, als sähe er ihn zum erstenmal.

»Tut mir leid«, murmelte er mit verschwommener Stimme. »Haben wir uns unterhalten? Hattet Ihr mich gerade etwas gefragt?« Er starrte zu Boden. »Wo ist meine Schüssel?«

Langsam, zögernd, entspannte sich Sano. Er war erleichtert, daß Raikōs gefährlicher Anfall vorüber zu sein schien. »Wir haben uns über Noriyoshi unterhalten«, sagte er vorsichtig und hoffte, daß der Name keinen neuerlichen Zornesausbruch hervorrief. »Warum habt Ihr ihn gehaßt?«

Verwirrt runzelte Raikō die Stirn. »Habe ich ihn gehaßt? Oh, ja, ich glaube schon. Weil er schuld daran war, daß ich aus Fürst Toriis Ringermannschaft hinausgeworfen wurde. Der Waffenmeister hätte dem Fürsten bestimmt nicht erzählt, daß ich gegen die Disziplin verstoßen und ihn beinahe totgeschlagen hätte. Der Mann wollte schließlich nicht das Gesicht verlieren. Aber an dem Tag war Noriyoshi dort, um ein paar Bilder zu liefern. Er hat diese Geschichte beobachtet. Und dann sagte er mir, er würde Fürst Torii davon erzählen, wenn ich ihm nicht tausend *sen* pro Woche bezahle. Ich hatte das Geld nicht. Da hat Noriyoshi es dem Fürsten erzählt, und der Fürst warf mich hinaus. Schrecklich, findet Ihr nicht auch?«

Sanos Genugtuung war längst nicht so groß wie erwartet, als er nun Raikōs mögliches Mordmotiv erfahren hatte. Wie es schien, konnte der Ringer den Dämon in seinem Innern nicht unter Kontrolle halten. Er war zwar imstande, bei einem seiner plötzlichen Wutanfälle impulsiv einen Menschen zu töten – aber war er auch klug genug, einen Doppelmord zu planen, auszuführen und dafür zu sorgen, daß es wie Selbstmord aussah?

Sowohl Kikunojō als auch Raikō hatten bereitwillig zugegeben, Erpressungsopfer Noriyoshis gewesen zu sein. Doch Kikunojōs Verbindungen zu Niu Yukiko waren schwach, und gleiches galt, in noch höherem Maße, für Raikō. Samurai-Frauen aus vornehmen Familien besuchten niemals die öffentlichen Sumo-Kämpfe, die vor den Tempeln veranstaltet wurden, geschweige denn Straßen-Sumo, wie Raikō es veranstaltete. Und noch eins kam hinzu: Selbst wenn Yukiko die Toriis bei öffentlichen Veranstaltungen kennengelernt hatte – Raikō war vor fast zwei Jahren aus den Diensten Fürst Toriis entlassen worden! Welche Umstände hätten Noriyoshi und Yukiko miteinander in Verbindung bringen und sie zudem in der Mordnacht mit Raikō zusammenführen können?

Die Intuition sagte Sano, daß eine unmittelbare Verbindung zwischen Noriyoshi und dem Niu-Klan bestanden haben mußte und daß hier das Motiv für die Morde zu suchen war. Doch bis jetzt konnte er in dieser Richtung nichts erkennen.

»Habt Ihr schon einmal Kämpfe gegen Fürst Nius Ringer bestritten?« fragte Sano.

Der Wirt hatte Raikō ohne Aufforderung eine dritte Schüssel Nudeln gebracht; vielleicht, um einem weiteren gewaltsamen Zwischenspiel vorzubeugen. »O ja«, sagte Raikō, als er sich über die Nudeln hermachte. »Auf dem Turnier am Muen-ji. Vor drei Jahren.« Muen-ji, der Tempel der Hilflosigkeit, der auf der Begräbnisstätte errichtet worden war, auf der die Opfer des Großen Feuers ruhten, war ein beliebter Schauplatz für öffentliche Spektakel.

»Habt Ihr seine Töchter kennengelernt? Besonders die älteste, Yukiko?«

»Hä, hä, hä.« Raikō stieß Sano den Ellbogen in die Seite. »Ich weiß, was Ihr glaubt. Aber da irrt Ihr Euch. Leider. Die Daimyō ließen uns nicht mal in die Nähe ihrer Frauen. Sie haben uns Ringern nicht getraut. Eine Schande, denn einige von den Weibern ...« Raikō ließ sich über den Liebreiz der Frauen aus, die er und seine Berufskollegen allerdings nur aus der Ferne bewundert hatten.

Sano glaubte, daß der Ringer die Wahrheit sagte. Raikō besaß weder die Intelligenz noch die schauspielerische Gabe Kikunojōs, als daß er Sano überzeugend hätte belügen können. Daß er ein lockeres Mundwerk besaß und zu dumm und sorglos war, um Gefahren zu erkennen, war offensichtlich. Der Ringer hatte sich ja nicht einmal die Mühe gemacht, herauszufinden, wer Sano war und weshalb er diese Fragen stellte. Und Raikōs schlüpfrige Bemerkung über die Frauen der Daimyō würde ihm eine harte Strafe einbringen, wenn sie an die falschen Ohren kam.

Schließlich mußte Sano das weitschweifige Gerede des Ringers unterbrechen.

»Seid Ihr froh darüber, daß Noriyoshi tot ist?« fragte er.

Raikō nahm die Flasche und goß den letzten Schluck Reiswein in seine Schale. »Jedenfalls tut's mir nicht leid. Und ich kenne mindestens einen, dem es noch viel weniger leid tut. Ich war nicht der einzige, den Noriyoshi erpreßt hat, und ich habe gehört, daß er von dem anderen Kerl eine Menge Geld bekommen hat.«

»Meint Ihr Kikunojō, den Kabuki-Schauspieler?« fragte Sano.

Der Ringer blickte ihn verdutzt an. »Was denn – der

auch? Das wußte ich ja noch gar nicht. Nein, ich habe jemand anderen gemeint.«

»Und wen?«

»Den Angehörigen einer sehr mächtigen Familie«, antwortete Raikō. Zum erstenmal blickte er verstohlen in die Runde und senkte die Stimme. »Ich weiß nicht, um welchen Angehörigen es sich handelt, und ich werde Euch den Namen des Klans nicht sagen, aber ...«

Er beugte sich vor und malte mit einem Eßstäbchen etwas auf den staubigen Fußboden. Das Bild, das allmählich erkennbar wurde, war bei weitem nicht so kunstvoll wie eines der Bilder Noriyoshis, doch Sano erkannte, was es darstellte.

Es war eine Libelle, das Wappen des Niu-Klans. Hier war sie endlich – die Verbindung zwischen Noriyoshi und den Nius.

11.

Zögernd stand Fürstin Niu vor der Zimmertür ihres Sohnes, ein Tablett mit einem Kästchen aus Lack, Zündhölzern, einigen langen Holzspänen und einer Kerze aus Myrtenwachs in den Händen. Sie war begierig darauf, mit Masahito zu sprechen, fürchtete sich zugleich aber vor der Begegnung. Schließlich hielt sie sich das Tablett mit einer Hand an die Hüfte und klopfte an. Keine Antwort. Sie hörte nur den fernen Gesang aus der buddhistischen Familienkapelle, in der die Priester eine nächtliche Andacht bei Yukikos Leichnam hielten. Doch Fürstin Niu spürte Masahitos Anwesenheit, so, als könnte sie ihren Sohn durch die Fenster aus durchscheinendem Papier beobachten, die in die Wand eingelassen waren. Sie schob die Tür auf und trat ins Zimmer.

Ein eisiger Windhauch fuhr ihr entgegen, und sie konnte einen entsetzten Ausruf nicht unterdrücken.

Masahito kniete vor dem geöffneten Fenster, mit dem Rücken zu seiner Mutter. Wenngleich es im Zimmer so kalt war wie draußen im Garten, trug Masahito nur einen dünnen weißen Seidenkimono. Seine Füße waren nackt. Als die Fürstin durchs Zimmer ging und neben Masahito stehenblieb, sah sie den entrückten Ausdruck tiefer Meditation auf seinem Gesicht – die Augen halb geschlossen, die Lippen leicht geöffnet, schien er sich seines zitternden Körpers und der Frostbeulen, die sich auf seinen bloßen Armen gebildet hatten, gar nicht bewußt zu sein. Sein Zimmer spiegelte die Kargheit und den Verzicht auf Luxus wider, die ein Wesenszug Masahitos waren. Schmuckloser weißer Verputz bedeckte die Wände; abgenutzte *tatami*, deren Ränder mit schlichter schwarzer Baumwolle vernäht waren, lagen auf dem Fußboden. Die Fürstin wußte, daß Masahito ihr nicht erlauben würde, das Zimmer mit Möbeln auszustatten, die dem Luxus der anderen Räume im Haus entsprachen. Masahito schlief seit Jahren auf ein und demselben verschlissenen, fadenscheinigen Futon, und das Kohlebecken zündete er nur bei strengster Kälte an. Obwohl sein Vater zu den reichsten Männern des Landes zählte, lebte Masahito wie ein Mönch – so, als wollte er erkunden, wieviel Leid er zu ertragen vermochte. Aus Angst um die Gesundheit ihres Sohnes ging Fürstin Niu zum Fenster und schloß es.

»Mutter!«

Beim Klang seiner Stimme fuhr sie herum und hätte beinahe das Tablett fallen lassen. »Ich wollte dir noch eine Moxe-Anwendung geben, Masahito. Wir müssen uns beeilen; gleich beginnt Yukikos Totenfeier.« Die Fürstin und die anderen Frauen hatten sich für die Prozession zum Tempel bereits in ihre weißen Trauer-Kimonos gekleidet, doch Masahito mußte noch seine schwarzen Umhänge anlegen. »Du hättest das Fenster schließen sollen«, fügte die Fürstin hinzu. »Bei diesem Durchzug holst du dir eine Erkältung.«

Masahito betrachtete sie mit einem Blick, der so frostig war wie der Raum. »Ich habe dir gesagt, du sollst mein Zimmer nie ohne meine Erlaubnis betreten, Mutter.«

Seine schroffe Bemerkung versetzte Fürstin Niu einen Stich ins Herz. Masahito – ihr kostbarer, einziger Sohn – war erst nach langen Jahren des Hoffens und Betens um ein Kind geboren worden. Sie liebte ihn mehr, als sie je einen Menschen geliebt hatte; sein Leben lang hatte sie ihn mit Geschenken, Zuneigung und Aufmerksamkeit überhäuft. Doch meist vergalt Masahito es ihr mit Feindseligkeit. Die Fürstin hatte die Diener flüstern hören, daß sie ihren Sohn gezeichnet und verdorben habe, weil sie ihn mit einem verkrüppelten Bein zur Welt brachte, und daß seine Seele jetzt ebenso verdorben und verkrüppelt sei. Doch wie konnte sie es Masahito anders als durch Zuneigung wiedergutmachen, daß er als jüngster Sohn – und zudem als Kind der zweiten Frau eines Daimyō – durch Geburt von der Erbfolge ausgeschlossen war und daß er seiner Behinderung wegen nicht die Gunst seines Vaters besaß? Nicht einmal Fürstin Nius hoher Rang als Kusine eines Tokugawa und als Angehörige der Fujiwara-Familie, die in früheren Zeiten den kaiserlichen Hof beherrscht hatte, konnte Masahito zu dem Status verhelfen, den er verdiente. Sie mußte das Verlangen unterdrücken, ihn zu bemuttern, ihm warme Kleidung umzulegen. Es hätte nur weitere schroffe Bemerkungen ausgelöst.

Vorsichtig sagte sie: »Bitte, verzeih. Tut dir das Bein weh?«

Kaum war ihr diese Bemerkung über die Lippen gekommen, bedauerte sie ihre Worte. Natürlich tat ihm das Bein weh. Sie, die Masahito so gut kannte, hätte die Zeichen erkennen müssen, die für alle anderen unsichtbar waren: die gespannte Haut um seinen Mund und die kaum merklichen Schatten unter seinen Augen. Selbst die frostige Unbehaglichkeit des Zimmers hätte es ihr zeigen müssen. Die Fürstin mußte daran denken, wie Masahito als kleiner Junge einmal die Hand gefährlich nahe an eine Kerzenflamme gehalten hatte. Als sie ihm die Hand wegschlug und ihn zornig fragte, weshalb er etwas so Dummes tue, sagte er: »Weil ich dann nicht mehr an mein Bein denken muß.« Doch heute bedrückten andere Sorgen die Fürstin; deshalb hatte sie Masahito nicht mit der gewohnten Aufmerksamkeit betrachtet.

Masahito seufzte ungeduldig. »Es geht mir gut, Mutter«, sagte er, schlug aber vorsichtig die Beine auseinander und streckte sie aus, um sich auf die Moxe-Behandlung vorzubereiten. Sein Gesichtsausdruck blieb unverändert; aber die Fürstin wußte, daß ihm die Bewegung Schmerzen bereitete. Doch Masahito ließ sich Schmerz niemals anmerken; stets versuchte er zu gehen, ohne zu hinken, und nie benutzte er einen Gehstock, nicht einmal, wenn er allein war.

Er zog den Kimono bis zu den Leisten hoch. Sein linkes Bein war gerade und muskulös, die Haut glatt und fest.

Das rechte Bein jedoch war dünn und schwächlich; der verkümmerte Oberschenkel war von verheilten Narben und entzündeten, wunden Stellen bedeckt.

Wie immer stieg beim Anblick des verkrüppelten Beines eine Woge von Zärtlichkeit, Mitleid und Trauer in Fürstin Niu auf. Am liebsten hätte sie ihren Sohn umarmt und an sich gedrückt, um seinen Schmerz durch mütterliche Liebe zu lindern. Doch Masahitos Reaktion auf Zuneigung war immer schon unvorhersehbar gewesen. In seiner Kindheit hatte er zärtliche Umarmungen der Mutter manchmal erwidert – um sie beim nächstenmal zu schlagen und zu treten. Schon damals hatte er es gehaßt, seine Schmerzen einzugestehen und getröstet zu werden. Jetzt, als erwachsener Mann, benutzte er seine scharfe Zunge, um seine Mutter zurückzuweisen, wenn sie ihm ihre Liebe und Sorge zu deutlich zeigte.

Deshalb schwieg Fürstin Niu, als sie nun niederkniete. Sie öffnete das Kästchen aus Lack und nahm elf Brennkegel aus Moxe heraus. Sie bestanden aus Beifußblättern, die man am fünften Tag des fünften Monats gesammelt, in einem Mörser zerstampft und zu kleinen, grauen Gebilden gerollt hatte, welche sich weich und schuppig anfühlten. Die Fürstin befeuchtete die Unterseite eines jeden Kegels mit der Zungenspitze und drückte sie Masahito dann auf den Oberschenkel, einen nach dem anderen, wobei sie sorgsam darauf achtete, keine der wunden Stellen zu berühren, die von den vorausgegangenen Behandlungen herrührten. Doch sie konnte der Versuchung nicht widerstehen und strich sanft, wie unbeabsichtigt, mit den Fingerspitzen über seine Haut. Ihn zu berühren vermittelte ihr den süßesten, höchsten Genuß …

Sie zündete die Kerze an und benutzte einen der Holzspäne, um die Flamme an die Moxe-Kegel zu führen. Bald darauf stieg dünner Rauch von ihnen auf, und der leicht bittere Geruch der brennenden Blätter vermischte sich mit dem Myrtenduft der Kerze. Der ferne Gesang der Priester schwoll an, als sie Yukikos Sarg für die Überführung zum Tempel vorbereiteten; der Klang verlieh der Behandlung Masahitos eine geheimnisvolle Atmosphäre. Der junge Fürst sah aus wie ein lebender Buddha, seine Mutter wie eine Betende, die zu seinen Füßen ein Weihrauchopfer darbringt.

Fürstin Niu beobachtete das Gesicht ihres Sohnes und suchte nach Anzeichen dafür, daß die Behandlung die üblen Dünste vertrieb, welche seine Schmerzen hervorriefen. Sie mußte noch vieles mit ihm bereden, doch sie wollte das Gespräch erst beginnen, wenn die Erleichterung von den Schmerzen ihn zugänglicher für Ratschläge machte. Die Kegel schwelten; der Rauch wurde fetter. Schließlich entspannte sich Masahitos Gesicht – ob es auf die Wirkung der Moxe zurückzuführen war oder ob der Schmerz ihn ablenkte, den die glimmenden Kegel ihm bereiteten, konnte die Fürstin nicht erkennen.

»Für unsere Familie ist eine schwere Zeit angebrochen, Masahito«, sagte Fürstin Niu. »Sie verlangt von uns allen, daß wir uns diskret verhalten. Sie verlangt sogar Opfer von uns.« Die Fürstin hielt inne. Sie hoffte, nicht fortfahren zu müssen. Denn wenn sie Masahito genau erklärte, was sie von ihm erwartete, mußte sie das Unaussprechliche in Worte kleiden. Das Undenkbare.

Masahito betrachtete sie schweigend; die hellen Augen loderten in seinem hübschen Gesicht. Ein schwaches, boshaftes Lächeln umspielte seine Lippen.

Mit stockender Stimme sagte sie: »Vielleicht … vielleicht wäre es besser für dich, wenn du auf gewisse … Aktivitäten verzichten würdest.« Ihr Geist schauderte vor dem Gedanken an diese Dinge zurück.

Masahitos Lächeln wurde noch breiter, blieb jedoch ohne Humor und Wärme. Er schüttelte den Kopf. »Ach, Mutter. Warum sagst du nicht wenigstens einmal im Leben, was du wirklich denkst?« erwiderte er. »Wir sind hier ganz unter uns. Also, heraus mit der Sprache. Sag mir, was du von mir verlangst.« Er verschränkte die Arme vor der Brust und wartete mit gespannter Aufmerksamkeit auf ihre Antwort. »Nun?«

Er verhöhnt mich, dachte Fürstin Niu verzweifelt. Er will mich nur quälen. Genauso, wie er damals seine Geschwister und Spielgefährten schikaniert hat. Ob sie größer oder kleiner, stärker oder schwächer gewesen waren als Masahito, hatte keine Rolle gespielt – stets beherrschte er sie; stets konnte er sie zum Weinen bringen oder bis zur Weißglut reizen. Die schiere Kraft seiner Persönlichkeit hatte die anderen Kinder davon abgehalten, sich zu wehren; statt dessen hatten sie sich nur um so mehr bemüht, es Masahito recht zu tun. Eine plötzliche, lebhafte Erinnerung stieg in ihr auf: Masahito im Alter von neun Jahren, wie er seine Schwestern, zwei seiner älteren Brüder und sämtliche Kinder der Gefolgsleute bei einer spielerischen, jedoch gewalttätigen Nachstellung der Schlacht von Dannoura aufeinander gehetzt hatte. Diese Schlacht hatte fünfhundert Jahre zuvor die segensreiche Herrschaft des Kaisers beendet und das Zeitalter der Militärregenten eingeleitet. Das »Spiel« Masahitos hatte mit der Zerstörung des Gartenpavillons und vielen Verletzungen geendet, einige davon schwer. Nur Yukiko hatte sich Masahito widersetzt und die Katastrophe zu verhindern versucht.

Fürstin Niu konnte sich noch heute an das Entsetzen erinnern, als sie ihren kleinen General erblickte, der sich genüßlich am Anblick des brennenden Pavillons und seiner schluchzenden, blutenden Truppen weidete.

»Warum, Masahito?« hatte sie geschrien. »Warum?«

Er hatte sie fest angeblickt, und unter den Schnittwunden und blauen Flecken strahlte sein Gesicht vor Triumph. »Ich wollte die Geschichte verändern, Mutter«, sagte er, »und das habe ich getan.« Masahito hatte kein bißchen Reue gezeigt, und der Fürstin war es eiskalt über den Rücken gelaufen. »Heute hat der Taira-Klan die Minamotos besiegt. Sag es Vater.«

Sag es Vater. Bei diesen drei Worten hatte die Fürstin den wahren Grund für Masahitos Tat erkannt. Ihren hitzigen, zornigen Sohn interessierte die Geschichte überhaupt nicht. Seit seiner Geburt hatte er die Liebe und Beachtung seines Vaters vermißt, und nun hatte er eine Bestrafung herausgefordert, weil eine Strafe immer noch besser war, als erst gar nicht zur Kenntnis genommen zu werden.

Da sie den geliebten Sohn nicht selbst bestrafen wollte, hatte Fürstin Niu ihren Zorn und Kummer verdrängt und Masahito zu ihrem Mann in die Provinz geschickt. Dort sollte er auf dem Landschloß beim Vater leben; denn Masahito war nun alt genug und tat sich trotz seiner Behinderung im Schwertkampf hervor, so daß die Fürstin hoffte, die beiden könnten wie Vater und Sohn miteinander umgehen. Vielleicht würde Masahito unter männlicher Führung zu einem ehrenhaften, aufrechten Mann heranwachsen.

Doch Fürstin Nius Hoffnungen hatten sich zerschlagen. Ihr Mann hatte sich noch immer von seinem verkrüppelten Sohn abgestoßen gefühlt und ihn als Schande betrachtet. Er hatte nichts unternommen, um Masahito zu einem aufrechten Mann zu erziehen und einen anderen Menschen aus ihm zu machen. Ein treuer Diener berichtete, daß der Fürst seinen Sohn in einem abgelegenen Zimmer hatte einschließen lassen und daß Masahito in diesem Zimmer wie ein Tier im Käfig hause, allein, in Schmutz und Unrat, und daß er mit Küchenabfällen ernährt wurde. Krank von Schuldgefühlen, hatte die Fürstin ihren Sohn nach Edo zurückbringen lassen und tapfer darum gekämpft, sein ungezügeltes Temperament zu bändigen. Nie wieder wollte sie ihn der Grausamkeit seines Vaters aussetzen, ungeachtet der Ausschweifungen Masahitos, die mit jedem Jahr schlimmer wurden. Es gelang ihr, die Exzesse des Sohnes zu vertuschen, wenngleich der Preis, den sie dafür zahlen mußte, oft immens hoch war.

Nun flüsterte die Fürstin: »Bitte, Masahito.« All ihre Liebe, all ihr Geld, all ihre Intrigen konnten ihn diesmal nicht retten, falls er sich nicht selbst half.

»Du möchtest also, Mutter, daß ich auf meine Vergnügungen verzichte und meine Pläne aufgebe, weil Yukiko tot ist und die Polizei herumschnüffelt? Du glaubst, man könnte gewisse Dinge über mich erfahren, obwohl nicht zu beweisen wäre, daß ich jemanden ermordet habe.«

»Masahito …«

Seine zynische Stimme peitschte erbarmungslos auf sie ein. »Du möchtest, daß ich mich von unserem Sommersitz in Ueno fernhalte! Du möchtest, daß ich …«

»Hör auf!« kreischte Fürstin Niu und schlug die Hand vor den Mund, um weitere Schreie zu ersticken. Wie sehr sie ihn haßte, wenn er sie so quälte wie jetzt! Und wie sehr sie ihn liebte. Wenn sich boshafte Verschmitztheit auf Masahitos Gesicht spiegelte, so wie jetzt, kam es ihr noch schöner, noch strahlender vor, als wenn er sanfter Stimmung war. In Situationen wie dieser wünschte sie sich, ihren Sohn nicht so tief zu lieben. Dann hätte sie auch ihm gegenüber ihre eiserne Selbstbeherrschung wahren können, wie bei jedem anderen Menschen. Sie betete darum, sich Masahito nicht so nahe zu fühlen und Ruhe und Abstand zu finden. Denn nur wenn sie ihre Gefühle für den Sohn hintanstellte, konnte sie Masahito ihrem starken Willen unterwerfen. Doch diesen starken Willen besaß auch er; sie hatte ihn Masahito vererbt ...

Plötzlich wurde Masahito zugänglicher. Er streichelte ihre Wange mit dem Handrücken und sagte sanft: »Du machst dir zu viele Sorgen, Mutter. Es gibt keinen Grund, sich zu fürchten. Wenn die Polizei sich mit Yukikos Vergangenheit beschäftigt, wird sie mehr als genug Verdächtige finden. Den Schauspieler, den sie bewundert hat. Oder die Freier, deren Heiratsanträge abgewiesen wurden. Und überhaupt – jetzt, wo Noriyoshi tot ist, besteht keine Gefahr mehr. Im Gegenteil: Bald wird unser Leben schöner sein, als du es dir je erträumt hast. Glaube mir.«

Fürstin Niu genoß Masahitos seltene Geste der Zuneigung. Fest nahm sie seine Hände in die ihren. Sie wollte ihn anflehen, seine gefährlichen Aktivitäten einzustellen – ihr zuliebe, nicht um seinetwillen; denn die Angst um den Sohn zerriß ihr das Herz. Doch sie wußte, daß Masahito mit wildem Zorn reagieren würde, sollte sie versuchen, sich einzumischen. Er würde sie aufs neue quälen.

Deshalb sagte sie nur: »Der Besuch Sano Ichirōs hat mir Sorgen gemacht. Ich habe ihn empfangen, weil ich den *yoriki* kennenlernen wollte, der sich von Amts wegen mit Yukikos Tod beschäftigt. Aber jetzt bedauere ich es, mit ihm gesprochen zu haben. Er ist ein scharfsinniger und hartnäckiger Mann, der eigene Wege geht. Du hättest nicht so zu ihm reden sollen, als er bei uns war. Dadurch hast du nur sein Interesse geweckt. Wer weiß, was er alles entdeckt, falls er weiter in unseren Privatangelegenheiten herumschnüffelt.«

»Sano? Wer ist dieser Sano Ichirō überhaupt? Eine unbedeutende Kreatur! Ein Niemand, der es nicht wert ist, auch nur einen Gedanken an ihn zu verschwenden.«

Masahito löste die Hände aus denen der Mutter und brach in ein schrilles Lachen aus. Er war in die hochfliegende, wahnwitzige Stimmung verfallen, die Fürstin Niu am meisten fürchtete. In seinen hellen Augen loderte es auf; sein Körper schien schiere Kraft auszustrahlen wie einen Schwall glutheißer Luft. Die Fürstin erkannte, daß Masahito keine Vorsicht walten lassen und keine Rücksicht auf seine Verletzlichkeit nehmen würde. Er würde den Tod herausfordern, wie er damals, als Junge, eine Bestrafung herausgefordert hatte. Er würde sich quälenden Schmerzen und schrecklicher Furcht unterwerfen – und würde sich nur davon erholen, um wieder neue Qualen zu suchen.

»Ich habe bereits Schritte unternommen, uns diesen *yoriki* vom Leibe zu halten«, sagte Fürstin Niu und versuchte, Ruhe zu bewahren, die aufsteigende Panik niederzukämpfen. Was war, wenn Masahito sterben mußte? Ohne ihn war ihr Leben sinnlos und leer. »Magistrat Ogyū hat sich einverstanden erklärt, Sanos Einmischungen zu unterbinden. Aber es gibt bestimmte Grenzen für meine Einflußnahme. Ich möchte nicht dadurch Verdacht erregen, daß ich zu viele Gefälligkeiten erbitte. Zumal es gar nicht erforderlich ist. Denn es wäre ein leichtes für dich, im Hintergrund zu bleiben.« Sie versuchte, den flehentlichen Beiklang aus ihrer Stimme fernzuhalten; sie wußte, daß es ihr nur Sticheleien eintragen würde, falls Masahito es bemerkte. »Halte dich zurück. Nur eine Zeitlang. Bitte.«

Masahito seufzte. »Ich brauche deinen Schutz nicht, Mutter. Ich weiß, was ich tue, und ich kann auf mich selbst aufpassen. Falls dieser *yoriki* Sano sich weiterhin als Problem erweist …«

Er nahm einen glimmenden Moxe-Kegel von seinem Oberschenkel. Ohne den Protestschrei seiner Mutter zu beachten, zerdrückte er ihn zwischen den Fingern. Wieder lachte er, als der Kegel zu Asche zerfiel, die langsam zu Boden schwebte und dabei dünne Rauchfäden hinter sich her zog.

12.

Niu Yukikos Leichenzug bewegte sich durch die Straßen Edos langsam nach Osten, vom Zōjōji-Tempel in Richtung Fluß.

Vorneweg gingen die schwarzgekleideten Samurai, lange Stöcke in den Händen, an denen weiße Laternen hingen. Ihnen folgten Männer, die Sträuße aus heiligem Lotos trugen, der aus goldenem Papier gefertigt war. Dann kam der Hohepriester in seinem prunkvollen Umhang aus Seide; er wurde von Priestern in orangefarbenen Roben in einer Sänfte getragen. Weitere Priester folgten; sie schwenkten Weihrauchbrenner, klingelten mit Glöckchen, schlugen auf Trommeln und streuten Lotosblüten auf den Boden. Hinter ihnen schritt Fürst Niu. Er trug das Totenfeier-Tablett. Seine Schritte waren steif, seine Miene düster. Dann kam der Sarg: ein kleines weißes Haus mit Ziegeldach. Auf den schwarzen Roben der Sargträger war die Libelle abgebildet, das Wappentier der Nius. Andere Träger folgten mit einem großen Bambuskäfig voller zwitschernder Vögel; hinter ihnen schritt eine Gruppe weiterer Priester, die mit dumpfer Stimme Sutras murmelten. Den Priestern folgte die Familie mit ihren Gefolgsleuten und Dienern; die Männer trugen Schwarz, die Frauen Weiß.

Zuletzt kam eine Heerschar weiterer Trauernder, nach ihrem Rang geordnet: Hunderte von Personen, die gekommen waren, der Tochter eines großen Daimyō die letzte Ehre zu erweisen.

Unter ihnen war Sano. Nachdem er Raikō verlassen hatte, war er in die Kasernen gegangen und hatte seine zeremonielle Kleidung angelegt: ein weißes Untergewand aus Seide, darüber einen schwarzen seidenen Kimono mit dem Familienwappen in Gold – vier ineinander verschlungene fliegende Kraniche – auf Rücken, Brust und Saum; dazu eine weite schwarze Hose und einen schwarzen *haori* mit wattierten Schultern. Seine Schwerter waren als Geste der Höflichkeit gegenüber der Toten mit schwarzem Tuch umwickelt. Sano hoffte, daß seine zeremonielle Kleidung ihn mit der Menge der Trauernden verschmelzen ließ, so daß er Fürstin Nius Aufmerksamkeit nicht erregte.

Nachdem die Fürstin Sano gewarnt und Ogyū ihn getadelt und ihm weitere Nachforschungen untersagt hatte, erfüllte ihn der Gedanke, den Nius noch einmal gegenüberzutreten, mit Furcht. Doch seit er herausgefunden hatte, daß irgendeine Verbindung zwischen Noriyoshi und den Nius bestanden haben mußte, wollte er um jeden Preis mit Yukikos Schwester Midori reden. Schließlich hatte das Mädchen behauptet, den Beweis für den Mord an ihrer Schwester zu besitzen, und dieser Beweis konnte Sano vielleicht auf die Spur des Erpressungsopfers und damit des Mörders führen. Als Lehrer hatte er indes die Erfahrung gemacht, daß Kinder und Halbwüchsige sich oft Märchen ausdachten; deshalb gemahnte ihn die Vorsicht, alles, was Midori sagte, mit einem gewissen Maß an Mißtrauen zu betrachten. Doch wie gering die Wahrscheinlichkeit auch sein mochte, daß Midori den Schlüssel zur Lösung des Mordfalles besaß – Sano durfte diese Möglichkeit nicht außer acht lassen.

Es gab noch weitere Gründe, daß er den riskanten Versuch unternehmen wollte, mit dem Mädchen zu sprechen: Er konnte seine Schuld bei Wisterie begleichen und ihr – und sich selbst – beweisen, daß er nicht die Absicht hatte, Noriyoshi seines niederen gesellschaftlichen Ranges wegen Recht und Gerechtigkeit zu verweigern. Außerdem stellte sich ihm immer drängender die Frage, ob die Nius tatsächlich in die Morde verwickelt waren und Ogyū zum Narren hielten, indem sie den nichtsahnenden Magistraten dazu benutzten, ihr Verbrechen zu vertuschen. So wenig Sano seinen Vorgesetzten mochte: Ogyū stammte aus einer langen Ahnenreihe von Männern, die ihr Leben gegeben hätten, um ihre Herren zu schützen. Schon deshalb durfte er nicht zulassen, daß die Nius den Magistraten in irgendeine dunkle Geschichte hineinzogen, die sich zu einem Skandal ausweiten konnte. Sano mußte ein Lächeln unterdrücken: Zum erstenmal deckten sich seine persönlichen Wünsche mit seinen beruflichen Pflichten.

Er ließ den Blick über die Trauergäste schweifen, die vor ihm gingen, und hielt nach Midori Ausschau.

Einige für ihn wichtige Personen hatte Sano bereits gesehen, als er sich vor dem Tempel unter die Trauergäste gemischt hatte: den jungen Fürsten Niu; Magistrat Ogyū, der in der Reihe der Männer stand, die nun den Leichenzug anführte; Fürstin Niu, die den Frauen voranschritt. Sie war ihrer gedrungenen, untersetzten Gestalt wegen leicht zu erkennen; die anderen Frauen hingegen waren in ihren weißen Kimonos und Hüten kaum voneinander zu unterscheiden. Sano fragte sich, wie er Midori finden konnte. Und falls er sie entdeckte – wann und wie konnte er allein mit ihr reden?

Die Trauernden zogen unter dem Bogen eines Torii-Tores hindurch, stiegen eine steinerne Treppe an einer Böschung hinunter und blieben am Ufer des Flusses stehen. In der Mitte eines großen, von Bäumen gesäumten Platzes, unter einer strohgedeckten, von Säulen gestützten Überdachung, befand sich eine Mulde, in der ein Scheiterhaufen aufgeschichtet war. Daneben standen Tische mit Speisen und Getränken; aus Kohlebecken stieg duftender Rauch empor und vermischte sich mit dem Geruch von Weihrauch und der frischen Brise, die vom Fluß herüberwehte. Die Trauergäste nahmen um die Mulde herum Aufstellung. Als Bewegung in die Menge kam, nutzte Sano die Gelegenheit, sich weiter nach vorn zu begeben, in die Nähe der Frauen der Niu-Sippe, die sich am Rand der Mulde versammelt hatten.

Die Träger stellten den Bambuskäfig ab, in dem sich die Vögel befanden, und öffneten ihn. Mit lautem Zwitschern, in einem Gestöber aus flatternden Flügeln, stiegen die Tiere himmelwärts. Ihr Flug symbolisierte die Befreiung der Seele vom irdischen Leben und ihren Aufstieg ins Reich des Geistes. Sano erblickte ein Mädchen, das wie Midori aussah. Als er versuchte, Augenkontakt mit ihr herzustellen, kam wieder Bewegung in die Menge. Sano, der von der Woge aus Leibern mitgespült wurde, fand sich in unmittelbarer Nähe Magistrat Ogyūs wieder. Hastig zog er sich zurück.

Der Hohepriester stimmte ein Lied an, bei dem er von den Glöckchen und Trommeln begleitet wurde. Die Trauergäste lauschten schweigend. Sano, der von einer Gruppe Männer umschlossen war, stellte sich verstohlen auf die Zehenspitzen und tat so, als würde er den Priester beobachten; in Wahrheit ließ er den Blick über die Frauen der Nius schweifen. Er sah wieder jenes Mädchen, das er für Midori gehalten hatte; doch sie war es nicht. Es blieb ihm nichts anderes übrig, als zu warten. Wider besseres Wissen hoffte er, daß die Totenfeier rasch enden würde.

Nach mehr als einer Stunde stellten die Träger Yukikos Sarg auf den Scheiterhaufen, der in der Mulde aufgeschichtet war. Fürst Niu trat vor, eine Fackel in der Hand. Er zündete sie an einem der Kohlebecken an; dann warf er sie auf den Scheiterhaufen.

Mit einem Geräusch, das sich wie ein lautes, entsetztes Keuchen anhörte, fing das Holz Feuer. Augenblicke später hüllten prasselnde, donnernde Flammen den Sarg ein. Schwarzer Rauch stieg von ihm auf. Nach kurzer Zeit waren Sarg und Leichentuch verbrannt, so daß Yukikos nackter Körper hinter dem Flammenschleier zu sehen war – klein und zart, saß sie aufrecht da. Ihr Kopf war kahlgeschoren. Die Hitze warf Blasen auf ihrer Haut, und die Flammen schwärzten ihr Fleisch. Ihr Gesicht wurde zu einer grotesken Maske; ihre Züge schrumpften zu einem schwarzen Totenschädel. Körperflüssigkeit brodelte und zischte, als die Hitze sie verdampfen ließ. Der Geruch von verbranntem Fleisch breitete sich aus. Asche wirbelte empor und schwebte in Richtung des Flusses.

Sano beobachtete das Geschehen mit jenen Gefühlen, die er bei manchen Totenfeiern empfunden hatte: Mitleid für einen Menschen, dessen Leben zu früh geendet hatte;

instinktive Abscheu beim entsetzlichen Anblick eines verbrennenden Körpers; tiefe Erleichterung, als die Flammen ihr reinigendes Werk beendet hatten. Nur Trauer empfand er nicht, da er Niu Yukiko nicht gekannt hatte. Statt dessen regte sich in seinem Innern ein tiefes Pflichtgefühl dem Geist des toten Mädchens gegenüber. Weil mit dem Tod das Leben endet, enden auch Liebe und Haß, Glück und Trauer, Freude und Schmerz. Doch Sano war der Überzeugung, daß Wahrheit und Gerechtigkeit über den Tod hinausreichten.

Ich werde deinen Mörder finden, versprach er Yukiko stumm.

Während Sano wartete, daß die Flammen den Körper des Mädchens verzehrten, betrachtete er verstohlen die Gesichter der Trauernden. Vielleicht entdeckte er irgendwo Schuld, Triumph, hämische Freude oder irgendeinen anderen Gefühlsausdruck, der dieser Situation nicht angemessen war. Irgend etwas, das den Betreffenden als potentiellen Mörder kennzeichnete. Doch er wurde enttäuscht. Wie es den Gepflogenheiten bei Totenfeiern entsprach, zeigte niemand die leiseste Regung. Auf Fürstin Nius Gesicht lag der gewohnt ernste, würdevolle Ausdruck; sie trug ihn so selbstverständlich zur Schau, als wäre er Teil ihrer Trauerkleidung. Sano glaubte, auf Fürst Niu Masahitos Gesicht Beunruhigung erkennen zu können; doch es konnte sein, daß ihm seine Phantasie etwas vorgaukelte oder daß es an den Flammen des Scheiterhaufens lag, die zuckende Muster aus Licht auf das Gesicht des jungen Mannes warfen.

Mit einem plötzlichen lauten Krachen stürzte das Dach über dem Scheiterhaufen in einem Wirbel aus Rauch und Flammen ein. Die Trauernden wichen zurück. Sano nutzte die Gelegenheit, sich aus der Gruppe von Männern zu lösen, die ihn umstanden. Langsam ging er am äußeren Rand des Kreises entlang, den die Trauergäste bildeten, bis er dicht hinter der Familiengruppe stand. Sechs, sieben Reihen von Gefolgsleuten und Dienern standen zwischen Sano und den Frauen der Nius.

Wieder konnte er Midori nirgends entdecken. Doch neben ihm stand eine Bekannte.

Sie trug einen schlichten Kimono aus Baumwolle, der sie als Dienerin kenntlich machte. Das Gesicht mit der ziemlich flachen Nase und dem kleinen Mund war wenig einprägsam. Doch als Sano die roten, verweinten Augen der Frau sah, erkannte er sie als O-hisa wieder – jene Dienstmagd, die er bei seinem Besuch im Haus der Nius hatte weinen sehen.

»O-hisa«, flüsterte er und zupfte sie am Ärmel, um auf sich aufmerksam zu machen. »Wo ist Midori?«

Die Hausmagd schaute ihn an, doch ihr Gesicht blieb ausdruckslos. Sie schien ihn nicht zu erkennen.

Ein paar Schritt voraus, in bedrohlicher Nähe, erblickte Sano den Rücken der Fürstin Niu. »Wir sind uns vor zwei Tagen im Haus Eurer Herrin begegnet«, fuhr er hastig fort. »Ich bin *yoriki* Sano – könnt Ihr Euch an mich erinnern? Ich muß mit Fräulein Midori sprechen. Es ist sehr wichtig. Könnt Ihr mir zeigen, wo sie ist?«

Jetzt zeigte sich Wiedererkennen auf O-hisas Gesicht. Doch ihre Augen wurden groß, ihre Lippen zitterten. Sie hatte Angst. »Nein ... Es tut mir sehr leid, Herr, aber ... Ich ...«, stammelte sie; dann machte sie eine Bewegung, als wollte sie sich umwenden und die Treppe an der Uferböschung hinauf und zum Tor flüchten.

Sano trat ihr in den Weg. »Bitte«, sagte er.

Doch O-hisa drehte sich um, rannte los und drängte sich durch die Menge der Trauernden. Die Leute wichen zur Seite; erstauntes und verärgertes Gemurmel erhob sich.

Sano beobachtete bestürzt, welche Folgen O-hisas panische Flucht hatte: Frauen klopften sich den Staub, den O-hisas Schritte hinterlassen hatte, vom Saum ihrer Kleider; ein alter Mann, der zu Boden gestürzt war, rappelte sich schimpfend auf. Erschreckt fragte sich Sano, ob er sich schleunigst zurück auf seinen alten Platz inmitten der Männer begeben sollte, bevor Fürstin Niu oder Magistrat Ogyū den Tumult bemerkten.

Sano zögerte zu lange. Eine große, schwere Hand legte sich auf seine Schulter. Er fuhr herum und sah sich dem riesigen Diener der Fürstin gegenüber. Eii-*chans* häßliches, grobschlächtiges Gesicht war unbewegt, doch in seinen kleinen Augen lag ein warnendes Funkeln. Beleidigst du meine Herrin, stirbst du durch meine Hand, schien sein Blick zu sagen.

»Was hat das zu bedeuten?« Fürstin Niu näherte sich mit hoheitsvollen Schritten, doch außer sich vor Zorn. Sie wurde von drei Gefolgsleuten ihres Gatten begleitet, die in ihrer schwarzen Kleidung düster und bedrohlich wirkten. Hastig bildete die Menge eine Gasse für die Fürstin und ihre Begleiter. Der Gesang des Priesters erstarb; das Klingeln der Glöckchen und das dumpfe Pochen der Trommeln verstummten. Nur noch das Knistern der Flammen war zu vernehmen.

Panik stieg in Sano auf. Was würde die Fürstin mit ihm tun? Er warf einen gehetzten Blick auf die Trauergäste und sah, wie die Blicke einiger Anwesender sich auf ihn richteten. Auch Ogyūs Kopf fuhr zu Sano herum. Was würde der Magistrat unternehmen, falls er ihn erkannte? Falls er erfuhr, daß Sano nicht nur seine Befehle mißachtet, sondern zudem noch Yukikos Totenfeier gestört hatte? Eii-*chan* und die anderen Samurai umringten Sano. Er wich nicht von der Stelle, blickte die Fürstin an und hoffte inständig, daß sie seinen Namen nicht nannte, so daß Ogyū nichts von seiner Anwesenheit erfuhr.

Die Fürstin starrte Sano schweigend an. Vielleicht konnte sie sich nicht an seinen Namen erinnern, oder sie wollte vermeiden, daß ihre Freunde erfuhren, daß ein hoher Polizeibeamter die Totenfeier ihrer Stieftochter gestört hatte. Schließlich trat sie vor und sagte so leise, daß nur Sano es hören konnte: »Ich habe Euch schon einmal gewarnt. Eine zweite Warnung gibt es nicht.« In ihren schönen Augen blitzten Zorn und, seltsamerweise, Furcht auf. Sie wandte sich an ihren Diener. »Eii-*chan*, bringe diesen Mann zum Tor.«

Noch bevor die Fürstin geendet hatte, ergriff Eii-*chan* bereits die Initiative und bewegte sich mit der ihm eigenen Geschmeidigkeit und Schnelligkeit. Ein stechender Schmerz durchraste Sanos Arm bis hinauf zur Schulter, als Eii-*chan* zupackte, ihm den Arm auf den Rücken drehte und nach oben drückte. Sano stöhnte leise auf; nur dank seiner instinktiven Selbstbeherrschung konnte er einen Schmerzensschrei unterdrücken. Und nur der Wunsch, von Ogyū nicht erkannt zu werden – falls dies nicht bereits geschehen war – veranlaßte ihn, schicksalergeben den Kopf zu senken, statt den Versuch zu unternehmen, sich aus Eii-*chans* hartem Griff zu befreien. Halb bewußtlos vor Schmerz, taumelte Sano aus der Menge, brutal vorangestoßen von Eii-*chan*. Benommen sah er, wie Fürstin Niu sich entschuldigend an die Trauergäste wandte, und hörte verschwommen, wie der Hohepriester wieder den Gesang aufnahm, begleitet vom hellen Läuten der kleinen Glocken und dem dumpfen Pochen der Trommeln. Das Gefühl der Scham verstärkte Sanos Schmerz und seinen hilflosen Zorn, als er die neugierigen Blicke Hunderter von Trauergästen spürte, die Zeugen seiner Demütigung wurden.

Kaum waren Sano und Eii-*chan* an den steinernen Stufen am Fuß der Uferböschung angelangt – weit genug von der Menge entfernt, als daß jemand Sano noch hätte erkennen können –, griff er an. Er trat mit aller Kraft auf Eii-*chans* Spann und stieß ihm wuchtig den Ellbogen des freien Arms in den Magen. Doch der Diener zeigte keine Wirkung, gab keinen Laut von sich, als wäre er aus Stein: hart, gefühllos, leblos. War er stumm? Konnte er einen solchen Schmerz ertragen, ohne einen Laut von sich zu geben? Oder durfte er nicht reden, wollte er nicht reden? Eii-*chan* verdrehte Sano den Arm; dann schob und stieß er ihn die Stufen hinauf. Diesmal konnte Sano einen Schmerzensschrei nicht unterdrücken.

»Warte, Eii-*chan*«, sagte eine Männerstimme hinter ihnen.

Eii-*chan* blieb am Tor stehen und drehte sich um, wobei er Sano, ohne dessen Arm loszulassen, wie eine Stoffpuppe mit sich herumschwang. Durch einen Nebel aus Schmerz sah Sano den jungen Fürsten Niu am oberen Ende der Treppe stehen – klein, aber stolz in seinen schwarzen Umhängen.

»Ihr könnt uns offenbar nicht in Ruhe lassen, *yoriki* Sano«, sagte Fürst Niu. Er trat vor und lehnte sich an einen Torpfosten. »Aber ich glaube, Ihr habt jetzt erkannt, daß weitere Einmischungen in unsere Familienangelegenheiten sehr unangenehme Folgen für Euch haben können. Oder?«

Sano, der sich einen neuerlichen Schmerzensschrei verbiß, konnte nichts erwidern.

Dann – beinahe wie ein Gedanke, der ihm erst im nachhinein gekommen war – sagte Fürst Niu: »Ach ja, Eii-*chan*. Du kannst ihn jetzt loslassen.«

Eii-*chan* gehorchte. Vorsichtig entspannte Sano die Schultern und den Arm. Es schien nichts gebrochen zu sein, doch seine Muskeln schmerzten. Zorn loderte in ihm auf – nicht auf Eii-*chan*, den er eher als lebendes Werkzeug denn als Menschen betrachtete, sondern auf den jungen Fürsten, der Sanos Schmerz und Demütigung schon eher hätte beenden können. Doch Masahito hatte mit Absicht darauf verzichtet, wie das boshafte Funkeln in seinen Augen verriet. Am liebsten hätte Sano ihm dieser Beleidigung wegen gründlich die Meinung gesagt, hätte ihm Anschuldigungen und Drohungen entgegengeschleudert. Doch er schwieg, denn er dachte an ein Zitat Tokugawa Ieyasus, das er sich zu Herzen nehmen wollte: »Betrachte den Zorn als deinen Feind.« Er durfte sich von seiner Wut nicht zum Leichtsinn verleiten lassen.

»Was habt Ihr hier eigentlich zu suchen?« fragte Fürst Niu.

Sano schluckte seinen Zorn hinunter und antwortete mit einer höflichen Lüge. »Ich wollte Eurer Familie meine Achtung erweisen«, sagte er.

Fürst Niu grinste ihn hämisch an. »Wollt Ihr damit sagen, Ihr habt Eure lächerlichen Nachforschungen über den unglückseligen Todesfall in unserer Familie eingestellt?«

»Es sei denn, ich finde den Beweis, daß meine Nachforschungen ganz und gar nicht lächerlich sind.« Sano konnte nicht widerstehen, einen Gegenangriff zu führen: »Vielleicht könnt Ihr mir diesen Beweis liefern.«

Für einen Augenblick runzelte Fürst Niu die Stirn. War es Bestürzung oder lediglich Verärgerung? »Das kann nicht Euer Ernst sein. Einen solchen Beweis gibt es nicht. Und falls es ihn gäbe – wie kommt Ihr darauf, daß ausgerechnet ich ihn besitze?«

War dieses nachdrückliche Leugnen nur ein Hinhalten? Wollte Fürst Niu sich auf diese Weise Zeit verschaffen, seine Gedanken zu ordnen? Vielleicht, sagte sich Sano, kannst du den Sohn des Daimyō zu einer unbedachten Äußerung verleiten.

»Noriyoshi hatte nicht nur Verbindungen zu Yukiko, sondern auch zu einem anderen Angehörigen Eurer Familie«, sagte er.

Doch Fürst Niu hatte seine Selbstsicherheit bereits wiedergewonnen. Statt auf Sanos Frage einzugehen, sagte er zu Eii-*chan*: »Geh zurück zur Totenfeier. Ich glaube, *yoriki* Sano findet allein nach Hause.«

Ohne ein Wort zu sagen, drehte Eii-*chan* sich um und stieg die Stufen hinunter. An Sano gewandt, sagte der junge Fürst: »Solltet Ihr unserem Anwesen oder einem Familienangehörigen noch einmal zu nahe kommen, kann ich nicht für Eure Sicherheit garantieren. Eii-*chan* und unsere anderen Gefolgsleute reagieren sehr unwillig, wenn jemand sich unbefugt Zutritt verschafft oder ohne Erlaubnis mit unserer Dienerschaft redet.«

Seine Stimme war gelassen, doch in seinen hellen Augen lag ein boshaftes Funkeln. Sano verstand die verschleierte Drohung: Sollte er sich noch einmal den Nius nähern, würde man ihn töten.

»Wie ich sehe, habt Ihr meinen Rat richtig verstanden«, sagte Fürst Niu. »Vielleicht seid Ihr doch nicht so dumm, wie ich geglaubt habe. Vielleicht seid Ihr einfach nur dreist. Aber Ihr seid offenbar fähig, Eure Lektionen zu lernen.« Ein herablassendes Lächeln umspielte seine Lippen, während er Sano fest in die Augen blickte. »Lebt wohl, *yoriki*. Ich verlasse mich darauf, daß wir uns nie wiedersehen.« Er stieß sich vom Brückenpfosten ab und stieg langsam die Treppe zum Flußufer hinunter, in straffer Haltung, den Kopf hoch erhoben.

Das glaubst du auch nur, dachte Sano entschlossen, als er dem jungen Fürsten nachschaute. Der Groll und das Gefühl der Demütigung brannten dumpf in seinem Blut, wie schlechter Wein. Seine Hand bewegte sich zum Schwert und umklammerte den Griff der Waffe mit der ganzen Kraft seiner Wut auf den jungen Fürsten, der ihm nun einen weiteren Grund gegeben hatte, noch intensiver als bisher der Frage nachzugehen, welche Rolle die Nius bei den Morden gespielt hatten.

Plötzlich wandte der Fürst sich um. »Ach, übrigens«, rief er, »ich an Eurer Stelle würde mir gar nicht erst die Mühe machen, nach Midori zu suchen. Meine Mutter hat sie zum Kannon-Tempel nach Hakone ins Kloster geschickt.« Lachend setzte er seinen Weg fort.

Sano beobachtete, wie Fürst Niu sich wieder zu den Trauernden am Scheiterhaufen gesellte. Die Flammen waren niedergebrannt, doch immer noch stieg Rauch aus der schwelenden Glut. Als Sano sich auf den Weg in Richtung Stadtzentrum machte, stieg plötzlich eine berauschende Erregung in ihm auf und verdrängte die anfängliche Enttäuschung. Die Totenfeier zu besuchen hatte ihn in Gefahr gebracht, doch letztlich hatte es sich wahrscheinlich doch gelohnt, dieses Risiko auf sich zu nehmen. Midori war in Hakone – eine lange, beschwerliche Reise nach Westen über die Tōkaido, die große Handels- und Reisestraße, die Edo mit der Hauptstadt und kaiserlichen Residenz Kyoto verband und weiter bis ins ferne Osaka führte. Das war eine schlechte Nachricht, gewiß, aber zumindest wußte Sano jetzt, wo das Mädchen zu finden war. Es würde nicht leicht sein, von Magistrat Ogyū einen fünftägigen Urlaub zu erwirken; doch Sano mußte es versuchen. Außerhalb von Ogyūs Machtbereich konnte er ungehinderter vorgehen.

Zudem erhärtete der beharrliche Widerstand der Nius Sanos Verdacht, daß die Fürstenfamilie das Geheimnis um die Morde an Noriyoshi und Yukiko ungelöst lassen *wollte*. Und mehr noch: Daß die Nius das Mädchen so plötzlich aus Edo fortschaffen ließen, konnte nur eines bedeuten. Sie befürchteten, Midori könnte Sano den Grund dafür nennen.

13.

Bei Tagesanbruch hatte Sano sich am Ausgangspunkt der Tōkaido an der Nihonbashi-Brücke auf die Reise begeben. In Winter-Reisekleidung – einem breiten, runden Strohhut, dicken Umhängen, Hose, Sandalen und Strümpfen sowie einem warmen Kapuzenmantel – war er nach Südwesten geritten, hinaus aus der erwachenden Stadt. Jetzt, als die Sonne den letzten, lila schimmernden Hauch der Morgendämmerung vom Himmel brannte, näherte er sich Shinagawa, der zweiten der dreiundfünfzig Postenstationen, welche an der Fernstraße zwischen Edo und Kyoto lagen.

Die breite, sandige Straße, die in der Mitte überhöht war und zu beiden Seiten von schlanken Tannen gesäumt wurde, welche in regelmäßigen Abständen angepflanzt waren, wurde enger und stieg ständig an. Weit voraus konnte Sano die vielen, von Lasten gebeugten Gestalten von Fußgängern ausmachen, die sich die Steigung hinauf nach Shinagawa mühten. Zu seiner Rechten erhob sich das Land steil bis zu den bewaldeten Hügeln. Zu seiner Linken fiel es schroff ab; in der Tiefe waren Fischerhütten zu sehen und dahinter das Meer. Im Hafen wimmelte es von Booten. Weiter draußen auf See, vor dem Hintergrund des dunstigen Horizonts, waren die schemenhaften Umrisse größerer Schiffe zu erkennen, die in tieferen Gewässern auf Fischfang waren. Meeresvögel füllten die gewaltige, kristallblaue Schale des Himmels mit dunklen, dahingleitenden Schemen und schwarzen Schwingungen; die

Luft war erfüllt von ihren schrillen, klagenden Schreien, und die rauschenden Brandungswogen spielten eine unaufhörliche, leise Begleitmusik.

Die reine, frische Salzluft belebte Sano und verlieh ihm neue Zuversicht und Optimismus. Ja, seine Reise würde erfolgreich verlaufen. Wenn er in Hakone eintraf, würde Midori ihm den Beweis liefern, daß Noriyoshi und Yukiko ermordet worden waren; vielleicht würde sie ihm sogar den Namen des Täters nennen.

»Augenblick, *yoriki* Sano-*san!* Ich muß mal!«

Der Ruf war zwanzig Schritt hinter Sano erklungen und riß ihn aus seiner gehobenen Stimmung. Mit einem verärgerten Seufzer zügelte er sein Pferd und blickte über die Schulter. Er beobachtete einen lächelnden, schnaufenden Tsunehiko, der auf einem großen schwarzen Klepper saß und zu ihm aufschloß. Für einen gesegneten Augenblick hatte Sano seinen Reisebegleiter vollkommen vergessen.

Unbeholfen stieg Tsunehiko vom Pferd. »Ich bin sofort wieder da, ich verspreche es.« Er eilte an den Straßenrand und zog seinen Umhang hoch.

Sano schüttelte den Kopf und beugte sich zur Seite, um die Zügel von Tsunehikos Pferd zu ergreifen, bevor es davontrotten konnte. Er beobachtete seinen Schreiber, als dieser an einen Baum pinkelte, und wünschte sich, die Reise allein unternommen zu haben. Doch er mußte sich selbst die Schuld daran geben, daß dem nicht so war.

Nach der Totenfeier für Yukiko am gestrigen Tag hatte Sano sich umgehend zu Magistrat Ogyūs Villa begeben, wenngleich ein wenig zögerlich: Sano hatte sich gefragt, ob er nicht lieber eine Zeitlang warten sollte, bevor er Ogyū um Urlaub bat. Denn sollte der Magistrat ihn auf der Totenfeier erkannt haben, war es besser, sich erst dann an Ogyū zu wenden, wenn dessen Zorn sich ein wenig abgekühlt hatte. Doch Sano verspürte ein wachsendes Gefühl der Dringlichkeit und wollte die Reise deshalb nicht aufschieben. Er befürchtete, das Geheimnis um die Morde nie mehr lüften zu können, falls er nicht rasch handelte.

Also hatte er bis nach Einbruch der Dunkelheit vor Ogyūs Villa gewartet; dann endlich waren zwei Sänftenträger um die Hausecke gebogen. Vor dem Tor stieg Magistrat Ogyū aus.

Sano begrüßte seinen Vorgesetzten. Zu seiner Erleichterung erwähnte Ogyū die Totenfeier mit keinem Wort. Schließlich trug Sano sein Anliegen vor: »Ehrenwerter Magistrat, ich muß Euch bitten, mir fünf Tage Urlaub zu gewähren. Wie Ihr wißt, geht es meinem Vater nicht gut. Sein Arzt hat mir geraten, eine Pilgerreise zum Heiligtum in Mishima zu machen, um für die Genesung meines Vaters zu beten.«

Es hatte Sano in eine moralische Zwangslage gebracht, sich eine Ausrede zurechtlegen zu müssen. Er haßte Lügen, Täuschungen und Verstellungen. Doch in den letzten zwei Tagen hatte er immer wieder zu solchen Mitteln gegriffen, und ihm war klar geworden, daß er durch seine Nachforschungen nicht nur seine Karriere aufs Spiel setzte, sondern auch seine Prinzipien. Aber er versuchte, seine Lügen vor sich selbst zu rechtfertigen, indem er sich sagte, daß bei seiner Suche nach dem Mörder unbedeutendere Wahrheiten auf Kosten einer bedeutsamen geopfert werden mußten. Die Gerechtigkeit mußte Vorrang haben – nicht nur für die Mordopfer, sondern auch für jene Menschen, die Yukiko und Noriyoshi geliebt hatten: Wisterie, Midori und all die anderen. Dennoch verspürte Sano ein tiefes Unbehagen. Seine private Suche führte ihn in eine beängstigende, unbekannte Welt, fernab vom leuchtenden Pfad der Pflicht, des Gehorsams, des Respekts gegenüber den Eltern und der Rechtschaffenheit und Treue, die vom »Weg des Kriegers« bestimmt wurde.

Nachdem er verschiedene Ausreden verworfen hatte, beschloß Sano, Ogyū die Geschichte von der Pilgerreise zu erzählen; sie war glaubhaft und vor allem nicht völlig erlogen. Denn Sano wollte das Heiligtum von Mishima – an der ersten Kontrollstation nach Hakone gelegen – wirklich besuchen. Außerdem würde es zumindest den Anschein erwecken, daß Sano die Wahrheit gesagt hatte, falls Ogyū an den Kontrollstellen der Fernstraße Spione postiert hatte, die ihm ständig über den Reiseweg Sanos Bericht erstatteten. Zudem hatte ein Arzt die Pilgerreise nach Mishima *tatsächlich* empfohlen; deshalb würde

Ogyū – ein glühender Verfechter des Pflichtbewußtseins – Sanos Bitte nicht abschlagen können.

Ogyū rieb sich nachdenklich übers Kinn. »Eine Pilgerreise zum Wohle Eures Vaters? Was für ein bewundernswerter Ausdruck des Respekts gegenüber den Eltern. Selbstverständlich ist Euer Urlaub genehmigt, *yoriki* Sano.«

»Ich danke Euch, ehrenwerter Magistrat.«

»Wann wollt Ihr aufbrechen?«

»Morgen früh, falls es Euch genehm ist.« Sano verbeugte sich. Er war erstaunt, daß Ogyū so schnell zugestimmt hatte. Glaubte der Magistrat die Geschichte von der Pilgerfahrt wirklich? Oder wollte Ogyū nur die Gelegenheit beim Schopf packen, seinen *yoriki* eine Zeitlang loszuwerden? Sano fragte sich, ob Ogyū über Midori Bescheid wußte und ob ihm aufgefallen war, daß Sanos plötzlicher Wunsch nach der Pilgerfahrt zeitlich mit Midoris Verschwinden aus Edo zusammenfiel. Doch falls dem so war – weshalb schien es Ogyū dann nicht zu kümmern, ob Sano Midori im Kloster besuchte? Vielleicht gab es gar keine geheime, verbrecherische Absprache zwischen Ogyū und den Nius, wie Sano vermutet hatte.

Er schüttelte diese Gedanken ab und sagte sich, daß er froh sein konnte, daß ihm der Urlaub überhaupt bewilligt worden war. »Ich danke Euch von Herzen für Eure Freundlichkeit, ehrenwerter Magistrat.«

Ogyū nickte lächelnd. Dann, unvermittelt, sagte er: »Natürlich werdet Ihr Euren Schreiber mitnehmen.« Ogyūs Stimme ließ erkennen, daß es nicht nur ein Befehl war, sondern eine Bedingung, um die Reise antreten zu können.

Bestürzt blickte Sano seinen Vorgesetzten an. Tsunehiko! schoß es ihm durch den Kopf. Was für eine schreckliche Belastung! Der Schreiber war kein geübter Reiter, so daß die Reise noch länger dauern würde als geplant. Und woher sollte Sano das Geld nehmen, Tsunehiko fünf Tage lang zu verpflegen? Es gab genug andere Ausgaben: für Unterkunft, Speisen und Getränke, Stallgebühren und die Maut, die an jeder der zehn Kontrollstellen zwischen Edo und Hakone entrichtet werden mußte.

»Ich weiß Euren Rat ... zu schätzen ... ehrenwerter Magistrat«, erwiderte Sano stockend. »Aber ... ich glaube, auf dieser Pilgerreise ... kann ich auf die Dienste meines Schreibers verzichten.«

Mit einem Kopfschütteln wies der Magistrat Sanos Einwand zurück.

»Für einen Mann in Eurer Position ist ein Reisebegleiter erforderlich«, sagte er streng. »Um die Kosten braucht Ihr Euch nicht zu kümmern.«

Plötzlich begriff Sano. Ogyū schickte Tsunehiko als Spion mit auf die Reise! Sofort keimten Sanos Verdächtigungen wieder auf, was die Motive Ogyūs betraf, und er bedauerte, seine Reisepläne so offen dargelegt zu haben. Aber jetzt war es zu spät für Selbstvorwürfe.

»Bitte, kommt herein, Sano-*san*«, sagte Ogyū mit einem gütigen Lächeln. »Ich werde zwei amtliche Reisepässe ausstellen und Euch das Geld für die Unkosten geben, die Euch durch den Schreiber entstehen. Dann solltet Ihr am besten sofort zu ihm gehen und ihn anweisen, alles für die Reise vorzubereiten.«

Sano unterdrückte seinen Zorn, als er nun beobachtete, wie Tsunehiko wieder auf seinen schwarzen Klepper stieg. Der Schreiber stellte einen Fuß in den Steigbügel und zog sich in die Höhe, bis er schnaufend und prustend bäuchlings auf dem Sattel lag.

»Ruhig.« Sano zerrte an den Zügeln, als das Pferd zu bocken begann, während Tsunehiko sich abmühte, eine aufrechte Sitzhaltung einzunehmen. »Würdest du nicht so viel trinken«, sagte Sano zu dem Dicken, »müßten wir nicht so oft anhalten.«

Der Tadel schien Tsunehiko nicht zu stören. Strahlend erwiderte er: »Aber *yoriki* Sano-*san!* Das Reiten macht mich durstig. Und hungrig.« Wieder nahm er einen Schluck Wasser aus seiner Reiseflasche; dann zog er aus der prall gefüllten Satteltasche ein Paket getrocknete Pflaumen hervor, steckte sich eine Handvoll in den Mund und kaute genüßlich; seine dicken Wangen wölbten sich um den lächelnden Mund. »Die Reise macht mir einen Riesenspaß. Vielen Dank, daß Ihr mich mitgenommen habt!«

Sano verbarg sein Lächeln, als sie die Pferde wieder antrieben. Er konnte Tsunehiko einfach nicht böse sein; erst recht nicht, wenn ein Tag so strahlend schön und verheißungsvoll war wie heute. Außerdem tat er das Richtige; da war er sicher. Bald würde auch Ogyū es einsehen und Sanos Bemühungen zu würdigen wissen – vorausgesetzt natürlich, der Magistrat verschleierte nicht mit Absicht ein Verbrechen, sondern versuchte lediglich, den Nius einen Schmerz zu ersparen, der ihm überflüssig und ungerechtfertigt erschien.

Auch Sanos Erinnerung an seine Auseinandersetzung mit Fürst Masahito verblaßte und beunruhigte ihn nicht mehr so sehr. Allmählich begann er die Gesellschaft des stets frohgelaunten Tsunehiko zu genießen; er fiel sogar in ein Lied ein, das der Schreiber anstimmte.

Es ist alles gar nicht so schlimm, wie du gedacht hast, sagte er sich. Du kannst dafür sorgen, daß Tsunehiko nichts über den wahren Grund der Reise erfährt; und du wirst es schon irgendwie einrichten, daß der Schreiber dich nicht zum Kannon-Tempel begleitet.

Obwohl auf der Tōkaido zu dieser Jahreszeit weniger Verkehr herrschte als im Frühling oder im Sommer, konnten Sano und Tsunehiko sich über Mangel an Mitreisenden nicht beklagen. Sie kamen an zwei schweren, mit Bauholz beladenen Karren vorbei, die von Ochsen gezogen wurden. Das Holz war Regierungseigentum; nur deshalb durfte es mit einem Karren transportiert werden. Für alle anderen Gefährte war die Fernstraße gesperrt; auf diese Weise wollten die Tokugawas den Transport großer Mengen von Munition, Waffen und Kriegsmaterial verhindern. Bauern eilten umher und sammelten Blätter, Äste und Pferdedung ein, um es als Brennmaterial zu benutzen. Hin und wieder kam ihnen ein wohlhabender Reisender entgegen, der in einem schwankenden, auf und nieder hüpfenden *kago* saß, einem korbähnlichen Stuhl, den muskulöse Burschen auf den Schultern trugen; die Kimonos der Träger standen offen und gewährten den Blick auf prachtvoll tätowierte Oberkörper und Beine. Reisende Händler, die ihre Waren auf dem Rücken schleppten, gingen mit müden, schwerfälligen Schritten ihres Weges.

Eine Gruppe von Pilgern zog singend und klatschend zu irgendeinem Heiligtum oder Tempel. Bettler spielten auf ihren Holzflöten, um ein paar Münzen zu erhaschen. Dann und wann tauschten Sano und Tsunehiko Grußworte mit anderen Samurai; einige ritten in dem gemächlichen Tempo, das auf einer langen Reise erforderlich war; andere, die kurze Strecken zu bewältigen hatten, preschten im Galopp über die Fernstraße.

Schließlich gelangten sie nach Shinagawa. In den Gasthäusern, Trinkstuben und Teehäusern am Straßenrand herrschte reger Betrieb. Durch die Eingangstüren hinter den Vorhängen trieben Kochdünste bis auf die Straße. Tsunehiko begrüßte die Wohlgerüche mit einem Aufschrei des Entzückens.

»Bitte, können wir irgendwo etwas essen gehen, *yoriki* Sano-*san*?« bettelte er.

»Später.« Sano grinste. Es bestand nicht die Gefahr, daß Tsunehiko den Hungertod starb. Sano hatte den Schreiber fast ununterbrochen essen sehen, seit sie sich auf den Weg gemacht hatten. Sie konnten an der nächsten Postenstation eine Mahlzeit einnehmen, während die Pferde sich erholten und gefüttert wurden. Sano wollte an diesem Tag die größtmögliche Strecke zurücklegen, bevor die Dunkelheit hereinbrach. Er ritt voran, als sie sich dem Kontrollposten näherten; das niedrige Lehmziegelgebäude stand ein gutes Stück von der Straße entfernt.

Vor dem Wachthaus hatte sich eine lange Warteschlange gebildet; langsam rückten die Reisenden bis zu dem Fenster vor, hinter dem die Beamten saßen und die Namen notierten, die Papiere durchsahen und den Leuten die Weiterreise erlaubten oder verwehrten. In einem Stall in der Nähe wurden Packpferde vermietet. Als Sano sich aus dem Sattel schwang und sich mit Tsunehiko an das Ende der Warteschlange stellte, hörte er trunkenes Gelächter, das hinter dem Stallgebäude erklang. Die ortsansässigen *kago*-Träger saßen in ihrem schäbigen Hüttenlager um ein Feuer und tranken Sake, während sie auf Kunden warteten.

Schon nach wenigen Augenblicken fragte Tsunehiko ungeduldig: »Warum dauert das so lange?«

Sano trat aus der Reihe der Wartenden und warf einen Blick nach vorn. Eine grauhaarige Frau und ihre beiden männlichen Begleiter standen vor dem Fenster. Der Beamte wühlte sich durch einen Stapel Papiere und hielt ab und zu inne, um der Frau eine Frage zu stellen.

»Ich verstehe nicht, weshalb die wegen einer alten Frau einen solchen Aufstand machen«, beklagte sich Tsunehiko, nachdem Sano ihm erzählt hatte, weshalb es so langsam voranging. »Man dürfte uns nicht warten lassen. Wir haben es eilig!«

Sano hätte dem Schreiber am liebsten gesagt, daß sie viel schneller vorangekommen wären, hätte er nicht so viele Pausen eingelegt. Doch Tsunehikos offensichtliche Freude an der Reise und sein Stolz, den Vorgesetzten begleiten zu dürfen, hielten Sano davon ab.

»Die Regierung darf nicht zulassen, daß die Daimyō ihre Frauen aus Edo herausschmuggeln«, sagte Sano, die Gelegenheit nutzend, seinen Schreiber wieder etwas Neues zu lehren. »Wären die Geiseln in der Provinz – und damit in Sicherheit –, könnten die Daimyō ihrem Zorn über die Steuern und die Einschränkungen ihrer Freiheiten ungehindert Luft machen, indem sie einen Aufstand gegen den Shōgun entfachen.«

Schließlich folgte die Frau einer weiblichen Beamtin ins Wachthaus, wo sie auf Narben und andere äußere Merkmale untersucht wurde, die in ihrem Reisepaß aufgeführt waren. Sano fragte sich, wie die Nius es geschafft hatten, so schnell einen Paß für Midori zu besorgen. Derart begehrte Dokumente mußten von einer Vielzahl von Beamten unterschrieben werden; manchmal dauerte es Monate, bis ein Paß ausgestellt war. Die Nius mußten ein Vermögen an Bestechungsgeldern bezahlt haben. Obwohl sie eine solche Ausgabe leicht verschmerzen konnten – es war ein weiterer Hinweis darauf, daß die Nius einen wichtigen Grund gehabt haben mußten, Midori aus Edo fortschaffen zu lassen.

Als sie das Ende der Warteschlange erreichten, zeigte Sano ihre Ausweise vor und bezahlte die Maut. Er und Tsunehiko halfen den Posten, die Satteltaschen der Pferde zu leeren und nach geschmuggeltem Gold, ausländischen

Waren und Feuerwaffen zu durchsuchen. Als Regierungsbeamte gelangten sie indes ohne Schwierigkeiten durch die Kontrolle. Doch als sie sich für den Weiterritt fertigmachten, durchlief Sano plötzlich ein unangenehmes, kribbelndes Gefühl.

Irgend jemand beobachtete ihn. Er konnte die Blicke spüren, die auf ihn gerichtet waren und sich mit boshafter, durchdringender Kraft in seinen Rücken bohrten.

Sano tat so, als würde er noch einmal überprüfen, ob die Satteltaschen festgezurrt waren. Dann drehte er sich abrupt um. Einige andere Reisende, darunter mehrere berittene Samurai, einige Bauern und eine Gruppe von Pilgern hatten sich inzwischen zu den Wartenden gesellt. Doch es war niemand darunter, den Sano kannte, und die neuen Gesichter, die seine Blicke erwiderten, zeigten kein verdächtiges Interesse.

»Worauf warten wir noch, *yoriki* Sano-*san*?« Tsunehiko saß bereits auf seinem Klepper. »Stimmt irgendwas nicht?«

»Nein, alles in Ordnung«, erwiderte Sano, der seinen Schreiber nicht beunruhigen wollte. Er stieg auf sein Pferd und warf einen letzten flüchtigen Blick in die Runde, während er zur Straße ritt, gefolgt von Tsunehiko. Die *metsuke* – Spione der Regierung – behielten das Kommen und Gehen auf der Tōkaido aufmerksam im Auge. Wahrscheinlich hatte einer dieser Spione sich unter die Menge gemischt, als Reisender verkleidet, und die Gelegenheit genutzt, Sano und seinen Begleiter genauer in Augenschein zu nehmen. Mehr nicht.

Doch Sanos Besorgnis wollte nicht weichen. Auf dem Weg zur nächsten Postenstation in Kawasaki ertappte er sich dabei, wie er immer öfter besorgte Blicke über die Schulter warf. Folgten ihnen die drei Samurai? Oder ein reisender Händler? Die Fernstraße wand sich jetzt durch ein Waldstück, und für einen Augenblick waren Sano und Tsunehiko allein. Wieder mußte der Schreiber absteigen, um Wasser zu lassen. Während Sano wartete, blickte er zu den Fichten hinauf, deren Wipfel sich über der Straße berührten und einen natürlichen Baldachin bildeten, durch den an manchen Stellen der blaue Himmel hindurchschimmerte. Eine ideale Stelle für Soldaten, um während eines Gefechts Deckung vor feindlichen Pfeilen und Kugeln zu suchen, ging es ihm durch den Kopf. Und eine ebenso ideale Stelle für Wegelagerer, um sich zu verbergen. Jedes Jahr wurden zahllose Reisende auf der Tōkaido ausgeraubt und ermordet.

Auf dem Straßenstück hinter Sano erklang Hufgetrappel. Über die Schulter blickte er zu der Kurve zurück, die ins Waldstück hineinführte, und wartete, daß die Reiter erschienen. Doch plötzlich verstummte der Hufschlag. Der Morgen war wieder still; nur das Zwitschern der Vögel und das Rascheln der Äste waren zu vernehmen. Die Stille, die durch den unsichtbaren Beobachter bedrohlich wirkte, ängstigte Sano. Seine Hand bewegte sich zum Schwert. Sollte er es wagen, »Wer ist da?« zu rufen oder zur Kurve zu reiten und einen Blick zu riskieren? Er hatte nicht das Verlangen, an einem so verlassenen Ort einem unbekannten Angreifer gegenüberzutreten.

»Beeil dich, Tsunehiko«, rief er statt dessen.

Sano war erleichtert, als sie aus dem Waldstück ritten und auf freies Gelände gelangten. Dann aber sah er zu seiner Enttäuschung ein Hindernis vor sich, das nicht so leicht und schnell zu überwinden war: den Flußlauf des Tama. Einige berufsmäßige Schwimmer durchquerten das glatte, funkelnde Wasser des Flusses und zogen dabei die Pferde Reisender an den Zügeln hinter sich her; andere Schwimmer warteten am felsigen Ufer auf Kunden. Fährleute halfen Fahrgästen in flache Holzboote. Sano fluchte auf die vielen wirkungsvollen Maßnahmen der Tokugawas, die Geschwindigkeit der Reisenden zu verringern. Um Truppenbewegungen auf der Tōkaido zu erschweren, hatten sie die meisten Brücken zerstören lassen.

In seiner Eile, weiterzukommen, feilschte Sano gar nicht erst mit den Fährleuten. Er bezahlte den hohen Preis, den sie für das Übersetzen verlangten, und half Tsunehiko, den Pferden die Satteltaschen abzuschnallen. Dann scheuchte er seinen Schreiber in eins der Boote, warf die Taschen hinein und sprang an Bord. Der Fährmann ruderte sie mit quälender Langsamkeit über den Fluß, während zwei Schwimmer die Pferde vorsichtig zwischen Felsen und Baumstämmen hindurchlenkten, die unter Wasser verborgen war.

Tsunehiko steckte die Hand ins Wasser und zog sie sofort wieder heraus. »Oh, ist das kalt!« stieß er hervor; dann rief er den Schwimmern zu: »Wie könnt ihr das aushalten?«

Die Schwimmer lachten. Ihre gebräunten Gesichter hüpften neben den Pferden im Wasser auf und nieder. »Wir sind harte Burschen!« rief einer von ihnen.

Sano hörte nur mit halbem Ohr zu. Er spähte zum Ufer hinüber, das allmählich hinter ihnen zurückblieb. Wenngleich er niemanden sehen konnte, der am Ufer oder zwischen den Bäumen lauerte, wollte das Gefühl einer drohenden Gefahr einfach nicht von ihm weichen.

Der Beobachter erhob sich in seinem Versteck hinter einem Gebüsch und schaute zum Fluß hinunter, als die Fähre Sano Ichirō zum gegenüber liegenden Ufer brachte. Immer wieder drehte der *yoriki* sich um und blickte zum Wald hinüber. Offensichtlich spürte er, daß er verfolgt wurde. Vielleicht hatte Sano es bereits an der Postenstation bemerkt; spätestens war es ihm auf dem einsamen Straßenstück im Wald aufgefallen, als der Beobachter ihm so nahe war, daß er ihn hätte überrumpeln können.

Der Mann verließ seinen Spähposten nicht. Es bestand kein Grund zur Beunruhigung. Denn daran, wie Sanos Blicke wachsam und verunsichert über die Gesichter der Reisenden gehuscht waren, die ihm auf der Straße begegneten – und wie er jetzt den Waldrand absuchte –, konnte der Mann erkennen, daß Sano nicht wußte, wer ihn beobachtete und von welcher Stelle aus. Der Mann wußte, daß er ein hervorragender Spion war. Was das Tarnen und Verstecken betraf, besaß er große Erfahrung. Sein trister Hut und der Umhang hatten es ihm ermöglicht, unauffällig mit den anderen Reisenden zu verschmelzen – so, wie er jetzt mit der Landschaft verschmolz. Und er wußte, wie man nicht nur den Körper, sondern auch die Gedanken verbergen konnte, so daß es niemandem auffiel, geschweige denn Verdacht erregte. Die Leute – Sano eingeschlossen – blickten durch ihn hindurch, als gäbe es ihn gar nicht. Bis jetzt hatte der Beobachter noch nicht zuschlagen müssen – obwohl es ihm möglich gewesen wäre, als sie Edo hinter sich gelassen hatten und der Verkehr spärlicher geworden war. Und er machte sich keine Sorgen darüber, daß der *yoriki* anscheinend auf der Hut war. Im Gegenteil: Furcht und Unsicherheit würden so lange an Sano nagen, daß er zu einer hilflosen Beute geworden war, wenn der Beobachter schließlich zuschlug.

Doch eines störte den Beobachter. Nicht der Geruch von Wald und Wasser, den er zu seiner Tarnung brauchte und die ihn lebhaft an jene Nacht erinnerten, als er die Leichen in den Fluß geworfen hatte. Schon das helle Sonnenlicht sorgte dafür, jede Ähnlichkeit zwischen der finsteren Nacht damals und dem heutigen strahlenden Tag zu verwischen. Und die Zeit, die seit jener Nacht vergangen war, hatte die schlimmsten Ängste des Beobachters vertrieben. Seine Alpträume plagten ihn nicht mehr; er schreckte nicht mehr schweißgebadet aus dem Schlaf, mit klopfendem Herzen, nachdem ihn Träume über seine Verhaftung, Folterung und Hinrichtung gepeinigt hatten.

Nein – was ihn störte, war der junge Samurai, der Sano begleitete. Der Beobachter hatte damit gerechnet, daß Sano die Reise allein unternehmen würde, und er haßte Überraschungen. Dann aber sagte er sich, daß es auch seine Vorteile hatte, daß Sano von dem Jungen begleitet wurde. Der *yoriki* würde langsamer vorankommen. Zudem waren zwei Männer leichter zu verfolgen als einer. Der Beobachter konnte ein gutes Stück hinter ihnen bleiben, sie dennoch in Sichtweite behalten und an jeder Postenstation zu ihnen aufschließen. Außerdem würde der junge Bursche den *yoriki* ablenken und dafür sorgen, daß er weniger aufmerksam und vorsichtig war.

Die Fähre erreichte das gegenüberliegende Ufer. Sano und sein Begleiter stiegen aus dem Boot und brachten ihr Gepäck an Land. Die Pferde kletterten ans Ufer, schüttelten die Nässe ab. Gespannt wartete der Beobachter und verfolgte, wie seine Zielpersonen die Tiere abrieben, sie beluden, sich in die Sättel schwangen und hinter der bewaldeten Klippe am jenseitigen Ufer des Flusses verschwanden. Sein Eifer trieb den Beobachter, sofort die

Verfolgung aufzunehmen, doch er kämpfte das Verlangen nieder. Hab Geduld, sagte er sich. Sie können dir nicht entkommen.

Er wartete noch ein paar Herzschläge lang. Dann pfiff er leise sein Pferd herbei. Die Stute hatte gehorsam ein Stück die Straße hinunter gewartet; jetzt kam sie zu dem Mann getrottet. Er schwang sich in den Sattel und ritt den Hang zum Fluß hinunter, wo die Fährleute und Schwimmer darauf warteten, Roß und Reiter ans andere Ufer zu bringen.

Der Beobachter hatte alle Zeit der Welt, auf den günstigsten Augenblick zu warten. Und die Nacht bot bessere Gelegenheiten als der Tag.

14.

Der Sonnenuntergang hatte den Himmel im Westen in reines, von lavendelfarbenen Streifen durchsetztes Gold verwandelt, als Sano und Tsunehiko das Dorf Totsuka im Landesinneren erreichten. Wenngleich Totsuka der sechste Ort mit einer Kontrollstation an der Tōkaido war – der übliche Übernachtungsort für Reisende, die Edo am frühen Morgen verlassen hatten –, wäre es Sano lieber gewesen, sie hätten bereits eine größere Strecke zurückgelegt. Er wollte ihren noch immer unsichtbaren Verfolger abschütteln, falls es ihn tatsächlich gab. Doch die Nacht brach schnell herein und hüllte das Land in Dunkelheit und Kälte. Sano und Tsunehiko waren durchgefroren, müde und hungrig; auch die Pferde brauchten Ruhe, Wärme und Futter.

»Hier übernachten wir«, sagte Sano, nachdem sie die Paßkontrollstelle von Totsuka passiert hatten.

Tsunehiko, den Erschöpfung und Hunger bedrückt und schweigsam gemacht hatten, lächelte zum erstenmal seit längerer Zeit. »Oh, ja, gern, *yoriki* Sano-*san*«, sagte er mit einem tiefen Seufzer der Erleichterung.

Die strohgedeckten Herbergen und Schänken, Läden und Teehäuser von Totsuka standen nebeneinander am Straßenrand der Tōkaido – ein kleines Geschäftsviertel, das von den malerischen Häusern der Dorfbewohner umgeben war. Laternen brannten fröhlich, als wollten sie die vordringende Nacht verspotten. In den Türeingängen sämtlicher Gasthöfe, Schenken und Teehäuser standen hübsche »Kellnerinnen« – illegale Dorfprostituierte, die offiziell gar nicht existierten – und versuchten, Kunden herbeizulocken. Bereits eingetroffene Reisende trugen ihr Gepäck in die Herbergen oder saßen trinkend und plaudernd in den Teehäusern. Medizinverkäufer priesen ihre Salben und Tränke an. Eine Gruppe von Pilgern durchstöberte ein Geschäft für religiöse Artikel. Aus umzäunten Höfen, wo die Gäste der Schänken bereits mit ihren abendlichen Zechereien begonnen hatten, erklangen Musik und Gesänge.

Auf der Suche nach einer Herberge ritten Sano und Tsunehiko die Straße hinauf. Sie kamen an den prächtigen, tempelartigen Gebäuden vorbei, die den Daimyō und Adeligen vom Kaiserhof vorbehalten waren. Unweit der Dorfmitte entdeckten sie einen kleinen, bescheidenen Gasthof, dessen Eingangstür direkt auf die Straße führte. Auf zylinderförmigen, orangefarbenen Laternen stand der Name der Herberge: *Ryokan Gorōbei*. Schilder warben mit verdächtig niedrigen Preisen für Unterkunft und Verpflegung, doch das Gebäude war in gutem Zustand und machte einen gepflegten Eindruck. Der Fußboden des Eingangszimmers war sauber gefegt; neben dem Eingang befand sich ein Schrein, der Jizō geweiht war, dem Schutzpatron der Kinder und Reisenden. Das kleine Idol stand auf einem Sockel, umgeben von Opfergaben: Reiskuchen, Schalen mit Reiswein und brennenden Öllampen.

»Das hier wird's für heute nacht tun«, sagte Sano und schwang sich vom Pferd.

Bevor er das Gasthaus betrat, warf er einen letzten Blick über die Schulter. War es nur Einbildung, daß er sich von ihrem unsichtbaren Beobachter verfolgt fühlte? Sano sah die vertrauten Gesichter der Reisenden, denen sie auf der Straße begegnet waren, doch es war niemand darunter, den er mit der bösartigen Präsenz in Verbindung bringen konnte, die er noch immer zu spüren glaubte. Er versuchte, seine Besorgnis abzuschütteln und beruhigte sich mit dem Gedanken, daß er und Tsunehiko bald in der Sicherheit eines Zimmers sein würden.

»Willkommen im Ryokan Gorōbei! Willkommen!« Der lächelnde Besitzer des Gasthauses kam aus seiner Wohnung im hinteren Teil des Gebäudes geflitzt, um die Ankömmlinge zu begrüßen. Er verbeugte sich und sagte: »Danke, Ihr Herren, daß Ihr Euch für mein bescheidenes Gasthaus entschieden habt. Ich bin Gorōbei, der Wirt, und ich werde alles tun, Euren Aufenthalt so angenehm wie möglich zu machen.«

Er legte ihnen ein Anmeldebuch vor, in das sie sich eintragen mußten; dann rief er nach dem Stallburschen, der hinauseilte, sich um die Pferde zu kümmern. Der Wirt nahm eine der Öllampen von Jizōs Schrein und führte Sano und Tsunehiko in den Abstellraum. Dort ließen sie den größten Teil ihres Gepäcks zurück und nahmen nur mit, was sie für die Nacht brauchten. Tsunehiko legte seine Schwerter auf ein Regal, auf dem bereits die Waffen der anderen Gäste lagen. Sano jedoch zögerte, die Hand am Griff seines langen Schwerts. Was war, wenn der geheimnisvolle Beobachter ihnen während der Nacht einen Besuch abstattete?

»Ihr könnt Eure Waffen unbesorgt hier lassen, Herr«, sagte der Wirt. »Sie sind hier vollkommen sicher. Ryokan Gorōbei hat seinen eigenen Nachtwächter!«

»Nichts gegen Euer Gasthaus, Herr Wirt, aber ich würde meine Waffen lieber mit aufs Zimmer nehmen«, erwiderte Sano.

»Gewiß, Herr.« Gorōbei nickte und führte sie durch einen kleinen, gepflegten Garten zu den Gästeunterkünften. Er stieg eine kurze Treppe zu einer schmalen Veranda hinauf und schob eine Tür auf. Das Zimmer dahinter war gerade groß genug, daß zwei Männer darin schlafen konnten, und spärlich ausgestattet, aber sauber. Die einzigen Einrichtungsgegenstände waren die Tatami-Matten, ein Kohlebecken sowie ein Wandschrank für das Bettzeug und die persönlichen Gegenstände der Gäste. Gorōbei entfachte ein Feuer im Kohlebecken, zündete die Lampen an und stellte sie auf den Boden. Dann verbeugte er sich lächelnd.

»Ich hoffe, mit diesem ärmlichen Zimmer ist Euch gedient, werte Herren. Dort entlang«, er streckte die Hand aus, »geht es zum Badehaus und zu den Toiletten. Laßt mich bitte wissen, falls Ihr noch irgend etwas braucht.«

Nach einer weiteren Verbeugung eilte er zurück zum Eingangsraum, wo Stimmen davon kündeten, daß neue Gäste eingetroffen waren.

Frisch gebadet, in einen sauberen Umhang gekleidet und in der Abgeschlossenheit des kleinen, warmen Zimmers, spürte Sano, wie die Spannung von ihm abfiel. Das körperliche Wohlbehagen ließ alle Bedrohungen fern und unwirklich erscheinen.

»Ich bin halb verhungert«, jammerte Tsunehiko und kniete sich schnaufend neben das Kohlebecken. »Wann essen wir?«

Wie als Antwort auf seine Frage wurde die Tür zur Seite geschoben. Ein Hausmädchen kam auf den Knien ins Zimmer. Sie verbeugte sich; dann schob sie Sano und Tsunehiko Serviertabletts mit dem Abendessen hin. Die Portionen waren reichlich. Es gab Fisch, Reis, Gemüse und Suppe. Sano war froh, daß es in solchen Herbergen keine Speisesäle gab und die Gäste auf den eigenen Zimmern aßen; denn er war es müde, mißtrauisch in jedem unbekannten Gesicht zu forschen. Das Hausmädchen schenkte Tee ein und zog sich zurück.

»Schmeckt gut«, sagte Tsunehiko mit vollem Mund.

Sano nickte zustimmend. Der Reis war körnig, das Gemüse und die Suppe gut gewürzt und schmackhaft. In Anbetracht des günstigen Preises bot Ryokan Gorōbei den Gästen in der Tat ein gutes und reichliches Essen. Sano beschloß, dem Wirt vor der Weiterreise ein großzügiges Trinkgeld zu geben. Der Krampf in seinem Magen, den die Anspannung hervorgerufen hatte, löste sich, und Sano aß mit gesundem Appetit. Fast konnte er sogar mit Tsunehiko mithalten, so daß er seinem enttäuschten Schreiber nur ein paar eingelegte Gurken zum alleinigen Verzehr übrig ließ.

»Herrje, ist das laut«, bemerkte Tsunehiko, als sie die letzten Schalen Reiswein geleert hatten. »Was treiben die da drüben bloß?«

Er beugte sich zur Seite, um das Brett vor dem Fenster zur Seite zu schieben.

»Nein …« Sanos Hand schoß vor, um ihn zurückzuhalten.

Tsunehiko blickte ihn verdutzt an. »Warum soll ich denn nicht schauen?«

Sano ließ die Hand sinken. »Schon gut«, sagte er. Er wollte zwar nicht, daß andere Gäste erfuhren, in welchem Zimmer sie sich aufhielten, doch er konnte der Versuchung nicht widerstehen, einen Blick nach draußen zu werfen. Vielleicht würde er diesmal ihren Verfolger entdecken. »Also gut. Schau nach.«

Der Schreiber öffnete das Fenster. Das Lachen und die Musik, die immer lauter geworden waren, während Sano und Tsunehiko gegessen hatten, fuhren zusammen mit einem Schwall eisigen Windes ins Zimmer. Sano schaute über den Garten hinweg zu den anderen Gästequartieren. Eines der Fenster war geöffnet, und er konnte eine Gruppe Samurai im Innern des Zimmers erkennen. Eine Frau in einem hellen Kimono, vermutlich die »Kellnerin« des Gasthofs, kniete inmitten der Männer und spielte auf einer Shamizen. Einer der Samurai nahm eine närrische Pose ein und begann mit falscher Stimme zu singen. Seine Gefährten lachten schallend. In einem anderen Zimmer beteten zwei Priester Sutras – heilige Verse – in monotonem Sprechgesang.

Sano richtete den Blick auf einen anderen Flügel des Gasthofs, der ein Stück vom Hauptgebäude entfernt stand. War der Beobachter eine der schattenhaften Gestalten, die sich im flackernden Licht der Lampen vor den durchscheinenden Fenstern abzeichneten? Oder war er in einem anderen Gasthaus abgestiegen, um am nächsten Morgen ihre Fährte wieder aufzunehmen? Vielleicht lauerte er irgendwo in der Dunkelheit außerhalb des Dorfes. Als Sano in der Sicherheit des behaglichen Zimmers saß und den vertrauten Geräuschen lauschte, hätte er beinahe glauben können, daß der Beobachter keine Gefahr für ihn und Tsunehiko darstellte.

Beinahe.

Tsunehiko gähnte. »Herrje, bin ich müde«, murmelte er.

Auch Sano gähnte. Das Verlangen seines Körpers nach Schlaf wurde stärker als das Verlangen seines Verstandes, wachsam zu bleiben. Als die Dienstmagd wieder aufs Zimmer kam, um die Serviertabletts zu holen, bat Sano das Mädchen, das Bettzeug auszulegen. Dann warf er sich seinen Umhang über und nahm seine Schwerter.

»Ich gehe mal kurz an die frische Luft«, sagte er zu Tsunehiko. Er wollte seinen Schreiber nicht verängstigen, doch ein letztes Mal an diesem Abend wollte er nach dem Beobachter Ausschau halten, um sich zu vergewissern, daß sie die Nacht in Sicherheit verbringen konnten.

Sano umrundete den Hof, auf dem es still geworden war, da die abendlichen Zechgelage geendet hatten und die Gäste sich fürs Zubettgehen bereit machten. Er warf einen Blick auf die menschenleere Straße. Vor einigen Schänken und Teehäusern brannten noch immer Laternen. Auf dem Rückweg zu seinem Zimmer begrüßte Sano den Nachtwächter, eine jüngere Ausgabe Gorōbeis, offenbar der Sohn des Wirts. Sonst war niemand zu sehen. Auch die bedrohliche Präsenz des geheimnisvollen Beobachters konnte Sano nicht mehr spüren. Lag es daran, daß die Erschöpfung seine Empfänglichkeit einschläferte?

Zurück auf seinem Zimmer, schloß Sano die Türen und Fenster ab. Stirnrunzelnd betrachtete er die dünnen hölzernen Riegel, die eher dazu geeignet waren, ein Gefühl der Ungestörtheit zu vermitteln, als Sicherheit zu bieten. Tsunehiko lag bereits schlafend am Boden. Sein fetter Körper war vollkommen unter einer Decke verborgen; nur der kahlrasierte Scheitel schaute hervor. Das Schnaufen und Keuchen, das er tagsüber von sich gab, hatte sich in ein leises Schnarchen verwandelt. Sano zog seinen Umhang aus, legte die Schwerter ab und löschte die Lampen. Er legte sich auf seinen Futon und zog sich die Decke über. Schläfrigkeit überkam ihn, und wie aus weiter Ferne hörte er das leise Geräusch der hölzernen Rassel des Nachtwächters, das besagte: »Alles in Ordnung.« Dennoch schob Sano die Hand unter der Decke hervor zu den Waffen, die neben seiner Schlafstelle lagen. Mit der letzten bewußten Bewegung packte er den Griff seines langen Schwerts und zog es aus der Scheide.

Sano schlief.

Im Garten des Ryokan-Gorōbei-Gasthofes wartete der Beobachter unter den ausladenden Ästen einer Kiefer. Als

Mitternacht heranrückte, waren in sämtlichen Gästezimmern die Lampen erloschen. Die Herberge, der Hof und der Garten lagen in fast völliger Dunkelheit; nur vom klaren, sternenübersäten Himmel fiel ein Hauch diffusen Lichts. Sträucher und Gebäude ragten schwarz und düster über den Gehwegen empor, auf deren Kies der matte, silbrige Schein des Sternenhimmels schimmerte. Allein der ruhelose Wind erfüllte die Nacht mit Leben; er rüttelte an den erloschenen Papierlaternen und raschelte in den winterkahlen Ästen der Bäume.

Dann erklang das knirschende Geräusch von Schritten auf dem Kies des Gehwegs. Ein gelbes Licht umrundete einen Flügel der Gästeunterkünfte des Ryokan Gorōbei. Der Nachtwächter erschien, die Laterne an einem Lederriemen über den Arm geschlungen, die Rassel in den Händen. Unter der Schärpe steckte eine klobige Holzkeule. Noch immer machte der Mann seine Runden – pausenlos, wie schon seit Sonnenuntergang. Er schlenderte an den verschiedenen Flügeln und Nebengebäuden des Gasthofs vorbei und blieb neben jeder Tür kurz stehen.

Im Licht der Laterne konnte der Beobachter das runde, gutmütige Gesicht des Nachtwächters unter dem Strohhut erkennen. Er sah, wie der Mann näher kam und sein Atem in der frostigen Luft zu weißen Wölkchen kondensierte. Der Beobachter stand vollkommen reglos da und richtete die ganze Kraft seines Willens darauf, mit dem Baum zu verschmelzen. Doch er hatte keine Angst, entdeckt zu werden. Er beobachtete den Nachtwächter inzwischen lange genug, um zu wissen, daß der junge Mann nur bei jeder dritten Runde hier vorbeikam; nach den anderen beiden Runden schaute er nur von der gegenüberliegenden Seite aus flüchtig in den Garten hinein. Auch diesmal drehte der Wächter sich um, ohne den Beobachter bemerkt zu haben, und ging durch das Tor zurück auf die Straße, um seine Runden fortzusetzen. Einige Zeit später waren die Schritte des Nachtwächters wieder zu hören; das Licht seiner Lampe kam erneut um die Gebäudeecke, und der gesamte Vorgang wiederholte sich.

Diesmal jedoch erfüllte der Anblick des Nachtwächters den heimlichen Beobachter mit loderndem Zorn. Wie sollte er in Sanos Zimmer kommen – und wieder hinaus –, ohne daß dieser elende Dummkopf ihn sah? Der Beobachter überlegte, daß er sich der Zimmertür nähern konnte, wenn der Nachtwächter auf der Straße war oder hinter dem Gebäude – aber was, wenn er die Tür zu Sanos Zimmer nicht schnell genug aufbekam? Dann würde der Nachtwächter wieder erscheinen und mit seiner Rassel Alarm schlagen. Er würde das ganze Dorf aus dem Schlaf reißen, und die Leute würden wie eine Horde nächtlicher Dämonen über das Grundstück des Gasthofs schwärmen.

Der heimliche Beobachter sagte sich, daß es wahrscheinlich besser wäre, sich zurückzuziehen und auf eine günstigere Gelegenheit zu warten, seinen tödlichen Schlag zu führen. Morgen, an einem einsamen Straßenstück, zum Beispiel. Oder während der nächsten Übernachtung. Doch das übermächtige Verlangen, die Angelegenheit hier und jetzt zu Ende zu bringen, ließ den Mann hinter der Kiefer verharren. Als der Nachtwächter seine nächste Runde beendet hatte und sich umdrehte, um den Garten durch das Tor zu verlassen, trat der Beobachter hinter dem Baum hervor.

Seine Hände packten den Hals des Mannes, gruben sich in das weiche, warme Fleisch und drückten mit aller Kraft zu.

Der Nachtwächter stieß einen erstickten Schrei aus. Sein Körper wurde steif, und er ließ die Lampe und die Rassel fallen. Er krümmte sich, zappelte, trat mit den Beinen und rang keuchend und pfeifend nach Atem. Er hob die Arme und versuchte verzweifelt, die Finger unter die Hände des Angreifers zu drücken, um dessen Griff zu sprengen.

Doch der Mann hielt den Hals des anderen eisern umklammert; vor Anstrengung preßte er die Zähne zusammen. Er spürte kaum den Schmerz, als die Fingernägel seines Opfers ihm die Knöchel zerkratzten. Schon bald erlahmte der Widerstand des Mannes. Sein Keuchen verstummte, und seine Arme fielen kraftlos herab. Ein letztes Mal bäumte er sich auf; dann wurde sein Körper schlaff. Der Beobachter ließ sein lebloses Opfer zu Boden gleiten, schaute sich rasch um und zerrte die Leiche ins

Gebüsch. Dann nahm er die Laterne vom Boden und blies die Flamme aus. Dunkelheit hüllte den Mörder in ihren schützenden Mantel. Ein Gefühl vollkommener Macht stieg im Innern des Mannes auf. Jetzt stand ihm niemand mehr im Wege.

Er ging durch den Garten zur Tür von Sanos Zimmer.

Stöhnen und Schreie gellten Sano in den Ohren, als er wieder durch die übelriechenden Flure des Gefängnisses von Edo ging. Diesmal war sein Führer nicht Mura, der Eta, sondern Magistrat Ogyū. Der Saum seiner schwarzen Amtsrobe schleifte über den schmutzigen Fußboden.

Am Ende des Flures blieb Ogyū stehen und schob mit einem Ruck eine Tür auf. »Kommt, *yoriki* Sano«, rief er. Seine hohe, durchdringende Stimme wurde von den furchtbaren Schreien der Gefangenen beinahe übertönt. »Kommt und erlebt das Schicksal derer, die ihren Befehlen nicht gehorchen und ihre Pflichten nicht erfüllen!«

Sano wollte nicht weitergehen, wollte nicht wissen, was sich hinter der Tür befand. Doch eine unsichtbare Kraft trieb ihn den Flur hinunter. Beinahe schluchzend vor Entsetzen, fiel er auf die Knie und packte den schwarzen Umhang des Magistraten.

»Bitte ... nein ...«

Ogyū lachte. »Wo sind denn Euer Mut und Stolz als Samurai geblieben, *yoriki* Sano?« höhnte er.

Mit einem gewaltigen Tritt schleuderte er Sano durch die Tür, so daß er auf Händen und Knien im dahinterliegenden Raum landete. Bei dem Anblick, der sich ihm bot, schrie Sano vor namenlosem Schrecken auf.

Er befand sich in der Leichenhalle. Zu beiden Seiten eines der Seziertische standen Mura und Doktor Itō. Mura hielt ein langes, rasiermesserscharfes Skalpell in der Hand; die untere Hälfte seines Gesichts wurde von einem Tuch verdeckt. Doktor Itō hob die Hand und winkte Sano zu sich.

Sano trat näher. Und dann wurde ihm schlecht vor Angst.

Der Tisch war leer. Wartete. Auf ihn.

»Nein!« schrie Sano.

Leise, verstohlen stieg der Beobachter die Stufen zur Veranda hinauf und blieb vor der Tür zu Sanos Zimmer stehen. Seine Strohsandalen verursachten kein Geräusch, doch bei jedem Schritt knarrten die Holzdielen leise unter seinem Gewicht. Er versuchte, die Tür zu öffnen.

Abgeschlossen. Der Mann zog den Dolch aus der Scheide, schob die Klinge zwischen Tür und Rahmen und benutzte die Waffe als Hebel. Er drückte so lange, bis der Riegel mit einem scharfen Knacken zersprang. In der Stille klang das Geräusch so laut, daß der Mann vor Schreck beinahe den Dolch hätte fallen lassen. Er erstarrte, lauschte.

Nur gedämpftes Schnarchen drang hinter der Tür hervor. Das Krachen des Riegels hatte die beiden Schläfer nicht geweckt. Langsam, vorsichtig schob der Mann die Tür zur Seite. Den Dolch in der Faust, spähte er in die Dunkelheit des Zimmers und sah die beiden Gestalten, die schlafend am Boden lagen und nur schemenhaft zu erkennen waren. – Es war soweit.

Ein lautes, röchelndes Geräusch weckte Sano. Mit einem Schlag waren Ogyū, Mura, Doktor Itō und die Leichenhalle verschwunden. Sano stieß einen heiseren Schrei des Erschreckens aus, als er sich in der Dunkelheit ruckartig aufsetzte. Durch den Nebel der Schlaftrunkenheit sah er eine schattenhafte Gestalt auf sich zukommen. Wieder schrie Sano, diesmal vor grellem Entsetzen, während er instinktiv mit dem Schwert zuschlug, dessen Griff er noch immer gepackt hielt. Die Gestalt sprang zurück, warf sich herum und stürmte aus dem Zimmer. Sanos Schwertklinge verfehlte den Mann, zerschnitt zischend die Luft. Schnelle Schritte ließen die Holzdielen erbeben, wurden rasch leiser und verklangen in der Ferne.

Sano schleuderte die zerwühlten Decken zur Seite und sprang auf, das Schwert kampfbereit in der vorgestreckten Hand. Er war jetzt hellwach und versuchte angestrengt, seine Umgebung zu erkennen und sich zu erinnern, wo er sich befand. Noch immer schlug ihm das Herz bis zum Hals; die gräßlichen Traumbilder vom Gefängnis in Edo und dem bedrohlichen Eindringling waren noch so lebendig wie die Wirklichkeit. In seiner Verwirrung brauchte Sano einen Augenblick, bis er die verschwommenen Umrisse seines Zimmers im Gasthof erkannte. Alles war ruhig und friedlich. Eigentlich hätte die Furcht nun von ihm abfallen müssen, doch er verspürte die beängstigende, schreckliche Gewißheit, daß irgend etwas Furchtbares geschehen war. Jede Faser seines Seins bebte vor Anspannung.

Im Zimmer war es seltsam kalt. Ein eisiger Hauch bewegte die Luft, konnte den durchdringenden, metallenen Gestank aber nicht vertreiben, der Sanos Nasenflügel beben ließ. Und noch ein fremdartiger Geruch lag in der Luft – schwächer und muffig wie getrocknete Kräuter. Er kratzte Sano in Nase und Kehle und ließ ihn niesen. Und dann bemerkte er, daß sich im Zimmer noch etwas verändert hatte. Irgend etwas fehlte.

Tsunehikos Schnarchen. Sano konnte es nicht mehr hören. Die schemenhafte, regungslose Gestalt am Boden gab keinen Laut mehr von sich …

»Tsunehiko?« rief er.

Er beugte sich hinunter, rüttelte den Schreiber sanft. Und stieß keuchend den Atem aus. Ruckartig zog er die Hand zurück. Irgend etwas Warmes, Feuchtes, Klebriges hatte Tsunehikos Decke durchtränkt. Von Entsetzen erfüllt, ließ Sano sein Schwert fallen und tastete hektisch über den Fußboden, auf der Suche nach der Lampe und den Zündhölzern. Seine Hände zitterten so sehr, daß er den Docht erst beim dritten Versuch entzünden konnte. Die Flamme flackerte schwach; dann loderte sie auf und tauchte das Zimmer in helles Licht. Sano blickte auf Tsunehiko hinunter.

Der Schock ließ sein Herz einen Schlag aussetzen; die Worte gefroren ihm auf der Zunge. Mit einem langen, scharfen Zischen füllten seine Lungen sich mit Atem.

Tsunehiko lag rücklings auf seinem Futon. Die Decke war heruntergezogen, so daß sein Hals und die Schultern zu sehen waren. Aus einer klaffenden Wunde an der Kehle strömte Blut, rot und glänzend im Licht der Lampe, und durchnäßte sein Bettzeug und das Nachtgewand. Seine blicklosen Augen starrten zur Decke.

15.

Nein!« rief Sano.

Stöhnend kniete er neben Tsunehiko nieder. Er riß ein Stück Stoff aus seinem Umhang, drückte den Fetzen auf die schreckliche Wunde und versuchte, den Blutstrom zu stillen, der aber schon versiegt war. Er schlug dem Jungen auf die Wangen – ein verzweifelter Versuch, ihn ins Leben zurückzurufen. Doch Sano hatte längst erkannt, daß Tsunehiko tot war.

Plötzlich wurden alle Zusammenhänge deutlich: der nächtliche Eindringling, das laute Röcheln und die Schritte, die sich hastig entfernt hatten. Das alles war kein Traum gewesen, sondern schreckliche Wirklichkeit. Im Halbschlaf, sich der Gefahr nicht bewußt, hatte Sano Tsunehiko aufschreien hören – und sein Röcheln, als der Eindringling ihm die Kehle durchgeschnitten hatte. Und er, Sano, hatte den Mörder entkommen lassen.

»Nein!«

Trauer und Zorn explodierten in Sanos Brust und entluden sich in einem wilden Schrei, als er an Tsunehikos jugendliche Unschuld und Fröhlichkeit dachte.

Sano zog sich gar nicht erst an; er packte sein Schwert und sprang auf. Er sah den Riegel an der aufgebrochenen Tür erst in dem Augenblick, als er auch schon nach draußen stürmte. Der Mörder – war er der geheimnisvolle Beobachter? – war ohne Schwierigkeiten ins Zimmer eingedrungen und hatte Tsunehiko getötet. Aber der Kerl würde nicht entkommen! Ein übermächtiges Verlangen nach Rache stieg in Sano auf. Bis zu diesem Augenblick hatte er nicht gewußt, daß er zu solchen Haßgefühlen überhaupt fähig war. Er wollte Blut für Blut. Er wollte den Zorn der Götter herabbeschwören. Barfuß, nur mit einem Lendenschurz bekleidet, stolperte er durch die frostige Finsternis des Gartens. Mit dem Schwert hieb und schlug er sich blind den Weg frei.

»Stehenbleiben, du Mörder!« brüllte er.

Wie als Antwort erklangen Hufschläge. Jemand galoppierte aus dem Dorf hinaus in die Dunkelheit.

»Bleib stehen, du Schuft!«

Lichter flammten in den Zimmern der Herberge auf, als Sano vorüberstürmte. Er hörte, wie andere Gäste die Fenster aufrissen, und verärgerte Stimmen riefen laut: »Was ist denn los? Wer schreit denn da?«

Wo ist der Nachtwächter, schoß es Sano durch den Kopf. Da es dem Mann nicht gelungen war, den Eindringling aufzuhalten, hätte er mit seinen Rasseln längst Alarm geben und die Wachen an der Kontrollstation sowie die Dorfpolizei herbeirufen müssen.

Sano stellte fest, daß niemand sich in den Schatten vor den Gästequartieren verborgen hielt. Dann, als er wieder zurück durch den Garten rannte, stieß er mit dem Fuß gegen irgend etwas Schweres, Großes. Er stolperte und stürzte bäuchlings zu Boden, prallte aber nicht auf die harte, kalte Erde, sondern auf etwas Weiches und Warmes. Vor Schreck stieß er scharf den Atem aus. Jemand kam mit einer Laterne herbeigeeilt und fing zu schreien an, kaum daß er Sano erreicht hatte.

Verdutzt blickte Sano auf und sah eine alte Frau über sich stehen. Ihr Gesicht war verzerrt und schmerzerfüllt.

»Jihei!« kreischte sie. »Mein Sohn!« Sie brach in heftiges Schluchzen aus.

Sano schaute auf das Etwas, über das er gestolpert war, und erkannte augenblicklich, weshalb der Nachtwächter keinen Alarm gegeben hatte. Gorōbeis Sohn lag regungslos auf dem Rücken. Die Augen waren ihm weit aus den Höhlen getreten. Leblos starrten sie ins Nichts, doch immer noch spiegelten sich Schmerz und Entsetzen darin. Die Zunge ragte zwischen den zusammengepreßten Zähnen hervor und war blutig gebissen, und an Hals und Kehle waren dunkel verfärbte Druckstellen zu erkennen. Der junge Mann war tot – erwürgt, wahrscheinlich von demselben Täter, der Tsunehiko getötet hatte. Sano schloß die Augen, als eine neuerliche Woge betäubenden Entsetzens und heißer Wut über ihn hinwegflutete. Die Schluchzer der Frau waren wie ein Widerhall seiner eigenen Seelenqual. Er hörte schnelle Schritte und Männerstimmen, schlug die Augen auf und sah die anderen Gäste, die in der Herberge Quartier genommen hatten – die Samurai und die Priester. Sie hatten sich um Sano geschart.

»Bleibt bei ihr«, befahl Sano den Priestern und zeigte auf die verzweifelte Frau. Zu den Samurai, die mit schläfrigen, rot geäderten Augen auf den Toten starrten, sagte er: »Kommt mit! Wir müssen den Mörder fangen!«

Ohne eine Erwiderung abzuwarten, rannte Sano zu den Ställen. Die Samurai – allesamt rundlich vom bequemen Leben und noch immer benommen vom reichlich genossenen Sake – nahmen die Herausforderung an. Keuchend, mit stampfenden Schritten und wippenden Schmerbäuchen, folgten sie Sano, die Hände an den Schwertern.

Obwohl Sano und seine Helfer das gesamte schlafende Dorf sowie die Fernstraße in beiden Richtungen und zu beiden Seiten absuchten, entdeckten sie niemanden. Der Mörder war spurlos verschwunden, als wäre er mit der Nacht verschmolzen.

Die nächsten Stunden vergingen mit quälender Langsamkeit. Sano ertrug sie mit äußerlicher Ruhe und aller Selbstbeherrschung, die er aufbringen konnte. Er berichtete dem trauernden Besitzer der Herberge, daß nicht nur sein Sohn, sondern auch ein Gast ermordet worden war. Er meldete die Morde bei den Wachen an der Kontrollstation, die daraufhin die Polizei, die Ältesten und den Vorsteher der Dorfes zusammenriefen. Dann begaben sich alle zum Ryokan Gorōbei, um die Leichen in Augenschein zu nehmen.

»Seid Ihr ganz sicher, *yoriki*, daß er tot ist?« fragte der Dorfvorsteher immer wieder besorgt, während er Tsunehikos Leichnam betrachtete.

Sano wußte, daß der Tod eines Reisenden aus der Oberschicht für einen Ort wie Totsuka – zumal es hier die Kontrollstation gab – Arbeit, Ärger und Kosten nach sich zog: Berichte mußten erstellt und an die Zentralverwaltung der Tōkaido in Edo geschickt werden; es mußten Untersuchungen angestellt und Befragungen vorgenommen werden; die nächsten Verwandten des Toten mußten verständigt werden, und man mußte die notwendigen Schritte für die Überführung des Leichnams in die Heimat oder die Kremation in die Wege leiten. Doch angesichts der idiotischen Frage des Dorfvorstehers, ob Tsunehiko wirklich tot sei, verlor Sano seine mühsam bewahrte Beherrschung.

»Natürlich ist er tot!« fuhr er den Vorsteher an und warf sich den Umhang über, denn die Kälte ließ ihn schaudern. »Glaubt bloß nicht, daß Ihr ihn in einen *kago* stecken könnt, um ihn ins nächste Dorf bringen zu lassen, damit er dort angeblich von anderer Hand stirbt, nur damit Euch die Arbeit erspart bleibt!«

Der Dorfvorsteher starrte Sano mit offenem Mund an, erstaunt darüber, daß der *yoriki* seine Gedanken gelesen hatte. Dann runzelte er die Stirn. »Und woher sollen wir wissen, daß Ihr ihn nicht selbst ermordet habt?«

»Es war kein Raubmord«, kam einer der Dorfältesten Sano zu Hilfe. Der Mann hatte den Wandschrank geöffnet und dessen Inhalt durchsucht. »Seht, das Geld ist noch da.« Er hielt Sanos und Tsunehikos Geldbeutel hoch.

Sano hatte geahnt, daß die Behörden ihn verdächtigen würden, der Mörder zu sein. »Schaut euch meine Waffen an«, sagte er. »Es ist kein Blut daran. Außerdem – wenn ich meinen Reisebegleiter hätte ermorden wollen, dann hätte ich es bestimmt nicht auf unserem gemeinsamen Zimmer getan. Wäre ich der Mörder, hätte ich mich davongeschlichen, anstatt die Kontrollstation zu alarmieren. Ich hätte weder den Nachtwächter töten noch die Tür aufbrechen müssen.

Wenn wir den wirklichen Täter fassen wollen, müssen wir Suchtrupps losschicken. Sie müssen die Tōkaido in beiden Richtungen absuchen und so weit wie möglich ins Landesinnere vordringen. Jetzt sofort. Bevor der Mörder einen zu großen Vorsprung gewinnt.«

Glücklicherweise griff niemand mehr die Mordtheorie des Dorfvorstehers auf. Sano vermutete, daß dies nicht so sehr auf seine Darlegungen zurückzuführen war, sondern auf seinen Status als *yoriki*. Nun aber ergab sich ein weiteres Problem: Die Versammelten zögerten ihre Entscheidung über die Entsendung von Suchtrupps so lange heraus, daß Sano, der Verzweiflung nahe, bald nicht mehr daran glaubte, den Mörder jemals zu erwischen. Drei der Dorfältesten wollten bis zum Tagesanbruch warten; es wäre noch so dunkel, erklärten sie, daß eine Suche zum jetzigen Zeitpunkt sinnlos sei. Die anderen hielten es zwar für besser, die Suchtrupps sofort in Marsch zu setzen, wollten aber nicht das Risiko eingehen, hochrangige Reisende in ihrem Schlaf zu stören. Der Dorfvorsteher warf in einer Geste der Ratlosigkeit die Arme in die Höhe. Er war ein junger Mann, der sein Amt erst vor kurzem von seinem Vater geerbt hatte, und offensichtlich hatte er noch nie mit einem Mordfall zu tun gehabt. Schließlich erklärte er Sano, die Versammelten würden ihre Entscheidung so lange vertagen, bis er, als Dorfvorsteher, eingehender über die Angelegenheit nachgedacht habe.

»Dann laßt mich die Suche organisieren«, bat Sano. »Falls ein wichtiger Gast sich gestört fühlt, übernehme ich die volle Verantwortung.«

Doch der Dorfvorsteher und die Ältesten weigerten sich. Und da Sano aus Edo kam, hatte er in Totsuka keine Amtsgewalt. Er mußte im Gasthaus bleiben; ein Wachtposten sollte dafür sorgen, daß er es nicht verließ. Außerdem mußte er eine schriftliche Erklärung abgeben und eine Vielzahl von Dokumenten unterzeichnen – genau wie jeder andere Reisende, dessen Gefährte auf der Tōkaido ums Leben kam. Zudem war seine Anwesenheit bei der Befragung erforderlich, die für den nächsten Morgen angesetzt wurde; er mußte sich um die Feuerbestattung von Tsunehikos Leichnam kümmern und versprechen, die Asche des Jungen auf der Rückreise mitzunehmen und sie in Edo seiner Familie zu übergeben.

Schließlich ließen die Honoratioren Sano allein; er wurde in einem kargen Gästezimmer untergebracht, das ihm ein weinendes Hausmädchen der Gorōbeis hastig hergerichtet hatte. Trotz seiner Erschöpfung konnte Sano nicht schlafen. Statt dessen kniete er sich auf den Boden und beobachtete, wie die heraufziehende Morgendämmerung allmählich die dunklen Fenster erhellte. Die Gefühle, die er unterdrückt hatte, brachen sich nun gewaltsam Bahn: Trauer und Hilflosigkeit, Wut und Entsetzen ließen ihn am ganzen Körper heftig zittern, obwohl es warm im Zimmer war. Sano preßte die Zähne zusammen und spannte die Muskeln an, um sich dagegen zu wehren. Vergeblich. Der Holzfußboden bebte, so heftig war der Anfall. Eine Ewigkeit schien vergangen zu sein, als das Zittern nachließ. Sanos Körper war vor Erschöpfung wie ausgelaugt, doch sein Verstand war hellwach und arbeitete messerscharf.

Ohne den Beweis dafür zu haben – aber auch ohne jeden Zweifel –, wußte Sano, daß der Mann, der ihn auf der Reise beobachtet hatte, der Mörder Tsunehikos und des Wirtssohnes war. Aber warum hatte der Unbekannte sie getötet?

Die Antwort kam von einem ruhigen, stillen Ort tief in Sanos Innerm: Er, nicht Tsunehiko, hatte das Mordopfer sein sollen. Nur der glückliche Zufall, daß Sano erwacht war, und seine schnellen Reflexe hatten ihn vor einem Mörder bewahrt, der sie zur Vorsicht *beide* hatte töten wollen, dabei aber zuerst den falschen Mann ermordet hatte. Und warum? Auch darauf wußte Sano die Antwort: Er kam der Lösung des Rätsels um die Morde an Yukiko und Noriyoshi immer näher; deshalb wollte irgend jemand ihn aufhalten. Aber wer?

Der junge Fürst Niu? Oder einer der zahllosen Gefolgsleute des Niu-Klans, der den unliebsamen *yoriki* auf Geheiß eines Familienmitglieds ermorden sollte? Oder der intelligente Kikunojō mit seiner Vorliebe für Maskeraden und Verstellungen? Oder Raikō, der unberechenbare, gewalttätige Koloß mit der riesigen Körperkraft? Keinen von ihnen konnte Sano als Täter ausschließen. Oder war es ein unbekannter Spion gewesen, der Magistrat Ogyū und Fürstin Niu von Sanos Aktivitäten berichtet und daraufhin den Mordbefehl erhalten hatte?

Mit einer Art trübseliger Befriedigung ließ Sano sich

alle diese Fragen durch den Kopf gehen. Er wollte den Beweis erbringen, daß Noriyoshi und Yukiko ermordet worden waren. Gab es einen besseren Beweis als diesen Mordversuch? Doch alle Zufriedenheit, die Sano aus dieser Erkenntnis hätte schöpfen können, verblaßte angesichts der Schuldgefühle, die er Tsunehiko gegenüber empfand.

Er hätte den Jungen nicht der Gefahr aussetzen dürfen. Er hätte ihm zumindest den wahren Zweck der Reise deutlich machen müssen. Er hätte die Bedrohung erkennen müssen, die durch den geheimnisvollen Beobachter entstanden war, und Tsunehiko warnen, ihn irgendwie beschützen müssen.

Im Grunde genommen hätte er diese Reise gar nicht erst antreten dürfen. Magistrat Ogyū hatte ihm befohlen, die Nachforschungen einzustellen, und er hätte gehorchen sollen. Er konnte die Schuld an Tsunehikos Tod nicht Ogyū zuschieben, nur weil der Magistrat den Jungen mit auf die Reise geschickt hatte. Nein, das Blut Tsunehikos klebte an seinen eigenen Händen.

Doch Sano mußte sich eingestehen, daß er zu keinem Zeitpunkt ernsthaft erwogen hatte, seine Nachforschungen einzustellen – nicht einmal, als die Verpflichtungen gegenüber seinem Vater und Magistrat Ogyū ihn vorübergehend davon abgehalten hatten. Jener Teil von ihm, der sich nach der Wahrheit sehnte, hatte die ganze Zeit gewußt, daß er weitermachen würde. Nun dachte Sano über die Alternative nach. Der Preis für die Wahrheit war zu hoch. Er durfte ihn nicht mit weiteren Menschenleben bezahlen.

Dann aber stieg wieder der brennende Wunsch in ihm auf, den Mörder vor Gericht zu bringen. Das Verlangen nach Rache überschwemmte ihn wie eine heiße Woge. Er durfte Tsunehikos Mörder nicht ungestraft davonkommen lassen. Seine Ehre verlangte nach Genugtuung und sein Geist nach der Befreiung von Trauer und Schuld.

Sanos Hand bewegte sich zur Hüfte. Langsam zog er das lange Schwert aus der Scheide und hielt es mit beiden Händen vor sich.

In dieser Haltung verharrte er regungslos für den Rest der Nacht.

16.

Fujisawa, Hiratsuka, Ōiso, Odawara. Die Namen der Poststationen wirbelten in Sanos Kopf wild durcheinander – ebenso wie die Erinnerungen an seine Reise durch Städte und Wälder, über Hügel und Ebenen, an Wohnhäusern und Tempeln vorüber. Sano hatte sich über den Punkt der völligen Erschöpfung hinaus angetrieben, als er sich im grauen Licht des frühen Nachmittags Hakone näherte, zwei Tage nach seinem Aufbruch aus Totsuka.

Das letzte Wegstück vor Hakone war der schwierigste und gefahrvollste Teil der Tōkaido. Hier wurde das Land gebirgig, und die Fernstraße verengte sich zu einem steilen, unebenen Pfad, der sich zwischen Kiefernwäldchen hindurch in die Höhe wand. Sano stieg aus dem Sattel, führte sein Pferd an der Leine und setzte den Weg zu Fuß fort. Schon bald keuchte er von der Anstrengung des Aufstiegs und schwitzte trotz der feuchten, durchdringenden Kälte. Die Höhenlage und die dünne Luft verursachten ihm Schwindelgefühle, und jeder Atemzug schien vom harzigen Duft der Kiefern schwer und klebrig zu sein.

Doch die Landschaft überwältigte sogar Sanos aufgewühltes Inneres. In ihrer unwirklichen, erhabenen Schönheit kam sie ihm vor wie ein Bild aus einer alten Sage. Aber das Gelände war wild und gefährlich: Bei jedem Schritt lösten sich Steine vom Pfad und fielen mit peitschenartig knallenden Geräuschen die kahlen Felshänge hinunter. Wasserfälle stürzten donnernd über Steilabbrüche und Felskanten, um in der Tiefe dann still und gelassen den Weg nach Osten fortzusetzen, zum Meer, das Sano hin und wieder in der Ferne schimmern sah. Erdspalten stießen Dampfwolken aus: der Atem des Drachen, der unter dem großen Vulkan wohnte, dem Fujiyama, der sich zur Zeit hinter Wolken im Nordwesten versteckte. Am Grund einer Schlucht war ein schäumender Fluß zu sehen, der verschwand und wieder auftauchte. Hohe, wackelige Holzbrücken führten darüber hinweg zu winzigen Bergdörfern.

Ein gespenstischer Zauber umhüllte diese Dörfer wie ein magischer Bann. Die Bauern grüßten Sano mit höflichen Verbeugungen, doch sie kamen ihm unwirklich, geisterhaft vor. Er begegnete nur wenigen anderen Reisenden. Diejenigen, die im Sommer nach Hakone kamen, um die gesundheitsfördernden Wohltaten der frischen Luft, der Stille und der Heilquellen zu genießen, reisten im Winter nicht hierher, weil das Klima in der kalten Jahreszeit als unbekömmlich galt. Aus diesem Grund sah Sano sich den Gefahren der Straße allein gegenüber: den Räuberbanden; den uralten Dämonen, die in Höhlen hausten und unaufmerksamen Reisenden böse Streiche spielten; und dem geheimnisvollen Beobachter, der nun zum Mörder geworden war. Sano konnte seine bosärtige Präsenz zwar nicht mehr spüren, doch er ging davon aus, daß der Unbekannte ihm folgte; deshalb hatte er die Hand am Griff seines Schwertes und ließ den Blick ständig umherschweifen.

Einmal blieb er stehen und rief: »Hier bin ich! Komm her und hole mich, wenn du dich traust!« Als Sano hörte, wie das Echo seiner Stimme in den Bergen widerhallte, fragte er sich, ob er den Verstand verlor.

Dann, endlich, sah er in der Ferne das Dorf Hakone tief unter sich am Weg. Ihm fiel ein Stein vom Herzen, der Einsamkeit entronnen zu sein und in die gewohnte, zivilisierte Welt zurückzukehren. Die gut einhundert Häuser des Dorfes standen dicht an dicht an einem Teilstück der Tōkaido, das an der östlichen Küste des Ashinoko-Sees vorüberführte. Der See war mit Fischerbooten übersät und spiegelte den bleiernen Himmel wider. Hohe, bewaldete Berge, von denen einige fast senkrechte Felswände aufwiesen, umschlossen das Dorf zur Hälfte. Der Fuji-*san* überragte sie alle: eine pastellene, silberne Spitze, die einen Hut aus durchscheinenden weißen Wolken trug.

Als Sano den Abstieg zum Dorf beendet hatte, verspürte er tiefe Erleichterung. Er hatte sein Ziel jetzt fast erreicht. Bald würde er sich in einem gemütlichen, sauberen Gasthof von den Strapazen erholen können, gut essen und trinken und seinen schmerzenden Muskeln durch ein heißes Bad Linderung verschaffen. Doch als er zur Postenstation gelangte, sah er sich einem Hindernis gegenüber, mit dem er eigentlich hätte rechnen müssen. Die Wachtposten an der Kontrollstelle von Hakone waren für ihre Strenge und Unnachgiebigkeit bekannt. Die Lage des Dorfes – die Berge zur einen Seite, der See zur anderen – machte es zu einer natürlichen Falle, in der die Männer des Shōgun verdächtig aussehende Reisende rasch und problemlos festnehmen konnten, insbesondere Samurai, die keine getreuen Verbündeten der Tokugawas waren. Zwanzig Posten in voller Bewaffnung bemannten die befestigten Tore, die den Weg ins Dorf versperrten. Die Männer ließen Sano nicht hindurch.

»Kommt mit mir«, sagte einer der Posten.

In einem kleinen, schmucklosen Zimmer im Wachthaus verbrachte Sano eine Stunde damit, Fragen zu beantworten, die drei Beamte auf ihn niederprasseln ließen, welche das Wappen der Tokugawas auf ihren Kimonos trugen.

»Aus welcher Familie stammt Ihr? Woher kommt Ihr? Wohin wollt Ihr? Was ist der Zweck Eurer Reise? Wer ist Euer Herr? Welchen Beruf übt Ihr aus, und wer ist Euer Vorgesetzter?«

Sano wünschte sich inständig, die Reise fortsetzen zu können, doch er durfte es sich nicht erlauben, die Beamten gegen sich aufzubringen. Sie konnten ihn noch stundenlang – oder gar tagelang – festhalten.

»Ich bin Sano Ichirō, Sohn des Sano Shūtarō, Lehrer der Waffenkünste, einst in Diensten des Fürsten Kii aus der Provinz Takamatsu«, antwortete Sano höflich.

Durch die offene Tür konnte er beobachten, wie andere Beamte den Inhalt seiner Satteltaschen auf den Fußboden des angrenzenden Zimmers leerten. Einer durchsuchte die Kleidungsstücke, während ein anderer sich eingehend den Reisepaß anschaute.

»Ich bin *yoriki*, ein Untergebener von Ogyū Banzan, dem Magistraten, der für den Nordteil Edos zuständig ist. Ich bin auf einer Pilgerreise nach Mishima.«

Sano rechnete damit, daß die Beamten ihn nun fragen würden, ob er in Mishima jemanden treffen wolle und um wen es sich dabei handelte. Die Aufgabe dieser Männer bestand ja vor allem darin, geheime Treffen aufzudecken, die vielleicht mit Verschwörungen gegen die Regierung zu tun hatten. Doch sie schienen das Interesse an Ziel und Zweck der Reise verloren zu haben; statt dessen fragten sie Sano eingehend nach seiner Familie aus.

»Ihr seid also *yoriki* Sano Ichirō aus Edo«, sagte der ranghöchste Beamte. »Wart Ihr nicht in die Morde verwickelt, die vorgestern in Totsuka verübt wurden?«

Sano war erstaunt, wie schnell das Netzwerk der Tokugawa-Spitzel Nachrichten über die Tōkaido weiterleiten konnte. Geduldig beantwortete er die Fragen über die Morde, wenngleich er vermutete, daß die Beamten die meisten Antworten bereits kannten. Schließlich, nach einer gründlichen Befragung über die Nachforschungen in Totsuka, ließen sie Sano gehen.

Weil der Kannon-Tempel hoch in den Bergen hinter Hakone lag, ließ Sano sein Pferd und das Gepäck in einem Gasthof zurück und machte sich zu Fuß auf das letzte Wegstück. Der Pfad war steil und gewunden; zu beiden Seiten stand dichter Fichtenwald, und die dicken grünen Äste verwehrten Sano an jeder Kehre den Blick, während er höher und höher stieg. Immer wieder bedeckten große, gefährlich glatte Eis- und Schneeflächen den Boden. Sano entdeckte einen toten Ast und benutzte ihn als Gehstock, während er sich den Pfad hinaufkämpfte, von einer trittsicheren Stelle zur nächsten. Die Nius hatten Midori gewiß Diener mitgeschickt, um ihr die Reise zu erleichtern; dennoch mußte es eine Strapaze für das Mädchen gewesen sein.

Je höher Sano stieg, desto heftiger und unangenehmer wurden der Wind, die Kälte und die Nässe. Winzige Eissplitter peitschten ihm ins Gesicht. Sano kam sich vor, als befände er sich hoch in den Wolken. Sein Herz raste vor Anstrengung, und seine Lungen schmerzten.

Doch Sanos Entschlossenheit, den Mörder zu fassen und Tsunehikos Tod zu rächen, trieb ihn weiter. Er hoffte nur, daß die Reise alle diese Mühen wert war. Als er eine Rast einlegte, stellte er fest, daß er sich bereits hoch über Hakone befand; das Dorf, der See und die Berge breiteten sich unter ihm aus, von einem dünnen Nebelschleier bedeckt. Ein plötzliches Schwindelgefühl ließ Sano schwanken, und rasch stützte er sich auf seinen Gehstock. Nachdem er wieder ein wenig zu Kräften gekommen war, setzte er seinen Aufstieg fort.

Mit einemmal, als er bereits seine letzten Kraftreserven mobilisiert hatte, gelangte er auf eine ebene Lichtung. Die umstehenden Kiefern verdunkelten den Himmel und sorgten für ein verfrühtes Dämmerlicht. Als Sanos Augen sich an das Halbdunkel gewöhnt hatten, erblickte er einen Tempel, der vor mehr als tausend Jahren erbaut worden sein mochte – zu jener Zeit, als der Buddhismus gerade erst nach Japan vorgedrungen war.

Ein großes freistehendes Tor mit doppeltem Ziegeldach, das auf acht massiven Pfeilern stand, bildete den Eingang. Sano durchschritt dieses Haupttor, dann ein kleineres im Innern der Tempelanlage und gelangte schließlich auf einen Hof, dessen Boden mit steinernen, erloschenen Laternen übersät war. Zu seiner Rechten befand sich die Haupthalle; düster und bedrohlich stand sie auf ihrem hohen steinernen Fundament. Zur Linken erblickte Sano eine Pagode sowie den hölzernen Käfig, in dem sich die Tempelglocke befand. Mehrere Gedenksteine umschlossen den Friedhof. Die Lesehalle, das kleine Heiligtum, in dem die Sutras aufbewahrt wurden, sowie die Lagerschuppen für die Lebensmittel standen auf großen Gesimsen, die in den Felshang gehauen waren, welcher sich gleich hinter dem Hof erhob. Über diesen Gebäuden erblickte Sano einen steilen Pfad, der zu einem Bauwerk führte, das er für das Nonnenkloster hielt – ein langes, flaches Gebäude, das über den Steilhang hinausragte und von einer Balkenkonstruktion gestützt wurde.

Wenngleich die Tempelanlage über die Jahrhunderte

hinweg immer wieder instand gesetzt worden war, hatte man die fünfgeschossige Pagode in ihrem ursprünglichen Zustand bewahrt. Ihre frisch verputzten Wände erstrahlten in reinem Weiß, und die Dächer waren mit neuen, blaugrauen Ziegeln gedeckt. Die kunstvollen Holzarbeiten wurden durch leuchtende Farben hervorgehoben, die chinesischer Tradition entsprachen: die Mittelpfosten an den Fenstern waren grün, die komplizierten Bauteile der Dächer rot und gelb gestrichen. Die Glocken, die kreisförmig am hohen, schlanken Bronzeturm der Pagode angebracht waren, läuteten leise im Wind.

Die anderen Gebäude jedoch wiesen die Zeichen fortschreitenden Verfalls auf. Der Putz bröckelte von den Wänden, die mit Moos und Flechten bewachsen waren; die Holzbalken, die Türen und die Fenstergitter waren verzogen und rissig. Geborstene Ziegel verschandelten die einst klare Linienführung der Dächer und Giebel. Sano sah keine Priester, Nonnen oder Pilger. Und falls der Beobachter ihm gefolgt war, ließ er sich nicht blicken. Der Tempel machte einen düsteren, verlassenen Eindruck.

Sano stieg die Treppe zur Haupthalle hinauf. Die schwere Tür knarrte überlaut in der Stille, als er sie aufschob. Sano blieb im Türeingang stehen und zog sich die Sandalen aus; dann betrat er die Halle. An der hinteren Wand thronte ein riesiger Buddha auf einer Lotosblüte. Die Zeit hatte die vielarmige Bronzestatue mit einer grünschwarzen Patina überzogen. Rundum standen die kleineren, bemalten Holzfiguren der Schutzgötter: finstere Krieger mit geballten Fäusten und erhobenen Speeren. Hunderte brennender Öllampen und schwelender Weihrauchgefäße schienen diese Gottheiten mit ihrem flackernden, von Dunst getrübten Licht zum Leben zu erwecken.

Die Flammen der Lampen und der Rauch hatten die offene Dachbalkenkonstruktion der Halle im Laufe der Jahrhunderte geschwärzt und dem Holz den moderigen, muffigen Geruch des Alters verliehen. Verblaßte Wandgemälde zeigten geisterhafte, sepiafarbene Buddhas, die von Palästen und Hügeln umgeben waren. In der hinteren linken Ecke der Halle stand eine vergoldete Statue der

Kannon – Kuan-yin –, der Barmherzigkeit des Buddha in weiblicher Gestalt, zugleich eine Verkörperung aller warmherzigen Menschen, die nach dem Nirwana streben. Die Figur trug eine edelsteinbesetzte Krone und einen flammendhellen Heiligenschein.

Sano warf eine Münze in den Opferstock, der auf einem Pfahl in der Nähe des Altars stand. Er schloß die Augen, senkte den Kopf über den gefalteten Händen und sprach stumme Gebete: für die Seele Tsunehikos; für die Genesung seines Vaters; daß Wisteries Trauer enden und seiner Mission Erfolg beschieden sein möge.

Das Rascheln von Umhängen, die über den Boden schleiften, riß Sano aus seiner Andacht. Er drehte sich um und sah sich einer hochgewachsenen, schlanken Nonne in schwarzer Robe und Schleier gegenüber. Ihr Alter war nicht zu schätzen; sie konnte zwischen dreißig und sechzig sein. Die Frau hatte ein blasses, ernstes Gesicht und eine hohe Stirn. Ihre langen Finger spielten mit einem Rosenkranz, der an ihrer Schärpe hing.

»Willkommen, ehrenwerter Pilger«, sagte sie und verbeugte sich. »Ich bin die Äbtissin des Tempels der Kannon. Ich wäre hocherfreut, Euch die Geschichte dieses Tempels erzählen zu dürfen.« Sie wartete Sanos Antwort gar nicht erst ab, sondern fuhr fort: »Der Tempel wurde während der Heian-Periode erbaut, vor ungefähr achthundert Jahren, und …«

Ihre Redeweise und die geübte Stimme verrieten, daß die Äbtissin diesen Vortrag schon viele Male gehalten hatte. Ihr salbungsvoller Tonfall ließ Sano erkennen, daß sie – wie viele andere religiöse Führungspersönlichkeiten – darauf bedacht war, sich bei den Mitgliedern der Kriegerkaste lieb Kind zu machen; denn die Samurai unterstützten diese Tempel.

»Zur Zeit ist der Kannon-Tempel das Heiligtum für zwanzig Nonnen, die dem weltlichen Leben entsagt haben, um geistige Erleuchtung zu suchen. Wenn Ihr mich nun begleitet, werde ich Euch etwas über die Bilder erzählen, die Ihr hier sehen könnt.«

Sano verbeugte sich. »Verzeiht, Äbtissin, aber ich bin nicht auf einer Pilgerreise hierher gekommen. Ich möchte eine Eurer Nonnen sprechen. Niu Midori.« Sano stellte sich mit Rang und Namen vor; dann fuhr er fort: »Ich bitte um Vergebung, daß ich hier eingedrungen bin, aber die Angelegenheit ist von größter Wichtigkeit.«

»Ich fürchte, es ist unmöglich, mit Fräulein Midori zu sprechen.« Der salbungsvolle Tonfall war verschwunden; jetzt klang die Stimme kalt. »Wie ich schon erklärte, haben unsere Nonnen allen irdischen Dingen entsagt. Sie scheuen jeden Kontakt mit der Außenwelt. Besonders unsere Novizinnen müssen sich streng an die Regel vollkommener Abgeschlossenheit halten. Ihr könnt weder jetzt noch sonstwann mit Fräulein Midori sprechen. Ich bedaure, daß Ihr den weiten Weg umsonst gemacht habt.«

Es war eine Aufforderung, das Kloster zu verlassen – mit dem Beiklang der Endgültigkeit. Sanos ohnehin betrübte Stimmung verdüsterte sich noch mehr.

»Bitte, ehrenwerte Äbtissin«, sagte er. »Ich verspreche Euch, nicht lange mit Midori zu reden oder mich gar in Glaubensfragen einzumischen.«

Hatte die Äbtissin von Fürstin Niu den Befehl erhalten, alle Besucher von Midori fernzuhalten? Oder galt ein solcher Befehl nur für ihn, Sano? Doch er hatte kein Zeichen des Erkennens auf dem Gesicht der Äbtissin gesehen, als er seinen Namen genannt hatte. »Ich möchte nur ein paar Augenblicke mit ihr allein sprechen. Mehr nicht.«

Die Äbtissin schwieg.

»Anschließend«, fuhr Sano fort, »werde ich dem Tempel der Kannon eine kleine Gabe zukommen lassen.« Er wußte, daß die Priesterschaft stets begierig auf Spenden war.

Statt zu antworten, wandte die Äbtissin sich um und klatschte zweimal in die Hände. Die Tür flog auf. Zwei Priester in orangefarbenen Roben kamen in die Halle: große, muskulöse Männer mit Speeren in den Fäusten.

»Ich wünsche Euch noch einen guten Tag, Herr«, sagte die Äbtissin zu Sano. »Möge Buddha Euch in seiner göttlichen Gnade eine sichere Heimreise gewähren.«

Sano hatte keine Wahl. Er mußte sich von den Priestern hinausführen lassen. Er wußte um die sagenhaften

Fertigkeiten der Bergmönche, was den Kampf mit und ohne Waffen betraf; seit Jahrhunderten führten sie Kriege sowohl gegen die herrschenden Sippen als auch untereinander. Sano bettelte und bat die Mönche und versuchte sogar, sie zu bestechen, ihn zu Midori zu führen, doch sie sagten kein Wort, und ihre Mienen blieben unbewegt. Sie führten Sano bis zum Tor, blieben dort stehen und sahen zu, wie er den Pfad hinunterstieg.

Als Sano außer Sichtweite war, schleuderte er seinen Gehstock zu Boden, ließ sich auf die Knie fallen und starrte über die Baumwipfel auf das Dorf und den See hinunter. Er versuchte, Kraft genug zu sammeln, um den steilen Berghang hinabsteigen zu können. Bald würde die Nacht hereinbrechen; mit der Abenddämmerung war die Luft bereits merklich kälter geworden. Wartete Sano zu lange, bestand die Gefahr, sich zu verletzen, falls er den trügerischen Pfad im Dunkeln hinabzusteigen versuchte; er konnte sogar in den Tod stürzen oder erfrieren, sollte er vom Weg abkommen. Doch Sanos Verzweiflung, vereint mit der Erschöpfung, behielt die Oberhand. Er verharrte, statt sich an den Abstieg zu machen.

Die Reise hatte zu nichts geführt; Tsunehiko war umsonst gestorben. Sano war der Aufdeckung des Geheimnisses um die Morde an Yukiko und Noriyoshi keinen Schritt näher gekommen, seit er Edo verlassen hatte. Wie sollte er mit seinem Versagen und den tragischen Folgen seines Tuns weiterleben?

Steh auf, trieb er sich an. Heb den Gehstock auf, setze einen Fuß vor den anderen, und …

Sanos Kopf fuhr herum, als er das Geräusch schneller Schritte vernahm, die auf dem Tempelgelände über ihm erklangen. Die Priester! Die Hand am Schwert, sprang Sano auf, getrieben vom Instinkt des Samurai, sich jedem Feind zu stellen und zu kämpfen. Dann aber gemahnte ihn der gesunde Menschenverstand, daß er es mit mindestens zwei kampferprobten Gegnern zu tun bekommen würde, so daß er kaum eine Chance besaß. Wollte er überleben, mußte er verschwinden, bevor die Verfolger ihn entdeckten. Sano packte den Gehstock und eilte den Pfad hinunter.

»*Yoriki!* Wartet!«

Als Sano die hohe, weibliche Stimme hörte, blieb er abrupt stehen. Er wandte sich um und sah eine kleine Gestalt, die hinter ihm den Hang hinunterschlitterte. Als sie Sano erreichte, stolperte sie und wäre gestürzt, hätte er sie nicht festgehalten. Sano blickte sie fassungslos an.

Es war Midori, obwohl er sie kaum wiedererkannte. An Stelle eines hellen Seidenkimonos trug sie einen ärmlichen, weiten Umhang aus grobem Stoff. Unter dem Saum schauten die nackten Füße hervor. Sie sah kleiner aus, zerbrechlicher, als hätte sie Gewicht verloren. Ihr Gesicht wirkte blaß und ausgezehrt, die Lippen waren rissig und aufgesprungen. Die erschreckendste Veränderung aber war der kahlgeschorene Kopf. Nur ein blauschwarzer Schimmer auf der Kopfhaut erinnerte an ihr langes schwarzes Haar.

Keuchend und abgehackt stieß Midori hervor: »... habe Euch ... vom Schlafsaal der Nonnen aus gesehen ...« Sie legte eine Hand auf die Brust, die sich unter schweren Atemzügen hob und senkte. »... bin aus dem Fenster gestiegen ... Ich wollte nicht, daß Ihr geht, ohne daß ich mit Euch gesprochen habe ...«

»Beruhigt Euch. Es ist alles in Ordnung«, sagte Sano. Er zog Midori vom Pfad herunter und hieß sie, auf einem umgestürzten Baumstamm Platz zu nehmen. Sie zitterte in ihrer dünnen Kleidung; deshalb zog Sano seinen Umhang aus und legte ihn dem Mädchen um die Schultern. Dann wartete er mit wachsender Spannung, daß sie wieder zu Atem kam. Nun würde er doch noch die Informationen bekommen, um derentwillen er diese lange Reise unternommen und für die er einen so schrecklichen Preis bezahlt hatte!

Doch als Midori zu reden begann, ging es nicht um ihre Schwester oder um Noriyoshi. »Ich hasse diesen Ort!« rief sie verzweifelt und schlug mit den Fäusten auf den Baumstamm. »Kochen und Putzen und Beten – von Sonnenaufgang bis Sonnenuntergang! Dann ein paar Stunden Schlaf auf einer harten Strohmatte, bevor diese schreckliche Glocke mich weckt und alles wieder von vorn anfängt.« Tränen schimmerten in ihren Augen.

»Wenn ich noch länger hier bleiben muß, sterbe ich. Bitte, nehmt mich mit!«

Mitleid stieg in Sano auf, doch er schüttelte den Kopf. »Das geht nicht«, sagte er. Er mußte Midori die Wahrheit sagen, auch wenn seine Weigerung sie gegen ihn aufbringen konnte.

Midori seufzte und nahm seine Worte mit gesenktem Kopf und hängenden Schultern auf. »Ich weiß«, sagte sie kläglich. »Es geht nicht.« Sie hob die Hand, als wollte sie sich eine Haarsträhne aus der Stirn streichen; dann zuckte die Hand zurück, als sie ihren kahlen Schädel berührte. »Die Leute meines Vaters würden Jagd auf uns machen. Euch würden sie den Kopf abschlagen, und mich würden sie hierher zurückbringen. Ich hätte Euch gar nicht erst bitten sollen. Verzeiht.«

»Wollt Ihr mir erzählen, wie Ihr hierher gekommen seid?« fragte Sano. Er wollte einen weiteren verzweifelten Ausbruch Midoris vermeiden, indem er sofort den Tod ihrer Schwester zur Sprache brachte, und er wollte die Geschichte in Midoris eigenen Worten hören, unbeeinflußt von seinen eigenen Erwartungen.

»Es ist die Strafe, die meine Stiefmutter mir auferlegt hat.« Plötzlich funkelte Zorn in Midoris Augen. »Ich hasse sie! Falls ich ihr noch einmal begegne, werde ich sie umbringen. Ich werde mir ein Schwert beschaffen und sie in hundert Stücke zerhacken. So!« Sie schwang ein imaginäres Schwert und ließ es durch die Luft sausen. »Ich möchte keine Nonne sein. Ich möchte wieder in Edo wohnen. Ich will Feste besuchen und ins Theater gehen. Ich möchte bei meinen Geschwistern sein, meine schönen Kleider tragen, meine Puppen zurückhaben und …« Sie verstummte, brach in heftiges Schluchzen aus und bedeckte das Gesicht mit beiden Händen.

»Hat Euer Vater keinen Einfluß auf diese Entscheidung?« fragte Sano. Er wußte, daß es viele Männer kaum interessierte, ob ihre Töchter glücklich waren oder nicht; aber er hätte nicht damit gerechnet, daß Fürst Niu eine seiner Töchter ohne jeden Widerstand in ein Kloster schicken ließ. Wenn er Midori mit einem jungen Mann aus einer anderen mächtigen Fürstenfamilie verheiratete, konnte er viel mehr Kapital daraus schlagen. So aber verzichtete er auf jede Möglichkeit, durch die Heirat Midoris mit dem Sohn eines anderen Daimyō ein politisches Bündnis zu schmieden; zudem mußte er Midoris Mitgift dem Kloster zukommen lassen.

Midori hob den Kopf und wischte sich mit dem Handrücken die Tränen aus den Augen.

»Solange ich lebe, habe ich meinen Vater kaum zu Gesicht bekommen. Außerdem läßt er meiner Stiefmutter freie Hand, den Haushalt zu führen. Das kann sie tun, wie es ihr gefällt. Genauso, wie Vater meine älteren Brüder in den Provinzen gewähren läßt, die von ihnen regiert werden. Die Diener flüstern, Vater könne keine selbständigen Entscheidungen mehr treffen. Sie behaupten, er sei ... nicht mehr richtig im Kopf und daß es von Jahr zu Jahr schlimmer würde.«

Plötzlich erinnerte Sano sich an den zweiten Spitznamen des alten Fürsten Niu: »verrückter kleiner Daimyō«. Er hatte Gerüchte über erschreckende Geschehnisse in der Provinz Satsuma gehört: über die Orgien des Fürsten, über seine Tobsuchtsanfälle, wenn er in wildem Galopp über das Gelände seines Schlosses ritt und mit dem Schwert jeden niederhaute, der das Pech hatte, ihm in den Weg zu geraten. Falls Midori recht hatte, daß Fürst Nius Macht gewissermaßen an seine Frau übergegangen war, würde dies den außergewöhnlichen Einfluß der Fürstin erklären. Sano fragte sich, ob noch jemand aus dem Niu-Klan die unberechenbare, gewalttätige Veranlagung des Fürsten besaß. Der junge Fürst Masahito vielleicht, der seinem Vater körperlich so sehr ähnelte? Doch die Art und Weise der Morde an Yukiko, Noriyoshi und Tsunehiko offenbarten eine ganz andere Mentalität als die des Fürsten: kühl, überlegt, berechnend.

»Weshalb werdet Ihr bestraft?« fragte Sano das Mädchen, um das Gespräch von diesem zwar interessanten, jedoch zweitrangigen Thema fortzulenken.

»Ich habe gegen die Befehle meiner Stiefmutter verstoßen, indem ich Yukikos Zimmer betreten und mit Euch gesprochen habe – und sie will dafür sorgen, daß ich nie mehr mit Euch reden kann.«

Also stimmte deine Vermutung, ging es Sano durch den Kopf.

»Sie will verhindern, daß ich jemandem erzähle, was ich in Yukikos Tagebuch gelesen habe«, fuhr Midori fort.

Gespannt beugte Sano sich zu ihr vor. Hier endlich war der Beweis zu finden, den er suchte – und er stammte von Yukiko selbst. Zumindest konnte er der Wahrheit nun so nahe kommen, wie es überhaupt möglich war. »Was habt Ihr denn gelesen?« fragte er und bemühte sich, seiner Stimme einen ruhigen Klang zu verleihen, um Midori nicht zu ängstigen.

Midori zog sich Sanos Umhang straffer um die Schultern. »Na ja ... Yukiko hatte davon geschrieben, wie wir Glühwürmchen gefangen haben. Und über Masahitos Mannbarkeitsfeier.«

Das Mädchen schilderte beide Tagebucheinträge eingehender. Offensichtlich genoß sie Sanos Aufmerksamkeit, denn sie erzählte ihm lang und breit von beiden Geschehnissen. Sano ließ das Mädchen reden, wenngleich ihm die Kälte und das rasch verblassende Tageslicht beim Gedanken an den Abstieg ins Tal zunehmend Unbehagen bereiteten. Aber er wußte, daß nur ein guter Zuhörer an wertvolle und manchmal unerwartete Informationen gelangte. Doch ein Teil seiner Aufmerksamkeit blieb auf den Pfad gerichtet; noch immer konnten die bewaffneten Mönche erscheinen.

»Den Namen von diesem Noriyoshi habe ich im Tagebuch nirgends entdeckt«, sagte Midori. »Kein einziges Mal! Und ich weiß, das Yukiko keine Heiratsabsichten hatte. Sie hat immer gesagt, daß ein Mädchen bereit sein muß, zu warten, bis man den richtigen Mann für sie findet. Außerdem – wie hätte sie sich mit diesem Noriyoshi treffen sollen? Yukiko ging nur in Begleitung von Anstandsdamen aus und niemals am Abend.« Plötzlich runzelte Midori die Stirn. »Bis auf diesen einen Abend ...«

Sano war froh, daß er Midori hatte reden lassen, ohne sie zu unterbrechen. »Habt Ihr Yukiko an dem Abend ausgehen sehen, bevor sie ermordet wurde? Hat sie in ihr Tagebuch geschrieben, wohin sie wollte und aus welchem Grund?«

Doch Midoris Antwort war eine Enttäuschung. »Nein. Es war nicht der Abend vor ihrem Tod. Er war im vergangenen Monat. In der Vollmondnacht. Ich habe Yukiko nicht fortgehen sehen, aber ich habe beobachtet, wie sie am nächsten Morgen in aller Frühe heimgekommen ist. Und ich hatte keine Zeit mehr, diesen Teil des Tagebuchs zu lesen – meine Stiefmutter hat mich daran gehindert. Deshalb weiß ich nicht, wo Yukiko in dieser Nacht gewesen ist.«

Vergangenen Monat. Zu einem vollkommen falschen Zeitpunkt. Sano seufzte. Allmählich verlor er das Interesse. Er hatte ohnehin den Verdacht, daß Yukiko auf dem Anwesen der Nius ermordet und daß ihre Leiche anschließend fortgeschafft worden war.

Entschlossen, die letzte Chance zu nutzen und Midori doch noch sachdienliche Informationen zu entlocken, sagte er: »Als wir uns in Edo unterhielten, habt Ihr gesagt, Ihr hättet den Beweis, daß Yukiko ermordet wurde. Was für ein Beweis war das? Eine Eintragung in Yukikos Tagebuch? Könnt Ihr mir dieses Tagebuch zeigen?«

Zu Sanos Bestürzung schaute Midori ihn mit leerem Blick an. »Nein«, sagte sie. »Meine Stiefmutter hat es zerrissen. Warum wollt Ihr es überhaupt sehen? Das Tagebuch hat lediglich bewiesen, daß Yukiko diesen Noriyoshi nicht gekannt hat. Das habe ich Euch doch schon gesagt! Weshalb sollte sie mit einem Mann *shinjū* begehen, den sie nicht einmal kannte? Ist das nicht Beweis genug? Aber Ihr werdet nach ihrem Mörder suchen, nicht wahr?«

Es war eine einzige, bittere Enttäuschung für Sano. Er machte zwei Schritte den Hang hinunter und wandte das Gesicht von Midori ab, damit sie seine Verzweiflung und Hilflosigkeit nicht sehen konnte. Was für eine tragische Verschwendung diese Reise doch gewesen war! Alles das nur, um von einem kleinen, schwatzhaften Mädchen zu erfahren, daß Yukiko Noriyoshis Namen nicht erwähnt hatte – in einem Tagebuch, das nicht mehr existierte.

Zorn stieg in Sano auf. Doch er galt nicht Midori, die ihn irregeführt hatte, sondern ihm selbst, da er sich zuviel erhofft hatte. Er mußte sich zwingen, sich zu dem

Mädchen umzudrehen. »Stand noch irgend etwas in dem Tagebuch?« fragte er mit leiser Stimme.

Zum erstenmal, seit sie sich getroffen hatten, machte Midori einen verunsicherten Eindruck. Sie zog die Schultern hoch, starrte zu Boden und murmelte: »Nein. Nichts.«

Sano erkannte sofort, daß sie log. Es gab noch etwas anderes. Irgend etwas, das für seine Nachforschungen von grundlegender Wichtigkeit war. Am liebsten hätte er gefragt: Was stand *noch* in dem Tagebuch? Sagt es mir! Statt dessen kniete er neben Midori nieder.

»Selbst Dinge, die unwichtig erscheinen, können sich später als hilfreich erweisen«, sagte er. »Wenn Ihr wollt, daß ich den Mörder Eurer Schwester finde, müßt Ihr mir alles erzählen.«

Keine Antwort.

»Schaut mich an, Midori.«

Sie seufzte und erwiderte feindselig seinen Blick. »Es hat nichts mit Yukikos Tod zu tun«, sagte sie trotzig. »Es ist eine Familienangelegenheit.«

Offenbar hatte Midori bis jetzt noch nicht die Möglichkeit erkannt, daß einer ihrer eigenen Verwandten der Mörder Yukikos sein konnte. Jetzt aber beobachtete Sano, wie sich plötzliches Begreifen auf ihrem Gesicht abzeichnete. Als wollte sie zurückweichen, beugte sie ihren kleinen Körper auf dem Baumstamm nach hinten. In ihren Augen lag das stumme Flehen, ihre Ängste zu vertreiben.

Sano zögerte. Er wollte nicht, daß dieses Mädchen noch mehr Schmerz erleiden mußte als bisher schon. Er hatte Verständnis dafür, daß die Treuepflicht Midori auferlegte, Familiengeheimnisse zu wahren; doch ihm war klar, daß er diesen Panzer des Schweigens durchbrechen mußte, um die Wahrheit zu erfahren.

»Eure Familienangelegenheiten könnten sehr viel mit Yukikos Tod zu tun haben«, sagte er, so ruhig es ihm möglich war.

Midori biß sich auf die rissigen Lippen, bis sie aufplatzten und ihr Blut übers Kinn lief. Schließlich sagte sie mit dumpfer, monotoner Stimme: »Am Tag vor ihrem Tod hat Yukiko in ihr Tagebuch geschrieben, sie könne sich nicht entscheiden, ob sie erzählen solle, was sie über ... jemanden wußte. ›Reden ist Verrat‹, hatte sie geschrieben, und ›Schweigen ist Sünde‹. Als ich diese Worte gelesen hatte, habe ich nachgeblättert, auf wen oder was sie sich bezogen haben.« Midori hielt inne. »Es war unser Bruder Masahito.«

Der junge Fürst Niu. Ein Erpressungsopfer Noriyoshis. Außerdem hatte seine tote Schwester Einfluß auf ihn gehabt – Yukiko, die offenbar ein ausgeprägtes Gefühl dafür besessen hatte, was richtig und was falsch war. Ob Yukiko ihren Bruder gedrängt hatte, irgendeine Missetat zu gestehen? So wie die kleinen Mädchen, nachdem sie den Glühwürmchenkäfig zerbrochen hatten?

Masahito. Er war gerissen genug, die Morde zu begehen und einen *shinjū* vorzutäuschen. Ein Fürstensohn, der viele verläßliche Helfer aufbieten konnte. Ein junger Mann, der vielleicht so verrückt war wie sein Vater. Der Sohn einer mächtigen Frau, die ihren Einfluß dazu benutzen konnte, ihn vor dem Gesetz zu schützen. Und der zum Schluß so verzweifelt war, daß er noch einmal gemordet hatte, um unerkannt zu bleiben?

Das Mosaik fügte sich allmählich zu einem Bild, dessen Schlüssigkeit in Sanos Augen höchst zufriedenstellend war. Nur ein Stückchen fehlte noch.

Mühsam hielt Sano seine wachsende Erregung im Zaum. »Was hat Yukiko über Masahito gewußt, Midori?«

Das Mädchen schüttelte den Kopf. Jetzt wirkte sie wieder gefaßt und – anders als zuvor – überzeugt von dem, was sie sagte. »Ich weiß es nicht. Yukiko hat geschrieben, daß ...«

Midori runzelte die Stirn und biß sich auf die blutende Lippe, als sie sich zu erinnern versuchte. Schließlich sagte sie: »Was Masahito getan hat, wird mit dem Tode bestraft, hat Yukiko geschrieben. Wahrscheinlich würde es nicht nur ihn allein treffen, sondern unsere ganze Familie, die seine schreckliche Strafe teilen müßte, weil das Gesetz es so verlangt. Yukiko hat geschrieben, daß der Gedanke an den Tod ihr Herz mit Furcht erfüllt. Doch sie war eher bereit zu sterben, als in Schmach und Schande zu leben, weil die Pflicht es von einer Samurai-Frau so verlangt.

Und für Yukiko waren Pflicht und Ehre wichtiger als die Treue zu unserer Familie, selbst auf die Gefahr hin, daß sie uns alle dazu verurteilte, Masahitos grausames Schicksal zu teilen, falls sie preisgab, was er getan hat.

Mehr konnte ich nicht lesen, denn meine Stiefmutter kam ins Zimmer«, schloß Midori. »Ich weiß also nicht, was Masahito getan hat. Aber es muß etwas sehr Schlimmes gewesen sein.«

Sano überlegte, was der junge Fürst sich hatte zuschulden kommen lassen, daß ihm eine so schwere Strafe drohte. Samurai waren nicht den gleichen Gesetzen unterworfen wie gemeine Bürger. Für gewöhnlich erlaubte man Samurai, *seppuku* zu begehen – rituellen Selbstmord –, statt für ihre Taten hingerichtet zu werden. Nur bei sehr schweren Verbrechen, die einen Verstoß gegen die Ehre beinhalteten, wurde ihnen ihr Status aberkannt, und sie wurden wie Gemeine behandelt. Brandstiftung, zum Beispiel, oder Verrat, mitunter auch Mord – dies hing von den Umständen ab – waren Verbrechen, die sowohl für den Täter als auch für alle Familienmitglieder, die an diesem Verbrechen beteiligt waren oder auch nur davon gewußt hatten, die Todesstrafe nach sich ziehen konnten. Doch ohne genauere Informationen konnte Sano nur Vermutungen darüber anstellen, was Fürst Niu getan haben könnte. Aber er bezweifelte nicht, daß die Notwendigkeit, seine Tat geheimhalten zu müssen, für Masahito ein Motiv für die Morde an Yukiko, Noriyoshi und letztendlich auch Tsunehiko war.

»Masahito hat Yukiko ermordet, nicht wahr?« fragte Midori. »Weil er verhindern wollte, daß sie von seiner Tat berichtet.«

Sano, der die Gefühle des Mädchens schonen wollte, erwiderte: »Es kann auch ganz anders gewesen sein. Schließlich haben wir nur Yukikos schriftliche Aussage – und die wurde vernichtet. Vielleicht hatte sie irgend etwas mißverstanden. Oder sie hat ihrem Tagebuch nicht die Wahrheit anvertraut.« Das Gebot der Unvoreingenommenheit zwang Sano, beide Möglichkeiten in Erwägung zu ziehen.

Ein Hoffnungsschimmer erschien in Midoris Augen.

Dann aber schüttelte sie den Kopf und betastete ihren kahlgeschorenen Schädel. »Nein«, sagte sie mit trauriger Stimme. »Yukiko hätte niemals gelogen. Und sie muß sich dieser Sache sicher gewesen sein. In den letzten Wochen vor ihrem Tod war sie schrecklich nervös.«

Midori zog die Knie an die Brust, als wollte sie sich trösten und wärmen zugleich. Wiederum hatte Sano Mitleid mit diesem Mädchen, der verhätschelten Tochter eines Daimyō, die man gegen ihren Willen an einen Ort geschickt hatte, den sie haßte, um dort ein Leben in Knechtschaft und Entsagung zu führen. Es war das Schicksal vieler Mädchen; doch im Falle Midoris gab es einen schrecklichen Unterschied. Andere Mädchen, die in die Prostitution verkauft oder mit einem grausamen Ehemann verheiratet wurden, konnten Trost finden, indem sie sich an den Gedanken klammerten, ein heiliges Opfer zu bringen, und indem sie voller Liebe die Familien idealisierten, die sie zurückließen. Midori konnte weder das eine noch das andere; was ihre Familie betraf, mußte sie mit dem Schlimmsten rechnen.

Es schmerzte Sano, noch mehr zum Leid des Mädchens beizutragen. Er wünschte, die Dinge hätten sich anders entwickelt. Doch wie diese Sache ausgehen mochte – auch unschuldige Menschen würden leiden müssen, falls seine Nachforschungen erfolgreich waren. Dies wurde Sano zum erstenmal deutlich.

»Es tut mir leid, daß ich ...«, begann er, verstummte dann aber. Jedes Wort des Trostes und Mitgefühls würde sich banal und verlogen anhören.

Midori erwiderte nichts. Sie starrte hinunter auf das Dorf. Auf ihrem verhärmten Gesicht spiegelte sich tiefes Leid.

Das Läuten der Tempelglocke erklang so unvermittelt in der Stille, daß beide zusammenzuckten. Die dröhnenden, tiefen Schläge hallten über die Berge und den See hinweg und riefen die Nonnen zum Abendgebet.

Midori warf einen nervösen Blick den Hang hinauf. »Ich gehe jetzt lieber zurück, bevor jemand bemerkt, daß ich fort bin«, sagte sie. »Wenn die Nonnen mich beim Ungehorsam erwischen, bekomme ich nichts zum Abendessen.« Widerwillig erhob sie sich und reichte Sano den Umhang zurück. »Auf Wiedersehen, *yoriki-san*.«

Sie machte ein paar Schritte; dann blieb sie stehen, drehte sich noch einmal um und sagte mit ungewohnt ernster Erwachsenenstimme: »Ich will, daß Yukikos Tod gerächt wird. Ich will, daß ihr Mörder bestraft wird.« Auch ihr Gesicht hatte sich plötzlich verändert. Sano erhaschte einen beunruhigenden Blick auf die Frau, zu der Midori heranwachsen würde – eine Frau, die auf ihre Weise so furchterregend war wie Fürstin Niu. »Falls Masahito der Mörder ist«, sie schluckte schwer, fuhr aber tapfer fort: »muß er sterben.«

Sano beobachtete, wie Midoris kleine, einsame Gestalt den Pfad zum Tempel hinaufging; dann machte er sich an den Abstieg zum Dorf. In dieser Nacht konnte er sich ausruhen. Doch morgen mußte er die Rückreise nach Edo antreten, wo er sich den schwierigen Aufgaben stellen mußte, Tsunehikos Eltern den Tod ihres Sohnes mitzuteilen und den Beweis zu erbringen, daß Fürst Niu Masahito sich dreier Morde schuldig gemacht hatte.

17.

Magistrat Ogyū bückte sich und betrachtete prüfend die steinerne Bank vor seinem privaten Teezeremonienhäuschen. Wenngleich die Morgensonne keinen Schmutz erkennen ließ, strich er mit dem Finger über das Holz, hielt ihn sich vor die Augen und runzelte die Stirn, als er den kaum erkennbaren Staubfilm auf der Fingerkuppe entdeckte.

»Mach die Bank sofort sauber!« herrschte er den Diener an, der demutsvoll neben ihm stand. »Fürstin Niu wird in Kürze eintreffen. Dann muß alles tadellos in Ordnung sein.«

»Ja, Herr.« Der Diener verbeugte sich und fegte die Bank mit einem kleinen Besen ab.

Nun nahm Ogyū den Garten in Augenschein. Er mußte dafür sorgen, daß die Gärtner die toten Zweige von den steinernen Platten des Gehwegs entfernten und die Blätter auf dem Teich zu schönen Mustern anordneten. Als Ogyū im Garten umherschlenderte, zerknitterte er beim Gehen das Schriftstück, das er sich unter die Schärpe geschoben hatte. Widerwillig zog er Fürstin Nius Brief hervor, der gestern eingetroffen war, und las ihn zum vielleicht zwanzigstenmal, wobei er die formellen Höflichkeitsfloskeln und Begrüßungen überging und sich auf die eigentliche Mitteilung der Fürstin konzentrierte:

Im Hinblick auf die Ereignisse in jüngster Zeit
halte ich es für dringend geboten, daß wir uns sehr

> bald treffen und uns eine Strategie zurechtlegen, wie wir verfahren sollten, was die Auswirkungen besagter Ereignisse betrifft.

Bei den »Ereignissen«, die Fürstin Niu erwähnte, konnte es sich nur um Sano Ichirōs heimlichen Besuch des Kannon-Tempels und die Ermordung des jungen Tsunehiko handeln. Ogyūs Spitzel hatten ihm davon berichtet; es waren die einzigen außergewöhnlichen Vorfälle in den letzten drei Tagen gewesen. Ogyū fragte sich, weshalb Sano ihm die scheinbar sinnlose Lüge über die Pilgerfahrt nach Mishima aufgetischt hatte. Doch was immer der Grund dafür gewesen sein mochte – es war eine Sache zwischen Vorgesetztem und Untergebenem, die am besten auf privater Ebene geklärt werden sollte. Und Tsunehikos Tod war eine unglückliche, aber durchaus alltägliche Tragödie, wie sie bei Reisen auf der Fernstraße des öfteren vorkam. Was hatte Fürstin Niu mit diesen Geschehnissen zu tun?

Ogyū konnte nur Vermutungen anstellen. Der Ungewißheit wegen hatte er die ganze letzte Nacht kein Auge zugetan. Die Nervosität war ihm auf den Magen geschlagen; trotz des Heiltranks aus Bambusasche, den er zu sich genommen hatte, war ihm noch immer übel. Zu Ogyūs Sorgen trug zudem eine beunruhigende Nachricht bei, die ihm einer seiner Spitzel am Morgen überbracht hatte: Sano hatte die Nachforschungen über den *shinjū* nicht eingestellt! Am Tag vor seiner Abreise hatte Sano sowohl mit dem Schauspieler Kikunojō als auch mit einem Sumo-Ringer namens Raikō gesprochen. Der Magistrat glaubte jedoch nicht, daß die Fürstin bereits davon wußte; Ogyūs Spitzel in diesen Stadtvierteln waren tüchtiger als die jedes anderen Herrn – mit Ausnahme der Spione des Shōgun. Doch Ogyū wußte, daß Fürstin Niu sehr schnell von Sanos Gesprächen erfahren *würde* – und dann würde sie ihn, Ogyū, beschuldigen, nicht dafür gesorgt zu haben, daß Sano den Befehlen seines Vorgesetzten gehorchte. Der Gedanke, sich den Unwillen der Fürstin zugezogen zu haben, verschlimmerte Ogyūs Magenbeschwerden. Heiße, ätzende Galle stieg ihm in die Kehle, als er daran dachte, daß Fürstin Niu ihn vernichten konnte, falls sie sich dazu entschloß. Verflucht sollte Sano Ichirō sein, dieser dickköpfige, ungehorsame Narr! Hätte er diesen Kerl doch nie in seine Dienste aufgenommen!

Ogyū schob den Brief wieder unter seine Schärpe und versuchte, seine Sorgen zu verdrängen. Er konnte auch mit Fürstin Niu fertig werden! Er mußte sich nur auf jene Fertigkeiten konzentrieren, die er im Laufe der Jahre bis zur Perfektion entwickelt hatte. Das Manipulieren. Den verbalen Schwertkampf. Die Fähigkeit, einen Vorteil zu erkennen und zu nutzen, bevor der Gegenspieler es überhaupt bemerkt hatte. Die Stärken und Schwächen des Gegenspielers als eigene Waffen einzusetzen. Und wenn er, Ogyū, dafür sorgte, daß der Schauplatz der Auseinandersetzung entsprechend hergerichtet war, konnte es ihm den Sieg über Fürstin Niu noch mehr erleichtern. Der Magistrat wandte seine Aufmerksamkeit wieder dem Teezeremonienhäuschen zu.

Die schlichte, kastenförmige Hütte mit dem Strohdach, den rauhen irdenen Wänden und den Fensterkreuzen aus Bambus sah wie ein Bauernhaus aus, das man aus dem Erdboden gerissen und nach Edo transportiert hatte. Für gewöhnlich erfreute Ogyū sich an dem Kontrast zwischen der unscheinbaren Hütte und seiner prunkvollen Villa in der Stadt. Ihm gefiel die Atmosphäre der bäuerlichen Schlichtheit; er hatte allerdings auch keine Kosten gescheut, diese Wirkung zu erzielen. Mit Geld, ging es ihm durch den Kopf, kann man sich sogar Ruhe und Frieden kaufen.

Heute aber konnte Ogyū seiner inneren Anspannung wegen die Hütte nicht mit der üblichen Selbstzufriedenheit betrachten. Auch der winterkahle Garten erschien ihm trist und öde. Er hatte Kirschbäume anpflanzen lassen, die im Frühling blühten, und einjährige Pflanzen für den Sommer und Ahorn für den Herbst, doch er hatte es versäumt, immergrüne Gewächse für den Winter anzupflanzen. Und die alten steinernen Laternen sahen nicht malerisch aus, sondern schmuddelig und schäbig. Ogyū hatte Stunden damit verbracht, höchstpersönlich die Trittsteine des Gehwegs zu legen, der in einer kunstvoll-unregelmäßigen Linie zur Teehütte führte. Jetzt verspürte er das plötzliche Verlangen, die Steine anders anzuordnen. Auch der Entwurf der Hütte wollte Ogyū auf einmal nicht mehr gefallen. Und die nur hüfthohe Eingangstür war ihm zu hoch, und die Fenster wirkten zu klein.

Die Bedrohung, die der bevorstehende Besuch Fürstin Nius darstellte, hatte Ogyūs Selbstsicherheit einen solchen Schlag versetzt, daß er seine Teezeremonienhütte zum erstenmal als das sah, was sie wirklich war: als zweitklassiges Werk eines Dilettanten, der sich in der Rolle des Landschaftsarchitekten gefiel.

Ogyū verspürte eine Aufwallung hilfloser Wut, die auf Fürstin Niu und Sano Ichirō gerichtet war. Beide hatten in letzter Zeit seine Ruhe und seinen Frieden empfindlich gestört. Um ein Ventil für seinen Zorn zu finden, schaute Ogyū sich um.

»Du da! Komm her!« fuhr er seinen Diener an. »Hier, diese Stelle hast du übersehen, du Narr!« Er zeigte auf einen winzigen Staubfleck auf einer der ansonsten makellos sauberen Platten des Gehwegs. »Kümmere dich darum. Ab sofort erwarte ich tadellose Arbeit von dir! Anderenfalls wirst du entlassen.«

»Ja, Herr. Verzeiht, Herr.« Der Diener eilte davon, um einen Besen zu holen.

Die Angst in den Augen des Mannes gab Ogyū das Gefühl der Macht zurück. Jetzt sah er sich wieder als strahlender Sieger aus der unvermeidlichen Auseinandersetzung mit Fürstin Niu hervorgehen. Hatte er in seinem langen Leben nicht alle schwierigen Situationen gemeistert? Lächelnd ging Ogyū über die blitzsauberen Trittsteine zur Hütte. Er zog die Sandalen aus und schob die nur hüfthohe Tür des Eingangs auf, die dazu dienen sollte, von den Gästen einer Teezeremonie eine Geste der Demut zu erzwingen. Normalerweise hätte Ogyū die Hütte von hinten betreten, durch die Tür der Dienerschaft, die in die Küche führte. Doch er wollte die Hütte aus dem Blickwinkel Fürstin Nius betrachten. Als Ogyū auf den Knien ins Innere rutschte, umspielte ein Lächeln seine Lippen. Heute würde der niedrige Eingang einem weiteren Zweck dienen: Auch Fürstin Niu mußte knien, wenn sie sich ihm näherte – was sie anderenfalls nie und nimmer getan hätte. Dadurch lag der Eröffnungsvorteil bei ihm, Ogyū.

Im Innern der Hütte warf er einen prüfenden Blick durch das Zimmer. Häcksel schimmerte goldgelb in den Wänden, die aus ockerfarbenem, gebranntem Lehm bestanden. Die Hauptsäule in der Zimmermitte war ein schlanker, von der Rinde befreiter Baumstamm, unregelmäßig geformt, aber sorgfältig poliert und von mattem Glanz. Die Deckenbalken und das Fachwerk waren aus fein gemasertem Holz. In einer Nische hing eine Tuschezeichnung, die eine Winterlandschaft zeigte, über einer schlichten schwarzen Vase, die von einem primitiven koreanischen Töpfer stammte. Ja, alles in diesem Zimmer entsprach den höchsten Anforderungen an eine Teezeremonie.

Doch Ogyū hatte dem Zimmer eine zusätzliche persönliche Note verliehen, die er als Verbesserung der traditionellen Ausstattung solcher Teezeremonienhäuschen betrachtete: hinter hölzernen Gittern versteckt, brannten drei Kohlebecken, die in den Fußboden eingelassen waren. Ogyū sah keine Veranlassung, der Rustikalität wegen auf Behaglichkeit zu verzichten; denn im Winter konnte der Herd, der sich in einer Vertiefung neben dem Platz des Gastgebers befand, dem Zimmer nicht genügend Wärme spenden.

Ogyū ging in die winzige Küche und nahm eine Schüssel und Teeschalen, einen Rührbesen aus Bambus, eine Dose mit feinstem, zermahlenem grünem Tee, einen Schöpflöffel, Mundtücher, eine Aufgußschale und ein Kochgefäß aus einem Schrank. Er füllte das Kochgefäß aus einer Urne, die seine Wasservorräte enthielt; dann brachte er das Gefäß ins Hauptzimmer und stellte es auf den Herd, um das Wasser aufzukochen. Die anderen Gegenstände legte er auf ein Tablett aus Lack, das er anschließend auf einer kleinen Serviermatte neben dem Herd ablegte. Dann kniete er nieder, um auf Fürstin Niu zu warten.

Vor Beginn einer Teezeremonie dachte Ogyū häufig an die Odyssee, die ihn vom Haus seiner Eltern bis in diese Hütte geführt hatte, welche zwar ebenso rustikal, aber sehr viel teurer war. Auch diesmal dachte er an die vergangenen Zeiten.

Ogyū war als Asashio Banzan geboren worden, Sohn eines niederrangigen Gefolgsmannes im Dienste eines unbedeutenden Verbündeten der Tokugawas. Die Banzans hatten wie arme Bauern in einer vom Bürgerkrieg heimgesuchten Provinz gelebt. Als frühreifer Achtjähriger hatte Asashio die Gunst seines Lehrers an der Samurai-Schule errungen; seiner hohen Intelligenz wegen war schließlich sogar der Fürst auf ihn aufmerksam geworden. Asashios Lohn war eine Anstellung als Page im Palast von Edo gewesen.

Im Palast war er der kleinste und schwächste der mehr als hundert Pagen – doch der bei weitem gerissenste. Seine natürliche Begabung, sich die Schwächen und Begierden sowohl der vorgesetzten als auch der gleichrangigen Kollegen zunutze zu machen, war ihm von großem Vorteil. Er tauschte Arbeit gegen Hilfe zum Schutz vor Schlägern. Er verlieh Geld, fädelte Liebesaffären ein, beschaffte alkoholische Getränke und Drogen und vertuschte die Fehler und Vergehen von Kollegen. Als Gegenleistung übernahmen die anderen Pagen die niederen Arbeiten, die eigentlich Ogyū verrichten mußte, und Palastbeamte belohnten ihn mit Vergünstigungen und begehrenswerten Sonderaufgaben. Er tauschte seine Freundschaft gegen Informationen, die er gegen seine Feinde einsetzen konnte. Auf seine Weise erwarb Ogyū sich schon damals jenes politische Geschick, für das er nun berühmt war. Binnen weniger Jahre brachte er es zum obersten Pagen, dann zum Diener, zum Schreiber und schließlich zum Verwalter. Ein höherer Aufstieg war einem Mann von seiner niederen Herkunft verwehrt.

Dann aber heiratete er die einzige Tochter eines der führenden Gefolgsleute des Shōgun. Er erreichte dieses Ziel, indem er sich bei seinem zukünftigen Schwiegervater einschmeichelte und zugleich geheime Verleumdungskampagnen gegen seine Rivalen um die Gunst der Tochter führte. Er nahm den Familiennamen seiner Frau an – Ogyū –, wurde vom Schwiegervater adoptiert und als Erbe eingesetzt. In der Folgezeit stieg er bis zum Rang eines Beraters auf. Als sein Schwiegervater starb, erbte Ogyū nicht nur das Vermögen des Verstorbenen, sondern auch dessen Amt: Magistrat des Nordteils von Edo.

Mit Hilfe seines Netzwerks aus Spitzeln und Informanten kontrollierte Ogyū seit nunmehr dreißig Jahren die Stadt – mit stählerner Faust, die er unter dem Deckmantel eleganter Nonchalance verbarg. Niemals hatte ihm auch nur der Hauch eines Skandals angehaftet; Ogyū hatte es stets verstanden, die kleinen Bestechungssummen, die er als Nebeneinkünfte und Sondervergünstigungen seines Amtes betrachtete, im geheimen zu kassieren.

Bis vor einiger Zeit, als ein Augenblick der Unachtsamkeit und Gier ihn Fürstin Niu in die Hände gespielt hatte.

Vor zwei Jahren hatte der Shōgun sein »erstes Gesetz zum Schutz der Hunde« erlassen. Bald darauf waren die ersten Übeltäter in Ogyūs Gerichtssaal vorgeführt worden. Bei den meisten Angeklagten handelte es sich um arme Bauern, deren Urteile Ogyū verkündete, ohne sich groß Gedanken darüber zu machen. Dann aber, eines Tages, war ein gut gekleideter junger Mann bei ihm erschienen.

»Magistrat Ogyū, ich bin der Sohn des Ölhändlers Kuheiji«, sagte der Mann, als er in Ogyūs Amtsstube niederkniete, und verbeugte sich. »Mein Vater ist im Gefängnis, weil er einen Hund getötet hat. Morgen sollt Ihr seinen Fall verhandeln und das Urteil fällen. Ich bin bereit, Euch für die Freilassung meines Vaters eine große Summe zu bezahlen.«

Ogyū betrachtete den Sohn des Händlers und sah die Zeichen der Furcht, die selbst das geschäftsmäßige Auftreten des jungen Mannes nicht verbergen konnte: die raschen, fahrigen Bewegungen, gefolgt von unnatürlicher Ruhe und Regungslosigkeit. »Und wie kommt Ihr darauf, daß ich bereit wäre, ein solches Angebot anzunehmen?« fragte er.

Ogyū hatte schon oft Bestechungsgelder angenommen, doch ausschließlich bei kleineren Vergehen und auch nur, wenn die Schuld des Angeklagten zweifelhaft war. Doch der Shōgun höchstpersönlich hatte Ogyū mitgeteilt, daß Verstöße gegen das »Gesetz zum Schutz der Hunde« mit harten Strafen geahndet werden müßten, und zwar ohne Ausnahme. Verstieß Ogyū gegen diesen Befehl, lief er Gefahr, nicht nur sein Amt, sondern auch sein Leben zu verlieren.

»Ich wollte Euch nicht beleidigen, ehrenwerter Magistrat.« Der Sohn des Händlers zitterte jetzt sichtlich. »Doch als pflichtbewußter Sohn bitte ich Euch, meinem Vater das Leben und die Freiheit zu gewähren. Hier – ich gebe Euch dreihundert *koban* dafür. Und ich schwöre bei meinem Leben, daß ich niemandem davon erzählen werde.«

Ogyū hatte bereits die Hand gehoben, um den jungen Mann aus dem Zimmer zu winken. Dann aber verharrte er mitten in der Bewegung, als er auf die Goldmünzen starrte, die der junge Mann aus einer Tasche auf den Fußboden geschüttet hatte. Von diesem vielen Geld konnte Ogyū sich eine Sommervilla in den Bergen bauen lassen. Doch wehe ihm, falls der Shōgun jemals von diesem Handel erfuhr! Dann aber fragte er sich, wie seine Hoheit je davon erfahren *sollte*. Und das verlockende Funkeln der Münzen bewegte Ogyū dazu, sich weitere Gründe zu überlegen, das Bestechungsgeld anzunehmen. Er dachte gründlich nach: Der Hund war tot; den Händler zu bestrafen machte das Tier nicht wieder lebendig. Und eine kleine Rechtsbeugung durch ihn, den Magistraten, würden Tokugawa Tsunayoshis Chancen, einen Erben zu zeugen, nicht gefährden.

»Also gut«, sagte Ogyū und sammelte die Münzen ein.

Er hatte den Händler freigesprochen, sich die Villa bauen lassen und die Sache fast schon vergessen. Dann aber, im letzten Frühjahr, hatte Ogyū Fürst Niu einen Besuch abgestattet. Als er gehen wollte, trat die Fürstin ihm auf dem Flur in den Weg.

Nachdem die beiden Höflichkeitsfloskeln ausgetauscht hatten, sagte Fürstin Niu plötzlich: »Gutes Öl kann viel zum Wohlgeschmack einer Mahlzeit beitragen. Ich glaube, sogar die Hunde, die vom Shōgun beschützt werden, würden mir da zustimmen. Ihr wärt gewiß bereit, dreihundert *koban* für das beste Öl zu bezahlen, das ein Händler anzubieten hat, nicht wahr?«

Für jeden anderen hätte diese Bemerkung sich närrisch angehört. Doch Ogyū erkannte voller Entsetzen, daß Fürstin Niu auf das Bestechungsgeld anspielte, das er vom Sohn des Ölhändlers kassiert hatte. Seitdem lebte Ogyū in ständiger Furcht – einer Furcht, die es ihm nun versagte, in den Erinnerungen an seine Erfolge zu schwelgen. Er konnte nicht an seinen spektakulären Aufstieg zur Macht denken, ohne die Angst zu verspüren, den Gipfel eines Berges erreicht zu haben, nur um nun schwankend dazustehen und in ständiger Gefahr zu schweben, in die Tiefe zu stürzen. War heute der Tag gekommen, daß Fürstin Niu ihr gefährliches Wissen gegen ihn einsetzte?

Vor der Hütte erklangen Stimmen und rissen Ogyū aus seinen Gedanken. Die Fürstin war eingetroffen; der Diener geleitete sie durch den Garten. Ogyūs Mund war trocken vor Angst, als er sich erhob, um seine Besucherin zu begrüßen. Noch einmal sagte er sich zur Beruhigung, daß die Fürstin nur gekommen sei, um irgendeine Angelegenheit durchzusprechen und über die erforderlichen Maßnahmen zu diskutieren, wie sie es in ihrem Brief geschrieben hatte. Er brauchte sich bestimmt keine Sorgen zu machen!

Doch als Ogyū die Besucherin auf der Bank sitzen sah, stieg erneut Furcht in ihm auf. Fürstin Niu war für eine Teezeremonie tadellos korrekt gekleidet – was darauf schließen ließ, daß ihr dieses Treffen äußerst wichtig war. Demnach muß es um sehr bedeutsame Dinge gehen.

Unter einem modischen, schulterfreien schwarzen Gewand trug die Fürstin einen schwarzen Seidenkimono, der mit den Symbolen des Winters gemustert war: Pflaumenblüten, Kiefernzweigen und Bambus. Die schöne, hoheitsvolle Frau erhob sich, als sie Ogyū sah.

Der Magistrat begrüßte sie auf respektvolle Weise und kämpfte seine Angst und Unruhe nieder, als er sich verbeugte. »Willkommen in meinem bescheidenen Heim, erhabene Fürstin. Daß Ihr meine Einladung zum Tee angenommen habt, ist eine große Ehre für mich.«

Auch Fürstin Niu verbeugte sich. Wenngleich sie als Gattin eines Daimyō einen höheren Rang besaß als Ogyū, war er ein Mann – und ein Magistrat – und noch dazu um gut zwanzig Jahre älter als sie. In den gegenseitigen

Verbeugungen spiegelte sich die gegenseitige Achtung; keiner der beiden verbeugte sich tiefer als der andere. Sie begannen ihre Auseinandersetzung als Gleichgestellte – ein Gedanke, der Ogyū beruhigte und mit neuer Zuversicht erfüllte.

»Im Gegenteil, Ogyū-*san*. Es ist *mir* eine Ehre, daß Ihr mir Eure Gastfreundschaft gewährt.« Fürstin Nius Begrüßung entsprach ebenfalls den üblichen Höflichkeitsgeboten. »Eine Teezeremonie ist wie ein Hafen, der uns Zuflucht vor weltlichen Sorgen bietet. Aber Häfen können nur vorübergehend bestehen oder sogar Illusion sein. Habe ich recht?« Ein Lächeln spielte auf ihren Lippen. Die modisch geschwärzten Zähne, die ihre Schönheit erhöhen sollten, verliehen ihrem Mund das Aussehen einer Quelle des Todes.

»Äh … ja. Voll und ganz.«

Ihre Bemerkung ging Ogyū nicht aus dem Kopf, als er die Fürstin vor dem hüfthohen Eingang der Hütte zurückließ und nach hinten zur Tür der Dienerschaft ging. Fürstin Nius Worte sollten eine Warnung sein, daß der trügerische Friede einer heftigen Auseinandersetzung weichen würde; soviel stand für Ogyū jetzt schon fest. Mit wachsender Beklommenheit ging er durch die Küche und kniete auf seinem Platz neben dem Herd nieder.

Er hörte das Plätschern des Wassers, als Fürstin Niu sich am Becken vor dem Eingang die Hände wusch und sich den Mund ausspülte, und das Rascheln von Seide, als sie sich die Sandalen auszog. Dann wurde die hüfthohe Tür aufgeschoben, und die Fürstin kam auf den Knien herein. Doch die demütige Haltung tat ihrem Stolz und ihrer Würde keinen Abbruch, wie Ogyū gehofft hatte. Ebensowenig trug ihre nächste Bemerkung dazu bei, Ogyūs Nervosität abzubauen.

»›Berge und Ebenen werden vom Schnee erobert, und nichts bleibt‹«, las sie laut die Inschrift auf der Tuschezeichnung, die in der Nische an der Wand hing. Noch immer der Zeichnung zugewandt, verbeugte sie sich; dann nahm sie den Ehrenplatz vor der Nische ein. »Ach, solche Dichtkunst beruhigt mich immer wieder. Sie verleiht mir Ruhe und Gelassenheit und gibt mir das Gefühl, als bräuchte ich mich nicht zu sputen, wieder am geschäftigen Treiben des Alltags teilzunehmen.« Sie zupfte ihren Kimono zurecht, breitete auf dem Boden den Umhang um sich aus und machte es sich bequem, als hätte sie die Absicht, längere Zeit zu verweilen.

Der Zweck der Teezeremonie – eine Tradition des Zen-Buddhismus – war die rituelle Reinigung von Körper und Geist, in einer Umgebung, die das Einssein des Menschen mit der Natur hervorhob. Doch Ogyū hatte ein anderes Ziel im Sinn gehabt, als er Fürstin Niu zu sich eingeladen hatte: Er hatte gehofft, daß die strengen Beschränkungen, die diese Zeremonie auferlegte, brisante Situationen entschärfen könnten und daß die kultivierte Fürstin im Heiligtum eines Teezeremonienhäuschens keine unerfreulichen Dinge zur Sprache brachte. Jetzt aber erkannte Ogyū, daß sie durchaus dazu fähig war, die Zeremonie für ihre eigenen Zwecke zu nutzen. Sie hatte sich bereits einen Vorteil verschafft, indem sie Ogyū zu verstehen gegeben hatte, daß sein Plan gescheitert war, die Teezeremonie für seine Zwecke zu nutzen. Nun saß der Magistrat in einer Falle, die er selbst aufgestellt hatte. Er konnte Fürstin Niu nicht mehr so rasch loswerden, ohne die Zeremonie zu überstürzen und den Eindruck eines unhöflichen Gastgebers zu hinterlassen.

Ogyūs Hände zitterten, als er die Teeschüssel mit einem Tuch auswischte. Er murmelte: »Eine sehr scharfsinnige Beobachtung, ehrenwerte Fürstin.« Doch innerlich flehte er: Gnädiger Buddha, laß irgend etwas geschehen, daß dieses Possenspiel ein Ende hat!

Normalerweise hätte Ogyū sich Zeit dabei gelassen, die Schüssel und Schalen zu reinigen und sich an ihrer Form und Beschaffenheit zu erfreuen; diesmal aber wischte er sie hastig aus, ohne sich seines Tuns so recht bewußt zu sein. Möge ein Erdbeben das Dach einstürzen lassen, dachte er.

Das Dach stürzte nicht ein. Statt dessen sagte Fürstin Niu: »Das Gedicht erinnert mich an eine Szene aus einem Schauspiel, in dem Edos bester *onnagata* die Hauptrolle gespielt hat.« Sie hielt inne, um ihre Worte einwirken zu lassen. »Wenn ich mich recht entsinne, hat der Schauspieler einen Vers über Blitz und Donner zitiert. Ihr wißt, welches Stück ich meine, nicht wahr? Wenn nicht – einer Eurer Untergebenen kennt es vermutlich.«

»*Onnagata*«: Kikunojō, der Kabuki-Schauspieler. »Blitz und Donner«: Raikō, der Ringer. »Einer Eurer Untergebenen«: Sano Ichirō. Ogyū wurden die Knie weich, als er die versteckten Andeutungen der Fürstin erkannte. Mit mechanischen Bewegungen gab er Teepulver in die Schüssel. Die Fürstin gab ihm zu verstehen, daß sie von Sanos geheimen, verbotenen Nachforschungen über den *shinjū* erfahren hatte, und mehr noch: Sie wußte, mit wem Sano gesprochen hatte.

»Ja. Das heißt ... nein.« Ogyū schöpfte aus dem Eisengefäß über der Feuerstelle und goß heißes Wasser auf den Tee. Wie, bei allen Göttern, fragte er sich, sind die Spitzel der Fürstin an diese Informationen gelangt? Seine einzige Hoffnung bestand jetzt darin, Fürstin Niu zu besänftigen – und zwar schnell. »Bitte, nehmt meine aufrichtigste Entschuldigung an, daß ...«

Er hielt inne. Entschuldigung *wofür?* Die Fürstin hatte doch gar keine Beschuldigung gegen ihn ausgesprochen! Es wäre ein dummer Fehler gewesen, jetzt den Satz zu vollenden und einzugestehen: *... daß es mir nicht gelungen ist, Sano aufzuhalten, wie Ihr mich gebeten habt.* Eine solche Bemerkung durfte er nicht machen, wenn er Fürstin Niu gegenüber den Vorwand aufrecht erhalten wollte, daß ihr Treffen eine ganz normale Teezeremonie war. Ein so ungeschickter und vulgärer Verstoß gegen die Konventionen würde ihn den letzten Vorteil kosten, den er vielleicht noch besaß.

»Ich möchte mich dafür entschuldigen, daß ich als Gastgeber eine so jämmerliche Vorstellung gebe«, beendete Ogyū den Satz in der Hoffnung, daß die Fürstin ihn richtig verstand.

Doch Fürstin Niu nahm seine Entschuldigung gar nicht zur Kenntnis. Sie beobachtete, wie das heiße Wasser aus der Bambuskelle in die Schüssel strömte. »Gutes Wasser ist unverzichtbar, wenn man guten Tee kochen möchte«, sagte sie. »Bezieht Ihr Euer Wasser aus den Quellen von Hakone?«

»Nein … nein, vom Berg Hiei«, stammelte Ogyū.

Ob es Zufall gewesen war, daß die Fürstin Sanos Reiseziel genannt hatte? Ogyū nahm den Bambusbesen und schlug Tee und Wasser zu einem grünen Schaum. Er spürte, wie ihm vor Nervosität der Schweiß ausbrach, daß ihm die Kleidung am Körper klebte. Jetzt wünschte er sich, das Feuer nicht gemacht zu haben.

»Meine Stieftochter Midori ist vor kurzem ins Nonnenkloster des Kannon-Tempels eingetreten«, fuhr die Fürstin fort. Dann schüttelte sie den Kopf und runzelte die Stirn. »Verzeiht. Natürlich wißt Ihr das längst – und mindestens einer Eurer Mitarbeiter.« Sie hielt kurz inne. »Warum sonst hätte besagter Mitarbeiter eine so lange Reise unternehmen sollen, trotz der Tragödie, die sich in Totsuka abgespielt hat?«

Die Schüssel und der Rührbesen fielen Ogyū aus den Fingern, als er die Bedeutung dieser Bemerkung begriff. Schaumiger grüner Tee klatschte zu Boden. Stöhnend wischte Ogyū ihn mit seinem Tuch auf. Midori befand sich im Tempel der Kannon? Deshalb war Sano dorthin gereist! Er hatte das Mädchen zu den Mordfällen befragen wollen! Jetzt ergab Sanos Lüge von der Pilgerfahrt einen Sinn; diese Lüge war ideal dazu geeignet gewesen, den wahren Zweck seiner Reise zu verschleiern.

Was für eine unerhörte Gehorsamsverweigerung! Nicht einmal der Mord an Tsunehiko hatte Sano aufgehalten. Und wie demütigend für Ogyū, auf diese Weise davon zu erfahren. Warum hatten seine Spitzel es nicht herausgefunden und ihn informiert? Wofür bezahlte er diese Kerle eigentlich?

»Ich wußte noch gar nicht, daß Eure Stieftochter Nonne geworden ist«, sagte Ogyū und nahm die Schüssel vom Boden. »Verzeiht mir. Mir war nicht bekannt, daß sie in Hakone ist. Vergebt mir meine Tölpelhaftigkeit.«

Irgendwie schaffte es Ogyū, den verschütteten Teeschaum aufzuwischen. Unter Fürstin Nius ausdruckslosem Blick bereitete er eine neue Schüssel Tee. Die Fürstin war wütend, zeigte es aber nicht. Eine neuerliche Woge der Übelkeit durchflutete Ogyūs Magen. Diese Frau würde ihn vernichten! Ogyū klammerte sich an den falschen Schein der Normalität, den die Teezeremonie ihm vermittelte, und reichte seiner Besucherin ihre Schale.

Die Fürstin drehte sie in den Händen und betrachtete sie, dem Ritual entsprechend. »Was für eine wunderschöne Schale«, sagte sie und strich mit der Fingerspitze über die rauhe Glasur. »Wenn ich trinke, werde ich an den Töpfer denken, der sie gefertigt hat, und an all die bedeutenden Menschen, die vor mir aus dieser Schale getrunken haben.«

Als er diese bedeutungslosen, beiläufigen Worte hörte, entspannte Ogyū sich vor Erleichterung. Offenbar hatte die Fürstin alles gesagt, was sie ihm hatte sagen wollen. Sie gab sich damit zufrieden, ihm ihr Mißfallen ausgesprochen zu haben, und sie würde ihm keinen Schaden zufügen!

»Ihr seid zu freundlich, edle Herrin«, sagte Ogyū dankbar.

Befreit von Angst und Ungewißheit, begann er nun sogar, die Teezeremonie zu genießen. Fürstin Niu trank und lobte den Wohlgeschmack des Tees. Sie wischte die Schale ab, wo ihre Lippen sie berührt hatten, und reichte sie Ogyū zurück, wobei sie ein Gedicht vortrug, das sie selbst verfaßt hatte. Ogyū trank und übertrumpfte die Fürstin mit einem ebenfalls selbstgeschriebenen Gedicht. Er gab den Teesatz in die Aufgußschale, und sie wiederholten die Trinkzeremonie; dann noch einmal. Ogyūs schwindelerregende Erleichterung trug ihn zu neuen Höhen der Beredsamkeit. Nie zuvor war er bei einem Gespräch so geistreich gewesen; nie zuvor hatte er eine Teezeremonie mit solcher Eleganz vollzogen. Und Fürstin Niu war der perfekte Gast: wunderschön, gebildet und von untadeligem Auftreten. Sie war Ogyū beinahe sympathisch.

Als er sie zum Tor geleitete, sprudelte er hervor: »Ich danke Euch, edle Herrin, daß Ihr meine armselige Hütte mit soviel Schönheit und Klugheit erfüllt habt. Es wäre mir eine große Ehre, Euch recht bald wieder als mein Gast begrüßen zu dürfen. Wie kann ich mich Eurer Zusage versichern? Nennt mir jeden Wunsch, der Euch am Herzen liegt.«

»Die Ehre und das Vergnügen waren ganz auf meiner

Seite«, erwiderte Fürstin Niu und neigte leicht den Kopf zur Seite. »Ja, einen Wunsch könntet Ihr mir erfüllen. Gestattet Ihr, daß ich frei heraus spreche?«

Ogyūs Magen verkrampfte sich vor Angst. »Natürlich«, sagte er, zog unwillkürlich die Schultern hoch und versuchte zu lächeln. Wieder stieg Übelkeit in ihm auf, als ihm klar wurde, daß die Fürstin ihm erst jetzt den wahren Grund für ihr Kommen nennen würde. Sie hatte es nur aufgeschoben, um die Teezeremonie nicht zu entweihen. Was für ein Dummkopf er in ihren Augen gewesen sein mußte, sich so überschäumend und schwatzhaft zu geben, im falschen Gefühl der Sicherheit!

Fürstin Nius Blick wurde kalt und hart. Die falsche Fassade der Liebenswürdigkeit fiel von ihr ab, als sie mit eisiger Stimme sagte: »Sano Ichirōs Nachforschungen haben das Interesse der *metsuke* erregt.« Das Wort *»metsuke«* spie sie wie einen Tropfen Gift aus.

»Die Spione des Shōgun?« stieß Ogyū fassungslos hervor. Das fehlte ihm jetzt auch noch, daß diese Männer sich für die Arbeit in seinem Amt interessierten! Wer konnte auch nur *ahnen*, was dabei ans Tageslicht kam? »Seid Ihr sicher?«

»Ich weiß es aus einer verläßlichen Quelle«, erwiderte Fürstin Niu. »Es kommt hinzu, daß die *metsuke* die Theorie in Erwägung ziehen, daß meine Stieftochter Yukiko und dieser Noriyoshi ermordet wurden – wie auch Euer *yoriki* offensichtlich glaubt.«

»Dann war es Mord«, flüsterte Ogyū und verschränkte die Hände, um deren Zittern zu unterbinden. Wenn der Shōgun zu der Ansicht gelangte, er, Ogyū, habe versucht, ein so schweres Verbrechen zu vertuschen ... nicht auszudenken! Bestenfalls würde es ihm einen strengen Verweis einbringen; schlimmstenfalls die Degradierung. Jetzt wünschte sich Ogyū, er hätte auf Sano gehört. Aber er war der festen Überzeugung gewesen, daß es tatsächlich ein *shinjū* gewesen war. Wer konnte ihm da zum Vorwurf machen, daß er sich einverstanden erklärt hatte, den Nius die Unannehmlichkeiten einer genaueren Untersuchung zu ersparen? Niemand wußte von dem Druckmittel, das Fürstin Niu gegen ihn einsetzen konnte.

Die Fürstin schüttelte ungeduldig den Kopf. »Macht Euch nicht lächerlich«, sagte sie. »Es war Selbstmord. Die *metsuke*, diese abscheulichen Intriganten, lassen sich von dem Gedanken verlocken, dem Hause der Nius einen Skandal anzuhaften. Ihr wißt ja, welche Möglichkeiten ein solcher Skandal gewissen Leuten bieten würde. Stellt Euch vor, was für ein Vermögen in die Taschen der Tokugawas fließen würde, sollten sie meinem Gemahl sein Lehnsgebiet fortnehmen!« Ihre Stimme klirrte vor Zorn. »Wie dem auch sei – die *metsuke* werden bald eigene Nachforschungen aufnehmen. Das müssen wir verhindern.«

»Verhindern«, wiederholte Ogyū dümmlich. Er war erstaunt, daß eine *Frau* davon ausging, es mit den Männern des Shōgun aufnehmen zu können. »Aber wie?«

Fürstin Niu lachte trocken und humorlos auf. »Das müßt Ihr entscheiden, Magistrat Ogyū-*san*«, erwiderte sie und betonte dabei seinen Titel.

»Ich? Warum ich? Und wie?« Bei dem bloßen Gedanken an eine solche Verschwörung drehte Ogyū sich wieder der Magen um. Als er sich vorstellte, wie seine Karriere zerstört wurde, wie er ins Exil verbannt oder gar mit dem Tode bestraft wurde, wurde ihm dermaßen übel, daß er befürchtete, sich vor den Augen der Fürstin zu übergeben und den letzten Rest von Würde zu verlieren.

»Das ›Warum‹ dürfte ja wohl auf der Hand liegen.« Die Fürstin öffnete das Tor. »Und das ›Wie‹ müßt Ihr selbst entscheiden.« Sie trat durch das Tor. Ein Hausmädchen kam herbei, um ihr in die wartende Sänfte zu helfen. Über die Schulter sagte die Fürstin: »Denkt an den Ölhändler, und ich bin sicher, Euch wird schon etwas einfallen.« Dann war sie verschwunden.

Ogyū schloß das Tor und lehnte sich dagegen, die Augen geschlossen, während ihn Wogen des Entsetzens durchfluteten und die Übelkeit ihn zu überwältigen drohte. Mehrmals atmete er tief durch und versuchte, die Beherrschung über Körper und Geist wieder zu erlangen. Denk daran, wer du bist, sagte er sich. Du hast zuvor schon triumphiert, und so wird es auch diesmal wieder sein. Er dachte an seinen Rivalen um das Amt des obersten Pagen vor ungezählten Jahren. Ogyū hatte dem Jungen einen Diebstahl angehängt und sich auf diese Weise den Posten erobert. Und im Laufe seiner Amtszeit als Magistrat hatte er immer wieder Versuche abwehren können, ihn seines Postens zu entheben. Er hatte seine Beziehungen und seinen Einfluß geltend gemacht, um Gegner auf Posten in der Provinz abschieben zu lassen, fern von Edo. Nun versuchte Ogyū zu leugnen, daß Fürstin Niu eine weitaus größere Bedrohung darstellte als alle, die er in seinem Leben abgewehrt hatte.

Allmählich strömte die Kraft in seinen Körper zurück. Ogyū schlug die Augen auf und ging mit schwankenden Schritten zur Tür. Er fragte sich, weshalb die Fürstin so sehr darauf bedacht war, daß er die Nachforschungen über den Tod Yukikos und Noriyoshis verhinderte, und warum sie so drastische Maßnahmen ergreifen wollte, falls er ihrer Forderung nicht nachkam. Doch die Sorge um sich selbst war stärker als die Neugier. Er mußte sofort handeln, um eine Katastrophe abzuwenden.

Wundersamerweise hatte Ogyū jetzt, nach dem Treffen, weniger Angst als zuvor. Doch nun, da er die Bedrohung, ihr Ausmaß und ihre Gestalt kannte, erschien es ihm zunehmend leichter, damit fertig zu werden. Er lächelte sogar, als er seine Villa betrat. Er war schließlich kein Dummkopf, sondern ein gerissener und mächtiger Magistrat. Er wußte stets, wann ein Problem durch einen verwegenen, kühnen Schlag statt durch vorsichtiges Taktieren gelöst werden mußte. Dieses instinktive Wissen gehörte ebenfalls zu den Gaben, die ihm den Aufstieg in sein hohes Amt ermöglicht hatten. Jedenfalls würde er, ein vornehmer Mann mit kultiviertem Geschmack, sich nicht die Finger schmutzig machen.

»Rufe sofort die *yoriki* Yamaga und Hayashi zu mir!« wies Ogyū den Diener an, der in der Eingangshalle auf ihn wartete.

Er, Ogyū, würde die notwendigen Befehle erteilen, um die Nachforschungen durch die *metsuke* zu unterbinden und die Einmischung Sano Ichirōs in die Angelegenheiten der Nius ein für allemal zu beenden. Das Handeln aber würde er anderen überlassen.

18.

Das plötzliche Trommeln von Hufschlag ließ die Menge auseinanderstieben, welche sich vor dem Nudel-Eßlokal versammelt hatte, in dem Raikō soeben sein Mittagsmahl beendete. Der Sumo-Ringer blickte von seiner Schüssel auf und sah zwei Reiter in voller Schlachtrüstung: reichverzierte Brustharnische aus Leder, Helme aus Metall, Gesichtsmasken. Die Schwerter gezogen, brachten sie ihre galoppierenden Pferde vor dem Lokal zum Stehen.

»He, du da!« rief einer der beiden.

Raikō stieß einen erbosten Schrei aus, als der Staub, den die Pferdehufe aufgewirbelt hatten, auf sein Essen wehte. Dann schleuderte er die Schüssel zur Seite, erhob sich und wandte sich den Männern zu. Die Arme vor der Brust verschränkt, die Beine leicht gespreizt, starrte er die Fremden an.

»Meint Ihr mich?« fragte er den vorderen Reiter mit grollender Stimme.

»Ja. Dich.« Die Maske verzerrte die Stimme des Reiters, konnte die unausgesprochene Drohung aber nicht verbergen, die darin mitschwang. Zwei kalt blickende Augen musterten Raikō. »Bist du Raikō, der Ringer?«

Raikō wich einen Schritt zurück. Sein Zorn verflog, als er die ersten Stiche der Furcht in seinem Innern spürte: Er hatte die Wappen auf den Brustharnischen und die geflügelten Ornamente auf den Helmen der beiden Reiter erkannt. Sie waren *yoriki*, die in den Straßen dieser Gegend so selten auftauchten, daß ihr Erscheinen stets etwas Schreckliches für irgend jemanden bedeutete.

»Und wenn ich Raikō bin? Was dann?« fragte der Ringer und versuchte, sich unerschrocken zu geben. Doch seine Stimme zitterte, und das Herz klopfte ihm bis zum Hals.

Statt zu antworten, zerrten beide *yoriki* an den Zügeln ihrer Pferde. Die Tiere tänzelten zurück und vertrieben die letzten Zuschauer von der Straße vor dem Eßlokal. Der *yoriki*, der Raikō angesprochen hatte, rief mit schneidender Stimme:

»Packt ihn!«

Sofort stürzte sich eine Horde von Männern auf Raikō. Zwei ergriffen ihn bei den Armen und zerrten ihn aus dem Eßlokal. Die anderen drängten sich um ihn, die Keulen schlagbereit erhoben. Hinter ihnen sah Raikō drei *dōshin* mit *jitte* in den Händen und vier weitere Männer, von denen jeder ein mannshohes, dickes Holzgitter trug, sowie eine neugierige Zuschauermenge.

Raikōs Verwirrung, seine Panik und die Angst steigerten sich. Er versuchte, sich aus dem Griff der Männer zu befreien. »Laßt mich los! Was wollt ihr von mir?«

»Du bist verhaftet. Wegen Mordes an Noriyoshi, dem Künstler, und Yukiko, der Tochter des Fürsten Niu«, rief der vordere *yoriki* Raikō vom Rücken seines tänzelnden Pferdes zu. An die Männer gewandt, befahl er: »Bringt ihn zum Gefängnis!«

»Ihr macht einen Fehler«, protestierte Raikō. »Ich habe niemanden getötet!«

Doch als er diese Worte rief, verspürte er ein beunruhigendes, vertrautes, übelkeiterregendes Gefühl des Zweifels. Der Dämon, der in seinem Innern hauste, beeinflußte manchmal sein Erinnerungsvermögen; die Leute sagten ihm oft, daß er Dinge getan habe, von denen er selbst gar nichts mehr wußte. Es konnte also durchaus sein, daß er diese Leute ermordet und es dann vergessen hatte – sein Haß auf Noriyoshi war allemal groß genug, ihn umzubringen. Doch der Gedanke an das Gefängnis erfüllte Raikō mit Entsetzen. Er mußte die Polizei von seiner Unschuld überzeugen.

»Ihr wollt den falschen Mann verhaften«, sagte er.

Plötzlich kochte eine der unvorhersehbaren, unerklärlichen Wogen blinder Wut in Raikō auf, wie es schon des öfteren geschehen war, seit er seine Kopfverletzung davongetragen hatte. Der Dämon stieg aus seinem Innern an die Oberfläche. Mit wildem Gebrüll warf Raikō seinen massigen Körper zuerst nach rechts, dann nach links. Die Männer, die seine Arme gepackt hielten, wurden zur Seite gewirbelt. Raikō hörte, wie einer von ihnen ins Innere des Eßlokals geschleudert wurde. Entsetzte Schreie der Mittagsgäste ertönten. Raikō stürmte auf die anderen Angreifer los. Einen fegte er mit dem Arm zur Seite; einen anderen schmetterte er mit einem Schlag gegen den Kiefer zu Boden. Er rannte über die gestürzten Gegner hinweg, tretend und stampfend. Doch die Männer der *dōshin* waren in der Überzahl. Keulenschläge hagelten auf Raikō nieder. Dennoch kämpfte er weiter. Besessen vom Dämon, spürte er keinen Schmerz, und es kümmerte ihn nicht, ob er lebte oder starb.

Dann wich der Dämon so plötzlich von ihm, wie er über ihn gekommen war. Angst und Panik kehrten wieder. »Nein!« brüllte Raikō. »Hört auf!«

Er riß die Hände in die Höhe, um sein Gesicht zu schützen, doch es war zu spät.

Schmerz durchzuckte seine Wangen, seinen Mund. Er schmeckte Blut und spuckte einen Zahn aus. Die Keulen fuhren auf seine Arme nieder, schmetterten gegen seine Rippen, den Rücken.

Raikō ging zu Boden. Jetzt schluchzte er vor Entsetzen. Von den Körpern der Angreifer an den Erdboden gepreßt, konnte er sich kaum mehr bewegen. Er wimmerte und keuchte wie ein verwundetes Tier. Die Schreie der Menge gellten ihm in den Ohren. Jemand fesselte ihm die Handgelenke. Das Seil schnitt ihm ins Fleisch. Hände zerrten ihn in die Höhe. Die vier Holzgitter schlossen sich wie ein Käfig ohne Boden um ihn zusammen.

»Geh«, rief ein Mann und stieß ihm den Griff einer *jitte* in den Rücken.

Immer noch wimmernd vor Schmerz und Entsetzen, taumelte Raikō voran. Er hielt den Kopf gesenkt, so sehr schämte er sich. Er wußte, was er sehen würde, falls er die Augen hob.

Nun begann eine Parade, wie Raikō sie schon des öfteren beobachtet hatte. Die stolzen, berittenen *yoriki* führten den Zug an, die *dōshin* marschierten hinter ihnen, und am Schluß folgten die Helfer mit dem gefesselten Gefangenen, der in dem behelfsmäßigen Käfig gehen mußte. Raikō hatte sich stets zu den Gaffern gesellt, wenn ein solches Spektakel stattgefunden hatte; er hatte gejohlt und mit Steinen nach dem Gefangenen geworfen. Jetzt war er selbst das Opfer von Hohn, Spott und Demütigungen. Diesmal waren die Wurfgeschosse auf ihn gezielt.

»Ihr macht einen Fehler«, rief er, als ein Stein ihn an der Stirn traf. Er kauerte sich in dem Gitterkäfig zusammen, doch weitere Steine flogen zwischen den Holzstäben hindurch und trafen ihn an Kopf und Rücken.

»Ich bin kein Mörder!« brüllte Raikō aus Leibeskräften. Er mußte dafür sorgen, daß jeder ihm zuhörte, daß jeder ihm glaubte, bevor der Zug das Gefängnis erreichte! Dann war es zu spät. »Bitte, laßt mich erklären!«

Er warf seinen Peinigern flehende Blicke zu. Doch aller Mut verließ ihn, als er den wütenden Mob sah. Die hämischen Gesichter. Die neugierigen, mitleidlosen Blicke. Die Arme, die in die Höhe fuhren und weitere Steine nach ihm schleuderten. Die Mäuler der Menge, die nach seinem Blut riefen.

»Bitte ...«

Erneut wurde Raikō die *jitte* in den Rücken gerammt. »Halt das Maul, und beweg dich!«

Nach und nach verblaßten für Raikō alle Eindrücke. Er nahm die Menge und seine Peiniger kaum noch wahr. Selbst seine Furcht schwand. Die schlichte Handlung des Gehens erforderte seine ganze Konzentration und all seine Energie.

Schließlich kam die Parade zum Stehen. Raikō erkannte, daß er sich vor dem Tor des Gefängnisses von Edo befand, ohne daß er sich erinnern konnte, welchen Weg der Zug genommen hatte. Plötzliches, wiedererwachtes Entsetzen riß ihn aus seinem Dämmerzustand.

»Bitte, nein ... bringt mich nicht dort hinein, ich will

nicht weitergehen, bitte, nein ...«, stammelte er, während seine Häscher den Gitterkäfig auseinandernahmen. Wie jeder Bewohner Edos wußte auch Raikō, was sich im Innern des Gefängnisses abspielte. War er erst einmal dort drinnen, war jeder Versuch sinnlos, die Behörden von seiner Unschuld zu überzeugen.

Niemand sagte auch nur ein Wort zu ihm. Sie zerrten und stießen ihn einen übelriechenden Gang hinunter. Raikō hörte, wie seine eigenen Schreie sich mit dem Geheul der anderen Gefangenen vermischte – Laute, die nichts Menschliches mehr an sich hatten. Jemand öffnete eine Tür. Ein brutaler Stoß, und Raikō taumelte in einen schummrig erleuchteten Raum. Mit dem Gesicht voran, stürzte er in einer Ecke zu Boden. Grobe Hände packten seine Knöchel und fesselten sie. Dann wurde die Tür zugeschmettert.

Raikō wälzte sich auf die Seite. Er war allein in einer winzigen Zelle mit hohen, vergitterten Fenstern. Verzweifelt wand er sich am Boden, zerrte an den Fesseln.

»Laßt mich raus!« brüllte er.

Keine Antwort. Nach einer Weile erlahmten Raikōs Bewegungen; er gab auf. Keuchend und völlig erschöpft lag er am Boden. Der Schweiß, der ihm über den Körper lief, wurde eiskalt im frostigen Wind, welcher durch die Fenstergitter wehte. Raikō zwang sich, nachzudenken. Konnte er die Gefängniswärter bestechen? Falls es ihm nicht gelang, gab es nur noch eine Hoffnung auf Überleben: Er mußte die Folter durchstehen, die ihm zweifelsohne bevorstand. Was immer die Folterknechte ihm antun würden – er durfte keinen Mord gestehen! Raikō sammelte all seine Selbstdisziplin, die zwanzig Jahre Kampferfahrung und Übung als Sumo-Ringer tief in seinem Innern verwurzelt hatten. Voller Erleichterung spürte er, wie sein Geist ruhiger wurde, als die Furcht verebbte. Neuer Mut erfüllte ihn – so, wie es immer gewesen war, bevor er in den Sumo-Ring trat.

Die Tür schwang auf. Zwei Gefängniswärter betraten die Zelle. Beide trugen lange Stöcke in der einen, Lanzen in der anderen Hand und Peitschen an den Hüften. Raikō nahm den Blick von den Männern und ihren Waffen und richtete seine Konzentration auf sein Inneres. Sollten sie ihm doch das Schlimmste antun!

Der kleinere der beiden Wärter schloß die Tür, stellte sich an die Wand daneben und stützte sich auf seinen Stock. Der andere Wärter – ein hünenhafter, brutal aussehender Kerl – ragte über Raikō auf. Ein Auge des Mannes war zugewachsen und von runzeligem Narbengewebe bedeckt.

»Ah, Raikō, der mächtige Krieger«, spottete er. »Liegt wie ein verschnürtes Schwein am Boden. Sag mir jetzt die Wahrheit: Hast du Niu Yukiko getötet?«

»Nein. Hab' ich nicht. Und wenn ihr mir nichts tut, werde ich euch eine schöne Belohnung geben.«

Einauge lachte. »Wovon denn?« Er beugte sich herunter und zerriß mit einem kräftigen Ruck Raikōs fadenscheinigen Kimono. Er entdeckte den Geldbeutel und schüttelte drei *sen* heraus, die klimpernd zu Boden fielen. »Davon?« Er drehte sich um und rief seinem Kumpan zu: »Soll ich dir mal beweisen, daß der große Raikō lügt?« Er schleuderte seinen Stock zur Seite und löste die Peitsche von der Hüfte.

Mit einem Zischen durchschnitt die Peitschenschnur die Luft und klatschte auf Raikōs nackte Brust. Raikō stöhnte auf, konnte seine Schreie jedoch unterdrücken. »Ich habe die Frau nicht getötet«, flüsterte er heiser.

»Doch. Hast du«, sagte Einauge. »Du hast sie getötet, und du hast Noriyoshi getötet, und dann hast du die Leichen der beiden in den Fluß geworfen. Gib's zu!«

»Nein.«

Wieder zischte die Peitschenschnur durch die Luft. »Du hast sie getötet.«

»Nein.«

»Doch. Sag es: Ich habe Niu Yukiko getötet. Ich habe Noriyoshi getötet.«

Wieder und wieder sirrte die Peitschenschnur hernieder; stets begleitet von der Aufforderung, die Morde zu gestehen. Raikōs Welt schrumpfte zu einem winzigen Raum zusammen, in dem nur noch Platz für seinen Schmerz und das häßliche Gesicht seines Peinigers war. Er stellte sich vor, daß er für all die schlimmen Taten bestraft wurde, die der Dämon in seinem Innern begangen hatte: Er hatte andere Ringer übel zugerichtet; er hatte Übungsräume demoliert; er hatte in Teehäusern und Bordellen randaliert. Aber nichts von alledem war *seine* Schuld. Er war kein schlechter Mensch. Er hatte nur das Pech, von diesem Dämon besessen zu sein.

»Nein ... Ich war es nicht ... Ich habe das nicht verdient. Bin ein ... guter Mann ... ein guter Samurai. Nein. Nein. Nein.« Die Worte kamen kaum verständlich über seine geschwollenen, blutigen Lippen.

Dann begann Einauge, die Lanze zu benutzen. Tränen liefen Raikō übers Gesicht, als die Spitze sich in sein Fleisch bohrte. Seine Muskeln schrien auf vor Qual. Der Boden unter ihm wurde glitschig von seinem Blut, von Urin und Fäkalien, denn seine Blase und der Darm gaben nach. Dennoch schaffte es Raikō, noch einmal hervorzustoßen:

»Nein! Ich habe niemanden getötet!«

Schließlich ließ Einauge von Raikō ab. »Er ist ein harter Bursche«, sagte er zu seinem Kumpan. »Vielleicht sagt er die Wahrheit.«

Raikōs geschundener Körper entspannte sich, genoß die Ruhepause von den Qualen der Folter. Ein Hoffnungsfunke loderte in seinem von Schmerz umnebelten Hirn auf. Würden die Männer aufhören, ihn zu quälen? Würden sie ihm glauben?

Der kleinere Gefangenenwärter murmelte irgend etwas, das Raikō nicht verstehen konnte. Dann verließen die beiden Männer die Zelle und schlugen die Tür hinter sich zu.

»Gnädiger Buddha«, flüsterte Raikō dankbar.

Nun strömten seine Tränen vor Erleichterung, als er darauf wartete, daß jemand kam, ihn zu befreien. Doch als die Zeit verrann, ohne daß sich etwas tat, nahm seine Besorgnis wieder zu. Was hielt die Männer so lange auf? Die Stricke hatten Raikōs Hand- und Fußgelenke taub werden lassen; er wollte endlich von den Fesseln befreit werden. Jetzt sofort. Er wollte diesen grauenhaften Ort so schnell wie möglich verlassen. Er wollte ein Bad, einen kräftigen Schluck Reiswein und Medizin für seine Wunden.

»He«, rief er mit heiserer Stimme. »Kommt zurück. Laßt mich heraus.«

Die Tür wurde geöffnet, und seine beiden Folterer traten hindurch. Das boshafte Lächeln Einauges jagte einen Angstschauder durch Raikōs Körper. Seine Nasenflügel bebten, als er den rauchigen, metallenen Geruch wahrnahm, der aus einem steinernen Eimer stieg, den der kleinere der beiden Folterknechte trug. Plötzlich begriff Raikō.

»Bitte, nein!« schrie er. »Nicht das *neto-zeme!* Nein!«

Einauge drehte Raikō auf den Bauch. Er hatte keine Kraft mehr, sich zu wehren, und flehte um Gnade. Das Gesicht auf den schmutzigen Boden gedrückt, weinte und schluchzte er.

»Nein«, stieß er keuchend hervor, als ihm eine Lanzenspitze über den Rücken fuhr und eine lange Schnittwunde hinterließ. Raikō knirschte vor Schmerz mit den Zähnen und jammerte: »Bitte, ich bezahle euch, was ihr wollt. Ich habe nicht viel, aber irgendwie bekomme ich das Geld schon zusammen ... *auuu!*«

Raikōs Körper wurde starr vor Schmerz, als Einauge die tiefe Schnittwunde mit groben Händen auseinanderzog. Dann spürte Raikō, wie der kleinere Mann sich über ihn beugte und den Eimer kippte.

»Aaaa!«

Das flüssige Kupfer tröpfelte in Raikōs Wunde. Sein Rücken verwandelte sich in einen einzigen, glühenden Schmerz, der ihn an den Rand des Wahnsinns brachte. Während er schrie und schluchzte, konnte er das Zischen seines Fleisches hören, das vom geschmolzenen Kupfer verbrannt wurde; die Ränder der Wunde kräuselten sich und wurden schwarz.

»Hast du Niu Yukiko und Noriyoshi getötet?« Die Stimme Einauges klang undeutlich, als käme sie aus der Ferne.

Raikōs Schmerz war so schrecklich, daß er nicht antworten konnte. Wieder schrie er auf, als der Kleine ihm erneut flüssiges Kupfer in die Wunde träufelte.

»Antworte, du Mistkerl. Hast du sie getötet?«

Jener Teil seines Verstandes, der noch eines klaren Gedankens fähig war, sagte Raikō: Wenn du gestehst, bist du verloren. Doch er konnte das *neto-zeme* nicht mehr aushalten. Die Schmerzen waren unerträglich, schlimmer als alles, was er je erlebt hatte – oder noch einmal erleben wollte.

»Ich kann mich nicht erinnern«, jammerte er, in der Hoffnung, seine Folterknechte zufriedenzustellen.

Doch Einauges hämisches Lachen attackierte Raikōs schmerzumnebelte Sinne. »Du hast sie getötet. Gib's endlich zu!«

Plötzlich ergoß sich ein Strom aus flüssigem Feuer über Raikōs Rücken. Sein Schrei war so schrill, daß er ihm in der Kehle steckenblieb. Der kleinere der beiden Folterer hatte den gesamten Inhalt des Eimers über sein Opfer ausgegossen. Das flüssige Kupfer breitete sich über Raikōs Haut aus und verbrannte sie. Seine Arme und Beine zuckten in wilden Krämpfen; sein Körper wurde von erstickten Schluchzern geschüttelt. Sein Mut und seine Entschlossenheit schrumpften zu einem Nichts.

Raikō schluckte und stieß keuchend hervor: »Ja. Ich … habe sie … getötet.«

Er war sich kaum mehr bewußt, daß die Folterknechte ihn aus der Zelle trugen und auf einer Trage in den Gerichtssaal brachten. Durch eine Wolke aus Schmerz und Verwirrung hörte er den alten, kahlköpfigen Magistraten mit durchdringender Stimme sagen: »Du hast die Morde an Niu Yukiko und Noriyoshi gestanden, Raikō. Ich verurteile dich zum Tode.«

Es folgte eine kalte, alptraumhafte Reise auf der Trage. Immer wieder wurde Raikō bewußtlos, oder er phantasierte. Er träumte, mit einem gesichtslosen Gegner zu ringen – in einem Kampf, der niemals endete. Irgendwie wußte Raikō, daß sein Gegner der Dämon war, jener andere Teil seines Selbst, den er in den letzten drei Jahren gehaßt und bekämpft hatte. Die Zuschauer johlten und stampften mit den Füßen. Raikō taumelte rückwärts aus dem Ring …

… und erwachte. Er lag auf dem Boden und blickte zu einem blassen, farblosen Himmel empor. Nebelfetzen wogten um ihn herum; die geisterhafte weiße Kugel der

Sonne schwebte über dem Horizont. Irgendwo in der Nähe schwappte Wasser an ein Ufer. Der Ring und der Gegner waren verschwunden, doch immer noch hörte Raikō das Kreischen und Füßestampfen der Zuschauer. Er drehte den Kopf. Die Bewegung war dermaßen schmerzhaft, daß er aufstöhnte. Schockhaftes Entsetzen riß ihn in die Wirklichkeit zurück.

»Oh, nein«, murmelte er.

Das Publikum war ein Schwarm Raben. Flatternd, hüpfend und krächzend zerrten sie mit den Schnäbeln am Fleisch zweier verwesender, kopfloser Leichen, die in Raikōs Nähe am Boden lagen. Hinter dieser scheußlichen Gruppe waren Männer damit beschäftigt, ein Kreuz aus rohem Holz zu errichten. Ihre Hämmer erzeugten jene stampfenden Geräusche, die Raikō in seinem Traum vernommen hatte. Er befand sich auf dem Hinrichtungsplatz am Ufer des Flusses. Was für ein schmählicher Ort für den Tod eines Samurai!

Die Scham und die Trauer, daß sein Leben so endete, vereinten sich zu einem gewaltigen, stummen Leiden, das Raikō verzehrte. Ein Schluchzer stieg in seiner Kehle auf; er schluckte ihn hinunter. Als letzte Geste gegenüber dem Gebot der Tapferkeit eines Samurai wartete er mit unerschütterlicher Ruhe auf das Ende seiner Qualen. Immerhin würde der Dämon mit ihm sterben.

Die Männer hoben Raikō von der Trage und fesselten ihn ans Kreuz. Schnaufend vor Anstrengung, richteten sie es in mehreren ruckartigen Schüben auf, bis es aufrecht stand.

Raikō blickte über den Fluß. Am Ufer steckten abgehackte Köpfe auf einer Reihe von Pfählen. Leichen baumelten von zwei Kreuzen neben dem seinen. Über dem braunen Wasser schwebten Nebelschwaden. Einige Fischer schauten von ihren Booten aus schweigend zu. Raikō warf einen letzten Blick auf die Welt. Dann schloß er die Augen und wartete.

Der ohrenbetäubende Schrei des Scharfrichters erklang.

Eine Lanze fuhr Raikō in die Brust.

Eine Woge von Schmerz machte aller Qual ein Ende.

Raikō schrie, als diese Woge ihn davontrug. Er hörte das Blut in seinem Kopf pochen – ein riesiges, rotes Pulsieren, das rasch zu schwinden begann. Er sah den Sumo-Ring, der die Grenzen seines Lebens gebildet hatte, und den gesichtslosen Gegner. Raikō stürzte … stürzte aus dem Ring. Im allerletzten Augenblick seines Lebens packte er den Dämon und zerrte ihn mit sich. Er verspürte einen wilden Ausbruch triumphaler Freude.

Dann nichts mehr.

19.

Bereits fünf Tage nach seiner Abreise kehrte Sano nach Edo zurück. Doch es kam ihm so vor, als wäre seither eine Ewigkeit vergangen.

Als er durch die hellen, nachmittäglichen Straßen ritt, von Trauer erfüllt und müde von der Reise, wurde ihm zu seinem Erstaunen deutlich, daß die Jahreswende bevorstand. Hausfrauen und Ladenbesitzer fegten den Staub aus den Türen, machten Hausputz oder reinigten die Geschäfte zur Vorbereitung für den Neujahrstag, der bereits in drei Tagen war.

»Böse Geister, geht hinaus!« riefen sie. »Glück, komme herein!«

Auf Balkonen und an Wäscheleinen hing Bettzeug zum Trocknen. Die Geldverleiher machten lebhafte Geschäfte; viele Kunden zahlten die Schulden aus dem zu Ende gehenden Jahr zurück. Kiefernzweige, Bambusstäbe und geflochtene Papiergirlanden zierten jeden Haus- und Ladeneingang. Auf Türschwellen und Fenstersimsen standen Reiskuchen, um die bösen Geister zu bewegen, anderswohin zu gehen. Auf dem Marktplatz waren die Stände von Kunden umlagert, die Zutaten für das Festtagsessen kauften, das sie noch vor Neujahr zubereiten mußten; denn an diesem Tag war das Kochen untersagt. *Mochi*-Verkäufer zerstampften klebrigen Reis zu den festen, käsigen Kuchen, die zu Neujahr jedermann in großer Zahl verschenkte und geschenkt bekam. Eine fröhliche Ausgelassenheit hatte die Stadt erfaßt, deren Einwohner freudig das größte Fest des Jahres erwarteten: *setsubun*, den Neujahrsabend.

Die Feiertagsstimmung konnte Sanos Laune nicht heben; sein Kummer machte ihm zu sehr zu schaffen. Nie zuvor hatte sein Lieblingsfest ihm so wenig bedeutet. Die einsame Rückreise hatte ihm zu viel Zeit zum Grübeln verschafft. Sano hatte eine Urne bei sich, in der sich Tsunehikos Asche befand. Er hatte sie auf dem Rückritt in Totsuka mitgenommen. Nun beulte die Urne seine Satteltasche aus, so daß er ständig daran erinnert wurde, welche Pflichten er noch zu erfüllen hatte. Er mußte einen Mörder fangen und den Tod seines Freundes rächen, ohne seine Familienehre zu beschmutzen. Er mußte das Rätsel lösen, weshalb Fürstin Niu so sehr darauf bedacht war, daß er seine Nachforschungen einstellte. Er mußte weitere Angriffe des geheimnisvollen Beobachters vermeiden. Und nicht zuletzt mußte er, dringender als je zuvor, Magistrat Ogyū davon überzeugen, daß es notwendig war, die Nachforschungen weiterzuführen – und die Erlaubnis bekommen, den jungen Fürsten Niu zu vernehmen.

Sanos Gesicht verzog sich zu einer Grimasse der Bitterkeit. Welche Erfolgschance hatte er? Ogyū, der die Nius so eilfertig geschützt hatte, würde nicht gerade in Jubelrufe ausbrechen, wenn er von Sanos Besuch bei Midori erfuhr. Doch ohne die Aussage des Mädchens hatte Sano nichts gegen den jungen Fürsten Niu in der Hand. Er *mußte* Ogyū vom Besuch in Hakone erzählen.

Kaum hatte Sano das äußere Büro in der Villa des Magistraten betreten, wußte er, daß irgend etwas nicht stimmte. Alle Schreiber, Boten und Diener hielten abrupt bei der Arbeit inne und starrten ihn an. Sano blieb im Türeingang stehen. Vor Verlegenheit schoß ihm eine heiße Röte ins Gesicht, und die Stille klingelte ihm in den Ohren. Dann – so plötzlich, wie sie innegehalten hatten – wandten alle sich wieder ihrer Arbeit zu. Doch die Stimmen waren leiser als zuvor, und die Blicke von Sano abgewendet.

Ohne von seinem Schreibpult aufzuschauen, sagte der Leiter der Amtsstube: »Ihr werdet in Magistrat Ogyūs Empfangszimmer erwartet, *yoriki* Sano-*san*.«

Von innerer Unruhe erfüllt und mit angespannten Muskeln, ging Sano über den Flur zur Tür des Empfangszimmers. Dort blieb er zögernd stehen; denn er hörte, daß drinnen mit gedämpften Stimmen ein Gespräch geführt wurde.

Sano holte tief Luft und klopfte an.

»Tretet ein«, rief Ogyūs Stimme.

Mit trockenem Mund und klammen Händen öffnete Sano die Tür. Er schluckte schwer, als er drei Männer im Zimmer knien sah – zwei zur Rechten von Ogyūs Schreibpult, einer zur Linken.

Sano verbeugte sich. »Ich grüße Euch, ehrenwerter Magistrat. Hayashi-*san*. Yamaga-*san*.« Und jedem anderen wäre Sano gerade jetzt lieber begegnet als dem dritten Besucher, einem untersetzten Mann mit derben Gesichtszügen, der links von Ogyū saß. »Guten Tag, Katsuragawa-*san*.«

Was hatte die Anwesenheit der beiden *yoriki* zu bedeuten? Und vor allem: Was tat Katsuragawa Shundai hier? Seit dem letzten Besuch, den er Katsuragawa gemeinsam mit seinem Vater abgestattet hatte, hatte Sano seinen Förderer nicht mehr gesehen.

Die Männer erwiderten die Begrüßung mit ernster Förmlichkeit. Ogyū bedeutete Sano, sich niederzuknien. Sano folgte der Aufforderung und versuchte, in den vier betont ausdruckslosen Gesichtern zu lesen.

»Nach reiflicher Überlegung«, sagte Ogyū, »bin ich zu der Ansicht gelangt, daß Ihr recht hattet, was den Tod Niu Yukikos und Noriyoshis betrifft.«

Sano blinzelte erstaunt. »Tatsächlich?«

»Ja. Sie haben keinen *shinjū* begangen. Sie wurden ermordet.«

Vor Erleichterung und Hochstimmung kam Sano gar nicht erst auf den Gedanken, Ogyū nach dem Grund für seinen plötzlichen Sinneswandel zu fragen. Er dachte nur an die Freude, statt einer inoffiziellen, verbotenen Nachforschung eine unbehinderte, offizielle Untersuchung anstellen zu dürfen. Er stellte sich vor, wie sämtliche Türen der Stadt sich ihm öffneten. Mit Ogyūs Kapitulation war das größte Hindernis auf dem Weg zur Wahrheit beiseite geräumt. Während in Sanos Kopf bereits Pläne reiften, blickte er seinen Vorgesetzten voller Dankbarkeit an.

»Ehrenwerter Magistrat, ich …«

Ogyū hob Schweigen gebietend die Hand. »Da Ihr aus Eurem Amt fern wart, blieb mir keine andere Wahl, als die weiteren Nachforschungen Yamaga-*san* und Hayashi-*san* zu übergeben. Sie werden Euch mitteilen, was sie herausgefunden haben.«

Sano war dermaßen überrascht, daß er nur mühsam die Fassung wahrte, als er nun seine beiden Amtskollegen anschaute. Die Nachforschungen, für die er sein Leben riskiert und so viel erduldet hatte, waren anderen übertragen worden! Ein schreckliches Gefühl des Verlusts stieg in ihm auf.

»Nachdem wir die entsprechenden Untersuchungen angestellt hatten, haben wir Raikō verhaftet, den Ringer«, sagte Yamaga. »Gestern wurde er des Mordes an Niu Yukiko und Noriyoshi überführt. Heute, am frühen Morgen, hat seine Hinrichtung stattgefunden.«

»Nein.« Sano warf fassungslose Blicke auf Ogyū und Katsuragawa. Die Miene des Magistraten blieb unbewegt; auf Katsuragawas Gesicht spiegelte sich Wachsamkeit. »Das kann doch nicht sein! Was für Untersuchungen? Wie kommt Ihr auf die Idee, daß Raikō der Mörder war? Was geht hier vor?«

Hayashi räusperte sich. »Raikō hat die Tat gestanden«, sagte er.

Sano lachte – ein lautes, rauhes Geräusch, das die anderen zusammenzucken ließ. »O ja! Das glaube ich gern!« rief er und erinnerte sich an den gefolterten Gefangenen, den er im Gefängnis von Edo gesehen hatte. »Aber mich interessiert viel mehr, welche Beweise Ihr habt, daß Raikō der Mörder ist. Na los, erzählt mir von Euren sogenannten Untersuchungen!«

»Ihr wagt es, mich zu beschuldigen?« Hayashis Gesicht rötete sich. Er sprang auf und griff nach seinem Schwert.

Auch Sano erhob sich. So sehr er sinnlose Gewalt haßte – nur zu gern hätte er seinen Zorn an Hayashi ausgelassen. Doch Ogyū schritt ein.

»Bitte, bitte.« Der Magistrat schüttelte den Kopf. »Wir

sollten uns nicht wie Kinder herumstreiten.« An Sano gewandt, fuhr er fort: »Habt nicht Ihr selbst herausgefunden, daß Raikō der Tat verdächtig ist?«

Sano ließ sich wieder auf die Knie sinken. Jetzt begriff er. Ogyū beschützte die Nius noch immer; er hatte nur die Taktik geändert. Gab es eine bessere Methode, die Untersuchungen endgültig abzuschließen, als einen Sündenbock zu verhaften, zu einem Geständnis zu zwingen und hinzurichten? Und Sano hatte Ogyū diesen Sündenbock direkt in die Hände gespielt!

Yamaga und Hayashi hatten sich wahrscheinlich für Raikō statt für Kikunojō als Opfer entschieden, um die hochrangigen Verehrer des Schauspielers nicht zu verärgern. Der arme Raikō mit seinem niederen Rang hatte keine solchen Beschützer gehabt. Mit wachsender Verzweiflung spürte Sano das Blut eines weiteren Toten an seinen Händen kleben.

»Ich habe Raikō nie für den Mörder gehalten«, protestierte er. Seine Verteidigungsrede konnte dem Sumo-Ringer zwar nicht mehr helfen; aber immerhin konnte er Raikōs Namen reinwaschen. Vor allem durfte er nicht zulassen, daß Ogyū die Nachforschungen für abgeschlossen erklärte, solange der wirkliche Mörder noch frei herumlief.

»Raikō hat den Gefangenenwärtern zunächst gesagt, er könne sich nicht daran erinnern, die Morde begangen zu haben«, sagte Hayashi, der seinen Zorn nun im Zaun hatte, mit kalter Stimme. »Und das bedeutet nur eins: Der Wahnsinn, der Raikō zu dem Verbrechen trieb, hat außerdem bewirkt, daß er die Tat bequemerweise vergessen hat!«

Die Bemerkung gab Sano zu denken. Vielleicht hatte Raikōs »Dämon« den Ringer tatsächlich zum Mörder gemacht und ihn die Tat dann vergessen lassen. Kannst du dich so sehr geirrt haben, fragte sich Sano. Mußte Tsunehiko sterben, weil du nicht erkannt hast, daß Raikō der Mörder war – und weil du ihn vor Antritt der verhängnisvollen Reise nicht verhaften ließest?

»Raikō war nicht der einzige, der von Noriyoshi erpreßt wurde«, sagte er und verdrängte seine Zweifel und

Schuldgefühle, indem er sich hartnäckig an seine Theorie klammerte. »Er hatte keinen Grund, Fräulein Yukiko zu ermorden. Aber ich bin ziemlich sicher, die Person zu kennen, die einen Grund *hatte*.«

»Bloße Vermutungen«, sagte Yamaga verächtlich. Hayashi murmelte zustimmend.

Bei dem Gedanken daran, wie seine früheren Erkenntnisse mißbraucht worden waren, widerstrebte es Sano, seine neuen Informationen preiszugeben. Aber er brauchte Schutz und Rückendeckung durch den Magistraten. Rasch berichtete er, was er in Hakone erfahren hatte. »Der junge Fürst Niu sollte genauer im Auge behalten werden«, endete er. »Ich schlage vor, ich stelle zuerst einmal fest, ob Niu Masahito oder einer seiner Männer mir nach Totsuka gefolgt ist und meinen Schreiber ermordet hat.«

Nur die Umsicht hielt Sano davon ab, Ogyū gerade heraus zu beschuldigen, den Nius durch Vertuschung geholfen zu haben. Seinem zornigen Verlangen nachzugeben und von Ogyū eine Erklärung zu fordern oder seiner Wut durch einen heftigen Ausbruch Luft zu machen, würde seinen Vorgesetzten nur noch mehr gegen ihn aufbringen. Sano mußte sich damit zufriedengeben, seine im geheimen und widerrechtlich erworbenen Informationen preiszugeben und seine – für ihn selbst gefährliche – Theorie darzulegen. Resigniert erwartete er den Tadel, der nun unweigerlich folgen mußte.

Doch Ogyū seufzte nur und schüttelte den Kopf. »Das sind die Phantastereien eines kleinen Mädchens! Und ich fürchte, auch Ihr, *yoriki* Sano, seid das Opfer Eurer Einbildungskraft, wenn Ihr das unglückliche Ableben Eures Schreibers mit etwas anderem als einem gewöhnlichen Mord auf der Fernstraße in Verbindung bringt. Es darf auf keinen Fall geschehen, daß den Nius weitere Ungelegenheiten bereitet werden. Der Fall ist abgeschlossen. Der wahre Mörder … wurde gefunden und bestraft.«

»Aber …«

»Der Fall ist abgeschlossen!« Wie um seine Worte zu unterstreichen, nickte Ogyū Yamaga und Hayashi zu. »Ihr könnt jetzt gehen.«

Die seidenen Umhänge raschelten, als die beiden *yoriki* aufstanden und sich verbeugten. Sano konnte ihre verächtlichen Blicke spüren, als sie das Zimmer verließen.

»Ich möchte die Nachforschungen weiterführen«, sagte Sano, obwohl er wußte, daß ein derart offener Widerstand seine Lage nur verschlechtern konnte.

Ogyū tauschte einen verstohlenen Blick mit Katsuragawa, bevor er erwiderte: »Ich fürchte, Ihr werdet in Zukunft weder in diesem noch in sonst einem Fall Nachforschungen anstellen, Sano-*san*. Mit sofortiger Wirkung seid Ihr Eures Amtes als *yoriki* der Stadt Edo enthoben und werdet auf alle damit verbundenen Rechte, Pflichten und Privilegien verzichten.«

Die Worte trafen Sano wie ein körperlicher Schlag; tatsächlich schwankte er unter ihrer Wucht. Was für eine Schande für ihn und seine Familie! Ogyūs Gesicht verschwamm vor seinen Augen. Geräusche hallten ihm in den Ohren; im Zimmer wurde es schummrig. Von den Worten des Magistraten nahm er nur einige zusammenhanglose Worte auf.

»... Insubordination ... Unfähigkeit ... Treulosigkeit ... Es war von Anfang an ein Fehler, Euch dieses Amt zu übertragen ... charakterlich ungeeignet ... Wenn Ihr nun die Güte haben würdet, sofort Eure Amtsstube und Euer Quartier in der Kaserne zu räumen ...«

Vor Verzweiflung vergaß Sano seine Nachforschungen, die ihm Augenblicke zuvor noch so wichtig erschienen waren. Wie würde sein Vater das alles aufnehmen?

»Sano-*san*. Begreift Ihr, weshalb ich Euch entlassen muß?« fragte Ogyū.

Sano öffnete den Mund, brachte aber kein Wort hervor.

Ogyū schien erwartet zu haben, daß Sano sich wehren oder darum bitten würde, ihn im Amt zu belassen, denn er sagte: »Meine Entscheidung ist endgültig. Ihr werdet keine Gesuche stellen. Habt Ihr verstanden?«

»Ja, ehrenwerter Magistrat«, brachte Sano flüsternd hervor.

»Und habt bitte die Freundlichkeit, Hamada Tsunehikos Asche meinem Schreiber zu übergeben. Ein offizieller

Vertreter wird sie den Eltern des Jungen überreichen und ihnen im Namen der Stadt das Beileid aussprechen.«

Sano verspürte keine Erleichterung, daß ihm diese Aufgabe erspart blieb – im Gegenteil: Wie konnte Ogyū es ihm antun und ihm die Möglichkeit nehmen, dieser Verpflichtung selbst nachzukommen? Doch die betäubende Lähmung des Schocks war so stark, daß Sano nichts erwiderte. Er nickte nur. Es spielte keine Rolle mehr.

»Ihr könnt gehen. Und ...« Ogyū hielt inne; dann fügte er hinzu: »Ich hoffe, in Eurem zukünftigen Beruf ist Euch mehr Erfolg beschieden.«

Sano erhob sich wie in Trance.

Zum erstenmal meldete Katsuragawa sich zu Wort. »Ich werde Euch begleiten.«

Sano bedachte seinen Schutzherrn und Gönner mit einem mißbilligenden Blick. Er wollte mit niemandem reden. Er wollte seine Wohnung in der Kaserne und seine Schreibstube räumen und dann so schnell wie möglich verschwinden. Er brauchte Zeit, darüber nachzudenken, wie er seinem Vater diese Sache beibringen sollte. Doch Katsuragawa stand schon neben ihm. Er legte Sano die Hand auf die Schulter.

»Wir müssen uns unterhalten, Sano-*san*«, sagte er.

Mit festem Griff führte er Sano zum Eingang, wo beide Männer ihre Sandalen überstreiften. Dann geleitete Katsuragawa seinen Schützling eine stille Gasse hinunter, die zwischen der Villa Ogyūs und der Nachbarsvilla hindurchführte.

Eine Zeitlang gingen die beiden schweigend nebeneinander. Sano warf einen Seitenblick auf Katsuragawa und betrachtete jene äußeren Merkmale dieses Mannes, die ihn schon bei ihrem ersten Treffen so sehr beeindruckt hatten. Die breiten Schultern, zwischen denen der kurze, dicke Hals kaum zu sehen war. Das unverkennbare Profil mit den vollen Lippen, den großen Nasenflügeln und den klugen, wachen Augen. Die Wölbung seines üppigen, aber festen Bauches. Katsuragawas Haltung strahlte Selbstvertrauen aus; seine beherrschten Bewegungen und die langsamen, bedächtigen Schritte verrieten die schlummernde körperliche Kraft dieses Mannes. Obwohl Sano größer war, kam er sich neben Katsuragawa klein und unbeholfen vor.

»Als Euer Schutzherr übernehme ich für das, was geschehen ist, ein bestimmtes Maß an Verantwortung«, sagte Katsuragawa und blickte starr nach vorn. »Vielleicht habe ich aus Eifer, meine seit langem bestehende Verpflichtung Eurer Familie gegenüber einzulösen, überstürzt gehandelt. Ich hätte Euch nicht in ein Amt bringen dürfen, für das Ihr offensichtlich ungeeignet seid. Denn die größte Schuld an Eurem Scheitern tragt Ihr selbst, nicht wahr?«

Er wandte sich Sano zu. »Habt Ihr wenigstens versucht, den Wünschen Eurer Vorgesetzten nachzukommen? Habt Ihr versucht, den Anforderungen gerecht zu werden, vor die sie Euch gestellt haben? Habt Ihr Euch wenigstens bemüht, Euren Mangel an Eignung durch Fleiß, Gehorsam und Ergebenheit wettzumachen?«

Durch Katsuragawas Tadel aus der Betäubung gerissen, erwiderte Sano: »Was haben meine Mängel und Fehler mit alledem zu tun? Ich bin nicht aus dem Amt entlassen worden, weil meine beruflichen Leistungen zu schlecht, sondern weil sie zu *gut* waren! Ich habe einen Mord aufgedeckt, den Magistrat Ogyū lieber im verborgenen belassen hätte.« Er streckte die Hände aus. »Wie könnt Ihr von mir erwarten, einem Mann wie Ogyū ergeben zu sein? Einem Mann, der einen Unschuldigen zum Tode verurteilt, nur um seine Vertuschungsgeschichte aufrechtzuerhalten?« Sano hatte jetzt die Stimme erhoben, und es war ihm egal, ob jemand zuhörte und ob er Katsuragawa oder Ogyū beleidigte. Das Verlangen, sich zu verteidigen – sowohl gegen die Beschuldigungen, die andere gegen ihn erhoben, als auch gegen seine Selbstvorwürfe –, war zu stark. »Oder leugnet Ihr, daß es eine Vertuschungsgeschichte ist?«

»Sano-*san*.« Katsuragawa blieb stehen, verschränkte die dicken Arme vor der Brust und sagte in herablassendem Tonfall: »Genau das meine ich, wenn ich von einem Mangel an Eignung bei Euch spreche. Natürlich ist es eine Vertuschungsgeschichte! Und wärt Ihr der richtige Mann am richtigen Ort gewesen, hättet Ihr sofort erkannt, weshalb diese Vertuschung *notwendig* ist.«

Ohne Sanos empörten Ausruf zu beachten, fuhr Katsuragawa fort: »Angenommen, es würde öffentlich bekannt, daß Yukiko von irgend jemandem aus dem Hause Fürst Nius ermordet wurde. Was, glaubt Ihr, würde dann passieren? Oder falls Ihr beweisen könntet, daß dieser Jemand sogar ein Familienangehöriger Yukikos ist? Was ist, wenn der Shōgun sich dann veranlaßt sieht, die Ländereien der Nius zu beschlagnahmen und die ganze Familie zum Tode zu verurteilen? Stellt Euch vor, welche Auswirkungen eine solche Strafe auf dieses Land hätte!«

Katsuragawa hob die Hände zum Himmel. »Tausende und Abertausende *rōnin*, die nur darauf aus wären, den Tod ihres Herrn zu rächen! Und die Verbündeten der Nius und die anderen Daimyō warten nach neunzig Jahren Tokugawa-Herrschaft nur darauf, einen Grund für eine Rebellion zu bekommen. Wenn Ihr das alles zusammennehmt – zu welchem Ergebnis kommt Ihr dann?«

Katsuragawa beugte sich so weit vor, daß Sano die Poren in seiner dunklen Haut sehen konnte. »Blutvergießen. Weitere fünfhundert Jahre Krieg. Möchtet Ihr das? Nur um Eure Neugier zu befriedigen, was den Tod eines gemeinen Bürgers und einer jungen Frau betrifft? Würdet *Ihr* für den Frieden denn nicht das Leben eines unbedeutenden Ringers opfern? Eines Kretins, der anderen Menschen Verletzungen zugefügt hat, weil er sich nicht beherrschen konnte?«

Bisher hatte Sano noch nicht über die politischen Auswirkungen der Morde nachgedacht, und Katsuragawas Darlegungen besaßen eine erschreckende Logik. Doch irgend etwas stimmte nicht daran. Vor allem konnte Sano nicht glauben, daß Ogyū nur im Interesse des Friedens im Lande gehandelt hatte.

»Warum hat Magistrat Ogyū mir das alles nicht erklärt?« fragte er.

»Wahrscheinlich ging er davon aus, daß Ihr längst schon selbst darauf gekommen seid.« Katsuragawa wandte sich zur Seite und schritt bedächtig weiter.

Sano folgte ihm. »Glaubt Ihr wirklich, was Ihr da sagt? Und ist auch Magistrat Ogyū ehrlich dieser Meinung? Würde man dem Mörder, falls er einer der Nius ist, nicht die Erlaubnis erteilen, *seppuku* zu begehen? Die Familie würde ja nicht bestraft, wie es bei gemeinen Bürgern der Fall wäre. Und was die Tokugawas betrifft – sie sind zu mächtig, und das wissen die Daimyō. Deshalb würden sie keinen Aufstand wagen. Sie sind besser beraten, wenn sie sich an ihre Ländereien und ihren Reichtum halten – und an ihre Köpfe.«

Als Katsuragawa nicht sofort antwortete, fuhr Sano fort: »Bitte, denkt wenigstens darüber nach, was ich gesagt habe. Und falls Ihr zu der Ansicht gelangt, daß ich im Recht bin – würdet Ihr dann Euren Einfluß geltend machen und die Nachforschungen zu den Mordfällen wieder aufnehmen lassen?«

Statt zu antworten, warf Katsuragawa Sano einen Blick zu, in dem zugleich Mitleid wegen seiner Naivität und Zorn wegen dieser Unverfrorenheit lagen. Sano erkannte die Sinnlosigkeit seines Unterfangens; von Katsuragawa konnte er keine Hilfe erwarten.

»Sano-*san*«, sagte der massige Mann, »ich bin bereit, Euch bei der Suche nach einer neuen Stelle zu helfen. Vielleicht findet Ihr einen besseren Posten als den, welchen Ihr soeben verloren habt. Ich habe gute Beziehungen.« Sein lässiges Achselzucken ließ erkennen, daß er nur mit den Fingern zu schnippen brauchte, und für Sano würden sich neue Türen öffnen. »Außerdem ist Eure Hochzeit im Gespräch. Mir ist zu Ohren gekommen, daß sie schnellstmöglich stattfinden würde, wenn es nach Eurem Vater ginge. Es ist mir eine Ehre, in dieser Sache meine Dienste als Mittelsmann anzubieten und als Bürge aufzutreten, soweit es mir möglich ist.«

Eine neue Anstellung; ein vielleicht höheres Amt und noch dazu besser bezahlt. Außerdem bestanden in der Tat gute Aussichten, in eine angesehene Familie einzuheiraten, wenn Katsuragawa als Mittelsmann die Verhandlungen führte und als Bürge für Sanos finanzielle Sicherheit garantierte. Auf diese Weise konnte Sano seinen gesellschaftlichen Status und einen Teil seiner Ehre zurückgewinnen. Solche Aussichten würden dafür sorgen, daß sein Vater die Enttäuschung über den Sohn sehr viel leichter ertragen konnte. Katsuragawas Angebot war großzügig, und Sano ließ es sich durch den Kopf gehen. Doch er wußte, wann er eine Bestechung vor sich hatte. Außerdem standen die Geister Tsunehikos und Raikōs zwischen ihm und diesem Angebot.

»Ihr werdet mir helfen, falls ich die Nachforschungen in den Mordfällen einstelle?« fragte er und nannte damit den offensichtlichen Haken an der Sache beim Namen.

Angesichts der Unverblümtheit Sanos verzog Katsuragawa den Mund. »Also gut. Ja.«

»Ich kann es nicht.«

Katsuragawa blieb wie angewurzelt stehen. »Habt Ihr den Verstand verloren, Sano Ichirō?« sagte er grob. »Seht Ihr denn nicht, was Ihr Euch und Eurem Vater damit antut? Außerdem könnt Ihr jetzt ohnehin nichts mehr unternehmen, was die Morde betrifft. Ihr seid kein *yoriki* mehr. Niemand braucht Eure Fragen zu beantworten oder muß Euren Befehlen gehorchen. Solltet Ihr versuchen, private Nachforschungen anzustellen, werdet Ihr verhaftet und schwer bestraft, weil Ihr Euch in Regierungsangelegenheiten eingemischt habt. Es ist vorbei, Sano-*san*. Gebt endlich auf!«

»Nein!«

Als er sich von Katsuragawa losriß, erkannte Sano, daß er die Verbindung zu seinem Gönner mit nur einem einzigen Wort gelöst hatte. Ein überwältigendes Gefühl der Befreiung stieg in ihm auf, wenngleich es durch Furcht gedämpft wurde. Ein einflußreicher Gönner, der Beziehungen zu den richtigen Leuten besaß, war ein Muß für einen Samurai, der es beruflich und privat zu etwas bringen wollte. Ohne einen solchen Gönner konnte Sano jede Hoffnung auf berufliches und gesellschaftliches Fortkommen begraben. Was hast du getan! schrie es in seinem Innern.

»Ihr habt tatsächlich den Verstand verloren.« Katsuragawa Shundai rieb die Hände aneinander, als wollte er auf diese Weise die Verpflichtungen abstreifen, die er Sano und seiner Familie gegenüber hatte. Dann schritt er ohne ein weiteres Wort die Gasse hinunter. Doch bevor er außer Hörweite war, wandte er sich noch einmal um.

»Wißt Ihr eigentlich, weshalb Magistrat Ogyū und ich damals der Meinung waren, daß Ihr einen guten *yoriki* abgebt?« sagte er. »Weil wir glaubten, Eurer Unerfahrenheit wegen wärt Ihr unfähig und harmlos. Weil wir glaubten, Eurer Dankesschuld wegen wärt Ihr leicht zu beeinflussen, zu leiten und zu lenken.« Katsuragawa lachte spöttisch. »Damals haben wir uns in Euch getäuscht. Diesmal passiert uns das nicht wieder. Wenn Ihr diesen Weg weiter beschreitet, seid Ihr so gut wie tot.«

Als Sano vor sein Elternhaus ritt, brach bereits die Abenddämmerung herein. Sein Pferd war immer noch mit dem Reisegepäck beladen. Nur die Urne mit Tsunehikos Asche fehlte; widerwillig hatte Sano sie bei Ogyūs Schreiber zurückgelassen. Dann folgten die beiden Lastenträger, die Sano angemietet hatte, um seine Habseligkeiten aus der Polizeikaserne zu schaffen. Sano stieg ab und half den Trägern, vor dem Tor des Hauses die Bündel vom Pferd zu laden. Er bezahlte die Männer und schickte sie fort. Dann stand er allein in der zunehmenden Dunkelheit und grübelte über einen Gedanken nach, der so finster war wie die schwärzeste Stunde der Nacht.

Als Samurai hatte Sano immer gewußt, daß irgendwann eine Zeit kommen konnte, da er *seppuku* begehen mußte, um einer Schande zu entgehen oder dafür zu büßen. Sein Inneres sagte ihm, daß diese Stunde nun gekommen sei. Nach den Geschehnissen der letzten Tage und Stunden konnte nur der rituelle Selbstmord die Ehre seines Namens und die seiner Familie wiederherstellen. Doch mochte der kriegerische Teil seines Geistes die Läuterung und Befreiung durch den Tod auch willkommen heißen – er mußte diesem Gedanken entsagen. Sein Leben gehörte erst dann wieder ihm, wenn Tsunehikos Tod gerächt, Raikōs Name von aller Schande gereinigt und Yukiko, Noriyoshi und Wisterie Gerechtigkeit widerfahren war.

Seufzend raffte Sano sich auf, sein Pferd in den Stall zu führen und seine Bündel im Hauseingang zu verstauen. Dann schob er die Tür zum Hauptzimmer auf. Es wäre ihm leichter gefallen, sich einen Dolch in den Leib zu stoßen. Er hatte Angst davor, seinem Vater gegenüberzutreten; er hatte Angst, wieder das Zeichen des Todes auf dem Gesicht des alten Mannes zu sehen. Deshalb war er zuerst erleichtert, als er das Zimmer leer vorfand. Dann aber sah er etwas, das ihn sehr viel mehr beunruhigte.

Die Tür, die das Hauptzimmer mit dem Schlafraum verband, stand offen. Sano konnte seine Mutter sehen. Sie stand am Fenster und hatte ihm den Rücken zugewandt. Doch an ihren gekrümmten, zuckenden Schultern war ihre Verzweiflung deutlich abzulesen. Sanos Vater lag auf dem Futon; er hatte die Augen geschlossen. Tiefer, rasselnder Husten schüttelte seinen Körper fast pausenlos.

Angst stieg in Sano auf. So früh hatte er seinen Vater noch nie zu Bett gehen sehen. Und die Anzahl der Gegenstände neben dem Bett, die der Pflege des Kranken dienten – Teeschalen, Waschschüsseln, zerknüllte Tücher, Gefäße mit Arzneimitteln –, ließen erkennen, daß der alte Mann schon den ganzen Tag im Zimmer lag, wenn nicht länger.

»*Chichive?*« sagte Sano.

Sein Vater bewegte sich und schlug langsam die Augen auf. Ein düsterer Ausdruck erschien auf seinem eingefallenen Antlitz und schwand plötzlich wieder, als hätte schon die Bewegung der Gesichtsmuskeln den alten Mann völlig erschöpft.

»Ichirō«, sagte Sanos Mutter und drehte sich mit angestrengtem Lächeln zu ihm um. »Was für eine Überraschung. Wir haben dich gar nicht erwartet.«

Sano ging zu seiner Mutter und umarmte sie. Sie war stets eine stämmige, robuste Frau gewesen; jetzt schien sie kleiner und zerbrechlicher geworden zu sein, als würde die Krankheit ihres Mannes ihr die Kraft entziehen. Sano kniete neben seinem Vater nieder.

»Mein Sohn«, wisperte der alte Mann. »Warum bist du gekommen? Müßtest du nicht auf deiner Amtsstube sein? Selbst wenn du für heute deine Arbeit getan hast ... die anderen *yoriki* möchten bestimmt, daß du noch in den Kasernen bleibst.«

Sano wurde das Herz schwer. Er fragte sich, ob er sich irgendeine Ausrede überlegen sollte. Oder sollte er seinem Vater erst dann erzählen, daß er sein Amt und seinen Gönner verloren hatte, wenn der alte Mann wieder kräftiger geworden war – falls er es je wieder wurde? Es wäre ein Akt des Mitleids.

Die knochige Hand des alten Mannes kam unter der Decke hervor. »Geh«, sagte er und drückte schwach die Hand des Sohnes. Ein weiterer Hustenanfall schüttelte seinen Körper. »Du darfst dich nicht vor deinen Pflichten drücken.«

»*Chichive.*« Sano schluckte. In seiner Kehle saß ein trockener Klumpen. Nein, er konnte nicht lügen. Sein Vater war stets rückhaltlos ehrlich zu ihm gewesen, und er hatte ebenfalls Ehrlichkeit verdient. »Es tut mir leid, aber ich muß dir etwas Unerfreuliches sagen.«

Und dann erzählte Sano alles, was geschehen war – vom Beginn seiner Nachforschungen an über den *shinjū* bis hin zum Bruch mit Katsuragawa Shundai. Als Sano endete, wappnete er sich gegen die Anschuldigungen des Vaters.

Doch der alte Mann sagte nichts. Statt dessen blinzelte er langsam; dann wandte er das Gesicht ab. Sano sah, wie das schwache Licht in den Augen seines Vaters noch schwächer wurde.

»Es tut mir leid, *chichive*«, sagte er. Die stumme Zurückweisung erschreckte ihn weniger als die Aussicht, die letzte Chance auf die Genesung des Vaters zunichte gemacht zu haben. »Bitte, verzeih mir. Gib nicht auf!«

Er legte die Hand auf die knochigen Finger des Vaters. Sie zuckten bei Sanos Berührung zurück. Für den alten Mann existierte er nicht mehr. Sano wünschte, er hätte *seppuku* begangen. Denn angesichts der schrecklichen Schande, die Sano auf sich geladen hatte und die seinen Vater ins Grab bringen würde, wäre dem alten Mann ein toter Sohn lieber als ein lebender.

»*Chichive!*«

Sanos Mutter stand neben ihm, zupfte ihn sanft am Ärmel und drängte ihn, sich zu erheben.

»Laß deinen Vater nun ruhen«, bat sie ihn inständig. »Möchtest du deine Sachen nicht ablegen und vor dem Abendessen ein Bad nehmen?«

Sano wandte sich von den flehenden Augen und dem zittrigen Lächeln ab, mit dem die Mutter ihn bat, sich so zu verhalten, als wäre ihrer aller Welt soeben nicht durch eine Katastrophe in Scherben zersprungen. Sano ging zur Tür.

»Wohin gehst du?« rief seine Mutter und eilte ihm nach. »Wann kommst du wieder?«

»Ich weiß es nicht.«

Dauerregen setzte ein und tränkte Sanos Kleidung, als er ziellos durch die Straßen irrte. Der Regen prasselte auf Ziegeldächer und tröpfelte von Dachvorsprüngen in Pfützen, die unter Sanos Sandalen klatschten. Das Licht der Lampen verwandelte die Fenster der Wohnhäuser in trübe gelbe Rechtecke, als Sano vorüberging. Die Spitzen der Feuerwachttürme verschwanden im Dunst und der Dunkelheit. Hin und wieder eilte ein Fußgänger an Sano vorbei, unter einem Schirm versteckt. Aus den Gassen hinter den Häusern konnte er das Rumpeln hölzerner Wagenräder und das Klappern von Eimern und Schöpfkellen hören: Die Männer, die den abendlichen Abtrittsdünger sammelten, machten ihre Runden. Der Gestank von Schmutz und Fäkalien vermischte sich mit den Kochdünsten und den Gerüchen nach feuchter Erde, Holz und Kohlenrauch.

Seit Stunden ging Sano nun schon durch die Straßen; wieviel Zeit vergangen war, wußte er nicht. Die Beine schmerzten ihn, doch sein aufgewühltes Inneres ließ ihn nicht zur Ruhe kommen. Seine Gedanken hatten sich ausschließlich mit den beiden einzigen Vorgehensweisen beschäftigt, die ihm noch offenstanden – doch ohne daß er zu einer Entscheidung gelangt wäre: Er konnte versuchen, den Riß zwischen ihm und Katsuragawa Shundai zu kitten und seine Karriere zu retten, oder er konnte *seppuku* begehen.

Doch so oder so – er mußte die Nachforschungen der Mordfälle aufgeben. Sie würden ihm nur weitere Schande einbringen und einen noch schmählicheren Tod für ihn und seinen Vater bedeuten.

Aber eben dies wollte Sano nicht akzeptieren. Sein Verlangen nach Wahrheit und Gerechtigkeit verwehrte ihm ein derart passives Hinnehmen einer Niederlage, mochte der »Weg des Kriegers« ihm noch so nachdrücklich Sohnestreue und Gehorsam vorschreiben.

Und deshalb irrte Sano nun ziellos durch die Stadt – jedenfalls glaubte er es, bis er die Mauern des Gefängnisses von Edo vor sich aufragen sah. Auf den Brustwehren flackerten Fackeln und spiegelten sich im Wassergraben; die Wachen am Tor trugen Regenumhänge über ihren Rüstungen. Das Bauwerk schimmerte in Dunst und Dunkelheit wie ein gespenstisches, verwunschenes Schloß. Sano hätte nie geglaubt, an einen so abscheulichen Ort zurückzukehren; nun aber marschierte er, ohne zu zögern, über die Brücke und zu den Wachtposten am Tor.

»Ich bin *yoriki* Sano Ichirō«, sagte er in der Hoffnung, daß die Männer noch nicht von seiner Entlassung gehört hatten. »Ich möchte Doktor Itō Genboku sprechen.« Der Wunsch, Itō noch einmal aufzusuchen, war keinem Plan, keinen zielgerichteten Gedanken entsprungen; nun aber erkannte Sano, daß er unbewußt das Richtige getan hatte. Auch Doktor Itō hatte für seine Ideale Opfer gebracht; er würde Sanos Zwangslage begreifen.

Offensichtlich hatten die Wachtposten noch nicht von Sanos Entlassung erfahren, denn sie ließen ihn durchs Tor. Statt ihn wieder durch das Gefängnisinnere zu geleiten, führte ein Posten ihn diesmal um die Gebäude herum, über mehrere Höfe hinweg und durch Passagen hindurch, bis sie zu einer Hütte an der entfernten Mauerseite gelangten. Durch das einzige Fenster schien schwaches Licht, und aus dem Dachfenster stieg Rauch in die Höhe.

Ohne anzuklopfen, öffnete der Posten die Tür. »Itō. Hier ist jemand, der Euch sprechen möchte.« Er verbeugte sich vor Sano und ging.

Da es keine Veranda oder einen Eingangsflur gab, ließ Sano seine Sandalen draußen neben der Tür stehen. Das überhängende Strohdach gewährte ihnen nur unzureichenden Schutz vor dem Regen; aber das spielte keine Rolle. Die Sandalen waren ohnehin durchnäßt. Als Sano die Hütte betrat, mußte er sich bücken, um nicht mit dem Kopf an den niedrigen Türrahmen zu stoßen.

Dann stand er auf der Schwelle zu einem einzigen

Zimmer, das die gesamte Hütte einnahm. Itō kniete in der Mitte des Raumes neben einem kleinen Kohlebecken; er hatte eine Lampe und ein Buch vor sich. In einer Ecke wusch Mura, der Eta, Kleidungsstücke in einem Holzkübel.

Der Arzt betrachtete Sano ohne jedes Anzeichen von Erstaunen.

»Irgendwie habe ich immer gewußt, daß Ihr noch einmal hierher kommt«, sagte er. »Warum steht Ihr dort zitternd im Türeingang? Kommt herein, und wärmt Euch auf. Mura-*san*! Hol Sake für unseren Gast, bitte. Und eine Schüssel Reissuppe.«

Mura ging zu einer behelfsmäßigen Küche, die aus einem Herd mit nur einer Flamme und einigen vollgestellten Regalen bestand. Sano kniete neben dem Kohlebecken nieder, dankbar für die Wärme. Er hatte überhaupt nicht gemerkt, wie naß und durchgefroren er war. Heftige Kälteschauer schüttelten seinen Körper und ließen seine Zähne klappern. Er konnte das Zittern der Hände, die er übers Kohlebecken hielt, nicht unterdrücken.

Itō erhob sich, ohne ein Wort zu sagen. Er nahm eine Decke aus einem Schrank und reichte sie seinem Besucher.

»Nein, danke«, sagte Sano. Er hatte gesehen, daß es die einzige Decke im Schrank war – die seines Gastgebers.

Doch Doktor Itō hielt ihm unbeirrt die Decke hin. »Zieht die nassen Sachen aus, und legt Euch die Decke um, oder Ihr werdet krank.« Er hielt inne; dann fügte er hinzu: »Bitte, tut, was ich sage. Ich habe nur selten Gelegenheit, jemandem Gastfreundschaft zu erweisen.«

Sano tat wie geheißen. Er trank den heißen Sake und aß die dampfende Reissuppe, die Mura ihm brachte. Als die Wärme in Sanos Körper zurückkehrte, erzählte er Doktor Itō alles, was seit ihrer letzten Begegnung geschehen war.

Der Arzt hörte schweigend zu. Als Sano geendet hatte, fragte er: »Was werdet Ihr jetzt tun?«

»Ich weiß es nicht«, gestand Sano. »Ich dachte, vielleicht könntet Ihr mir bei dieser Entscheidung helfen.«

»Ich verstehe. Und weshalb wollt Ihr meinen Rat?«

»Weil Ihr aus eigener Erfahrung wißt, wie man sich in einer solchen Lage fühlt. Und weil ich Euren Rat zu schätzen weiß.«

Für einen Moment betrachtete Doktor Itō seinen Besucher schweigend. Sein Blick war streng, jedoch nicht ohne Mitgefühl. Schließlich sagte er: »Sano-*san*, als ich verurteilt wurde, habe ich mein Heim verloren, meine Frau, meine Familie, mein Vermögen, meine Stellung, meine Diener, die Achtung meiner Kollegen, meine Gesundheit, meine Freiheit. Dieses Zimmer hier und die Leichenhalle sind meine ganze Welt.

Gewiß, mir sind meine Studien geblieben« – er zeigte auf das Buch – »und Mura, mein einziger Freund, der mir aus freien Stücken hilft. Doch alles andere habe ich verloren. Ich lebe in Schande, und in Schande werde ich sterben. Oft sind der Schmerz und die Scham beinahe unerträglich für mich. Deshalb kann ich Euch nicht dazu raten, Eure Zukunft Eurer Ideale wegen fortzuwerfen.«

Sano kam sich wie ein Mann vor, der eine geheime Schatztruhe geöffnet und nichts darin gefunden hatte. Irgendwie hatte er von Doktor Itō mehr erwartet als diese Worte, die er so oder ähnlich von jedem anderen auch gehört hätte.

Dann sagte Doktor Itō: »Aber ich will damit nicht sagen, daß Ihr Eure Ideale aufgeben sollt. Denn falls Ihr das tut, könnt Ihr Euch selbst nicht mehr ins Gesicht schauen.« Er hielt inne und betrachtete Sano mit einer seltsamen Mischung aus Mitleid und Anerkennung. »Ich weiß es, denn Ihr seid mir sehr ähnlich. *Giri, ninjō*«, schloß er mit einem Seufzer. »*Tatemae, honne.*«

»Ja.« Sano nickte. Die beiden klassischen Konflikte, die Doktor Itō erwähnt hatte, verdeutlichten die Situation, in der Sano sich befand: Die Pflicht stand dem Verlangen gegenüber und die Konformität dem Ausdruck der eigenen Persönlichkeit. Ein ewiges, unlösbares Problem.

»Jeder muß für sich selbst entscheiden, was ihm wichtiger ist …«, begann Doktor Itō.

Sano wartete. Die flackernde Lampe bildete eine Grotte aus Licht, in der sich nur Itō und er selbst befanden. In diesem Augenblick existierte keine äußere Welt.

»... und jeder muß wissen, wann er seine Entscheidung getroffen hat und wie sie aussieht. Ich glaube, diesen Schritt habt Ihr bereits getan, Sano-*san*.«

Sano saß vollkommen regungslos da, als er Itōs Worte in sich aufnahm. Mit nach innen gekehrtem Blick starrte er in die Flamme der Lampe. In seinem Innern formten sich Bilder und Gedanken. Sein sterbender Vater ... die Pflichten, die Sano durch den Weg des Kriegers vorgegeben waren ... Katsuragawa Shundai, der für das Ansehen und die Vergünstigungen stand, die sein Schützling erlangen konnte, falls er diese Pflichten erfüllte.

Dann aber drängten andere Bilder sich in den Vordergrund: Yukikos brennender Leichnam auf dem Scheiterhaufen; die weinende Wisterie; Raikōs kindlich-verwundertes Gesicht; der lachende Tsunehiko, wie er über die Tōkaido ritt. Diese Bilder erstrahlten heller als die anderen; sie leuchteten, als würden sie von Sanos brennendem Verlangen nach Wahrheit und Gerechtigkeit erhellt.

Die Zeit verging, und das Feuer verzehrte das Gespinst, das Sanos Unentschlossenheit bildete, und seine Unsicherheit, bis sein Geist rein und geläutert war und seine Ängste sich in einem leisen Lachen lösten, das seiner Selbsttäuschung galt. Er erkannte, daß Doktor Itō recht hatte. Er, Sano, hatte sich bereits entschlossen, die Jagd nach dem Mörder fortzusetzen. Selbst wenn er dafür seine Sicherheit und seinen Wohlstand opfern mußte, vielleicht sogar sein Leben. Er konnte seine Ehre nur wiedererlangen, indem er seinem eigenen Weg folgte; anderenfalls waren ihm Ehre und Selbstachtung für immer verwehrt. Zudem hing das Leben seines Vaters davon ab, die Verpflichtungen gegen sich selbst zu erfüllen. Sanos Grübeln, sein zielloses Umherirren waren nur der Versuch gewesen, vor dieser Einsicht zu fliehen.

»Danke für Eure Gastfreundschaft und Euer Verständnis, Itō-*san*«, sagte er. »Beides war mir eine unschätzbare Hilfe. Aber jetzt brauche ich Euch nicht länger zur Last zu fallen.«

Sano erhob sich. Er fühlte sich gestärkt durch die Anteilnahme Itōs; doch Zuversicht verspürte er nicht. Er besaß jetzt keine Amtsgewalt mehr und konnte sich lediglich auf seine unzureichenden Kenntnisse stützen, was die Polizeiarbeit betraf. Wie sollte er da einen mächtigen, praktisch unbesiegbaren Mörder vor Gericht bringen?

»Es ist spät«, sagte Doktor Itō. »Die Stadttore dürften bereits geschlossen sein. Heute abend könnt Ihr nicht mehr nach Hause zurück. Mura wird Euch hier ein Bett richten. Schlaft, dann habt Ihr morgen früh die Kraft und die Klugheit, das zu tun, was Ihr tun müßt.«

20.

Am nächsten Morgen befand Sano sich wieder im Wohnbezirk der Daimyō. In einen schäbigen Regenumhang aus Stroh gekleidet, wie die Bauern ihn trugen, und einen breitkrempigen Strohhut auf dem Kopf, ging er die breite Straße vor dem *yashiki* der Nius auf und ab und gab vor, Müll aufzusammeln. In Wahrheit beobachtete er das Haupttor des Niu-Anwesens. Während er mit seinem angespitzten Stecken irgendwelchen Abfall aufspießte und in seinen Korb warf, hoffte er inständig, daß die Torwächter einen Straßenkehrer, der vor dem Tor der Fürstenfamilie arglos seiner Arbeit nachging, überhaupt keiner Beachtung würdigten. Auf keinen Fall durften die Wächter ihn als den ehemaligen *yoriki* Sano Ichirō erkennen, dem der Zutritt zum Anwesen der Nius untersagt war und der nun den jungen Fürsten Niu Masahito heimlich und unerlaubt unter Beobachtung halten wollte. Falls die Nius oder Magistrat Ogyū dies herausfanden, würde man ihn verhaften, vielleicht sogar auf der Stelle töten.

Sano tat so, als würde er auf der Suche nach Abfällen den Blick über die Straße schweifen lassen, während er in Wahrheit auf das Erscheinen des jungen Fürsten wartete. Eine solche Verstellung lag ihm zwar nicht; aber er hatte keine andere Wahl, als darauf zu hoffen, daß Niu Masahito in dem Glauben, unbeobachtet zu sein, irgendwie den Beweis dafür lieferte, die Morde begangen zu haben. Sano besaß keine Amtsgewalt mehr; zudem hatte er keine Hilfe mehr zu erwarten, wie Katsuragawa Shundai ihm deutlich genug zu verstehen gegeben hatte. Außerdem besaß er nicht genug Geld, um Antworten zu kaufen. So blieb ihm keine andere Möglichkeit, als in dieser Verkleidung weiter zu ermitteln, auf eigene Faust – und darauf zu hoffen, nicht von den allgegenwärtigen Spionen Edos entdeckt zu werden.

Sano mußte daran denken, was Midori ihm über Yukikos Tagebuch erzählt hatte. Was, fragte er sich, hat Fürst Niu getan, daß er nicht einmal vor Mord zurückschreckt, um diese Tat zu verbergen? Sano hatte nur eine Möglichkeit, dies herauszufinden: Er mußte sich in Geduld üben und auf ein kleines Wunder hoffen.

Doch ungeachtet seiner geringen Erfolgsaussichten verspürte er einen seltsamen Auftrieb. Denn jetzt besaß er endlich die Freiheit, zu unkonventionellen Mitteln der Detektivarbeit zu greifen, und jetzt stand ihm unbegrenzt viel Zeit zur Verfügung. Außerdem war er nur noch sich selbst Rechenschaft schuldig, und er konnte den Weg zu Wahrheit und Gerechtigkeit auf eine Weise beschreiten, wie es ihm gefiel. Nun war er ein echter *rōnin*, ein herrenloser Samurai, und konnte sich auf eigene Faust durchs Leben schlagen – oder sterben. Wenngleich er sich nach einem Herrn sehnte, der ihm Schutz und Sicherheit bot, erfüllte seine neue Freiheit ihn mit einem Gefühl der Hochstimmung. Die Zukunft lag wieder offen vor ihm, geheimnisvoll, unbestimmt und voller ungeahnter Möglichkeiten – sofern das Schicksal es noch einmal gut mit ihm meinte.

Doch die Notwendigkeit, sich zu tarnen, fesselte Sano vorerst an die Unentrinnbarkeit des Hier und Jetzt. Der Umhang aus Stroh schützte ihn zwar vor dem kalten Nieselregen, scheuerte ihm aber den Hals und die Handgelenke wund und kratzte auf der Haut. Die Nässe stieg durch seine Strohsandalen und die Strümpfe; bei jedem Schritt gluckste und schlürfte der kalte Schlamm unter den Sohlen. Und wie demütigend für einen Samurai, sich wie ein gemeiner Bauer zu kleiden!

Zu Fuß kam Sano sich nackt und verletzlich vor; außerdem war seine einzige Waffe das kurze Schwert, das er sich – unter dem Umhang verborgen – unter die

Schärpe geschoben hatte. Sein Pferd und das Langschwert, die Zeichen seines Standes, hatte er zurücklassen müssen. Nun vermißte er beides und hoffte, weder das Pferd noch die Waffe zu benötigen.

Doch dieser Verzicht fiel Sano leichter, als er feststellte, daß seine Verkleidung ihn praktisch unsichtbar machte. Die Leute – Reiter und Fußgänger – eilten an ihm vorüber, ohne von den Pferderücken oder unter den Schirmen hervor einen Blick auf ihn zu werfen.

Siebenunddreißig Schritte brachten Sano bis vor das Tor des *yashiki* der Nius. Er ließ sich Zeit, als er mit seinem Stecken Pferdeäpfel aufspießte und sie in seinen Korb warf. Niemand betrat das Anwesen oder verließ es. Schließlich ging Sano weiter, um nicht durch allzu langes Verweilen an einem Fleck die Aufmerksamkeit der Torwächter zu erregen. Einige Pferdeäpfel ließ er liegen, um einen Grund zu haben, später noch einmal hierher zu kommen.

Immer wenn er ein Stück Abfall aufhob, warf Sano einen beiläufigen Blick über die Schulter. Als er ans Ende der Straße gelangte, machte er kehrt und begann wieder seinen Weg in Gegenrichtung. Diesmal traten drei Samurai, die das Libellen-Wappen der Nius auf den Gewändern trugen, durch das Tor ins *yashiki*. Sano war zwei weitere Male die Straße hinauf und hinunter geschlendert, als die drei Männer wieder zum Vorschein kamen. Doch der junge Fürst Niu ließ sich immer noch nicht blicken.

Sano kam sich zunehmend verdächtig vor. Die Straße war jetzt von allen Abfällen gereinigt; es gab keinen Grund mehr, daß Sano sie noch einmal hinunterschritt. So lange wie möglich wartete er vor dem Tor des Niu-*yashiki*; dann machte er sich wieder auf den Weg in die andere Richtung und gab erneut vor, nach Müll Ausschau zu halten.

»He, du!«

Zuerst reagierte Sano gar nicht; denn niemand würde es wagen, einen Samurai auf diese Weise anzureden. Dann erst fiel ihm seine Verkleidung ein, und er wandte sich der Stimme zu.

»Die Straße ist jetzt sauber genug, verflucht noch mal«,

rief ihm einer der Torwächter zu. »Ich kann dich nicht mehr sehen, Mann. Verschwinde, du Dreckskerl!«

Dreckskerl! Jedes einzelne der dreißig Jahre Samurai-Erziehung, die Sano genossen hatte, rebellierte gegen diese Beleidigung. Wütend starrte er den Torwächter an, eine heftige Erwiderung auf der Zunge. Er ließ seinen Stecken fallen und griff reflexhaft nach dem Langschwert – das er gar nicht trug.

»Was zappelst du so herum? Worauf wartest du?« höhnte der Posten, kam aus seinem Wachthaus und ging auf Sano zu, wobei er irgendeinen kleinen Gegenstand in der Hand hielt.

Es war ein brennendes Zündholz.

Lachend rief der Posten seinen Kameraden zu: »Soll ich ihn mal tanzen lassen?« Und dann, an Sano gewandt: »Wenn du deinen dreckigen Strohumhang und dein dreckiges Leben behalten willst, dann solltest du jetzt machen, daß du fortkommst.«

»Ja, Herr!«

Bebend vor Wut, verbeugte sich Sano, seinem niederen Status entsprechend. Er hob seinen Stecken auf und machte einen hastigen, schmählichen Rückzug um eine Straßenecke. Dort blieb er zitternd stehen und versuchte, seinen Zorn und den Schrecken unter Kontrolle zu bekommen. Denn der Torwächter, der keine härtere Strafe als einen Tadel befürchten mußte, hätte seine Drohung vielleicht wahrgemacht, Sanos Strohumhang angezündet und ihn bei lebendigem Leibe verbrannt – so, wie Fürst Matsukura aus der Provinz Shimabara einst jene seiner Bauern getötet hatte, die ihm nicht den verlangten Tribut an Reis hatten liefern können! Nach einer Weile hörte Sanos Zittern auf, und sein Atem ging wieder gleichmäßig. Forschend betrachtete er seine Umgebung und dachte über andere Möglichkeiten nach, weiterhin heimlich nach Fürst Niu Ausschau zu halten.

Die Seitengasse – sie war etwa halb so breit wie die Hauptstraße, die Sano soeben verlassen hatte – verlief zwischen den Mauern des Niu-*yashiki* und einem der benachbarten Anwesen. Jeweils zwei Wächter standen an schmuckloseren Seitentoren auf Posten, durch die ein nicht abreißender Strom von Lastenträgern und Dienern floß. Hier brauchte Sano sich weniger Sorgen darum zu machen, daß jemand ihn fortscheuchen könnte. Die Torwächter waren beschäftigt; der Fußgängerverkehr war dicht, und es gab reichlich Müll. Andererseits waren die Aussichten, hier Fürst Niu zu erblicken, sehr gering. Der Sohn eines Daimyō würde das Haupttor benutzen.

Niedergeschlagen schritt Sano die Seitenstraße auf und ab und fragte sich, was er jetzt, da sein ursprünglicher Plan fehlgeschlagen war, tun sollte. Er konnte nach Augenzeugen suchen, die beobachtet hatten, wie ein Mann vor einigen Tagen ein schweres Bündel in den Fluß geworfen hatte. Er konnte erneut nach Yoshiwara reisen und die verbliebenen Freunde Noriyoshis befragen – in der Hoffnung, daß einer von ihnen in der Mordnacht den Künstler zusammen mit dem jungen Fürsten Niu gesehen hatte. Dann aber schüttelte Sano den Kopf. Er würde nicht weit kommen, bis jemand seine Verkleidung durchschaute und ihn an Ogyū verriet.

Dann, als Sano zum drittenmal an einem der beiden Seitentore des Niu-*yashiki* vorüberkam, schwang das Tor auf. Heraus kamen vier Samurai, die eine schwarze Sänfte trugen. Weder auf der Sänfte noch auf den Umhängen der Träger waren Wappen abgebildet; dennoch war zu erkennen, daß eine wichtige Persönlichkeit in der Sänfte sitzen mußte. Welcher Familienangehörige der Nius oder welcher hochgestellte Besucher hatte beschlossen, das Anwesen durch das Seitentor zu verlassen? Sano starrte angestrengt auf die Sänfte, doch seine Neugierde wurde nicht gestillt, denn die Vorhänge waren zugezogen.

Plötzlich wurden sie zur Seite gezogen. Der Insasse der Sänfte sagte irgend etwas zu den Trägern; dann zog er die Vorhänge rasch wieder zu. Sein Gesicht, das zum Teil von einem Hut aus Korbgeflecht verdeckt wurde, war nur für einen Augenblick zu sehen gewesen. Doch Sano hatte den Insassen sofort erkannt.

Es war der junge Fürst Niu.

Obwohl es Sano vor ein Rätsel stellte, daß Fürst Niu das Haus auf derart verstohlene Weise verlassen hatte, bereitete es ihm keine Schwierigkeiten, der Sänfte zu folgen. Die dicht bevölkerten Straßen Nihonbashis boten Sano viele Deckungsmöglichkeiten und ließen die Sänftenträger nur langsam vorankommen.

Fürst Niu betrat den Laden eines Schwertschmieds, redete kurz mit den anderen Kunden und verließ dann das Geschäft, ohne etwas gekauft zu haben. Anschließend begab er sich zu einer heruntergekommenen Waffenkampf-Akademie, die von *rōnin* besucht wurde. Dort übte Fürst Niu sich im Schwertkampf. Sano schlenderte vor der offenen Eingangstür der Akademie auf und ab und beobachtete den Fürsten. Statt mit einem Übungsschwert aus Holz kämpfte er mit einer stählernen Klinge. Sein verkrüppeltes Bein behinderte ihn nicht; meisterhaft vollführte er jeden Schlag und jede Parade, und seine Reflexe waren blitzschnell. Kampf um Kampf endete damit, daß Fürst Niu seinem Gegner die stählerne Klinge an die Kehle drückte. Sein Geschick mit der Waffe raubte Sano vor Bewunderung schier den Atem. Hoffentlich mußte er dem Fürsten nie im Zweikampf gegenübertreten!

Anschließend besuchten Fürst Niu und drei seiner Mitschüler ein Gasthaus in der Nähe der Akademie. Sano folgte dem Beispiel der Sänftenträger und nutzte die Zeit, bei einem Straßenverkäufer ein Mittagessen einzunehmen, wobei er das Risiko einging, sich an den Stand direkt neben dem der vier Sänftenträger zu stellen, so daß er ihre Gespräche mithören konnte. Doch die Männer redeten nur über Belanglosigkeiten. Sano wünschte sich, er hätte den Mut aufgebracht, statt der Sänftenträger Fürst Niu und dessen Freunde zu belauschen. Wenn es so weiterging, würde er es vielleicht niemals mitkriegen, wenn der Fürst irgend etwas über die Morde äußerte. Doch Sanos Entschlossenheit blieb. Wenn es sein mußte, würde er den Fürsten für den Rest seines Lebens verfolgen.

Fürst Niu Masahito übte inzwischen eine gewaltige Anziehungskraft auf Sano aus. Er war jetzt sicher, daß der Fürst seinen Erpresser, die eigene Schwester und Tsunehiko ermordet hatte – und zwar bei dem Versuch, irgendein früheres, nicht minder schreckliches Verbrechen zu vertuschen. Sano durfte diese Bestie nicht aus den Augen lassen! Der Haß steigerte seinen Rachedurst und erfüllte ihn mit Entschlossenheit, alle Entbehrungen und Härten auf sich zu nehmen, die ihm noch bevorstehen mochten. Für den Fall, daß die Verfolgung des Fürsten ihn an einen Ort führen sollte, an dem er nicht an Nahrungsmittel herankam, kaufte Sano sich zwei *mochi*-Kuchen als Proviant.

Er ertrug seine schmerzenden Beine, die nassen, frierenden Füße und nahm die allgegenwärtige Todesdrohung auf sich, als er dann mit einem brennenden Gefühl gespannter Erwartung beobachtete, wie Fürst Niu das Eßlokal verließ und in die Sänfte stieg.

Zu Sanos Enttäuschung wandten die Träger ihre Schritte in Richtung des *yashiki* der Nius. Dann aber umgingen sie den Wohnbezirk der Daimyō und folgten einem umständlichen Weg durch gewundene Straßen, über die Nihonbashi-Brücke, am Ufer von Kanälen entlang und durch reiche und ärmliche Gegenden, wobei die Träger sich nach und nach in die nördliche Richtung wandten. Schließlich ließen sie die Randbezirke der Stadt hinter sich und gelangten aufs offene Land.

Sano fühlte sich ziemlich sicher, als er Fürst Niu durch den Kanda-Distrikt folgte. Wogende, bewaldete Hügel lagen braun und grau unter tiefen, dicken Wolken, aus denen beständiger, kalter Nieselregen fiel. Wenngleich die großen Menschenmengen verschwunden waren, herrschte auf der Ōshūkaidō-Fernstraße in Richtung Ueno immer noch reger Verkehr. Viele Reisende waren Bauern und wie Sano gekleidet.

Die Sänftenträger bogen schließlich in eine menschenleere Straße ein, die steil einen Hügel hinauf in den Wald führte. Sano ließ sich immer weiter zurückfallen, um möglichen Blicken der Träger zu entgehen. Doch dann überkam ihn die Angst, sie könnten unbeobachtet in einen der Pfade einbiegen, die von der Straße abzweigten, und er schritt schneller aus und zog sich dabei in die Deckung des Waldes zurück.

Zwar hatten Feuerholzsammler den Waldboden von abgestorbenen Ästen und Zweigen befreit, die Sanos Vorankommen behindert hätten, doch nun sah er sich anderen Hindernissen gegenüber: Er riß sich die schmerzenden

Füße an scharfkantigen Felsbrocken auf. Er versank bis zu den Knien in schlammigen Pfützen. Ein Pfeil, der in einem Baumstamm steckte, ließ ihn erkennen, daß er sich im Jagdrevier eines Fürsten befand.

Wie er so durch den Wald hastete, rechnete er jeden Moment damit, daß eine Gruppe berittener Jäger vor ihm erschien. Doch zu seiner Erleichterung endete der Pfad ein kurzes Stück voraus an einer Mauer, in der sich ein überdachtes Tor befand, welches das Wappen der Nius zierte. Die Träger stellten die Sänfte ab, während zwei Samurai aus dem Wachthaus kamen und das Tor öffneten.

Aus der Deckung des Waldes beobachtete Sano, wie das Tor sich hinter den Trägern und der Sänfte schloß und die Posten in ihre Wachthäuschen zurückkehrten. Dies mußte die Sommervilla der Nius sein. Weil der Daimyō sich auf seinem Lehnsgebiet in der Provinz aufhielt und der Rest der Familie den Winter in der Stadt verbrachte, hatte Sano nicht damit gerechnet, die Villa schwer bewacht vorzufinden. Er näherte sich ihr in einem schrägen Winkel, wobei er sich tiefer in den Wald zurückzog, fort vom Tor und der Zugangsstraße. Plötzlich, als bereits die Mauer vor ihm auftauchte, hörte er platschende Schritte auf dem regennassen Boden. Rasch duckte er sich hinter einen Strauch, spähte zwischen den Zweigen hindurch und sah zwei bewaffnete Samurai mit Pfeil und Bogen. Als die Männer am Strauch vorüberkamen, konnte Sano einige Satzfetzen aufschnappen:

»Ich bin froh, wenn ich zurück nach Edo komme. Hier ist es mir zu ruhig.«

»Aber nicht heute nacht«, erwiderte der andere Samurai, und Gelächter erklang.

Was meinten die beiden damit? Sano wartete, bis er sie mit den Posten am Tor reden hörte. Dann eilte er in die Richtung, aus der die beiden Samurai gekommen waren. Falls es zusätzliche Patrouillen gab, waren sie gewiß um das gesamte Anwesen herum verteilt. Sano folgte der Krümmung der Mauer, bis er das Tor und die Straße nicht mehr sehen konnte. Er hielt inne, um zu lauschen und sich umzuschauen. Die Beobachtungstürme, die in regelmäßigen Abständen entlang der Mauer standen, waren unbemannt. Der Wald schien menschenleer zu sein, und zwischen den Bäumen wurde es dunkler, da das Tageslicht allmählich zu schwinden begann. Nur das stete Tropfen des Regenwassers von den Zweigen der Bäume klang laut in der Stille. Langsam schlich Sano bis an die Mauer heran.

Sie war aus Lehm, mit flachen Steinen verkleidet, die ohne Mörtel zusammengefügt waren. Hoch ragte sie über Sano auf. Er begab sich auf eine gefährliche Kletterpartie, denn seine Finger und Zehen fanden in den Spalten zwischen den Steinplatten kaum Halt. Sein Strohumhang raschelte, und Sano stöhnte bei jedem Geräusch leise auf. Schließlich zog er sich auf die Mauerkrone, blieb flach darauf liegen und schaute zur anderen Seite der Mauer hinunter. Wieder erblickte er ein Waldstück, ähnlich dem, aus dem er soeben gekommen war – eine natürlich wirkende, aber künstliche Zusammenstellung aus immergrünen Pflanzen, Laubbäumen und Sträuchern. Auch in diesem Waldstück schien sich niemand aufzuhalten.

Sano wartete einen Moment und schaute sich ein weiteres Mal aufmerksam um. Als er keinen Wächter sah, ließ er sich über die Mauerkrone rutschen und in die Tiefe fallen. Wieder raschelte sein Strohumhang, als er auf dem weichen Boden landete. Hastig riß er sich den Umhang vom Leib und versteckte ihn unter einem Haufen abgestorbener Blätter. Es hatte fast zu regnen aufgehört, und Sanos dunkle Hose und der Stoffumhang verschafften ihm in der hereinbrechenden Dämmerung eine bessere Tarnung.

Er stand auf und bewegte sich in Richtung Tor. Ein gewundener Pfad führte durch das malerische Waldstück; wahrscheinlich hatte man ihn angelegt, um den Damen des Daimyō einen stimmungsvollen Spaziergang zu ermöglichen. Der Pfad endete am Rande einer Lichtung. Ein Stück voraus sah Sano einen Gehweg, der mit weißem Kies bedeckt war und vom Tor wegführte. Sano blickte den Gehweg entlang und entdeckte auf der linken Seite in einiger Entfernung einen Gebäudekomplex. Augenblicklich hatte er das Gefühl, weit in der Zeit zurückgereist zu sein.

Die Sommervilla der Nius war in einer Bauweise errichtet, die vor ungefähr achthundert Jahren üblich gewesen war. Von Bäumen beschattet, stand die Villa auf einer kleinen Erhebung. Das große Haupthaus oder *shinden* zeigte nach Süden. Es war ein kastenförmiges, hölzernes Gebäude mit Schindeldach, das auf Stützpfeilern ruhte. Am Fuß der steilen Treppe, die hinauf zum Eingang führte, stand Fürst Nius leere Sänfte. Zwei weitere Posten hielten an einer Tür Wache, vor der sich eine breite Veranda mit säulengestütztem Dach erstreckte. Überdachte Gänge führten zu beiden Seiten des *shinden* zu ähnlichen, aber kleineren Gebäuden. Hinter den Fenstergittern aller drei Häuser erstrahlte helles Licht. Sano kannte diese Architektur und vermutete, daß von den zwei kleineren Seitengebäuden weitere überdachte Gänge nach hinten führten, die einen Garten auf der Rückseite der Häuser umschlossen und in offenen Gartenlauben endeten. Hinter diesem Gartengelände wiederum standen wahrscheinlich weitere kleine Gebäude, die miteinander verbunden waren und Unterkünfte für die Familie, Räumlichkeiten für die Dienerschaft und die Gefolgsleute, Küchen, Lagerräume und Stallungen beherbergten. Sano hatte ähnliche Anlagen auf alten Gemälden gesehen. Schriftstellerinnen an den Kaiserhöfen der Heian-Dynastie – Murasaki Shikibu oder Sei Shōnagon – hatten in solchen Wohnanlagen ihre Gedichte, Geschichten und Tagebücher geschrieben. Prinz Genji hatte in den Kammern, Pavillons und Gärten seinen romantischen Liebschaften gefrönt.

Daß Fürst Niu zur unpassenden Jahreszeit hierherkam – noch dazu heimlich, auf Umwegen und in einer Sänfte ohne Wappen und sonstige Hoheitszeichen –, legte die Vermutung nahe, daß die Sommervilla ihm zu irgendwelchen finsteren Zwecken diente.

Indem er von Baum zu Baum huschte, näherte Sano sich der Rückseite des Hauses. Die Lichtung verlief parallel zu dem überdachten Gang, den Sano zu finden erwartet hatte. Dicht vor den weitläufigen Familienunterkünften kroch er unter den erhöhten Holzfußboden eines Pavillons am Ende des überdachten Ganges. Als er die gegenüber liegende Seite des Pavillons erreicht hatte, spähte er vorsichtig zum Haupthaus hinüber. Im Garten hinter dem *shinden* befand sich ein kleiner See mit einer Insel in der Mitte; diese Insel war durch zierliche Holzbrücken mit dem Ufer verbunden. Sano riß den Kopf zurück, als er zwei weitere Wächter auf der hinteren Veranda stehen sah. Seine Neugier wuchs; sie war ohnehin von den Gesprächsfetzen geweckt worden, die er vorhin von den beiden Samurai-Posten auf der äußeren Seite der Mauer aufgeschnappt hatte. Ließen alle Daimyō ihre Sommervillen das ganze Jahr über so streng bewachen, oder waren diese Männer aus einem bestimmten Grund hier? Gab es noch weitere Posten im Innern des Hauses? Wie dem auch sei – bei all diesen Wächtern kam Sano nicht an Fürst Niu heran. Erschöpft und mutlos, zog er sich wieder unter den Pavillon zurück und überlegte, was er als nächstes tun sollte. Er lehnte sich gegen einen großen, gebogenen, hölzernen Gegenstand, der sich neben ihm befand.

Vielleicht lag es daran, daß Sano die Konturen dieses Gegenstands vage vertraut vorkamen, daß ihn die plötzliche Erkenntnis durchzuckte; vielleicht war es auch seine Samurai-Ausbildung, die ihn gelehrt hatte, besonders wachsam zu sein, wenn er an Orten, an denen er sich nicht aufhalten durfte, auf unbekannte Gegenstände stieß. Jedenfalls betrachtete Sano das Objekt, konnte jedoch nur Umrisse ausmachen. Als seine Augen sich an die Dunkelheit gewöhnt hatten, erkannte er, daß es ein Boot war – kein zerbrechlicher Nachen, um Damen über den See zur Insel zu bringen, sondern ein robuster Kahn aus dickem Holz, auf dem ein ebenso kräftiges Ruder lag. Sano griff ins Innere des Bootes. Seine Finger berührten *tatami*-Matten, die zu einem losen Bündel zusammengefaltet waren. Als Sano das Bündel betastete, hatte er den Eindruck, im Innern irgend etwas zu fühlen. Wachsam, stets auf Schritte lauschend, faltete er das Bündel auseinander. Er hoffte, daß die Wächter auf der Veranda das leise Rascheln auf diese Entfernung nicht hören konnten.

Als Sano die letzte Falte zur Seite schlug, fielen zwei weiche Gegenstände neben ihm zu Boden. Er hob sie auf. Ein Triumphgefühl durchströmte ihn.

In der einen Hand hielt er eine Sandale. Sie war aus

Stroh geflochten und an der Innenseite der Ferse arg abgetragen. Die andere Hand schloß sich um eine Seilrolle. Das Gegenstück dieser Sandale hatte Sano in Doktor Itōs Sezierraum gesehen: Sie gehörte Noriyoshi. Und Sano hätte auf sein Leben geschworen, daß das Seil einst dazu gedient hatte, die *tatami*-Matten in dem Kahn um zwei Körper zu wickeln, als sie von hier aus zu ihrem Grab im Fluß transportiert worden waren.

Im Geiste versuchte Sano, sich den Ablauf der Ereignisse vorzustellen: Zuerst hatte Fürst Niu seine Opfer zur Villa gelockt. Noriyoshi vielleicht mit dem Versprechen, ihm Geld zu geben; Yukiko mit der Aufforderung, hier zu erscheinen – unter irgendeinem harmlosen Vorwand. Dann hatte Fürst Niu sich an die beiden herangeschlichen und die tödlichen Schläge geführt. Anschließend hatte er die Leichen in die *goza*-Matten eingewickelt und das unhandliche Bündel auf dem Pferderücken zum Flußufer geschafft, wo das Boot bereit stand …

Sano stopfte die Sandale und das Seil unter seinen Umhang. Das erste aufrichtige Lächeln seit Tagen umspielte seine Lippen. Endlich hatte er Beweismittel, die er den Behörden vorlegen konnte – nicht dem Magistraten Ogyū, sondern einer höheren Instanz, dem Rat der Ältesten. Jetzt *mußten* sie ihm zuhören.

Doch statt sich sofort auf den Rückweg zur Stadt zu begeben, zögerte Sano. Er wußte immer noch nicht, weshalb Yukiko und Noriyoshi getötet worden waren. Wie sollte er Fürst Niu mit den Morden in Verbindung bringen, wenn er den Behörden kein Motiv nennen konnte? Er mußte es herausfinden, selbst wenn er die ganze Nacht hier sitzen bleiben und das Haus beobachten mußte. Aber wie konnte er in die Nähe Fürst Nius gelangen?

Die Idee kam Sano in dem Augenblick, als er sah, daß sich auch die Gänge, die von den Pavillons zu den Seitengebäuden führten, ein Stück über dem Boden befanden. Sano konnte den engen, von Stützpfeilern gesäumten Tunnel entlangblicken, welcher von dem Pavillon, unter dem er sich verbarg, wegführte; am Ende dieses Tunnels sah er helles Licht. Langsam, vorsichtig kroch Sano auf dieses Licht zu. Auf halbem Weg vernahm er die Stimmen der Wachen auf der Veranda. Ob sie ihn hörten? Unter dem Gang war es dunkler als unter dem Pavillon, und Sano wischte mit der Hand vor sich über den Boden, während er sich langsam voranbewegte. Sollte er gegen ein unerwartetes Hindernis stoßen oder in ein Loch stürzen, würde er die Wachen alarmieren.

Er hatte soeben die große freie Fläche unter dem Seitenhaus erreicht, als er Hufschlag aus Richtung des Tores hörte. Sano preßte sich flach auf den Boden, die Arme über dem Kopf. Die Holzdielen über ihm knarrten, als jemand im Innern des Hauses auf und ab ging. Schritte erklangen auf dem mit Kies gedeckten Gehweg.

Ein Mann rief: »Seid gegrüßt, Kameraden! Warum habt ihr so lange gebraucht? Der Fürst wartet schon.«

Die Antwort konnte Sano nicht verstehen. Die Wächter traten vor, um die Ankömmlinge in Empfang zu nehmen, die knapp außer Hörweite stehengeblieben waren. Sano kroch rasch zur Vorderseite des Hauses. Nun hörte er laute Stimmen, die wie bei einem Streit erhoben waren. Er konnte einige Satzfetzen auffangen:

»... soll das bedeuten?«

»... statt den weiten Weg hierher zu kommen ... hätte die Ware sonst gar nicht geliefert ... wußte gleich, daß es ihm nicht gefällt, aber ...«

Sano spähte zwischen den Stützpfeilern hindurch und sah acht Männer, die sich auf dem Gehweg versammelt hatten. Die beiden Posten standen vier berittenen Samurai und zwei Trägern mit einer Sänfte gegenüber. Der graue Spätnachmittag löste sich allmählich auf und wurde zu einem schwarzgrauen Zwielicht, so daß Sano die Gesichter der Ankömmlinge nicht deutlich sehen konnte und auch nicht zu erkennen vermochte, ob sie ein bestimmtes Wappen an der Kleidung trugen. Doch der Wachtposten hatte sie als Kameraden begrüßt; demnach gehörten auch die Eingetroffenen zu Fürst Nius Männern. Sano wünschte sich, sie würden näher kommen, so daß er besser verstehen konnte, was sie sagten.

Plötzlich erklang aus der Sänfte ein lautes Klopfen. Die Träger stellten sie zu Boden. Die Tür wurde geöffnet, und ein kleiner, gebeugter Mann sprang heraus.

»Bringt mich sofort zu Fürst Niu!« rief er so laut, daß auch Sano seine Stimme klar und deutlich hören konnte.

Die Wachtposten griffen nach dem Mann, doch er wich ihnen aus und stürmte auf das Haus zu. Die berittenen Samurai galoppierten los und versperrten ihm mit den Pferden den Weg zur Tür. Der Mann blieb so abrupt stehen, daß er um ein Haar gestürzt wäre. Die Wachtposten packten ihn. Als sie den Mann zurück zur Sänfte zerrten, stolperte er und fiel zur Seite, wobei er Sano das Gesicht zuwandte.

Selbst aus dreißig Schritt Entfernung erkannte Sano das große, flammend rote Muttermal, das sich von der Oberlippe über den Mund bis hinunter zum Kinn erstreckte. Der Mann war Kirschenesser, der *shunga*-Händler und einstige Arbeitgeber Noriyoshis.

Wieder lächelte Sano, als ihm klar wurde, was Kirschenessers Erscheinen zu bedeuten hatte. Welches Geschäft den Händler hierhergeführt haben mochte – auch Noriyoshi mußte einst damit zu tun gehabt haben.

Oh, wenn ich doch erfahren könnte, um was für ein Geschäft es sich handelt, dachte Sano. Er war sicher, daß Kirschenesser nicht den weiten Weg von Yoshiwara bis hierher gekommen war – noch dazu unaufgefordert –, nur um Kunstgegenstände abzuliefern.

Die Wachtposten stießen Kirschenesser zur Sänfte, und der kleine Mann sank daneben zu Boden.

»Ladet die Ware aus, und bringt diesen Abschaum zurück nach Yoshiwara!« befahl einer der Wachtposten den Trägern.

»Ich gehe nicht eher, bis ich mit Fürst Niu gesprochen habe«, rief Kirschenesser. Als die Träger ihn ergreifen wollten, schlug und trat er um sich.

Sano hörte, wie die Tür des Hauses geöffnet wurde. Dann erklang Fürst Nius herrische Stimme: »Was geht hier vor?«

Kirschenesser rappelte sich auf. »Welch eine Freude, Euch zu sehen, erhabener Fürst«, sagte er affektiert und verbeugte sich. »Mit so herzlicher Gastfreundschaft empfangen zu werden, ist wirklich eine große Ehre.« Selbst unter diesen Umständen konnte – oder wollte – Kirschenesser nicht auf seine vorwitzigen Bemerkungen verzichten. Er trat ein paar Schritte vor und ließ sich auf die Knie fallen, bevor die Wachtposten ihn wieder ergreifen konnten. »Vergebt mir, daß ich Euch so unerwartet zur Last falle, aber ich muß dringend etwas mit Euch besprechen, erhabener Fürst.«

»Und was?«

Obwohl mehrere Bäume Sano die Sicht auf die Veranda versperrten, konnte er sich sehr gut Fürst Nius verärgertes Gesicht vorstellen.

»Ich fürchte, der Preis für meine Dienste ist gestiegen«, sagte Kirschenesser. »Vielleicht möchtet Ihr die Angelegenheit lieber drinnen im Haus besprechen, wo wir ungestört sind ...?«

Fürst Niu ging gar nicht erst auf den Vorschlag ein. »Wir hatten ein Abkommen getroffen«, erwiderte er. »Ich sehe keinen Grund, irgend etwas daran zu ändern.«

Kirschenesser rieb sich die Hände, und ein schmeichlerisches Lächeln legte sich auf sein vom Muttermal verunziertes Gesicht. »Bedauerlicherweise hat der Tod Noriyoshis eine Änderung erforderlich gemacht.«

Sano rechnete mit einem scharfen Protest Fürst Nius. Doch der Sohn des Daimyō schien das Interesse an weiteren Diskussionen verloren zu haben. »Also gut«, sagte er ungeduldig. »Wieviel?«

Kirschenesser nannte eine Summe, die für Sanos Begriffe unverschämt hoch war. Übernahm der Händler die Erpresserrolle Noriyoshis, oder forderte er nur deshalb mehr Geld, weil der Tod seines Angestellten viel mehr Arbeit für ihn bedeutete?

Doch Fürst Niu stellte diese Frage nicht; statt dessen sagte er nur: »Kommt morgen zum *yashiki*. Dort wird das Geld für Euch bereit liegen.« Den Trägern rief er zu: »Schafft ihn hier fort, und bringt mir seine Lieferung. Beeilt euch! Die Zeit drängt.« Damit schlug er die Tür zu.

Sano beobachtete, wie die Träger ins Innere der Sänfte griffen. Eine Woge des Entsetzens durchflutete ihn, als sie den regungslosen Körper eines Mannes heraushoben, der in eine Decke gewickelt war. Wie wie einen Sack Mehl schleppten sie ihn zum Haus. Der Kopf des Mannes pendelte haltlos hin und her. Sano holte scharf Luft, als er die geschlossenen Augen und die bleichen Wangen sah.

»Er ist tot!« Einer der berittenen Samurai kleidete Sanos Gedanken in Worte.

Kirschenesser winkte ab. »Nein, nein. Er steht unter Drogen, wie der erhabene Fürst es befohlen hat. Er wird in frühestens zwei Stunden wieder aufwachen.«

Der *shunga*-Händler stieg in die Sänfte. Dann steckte er den Kopf durchs Fenster und rief: »Ich glaube, zwei Stunden sind mehr als genug. Ha, ha, ha!«

Sano verließ seinen Beobachtungsposten und kroch hastig unter den überdachten Gang, der die Verbindung zwischen dem Seitenhaus und dem *shinden*, dem Haupthaus, herstellte. Er mußte herausfinden, was Fürst Niu mit dem betäubten Mann anstellen wollte. Sano fragte sich aufgeregt, ob er nun dicht davor stand, eines der Geheimnisse um Fürst Niu Masahito zu lüften. Erfuhr er nun, womit Noriyoshi den Fürsten erpreßt hatte und weshalb der Künstler hatte sterben müssen? Einen Augenblick später knarrte der Holzfußboden über ihm, als die Träger mit ihrer Last darüber gingen.

Sano folgte den Männern unterhalb des Gangs, indem er sich an den Geräuschen orientierte, die über ihm erklangen, und gelangte wieder zu dem Seitenhaus, das er vor einiger Zeit verlassen hatte. An der hinteren Ecke blieben die Träger stehen. Sano hörte den dumpfen Aufprall, als sie den Körper unsanft absetzten. Sollte er versuchen, auf den Gang hinaufzuklettern, um einen Blick ins Zimmer zu werfen?

Nein, noch nicht: Sano sah ein Beinpaar, das in einer Hose steckte und sich dem Haus näherte. Hastig wich er in den Schatten zurück. In regelmäßigen Abständen blieb der Ankömmling stehen, steckte Fackeln in den Erdboden und zündete sie an. Kurz darauf war Sanos Versteck von einer langen Reihe tanzender Flammen umgeben, die den Weg zum Tor erhellten. Schnelle Schritte erklangen aus der Richtung, in der sich die Unterkünfte der Dienerschaft befanden. Türen wurden geöffnet und wieder geschlossen. Als Sano ein Stück nach vorn robbte, um einen Blick auf den Garten zu werfen, sah er Dienstmägde, die mit beladenen Serviertabletts die Treppe zum Haupthaus hinaufstiegen.

Was jetzt? Fürst Niu und seine Leute mußten essen, selbstverständlich, doch die allgemeine Unrast, die plötzlich auf dem Anwesen herrschte, ließ darauf schließen, daß es mehr als nur ein bloßes Abendessen war. Fand ein Bankett statt? Sano knurrte der Magen; erst jetzt spürte er, wie hungrig er war. Er griff in seinen Umhang, holte einen *mochi*-Kuchen hervor und aß gemächlich und mit kleinen Bissen. Der kleine, aber nährstoffreiche Kuchen, der den Samurais auf langen Reisen häufig als Nahrung diente, würde seinen knurrenden Magen zum Schweigen bringen.

Allmählich beruhigte sich das hektische Treiben. Als die Nacht hereinbrach, breitete sich Stille über der Villa aus. Auch in dem Haus, unter dem Sano sich befand, war kein Geräusch mehr zu hören, und niemand kam an dem Gebäude vorüber. Sano wartete mit wachsender Ungeduld. Er sehnte sich nach Wärme für seine schmerzenden, vor Kälte steifen Muskeln, seine Neugier wollte befriedigt werden, und es drängte ihn zum Handeln. Schließlich kroch er zu einer Seite des Hauses hinüber und schob den Kopf und die Schultern ins Freie. Zwischen den dunklen Bäumen war niemand zu sehen. Sano glitt aus seinem Versteck heraus und erhob sich.

Er taumelte leicht, weil seine Beine vom langen Kauern und Kriechen steif waren. Hier, im Freien, war die Luft kälter, aber frischer, und erleichtert atmete Sano tief durch. Dann schlich er vorsichtig an der Seite des Hauses entlang, wobei er sich geduckt hielt, ständig unter der Höhe der Fenster. Am Zimmer an der Gebäudeecke richtete er sich langsam zu voller Größe auf – und seufzte leise vor Enttäuschung. Hinter den hölzernen Fenstergittern waren die Vorhänge zugezogen. Er konnte nur unbestimmte, dunkle Silhouetten im Innern des beleuchteten Zimmers erkennen. Er drückte ein Ohr an die Wand. Diesmal hörte er ein leises Stöhnen. Er *mußte* einen Blick ins Zimmer werfen!

Sano betrachtete die Wand. Vergeblich suchte er nach Rissen oder Löchern. Er strich mit der Hand über das rauhe, wettergegerbte Holz. Seine suchenden Finger ertasteten eine glatte, runde Stelle von der ungefähren Größe eines menschliches Auges. Eine Verwachsung im Holz. Vielleicht …

Sano zog seinen Dolch, drückte die Spitze fest in die Mitte der Verwachsung und drehte und verkantete die Klinge, konnte den Knoten aber nicht aus dem Holz lösen. Er versuchte es noch einmal. Hatte er diesmal eine leichte Bewegung gespürt? Vorsichtig setzte er die Dolchklinge an, benutzte sie als Hebel. Na also …

Mit einem beinahe unhörbaren Kratzen löste sich die Verwachsung; dennoch kam Sano das Geräusch so laut vor, daß er sich hastig unter dem Haus in Deckung warf. Ob Fürst Niu etwas gehört hatte? Regungslos blieb Sano im Schatten liegen, umklammerte den Dolchgriff und erwartete, jeden Augenblick Schreie und das Poltern schneller Schritte zu hören. Doch nichts geschah. Dennoch verharrte er noch eine Zeitlang. Es kam ihm wie eine Ewigkeit vor. Doch die Villa blieb in nächtliche Stille gehüllt.

Sano kroch aus seinem Versteck hervor und erhob sich. Den Dolch noch immer in der Hand, schaute er sich um. Niemand zu sehen. Dann drückte er das Auge auf das Astloch, das die Verwachsung im Holz hinterlassen hatte.

Ein Kreis aus Kerzen beleuchtete den nackten Körper, der ausgestreckt auf dem Boden lag. Doch es war nicht der Körper eines Mannes, sondern der eines jugendlichen Samurai mit rasiertem Scheitel. Die lange Stirnlocke ließ erkennen, daß bei dem Jungen der Mannbarkeitsritus noch nicht vollzogen war. Er lag regungslos da, die Augen geschlossen. Eine unnatürliche Röte, die wahrscheinlich auf die Drogen zurückzuführen war, überzog sein schlaffes Gesicht. Fürst Niu stand vor ihm. Auch er war nackt, und sein Glied war steif. Glänzender Schweiß ließ seine Muskeln deutlich hervortreten. Das narbige, verkümmerte rechte Bein wirkte wie ein monströses Anhängsel an seinem ansonsten makellosen Körper. Seine fiebrigen Augen glänzten; die Lippen waren leicht geöffnet und schimmerten feucht. Seine Brust hob und senkte sich unter schnellen, flachen Atemzügen, als er neben dem Jungen niederkniete. Mit einer Hand packte er sein eigenes Glied und streichelte es.

Kirschenessers Abschiedsbemerkung hatte Sano bereits stutzig gemacht; deshalb war er über diesen Anblick nicht allzu erstaunt. Etwas Ähnliches hatte er beinahe erwartet. Dennoch stiegen Abscheu und Enttäuschung in ihm auf. Prostitution mit Kindern, selbst in einer derart grotesken Form, war nicht nur erlaubt, sondern recht weit verbreitet und galt als durchaus gesellschaftsfähig. Somit hatte Fürst Niu sich allenfalls des Vergehens schuldig gemacht, einer derartigen Betätigung außerhalb der Grenzen Yoshiwaras zu frönen. Selbst eine vornehme junge Dame wie Yukiko hätte das gewußt. Und Fürst Niu hätte Noriyoshi weder Bestechungsgelder gezahlt, noch hätte er ihn ermordet, um ein solches Geheimnis zu wahren.

Dann griff Fürst Niu mit der freien Hand hinter sich und packte ein Messer. Er hielt es in die Höhe, mit der Spitze nach oben, so daß die Klinge im Kerzenlicht funkelte. Gebannt starrte er die Waffe an. Wieder fuhr er sich mit der Zunge über die Lippen. Die Hand an seinem Glied bewegte sich schneller, und mit einer bedächtigen, langsamen Bewegung senkte er das Messer. Er drückte es dem bewußtlosen Jungen an den Hals. Mit einer ebenso langsamen Bewegung zog er die Klinge über das rosige Fleisch. Ein dünner Blutfaden quoll aus der Wunde und färbte Haut und Klinge rot.

Von unsäglichem Entsetzen gepackt, stand Sano wie angewurzelt da, so daß er zu spät bemerkte, daß hinter ihm jemand aufgetaucht war.

21.

Vor ihm stand eine Frau, die Augen vor Angst weit aufgerissen. Sie öffnete den Mund, um zu schreien. Sano handelte instinktiv. Blitzartig packte er die Frau und zerrte sie vom Haus fort in den Wald. Er drückte sie fest an sich; die eine Hand preßte er ihr auf den Mund, mit der anderen hielt er ihr den Dolch vors Gesicht. Sie kreischte, trat nach ihm und wehrte sich verbissen. Sano konnte spüren, wie das Herz der Frau wild klopfte, als sie versuchte, sich aus seiner Umklammerung zu befreien.

»Ich tue Euch nichts«, flüsterte Sano ihr mit drängendem Unterton ins Ohr. »Bitte, hört auf zu schreien.«

Gnädiger Buddha, er wollte die Frau nicht töten! Aber er durfte auch nicht zulassen, daß sie Alarm schlug. Er schaute sie an – und plötzlich erkannte Sano ihr Gesicht: Die Frau war das Hausmädchen der Nius.

»O-hisa! Bestimmt erinnert Ihr Euch an mich – Sano Ichirō. Ich bin im *yashiki* der Nius gewesen und auf Yukikos Totenfeier. Seid Ihr still, wenn ich Euch loslasse?«

Ein Nicken, ein klägliches Stöhnen. O-hisa wehrte sich nicht mehr. Behutsam ließ Sano sie los, bereit, sie jeden Moment wieder zu packen – oder die Flucht zu ergreifen.

O-hisa wandte ihm das Gesicht zu. Dann schlang sie die Arme um den Körper, als würde sie frieren, und wies mit einem Kopfnicken auf das Haus.

»Der junge Herr ... er tut es schon wieder, nicht wahr?« flüsterte sie und verzog das Gesicht, als würde sie jeden Moment in Tränen ausbrechen.

»Schon wieder? Soll das heißen, er bringt öfters Kinder zu seinem Vergnügen um?« Wieder packte Sano das Entsetzen, das er beim Anblick der Szene verspürt hatte, als Fürst Niu dem Jungen die Kehle durchschnitt. Er mußte diesen Jungen retten – falls es nicht schon zu spät war. Sano machte zwei Schritte in Richtung Haus; dann aber fielen ihm die Wachtposten ein, und er blieb stehen. Die Männer würden ihn töten, bevor er auch nur in die Nähe Fürst Nius gelangte. Doch er mußte eingreifen, selbst wenn er bei dem Versuch sein Leben ließ. Sano packte den Dolch und sprach ein stummes Gebet, auf daß ihm Mut und Kraft verliehen werde.

Bevor er ging, sich den Weg bis zu Fürst Niu freizukämpfen, wandte er sich noch einmal an O-hisa. Eine Frage lag ihm besonders am Herzen, ehe er dem Tod gegenübertrat.

»Hat Yukiko davon gewußt?« Sano vermutete, daß Noriyoshi die sexuellen Gewohnheiten Fürst Nius gekannt und den Fürsten gemeinsam mit Kirschenesser erpreßt hatte.

»Nein, nein!« widersprach O-hisa heftig und wedelte wild mit den Händen. Zuerst dachte Sano, sie wollte damit sagen, daß Yukiko nichts von den schrecklichen Vorlieben ihres Bruders gewußt habe. Dann aber fügte O-hisa hinzu: »Fürst Niu hat die Jungen nie getötet. Er hat ihnen nur Schnittwunden zugefügt und sie dann nach Hause geschickt.«

Sano glaubte ihr nicht. Er hatte die Wunde des Jungen gesehen – und Fürst Nius perverse Gier nach Blut. Sano rannte zum Haus und spähte durch das Astloch.

Fürst Niu kniete in der Mitte des Zimmers; den Rücken hatte er Sano zugekehrt. Er trug jetzt einen weißen Unterkimono. Neben ihm wickelten zwei Wachtposten den Körper des Jungen in eine Decke. Die Augen des Jungen waren geschlossen, doch er stöhnte leise. Die Schnittwunde, nun vom Blut befreit, war tatsächlich nur oberflächlich gewesen! Der Schnitt sah wie ein roter Faden aus, den der Junge um den Hals gewickelt trug.

Vor Erleichterung stieß Sano einen tiefen Seufzer aus. Weder er noch der Junge würden in dieser Nacht sterben. Sano schob den Dolch in die Scheide und kehrte zu O-hisa zurück.

»Ich hatte es zuerst auch nicht verstanden«, stieß sie mit erhobener Stimme hervor. »Ich bin schuld, daß Fräulein Yukiko tot ist!«

»Pssst!« Sano ergriff O-Hisas Arm und zog sie tiefer in den Wald. »Wie meint Ihr das? Ihr habt Yukiko doch nicht ermordet, oder?« Sano konnte nicht glauben, daß diese zerbrechliche, empfindsame Frau eine Mörderin war.

O-hisa antwortete auf die für sie typische Weise: Sie brach in Tränen aus. Sano wollte sie trösten, doch sie mußten fort von hier. Es war viel zu gefährlich. Jeden Moment konnten sie von einer Streife entdeckt werden. Sano packte O-hisas Schultern und schüttelte die Frau.

»Was meint Ihr damit?« fragte er mit scharfer Stimme. »Sagt es mir!«

O-hisas Schluchzer verebbten schlagartig. In ihren Augen lagen Zorn und Verwunderung, als sie Sano nun fest anblickte. Dann stieß sie hervor: »Fräulein Yukiko ist gestorben, weil ich geglaubt hatte, Fürst Niu würde diese Jungen ermorden.« Mit trotzigem Mut straffte sie sich und hob den Kopf. »Die Ehre verlangt von mir, daß ich diese Schuld begleiche, indem ich mir das Leben nehme, aber … ich bin ein Feigling. Deshalb bitte ich Euch, mich zu verhaften.«

Sano ließ die Frau los und warf einen nervösen Blick auf das Haus. »Warum habt Ihr mir nicht gesagt, daß Ihr Euch die Schuld am Tod Yukikos gebt, O-hisa?« flüsterte er. Hier, endlich, war jene Person, die ihm sagen konnte, weshalb Fürst Niu seine Schwester und Noriyoshi ermordet hatte. Doch wenn O-hisa sich nicht schnellstens klar ausdrückte, mußte Sano fliehen, bevor er Näheres erfahren konnte.

O-hisa stieß einen Wortschwall hervor, als hätte sie das Verlangen, jemandem Geheimnisse anzuvertrauen, die sie viel zu lange in ihrem Innern verschlossen hatte. »Ich bin letzten Herbst zur Familie Niu gegangen, weil ich Arbeit suchte«, sagte sie. »Nachdem ich drei Wochen im *yashiki* in Edo verbracht hatte, schickte der Hausmeister mich hierher in die Sommervilla, als Dienerin des jungen

Herrn. Er kommt stets hierher, wenn er seines Gesundheitszustands wegen die Stadt verlassen muß. Es war ein warmer Tag. Am Zimmer des jungen Herrn stand das Fenster offen, und als ich vorüberging, warf ich zufällig einen Blick hinein. Und da sah ich ... sah ich, was auch Ihr vorhin gesehen habt.

Zwei Nächte darauf geschah das gleiche, mit einem anderen Jungen! Ich dachte, Fürst Niu hätte die Jungen ermordet. Sie lagen da wie tot ... und dann das viele Blut! Und später sind die Männer des jungen Herrn gekommen und haben die Jungen fortgebracht. Zuerst habe ich keinem etwas davon gesagt. Es ist nicht an mir, irgend etwas über meinen Herrn zu erzählen. Doch nach dem dritten Mal konnte ich den Gedanken nicht mehr ertragen, daß der Herr noch weitere Jungen tötet. Deshalb ... deshalb habe ich Fräulein Yukiko davon erzählt. Sie war immer sehr freundlich zu mir, wenn ich mit ihr geredet habe, und ...« O-hisa versagte die Stimme.

»Was hat Yukiko unternommen?« fragte Sano und verbarg seine Ungeduld, als O-hisa darum kämpfte, die Fassung wieder zu erlangen.

»Sie hat mir nicht geglaubt. Sie liebte ihren Bruder und konnte sich nicht vorstellen, daß er etwas Böses tat. Aber sie wollte sich selbst Gewißheit verschaffen. Als der junge Herr das nächste Mal hierher kam, ist sie ihm gefolgt. Ich stand dort« – sie zeigte auf das Fenster – »und habe beobachtet, als sie hergekommen ist. Ohne anzuklopfen hat sie die Tür geöffnet und das Zimmer betreten.« O-hisa schluckte. Ihre Hand bewegte sich zum Mund.

Sano mußte an Midoris Aussage denken. Das Mädchen hatte erklärt, Yukiko habe eines Abends allein das Haus verlassen, vor einigen Wochen. Damals war Sano diese Aussage unbedeutend erschienen. Jetzt aber wußte er, daß Yukiko hierher gekommen war, um ihren Bruder zur Rede zu stellen. Sano bewunderte den Mut und das Vertrauen Yukikos zu Fürst Niu – genauso, wie er die verhängnisvolle Unschuld des Mädchens bedauerte und den tödlichen Fehler, in die Privatsphäre ihres Bruders eingedrungen zu sein.

»Fürst Niu war mit einem Jungen zusammen, nicht wahr?« murmelte Sano.

Ein energisches Nicken. »Der Junge hatte Schnittwunden an Kehle und Brust. Und unser junger Herr zog sich gerade an. Als er Fräulein Yukiko sah, wurde er sehr wütend. Er beschimpfte sie, daß sie ohne seine Erlaubnis in sein Zimmer gekommen sei, und schlug ihr ins Gesicht. Fräulein Yukiko fing an zu weinen. Sie fragte den jungen Herrn, wie er unschuldige Jungen ermorden könne, und flehte ihn an, mit diesen ... Abartigkeiten aufzuhören. Auch ich habe geweint. Ich hatte schreckliche Angst. Der junge Herr rief, daß die Jungen unter Drogen stünden und daß sie nicht tot seien und daß er ihnen kein Leid zugefügt habe. In diesem Moment stöhnte der Junge und setzte sich auf. Er schaute Fräulein Yukiko und den jungen Herrn an ... und dann sah er die Schnittwunden an seinem Körper. ›Was habt Ihr mir angetan?‹ schrie er. ›Wer seid Ihr? Wo bin ich?‹

Auch Fräulein Yukiko fing zu schreien an. Der junge Herr befahl beiden, still zu sein. Oh, er war schrecklich wütend! Als der Junge nicht zu schreien aufhörte, da hat der junge Herr ... da hat er ...«

O-hisas Stimme wurde so leise, daß Sano sich nahe zu ihr beugen mußte, um ihre Worte zu verstehen. »Der junge Herr zog sein Schwert und schlug dem Jungen den Kopf ab.« O-hisa barg das Gesicht in den Händen und brach in wildes Schluchzen aus.

Sano schüttelte den Kopf. In Gedanken führte er die Geschichte zu Ende: Der blutüberströmte Fußboden. Yukikos Entsetzen. O-hisa, die sich in namenlosem Grauen draußen an die Wand preßte. Fürst Niu, dessen Wut nach seiner impulsive Gewalttat verrauchte und der bereits darüber nachdachte, wie er den Mord vertuschen konnte.

Ob er es bedauerte, daß seine Vorliebe Jungen aus seiner eigenen sozialen Schicht galt und keinen Eta oder den Söhnen gemeiner Bürger, die er straflos hätte töten können?

»Fräulein Yukiko fiel in Ohnmacht«, fuhr Midori fort. »Der junge Herr rief nach seinen Leuten. Dann hob er

Fräulein Yukiko auf und trug sie aus dem Zimmer.« O-hisas zitternde Stimme schilderte die Szene genau so, wie Sano sie sich vorgestellt hatte. »Dann kamen die Männer des jungen Herrn. Sie brachten die Leiche fort. Als sie gegangen waren, konnte ich Yukiko auf dem Flur weinen hören. Und ich hörte, wie der junge Herr zu ihr sagte: ›Falls du jemandem davon erzählst, töte ich dich.‹«

Deshalb also hatte Fürst Niu die eigene Schwester ermordet! Der Fürst wußte sehr wohl, daß Yukikos ausgeprägtes Empfinden für Anstand und Sitte sie daran hindern würde, für immer zu schweigen. Und Noriyoshi mußte die Morde ebenfalls entdeckt haben, entweder durch Bespitzelung oder weil Fürst Niu es versäumt hatte, den Jungen zurückzuschicken, welchen Noriyoshi ihm zugeführt hatte.

»Der junge Herr wußte, daß Yukiko es früher oder später jemandem erzählen würde. Deshalb hat er sie getötet«, sagte O-hisa und bestätigte damit Sanos Vermutung. »Hätte ich doch den Mund aufgetan! Dann wäre Fräulein Yukiko noch am Leben. Es war meine Pflicht, mich für sie zu opfern, aber ich habe versagt.« Sie warf sich Sano in die Arme; ihre Hände krallten sich in seine Schultern. »Ihr Geist verfolgt mich in meinen Träumen. Ich muß sterben, damit er Ruhe findet! Ich bitte Euch, verhaftet mich!«

Sano hielt sie fest. »Es ist nicht Eure Schuld, O-hisa«, sagte er und bedauerte die unerschütterliche Treue, die in dem Mädchen den Wunsch erweckte, an Fürst Nius Stelle bestraft zu werden. »Wenn es stimmt, was Ihr sagt, ist allein der junge Herr für den Tod seiner Schwester verantwortlich. Wollt Ihr mir helfen, dafür zu sorgen, daß er zur Rechenschaft gezogen wird?«

O-hisa riß bestürzt die Augen auf. »Ich?« flüsterte sie. »Oh, nein.«

»Wenn Ihr mir helft, könnt Ihr Yukikos Geist besänftigen«, drängte Sano. »Bitte!«

»Aber was kann ich denn tun?« Ein Schimmer der Hoffnung lag auf O-hisas Gesicht und verdrängte Furcht und Entsetzen.

»Begleitet mich morgen zum Rat der Ältesten«, sagte Sano. »Erzählt dort Eure Geschichte.« Und er würde die seine erzählen. »Der Rat wird Fürst Niu seiner gerechten Strafe zuführen.« Denn sobald der Rat der Ältesten erst O-hisas Aussage gehört hatte, konnte er gar nicht anders handeln; da war Sano sicher. Sohn eines Daimyō oder nicht – Fürst Niu würde angesichts der Schwere seines Verbrechens seiner gerechten Strafe nicht entgehen.

»Nein«, murmelte O-hisa. »Ich kann meinen Herrn nicht verraten. Was mit mir geschieht, ist mir egal. Aber er könnte auch meine Familie bestrafen, und das darf ich nicht zulassen.« Sie wich vor Sano zurück. »Ich muß jetzt gehen. Ich bin schon viel zu lange fort. Bestimmt sucht man schon nach mir.«

Sano wußte, daß er O-hisa gebeten hatte, ein sehr großes Risiko einzugehen, doch er konnte ihre Lage besser als sie selbst einschätzen. »Wahrscheinlich ahnt Fürst Niu, daß Ihr seine Gewohnheiten kennt und über den Hintergrund dieses Mordes Bescheid wißt«, sagte er. »Schließlich weiß er, wer sich an diesem Abend hier aufgehalten hat. Vorerst wird er Euch am Leben lassen; denn je weniger Aufsehen er erregt, desto besser. Doch selbst wenn Ihr Euer Schweigen wahrt, könnte der Fürst zu der Ansicht gelangen, daß es sicherer ist, Euch zu töten – genau wie Yukiko. Ihr müßt mir helfen, Fürst Niu den Behörden auszuliefern. Das ist die einzige Möglichkeit, Euch und Eure Familie zu schützen, bevor er handeln kann. Begreift Ihr das nicht?«

O-hisas Lippen bewegten sich, doch sie brachte keinen Laut hervor. Ihre Blicke huschten nervös umher, als würde sie nach einem anderen Weg suchen, sich aus ihrer Zwangslage zu befreien.

Schließlich sagte sie: »Also gut. Morgen früh kehrt der junge Herr nach Edo zurück – und mit ihm ich und die anderen Diener. Nach unserer Ankunft werde ich Euch zum Rat der Ältesten begleiten.«

»Danke, O-hisa.« Sano verbarg seine Erleichterung unter dem Tarnmantel geschäftsmäßigen Auftretens. »Sollen wir uns am Mittag irgendwo treffen?« Er wußte, daß es für sie beide zu gefährlich war, sollte er wieder im *yashiki* der Nius erscheinen; deshalb dachte er über eine andere Möglichkeit nach. »Wie wäre es, wenn wir uns am Geschäft des Schwertschmiedes Musashi treffen?« schlug er vor, denn dieses Geschäft war in Nihonbashi wohlbekannt.

»Ja, gut. Auf Wiedersehen.« O-hisa verbeugte sich hastig; dann wandte sie sich um und eilte zu den Unterkünften der Diener.

Sano beobachtete, wie sie davonrannte. Würde sie ihre Meinung bis morgen ändern? Würde sie mit den anderen Dienern über den Plan sprechen, den sie und Sano gefaßt hatten? Und würde einer der anderen Bediensteten es dann Fürst Niu weitererzählen? Doch Sano hatte keine Zeit, sich jetzt den Kopf über derlei Dinge zu zerbrechen. Bis jetzt hatte er Glück gehabt; die Wachtposten hatten ihn noch nicht bemerkt. Es war das beste, sofort zu verschwinden, bevor eine Patrouille erschien. Außerdem war er naß bis auf die Haut und so durchgefroren, daß er in Händen und Füßen kein Gefühl mehr hatte.

Dennoch zögerte Sano. Er dachte an das Gespräch, das die Posten geführt hatten, und an Fürst Nius Ungeduld und an die seltsam hastigen Vorbereitungen der Dienerschaft für das Festmahl. Waren alle diese Beobachtungen Vorboten weiterer düsterer Geschehnisse? Und konnten sie weitere Erkenntnisse über die Motive Fürst Nius erbringen?

Sano schlich vorsichtig bis zum Waldrand, von wo aus er die Vorderseite des Hauses sehen konnte. Er kauerte sich in ein Dreieck aus dicken Baumstämmen und beobachtete. Bald hörte er Hufschläge. Sie kamen von der Straße – draußen, auf der anderen Seite der Mauer. Das Tor wurde geöffnet. Zwei berittene Samurai wurden durchgelassen, die den von Kerzen erleuchteten Weg hinaufgaloppierten, sich von den Pferden schwangen und im Haupthaus verschwanden. Augenblicke später erschienen zwei weitere Samurai; dann kam ein einzelner Reiter; dann wieder mehrere.

Sano fiel auf, daß die Männer immer nur einzeln oder zu zweit kamen. Bald standen zwanzig Pferde auf dem Hof vor dem Haupthaus. Sano hatte den sehnlichen Wunsch, jetzt ins Haus hineinschauen zu können. Dieses Treffen mußte irgendeinem geheimen Zweck dienen; anderenfalls hätte Fürst Niu es in bequemerem und angemessenerem Rahmen im *yashiki* in Edo abhalten können.

Eine plötzliche Bewegung am linken Rand seines Gesichtsfeldes veranlaßte Sano, den Kopf zu drehen. Zwei Lichtpunkte waren auf jener Seite des Hauses erschienen, wo er O-hisa getroffen hatte. Die Lichtpunkte bewegten sich auf ihn zu. Augenblicke später erkannte Sano auch schon die massigen Gestalten der beiden Wachtposten, die vom Licht der Lampen angestrahlt wurden, die beide Männer in den Händen hielten.

Ein eisiger Schauder der Furcht durchrieselte Sano, als einer der Posten erklärte: »Der Hausmeister sagt, er habe hier draußen die Stimme eines Fremden gehört.«

»Das hat dieser dumme Ochse sich wahrscheinlich nur eingebildet.«

»Trotzdem. Wir dürfen kein Risiko eingehen.«

Ein schriller Pfiff ertönte. Zu Sanos Bestürzung verließ einer der Posten den Vordereingang des Hauses und eilte zu seinen beiden Kameraden; dann rückten die Männer weiter vor. Bald waren sie weniger als hundert Schritt von Sano entfernt.

Sano warf sich herum und rannte los, fort vom Haus, hinein in den dunklen Wald. Er versuchte, sich leise zu bewegen, doch in der Finsternis konnte er die Hand nicht vor Augen sehen. Zweige knackten unter seinen Sohlen, peitschten ihm ins Gesicht und raschelten an seiner Kleidung; Pfützen platschten unter seinen Schritten.

»Ich glaube, ich hab' da drüben etwas gehört!«

Die Wachtposten rannten los, brachen lautstark durchs Gehölz. Ein Pfeil sirrte dicht an Sanos Kopf vorbei und fuhr weit voraus in den Boden. Ein weiterer schlug mit dumpfem Pochen in einen Baumstamm, als Sano gerade erst daran vorübergehuscht war. Gehetzt schaute er sich nach einer Deckung um; dann stürzte er vornüber zu Boden und blieb atemlos liegen. Regungslos verharrte er, als die Schritte der Wachtposten für einen Augenblick verstummten, um dann wieder näher zu kommen – leise, langsam, unaufhaltsam. Sano kämpfte die aufsteigende Panik nieder und bewegte sich weiter voran. Halb kroch er, halb schlitterte er über Gras und Schlamm. Er unterdrückte einen Aufschrei, als er einen kurzen, aber steilen Abhang hinunterrollte. Seine Hände und Knie schrammten über den steinigen Boden. In der Nähe sah er das schwache Schimmern eines kleinen Baches, in dem sich das Sternenlicht spiegelte, das zwischen den Lücken der sich verflüchtigenden Regenwolken vom klaren Himmel fiel. Schließlich fand sich eine Zuflucht in Gestalt eines abgestorbenen Baumstumpfes, der am Grunde des Abhangs stand und dessen knorrige Äste eine Art Höhle am Ufer des Bachlaufs bildeten. Sano kroch in die Höhle hinein und zog sich so weit vom Eingang zurück wie möglich.

Über ihm, am Rand der Böschung, verstummten rasche Schritte; den Geräuschen nach zu urteilen, waren es drei Wachtposten. Ihre Lampen warfen schimmerndes gelbes Licht über den Lauf des Baches. Sano hielt den Atem an, der in der kalten Luft kondensierte; denn er befürchtete, die Verfolger könnten die weißen Wölkchen sehen, die aus dem Flechtwerk der Äste des abgestorbenen Baumes emporstiegen. Dann sagte jemand: »Ich glaube, von hier ist er gekommen.«

»Nein«, erwiderte die Stimme jenes Mannes, der den Hausmeister als »dummen Ochsen« bezeichnet hatte. »Dann müßte er über die Mauer gesprungen sein.«

Die erste Stimme sagte: »Kommt, wir suchen weiter, bis wir Gewißheit haben. Denkt an den Befehl des jungen Herrn – kein Unbefugter darf das Gelände betreten.«

Die Stimmen wurden leiser, als die Männer sich entfernten. Sano kroch aus seinem Versteck hervor, stieg die Böschung hinauf und spähte über deren Rand. Er sah das Licht der Lampen zwischen den Bäumen auf und nieder hüpfen; eines näherte sich der vorderen Mauer, die anderen beiden drangen tiefer in den Wald ein. Sano entspannte sich. Für den Augenblick war er in Sicherheit, wenngleich er sich einem neuen Problem gegenübersah: daß die Wächter umherstreiften, versperrte ihm den normalen Fluchtweg. Er mußte eine andere Route suchen, doch er wußte nicht, wie weit es bis zur gegenüberliegenden Mauerseite war, falls er einen Weg durch den Wald fand. Außerdem wußte er nicht, wo andere Wächter postiert waren.

Plötzlich kam ihm ein Gedanke. Drei, vier Posten suchten ihn; somit war das Haus weniger schwer bewacht. Und man würde damit rechnen, daß er vom Haus weg flüchtete, nicht in Richtung des Hauses. Er konnte unter den Gebäuden hindurchkriechen und versuchen, auf diese Weise bis zur Mauer auf der gegenüber liegenden Seite zu gelangen.

Sano machte sich auf den Weg, näherte sich langsam dem Haus. Vor jedem Schritt tastete er mit Händen und Füßen den Boden ab, um jedes Geräusch zu vermeiden. Schließlich gelangte er an den Rand der Lichtung, blieb dort liegen und beobachtete das Haus.

Der Wächter an der Vordertür blieb auf seinem Posten und blickte seinen Kumpanen nach. Ein weiterer Wächter patrouillierte an der Seite der Villa. Sano beobachtete, wie der Mann zwei Inspektionsgänge machte, um sich das Vorgehensmuster des Postens einzuprägen: Der Mann ging bis vor das Haus. Blickte in die Runde. Drehte sich um. Ging an der Seite des Hauses und dann den überdachten Gang entlang bis zum Gartenhaus, wobei er in den Wald spähte. Am Gartenhaus machte er kehrt und wiederholte das Ganze. Sano wartete, bis der Posten seinen Umkehrpunkt am Gartenhaus fast erreicht hatte. Dann rannte er in geduckter Haltung über die freie Fläche und warf sich zwischen den Stützpfeilern hindurch unter das Haus.

Er kroch unter dem Seitengebäude und dem überdachten Gang hinweg, bis er sich unter dem Haupthaus befand. Dort angelangt, hörte er über sich gedämpfte Stimmen und das Knarren der Holzdielen. Fürst Niu und seine Gäste. Sano kroch zur hinteren Seite des Haupthauses und steckte vorsichtig den Kopf ins Freie. Im Garten und auf der hinteren Veranda war niemand zu sehen. Vermutlich hielten hier normalerweise jene Männer Wache, die zur Zeit im Wald nach ihm suchten. Sano kroch unter dem Haus hervor. Die Stimmen wurden lauter, weil sie jetzt nur noch von der dünnen Papierbespannung der Fenster hinter den Holzgittern gedämpft wurden. Die Männer schienen aufgeregt zu sein; sie redeten durcheinander, so daß ihre Worte unverständlich waren. Sano lauschte angespannt, denn jeden Augenblick konnten wieder Pfeile heransirren. Er wußte, daß er verschwinden sollte, bevor die Wächter aus dem Wald zurückkamen. Immerhin besaß er jetzt die Sandale, das Seil und O-hisas Zeugenaussage. Was konnte er mehr erwarten?

Doch statt loszurennen, zog Sano seinen Dolch. Er war zu weit vorgedrungen und hatte zuviel riskiert, als daß er jetzt fliehen wollte, ohne soviel wie nur möglich in Erfahrung zu bringen. Von den Geräuschen im Haus ermutigt, schnitt er behutsam ein winziges Loch ins Papierfenster und spähte hindurch.

Öllampen und Kohlebecken erfüllten das leere Zimmer mit gespenstischem, flackerndem Licht und rauchigem Dunst. In der Mitte des Zimmers saßen etwa zwanzig junge Männer in einem Halbkreis und führten lebhafte Streitgespräche, ohne sich ihrer Umgebung bewußt zu sein. Einige von ihnen erkannte Sano als jene Freunde des Fürsten, die er zusammen mit Niu im Laden des Schwertschmiedes und in der Akademie für Kampfkünste gesehen hatte. Demnach waren Fürst Nius Aktivitäten gar nicht so ziellos gewesen, wie es den Anschein gehabt hatte. Der Fürst hatte die »zufälligen« Begegnungen eingefädelt, um seine Leute zu dem heutigen Treffen in der Sommervilla zusammenzurufen. Jetzt saßen sie Niu Masahito gegenüber, der auf einem Podest kniete; in seinem Rücken befand sich ein bemalter Wandschirm.

Plötzlich senkte sich Stille über die Gruppe, die nur von gelegentlichem Räuspern unterbrochen wurde. Es schien, als hätten die Männer Angst vor irgendeiner Antwort Masahitos, der ihr Anführer zu sein schien.

Obwohl die Reste einer Mahlzeit auf Servierbrettern zu sehen waren, die vor den Versammelten lagen, erinnerte Sano die Szenerie eher an einen hastigen Imbiß als an ein Festmahl. Die ernsten Mienen der Männer und die beinahe greifbare Spannung im Zimmer ließen Sano erkennen, daß es sich um kein gewöhnliches gesellschaftliches Treffen handelte. Außerdem waren die Versammelten bewaffnet, was – der Etikette entsprechend – in einem privaten Haus normalerweise nicht der Fall gewesen wäre. Erstaunt hob Sano die Brauen, als er die Wappen auf den Kimonos der Versammelten erkannte: Es waren Angehörige der Familien Maeda, Date und Hosokawa darunter. Fürst Niu hatte Vertreter jedes bedeutenden Daimyō-Klans um sich versammelt – von den Tokugawas abgesehen.

Der Abgesandte der Maedas meldete sich zu Wort. »Ich halte den Plan für zu riskant«, sagte er. »Er wird nicht aufgehen. Ich schlage vor, wir sprechen noch einmal die Ausweichmöglichkeiten durch.«

Sofort erhoben sich die Stimmen der anderen, und eine wilde Diskussion begann.

»Er hat recht!« – »Nein! Der Plan wird funktionieren!« – »Wir dürfen keine Zeit mehr verlieren. Wir müssen handeln!« – »Nein! Mir gefällt der Plan auch nicht.«

»Das reicht!« Fürst Niu, der die Diskussionen seiner Besucher mit einem schmalen Lächeln verfolgt hatte, brachte sie mit einem herrischen Befehl zum Schweigen.

Die anderen wandten sich ihm zu. Auf den Gesichtern der jungen Männer spiegelte sich Furcht, Respekt und Bewunderung – bei dem einen mehr, bei dem anderen weniger. Sano hatte inzwischen erkannt, weshalb Fürst Niu solche Empfindungen erweckte: Der Sohn des Daimyō besaß Charisma; er strahlte eine solche Leidenschaft aus, daß seine Augen leuchteten und sein kleinwüchsiger Körper größer erschien. Sogar seine Haut, die immer noch gerötet war – vermutlich aufgrund seines sexuellen Erlebnisses mit dem Jungen –, ließ auf ein inneres Feuer schließen, das andere Männer in seinen Bann zog.

Aber weshalb hatte er diese Versammlung einberufen? Welchen Plan verfolgte er? Sano fragte sich, ob dieses Treffen irgend etwas mit den Morden zu tun hatte oder ob er sein Leben sinnlos aufs Spiel setzte, indem er Gesprächen lauschte, die ihn nicht weiterbrachten.

»Es gibt keine weiteren Diskussionen, was den Plan betrifft«, sagte Fürst Niu zu Sanos Enttäuschung. Der Fürst erhob sich; eine leichte Ruckhaftigkeit der Bewegungen war das einzige Zeichen seiner körperlichen Behinderung. »Doch falls ihr es vergessen habt, möchte ich euch daran erinnern, weshalb unsere Aktion erforderlich ist und welche Vorteile wir dadurch gewinnen.«

Seine Stimme hob sich, wurde lauter und schriller. Die Kraft seiner Persönlichkeit beherrschte das Zimmer. Klein, schweigsam und bedeutungslos saßen die anderen da, während Fürst Niu auf dem Podest auf und ab schritt. »Haben wir die Demütigungen und Einschränkungen, die wir von unseren Unterdrückern hinnehmen müssen, nicht alle gründlich satt? Wurden unsere Väter und Großväter nicht ihrer alten, angestammten Lehnsgebiete beraubt, und bekamen sie dafür nicht minderwertigen Landbesitz am Ende der Welt? Müssen sie nicht die Schmach erleiden, abwechselnd als Besucher in Edo und als Gefangene auf ihren neuen, sogenannten Lehnsgebieten zu sein? Wurden sie nicht der Freiheit beraubt, zu kommen und zu gehen, wann es ihnen beliebt?«

Zorniges Gemurmel erhob sich in der Runde. Rücken strafften sich; Fäuste wurden geschüttelt.

»Müssen wir uns weiterhin von den Tokugawas unserer Reichtümer berauben lassen, indem sie uns dazu zwingen, für den Unterhalt ihrer Paläste und Diener, ihrer Straßen und Wasserwege aufzukommen?« rief Fürst Niu mit funkelnden Augen. »Warum sollten wir die Regierung bezahlen, wenn der Shōgun sein Vermögen für einen Harem aus Knaben und für nichtsnutzige Schauspieler verschleudert? Warum sollten wir uns von ihm vorschreiben lassen, wie wir unsere Häuser einrichten müssen, ja, wie wir uns zu kleiden haben? Sollen wir uns weiterhin von seinen Spionen bespitzeln lassen? Sollen wir weiterhin die abscheulichen Schikanen durch seine Aufsichtsbeamten erdulden, wenn wir über die Tōkaido reisen?«

Das Gemurmel wurde zu einem wütenden Geschrei. »Das lassen wir uns nicht länger bieten!« rief jemand. Andere Männer stimmten in den Ruf ein und verstummten erst, als Fürst Nius Stimme sich über den Lärm erhob.

»Tokugawa Tsunayoshi ist ein schwächlicher Narr, der die Regierung von der Armee und seinem Kammerherrn führen läßt, dem verachtenswerten Yanagisawa, während er selbst sich mit seinen Frauen und den Töchtern seiner Minister vergnügt. Und des aufgezwungenen Friedens wegen besteht die Gefahr, daß Tokugawa Tsunayoshi uns Samurai auf sein verabscheuungswürdiges Niveau der sittlichen Verderbtheit hinunterzieht. Sollen wir zulassen, daß er uns unserer rechtmäßigen Betätigung beraubt, nämlich unserer Ehre zu dienen, indem wir Kriege führen?«

»Nein! Niemals! Nieder mit den Tokugawas!«

Sano mußte einen erstaunten Aufschrei unterdrücken. Vor Erregung zitterte er am ganzen Körper. Der abgeschiedene Ort dieser Versammlung, das geheime Eintreffen der Teilnehmer und Fürst Nius flammende Rede konnten nur eines bedeuten: Bei dem Plan, von dem hier gesprochen wurde, ging es um eine Verschwörung gegen die Tokugawa-Regierung. Konnte man Fürst Niu dieses Verbrechens überführen, würde er mit weit höherer Wahrscheinlichkeit hingerichtet und der Schande preisgegeben als der Ermordung eines Jungen aus einer Samurai-Familie wegen. Und die Familie Niu würde Masahitos Strafe teilen. Mußte Yukiko vielleicht sterben, weil sie von dieser Verschwörung erfahren hatte? fragte sich Sano. Hatte ihr Tod gar nichts damit zu tun, daß sie Zeugin des Mordes an dem Jungen geworden war? Und welche Rolle spielte Noriyoshi? War auch er den Verschwörern auf die Schliche gekommen?

»Sollen wir etwa zulassen, daß Tsunayoshi uns unserer Werte und Traditionen, ja, unseres Samurai-Erbes beraubt, indem er weibische Bürokraten aus uns macht, deren Aufgabe darin besteht, Hunde zu beschützen? Oder indem er uns in vulgäre Flegel verwandelt, die sich auf den Straßen prügeln, weil sie keine sinnvollen Aufgaben mehr haben?« rief Fürst Niu.

»Nein!« brüllten zwanzig Stimmen zugleich.

»Dann müssen wir unverzüglich handeln. Wir müssen tun, wozu wir geboren sind – kämpfen! Wir werden die Ehre unserer Familiennamen wiederherstellen. Wir werden ihnen den Glanz und den Ruhm zurückgeben, der ihnen viel zu lange vorenthalten wurde!«

Nun, da Sano sich von seinem anfänglichen Schock erholt hatte, spürte er eine unterschwellige Falschheit in Fürst Nius Auftreten. Das nervöse Hin- und Herschreiten, das wilde Gestikulieren, der Zorn in seiner Stimme und sein Gesichtsausdruck kamen Sano übermäßig theatralisch vor. Fürst Niu spielte seinem Publikum etwas vor, wie ein Schauspieler, und lenkte dessen gerechtfertigten Zorn auf die Tokugawas. Ging es dem Fürsten wirklich darum, daß der Shōgun ihn und die Angehörigen der anderen Daimyō-Klans ungerecht behandelte?

Die Versammelten jedenfalls reagierten begeistert auf Fürst Nius theatralische Vorstellung. »Ja! Ja! Ja!« Der Fußboden erzitterte, als die Männer aufsprangen. Metall scharrte, als sie ihre Schwerter zückten und emporreckten.

Fürst Niu griff hinter den bemalten Wandschirm. Er hielt zwei Gegenstände in die Höhe: eine geöffnete Rolle Papier, die zur Hälfte mit Schriftzeichen bedeckt war, und einen Schreibpinsel. »Dann ist es an der Zeit, unseren Schwur zu besiegeln«, verkündete er.

Er kniete nieder und legte die Rolle und den Pinsel aufs Podest. Er zog seinen Dolch. Schlagartig breitete sich Stille im Zimmer aus, als Fürst Niu sich die Handfläche aufschlitzte. Dann tauchte er den Pinsel in sein Blut und setzte die Schriftzeichen seines Namens unter den Text des Dokuments. Wenngleich er Schmerzen verspüren mußte, blieb sein Gesicht unbewegt; doch einige der jungen Männer stöhnten, als sie es Fürst Niu gleichtaten. Einer nach dem anderen stiegen sie aufs Podest, schnitten sich die Handfläche auf, setzten ihren Namen auf die Schriftrolle und kehrten an ihre Plätze zurück.

Sano brannte die Handfläche vom bloßen Zuschauen. Diese Männer waren zwar tollkühn und verrückt, aber sie meinten es offenbar ernst. Ein Blutschwur galt als heilig. Sano hätte alles gegeben, um zu erfahren, was der Text auf der Rolle besagte.

Als die Männer fertig waren, erhob sich Fürst Niu. »Ein Gedicht zum Gedenken an dieses Ereignis«, verkündete er und rollte das Schriftstück zusammen. Ein falsches Lächeln umspielte seine Lippen. Er gestikulierte mit der zusammengerollten Urkunde und zitierte:

»Die Sonne senkt sich
auf die Wiese hernieder –
Glück und Segen!
Denn das neue Jahr,
es naht heran.«

Sano hatte diesen Vers – alles andere als ein Meisterwerk – noch nie gehört, und er verstand auch dessen Bedeutung nicht. Doch Fürst Nius Mitverschwörer brachen in wilden Jubel und fröhliches Lachen aus, das die Spannung löste, die während des Blutschwurs geherrscht hatte. Dann trug Fürst Niu mit lauter Stimme weitere Totengedichte für die Tokugawas vor, was bei seinen Anhängern noch größere Begeisterung hervorrief. Das Haus erbebte unter ihren donnernden Beifallsrufen.

»Bald werden wir unseren Vätern beweisen, daß wir wahre Samurai sind!« rief Fürst Niu. »Wir werden ihre Herzen mit Stolz erfüllen, daß wir ihre Söhne sind!«

Zum erstenmal hörte Sano wirkliche Leidenschaft in Fürst Nius Stimme, und plötzlich wurde ihm klar, daß Niu Masahito dies alles nur seines Vaters wegen tat, während die anderen jungen Männer nach Macht und Ruhm für ihre Generation strebten. Diese Einsicht vermittelte Sano ein unerwartetes und ungewolltes Gefühl der geistigen Verwandtschaft mit Niu Masahito. Ihnen beiden bedeuteten die Pflichten eines Sohnes sehr viel – allerdings mit dem Unterschied, daß Fürst Niu von irgendeiner verschrobenen Art von Liebe dazu getrieben wurde, seinen Vater um den zweifelhaften Preis fragwürdiger Erfolge wegen der schrecklichen Gefahr auszusetzen, einen Verräter in der Familie zu haben. Sano verspürte den heftigen Wunsch, weitere Einzelheiten über das Komplott zu erfahren. Auch wenn er nun genug wußte, um Fürst Niu vor Gericht zu bringen, verlangte es die Pflicht von ihm, den Behörden so genaue Informationen zu übermitteln wie nur möglich.

Sano blickte über die Schulter: Die Wachtposten waren nirgends zu sehen. Wie lange konnte er noch bleiben, ohne daß sie ihn erwischten?

Ein plötzlicher Abfall des Geräuschpegels im Innern des Zimmers lenkte Sanos Aufmerksamkeit wieder zum Fenster. Erneut drückte er ein Auge an das Loch in der Papierbespannung. Er sah, wie die Versammelten sich einem Wachtposten zuwandten, der ins Zimmer gekommen war.

»Was ist?« fragte Fürst Niu und wischte sich, atemlos

vor Anstrengung, mit dem Ärmel seines Kimonos den Schweiß von der Stirn.

Der Wachtposten verbeugte sich. »Ich bitte um Vergebung, daß ich störe, Herr, aber ich muß Euch vor einem Verräter warnen, der sich unbefugt auf dem Anwesen befindet. Im westlichen Waldstück hätten wir ihn beinahe gefaßt, aber er konnte entkommen.«

Zuerst erstarrte Sano. Dann packte ihn das instinktive Verlangen zu fliehen. Nur die zwingende Notwendigkeit, nähere Einzelheiten zu erfahren, ließen ihn an Ort und Stelle verharren.

»Ein Spitzel!« stieß ein Angehöriger des Hosokawa-Klans hervor.

Die anderen brachen in lautes Klagen und Lamentieren aus. »Oh, nein! Sind wir entdeckt worden? Wer hat uns verraten? Was sollen wir jetzt tun?« Die jungen Männer waren dermaßen aufgeregt und verängstigt, daß Sano sich fragte, woher sie den Mut nehmen wollten, ihren Plan auszuführen, wie immer er auch aussehen mochte.

Fürst Niu trat an den Rand des Podests. Er war der einzige der Anwesenden, der keine Furcht zeigte. »Dummköpfe!« rief er und lachte höhnisch. »Warum vergeudet ihr die Zeit mit Reden? Warum ängstigt ihr euch? Geht hinaus und tötet den Mann! Dann besteht kein Grund zur Sorge mehr.«

»Er hat recht! Los, kommt!« Die Schwerter gezückt, eilten die Männer mit stampfenden Schritten aus dem Zimmer.

»Und sucht nicht nur im westlichen Waldstück! Sucht das ganze Grundstück ab«, rief Fürst Niu ihnen nach. Er verharrte auf seinem Podest, die Arme vor der Brust verschränkt, das Gesicht finster und unbewegt.

Sano wartete gar nicht erst ab, bis die blutdurstige Meute aus dem *shinden* hervorgeströmt war. Er warf sich herum, flüchtete in den Wald und stürmte geradewegs auf die Mauer zu, kletterte sie empor und sprang in die Finsternis und die Sicherheit auf der anderen Seite.

22.

Der Schwertschmied, der wie ein Shintō-Priester in weiße, zeremonielle Umhänge gekleidet war, zog mit seinen Zangen eine Stange rotglühenden Stahl aus dem Schmelzofen draußen vor seiner Schmiede. Sein Helfer packte das andere Ende und bog das noch weiche Metall. Dann schlugen beide Männer mit schweren Hämmern auf die Stange ein, wobei sie laut Gebete sprachen. Es war der erste Schritt beim Fälten des Stahls, das so oft wiederholt wurde, bis das Metall genug Lagen besaß, um der fertigen Klinge sowohl Biegsamkeit als auch Bruchfestigkeit zu verleihen. Jeder Hammerschlag klang hell und scharf durch die klare Morgenluft. Lehrjungen eilten umher, holten Wasser zum Abschrecken des Metalls, das zum Schluß vorgenommen wurde, und heizten den Schmiedeofen mit Kohle.

Die Hitze strahlte bis auf die Straße, die das Geschäft des Schwertschmieds von mehreren nebeneinander liegenden Gießereien trennte, wo Handwerker Hufeisen und andere schlichtere Gegenstände aus Metall herstellten.

Sano lehnte sich an den Holzzaun. Abwechselnd beobachtete er die Schwertschmiede und schaute die Straße hinunter. Arbeiter drängten sich an ihm vorbei; sie brachten Rohmaterial und fertige Waren zu den Werkstätten oder holten es von dort ab. Sobald sich eine Frau näherte, straffte Sano sich vor gespannter Erwartung, um sich dann wieder zurückzulehnen, wenn er bemerkt hatte, daß es sich nicht um O-hisa handelte. Doch Sano war sicher, daß sie kam, zumal er vor der verabredeten Zeit erschienen war. Außerdem konnte ein bißchen Warten ihm die gute Laune nicht verderben.

Fürst Nius Männer hatten ihn gestern abend nicht erwischt. Ein heißes Bad und einige Stunden Schlaf in einem Gasthaus hatten die Erschöpfung und den Schmerz gemildert, die ihm nach dem weiten Fußmarsch zurück nach Edo in den Gliedern gesteckt hatten. Auch der längere Aufenthalt in einem Teehaus am Stadtrand, wo Sano auf den Tagesanbruch und die Öffnung der Stadttore gewartet hatte, hatte ihm gutgetan. Seine Kleidung war über einem Kohlebecken getrocknet; beide Schwerter hingen an seinen Hüften, und er war zuversichtlich, den Herausforderungen des Tages erfolgreich gegenübertreten zu können.

Das kalte, klare Wetter spiegelte seinen neugewonnenen Optimismus wider. Nur die beständige Sorge um seinen Vater nagte in Sanos Innerem. Hab Geduld, sagte er sich. Wenn du erst beim Rat der Ältesten gewesen bist, wird die Gerechtigkeit ihren Lauf nehmen.

Er hatte Noriyoshis Sandale und das Seil sicher in seinem Umhang verstaut und konnte es kaum mehr abwarten, dem Rat beide Gegenstände als Beweisstücke vorzulegen. Und schon bald würde O-hisa ihm als Zeugin zur Verfügung stehen.

Er würde seinen früheren Status als *yoriki* zurückerlangen und sich dadurch wieder in die Lage versetzen, offizielle Nachforschungen anstellen zu können und die Verschwörung gegen die Regierung zu vereiteln. Er würde seine Ehre und die der Familie wiederherstellen. Und sein Vater würde seinen Lebenswillen zurückerlangen und gesunden.

Der Mittag kam und ging vorüber. Auf den Straßen wurde es stiller, als die Handwerker ihre Mahlzeiten zu sich nahmen; bald darauf herrschte wieder rege Betriebsamkeit, nachdem die Männer an ihre Arbeitsplätze zurückgekehrt waren. Doch immer noch war keine Spur von O-hisa zu sehen. Sanos Zuversicht geriet ins Wanken.

Er dachte über mögliche Gründe für O-hisas Fortbleiben nach. Vielleicht hatte Fürst Niu beschlossen, länger in der Sommervilla zu bleiben, und hatte die Dienerschaft bei sich behalten. Vielleicht hatte Fürstin Niu oder eine der anderen Damen am Hof des Daimyō O-hisa mit irgendeiner Aufgabe betraut, und sie würde sich davonschleichen, sobald sich die Gelegenheit bot. Dennoch konnte Sano die schlimmste aller Möglichkeiten nicht ausschließen: daß O-hisa es sich anders überlegt hatte. Oder hatten die Nius gar davon erfahren und die Dienstmagd zum Schweigen gebracht? Was auch geschehen sein mochte, O-hisa kam nicht.

Es sah ganz so aus, als würde Sano nun doch nicht die Chance bekommen, seinen Posten als *yoriki* zurückzuerlangen und die Ehre seiner Familie wiederherzustellen – und daß er die Hoffnung begraben konnte, daß sein Vater sich von seiner Krankheit erholte.

Die aufkeimende Panik verleitete Sano zum Leichtsinn. Er eilte durch Nihonbashi zum Wohnbezirk der Daimyō. In dem Moment, als er das Tor des Niu-*yashiki* erreichte, wurde es geöffnet. Neue Hoffnung keimte in Sano auf – und schwand abrupt, als er sah, daß nicht O-hisa durchs Tor kam, sondern ein berittener Samurai, der mit seinem Pferd durch das Portal hindurchpreschte. Ein Blick ins Gesicht des Mannes, und Sano stürmte in die nächste Deckung. Der Reiter war Fürst Niu.

Binnen eines Augenblicks mußte Sano eine Entscheidung treffen. Entweder konnte er auf O-hisa warten – die möglicherweise nie mehr erschien –, oder er konnte Fürst Niu folgen, um vielleicht Näheres über die Verschwörung zu erfahren.

In Sanos Innerem fochten die Verpflichtungen gegenüber O-hisa, die ihr gemeinsam gefaßter Plan ihm auferlegte, einen Kampf gegen seine Neugier aus. Sano machte einen Schritt in Fürst Nius Richtung; dann blieb er unschlüssig stehen und blickte zurück auf das Anwesen. Schließlich nahm der Wunsch nach konkretem Handeln Sano die Entscheidung ab. Er eilte Fürst Niu hinterher.

Dem Sohn des Daimyō zu folgen war schwieriger als am gestrigen Tag. Es lag nicht daran, daß Fürst Niu beritten, Sano hingegen zu Fuß war, sondern am bevorstehenden Fest: Wenngleich die Feiern des *setsubun* offiziell erst nach Anbruch der Dunkelheit begannen, füllten die Straßen Nihonbashis sich mit ausgelassenen Stadtbewohnern, die bereits zu feiern begonnen hatten. Junge Männer in Frauenkleidern bestürmten Fürst Niu, riefen ihm mit gespielt weiblichen Stimmen Anzüglichkeiten zu und neckten ihn so lange, bis er drohend sein Schwert zog. Sein Pferd scheute, als Kinder mit Feuerwerkskörpern warfen, die vor den Hufen des Tieres explodierten. Hausfrauen eilten mit Körben durch die Straßen, in denen sich die letzten Besorgungen für die Neujahrsfeier befanden.

In diesem Durcheinander kam ein Berittener kaum schneller voran als ein Fußgänger. Doch ohne Verkleidung war Sano gezwungen, ein gutes Stück hinter dem Fürsten zu bleiben, um nicht gesehen und erkannt zu werden. Nach und nach geriet Sano zwischen dichtere Menschenmengen und kam schließlich kaum mehr voran. Ein betrunkener alter Mann wankte auf Sano zu und bot ihm mit schwerer Stimme Reiswein an. Eine Gruppe halbwüchsiger Jungen, die einen gespielten Schwertkampf vollführten, versperrte ihm den Weg. Zornig scheuchte Sano sie alle zur Seite. Er fluchte unterdrückt. Was war, wenn er zu weit zurückfiel und den Fürsten mit irgendeinem anderen Reiter verwechselte, der ebenfalls schlichte dunkle Kleidung trug?

Sano atmete erleichtert auf, als er schließlich aus dem lärmenden, erstickenden Wohngebiet im Stadtzentrum auf eine breite, vergleichsweise ruhige Straße gelangte, an der sich teure Geschäfte und die Häuser reicher Kaufleute befanden. Sano bog gerade noch rechtzeitig um eine Hausecke, um das Hinterteil von Fürst Nius Pferd in einer Gasse am anderen Ende verschwinden zu sehen. Sano rannte die Straße hinunter zu der Abbiegung, als ihn plötzlich eine Woge verschiedenster Geräusche überflutete: Rufe, Hufgetrappel und das Stampfen zahlloser Füße, die sich im Marschtritt bewegten.

Ein Trupp berittener Samurai bog um eine Gebäudeecke. Die Männer trugen Flaggen, auf denen das Wappen des Asano-Klans prangte: ein Kreuz im Quadrat. Vor den Samurai huschten Läufer von einer Straßenseite zur anderen.

»Aus dem Weg!« riefen sie. »Verbeugt euch! Verbeugt euch!«

Sano sah, daß sämtliche Passanten sich beeilten, der Aufforderung Folge zu leisten. Sie ließen ihre Lasten fallen, sanken auf die Knie, die Arme nach vorne ausgestreckt, und verbeugten sich so tief, daß die Stirn den Boden berührte. Jeder wußte, daß die Samurai nicht zögern würden, *kirisute* auszuüben – das Recht, jeden gemeinen Bürger mit dem Schwert niederzuhauen und zu töten, der sich nicht schnell genug verbeugte, wenn ein Daimyō mit seinen Gefolgsleuten und Dienern vorüberzog.

Sano rannte los. Er hoffte, die Straße überqueren zu können, bevor die Prozession heran war. Doch die vielen knienden Passanten versperrten ihm den Weg.

Der Zug bewegte sich dröhnend und lärmend vorüber. Zuerst die Reiter, hochmütig und aufrecht; dann kamen Hunderte von Dienern, die Körbe voller Lebensmittel und Schätze trugen. Dann folgten die Fußsoldaten mit ihren typischen, ruckartigen Marschtritten. Schließlich erschien die leuchtendbunte Sänfte des Daimyō, gefolgt von endlosen Regimentern weiterer Samurai, Diener und Fußsoldaten mit großen, runden Strohhüten.

Sano rannte zur Seite; er hoffte, die Straße hinter dem Zug überqueren zu können. Er durfte Fürst Niu nicht aus den Augen verlieren! Doch er kam einfach nicht auf die andere Seite, denn die Fußsoldaten, die in engen Reihen vorübermarschierten, füllten die Straße bis zu beiden Seiten vollkommen aus. Ungeduldig trat Sano von einem Fuß auf den anderen. Er war gezwungen, so lange zu warten, bis der ganze Zug vorüber war.

Endlich war es soweit. Die gemeinen Bürger erhoben sich und wandten sich wieder ihren Beschäftigungen zu. Sano stürmte über die Straße und in die Gasse hinein – wo er feststellen mußte, daß Fürst Niu spurlos verschwunden war.

Sano verfluchte sein Pech. Er rannte durch die Gassen und fragte Passanten und Ladenbesitzer: »Ist hier ein junger, berittener Samurai vorbeigekommen?«

Doch niemand hatte einen solchen Reiter gesehen. Entweder hatte die Prozession des Daimyō die allgemeine

Aufmerksamkeit auf sich gezogen, oder der Anblick eines einzelnen Reiters war hier nicht ungewöhnlich genug, als daß die Leute ihn sich gemerkt hätten.

Doch Sano wollte nicht aufgeben. Er kletterte eine wackelige Leiter zu einem der Feuerwachttürme hinauf und blickte über die Hausdächer hinweg in die von Menschen wimmelnden Straßen. In der Ferne erblickte er mehrere Reiter, konnte aber nicht erkennen, ob Fürst Niu einer von ihnen war. Sano wollte gerade die Leiter hinuntersteigen, als er in einer Gasse ganz in der Nähe eine vertraute Gestalt aus der Tür einer Gaststätte kommen sah.

Kirschenesser beschirmte die Augen mit der Hand gegen die Sonne und reckte den Hals, als würde er nach jemandem Ausschau halten. Er trug ein langes, sperriges Bündel bei sich, das er sich über die Schulter gelegt hatte; es schlug ihm rhythmisch gegen den Rücken, als er sich umwandte und in Laufschritt verfiel.

Sano kletterte hastig die letzten Leitersprossen hinunter, sprang auf den Boden und nahm sofort die Verfolgung Kirschenessers auf. Er erinnerte sich, daß Fürst Niu den *shunga*-Händler an diesem Tag zu sich befohlen hatte; Kirschenesser sollte im *yashiki* der Nius sein Geld abholen. Vielleicht hatten die beiden sich darauf geeinigt, sich anschließend noch einmal zu treffen, weit vom Anwesen der Nius entfernt. Falls Kirschenesser ihn nicht zum Fürsten führte, wollte Sano zum Geschäft des Schwertschmiedes zurückkehren, um dort weiter auf O-hisa zu warten.

Der *shunga*-Händler schien zu befürchten, daß jemand ihm folgte. Immer wieder blickte er über die Schulter; immer wieder huschte er um Gebäudeecken oder versteckte sich hinter öffentlichen Anschlagtafeln. Er verschwand in Läden und Teehäusern, blieb dort eine Zeitlang, steckte vorsichtig sein häßliches Gesicht zum Türeingang hinaus und schaute nach rechts und links, bevor er wieder auf die Straße trat. Einmal blieb er so lange in einem Teehaus, daß Sano sich fragte, ob Kirschenesser dort genau jenes Schicksal ereilt hatte, vor dem er sich offensichtlich so sehr fürchtete – was immer es auch sein mochte. Dann aber wurde Sano schlagartig klar, was geschehen war. Er rannte in die nächste Gasse hinein, die hinter dem Teehaus vorüberführte, und kam gerade noch rechtzeitig, um Kirschenesser aus der Hintertür kommen und davoneilen zu sehen.

Auf dem Fischmarkt, der sich am Ufer des Kanals neben der Nihonbashi-Brücke befand, hätte Sano Kirschenesser beinahe ein weiteres Mal aus den Augen verloren. Der *shunga*-Händler stürmte plötzlich in das riesige Gebäude hinein und bahnte sich einen Weg durch die dichten, lärmenden Menschenmassen, welche die schmalen Durchgänge zwischen den Reihen der Verkaufsstände verstopften. Sano schlängelte sich zwischen Fässern voller Makrelen und Thunfische hindurch und sprang über Körbe voller Muscheln und anderen Schalentieren hinweg. Der Gestank nach fauligem Fisch stieg ihm in die Nase. Eine Gruppe Kunden, die um den Preis für drei riesige Haie feilschten, welche von einer dicken, waagerechten Stange hingen, versperrte Sano den Weg. Als er sich zwischen den Leuten hindurchgedrängt hatte, entdeckte er Kirschenesser ein gutes Stück voraus. Der *shunga*-Händler beugte sich über einen Verkaufsstand, der mit Seegras beladen war, und redete mit dem Eigentümer.

Als Sano näherkam, hörte er Kirschenesser rufen: »Ich brauche mein Geld aber jetzt! Gib es mir!«

»Aber ich habe es nicht«, protestierte der Mann.

Kirschenesser stieß einen Seufzer aus, aus dem tiefste Verzweiflung sprach. Dann drehte er sich um, rannte weiter und flitzte durch einen der bogenförmigen Ausgänge hinaus in den Sonnenschein. Sano rannte ihm hinterher. Seine Sandalen schlitterten über den von Fischblut und Innereien glitschigen Boden, so daß er einige Male beinahe gestürzt wäre. Warum, fragte er sich, braucht Kirschenesser das Geld so dringend, wo er Fürst Niu doch gerade erst ein Vermögen abgepreßt hat? Für einen Augenblick dachte Sano daran, den Seegrashändler zu befragen, doch er durfte Kirschenesser nicht aus den Augen verlieren.

Draußen vor der Markthalle angelangt, hielt Kirschenesser geradewegs auf den Kanal zu, wo Fischer ihre Boote ans Ufer gezogen hatten und ihren Fang an Ort und Stelle versteigerten. Sano blieb dem *shunga*-Händler auf den Fersen, während er sich durch die Menge der rufenden Bieter schlängelte. Kirschenesser warf einen raschen Blick auf jedes Boot, an dem er vorüberrannte. Plötzlich blieb er stehen. Wie das plötzliche Erschlaffen seines angespannten Körpers erkennen ließ, hatte er das Boot gefunden, das er suchte. Als er auf mehrere Fischer einredete, konnte Sano, der näherkam, einige Satzfetzen aufschnappen:

»Habt ihr doch gesehen ... das Boot sollte warten, so war es abgemacht ...«

Als er nur ein Kopfschütteln zur Antwort bekam, wandte Kirschenesser sich wieder in Richtung Fischmarkt. Doch statt die Halle zu betreten, ging er diesmal über eine Gasse, an der sich Gasthöfe und Teehäuser befanden. Kirschenesser betrat eine Gaststube, die sich in einem schmuddeligen Gebäude befand, dessen einst weiß verputzte Wände eine schmutziggraue Farbe angenommen hatten.

Zwanzig Schritt vom Eingang entfernt, blieb Sano unschlüssig stehen. FRISCHFISCH-SUSHI! stand auf einem Schild. Zu beiden Seiten des Gasthofes befanden sich Teehäuser, die sich allmählich mit Fischern und Arbeitern füllten. Als Kirschenesser nicht sofort wieder auf der Straße erschien, fragte sich Sano, ob er an der Hintertür nach ihm suchen oder in einem der Teehäuser warten sollte. Traf Kirschenesser sich hier mit Fürst Niu, oder versuchte er nur ein weiteres Mal, mögliche Verfolger abzuschütteln? Sano ging das Risiko ein, langsam an dem Gebäude vorüberzuschlendern und dabei einen Blick ins Innere zu werfen.

Ein brusthoher Schanktisch erstreckte sich von einer Seite des langen, schmalen Zimmers zur anderen und endete dicht vor der hinteren Wand; der Zwischenraum wurde von einem Vorhang ausgefüllt, hinter dem sich die Küche befand. Der Wirt stand hinter dem Schanktisch; der Mann trug ein blaues Stirnband über den buschigen Augenbrauen und war damit beschäftigt, rohen Fisch in Streifen zu schneiden, die er dann mit mariniertem Reis und Algenblatt umhüllte, um diese Röllchen anschließend mit bemerkenswerter Schnelligkeit und großem Geschick seinen derzeit sieben Kunden zu servieren, darunter auch Kirschenesser, der am hinteren Ende des Schanktisches stand und den Rücken der Eingangstür zugekehrt hatte. Ohne seinen gefüllten Teller zu beachten, redete er in drängendem Tonfall auf einen Mann ein, der neben ihm stand.

In der Schankstube herrschte schummriges Licht, und die Luft war geschwängert vom Rauch, der aus den Pfeifen der Gäste stieg. Wieder ging Sano ein Wagnis ein. Er betrat das Lokal und stellte sich an den Tresen, zwei Plätze von Kirschenesser entfernt. Sanos Nachbarn, beides pfeifenrauchende Hafenarbeiter, murmelten eine Begrüßung und wichen widerwillig ein Stück zur Seite, um ihm Platz zu machen.

»Was darf ich Euch bringen, Herr?« rief der Wirt Sano zu, ohne von seinem blitzenden Messer aufzublicken.

»Alles, was gut ist«, erwiderte Sano geistesabwesend. Den Kopf leicht zur Seite gedreht, lauschte er Kirschenessers Gespräch.

Der *shunga*-Händler hatte sein Bündel fallen lassen. Er rang die knochigen Hände und sagte seufzend: »Ja, ich weiß, daß es viel Geld ist und mehr, als wir vereinbart hatten.« Ausnahmsweise verzichtete er auf seine flapsigen Bemerkungen und die verschleierten Anschuldigungen; die Besorgnis hatte ihm offenbar seinen Witz und seine Schlagfertigkeit geraubt. »Aber ich brauche das Geld, und ich brauche es jetzt.«

Sein Gegenüber war nicht Fürst Niu, sondern ein grauhaariger, schäbig gekleideter, dicker Mann, der mit mürrischer, dumpfer Stimme antwortete. Sano mühte sich, den Fremden zu verstehen. War er ein Geldverleiher? Oder ein weiteres Erpressungsopfer Kirschenessers? Unglücklicherweise wandte sich in diesem Moment der Wirt an Sano.

»Tanzender Sushi«, rief er und schubste über den Schanktisch hinweg einen Teller zu Sano. »Der beste in der ganzen Stadt. Laßt es Euch schmecken.«

»Danke.« Mit den Stäbchen nahm Sano eine lebende Garnele auf, deren Beine sich noch bewegten, und aß sie. Er wünschte sich, der Wirt hätte den Mund gehalten;

denn wegen der Unterbrechung hatte er die Antwort des dicken Mannes nicht mitbekommen.

»Kein Grund zur Sorge?« hörte er Kirschenesser schimpfen. »Ihr habt leicht reden. Ihr seid ja nicht auf der Flucht, weil Ihr um Euer Leben fürchten müßt!«

Sano aß die anderen Garnelen, ohne sich auf das Essen zu konzentrieren. Jetzt begriff er, was es mit Kirschenessers großem, sperrigem Bündel auf sich hatte, und mit seiner panischen Flucht, seiner Geldnot und der Suche nach dem Boot. Irgend etwas – oder irgend jemand – hatte ihm so große Angst eingejagt, daß er beschlossen hatte, Edo schleunigst zu verlassen. War es Fürst Niu? Vielleicht hatte Kirschenesser nicht das versprochene Geld von ihm bekommen, sondern eine Todesdrohung.

Murmel, murmel war alles, was Sano von der Antwort des Dicken verstehen konnte.

»Ich muß auf der Stelle verschwinden«, sagte Kirschenesser. »Also, wo ist das Geld, das Ihr mir schuldet?«

Der Wirt schubste zwei weitere Teller zu Sano hinüber und verkündete laut: »Thunfisch und Meerbrasse.«

Sano hob eine Hand und gab dem Wirt zu verstehen, daß er nichts mehr wünschte. Aus dem Augenwinkel sah er, wie Kirschenessers dicker Gesprächspartner einen Beutel unter seinem schäbigen Umhang hervorholte und ihn Kirschenesser reichte. Plötzlich erregten die Hände des Dicken Sanos Aufmerksamkeit, und er runzelte die Stirn. Die Hände waren zu weiß und zu schlank, als daß sie einem so fetten Mann gehören konnten. Außerdem kamen sie Sano bekannt vor. Vor seinem inneren Auge entstand plötzlich ein Bild dieser Hände, wie sie statt eines Geldbeutels einen Fächer hielten. Sano betrachtete den dicken Mann genauer – und erstarrte; seine Eßstäbchen verharrten auf halbem Wege zum Mund.

Die graue Perücke und die dick gepolsterte Kleidung veränderten wirkungsvoll das Alter und die Gestalt des Mannes. Auch sein Gesicht wirkte voller und derber; vermutlich hatte er sich Stoffetzen unter die Wangen gesteckt. Doch seine Hände konnte er nicht tarnen, und sie verrieten Sano die wahre Identität dieses Mannes.

Der Dicke war niemand anders als Kikunojō, der große

Kabuki-Schauspieler – diesmal in der Kleidung eines Mannes und vermutlich unterwegs zu einem weiteren verschwiegenen Treffen.

Sano drehte den Kopf zur Seite, bevor Kikunojō ihn erkennen konnte. Er hatte den Schauspieler mehr oder weniger von seiner Liste der Verdächtigen gestrichen, doch das plötzliche Wiederauftauchen Kikunojōs warf neue Fragen auf. Der Schauspieler hatte offensichtlich gelogen, als er Sano gegenüber abgestritten hatte, Bestechungsgelder zu zahlen – und dies war vermutlich nicht seine einzige Lüge gewesen. Hatte Kikunojō seine verbotene Liebesaffäre tatsächlich mit einer verheirateten Frau gehabt? Oder war Yukiko seine Geliebte gewesen? War es möglich, daß der Schauspieler Yukiko und Noriyoshi getötet hatte, weil er befürchtete, daß einer der beiden den Nius von der verbotenen Beziehung zwischen ihm und Yukiko berichtete? Denn die Nius hätten Kikunojō zweifellos vernichtet, hätten sie von einer Liebesbeziehung zu Yukiko erfahren – falls es eine solche gegeben hatte. Und war Kikunojō auch der Mörder Tsunehikos? War *er* Sano und seinem Schreiber auf der Tōkaido gefolgt? Verkleidet und unbemerkt?

Alle diese Fragen blieben unbeantwortet, denn Kirschenesser führte das Gespräch praktisch allein, wobei er offenbar von dem leichtsinnigen Wunsch getrieben wurde, sich irgend jemandem anzuvertrauen.

»... hätte nicht mehr Geld von ihm verlangen dürfen ... wußte ja nicht, wie gefährlich er ist ... wird sich meinen Kopf holen, wenn ich nicht schleunigst verschwinde ...«

Kirschenessers Stimme hatte sich zu einem sorgenvollen Murmeln gesenkt, doch Sano hatte seine Worte und deren Bedeutung verstanden. Fürst Niu hatte sich keine weitere Erpressung bieten lassen. Glaubte Kirschenesser – wie auch Sano, trotz Kikunojōs Wiederauftauchen als Tatverdächtigem –, daß Fürst Niu seine Halbschwester Yukiko, Noriyoshi und den Samurai-Jungen ermordet hatte und daß er nicht zögern würde, weitere Morde zu begehen, um sich selbst zu schützen? Die Angst des *shunga*-Händlers deutete darauf hin. Aber weshalb hatte Kirschenesser dann überhaupt eine Erpressung riskiert?

Sano konnte nicht umhin, dem Mann ob seines Mutes und seines Unternehmungsgeistes eine gewisse Bewunderung zu zollen. Dieser häßliche kleine Kerl packte rasch und entschlossen zu, wann immer sich die Gelegenheit bot, einen schnellen *koku* zu machen.

Wieder murmelte Kikunojō irgend etwas.

»Ja, sicher! Aber zuerst schien es keine schlechte Idee zu sein!« Vor Zorn vergaß Kirschenesser diesmal, die Stimme zu senken. »Haltet Ihr mich für so verrückt, in die Fußstapfen meines jämmerlichen Angestellten zu treten?« Er stieß ein schrilles, hysterisches Lachen aus. »Ich hatte unserem Freund lediglich gesagt, daß eine Erhöhung meiner Vermittlungsgebühr angebracht sei. Wegen dieses Jungen, den ich ihm ... beschafft habe und der gestorben ist. Ich mußte der Familie dieses Knaben ein Vermögen bezahlen, damit sie der Polizei nichts sagte. Woher sollte ich wissen, daß der Fürst ...« Er hielt inne. »Daß unser Freund meine Absichten falsch versteht und davon ausgeht, daß ich ebenfalls ein *metsuke*-Informant bin? Ein Spitzel, der mehr Geld verlangt und damit droht, andernfalls den Behörden von seiner geplanten Verschwörung gegen Tokugawa Tsunayoshi zu berichten?«

Sano hätte sich beinahe an seinem Bissen Meerbrasse verschluckt. Es überraschte ihn nicht, daß Noriyoshi von der Verschwörung erfahren und daß er versucht hatte, dieses Wissen zu seinem persönlichen Vorteil zu nutzen. Doch er hätte nie und nimmer damit gerechnet, daß Noriyoshi ein Spitzel der *metsuke* gewesen war, der Spione der Tokugawa-Regierung. Fürst Nius vermutliches Mordmotiv wurde durch dieses unerwartete Informationsbruchstück erheblich erhärtet. Denn um wie vieles gefährlicher war das Wissen um eine Verschwörung gegen den Shōgun in den Händen eines Tokugawa-Informanten als in denen eines schlichten Erpressers!

Sano vermutete, daß Noriyoshi die Geheimnisse, von denen er erfahren hatte, zunächst zur eigenen Bereicherung benutzt und sie erst dann an seine Auftraggeber weitergegeben hatte, nachdem er seine Erpressungsopfer bis aufs Blut ausgesaugt hatte. Diesmal aber – jedenfalls hatte es ganz den Anschein – hatte Fürst Niu dafür gesorgt, daß

Noriyoshi nicht mehr lange genug gelebt hatte, um die Information über die geplante Verschwörung weitergeben zu können.

»Die Verschwörung der Einundzwanzig ... alle sind einundzwanzig Jahre alt.« Kirschenesser wurde immer nervöser und sprudelte einen Wortschwall hervor. »Es sind allesamt jüngere Söhne von Daimyō. Noriyoshi sagte, sie wollten ihren Familien den Ruhm und die Ehre vergangener Zeiten zurückgeben. Gefährlich, ja, weil Fürst Niu verrückt ist. Er will sein Ziel mit allen Mitteln erreichen, und nichts wird ihn aufhalten können ...« Kirschenesser hielt inne. »Darf ich?« fragte er Kikunojō und zeigte auf eine Flasche Sake, die auf dem Schanktisch stand.

Als Kikunojō nickte, nahm Kirschenesser die Flasche, leerte sie, hustete und wischte sich den Mund ab. »Noriyoshi sagte ... ich weiß, es hört sich unwahrscheinlich an ... aber er sagte, daß die Verschwörung der Einundzwanzig sogar Erfolg haben könnte! Er sagte ...«

Weiter, drängte Sano ihn stumm. Erzähl schon weiter! Du hast mir gesagt, wer die Verschwörer sind. Vielleicht wäre ich sogar selbst darauf gekommen, wegen der verschiedenen Familienwappen, die ich auf der Versammlung in der Sommervilla der Nius gesehen habe, und der flammenden Rede wegen, die Fürst Niu dort vor seinen Komplizen gehalten hat. Ich weiß jetzt, was sie vorhaben. Aber nun sag mir auch, *was* sie unternehmen wollen!

»Sie haben wirklich die Absicht, die Regierung zu stürzen – den schlimmsten Verrat, den man sich nur vorstellen kann!« sagte Kirschenesser.

Die Wucht dieser Worte ließ Sanos Inneres vor Schreck erbeben. Krampfhaft schloß seine Hand sich um die Eßstäbchen. Falls er Kirschenessers Bemerkung richtig deutete, bestand das Ziel der »Verschwörung der Einundzwanzig« darin, einen Schlag gegen die Tokugawa-Sippe zu führen! Was für schreckliche Folgen konnte das haben? Bestenfalls beschwor es den Zorn der Tokugawas auf die Familien der Verschwörer hernieder. Schlimmstenfalls wurde das Land in einen neuen Bürgerkrieg gerissen, falls jeder der mächtigen Daimyō versuchte, die Stelle des obersten Militärdiktators für sich zu beanspruchen. Was für ein Wahnsinn! Plötzlich, bevor Sano etwas anderes hören oder überlegen konnte, legte sich eine Hand auf seine Schulter.

»Sano-*san!*«

Sano zuckte beim Klang seines Namens zusammen und ließ die Eßstäbchen fallen. Als er sich zu dem Sprecher umdrehte, sah er, wie Kirschenesser ruckartig den Kopf zur Seite wandte.

»Was führt Euch denn hierher, Sano-*san*?« Es war der fröhliche alte Straßenhändler, der in jener Gegend Fisch verkaufte, in der Sanos Eltern wohnten. »Ich dachte, Ihr arbeitet jetzt für den Magistraten. Im Range eines *yoriki*, nicht wahr?«

»Pssst!« Hastig winkte Sano dem Händler, still zu sein, während er gleichzeitig einen verstohlenen Blick auf Kirschenesser und Kikunojō warf. Bestürzt erkannte er, daß der Schaden bereits entstanden war.

Kirschenesser und Kikunojō starrten ihn an. Auf ihren Gesichtern spiegelte sich erschrecktes Wiedererkennen. Dann stürmten beide wie auf ein Kommando in entgegengesetzten Richtungen davon. Kikunojō jagte an Sano vorüber und durch den Vordereingang. Während er rannte, zerrte er sich den hinderlichen Umhang herunter und schleuderte ihn mitsamt der daruntergestopften Kissen zu Boden, die ihm das Aussehen eines dicken Mannes verliehen hatten. Kirschenesser schnappte sich sein Bündel, huschte vom Schanktisch weg und verschwand hinter dem Vorhang an der Küchentür.

»Ich habe erst gestern mit Eurer Mutter gesprochen«, fuhr der Straßenhändler fort, der angesichts der seltsamen Begrüßung durch Sano ziemlich verdutzt dreinschaute. »Eurem Vater geht es nicht gut, hm? Das ist wirklich schlimm. Ich werde ihm ein bißchen Leber vom Walfisch mitbringen, wenn ich das nächste Mal zu ihm gehe, und ... Sano-*san*, wohin wollt Ihr denn so eilig?«

Sano warf als Bezahlung für das Essen ein paar Münzen auf den Schanktisch. Er ließ Kikunojō nur höchst ungern entwischen; denn er mußte dem Schauspieler einige wichtige Fragen stellen. Doch zuerst einmal mußte er Kirschenesser verfolgen, um mehr über die Pläne der Verschwörer zu erfahren. Sano schlug den Vorhang zur Seite und stürmte in die Küche. An einem Tisch stand eine Frau und nahm Fisch aus. Sie schrie auf, als Sano auf dem Weg zur Hintertür gegen sie prallte.

»Verzeihung!« rief er. »Tut mir leid!«

Draußen fand Sano sich auf einer schmutzigen, übelriechenden Gasse wieder. Er sah Kirschenessers davonstürmende Gestalt in Richtung Kanal flüchten.

»Wartet!« rief er. »Ich möchte doch nur mit Euch reden!«

Kirschenesser rannte weiter, aber sein Bündel behinderte ihn, so daß Sano rasch zu ihm aufschloß. Doch er verlor den gewonnenen Vorteil wieder, als mehrere Männer aus einer Tür kamen und ihm ungewollt den Weg versperrten. Sano wühlte sich durch die Gruppe hindurch – gerade noch rechtzeitig, um zu sehen, wie Kirschenesser ins Wasser sprang und in ein Fischerboot kletterte.

»So wartet doch, Kirschenesser!« rief Sano, der keuchend die Gasse hinunterrannte und dabei Passanten, streunenden Hunden und Stapeln aus Fischernetzen auswich.

»Beeil dich! Beeil dich!« drängte Kirschenesser den Fischer. Die hektischen Gesten und Hopser des *shunga*-Händlers hätten das Boot beinahe zum Kentern gebracht.

Achselzuckend stieß der Fischer sein Boot mit einer Stange vom Ufer ab und lenkte es nach Osten, in Richtung des Flusses Sumida.

Bis in Kniehöhe watete Sano ins kalte, übelriechende Wasser des Kanals und packte das Boot, bevor es davongleiten konnte. »Bitte«, flehte er Kirschenesser an. »Ihr müßt mir mehr über die Verschwörungspläne erzählen. Wann wollen diese Einundzwanzig zuschlagen? Wo? Und wie? Sie müssen aufgehalten werden, begreift Ihr denn nicht? Wartet! Bitte!«

Das Boot schaukelte heftig; dann kenterte es. Kirschenesser und der Fischer stürzten ins Wasser und tauchten fluchend und prustend aus den trüben Fluten auf. Sano packte den um sich schlagenden *shunga*-Händler am Kragen. Dann tauchte er Kirschenessers Kopf wieder und wieder unter Wasser.

»Sagt es mir!« befahl er.

Jedesmal, wenn er an die Oberfläche kam, keuchte und japste Kirschenesser, schüttelte aber den Kopf. Er wollte nichts sagen. Wieder drückte Sano ihn unter Wasser und hielt ihn so lange fest, wie er es wagen konnte, ohne Gefahr zu laufen, daß Kirschenesser ertrank. Er wartete, bis die Bewegungen des *shunga*-Händlers erlahmten; dann zog er ihn in die Höhe.

»Wann?« fragte er schroff. »Wo? Wie?«

Kirschenesser hustete und rang japsend nach Atem. Sein Kopf war hochrot, und in seinen hervorquellenden Insektenaugen spiegelte sich nacktes Entsetzen. Er spuckte Wasser aus seinem vom Muttermal verunstalteten Mund. Doch immer noch schüttelte er den Kopf.

»Tötet mich, wenn Ihr es tun müßt, Herr«, jammerte er, »aber es wird Euch nichts nützen. Ich weiß nämlich nicht, wann, wo oder wie Niu Masahito den Shōgun ermorden will!«

23.

O-hisa wollte nicht in der Nähstube des Niu-*yashiki* sitzen. Sie wollte den kleinen Töchtern des Daimyō keine Stoffpuppen nähen – nicht unter der Aufsicht Yasues, der obersten Näherin. Als die verabredete Stunde für ihr Treffen mit Sano anbrach, hatte O-hisa den sehnlichen Wunsch, am Laden des Schwertschmiedes zu sein, wo Sano auf sie wartete, um sie zum Rat der Ältesten zu bringen. Doch O-hisa blieb keine andere Wahl, als in der Nähstube zu bleiben, zu arbeiten und ihren Wünschen und Hoffnungen nachzuhängen.

»Wenn du mit dem da fertig bist«, sagte Yasue und zeigte auf den winzigen Kimono, den O-hisa mit einem Saum versah, »machst du dich sofort an den nächsten. Es sind noch sehr viele Kimonos zu schneidern.« Sie zeigte auf die Seide, die in leuchtenden Farben prangte und auf dem Fußboden der Nähstube verstreut lag. Ohne den Blick von O-hisa zu nehmen, fuhr Yasue fort: »Das Puppenfest findet bereits in einem Monat statt, und bis dahin müssen wir noch zweihundert Puppen einkleiden. Wir dürfen kein Unglück auf das Haus unserer Herrin herabbeschwören, indem wir nicht rechtzeitig fertig werden!«

O-hisa seufzte. »Ja, Yasue-*san*.«

Einst hatte O-hisa diese Arbeit geliebt, die sie an zu Hause erinnerte und an die glücklichen Tage ihrer Kindheit. Sowohl ihre Mutter als auch die Großmutter waren Witwen gewesen und hatten sich durch Näharbeiten einen kärglichen Lebensunterhalt verdient. Doch niemals hatten sie versäumt, für O-hisa das Puppenfest zu veranstalten, die alljährliche Feier für kleine Mädchen. Spät am Abend, nachdem des Tages Arbeit getan war, hatten sie in ihrem Einzimmerhaus im ärmsten Teil Nihonbashis am Ofen gesessen und im Licht der Lampen die Puppen genäht.

Als O-hisa nun daran zurückdachte, konnte sie die beiden vor sich sehen: ihre Mutter, deren Gesicht von Müdigkeit gezeichnet war und die ihre kleine Tochter dennoch freundlich und geduldig lehrte, wie man den Stoff zuschnitt und nähte; und ihre blinde Großmutter, die ermunternd lächelte, während ihre geschickten Hände auf wundersame Weise Kleider schneiderten, die sie gar nicht sehen konnte.

Für die Mutter, die Großmutter und O-hisa selbst hatte ihr zehntes und letztes Puppenfest – kurz bevor sie das Haus verlassen hatte, um ihre erste Arbeitsstelle anzutreten – einen wehmütigen Beigeschmack gehabt.

»Nicht weinen, O-hisa«, hatte die Großmutter gesagt. »Du kommst uns ja jeden Neujahrstag besuchen. An diesem Tag dürfen alle Diener nach Hause.«

»Sei ein artiges und gehorsames Mädchen«, hatte ihre Mutter leise hinzugefügt und den Kopf gesenkt, damit niemand ihre Tränen sehen konnte.

Nun verspürte O-hisa einen schmerzhaften Stich des Heimwehs. Sie seufzte, als sie das Gestern mit dem Heute verglich. Der Stoff in ihren Händen war feinste Seide statt der Baumwollfetzen, die ihre Mutter damals gesammelt hatte, wenn bei ihren Nähaufträgen ein bißchen Stoff übriggeblieben war. Und diese Puppen hier waren aus feinstem Porzellan, nicht aus Holz oder Stroh. Aber sie waren ja für die Töchter des Daimyō, nicht für sie selbst. Doch die Frauen, mit denen O-hisa zusammen war, beraubten dieses familiären Rituals aller Fröhlichkeit.

Yasues knorrige, gichtgeplagte Finger konnten keine Nadel mehr halten. Sie hatte ihren Aufseherposten nur deshalb inne, weil sie einst der Familie der Fürstin Niu gedient hatte und mit nach Edo gekommen war, als ihre Herrin den Daimyō heiratete. O-hisa wußte, daß Yasues eigentliche Aufgabe darin bestand, dafür zu sorgen, daß

Fürstin Niu alles erfuhr, was in den Frauengemächern vor sich ging.

Neben Yasue saß ein Hausmädchen mit Namen O-aki. Sie war untersetzt, ernst und düster und hatte riesige Hände, die kräftig genug aussahen, um einem Ochsen damit den Hals umzudrehen. O-aki wurde von den anderen Dienern gemieden und gefürchtet; denn sie war ein weiblicher Spitzel, der sämtliche Fehler, alle Gerüchte, alle harmlosen Diebstähle und jedes unbotmäßige Auftreten der Dienerschaft bei der Fürstin meldete. Einmal hatte sie einen Küchengehilfen dabei ertappt, wie er Reis aus der Vorratskammer stahl. O-aki hatte dem Mann den Arm gebrochen, bevor sie ihn zu Fürstin Niu schleppte.

Yasue schaute sich O-hisas Arbeit an. »Deine Stiche sind viel zu lang«, sagte sie mißbilligend und mit finsterem Gesicht. »Mach sie kleiner. Was bist du für ein nichtsnutziges Mädchen! Hat deine Mutter dich eigentlich gar nichts gelehrt?«

»Es tut mir leid, Yasue-*san*.«

Das Zimmer, in dem die Frauen saßen, war für gewöhnlich eine Insel der Ruhe im stürmischen Meer des *yashiki*. Wenngleich Yukikos Tod und die noch andauernde Trauerzeit der Feiertagsatmosphäre gewisse Beschränkungen auferlegten, waren die Vorbereitungen für die Feier des *setsubun* in vollem Gange. Als O-hisa aus der Sommervilla nach Edo zurückgekehrt war, hatte sie den Haushalt in einem beinahe chaotischen Zustand angetroffen.

Noch immer konnte sie die anderen Diener hören, die sich beeilten, rechtzeitig mit dem Neujahrs-Hausputz fertig zu werden. Erwartungsvolle, aufgeregte Kinder kreischten, als sie einander über die Flure jagten. Helles Lachen erklang aus den Gemächern, in denen die Töchter und Konkubinen des Daimyō sowie deren Hofdamen wohnten; sie probierten die Kleider an, die sie heute abend auf den Feiern und Empfängen in den Villen der anderen Fürsten tragen würden. Abgehetzte Hausmädchen eilten umher und erfüllten die Wünsche der Damen: Sie ließen ihnen heiße Bäder ein, frisierten sie, massierten sie, brachten weitere Kleidungsstücke aus den Lagerräumen herbei und servierten Tee und Imbisse. Aromatische Essensgerüche drangen aus den Küchen, in denen die Köche so viele Mahlzeiten vorbereiteten, daß sie auch noch für den morgigen Tag reichten.

O-hisa hatte damit gerechnet, sich in diesem allgemeinen Durcheinander aus dem Haus schleichen zu können, um sich mit Sano zu treffen. Nun aber sah es so aus, als bräuchte sie sich gar nicht an den hektischen Vorbereitungen für das *setsubun*-Fest zu beteiligen, und somit bestand auch keine Möglichkeit, die Villa rechtzeitig zu verlassen. Wie lange Sano wohl auf sie warten würde? Wie sollte sie ihn finden, falls er nicht mehr am vereinbarten Treffpunkt war? Hätte sie doch schon eher mit ihm gesprochen!

Aber wann und wie hätte sie das tun sollen? Obwohl Fürst Niu noch nie mit O-hisa gesprochen hatte oder sonstwie hatte erkennen lassen, daß er wußte, daß sie Zeugin des Mordes an dem Jungen gewesen war, hatte man sie seit der Ermordung Yukikos genauestens im Auge behalten. Oft war sie über die Flure der Villa gegangen und hatte gehört, wie hinter ihr knarrend Türen geöffnet und wieder geschlossen wurden, als ob unsichtbare Beobachter jeden ihrer Schritte überwachten. Nie war sie allein auf Botengänge geschickt worden, nur in Begleitung anderer Dienstmädchen. Außerdem war O-aki in das Zimmer eingezogen, das O-hisa mit drei anderen Dienerinnen teilte. Und kaum war sie aus der Sommervilla zurückgekehrt, hatte sich das Netz der Überwachung noch straffer gespannt. Yasue und O-aki hatten sie an der Tür begrüßt und sie seither nicht mehr aus den Augen gelassen.

O-hisa warf einen nervösen Blick auf die beiden. Was würde geschehen, wenn sie einfach aufsprang und davonrannte? Würde O-aki ihr den Arm brechen? Würde Yasue dem jungen Fürsten Niu davon erzählen? Wahrscheinlich würde der Fürst sie dann töten lassen.

Vielleicht, dachte O-hisa, wäre es das Beste. Vielleicht solltest du einfach aufspringen und die Strafe hinnehmen. Schließlich hast du den Tod verdient.

Doch letzte Nacht hatte sie wieder von Yukiko geträumt, hatte flehende Blicke aus dunklen Augen in einem leichenblassen Gesicht gesehen. Dünne Finger, die bereits von Fischen angenagt waren, griffen hilfesuchend nach ihr. Langes schwarzes Haar wirbelte in aufgewühltem Wasser. Falls Sano glaubte, man könne diesem geplagten, unglücklichen Geist den ewigen Frieden schenken, indem man den jungen Fürsten Niu der gerechten Strafe zuführte, dann war O-hisa bereit, es zu versuchen. Und sie war sicher, daß dies die einzige Möglichkeit war, ihre eigene Familie vor dem Zorn des Fürsten zu schützen. Jener Teil O-hisas, der sich nach dem Leben sehnte, hoffte darauf, daß Sano recht hatte und daß ihr eine Möglichkeit einfiel, ihren Häschern zu entkommen.

»O-hisa!« Yasues barsche Stimme riß das Mädchen aus seinen Gedanken. »Du hast gerade den Ärmel zugenäht, du Närrin! Paß doch auf, was du tust, du dumme Gans!«

»Ja, Yasue-*san*. Es tut mir sehr leid.« O-hisa senkte eingeschüchtert den Kopf und machte sich daran, die Fäden herauszuziehen. Als sie wieder zu nähen begann, zitterten ihre Hände so sehr, daß die Nadel abglitt und sie sich in den Finger stach. Der Schmerz trieb O-hisa Tränen in die Augen; ihre Verzweiflung wuchs, und die Tränen strömten bald so heftig, daß sie ihr über die Wangen liefen. Sie saugte das Blut von der Fingerspitze, trauerte um ihre verlorene Kindheit und die ungewisse Zukunft.

Auf dem Flur waren die Stimmen zweier Dienstmädchen zu hören, die am Zimmer vorübergingen.

»Hast du den Pavillon im nördlichen Teil des Gartens schon saubergemacht?«

»Nein. Ich dachte, das wäre deine Aufgabe.«

»O je! Dann laß es uns rasch gemeinsam tun, sonst wird Fürstin Niu schrecklich wütend auf uns.«

Der nördliche Teil des Gartens war nicht weit vom hinteren Tor entfernt. »Vielleicht sollte ich mitgehen und den beiden Mädchen helfen«, schlug O-hisa zaghaft vor.

Yasue starrte sie finster an. »Du bleibst hier.«

Als O-hisa das hämische Grinsen O-akis sah, verließ sie aller Mut und alle Hoffnung. Dann aber kam ihr plötzlich eine ausgezeichnete Idee. Sie stand auf, verbeugte sich und brachte mühsam ein unschuldiges, verschämtes Lächeln zustande.

»Was soll das?« fuhr Yasue sie an. »Wohin willst du?«

»Ich muß mich erleichtern, bitte«, sagte O-hisa und bezog sich mit ihrer Bemerkung auf die Toilette, wobei sie die umständliche, höfliche Umschreibung benutzte, die bei der Dienerschaft üblich war.

Yasue verzog das Gesicht. Sie war offensichtlich verärgert und wollte nicht gegen ihre Befehle verstoßen; aber eine solche Bitte konnte sie schlecht abschlagen. »Also gut. Aber daß du mir nicht länger bleibst als nötig! O-aki, du gehst mit ihr.«

Gefolgt von ihrer furchteinflößenden Aufpasserin, ging O-hisa zu den Toiletten der Dienstmädchen, einem winzigen Gebäude, das ein Stück vom Haus entfernt stand und nur durch einen engen Durchgang und über eine Treppe erreicht werden konnte. Als O-hisa sich in dem fensterlosen Raum befand, schloß sie die Tür und sprach ein kurzes, stummes Gebet. Vor Abscheu drehte sich ihr der Magen um, als sie an das dachte, was nun vor ihr lag. Sie raffte ihre Kimonos hoch und band sie sich um die Taille zusammen, so daß sie ihr beim Klettern nicht hinderlich waren. Wenn sie doch bloß ihre Sandalen hätte! Aber besser, man entkam barfuß, als überhaupt nicht. O-hisa überwand ihren Ekel und kniete vor dem Toilettenspalt im Fußboden nieder; ein Becken gab es nicht.

Trotz häufiger Reinigung und reichlicher Verwendung duftender Kräuter drang der Übelkeit erregende Geruch nach Fäkalien und Urin aus dem breiten Spalt. O-hisa spähte in die schummrige Kammer unter dem erhöhten Fußboden der Toilette und konnte das teilweise gefüllte Auffangbecken sehen. Sie kämpfte die aufsteigende Übelkeit nieder, als sie sich setzte. Dann ließ sie sich, die Beine voran, vorsichtig in den Spalt hinunter.

Der Abstand zwischen dem Spalt und dem Boden der Kammer war kleiner als O-hisas Körpergröße. Die Arme angewinkelt und zu beiden Seiten neben dem Rand des Spalts aufgestützt, hielt O-hisa den Atem an, während sie mit den Zehen nach dem Auffangbecken tastete. Als sie den Rand des Beckens berührte, schwang sie den Körper nach hinten; dann zog sie die Arme an den Leib und ließ sich durch den Spalt fallen, wobei sie den Vorwärtsschwung nutzen wollte, um hinter dem Becken zu landen. Doch sie hatte sich verschätzt. Als sie landete, stieß sie mit den Füßen auf den Beckenrand und rutschte hinein. Warmer, klebriger Schmutz spritzte über ihre Beine und durchnäßte ihre Strümpfe. Gleichzeitig zwang die Atemnot sie zum Luftholen. Der widerliche Gestank hüllte O-hisa ein, und sie übergab sich. Dann sprang sie hastig aus dem Becken. In eine Ecke der beengten, übelriechenden Kammer gekauert, schlug sie eine Hand vor den Mund und betete, daß O-aki keinen Laut gehört hatte und die Tür öffnete.

Rasch verlor sie in der Dunkelheit die Orientierung. Wo war die Luke, durch welche die Diener das Auffangbecken aus der Kammer entfernten, um es zu leeren und zu reinigen?

O-hisas tastende Hände fanden schließlich die kleine Falltür und stießen sie auf. Übelkeit und Panik waren stärker als die Furcht. O-hisa zwängte sich durch die Öffnung, ohne sich zuvor davon zu überzeugen, daß niemand sie beobachtete.

Frei! Sie war frei! Für einen Moment blieb sie auf dem Boden liegen und atmete tief und voller Erleichterung die reine, frische Luft ein. Dann rappelte sie sich auf und ließ die bis zu den Knien hochgerafften Kimonos herunter, bevor sie losrannte. Die Angst schwächte ihre Muskeln, und das Herz schlug ihr bis zum Hals. Doch der Gedanke an ihre Mutter und die Großmutter verlieh ihr zusätzliche Kraft und Mut. Sie beschloß, erst nach Hause zu gehen, nachdem sie und Sano den Rat der Ältesten aufgesucht hatten. Nie mehr würde sie zu den Nius zurückkehren!

Jeder der vielen Flügel der Villa barg mögliche Gefahren. O-hisa umging die betriebsamen Küchen und die Wohnquartiere der Frauen. Statt dessen eilte sie durch das Tor, das zum verlassenen Wohnbereich der Männer führte, in dem sich der Daimyō, seine älteren Söhne und ihre engsten Ratgeber aufhielten, wenn sie in Edo weilten. Dort glaubte O-hisa, vor den wachsamen Augen der Diener und des jungen Fürsten Niu in Sicherheit zu sein, dessen Zimmer in einem gesonderten Flügel lagen.

O-hisa blieb stehen, um sich zu orientieren. In diesem Teil des *yashiki* war sie nie zuvor gewesen, und der unbekannte Komplex aus verschlossenen Gebäuden und verlassenen Gärten verwirrte sie. Welcher Weg führte zum hinteren Tor?

O-hisa bog in jene Richtung ab, in der sie das Tor vermutete. Sie durfte keine Zeit verlieren. Jeden Augenblick würde O-aki die Tür des Toilettengebäudes öffnen, O-hisas Flucht entdecken und Yasue davon berichten. Und dann würde man einen Trupp losschicken, um das Gelände nach ihr abzusuchen.

Als sie einen engen Gehweg zwischen zwei Gebäuden hinuntereilte, hörte O-hisa ein knarrendes Geräusch. War es eine Tür, die geöffnet wurde? Bevor sie es verhindern konnte, stieß sie einen gellenden Schrei aus. Sie wirbelte herum. Ihre Panik verebbte ein wenig, als sie die Quelle des Geräusches erkannte: Es war ein Zweig, der an einer Mauer schabte. Beinahe wünschte sich O-hisa, gefangen und auf diese Weise von der Angst und Ungewißheit befreit zu werden, doch der Gedanke an ihre Familie trieb sie voran. Nur noch wenige Stunden, sagte sie sich, und du bist zu Hause. Sie stellte sich die Freude ihrer Mutter und Großmutter vor, wenn sie einen Tag früher als erwartet zu ihrem Neujahrsbesuch eintraf. O-hisa würde das Gesicht an der Brust der Mutter bergen und den Mord vergessen, dessen Zeugin sie geworden war, und all den Schrecken, den sie seitdem erlebt hatte. Weiter als bis zu diesem Augenblick tiefster Erleichterung und Freude wollte sie gar nicht erst denken. Sie wollte noch nicht daran denken, wie entsetzt und unglücklich ihre Mutter und die Großmutter auf die Nachricht reagieren würden, daß O-hisa ihren Arbeitsplatz verlassen und damit die Gefahr heraufbeschworen hatte, daß die Nius sie alle bestraften.

O-hisa rannte das letzte Stück des Gehwegs hinunter und tauchte in einem Garten auf, in dem große, kantige Felsblöcke auf einer Fläche lagen, die mit sorgfältig geharktem, weißem Kies bedeckt war, in dem die Füße des flüchtenden Mädchens Spuren hinterließen wie im Schnee.

Beinahe hatte O-hisa es bis zum Tor auf der gegenüberliegenden Seite des Gartens geschafft, als sie hinter sich knirschende Schritte im Kies vernahm. Ohne stehenzubleiben, drehte sie sich halb um. Ihr Mund öffnete sich zu einem Schrei, als sie ihren Verfolger und den gnadenlosen Ausdruck in dessen Augen sah. Doch O-hisas Entsetzensschrei drang nie aus ihrer Kehle.

Eine Schnur wurde ihr über den Kopf geworfen und spannte sich straff um ihren Hals. Grellrote Finsternis explodierte in O-hisas Hirn, während sie keuchend und würgend nach Atem rang. In ihrer Verzweiflung hob sie die Hände an den Hals und zerrte an der Schnur. Ihre Fingernägel gruben sich in ihr Fleisch. Das Blut dröhnte ihr in den Ohren. Sie biß sich die Zunge blutig. Blind packte sie nach den Händen des Angreifers, doch ihre Finger griffen ins Leere.

»*Hnnng! Hnnng!*« stieß sie dumpf hervor, als sie kraftlos um Hilfe zu rufen versuchte.

Doch niemand kam. Die Röte vor ihren Augen verwandelte sich in tiefe Schwärze. O-hisa spürte, wie sie sich in wirbelnden, immer schnelleren Kreisen zu drehen begann. Als gnädige Bewußtlosigkeit sich über sie senkte, stand ihr noch einmal das geliebte, goldene Bild ihres Zuhauses vor Augen, ihre Mutter und die Großmutter, die neben dem Herd saßen und nähten. Ihr Lächeln war lockend und voller Liebe, und O-hisa sehnte sich von ganzem Herzen danach, zu ihnen zu kommen. Mit der letzten Kraft, die ihr geblieben war, kämpfte sie um ihr Leben. Sie mußte es schaffen, sich zu befreien, um Mutter und Großmutter noch einmal wiederzusehen. Doch das Bild verblaßte rasch und erlosch, als es einem anderen wich.

Dem Bild Yukikos. Strahlend und lächelnd und von unbeschreiblichem Mitgefühl erfüllt, streckte sie die Hand aus, um O-hisa im Tod willkommen zu heißen.

24.

Der Palast von Edo beherrschte die bewaldete Hügelkuppe, auf der er sich erhob: eine große, befestigte Stadt innerhalb der Stadt, die in ihren gewaltigen steinernen Mauern den Shōgun Tokugawa Tsunayoshi, seine Familie, seine engsten Verbündeten und eine beachtliche Streitmacht aus Soldaten, Beamten und Dienern beherbergte.

Sano ging hinauf bis zum schimmernden Wassergraben und betrachtete den Palast mit jener Ehrfurcht, die dieses Sinnbild der Tokugawa-Vorherrschaft schon immer in ihm erweckt hatte. Zum erstenmal wurde ihm die Verrücktheit Fürst Nius in vollem Ausmaß deutlich. Welcher vernünftige Mensch würde es wagen, diese Macht herauszufordern? Der Palast stand hier seit fast einhundert Jahren, und der Stärke seiner Verteidigungsanlagen nach zu urteilen, würde er mindestens noch ein weiteres Jahrhundert allen Angriffen trotzen. In Wachthäusern, die auf den Mauern standen, waren zahllose Samurai postiert; andere Posten bemannten die Aussichtstürme. Über den Mauern ragte der fünfstöckige Bergfried auf, ein viereckiger weißer Turm, der sich aus vielen kleineren Türmen zusammensetzte. Bogenschützen und Musketieren boten die zahlreichen Giebel und vergitterten Fenster die Möglichkeit, Schützenlinien zu bilden, und die verputzten Mauern und die Ziegeldächer vermochten sowohl Kugeln als auch Brandpfeilen zu trotzen. Auf Bodenhöhe befand sich das Haupttor, mit eisernen Platten gepanzert und von einem Bataillon Soldaten bewacht, die mit Musketen und Schwertern bewaffnet waren und den dichten Verkehrsfluß aus Ochsenkarren, Reitern und Fußgängern kontrollierten, der ins Schloß hinein und hinaus strömte.

Als Sano die Besucher betrachtete – die meisten waren Samurai, die im Palast vermutlich irgendwelche rechtmäßigen Geschäfte tätigten –, fühlte er sich mehr als nur ein bißchen eingeschüchtert. Er war noch nie im Schloß gewesen; seine Familie war zu unbedeutend und sein Rang zu niedrig, als daß er sich dieser Ehre hätte erfreuen dürfen. Doch er wußte, daß sich irgendwo tief im Innern dieses Palasts die Zentrale des Spitzel-Netzwerks der Tokugawas befand. Dort trugen die *metsuke* sämtliche Informationen ihrer Agenten und Informanten zusammen, die über das ganze Land verstreut waren, werteten sie aus und leiteten die Ergebnisse an den Shōgun und dessen Berater weiter. Ihnen mußte Sano die Nachricht von der verräterischen Verschwörung überbringen.

Noch immer zögerte er. Der Gedanke, die Brücke zu überqueren, bereitete ihm Unbehagen. Von Kirschenessers Aussage abgesehen, hatte er keinen Beweis, daß tatsächlich eine Verschwörung mit dem Ziel im Gange war, den Shōgun zu töten. Sano wußte nicht, wann, wo und wie der Attentatsversuch stattfinden sollte. Und auf die Behörden konnte er keinen Einfluß nehmen, mochte er noch so überzeugt davon sein, daß die Verschwörung Fürst Nius Motiv für die Morde gewesen war. Schließlich war Raikō der Morde an Yukiko und Noriyoshi wegen hingerichtet worden, und Tsunehikos Tod wurde offiziell als »Ermordung durch Wegelagerer« deklariert. Sano blieb keine andere Möglichkeit, als seine Geschichte von Anfang an zu erzählen, seine Schlußfolgerungen darzulegen und dann darauf zu hoffen, daß die *metsuke* zu ähnlichen Schlüssen gelangt waren. Er holte tief Luft, straffte die Schultern und marschierte über die Brücke.

»Ich möchte eine Audienz bei den *metsuke*«, sagte er zu den Wachtposten, nachdem er sich ausgewiesen hatte.

Die Wachen musterten ihn gelangweilt. »Zeigt mir Euren Passierschein«, sagte einer von ihnen.

»Ich habe keinen. Aber die Angelegenheit ist sehr dringend.« Sano hatte mit Schwierigkeiten gerechnet, durch die verschiedenen Sicherheitsketten zu gelangen, die die Bewohner des Palasts nicht nur vor Bedrohungen für Leib und Leben, sondern auch vor Besuchern schützten, die ihnen unnötig die Zeit raubten. »Ich habe Nachrichten, die für den Shōgun von größter Wichtigkeit sind«, fügte Sano hinzu. »Erlaubt mir bitte, diese Angelegenheit den *metsuke* vorzutragen.«

»Von größter Wichtigkeit, hm?« Der Sprecher stützte sich auf seine Lanze. »Wie wär's, wenn Ihr mir sagen würdet, um was es sich handelt? Ich sorge dann schon dafür, daß die Informationen an die richtigen Leute weitergeleitet werden.«

Bei dem Gedanken, wie seine Geschichte verzerrt und verändert wurde, wenn sie die bürokratischen Kanäle des Palasts durchlief – und vielleicht nie bis zu den *metsuke* gelangte – schüttelte Sano den Kopf. »Ich muß persönlich mit ihnen reden.«

»Das geht nicht.« Der Wachtposten ließ die Fassade der Höflichkeit fallen; seine Stimme wurde scharf. Er war ein Fußsoldat der Tokugawas – einer von jener Sorte, die ihrer Arroganz und Grobheit wegen verschrien waren. »Ihr habt zwei Möglichkeiten. Entweder Ihr hinterlaßt eine Nachricht, und falls die *metsuke* Euch empfangen möchten, werden sie Euch zu sich bestellen. Oder Ihr verschwindet. Wir haben zu tun.« Er wandte sich ab, um eine Gruppe Samurai zu überprüfen, die soeben eintraf.

Sano hatte Kirschenesser noch eine Information entlocken können, bevor er den durchnäßten und empörten *shunga*-Händler hatte laufen lassen: die Identität des *metsuke*, an den Noriyoshi seine Informationen weitergegeben hatte. Doch Kirschenesser war nicht sicher, ob der Name dieses Mannes Jodo Ikkyu oder Toda Ikkyu lautete.

Sano ging das Risiko ein und sagte zu dem Posten: »Toda Ikkyu wird Euren Kopf verlangen, wenn Ihr mich nicht auf der Stelle zu ihm bringt.«

Der Posten fuhr herum. »Ihr arbeitet für Toda?« Seine finstere Miene verwandelte sich in ein wissendes Grinsen. »Warum habt Ihr das nicht gleich gesagt?« Er hämmerte mit dem stumpfen Ende der Lanze gegen das

Tor und rief jemandem im Innern etwas zu. Ein anderer Posten kam hindurch. »Führe diesen Mann zu Toda Ikkyu«, sagte der Wächter.

Der andere Posten bedeutete Sano, ihm zu folgen. Sano wurde klar, daß die Männer ihn für einen von Todas Informanten hielten. Nun ja – in gewisser Hinsicht war er das ja auch. Und Sano hatte erlebt, auf welche Weise die Regierungsbürokratie arbeitete: indem man die Angst der Menschen vor ihren Vorgesetzten benutzte, um sie zu bestimmten Handlungen zu bewegen.

Hinter dem Tor bildeten weitere Mauern eine viereckige Einfriedung, welche als Falle für vordringende Feinde diente, denen es gelungen war, die äußeren Verteidigungsanlagen des Palasts zu überwinden. Mindestens zwanzig Posten standen hier auf Wache, ernst und entschlossen. Sie nahmen Sano die Schwerter fort und durchsuchten ihn nach verborgenen Waffen. Dann ließen sie ein weiteres Tor aufschwingen, das im rechten Winkel zum Haupttor stand.

Durch das zweite Tor gelangte man auf einen ausgedehnten Hof, der von langen Holzhütten umgrenzt war; rote Vorhänge verwehrten den Blick auf das Innere. Sano sah Reihen um Reihen aufgestellter Waffen: Schwerter, Bogen, Lanzen, Musketen. Vor den Holzhütten standen Hunderte bewaffneter Samurai. Andere ritten über den Hof; die Pferde waren herausgeputzt, als hätte man sie für die Schlacht gerüstet. Der scharfe Geruch der Tiere lag in der Luft; das Stampfen rastloser Füße und das Dröhnen von Stimmen hallten von den Mauern wider. Hinter einem zweiten Wassergraben, über den eine zweite Brücke führte, erblickte Sano eine weitere Mauer. Der Bergfried ragte darüber empor. Er wirkte noch abweisender, furchteinflößender und massiver als aus der Ferne. Angesichts einer solchen militärischen Macht kam Sano sich winzig und unbedeutend vor. Der Wahnsinn mußte Fürst Niu übermenschlichen Mut verliehen haben, sich damit anzulegen.

Als Sano an zwei weiteren Wachthäusern vorbei war und die Brücke überquert hatte, gelangte er in eine zweite Einfriedung, an der weitere Posten standen, und schließlich vor ein drittes Tor, hinter dem ein schmaler, leicht ansteigender Durchgang voller Kurven, Kehren und Windungen in die Höhe führte. In den weiß verputzten Wänden überdachter Wehrgänge, die an den hohen steinernen Wänden entlangführten, befanden sich Schießscharten für Musketiere und Bogenschützen. In regelmäßigen Abständen erblickte Sano größere quadratische Öffnungen in den Wehrgängen, die es den Verteidigern ermöglichten, schwere Steine auf jeden Angreifer fallen zu lassen, der die Mauern hinaufzuklettern versuchte. Hinter diesen Öffnungen konnte Sano weitere Wachtposten erspähen. Die anderen Besucher, die er zu sehen bekam, wurden allesamt von eigenen bewaffneten Eskorten begleitet. Nur Samurai, die stolz das Wappen der Tokugawas trugen, waren hier unterwegs – allein und bewaffnet.

Sano verlor den Überblick, was die Zahl der Kontrollstellen und Tore betraf, an denen er vorüberkam. Tokugawa Ieyasu hatte eine Festung errichten lassen, die jeder Belagerung standhalten konnte. Aber sind seine Nachfolger deshalb vor Verrat geschützt, fragte sich Sano, als er an das fanatische Lodern in Fürst Nius Augen dachte. Vielleicht planten die Verschwörer auch, dem Shōgun außerhalb der schützenden Mauern des Palasts einen Hinterhalt zu legen, fern von den Heerscharen seiner Wachtmannschaften.

Durch das letzte Tor gelangte Sano schließlich in den inneren Bereich des Palasts. Trupps bewaffneter Posten patrouillierten durch einen im traditionellen Stil angelegten Garten, der mit Platanen, Kiefern und Felsbrocken gestaltet war. Ein breiter Kiesweg führte zum eigentlichen Palast.

Unwillkürlich blieb Sano stehen, um diesen völlig unerwarteten Anblick in sich aufzunehmen. Die Mauern des niedrigen, weitläufigen Gebäudes waren weiß verputzt, so daß sich das dunkle Zypressenholz der Balkenkonstruktion, der Fensterrahmen und der Türen deutlich abzeichnete. Das tiefdunkle Ziegeldach erhob sich zu ungezählten hohen und niedrigen Giebeln, die allesamt von vergoldeten Drachen gekrönt wurden. Der Palast strahlte gelassene Heiterkeit und Eleganz aus; eine Oase der Ruhe fern der wimmelnden Straßen Edos. Nur die zarten Klänge von Musik und die gedämpften Explosionen von Feuerwerkskörpern störten diesen Frieden: Im Innern des Palasts und auf dem Hof fanden *setsubun*-Feiern statt, wie auch in den Daimyō-Villen überall auf dem Palastgelände. Sano dachte an Fürst Niu Masahitos Rede: Die Nius und die anderen Daimyō-Sippen hatten den Tokugawas mit ihrem Geld in der Tat ein prunkvolles Heim finanziert.

Sanos Gedanken wurden von dem Wachtposten unterbrochen. »Beeilt Euch!« befahl der Mann.

Sie durchquerten den Garten und wurden an der geschnitzten Eingangstür des Palasts von den Wächtern durchgelassen. Als Sano in der riesigen Eingangshalle die Sandalen auszog, fragte er sich, ob es richtig gewesen war, in den Palast zu kommen, zumal mit einer solchen Absicht.

Im Innern des Palasts breitete sich vor Sano ein Labyrinth aus Fluren und Gängen aus, die sich durch den äußeren Teil des Gebäudes wanden, wo sich die Schreibstuben der Regierungsbeamten befanden. Das Sonnenlicht fiel in leuchtenden Bahnen durch die Fenstergitter auf den gewachsten Fußboden aus Zypressenholz. Breite Gänge führten an luftigen Empfangszimmern mit den üblichen Podesten für den Hausherrn, mit kassettierten Decken und prunkvollen Landschaftsgemälden an den Wänden vorbei; die schmäleren Gänge wurden zu beiden Seiten von kleinen Zimmern gesäumt. Einige Türen waren geöffnet und gewährten den Blick auf Beamte, die ihren Schreibern diktierten, auf Besprechungsrunden und Sitzungen. Zweimal begrüßte Sanos Führer patrouillierende Wachtposten; ein andermal verbeugten sich beide vor einem Hofbeamten, der in fließende Gewänder gekleidet war. Ansonsten aber machte der Palast einen beinahe verlassenen Eindruck. Unnatürliche Stille lag über dem riesigen Komplex, in dem normalerweise rege Betriebsamkeit herrschen und die Mühlen der Bürokratie vernehmlich hätten mahlen müssen. Nur das Knarren der Holzdielen unter den Füßen Sanos und seines Führers erklang auf den menschenleeren Gängen. Ab und zu waren die Geräusche von Schritten aus dem Innern des Gebäudes zu vernehmen. Sano, der inzwischen vor Anspannung zitterte, zuckte bei jedem Laut zusammen.

»Das *setsubun*-Fest«, sagte der Wachtposten mürrisch. »Diese Faulpelze von Bürokraten sind fast alle schon in Neujahrsurlaub.«

Er führte Sano einen sehr schmalen, schummrigen Gang hinunter und durch die einzige Tür, die offenstand. Sie betraten ein langes, enges Zimmer, das durch Schirme aus Holz und Papier in viele kleine, abgetrennte Arbeitsbereiche aufgeteilt war, von denen jeder ein eigenes Fenster besaß. Als Sano an diesen Abteilen vorüberging, sah er in jedem dieser winzigen Büros Schreibpulte und Regale, die mit Büchern, Schriftrollen, Behältern zum Überbringen von Mitteilungen und Schreibzeug vollgepackt waren. An den Wänden hingen Landkarten; einige waren mit farbigen Nadeln befestigt.

Hier also war die Zentrale des Palast-Geheimdienstes. Der Geruch von Tabaksqualm überlagerte den Duft der Kräuter, die benutzt wurden, um für das neue Jahr Frische in die abgetrennten Büroabteile zu bringen. Doch die *metsuke*, deren Pfeifenqualm das Holz an Wänden und Decken braun gefärbt hatte, waren jetzt nicht da. In den Abteilen war es kalt und still und schummrig, und die meisten Fenster waren geschlossen. Keine Lampe brannte; nur aus dem allerletzten Abteil fiel Licht.

Dort stand ein schwarzgekleideter Mann vor einer Regalwand. Er war damit beschäftigt, eine der Bücherreihen geradezurücken. Als er die Schritte Sanos und des Postens hörte, hielt er inne und drehte sich um.

»Was ist?« fragte er den Wachtposten. »Wer ist dieser Mann?«

»Einer Eurer Informanten, Toda-*san*«, antwortete der Posten und blickte erstaunt drein.

Sano betrachtete neugierig Toda Ikkyu, den ersten *metsuke*, den er zu Gesicht bekam. Er hatte selten einen Menschen gesehen, dessen Äußeres man so schwer beschreiben konnte. Toda war von unbestimmbarem Alter, weder groß noch klein, weder dick noch dünn, weder gutaussehend noch häßlich. Sein dichtes schwarzes Haar hätte ihm ein jugendliches Erscheinungsbild verliehen, wäre da nicht der müde Ausdruck in seinen Augen gewesen. Seine regelmäßigen Gesichtszüge besaßen keine besonderen Merkmale. Er sah vollkommen durchschnittlich aus und wäre unter tausend Männern nicht aufgefallen. Wenngleich Sano den *metsuke* aufmerksam betrachtete, bezweifelte er, sich an dieses Gesicht erinnern zu können, sobald er gegangen war. Wahrscheinlich war dieser völlige Mangel an individuellen Merkmalen ein Vorteil für einen Mann in Todas Beruf.

»Dieser Mann gehört nicht zu meinen Informanten«, sagte Toda mit einer Stimme, die so müde war wie sein Gesichtsausdruck. »Ich habe ihn noch nie gesehen.«

»Aber ... er hat gesagt ...«

»Es interessiert mich nicht, was er gesagt hat«, unterbrach Toda den ängstlich stammelnden Wachtposten. »Bringe den Mann fort. Und sorg dafür, daß ich heute keine weiteren Besucher mehr empfangen muß. Schaffst du das, oder muß ich vorher mit deinem Vorgesetzten reden?«

Das Gesicht des Postens lief dunkel an. »Komm mit, Kerl!« zischte er und stieß Sano zur Tür. »Ich werde mich draußen eingehender mit dir beschäftigen.«

»Wartet«, sagte Sano. »Toda-*san*.« Er verbeugte sich vor dem *metsuke*. »Bitte, gewährt mir nur einen Augenblick. Ich habe wichtige Informationen für Euch. Sie betreffen eine Verschwörung gegen den Shōgun.« Als Sano den Argwohn auf Todas Gesicht sah, fügte er hinzu: »Und einer Eurer Informanten hat damit zu tun. Der verstorbene Noriyoshi.«

Ein Hauch von Interesse ließ Todas Augen zum Leben erwachen. »Also gut«, sagte er. »Aber nur einen Augenblick.« Er wandte sich dem Posten zu und sagte: »Warte draußen.«

Als sie allein waren, kniete Toda nieder und bedeutete Sano, ebenfalls Platz zu nehmen. »Sagt mir zuerst Euren Namen und aus welcher Familie Ihr stammt«, verlangte er, »damit ich weiß, mit wem ich rede.«

Und ob du mir glauben kannst, dachte Sano, während er seinen Namen und seine Abstammung nannte.

Zu seiner Bestürzung runzelte Toda die Stirn und sagte: »Seid Ihr nicht der *yoriki*, der vor kurzem von Magistrat Ogyū entlassen wurde?«

Schlechte Nachrichten verbreiteten sich schnell, und Sano wußte, daß seine Glaubwürdigkeit dahin war. »Ja«, gab er zu. »Aber ich möchte Euch bitten, alle Vorurteile mir gegenüber zurückzustellen, bis Ihr gehört habt, was ich Euch berichten muß. Dann könnt Ihr immer noch entscheiden, ob ich die Wahrheit sage und ob Ihr meine Informationen an den Shōgun weitergeben solltet oder nicht.« Ohne Todas Zustimmung abzuwarten, begann Sano zu erzählen. Er berichtete von Anfang an, als Ogyū ihn mit der Untersuchung des angeblichen *shinjū* betraut hatte.

So unscheinbar Toda auch war – eine bestimmte, typische Eigenart besaß er dennoch: Mit der Spitze des rechten Zeigefingers strich er immer wieder geistesabwesend über die Nägel der linken Hand, einen nach dem anderen. Schweigend hörte er seinem Besucher zu. Als Sano geendet hatte, ruhte der starre, unbewegliche Blick des *metsuke* lange Zeit auf seinem Gesicht. Irgendwo auf dem Palastgelände ertönten das rasche, abgehackte *bum-bum-bum* explodierender Feuerwerkskörper sowie der rhythmischere Klang von Trommeln. Sano wand sich innerlich, während er auf die Antwort des *metsuke* wartete.

Schließlich sagte Toda: »Ihr behauptet also, daß Niu Masahito – und nicht der Sumo-Ringer Raikō, der hingerichtet wurde – Noriyoshi ermordet hat, um zu verhindern, daß er von dieser Verschwörung der Einundzwanzig berichten konnte.«

»Genauso ist es«, erwiderte Sano. Hatte er den *metsuke* überzeugt? Todas nüchterne Stimme verriet nichts. Vielleicht ist es ja ein gutes Zeichen, sagte sich Sano, daß Toda dich nicht schon längst aus dem Palast hinauswerfen ließ. Plötzlich fiel ihm ein, daß er die Sandale und das Seil vergessen hatte. Er legte beides vor Toda auf den Boden und erklärte ihm, was es mit den beiden Gegenständen auf sich hatte. »Und hier sind meine Beweise«, sagte er abschließend.

»Ihr glaubt also, der junge Fürst Niu hat die eigene

Schwester ermordet, weil auch sie diese angebliche Verschwörung aufgedeckt hatte oder weil sie Zeugin eines Mordes gewesen ist? Und Ihr glaubt, daß der Mord an Eurem Schreiber in Wirklichkeit der fehlgeschlagene Versuch war, Euch zu töten? Und daß Fürst Niu auch dafür verantwortlich ist?«

»Ja.«

Toda nickte langsam, während er wieder über die Fingernägel seiner Linken strich. »Da habt Ihr Euch ein sehr phantasievolles Märchen ausgedacht«, sagte er.

Sanos sah seine Felle davonschwimmen. »Ihr glaubt mir nicht, stimmt's?« Im stillen schalt er sich einen Narren, sich derart unrealistische Hoffnungen gemacht zu haben. Hochrangige Beamte erlangten ihre Stellungen, indem sie sich vom Strom der Ereignisse treiben ließen, und nicht, indem sie sich dagegen stemmten. Sano hätte es wissen müssen.

»Ich bitte um Vergebung, falls Ihr den Eindruck habt, ich hätte Zweifel an Eurer Aufrichtigkeit, Sano-*san*«, sagte Toda. »Das stimmt nicht. Wie ich sehe, glaubt Ihr tatsächlich an Eure Geschichte. Aber seid Ihr Euch wirklich über Eure Motive im klaren? Nun? Ich will sie Euch nennen. Erstens möchtet Ihr Euch an den Nius rächen, weil Ihr ihnen einen Großteil der Schuld an dem Mißgeschick gebt, das Euch widerfahren ist. Zweitens wollt Ihr beweisen, daß Ihr es besser als Euer ehemaliger Vorgesetzter versteht, einen Mordfall zu lösen. Und drittens wollt Ihr die Schuld begleichen, die Ihr Euch am Tod Eures Schreibers gebt. Wie könnt Ihr unter all diesen Voraussetzungen erwarten, daß jemand Euch Glauben schenkt?«

»Nein!« protestierte Sano ungestüm. »Ich habe mir das alles nicht bloß ausgedacht! Und Ihr irrt Euch, was ...«

Er verstummte, als ihm klar wurde, daß Toda sich ihm bereits in dem Augenblick verschlossen hatte, als er seinen Namen nannte. Diese Ungerechtigkeit erfüllte ihn mit wildem Zorn. Doch er bezähmte seine Wut. Sano wußte, daß es gerade jetzt um wichtigere Dinge ging als um seinen verletzten Stolz. Es konnte sich nicht erlauben, es sich mit Toda zu verscherzen.

»Bitte, stellt wenigstens Nachforschungen über Fürst

Niu und dessen Freunde an, bevor Ihr endgültig als falsch zurückweist, was ich Euch berichtet habe«, bat er. »Zum Wohle des Shōgun. Selbst wenn die Wahrscheinlichkeit für einen Mordanschlag noch so gering ist – solltet Ihr den Shōgun nicht trotzdem davon in Kenntnis setzen, damit er Schutzmaßnahmen ergreifen kann?«

»Der Shōgun wird bereits von hervorragenden Kriegern beschützt – gegen *wirkliche* Bedrohungen. Seine militärische Macht ist gewaltig. Eine kleine Gruppe von Verschwörern, wie Ihr sie geschildert habt – sofern es sie tatsächlich gibt –, hat nicht die geringste Chance. Die Zeiten, als Aufstände wie die Große Verschwörung noch Erfolgsaussichten hatten, sind längst vorüber. Außerdem kann ich Euch versichern, daß die Daimyō-Sippen, die Nius eingeschlossen, großes Interesse daran haben, daß unsere derzeitige Regierung an der Macht bleibt. Wie Ihr wißt, herrschen die Daimyō in den Provinzen fast uneingeschränkt und besitzen einen großen Teil der Reichtümer des Landes. Bei einem Krieg gegen die Tokugawas könnten sie das alles verlieren.«

Mit einem Anflug von Ironie, der ihn beinahe zum Lachen verleitet hätte, begegnete Sano diesen Argumenten, die er selbst, wenn auch unter anderen Begleitumständen, einst Katsuragawa vorgetragen hatte. »Die Verschwörer sind unbesonnene, ehrgeizige junge Männer, denen es am Selbsterhaltungstrieb ihrer Ahnen mangelt«, sagte er. »Danach zu schließen, was ich vom jungen Fürsten Niu gesehen habe, gehört er nicht zu den Menschen, die sich bei ihrem Handeln von logischen Überlegungen leiten lassen. Wahrscheinlich liegt es an der Geisteskrankheit, die in seiner Familie verbreitet ist.«

»Uns sind die Neigungen des jungen Fürsten Niu sehr wohl bekannt«, erwiderte Toda. »Was Ihr uns auch von ihm berichten könntet – wir wissen es bereits. Er stellt keine Bedrohung für den Shōgun dar.«

Ungeachtet Todas herablassendem Tonfall und seines unverändert kühlen Gesichtsausdrucks erkannte Sano an der plötzlichen Anspannung in der Körperhaltung des *metsuke*, daß er einen Treffer gelandet hatte. Vielleicht konnte er einen weiteren erzielen.

»Möglicherweise unterschätzt Ihr Fürst Niu, weil er ein Krüppel ist«, sagte er.

Doch Toda schaute nur noch uninteressierter drein und schüttelte den Kopf. Er stand auf, ging zu einem Regal und nahm ein Notizbuch herunter. Dann kniete er sich wieder zu Boden, legte sich das Buch in den Schoß und schlug es auf.

»Fürst Niu Masahito.« Während er las, fuhr er mit dem Finger die Reihen der Schriftzeichen hinunter. »Mit einem mißgebildeten rechten Bein geboren, zurückzuführen auf …« Er zitierte die Diagnosen der Ärzte und die Meinungen der Astrologen, die bei der Geburt dabei gewesen waren. »Wohnt bei seiner Mutter in Edo, weil dem Vater sein Anblick zuwider ist.«

Toda blätterte einige Seiten weiter. »Im Alter von fünfzehn Jahren tötete er einen *rōnin* bei einem Zweikampf, wobei er selbst den Gegner herausgefordert hatte. Im gleichen Jahr führte er eine Bande an, die eine Eta-Ansiedlung überfiel, und tötete zehn Personen. Mit sechzehn erschlug er einen jugendlichen männlichen Prostituierten, worauf ihm der Zutritt in Yoshiwara verboten wurde. Seit dieser Zeit ließ er Lustknaben in die Sommervilla seiner Familie in Ueno bringen. Statt des Geschlechtsverkehrs bevorzugt er die Selbstbefriedigung und die oberflächliche Verstümmelung eines unter Drogen gesetzten männlichen Partners. Im Alter von siebzehn Jahren hat Fürst Niu …«

Die Liste schien kein Ende zu nehmen. Ein schockierender Vorfall, ein abstoßendes Detail folgte auf das andere; zudem enthüllte Toda die intimsten Einzelheiten aus Niu Masahitos Leben. Wenngleich Fürst Nius Exzesse ihn abstießen, war Sano beeindruckt von der Fülle an Informationen, die der *metsuke* gesammelt hatte. War es den kaiserlichen Spionen sogar gelungen, Spitzel in die Dienerschaft und die Gefolgsleute der Nius einzuschleusen? Vielleicht wußte Toda wirklich schon alles Wissenswerte über Fürst Niu. Vielleicht war die Verschwörung nichts weiter als ein verrücktes Spiel, das von müßigen jungen Männern aus wohlhabenden Familien nur in der Phantasie veranstaltet wurde.

»Alle diese Vorfälle sind deshalb nicht ans Tageslicht

gekommen, weil die Nius ihr Vermögen und ihren Einfluß geltend gemacht haben«, endete Toda. »Aber das hat uns nicht daran gehindert, trotzdem in Erfahrung zu bringen, was wir wissen wollten. Wie Ihr seht, verfügen wir über ausreichend Informationen, um Fürst Nius Charakter einschätzen zu können. Wir unterschätzen ihn nicht – ebensowenig, wie wir ihn überschätzen.«

Oder die *metsuke* gingen schlichtweg davon aus, daß Fürst Niu niemals jemanden töten würde, der von Bedeutung für sie war, weil er es bis jetzt nicht getan hatte. Diese Annahme – sowie ihr Glaube an die Allwissenheit der Tokugawas – machte die *metsuke* blind.

»Wie könnt Ihr sicher sein, daß Euer Spionagenetz so arbeitet, wie Ihr vermutet?« fragte Sano. »Ihr benutzt Erpresser als Informanten. Mir scheint, Ihr unterschätzt das Risiko, daß diese Leute ihre Informationen für eigene Zwecke benutzen, statt sie an Euch weiterzuleiten. So, wie Noriyoshi es getan hat.«

»Noriyoshi war kein Informant.« Als Toda die erstaunte Miene Sanos bemerkte, fügte er erklärend hinzu: »Ihr habt es zwar behauptet, aber ich habe es nicht bestätigt. Noriyoshi ist uns lediglich von Zeit zu Zeit aufgefallen. Wir haben ihn überwacht, wie wir alle Einwohner Yoshiwaras überwachen, die mit hochgestellten Bürgern verkehren. Aber Noriyoshi stand nie in meinen Diensten. Wie Ihr vollkommen zutreffend bemerkt habt, sind Erpresser nicht gerade die vertrauenswürdigsten Informanten.« Todas Lippen verzogen sich zu einem humorlosen, falschen Lächeln, das seine Augen nicht erreichte.

Sano starrte Toda verwirrt an. Er war sicher, daß der *metsuke* ihn belog. Aber warum? Um sein Gesicht zu wahren? Um das Spionagenetz zu schützen? Was spielte es jetzt noch für eine Rolle, ob jemand wußte, daß Noriyoshi ein Informant gewesen war? Der Mann war tot.

»Ihr habt mir eine Audienz gewährt, weil ich wußte, daß Noriyoshi für Euch gearbeitet hat«, erinnerte Sano den *metsuke*. Was das betraf, konnte er sich nicht geirrt haben. Jetzt aber hatte er das unheimliche Gefühl, wie es ihn bei kleineren Erdbeben überkam, wenn das kaum merkliche Schwanken des sonst so unerschütterlichen

Bodens unter seinen Füßen die Wahrnehmung der Wirklichkeit in Frage stellte. Genauso erschütterte nun Todas nüchternes, gelassenes Leugnen Sanos Glauben an seine Geschichte. Hatte er sich das alles wirklich nur zusammengereimt? Aus den Gründen, die Toda genannt hatte? War er ein dermaßen selbstbetrügerischer Dummkopf? Magistrat Ogyū und Katsuragawa Shundai wären zweifellos dieser Ansicht. Ebenso der Rat der Ältesten, falls Sano ihn zusammen mit O-hisa aufsuchte. Seine wachsende Verzweiflung und Ratlosigkeit verleiteten ihn, seiner Stimme einen schärferen Klang zu verleihen, als er beabsichtigt hatte.

»Ihr wart sehr interessiert, mich anzuhören, bis Ihr erfahren habt, wer ich bin. Dient Ihr dem Shōgun, indem Ihr die Nachricht von einer Verschwörung, dic gcgen ihn gerichtet ist, als Hirngespinst abtut, ohne Nachforschungen darüber anzustellen, ob die Nachricht nicht doch der Wahrheit entsprechen könnte?« Sano hatte sich erhoben und gestikulierte nun mit der Sandale und dem Seil, die er vom Boden aufgenommen hatte, ohne daß es ihm bewußt gewesen wäre. »Wie könnt Ihr Eure Pflichten erfüllen, wenn Ihr jede Information als unwahr abtut?«

»Ich habe Euch eine Audienz gewährt, weil es nachlässig gewesen wäre, Euch nicht zu empfangen. Es hätte ja sein können, daß Ihr mit *wichtigen* Informationen aufwartet«, erwiderte Toda herablassend. »Und anders, als Ihr glaubt, sind uns sachdienliche Hinweise aus sämtlichen verfügbaren Quellen stets willkommen. Unser Spionagenetz ist eine hervorragend arbeitende Organisation, die den Tokugawas seit langer Zeit gute Dienste leistet und ihnen geholfen hat, seit achtundachtzig Jahren an der Macht zu bleiben. Wir überprüfen alles, was einer Überprüfung wert ist.

Und nun, Sano-*san*, werdet Ihr mich bitte entschuldigen.« Er klatschte in die Hände, um den Wachtposten ins Zimmer zu rufen. »Eure Zeit ist um. Guten Tag.«

Durchgefroren, hungrig, durstig und beinahe krank vor Erschöpfung, verlangsamte Sano seine Schritte, als er sich dem Viertel näherte, in dem seine Eltern zu Hause waren.

Obwohl er seinem Vater nicht wieder gegenübertreten wollte, sehnte er sich nach der Behaglichkeit und Sicherheit des Elternhauses. Die freudlose, unpersönliche Kälte einer Gaststube hätte er nicht ertragen können; er konnte ohnehin nicht mehr die Energie aufbringen, eine Schänke aufzusuchen. Die körperliche Erschöpfung, die Sano die Kräfte raubte, ging mit einem Gefühl der Niederlage einher, das nicht minder ermüdend war.

Jetzt mußte er zugeben, daß sein Ehrgeiz, dem er die Gesundheit seines Vaters geopfert hatte, zu nichts geführt hatte. Er hatte zwar die Wahrheit erfahren, aber versagt, als es darum ging, mit seinem Wissen etwas zu bewegen. Er hatte entdeckt, daß Fürst Niu die Absicht hatte, den Shōgun zu ermorden – aber wie konnte er den jungen Fürsten aufhalten? Weitere Versuche, die Behörden zu warnen, würden vermutlich ebenso enttäuschende Ergebnisse erbringen wie der Besuch bei Toda am heutigen Tag.

Und daß O-hisa ihr Versprechen nicht eingehalten hatte, beim Schwertschmied zu erscheinen, hatte Sanos Hoffnungen gänzlich zunichte gemacht, die Nachforschungen der Mordfälle zu einem erfolgreichen Abschluß zu bringen. Ohne O-hisas Zeugenaussage würde der Rat der Ältesten niemals etwas gegen Fürst Niu unternehmen – nicht auf der Grundlage ziemlich dürftiger Theorien und mit einer Sandale und einem Seil als den einzigen handfesten Beweisstücken. Tsunehikos Tod würde ungesühnt bleiben, wie auch die Morde an Yukiko und Noriyoshi. Für nichts und wieder nichts hatte Sano bereits Katsuragawas Schirmherrschaft verloren.

Heute hatte er den Glauben an seine Kraft verloren, seine Wünsche in die Tat umzusetzen: die Wahrheit aufzudecken, seine Ehre, sein Amt und seine Selbstachtung zurückzugewinnen, die Schuldigen vor Gericht zu bringen und seinem Vater das Leben zu retten. Als er nun vor dem Tor stand, das zu dem Kanal, der Brücke und der Straße führte, die er schon sein Leben lang kannte, machte er sich das volle Ausmaß seiner Niederlagen und Verluste deutlich.

Ich könnte dem allen hier und jetzt ein Ende machen, sagte er sich. Der Gefahr, den Enttäuschungen, den

Schuldgefühlen, der Ungewißheit. Ich bräuchte nur in das Leben zurückkehren, das ich hinter mir gelassen habe, als ich *yoriki* geworden bin.

Sollte Magistrat Ogyūs Auffassung von Gerechtigkeit doch triumphieren! Die wirklichen Opfer – Noriyoshi, Yukiko, Tsunehiko und Raikō – kümmerte es ohnehin nicht mehr. Sollten doch Toda und seinesgleichen den Shōgun so beschützen, wie sie es für richtig hielten! Solche Dinge brauchten Sano nicht mehr zu beschäftigen.

Doch diese Grübeleien verstärkten nur seinen Kummer. In seinem Innern sträubte sich alles gegen den Gedanken, einfach aufzugeben, wenngleich die Vernunft ihm sagte, daß es das einzig Richtige wäre. Ein Gefühl der Trostlosigkeit überkam ihn, als er darüber nachdachte, daß er diesen Abschnitt seines Lebens zwar beenden konnte, für den Rest seines Lebens aber mit den Konsequenzen würde leben müssen.

Sano schüttelte diese Gedanken ab. Er ging durchs Tor und schlug den Weg zum Haus seiner Eltern ein; denn er wußte nicht, wohin er sonst hätte gehen sollen. Vielleicht würde er morgen darüber nachdenken, wie er seine Ehre retten und seinem Vater Wiedergutmachung leisten konnte – und den alten Mann dadurch vor dem Tod bewahren.

Als er über die Brücke ging, erregte wildes Gebell seine Aufmerksamkeit, das von irgendwo unter der Brücke erklang. Er schaute über das Geländer. Schlammiges braunes Wasser floß träge zwischen kurzen, steilen, von Sträuchern bewachsenen Uferbänken hindurch, die von hohen Holzzäunen begrenzt wurden. Unten am Fluß, unter einer wuchernden Weide, sprangen drei Hunde einander an, knurrten und schnappten nach einander. Der größte von ihnen, ein Tier mit glänzendem schwarzem Fell, schien irgend etwas zu bewachen, das teilweise von den Ästen der Weide verborgen wurde. Hinter den Ästen und dem schwarzen Hund konnte Sano einen bleichen, unbestimmbaren Schemen ausmachen. Er wandte sich ab, um weiterzugehen. Vermutlich hatten die halb verhungerten Tiere einen Artgenossen getötet und balgten sich nun um den Kadaver. Und das Hundeschutzgesetz untersagte es jedem, sich in diesen Kampf einzumischen. Doch es bestand auch die Möglichkeit, daß ein Kind im Kanal ertrunken war. Falls das zutraf, mußte Sano die Hunde verscheuchen, bevor der Leichnam unkenntlich wurde, nachdem die Tiere erst mit ihrem gräßlichen Mahl begonnen hatten.

Sano beschloß, nachzusehen. Falls es der Leichnam eines Kindes war, mußte er ihn bergen und versuchen, die Eltern ausfindig zu machen.

Er rannte zum Ende der Brücke und schlitterte die Uferböschung hinunter. Dann suchte er sich einen Weg über den Streifen schlammigen Bodens, der sich zwischen dem Wasser und dem Fuß der Böschung befand. Kurz vor dem Weidenbaum blieb Sano wie angewurzelt stehen. Entsetzen und Unglaube trieben ihm eine Lanze aus Eis durchs Rückgrat, als er starr vor Schreck dastand und auf das blickte, das vor ihm lag.

Der schwarze Hund stand knurrend vor dem nackten Körper einer kleinen, dünnen Frau mit wirrem schwarzem Haar und rundem Gesäß. Sie lag auf dem Bauch, einen Arm an die Seite gedrückt; der andere war nach oben ausgestreckt und angewinkelt, so, als wollte sie mit der Hand den Kopf berühren – nur hatte sie keine Hände mehr. Beide Arme endeten in blutigen Stümpfen; die Hände waren an den Gelenken säuberlich abgetrennt. Ihre Beine wiesen sogar noch schrecklichere Wunden auf: Füße, Knöchel, Waden und Kniescheiben fehlten.

Sano schluckte eine trockene Masse hinunter, die ihm in die Kehle gestiegen war, während er das Ausmaß der Verstümmelungen betrachtete. Klaffende, tiefe Schnittwunden an Gliedmaßen und am Torso ließen blutiges Gewebe und Knochen erkennen. Prellungen und rote Striemen bedeckten das Gesäß. Als der Wind das Haar der Toten flattern ließ, sah Sano eine weitere Verletzung: Um ihren Hals hatte sich das gewundene Muster des Strickes eingedrückt, mit dem der Mörder die junge Frau erwürgt hatte.

»Gnädiger Buddha.« Sanos Lippen bewegten sich wie von selbst zu einem Gebet.

Der schwarze Hund bellte und sprang Sano plötzlich

an, hielt jedoch im letzten Moment inne. Auf dieses Zeichen hin fingen die beiden anderen Hunde zu knurren an. Scharfe Zähne funkelten in ihren roten Mäulern, als sie auf Sano eindrangen, um ihn von ihrer Beute zu vertreiben.

Als die Entsetzensstarre von ihm abfiel, kehrte Sanos Stimme wieder. »Verschwindet!« rief er und trat nach den Hunden. »Fort mit euch!«

Noch immer knurrend, wichen die Hunde widerwillig zurück. Sano kniete neben der Ermordeten nieder. Nachdem er Noriyoshis Leichenöffnung miterlebt und den getöteten Tsunehiko entdeckt hatte, war Sano der Meinung gewesen, gegen einen Anblick solcher Art gefeit zu sein. Aber die Leichenöffnung hatte einen bestimmten Zweck gehabt, und Tsunehiko – wie schrecklich sein Tod auch gewesen sein mochte – war an einer einzigen Schnittwunde gestorben. Diese sinnlose Grausamkeit jedoch erschütterte Sano bis ins tiefste Innere. Was für ein Ungeheuer konnte einem Menschen so etwas antun?

Sano schaute zur Straße und zur Brücke zurück. Er mußte den Wächter rufen und die Polizei. Zuvor aber wollte er das Gesicht der Frau sehen. Falls sie eine Nachbarin sein sollte, war es besser, ihre Familie zu verständigen statt einen *dōshin* oder einen sonstigen Beamten. Vorsichtig schob Sano die Hände unter die Hüfte und die Schulter der Toten, um die schlimmsten Wunden nicht zu berühren; dann drehte er die Leiche auf den Rücken. Sein Magen verkrampfte sich, als er sah, daß der Mörder ihr beide Brustwarzen abgeschnitten hatte, so daß zwei kreisförmige Wunden das rohe Fleisch enthüllten. Von Übelkeit gepackt, schaute Sano der Toten ins Gesicht.

Er blickte in hervorquellende Augen, in denen sich immer noch der Ausdruck unsäglichen Grauens spiegelte. Die Wangen und die Nase waren angeschwollen. An den Mundwinkeln waren Fäden getrockneten Blutes zu sehen. Es war ein vertrautes Gesicht, vom Tod entstellt, aber nicht so sehr, als daß Sano die Frau nicht erkannt hätte.

»O-hisa«, flüsterte er.

25.

Die Hunde bellten und knurrten am Ufer des Kanals; Raben krächzten, während sie am Himmel kreisten. Doch diese Laute streiften nur die Oberfläche von Sanos bewußter Wahrnehmung. Wer hat O-hisa getötet und warum, fragte er sich.

Die Schuldgefühle und der Haß auf sich selbst, die Sano nach Tsunehikos Ermordung verspürt hatte, kehrten mit aller Macht zurück. O-hisa war seinetwegen gestorben. Wieder klebte das Blut eines Mordopfers an seinen Händen. Und dieser Mord war schlimmer als alle vorherigen, denn diesmal war Sano sich der Risiken bewußt gewesen. Aber weshalb lag O-hisas Leiche hier, in dieser Gegend? Daß sie ihn, Sano, hatte aufsuchen wollen, war ausgeschlossen; er hatte ihr nicht gesagt, wo er wohnte.

Rasch ließ Sano den Blick in die Runde schweifen. Neben der Leiche war nur wenig Blut am Boden zu sehen, und es gab keinen Hinweis auf die abgetrennten Hände, Füße oder O-hisas Kleidung. Die Zäune schirmten den Kanal zwar vor Blicken aus den Häusern ab; aber gewiß hätte jemand O-hisas Schreie gehört, wäre herbeigeeilt und hätte Täter und Opfer gesehen. Der Betreffende hätte die Polizei verständigt oder vielleicht sogar selbst eingegriffen. Hätte er den Mord nicht verhindern können, hätte er zumindest O-hisas Leiche geborgen. Nein, der Mord mußte anderswo verübt worden sein. Aber warum hatte man die Leiche hierher geschafft, kaum mehr als hundert Schritt von Sanos Elternhaus entfernt?

Schnelle Schritte pochten auf der hölzernen Brücke über Sano; dann erklangen sie in seinem Rücken. Sano drehte sich um. Die plötzliche Erkenntnis traf ihn wie ein Schwall eiskalten Wassers, als er drei Männer auf sich zu eilen sah: einen *dōshin*, begleitet von zwei Helfern. Einer von ihnen hielt ein aufgerolltes Seil in der Linken, und beide schwangen Keulen, die mit eisernen Dornen gespickt waren. Mit einemmal wußte Sano, weshalb Fürst Niu die Leiche des Mädchens hierher hatte bringen lassen, damit Sano sie entdeckte.

Der *dōshin* – ein schwerer, muskulöser Mann – gelangte ans Ende der Brücke und kletterte unbeholfen die Uferböschung des Kanals hinunter. »Mörder!« rief er. »Dafür werdet Ihr wie ein gemeiner Verbrecher sterben, Sano Ichirō. Wenn morgen früh die Sonne aufgeht, wird Euer Kopf auf einem Stab am Flußufer stecken!«

Es war eine Falle. Fürst Niu gab sich offensichtlich nicht damit zufrieden, daß man Sano aus dem Amt des *yoriki* verstoßen hatte. Der Fürst wollte die Nachforschungen Sanos ein für allemal beenden, indem er ihn als Mörder O-hisas hinstellte. Es spielte keine Rolle, daß sich kein Blut an Sanos Schwert befand, daß es keine Zeugen dieses vermeintlichen Verbrechens gab und daß Sano gar kein Motiv hatte, O-hisa zu töten. Durch ihren Reichtum und ihren Einfluß hatten die Nius sein Schicksal bereits gekauft, und Magistrat Ogyū würde es besiegeln. Obwohl ein Samurai für gewöhnlich nicht wie ein Verbrecher behandelt wurde, wenn er einen gemeinen Bürger getötet hatte, machte die scheußliche Verstümmelung O-hisas ihre normalerweise unbedeutende Ermordung zu einer Greueltat, zu einem strafbaren Verbrechen. Nicht einmal sein Rang als Samurai würde Sano vor der Hinrichtung bewahren. Fürst Niu brauchte sich nie wieder Sorgen darüber zu machen, daß Sano sich einmischte.

Diese Erkenntnis traf ihn wie ein lautloser, blendender Blitzschlag. Während er vor Schreck und Entsetzen wie angewurzelt dastand, rutschten die Helfer des *dōshin* so rasch die Uferböschung hinunter, daß sie vor ihrem Herrn und Meister unten anlangten. Sano wußte, daß er irgend etwas unternehmen mußte, um nicht festgenommen zu werden. Denn wenn man ihn erst einmal ins Gefängnis von Edo gebracht hatte, würde er – wie Raikō und zahllose andere – unter der Folter jede Tat gestehen, auch wenn er sie gar nicht begangen hatte. Sanos einzige Hoffnung auf Überleben bestand darin, lange genug in Freiheit zu bleiben, um den Beweis zu erbringen, daß er O-hisa nicht getötet hatte und daß Fürst Niu sowohl ein Verräter als auch ein Mörder war.

»Keine falsche Bewegung!« rief der *dōshin*, als er keuchend und schwitzend hinter seinen Helfern erschien. »Gegenwehr ist sinnlos. Wir sind zu dritt, und Ihr seid allein. Ergebt Euch wie ein wahrer Samurai in Euer Schicksal.«

Die Helfer stürmten auf Sano zu. Der eine entrollte das Seil, das er in der einen Hand hielt. Der andere hob seine stachelbewehrte Keule. Sano wich zurück, wobei er sich verzweifelt nach einem Fluchtweg umschaute. Einfach loszurennen – die naheliegendste, aber auch feigste Möglichkeit – würde ihm nicht helfen. Aber er kannte sich hier aus; er war in dieser Gegend aufgewachsen. Dicht hinter ihm, nur einige Schritte entfernt, führte eine zweite, fast senkrechte Böschung bis zum Kanal hinunter. Sie war mit glatten Steinplatten belegt und bot Händen oder Füßen keinerlei Halt. In seiner Jugend hatte Sano oft versucht, diese gepflasterte Böschung zu erklimmen; doch es war ihm nie gelungen. Stets war er in den Kanal gerutscht. Der Wasser war zu dieser Jahreszeit nicht tief, allenfalls hüfthoch. Doch falls er abrutschte, würden Sanos Füße so tief in den zähen, schlammigen Untergrund einsinken, daß er keinen Schritt mehr tun konnte. Und die normale Böschung hinaufzuflüchten, hatte ebenfalls keinen Sinn. Der *dōshin* und seine Helfer würden ihn erwischen, bevor er oben angelangt war und über den Holzzaun klettern konnte. Sano saß in der Falle. Es gab nur eine Möglichkeit, einer Gefangennahme zu entgehen: Er zog sein Schwert.

Dennoch stürmte der erste Helfer des *dōshin* auf ihn los. Vermutlich hatte er Sanos anfängliches Zögern als Zeichen dafür ausgelegt, daß der Gegner nicht kämpfen wollte. Mit ausgebreiteten Armen griff der Mann Sano an.

Zu spät sah er das Schwert; zu spät versuchte er, seinen Vorwärtsschwung abzufangen. Er senkte die Keule, um sich zu schützen.

Sanos Klinge zischte herab und fügte dem Mann vom Hals bis zur Hüfte eine Schnittwunde zu. Der Verletzte schrie auf und sank zu Boden. Seine Hände krallten sich in die aufgeschlitzte Vorderseite seines Kimonos, die sich augenblicklich dunkel von seinem Blut färbte.

Der *dōshin* und sein zweiter Helfer prallten gegen den Gestürzten und taumelten zurück, wobei sie vor Schreck und Erstaunen aufschrien. Bevor sie sich wieder in der Gewalt hatten und den Gegner attackieren konnten, ergriff Sano die Flucht. Als er an den beiden Männern vorüberstürmte, erkannte er den *dōshin*: Es war jener Mann, der auf Sanos Befehl die Nachforschungen bei der Brandstiftung geleitet hatte – an jenem Tag, als Sano zum erstenmal von dem angeblichen *shinjū* Yukikos und Noriyoshis gehört hatte. Wie lange schien das schon her zu sein!

Als Sano die Mordlust in den kleinen, grausamen Augen des *dōshin* sah, rannte er die Böschung entlang und kämpfte sich das steile Stück bis zur Brücke hinauf. Zu gern hätte er sich umgeschaut, um sich davon zu überzeugen, daß der Mann, der den Schwerthieb abbekommen hatte, nicht tot war, sondern nur verwundet, so, wie Sano es beabsichtigt hatte.

Hatte er den Winkel seines Schlages falsch geschätzt? Oder die Schlagwucht? Sano blieb keine Zeit, sich Gewißheit zu verschaffen. Der *dōshin* und sein zweiter Helfer hatten sich bereits aufgerappelt und die Verfolgung aufgenommen.

»Stehenbleiben! Ich befehle dir, stehenzubleiben!« rief der *dōshin*.

Der unverletzte Helfer – jünger, schneller und beweglicher – hatte derweil zu Sano aufgeschlossen. Der Mann schlug mit der Keule nach ihm, traf ihn aber nur an der Schulter. Sano keuchte vor Schmerz, als ihm die Nägel der Keule ins Fleisch drangen, doch er rannte weiter. Er wollte nicht kämpfen, wollte den Mann nicht töten – aber er wollte auch nicht für ein Verbrechen sterben, das er nicht begangen hatte. Wenn sein Vater von seiner Verhaftung, Verurteilung und Hinrichtung erfuhr, würde es den Tod des alten Mannes bedeuten. Vor allem aber wollte Sano den Mörder Noriyoshis, Yukikos, Tsunehikos und O-hisas nicht ungestraft davonkommen lassen.

Und nun gab es für Sano einen weiteren, noch wichtigeren Grund, mit allen Mitteln um sein Leben zu kämpfen: Außer ihm glaubte niemand, daß Fürst Niu den Shōgun ermorden wollte. Infolgedessen war er der einzige, der dem Fürsten und seinen Mitverschwörern einen Strich durch die Rechnung machen konnte.

Sanos schnelle Schritte pochten über die Brücke. Als die Zuschauer, die sich versammelt hatten, ihn erkannten, stießen sie entsetzte Schreie aus.

»Das ist ja Sano Shutarōs Sohn!«

»Was hat er getan?«

»Sieht so aus, als hätte er jemanden ermordet.«

Daß diese Leute, die ihn sein Leben lang kannten, ihm einen Mord zutrauten, erfüllte Sanos Herz mit Scham. Am liebsten wäre er stehengeblieben und hätte ihnen erklärt, daß man ihn hereingelegt hatte; aber diese Möglichkeit besaß er nicht. Er mußte um sein Leben laufen, oder er würde für immer und ewig die Chance verlieren, seine Unschuld zu beweisen.

»Haltet ihn auf!« rief der Helfer des *dōshin* und keuchte, als er einen weiteren Hieb auf Sanos Schulter landete.

Der *dōshin*, der weit zurückgefallen war, brüllte: »Du bist ein toter Mann, Sano Ichirō! Du kannst nicht ewig fliehen!«

Sano wedelte mit seinem blutigen Schwert und trieb die Menge auseinander. Einige Zuschauer wichen erschrocken bis ans Brückengeländer zurück, um Sano aus dem Weg zu gehen. Ein Mann sprang sogar über das Geländer und landete mit lautem Klatschen im Kanal. Sano stürmte über die Brücke. Angst und Verzweiflung verliehen ihm ungeahnte Kräfte; er rannte so schnell wie noch nie im Leben. Die Hiebe mit der Keule gingen ins Leere, als Sano den Verfolgern davonzog. Doch als er zum Tor gelangte, sah er, daß ihm dort weiterer Ärger bevorstand: die beiden Wachtposten.

»Der Mann ist ein Mörder!« rief der Helfer des *dōshin* den Posten zu. »Ergreift ihn!«

Sano hatte das Tor kaum hinter sich gelassen, als auch die Posten sich der Gruppe der Verfolger anschlossen. Sein Herz klopfte rasend schnell; seine Brust hob und senkte sich schwer, als er verzweifelt nach Atem rang. Er hörte weitere Rufe. Hörte das metallene Zischen, als Schwerter aus Scheiden gezogen wurden. Hörte hinter sich das Stampfen von vier statt von zwei Paar rennender Füße. Als er hastig in das Labyrinth enger Gassen eintauchte, durchzuckte ein Krampf seine rechte Körperseite. Sein Tempo ließ nach. Ein hastiger Blick über die Schulter zeigte ihm, daß die Verfolger aufholten. Sanos Keuchen verwandelte sich in ein wildes Schluchzen. Wenngleich er sich immer noch dazu zwang, weiterzulaufen, lag ihm bereits der bittere Geschmack der Niederlage auf der Zunge. Seine Haut prickelte in Erwartung eines Schwerthiebs und der schrecklichen Schmerzen, wenn die Klinge ihm den Rücken aufschlitzte.

Plötzlich erblickte er die Rettung: einen seiner Nachbarn, einen älteren Samurai, der auf einem braunen Pferd saß und offenbar ahnungslos auf Sano zu ritt.

»Tut mir leid, Wada-*san*«, sagte Sano. »Entschuldigt, aber ich muß mir Euer Pferd borgen.«

Der alte Mann stieß einen erstaunten Ruf aus, als Sano ihn vom Pferd zog.

»Ihr bekommt das Tier zurück, ich verspreche es«, rief Sano, als er sich auf den Rücken des Pferdes schwang und mit den Zügeln klatschte. Hoffentlich bleibe ich lange genug am Leben, um mein Versprechen einzulösen, ging es ihm durch den Kopf.

Er trieb das Pferd zum Galopp; dann riskierte er einen Blick nach hinten. Er sah, daß die Männer ihm noch immer folgten, nun aber rasch zurückfielen. Der *dōshin* schüttelte seine *jitte*, rief irgend etwas und blieb stehen, die freie Hand an den Leib gepreßt.

Ein Triumphgefühl durchströmte Sanos Adern. Er war frei! Aber wie lange mochte diese Freiheit währen? Der *dōshin* würde seine Kollegen in der ganzen Stadt alarmieren; schon bald würden sie und ihre Helfer sich an der

Jagd nach dem Mörder Sano Ichirō beteiligen. Und wie er seine vorübergehende Freiheit nutzen sollte, wußte Sano selbst nicht.

Die Gasse war schummrig, menschenleer und bedrohlich. Zu beiden Seiten reihten sich heruntergekommene, schäbige Gebäude und bildeten einen Tunnel aus Dämmerlicht, über dem ein schmaler Streifen Himmel zu sehen war. Aus drei öffentlichen Toiletten, die einen stechenden Geruch verströmten, sickerten Rinnsale schmutzigen Wassers hervor. Doch Sano kam die Gasse wie gerufen, denn sie wirkte inmitten dieses armseligen Viertels von Nihonbashi, in dem die *setsubun*-Feiern ihrem lärmenden Höhepunkt entgegenstrebten, wie eine Insel der Stille.

Rasch blickte Sano sich um und vergewisserte sich, daß niemand ihm folgte. Dann ritt er auf Wadas Pferd in die Gasse hinein. Als er zwei nebeneinander liegende Gebäude entdeckte, bei denen die Türeingänge mit Gittern aus Bambusrohr versperrt waren, stieg er vom Pferd. Dann führte er das Tier in den winzigen Hof zwischen den zwei Gebäuden, so daß niemand, der die Gasse von dem einen oder dem anderen Ende betrat, ihn oder das Pferd sehen konnte. Sano lehnte sich an die Mauer, schloß die Augen und versuchte, zur Ruhe zu kommen. Nachzudenken.

Sein wilder, zielloser Galopp durch Edo hatte den Rest des Nachmittags in Anspruch genommen. Ihm war keine Zeit geblieben, an etwas anderes zu denken als daran, einen größtmöglichen Abstand zwischen sich und seine Verfolger sowie den Kanal zu bringen, an dem er O-hisas grausam verstümmelte Leiche gefunden hatte. Sano hatte keinen Plan; vorerst kümmerte ihn nur, daß er in der Menge untergetaucht blieb und der Polizei aus dem Weg ging. Was das betraf, hatte er bislang Erfolg gehabt, wenn auch nur mühsam: Auf den Straßen wimmelte es zwar von *setsubun*-Feiernden, die einem Flüchtenden viele Deckungsmöglichkeiten boten, doch bei den Polizisten, die Sano beobachtet hatte, konnte er eine erhöhte Wachsamkeit spüren. Für gewöhnlich waren sie an einem solchen Feiertag nachsichtig, was die Eskapaden betraf, die um sie herum stattfanden.

Heute aber hatten sie scharf in jedes Gesicht geschaut, so, als würden sie jemanden suchen.

Ihn. Jetzt schon.

Mit zitternder Hand strich Sano sich übers Gesicht. Er mußte schnellstens seinen nächsten Schritt planen. Er konnte es sich nicht leisten, auch nur einen Moment seiner kostbaren Freiheit zu verschwenden. Doch die Geräusche, die von den Straßen in die Gasse drangen, peinigten seinen schmerzenden Kopf; Hoffnungslosigkeit und Trauer lähmten sein Denkvermögen. Die Wunden an seiner Schulter pochten, und geronnenes Blut hatte sie an der Kleidung festgeklebt. Seine Muskeln waren ermüdet und steif; er konnte nicht einmal mehr den Kopf drehen oder den linken Arm bewegen, ohne daß ihn Schmerz durchzuckte. Die Angst schien sich in seinem Körper zu einem Skelett aus Eisen verstofflicht zu haben. Sein ganzer Körper war wie ausgelaugt, und nie im Leben hatte er sich verlassener gefühlt. Er schauderte in seinem Umhang und dachte mit einem Anflug von bitterer Ironie daran, wie grundlegend ein paar Stunden sein ganzes Leben verändert hatten.

Bevor Sano den Leichnam O-hisas entdeckte, hatte er noch die Wahl gehabt, weiter auf Fürst Nius Fährte zu bleiben oder nicht. Jetzt hatte er keine Wahl mehr. Er konnte den Ereignissen der letzten vierzehn Tage nicht einfach den Rücken zukehren und nach Hause gehen. Denn dort würden bereits die *dōshin* auf ihn warten, zweifellos mit einer kleinen Armee von Helfern als Verstärkung, um ihn entweder ins Gefängnis von Edo zu bringen oder ihn auf der Stelle zu töten. Verglichen mit diesen Aussichten war die Schande, die er bisher über seine Familie gebracht hatte, so gut wie bedeutungslos.

Jetzt konnte er sich nicht mehr in die Verborgenheit zurückziehen. Als gesuchter Verbrecher würde er für den Rest seines Lebens auf der Flucht sein, und das ganze Land würde Jagd auf ihn machen. Selbst wenn er Geld genug besessen hätte, sich selbst mit Proviant und Wada-*sans* Pferd mit Futter zu versorgen – Sano wußte, daß es aussichtslos war, in die Provinzen zu flüchten. Inzwischen würde Magistrat Ogyū Boten zu den Wachen an den

Fernstraßen-Kontrollstellen ausgeschickt haben, mit dem Befehl, nach Sano Ichirō Ausschau zu halten. Sanos Suche nach Vergeltung hatte sich mit dem schlichteren, aber stärkeren Wunsch nach Überleben vermischt.

Aus seinem tiefsten Innern holte Sano alle verbliebene Kraft hervor – eine kleine, jedoch tapfere Streitmacht, die aber so sehr geschrumpft war, daß nur noch die stählerne Härte des Samurai geblieben war, die Sano bei der Ausbildung durch den Vater erworben hatte. Sano hatte keine andere Wahl, als seine Unschuld zu beweisen oder bei diesem Versuch zu sterben. Andernfalls war sein Leben so oder so zu Ende. Falls er ein Flüchtiger blieb, war alles, was ihm je etwas bedeutet hatte, für immer verloren: seine Familie, seine Freunde und seine Ehre. Es wäre ein Verstoß gegen seine wichtigste Pflicht dem höchsten Herrn des Landes, dem Shōgun, gegenüber gewesen, wenn Sano geflüchtet wäre, um sein Leben zu retten, und dabei in Kauf genommen hätte, daß Fürst Niu den Shōgun ermordete. Die schlimmste aller Schanden! Sanos Lippen verzogen sich zu einem bitteren Lächeln. Es war schon schwierig genug für ihn gewesen, Hilfe von den Behörden zu bekommen. Jetzt war es unmöglich. Jeder, an den Sano herantrat, würde ihn festnehmen, bevor er auch nur einen Satz sagen konnte.

Das Geräusch von Schritten riß Sano aus seinen düsteren Grübeleien. Beruhigend legte er dem Pferd die Hand an den Hals und spähte vorsichtig um eines der Bambusgitter herum. Zu seiner Erleichterung war es kein *dōshin*, der in seine Richtung kam, sondern ein Mann in einem auffällig bunten, purpurn und goldenen Umhang und einem seltsam flachen Hut. Offensichtlich betrunken, ging er mit schwankenden Schritten über die Gasse zu den drei öffentlichen Toiletten hinüber. Sano erkannte, daß es kein Hut war, den der Mann auf dem Kopf trug, sondern eine Maske, die er sich nach hinten aus dem Gesicht gestreift hatte. Der Fremde verschwand mit wankenden Schritten in der mittleren der drei identischen Holzhütten.

Der Anblick des *setsubun*-Kostüms bewegte Sano zum Handeln. Für den Plan, der in seinem Hirn allmählich Gestalt annahm, war eine Verkleidung unerläßlich. Er stieg aufs Pferd, ritt gemächlich zu den Toilettenhäuschen hinüber und wartete.

Der Betrunkene kam mit taumelnden Schritten wieder zum Vorschein. Mit zwei blitzschnellen Griffen riß Sano ihm die Maske vom Kopf und den Umhang von den Schultern.

»He! Was ...?«

Der Mann wirbelte herum und plumpste aufs Hinterteil. Sano stopfte sich den Umhang unter den Arm, schnürte sich die Maske vors Gesicht und trat dem Pferd die Hacken in die Seiten. Er stellte fest, daß die Maske ein eiserner Gesichtsschutz war, den einst vielleicht ein General oder ein anderer hochrangiger Offizier getragen hatte. Sie war aus schwarzem Metall und besaß Schlitze für Augen und Mund sowie einen borstigen schwarzen Schnurrbart aus Pferdehaar.

»Dreckiger Samurai!« rief der Betrunkene Sano hinterher und schüttelte die Faust. »Du glaubst wohl, du kannst dir einfach nehmen, was dir gefällt? Lump! Dieb!«

Der Mann hatte recht: Sano war jetzt tatsächlich zum Dieb geworden. Er riß das Pferd herum, um mit seiner Beute davonzugaloppieren. Was für eine Ironie, daß er bei seiner Jagd nach einem Mörder selbst zum Verbrecher geworden war! Sano zügelte das Pferd, wandte sich im Sattel um und nahm ein paar Münzen aus seinem Geldbeutel, die er dem Betrunkenen zuwarf. Klimpernd fielen sie zu Boden und rollten umher.

»Nehmt dieses Geld als Bezahlung«, rief Sano. Er konnte jeden Augenblick getötet werden, und er wollte nicht, daß seine letzte Tat auf Erden ein Diebstahl war, und mochte er noch so notwendig sein. Außerdem hatte er nun keinen Grund mehr, sparsam mit seinem Geld umzugehen. Falls er diese Nacht überlebte – und falls er mit seinem Plan Erfolg hatte –, konnte er sich wieder irgendwie seinen Lebensunterhalt verdienen. Falls der Plan freilich fehlschlug, so reichte das bißchen Geld, das er noch bei sich hatte, nicht einmal für seine Einäscherung. Jetzt wünschte er sich, er hätte Wada bereits das Pferd bezahlt, das er dem alten Mann vielleicht nie mehr würde zurückbringen können.

Er trieb den Braunen in Richtung Straße. Als er ans Ende der Gasse gelangte, verlangsamte er das Tempo, um sich den purpurnen Umhang anzulegen, der mit goldenen Pfingstrosen bedruckt war. Sanos Langschwert verursachte eine auffällige Ausbeulung im Stoff. Er hoffte, daß es niemand bemerkte und sich die Frage stellte, warum ein Samurai seine Waffen versteckte.

Kaum war er auf der Straße angelangt, fand Sano sich inmitten feiernder Menschen wieder. Maskierte Gesichter starrten ihn an: Drachen, Affen, Dämonen, Tiger. Gruppen umherziehender Musikanten spielten auf Trommeln, Flöten und Rasseln. Ein Schauer aus Kügelchen regnete auf Sano nieder, als er an einem Haus vorüberkam, auf dessen Dach eine Gruppe Frauen stand.

»Böse Geister, geht hinaus! Glück, komm herein!« riefen sie im Chor und warfen geröstete Sojabohnen als Glücksbringer auf die Straße hinunter.

Sano ritt in südwestlicher Richtung aus Nihonbashi hinaus in Richtung des Daimyō-Wohnviertels. Ein Teil seiner Aufmerksamkeit war auf die Feiernden gerichtet: Zum einen hielt Sano nach den *dōshin* Ausschau; zum anderen konzentrierte er sich darauf, einen Weg durch die Menge zu finden, ohne jemanden niederzureiten, und die Häuserblocks nach demjenigen abzusuchen, den er zu finden hoffte.

Am Torii-Tor eines Shintō-Tempels, der sich zwischen zwei Geschäften befand, stieg Sano vom Pferd und band das Tier fest. Dann ging er über das Tempelgelände, auf dem die Bewohner der umliegenden Häuser sich vor Marktständen drängten, an denen Imbisse und *amazake* verkauft wurden, ein süßes Gebräu aus vergorenem Reis, das an Festtagen getrunken wurde. Die inneren Tore trugen ein langes, gewundenes Seil, das aus Reisstroh gedreht war und den geheiligten Ort abgrenzte, sowie geflochtene Streifen aus weißem Papier und schließlich Büschel von Farnkraut. Draußen vor dem kleinen, mit Stroh gedeckten Tempel, der mit Kiefernzweigen und Bambus geschmückt und mit weißen Fahnen behängt war, auf denen das Wappen der Tokugawas prangte, blieb Sano an dem steinernen Wasserbecken stehen, um sich die Lippen zu befeuchten. Er warf eine Münze in den Opferstock, zog am Seil, so daß der Gong ertönte, und klatschte im Gebet zweimal in die Hände. Nachdem er seine Sandalen ausgezogen und sie vor der Eingangstür neben die anderen gestellt hatte, betrat er den Tempel.

Als er nach dem Priester Ausschau hielt, sah er eine Familie – Vater, Mutter und zwei Kinder – vor einem Schrein stehen. Die Mutter wickelte ein Päckchen Gebäck aus, um es dem steinernen Abbild Inaris zu opfern.

»Wir überreichen diese Gabe, damit der Fuchsgeist uns im neuen Jahr kein Unglück bringt«, erklärte der Vater den Kindern.

Da seine Aussichten auf Glück und Segen fast auf den Nullpunkt gesunken waren, kam Sano sich der Familie weit fern vor, so, als würde ein unsichtbarer Wandschirm ihn von der normalen Welt trennen.

»Was ist? Warum so traurig? Tage wie der heutige sind zum Feiern da.«

Sano wandte sich um und sah, daß der Priester neben ihm stand, ein alter Mann mit einem Gesicht wie ein verschrumpelter Apfel. Er trug einen zylinderförmigen schwarzen Hut auf dem kahlen Kopf und einen tiefroten Umhang über einem weißen Kimono. Als er lächelte, bildeten sich Fältchen in den Augen- und Mundwinkeln.

»Habt Ihr Kummer?« fragte er. Sein Gesicht wurde ernst vor Mitgefühl. »Kann ich Euch irgendwie helfen?«

Niemand konnte ihm helfen. Er mußte allein mit seinem Kummer und seinen Problemen fertig werden. Doch Sano war hierher gekommen, den Priester um eine kleine Gefälligkeit zu bitten, die vielleicht jenen Menschen half, die sich um ihn sorgten.

»Ja«, sagte er. »Könnte ich einen Schreibpinsel, Tusche und ein Blatt Papier bekommen? Und könnt Ihr mir einen Ort zuweisen, an dem ich ungestört schreiben kann?«

Falls der Priester diese Bitte für eigenartig hielt, ließ er es sich nicht anmerken; er schien es auch nicht als seltsam zu betrachten, daß Sano die Maske nicht abgenommen hatte. Statt dessen winkte er dem Besucher, ihm nach draußen zu folgen, und führte ihn zu einer Hütte im hinteren Teil des Tempelgeländes. In einem Zimmer, das als Vorratsraum, Küche und Schreibstube zugleich diente, legte er Schreibzeug auf einen Tisch. Dann nickte er Sano zu und ging.

Sano nahm die Maske ab, um in der schummrigen Hütte sehen zu können. Er vermischte die Tusche mit Wasser und tauchte den Pinsel hinein.

> Setsubun, Genroku 1.
> Chichive und Hahave,

schrieb er und bedauerte, daß er keine Zeit hatte, die formellen Ausdrücke der Ehrerbietung zu benutzen, mit denen er normalerweise einen Brief an die Eltern begonnen hätte.

> Wenn Ihr diesen Brief bekommt, lebe ich vielleicht nicht mehr. Sollte das der Fall sein, möchte ich hiermit den heiligen Eid vor Euch ablegen, daß ich die Frau nicht ermordet habe, die heute am Kanal gefunden wurde – ganz gleich, was die Leute Euch glauben machen wollen.
>
> Doch untätig werde ich dieses Schicksal und die Schande, die meine Verurteilung und Hinrichtung über unsere Familie bringen würde, nicht hinnehmen. Ich muß versuchen, meine Unschuld zu beweisen und den wirklichen Mörder vor Gericht zu bringen. Um dies zu erreichen, muß ich eine bestimmte Schriftrolle, die zur Zeit noch im Besitz Fürst Niu Masahitos ist, zuerst an mich bringen und sie anschließend den Behörden übergeben. Diese Schriftrolle beweist, daß Fürst Niu des Verrats schuldig ist, und sie untermauert meine Überzeugung, daß er vier Menschen getötet und dafür gesorgt hat, daß ich nun auf der Flucht vor dem Gesetz bin. Auf diese Weise möchte Fürst Niu seine Verschwörung geheimhalten, deren Ziel die Ermordung Tokugawa Tsunayoshis ist.
>
> Gelingt mir mein Vorhaben, würde ich meine Pflicht gegenüber unserem höchsten Herrn erfüllen, dem Shōgun, indem ich ihn vor dem Tod durch die Hand Fürst Nius und dessen Mitverschwörern bewahre.

Auch wenn ich weiß, daß ich vielleicht nie mehr zurückkehre, muß ich Euch jetzt verlassen. Bitte, verzeiht mir all das Leid, das ich über Euch gebracht habe. In ewiger Dankbarkeit, Liebe und Achtung,

Ichirō

Sano überflog seine ungelenk formulierte Nachricht und hoffte, daß sie seinen Eltern ein wenig Trost spenden konnte und daß sie ihnen zumindest die Gründe für seine Taten deutlich machte. Er löschte die feuchte Tusche ab und faltete und versiegelte den Brief. Dann schrieb er die vollen Namen seiner Eltern darauf und beschrieb mit kurzen Worten den Weg bis zu ihrem Haus. Schließlich setzte er die Maske wieder auf und ging nach draußen, wo der Priester ihn erwartete.

»Würdet Ihr bitte dafür sorgen, daß diese Nachricht heute noch überbracht wird?« fragte er und reichte dem Priester den Brief, zusammen mit dem Rest seines Geldes. »Es ist sehr wichtig.«

Der Priester nickte und nahm das Schreiben an sich. Als er Sano ins Gesicht schaute, legte er die Stirn in Falten – allerdings nicht, weil er die Bitte des Fremden als Zumutung empfand. Der Priester schien vielmehr zu spüren, daß Sano sich in einer ernsten, bedrohlichen Lage befand, wie seine nächsten Worte bewiesen:

»Gibt es kein Zurück von dem gefährlichen Weg, den Ihr einschlagen wollt?«

Sano nahm den Blick vom Priester und schaute auf das Gelände vor dem Tempel, wo eine Laienschauspielertruppe eine behelfsmäßige Bühne errichtet hatte. Der Held des Stückes war als Samurai gekleidet und sang ein Klagelied über seinen Sohn, der in einer Schlacht gefallen war. Das begeisterte Publikum bejubelte die qualvollen Schreie und die verzweifelten Gesten des unglücklichen Mannes.

»Nein«, antwortete Sano auf die Frage des Priesters. Sein weiteres Schicksal war ihm nun vorherbestimmt – genauso wie den Figuren im Theaterstück. »Ich kann nicht mehr zurück.«

26.

Als Sano kurz nach Anbruch der Dunkelheit in den Wohnbezirk der Daimyō gelangte, stellte er fest, daß die breiten Prachtstraßen eine dramatische Veränderung erlebt hatten.

Hier, wie schon in Nihonbashi, hatte der *setsubun* seinen Zauber gewirkt. Allerdings hatte dieser Zauber sich hier sehr viel prächtiger entfaltet. An den Wänden eines jeden *yashiki* hingen runde Laternen, deren orangefarbenes Licht den kalten Abend erwärmte. Die Tore standen weit offen, um Prozessionen prächtig geschmückter Sänften hindurchzulassen, die von Heerscharen von Dienern eskortiert wurden. Samurai ritten oder flanierten zu Fuß über die Straßen und riefen einander fröhliche Grüße zu. Manche von ihnen trugen ihre schönsten Seidengewänder, andere waren grellbunt wie Kinder kostümiert, wieder andere waren wie Kriegerfrauen oder legendäre Helden gekleidet. Irgendwo brannte ein Freudenfeuer; der Rauch von Holz stieg in die Luft und vermischte sich mit den schweren, süßen Düften von Parfüm und Haaröl. Jongleure und Gaukler, Schauspieler und Musikanten führten voller Hingabe ihre Künste vor und hofften darauf, von den Reichen ein paar Münzen zu ergattern. Bettler riefen nach milden Gaben. Mönche verkauften Amulette, die im neuen Jahr Glück und Erfolg bringen sollten.

Noch immer mit Umhang und Maske verkleidet, ritt Sano im Galopp zum *yashiki* der Nius. Sein Herz schlug eine rasche, drängende Kadenz zum rhythmischen Klappern der Hufe: schnell, schnell, schnell! Er mußte einen Weg finden, der auf das Anwesen der Nius führte, und noch in dieser Nacht die Schriftrolle an sich bringen, solange er sich frei und unerkannt in der bunt kostümierten Menge bewegen konnte und die Aufmerksamkeit der Polizisten vom Durcheinander der *setsubun*-Feiern in Anspruch genommen wurde.

Die Furcht und die Aufregung jagten Angstschauer durch Sanos Körper. Dies war seine letzte Chance, Fürst Niu Einhalt zu gebieten und sich selbst von dem Verdacht des Mordes an O-hisa zu entlasten. Sein Plan mußte gelingen!

Sano hatte Zeit genug gehabt, sich die Schwierigkeiten vor Augen zu führen, die sein Plan beinhaltete. Das erste Problem – auf das schwerbewachte Anwesen zu gelangen – war ihm unlösbar erschienen. Jetzt aber stellte er fest, daß die Sicherheitsmaßnahmen in diesem Bezirk ungewöhnlich lasch gehandhabt wurden. Die meisten Wächter hatten ihren Posten verlassen und sich unter die Menschenmenge gemischt, wobei sie sich mitunter weit von den Toren entfernten, die sie bewachen sollten. Gelächter und Gesang drangen aus den Kasernen innerhalb der Mauern um die einzelnen *yashiki*: Die Gefolgsleute der Daimyō feierten, statt Wache zu halten. Heute war ein Feiertag in Friedenszeiten; niemand rechnete mit irgendeinem Angriff.

Vielleicht, sagte sich Sano, hast du doch eine Chance. Aber als er das Tor des Niu-Anwesens erreichte, zerrte er bei dem Anblick, der sich ihm bot, so heftig an den Zügeln, daß das Pferd wild den Kopf nach hinten warf. Wieder durchströmte Sano eine eiskalte Woge der Angst.

Der *dōshin*, der ihn am Kanal bei der Leiche O-hisas beinahe festgenommen hätte, war in ein angeregtes Gespräch mit den Wachtposten vertieft. In der Nähe standen ein weiterer *dōshin* und fünf Helfer. Die Waffen in den Händen, musterten sie mit schmalen, mißtrauischen Augen die Menschenmenge.

Sano zwang sich, gelassen an den *dōshin* und den Wachtposten vorbeizureiten. Die Haut prickelte ihm unter den umherschweifenden Blicken der Männer; aber wäre er jetzt losgeprescht, hätte er nur ihre Aufmerksamkeit auf sich gezogen. Vor Angst waren seine Nerven bis zum Zerreißen gespannt und ließen seine kalten, schmerzenden Muskeln heftig zittern. Seine Wunden hatten sich entzündet und pochten schmerzhafter als zuvor. Tief holte er durch den Mundschlitz der Maske Luft. Sein Körper entspannte sich ein wenig – um sofort wieder zu verkrampfen, als er dicht hinter sich einen Ruf hörte. Dann aber stürmte der Rufer an Roß und Reiter vorbei, ohne sie zu beachten. Doch Sanos Beklommenheit blieb.

Er gelangte zur gegenüberliegenden Seite des Niu-*yashiki*; ein Ritt, der wegen der feiernden Menschenmengen und der Größe des Anwesens fast eine Stunde in Anspruch nahm. Eine Gasse trennte das Grundstück der Nius vom benachbarten *yashiki*. Sano ritt ein Stück in die Gasse hinein; dann zügelte er das Pferd und stieg ab.

Die Gasse war lang und schmal, und die Dunkelheit wurde nur schwach vom gelben Streulicht der Lampen in den Seitenstraßen und dem silbernen Licht der Sterne erhellt. Sano lauschte und schaute sich um, als er das Pferd tiefer in die Gasse hineinführte. Er begegnete niemandem. Kein Laut war hinter den Mauern zu hören; nur der gedämpfte Lärm auf den fernen Straßen drang an Sanos Ohren. Das hintere Tor des Niu-Anwesens stand dem benachbarten *yashiki* genau gegenüber. Beide waren unbewacht. Hier konnte er vielleicht unbemerkt das *yashiki* betreten – *falls* er es betreten konnte.

Sano betrachtete die Mauern. Ihre glatte Oberfläche aus Putz und Steinplatten bot den Händen keinen Halt. Die holzvergitterten Fenster der Kasernen ragten über die Mauerränder empor und waren für Sano unerreichbar. Die Kasernen erstreckten sich wie ein einziges geschlossenes Bauwerk entlang der Mauer; einen Zwischenraum gab es nur an der Stelle, an der die Kasernengebäude sich leicht erhoben und ein Wachthaus über dem dicken Holzbohlentor bildeten. Sano ließ den Blick weiter nach oben schweifen. Ah, ja …

Kunstvoll geschnitzte Kreuzblumen krönten die Spitzen an beiden Enden des Daches über dem Wachthaus. Sano holte das Seil unter seinem Umhang hervor. Er wickelte es ab und band das eine Ende zu einer Schlinge zusammen, die er mit einem Schleifknoten sicherte. Er blickte rasch nach links und rechts. Niemand war zu sehen. Sano schleuderte die Schlinge zur rechten Kreuzblume hinauf.

Beim ersten und zweiten Versuch verfehlte er das Ziel weit. Ihm brach der Schweiß aus. Die metallene Maske beschlug von innen und wurde feucht auf seinem Gesicht. Wieder warf Sano das Seil. Diesmal fiel die Schlinge genau über ihr Ziel. Er straffte das Seil, und der Schleifknoten zog sich zusammen. Sano zerrte am Seil. Es hielt.

Zögernd schaute er in die Höhe, die Zügel des Pferdes in der Hand. Er konnte das Tier nicht hier stehen lassen. Die Gefahr war zu groß, daß ein patrouillierender *dōshin* es entdeckte. Das beste wäre, das Pferd fortzuscheuchen; aber damit hätte Sano sein wichtigstes Fluchtmittel preisgegeben. Trotz des großen Risikos mußte er das Pferd durch das Tor auf das Niu-*yashiki* holen, sobald er die Mauer überklettert hatte.

Sano schlang die Zügel um einen Pfosten. Dann packte er das Seil und begann seine Klettertour, indem er sich in die Höhe hangelte, wobei er die Füße gegen die Mauer stemmte. Vor Anstrengung zuckte ein greller Schmerz durch seine verletzte Schulter, und für einen Moment kniff er stöhnend die Augen zusammen. An der warmen Feuchtigkeit, die ihm über den Rücken lief, erkannte er, daß die verschorften Wunden wieder aufgeplatzt waren und bluteten. Das rauhe Seil brannte auf seinen Handflächen.

Die Kletterei schien kein Ende zu nehmen. Von unten hatte die Mauer doch gar nicht so hoch ausgesehen! Doch schließlich gelangte Sano auf das Dach des Wachthauses. Keuchend blieb er liegen. Vor Erschöpfung konnte er sich kaum mehr rühren. Falls ihn jetzt jemand entdeckte, würde er sich kampflos ergeben müssen. Als Sano wieder halbwegs zu Kräften gekommen war, hob er den Kopf und schaute auf das Anwesen hinunter.

Hinter einem breiten, dunklen Streifen offenen Geländes konnte er schemenhafte Gebäude erkennen. Nichts rührte sich; kein Laut war zu hören. Entweder war jeder Bewohner ausgegangen, um *setsubun* zu feiern, oder sie hielten sich allesamt im vorderen Teil des *yashiki* auf. Aber wie lange?

Rasch band Sano das Seil los und verstaute es wieder unter seinem Umhang. Er wollte keinen Beweis für sein heimliches Eindringen hinterlassen; außerdem konnte es sein, daß er das Seil noch einmal brauchte. Auf dem Bauch rutschte er das schräge Dach hinunter. Mit beiden Händen hielt er sich am Dachrand fest und hangelte sich in die Tiefe.

Sano wollte sich gerade fallen lassen, als er draußen vor der Mauer Stimmen und schnelle Schritte vernahm. Die Wachtposten der Nius! Falls sie seinen Aufprall hörten, würden sie nachsehen kommen. Die Hände fest an den Dachrand gekrallt, pendelte Sano hoch über dem Boden.

Die Schritte kamen näher. Sanos Hände und Arme begannen zu schmerzen; dann zitterten sie vor Ermüdung. Krampfartige Schmerzen durchzuckten die Arme bis in die verletzte Schulter. Sano biß die Zähne zusammen und klammerte sich fest. Jetzt konnte er bereits die Worte der Männer hören.

»Hier ist es stiller als in einem Grab.«

»Trotzdem. Besser, wir schauen uns rasch um; dann gehen wir wieder nach vorn.«

Sano erkannte die zweite Stimme: Sie gehörte dem *dōshin*. Der Gedanke, daß sein Pferd vor dem Tor des Niu-*yashiki* stand und ihm jederzeit eine schnelle Flucht ermöglichte, konnte Sanos Angst nicht lindern. Er versuchte, seinen Schmerz und die Furcht durch schiere Willenskraft zu verdrängen, und betete, daß seine Verfolger verschwinden mögen.

»Hier ist niemand«, sagte der *dōshin* schließlich. »Gehen wir.«

Die Schritte und Stimmen wurden leiser. Stumm dankte Sano den Göttern, daß es unfähige Polizisten gab. Was für ein Glück für Sano, daß dieser *dōshin* bei der Suche nach Flüchtigen genauso nachlässig war wie damals, als er Nachforschungen über die Feuersbrunst angestellt hatte.

Sano löste die Finger vom Dachrand und ließ sich fallen. Er minderte die Härte des Aufpralls, indem er die

Knie spannte und sich nach hinten abrollte, um zu vermeiden, daß er sich die Beine brach. Durch das Abrollen trug seine tiefste und schmerzhafteste Wunde – die an der linken Schulter – für einen Augenblick das volle Gewicht seines Körpers. Beinahe hätte Sano einen wilden Schrei der Pein ausgestoßen. Er erstickte ihn, indem er sich so fest in die Wange biß, daß er Blut schmeckte. Seine Augen tränten, als er sich zwang, aufzustehen.

Er zog die schweren, eisenbeschlagenen Balken zurück, öffnete das Tor, führte das Pferd auf das Niu-Anwesen und band er die Zügel des Tieres am Tor fest. Sano hoffte, das Pferd an Ort und Stelle vorzufinden, wenn er zurückkehrte – falls er zurückkehrte.

Zwar hatte er die Probleme gemeistert, auf das *yashiki* der Nius zu gelangen und das Pferd zu verstecken; nun aber sah er sich einer ganzen Reihe weiterer Schwierigkeiten gegenüber. Wie sollte er die Schriftrolle finden? Befand sie sich überhaupt im Haus? War es nicht viel wahrscheinlicher, daß Fürst Niu die Rolle mit zurück in die Stadt genommen hatte, um das geheime und brisante Schriftstück in Sicherheit zu wissen und stets griffbereit zu haben? Selbst falls es ihm gelang, die Rolle zu finden und vom Anwesen zu fliehen – wie sollte er an hohe Beamte herankommen, ohne gefaßt und getötet zu werden? Schließlich war er jetzt ein gesuchter Schwerverbrecher. Sano verdrängte diesen letzten, beängstigenden Gedanken. Er würde sich mit jedem Problem befassen, sobald es akut wurde. Jetzt galt es erst einmal, in dieser riesigen, Sano unbekannten Villa Fürst Nius Wohnbereich ausfindig zu machen.

Sano eilte über das freie, deckungslose Geländestück, bei dem es sich um einen Reitplatz zu handeln schien. Trotz der Dunkelheit hatte Sano das Gefühl, deutlich sichtbar zu sein, auffällig und verletzlich. Er umrundete den Teich, in dem die Männer des Daimyō das Schwimmen übten und an dessen Ufer sie Waffentraining machten. Beim plötzlichen Anblick zweier Gestalten, die sich aus der Finsternis vor ihm schälten und näher kamen, blieb Sano abrupt stehen. Das Herz schlug ihm bis zum Hals. Dann erkannte er, daß es Zielscheiben für die Bogenschützen waren, welche die Größe und die Umrisse eines Menschen besaßen. Erschöpft, aber erleichtert erreichte Sano die Gebäude. Doch er wappnete sich bereits gegen die Gefahren, die ihm nun bevorstanden.

Auf das erste Problem traf er, als er an den Stallungen vorüberschlich. Außer dem Stampfen und Schnauben der Pferde hörte er Gelächter; in den Unterkünften der Stallburschen brannten Lampen. Zudem sah er Licht in Gebäudeflügeln, in denen vermutlich die Diener und Gefolgsleute untergebracht waren. Geduckt schlich er unter den Fenstern entlang und stahl sich zwischen Ställen, Wohnhütten und anderen Gebäuden hindurch. Dann durchquerte er einen Garten, der jenem ähnelte, den er bei seinem ersten Besuch auf dem Anwesen der Nius gesehen hatte. Schließlich gelangte er zur eigentlichen Villa, einem riesigen Gebäude, das drohend vor ihm aufragte.

Die weißgetünchten Wände schimmerten geisterhaft im Sternenlicht. Darüber erhoben sich stufenförmige Dächer, die in der Dunkelheit wie auf- und absteigende schwarze Wogen aussahen. Sano erkannte, daß die Villa sich aus einer Vielzahl von Gebäuden zusammensetzte, die durch niedrige Wände oder überdachte Gänge miteinander verbunden waren. Ihm wurde klar, daß die Anlage des Niu-*yashiki* sehr viel komplizierter war als die der Sommervilla. Wie sollte er da jemals die Unterkünfte des jungen Fürsten finden, ganz zu schweigen von der Schriftrolle?

Durch das nächste Tor gelangte Sano auf einen schmalen Gehweg, der zwischen den kahlen, dicken Mauern feuerfester Lagerhäuser verlief. Sano folgte dem Gehweg bis vor eine Mauer; dort mußte er nach links abbiegen. Ein breiterer Weg führte ihn zwischen hohen Holzzäunen hindurch, über denen sich Ziegeldächer erhoben; wieder und wieder beschrieb dieser Weg einen scharfen Knick, so daß Sano bald nicht mehr wußte, in welche Richtung er ging. Er konnte nur hoffen, daß er sich zum Zentrum der verschachtelten Villa bewegte, welches der Familie des Daimyō vorbehalten war. Geräusche von Stimmen drangen an seine Ohren, von den Mauern verändert und verzerrt. Sano wußte nicht, ob er sich der Straße näherte, die am *yashiki* vorüberführte, oder ob er sich davon entfernte. Kamen diese Stimmen von außerhalb des Anwesens, oder stammten sie von jemandem, der sich vor oder hinter ihm auf dem Gehweg befand? An jeder Abbiegung blieb Sano für kurze Zeit stehen und lauschte; doch er durfte sich nicht allein auf sein Gehör verlassen.

Endlich erschien ein Tor im Zaun. Sano blieb daneben stehen, dicht an die Wand gedrückt, und stieß an den Torflügel. Der Flügel schwang auf und knarrte dabei so laut, daß Sano zusammenzuckte. Vorsichtig spähte er durch eine Lücke im Zaun und erblickte einen großen Garten, der an drei Seiten von Gebäuden mit langen, überdachten Veranden umgeben war. Eine einzelne Laterne über jedem Türeingang warf schwaches Licht auf den Teich, auf Sträucher und das Gartenhaus. Keines der Fenster war erleuchtet. Sano konnte nichts entdecken, was ihm einen Hinweis hätte geben können, in welchen Zimmern der junge Fürst Niu wohnte. Es konnte sogar sein, daß diese Zimmer nicht für die Nius, sondern für hochrangige Gefolgsleute bestimmt waren. Doch selbst wenn Fürst Nius Unterkünfte sich irgendwo anders befanden – falls Sano ins Gebäude eindringen konnte, hatte er Zugang zu allen Flügeln und Zimmern der Villa.

Die Bäume und Sträucher im Garten gewährten ihm Sichtschutz, als er sich jenem Gebäude näherte, das ihm am nächsten war. Als er die Veranda erreicht hatte, versuchte er, die erstbeste Tür zu öffnen. Sie war verschlossen. Er rüttelte am Griff; dann zerrte er mit aller Kraft daran. Er wußte, daß gerade in den teuersten Häusern die Türschlösser oft leicht zu knacken waren. Weshalb sollte man viel Geld für schwere Schlösser verschwenden, wenn Patrouillen in regelmäßigen Abständen über das Gelände streiften und für ein weitaus höheres Maß an Sicherheit sorgten? Doch die Tür gab nicht nach. Auch Sanos Bemühungen, sie aufzubrechen, schlugen fehl: Die Spitze seines Schwertes ließ sich nicht in den haarfeinen Spalt zwischen Türblatt und Rahmen drücken. Er versuchte sein Glück ebenso erfolglos bei drei weiteren Türen; dann wandte er sich den Fenstern zu.

Sie waren mit dünnen, engmaschigen Holzgittern versehen. Sano wählte jenes Fenster aus, das am weitesten von den erleuchteten Türeingängen entfernt war, und benutzte sein Schwert, um das Holzgitter zu zerbrechen. Die Stangen zerbarsten mit scharfem, hellem Knall. Sano hoffte, daß jeder, der sich im Innern des Gebäudes aufhielt, diese Geräusche mit denen explodierender Feuerwerkskörper verwechselte. Er schnitt und riß ein gezacktes Loch in die Fensterscheibe aus Papier und blickte hindurch.

Ein menschenleerer Flur führte an einer Reihe geschlossener Türen in einer Wand aus Papier und Holz vorüber. Immer noch das Schwert in der Faust, stieg Sano durchs Fenster. Verstohlen schlich er den Flur hinunter und schob eine der Türen auf. Dahinter lag ein weiterer Flur, dunkler, ebenfalls leer und dem Zentrum des Gebäudes näher. Auch hier befanden sich Türen auf der einen Seite. Als Sano diesen Flur betrat, verebbte seine Hochstimmung darüber, daß er in die Villa eingedrungen war.

Der blumige Duft von Parfum lag in der Luft. Im nächstgelegenen Zimmer sah Sano die dunklen Umrisse von Möbeln, bei denen es sich um Truhen und Schminktische zu handeln schien. Das schwache Licht der Lampen über den Türeingängen wurde von einem hohen Spiegel reflektiert und schimmerte auf den seidenen Falten abgelegter Kimonos, die unordentlich auf dem Fußboden lagen. Sano erkannte, daß er sich in den Frauengemächern befand. Langsam und vorsichtig, den Rücken dicht an die Wand gepreßt, bewegte er sich seitwärts, auf den Zehenspitzen, den Flur hinunter, auf der Suche nach einem Weg, der in die anderen Flügel der Villa führte.

Die Dunkelheit verstärkte die Geräusche. Jedes noch so leise Knarren der Fußbodendielen unter Sanos Füßen explodierte in seinen bis zur Überempfindlichkeit geschärften Ohren. Auch andere Laute – die Geräusche des Hauses oder ein Ruf von irgendwo auf dem Anwesen – ließen ihn zusammenzucken.

Plötzlich erstarrte er. Ein flackernder, verschwommener Fleck aus Licht bewegte sich den Flur hinunter auf ihn zu. Das Licht stammte von einer Öllampe, die ein junges Mädchen trug, welches in Strümpfen lautlos über die Bodendielen ging. Als das Mädchen näher kam, konnte Sano ihr Gesicht erkennen, das über der Flamme erstrahlte. Jeden Augenblick mußte sie ihn entdecken.

Sano wandte sich um und wollte den Rückzug antreten, als plötzlich irgendwo vor ihm eine Tür aufgeschoben wurde. Schritte näherten sich. Sano wurde der Mund trocken; sein Magen verkrampfte sich. War es die Fürstin Niu? Oder eine der anderen Frauen? Oder ein Wachtposten, der das zerrissene Fenster entdeckt hatte? Die Schritte wurden lauter.

Jetzt konnte Sano auch das Mädchen schon hören. Leise summte es eine Melodie, während es aus der anderen Richtung immer näher kam. Sano war der Fluchtweg zu beiden Seiten abgeschnitten. Rasch schob er die Tür des Zimmers auf, das ihm am nächsten war, um sich darin zu verstecken, bis das Mädchen und die zweite, unsichtbare Person verschwunden waren, um dann die Suche nach Fürst Nius Unterkünften weiterzuführen. Zu seiner Enttäuschung befand sich kein Zimmer hinter der Tür, sondern nur ein großer Vorratsschrank, der bis obenhin mit Schachteln und Kisten gefüllt war, so daß kein Platz für Sano blieb. Er mußte fliehen – in die eine oder andere Richtung. Er zog es vor, der unbekannten und möglicherweise größeren Bedrohung aus dem Weg zu gehen und stürmte den Flur in die Richtung hinunter, aus der sich das Mädchen näherte.

Sie stieß einen dumpfen Laut des Erschreckens aus, als Sano an ihr vorüberhuschte. Dann schrie sie mit gellender Stimme:

»Ein Dieb! Zu Hilfe!«

Sano flüchtete durch die nächste Tür in der Wand, die zur Außenseite des Gebäudes führte. Doch anstelle eines der äußeren Flure lag ein langer, schmaler Durchgang vor ihm. Das Mädchen schrie immer noch. Sano stürmte den Gang hinunter. Durch eine Tür am Ende des Gangs gelangte er in einen angrenzenden Gebäudeteil. Er lief durch das Labyrinth der Flure und rannte an schier endlos langen, holzverkleideten Wänden vorbei, deren Einförmigkeit nur durch vergitterte, mit Papier bespannte Fenster unterbrochen wurde. An der Gebäudeinnenseite waren die Fenster in den Fluren dunkel, während Sano durch die Fenster, die nach außen zeigten, das schwache Licht von Lampen sehen konnte, die im Garten brannten. Doch die Schatten dicker Holzgitter vor diesen Fenstern ließen Sano erkennen, daß ihm dieser Fluchtweg nach draußen versperrt war. Wo befand sich die Ausgangstür? So zuwider es Sano auch war, aus der Villa fliehen zu müssen, ohne daß er die Schriftrolle an sich gebracht hatte – er mußte hier raus. Auf der Stelle. Bevor die Wachtposten erschienen.

Er bog um eine Ecke. Plötzlich gab der Fußboden zu seinem Entsetzen bei jedem Schritt ein lautes, zwitscherndes Geräusch von sich. Sano hatte einen »Nachtigallenweg« betreten, einen speziell konstruierten Fußboden, der die Hausbewohner durch seine schrillen, durchdringenden Geräusche vor Eindringlingen warnte. Mönche, Adelige und Kriegsherren benutzten dieses Alarmsystem seit Jahrhunderten. Sano fluchte lautlos. Er hätte damit rechnen müssen, daß auch die Nius es einsetzten. Er versuchte, so behutsam wie möglich aufzutreten und dicht an der Wand zu bleiben. Doch die Nachtigallen sangen weiter.

Der Flur führte im rechten Winkel in einen weiteren Korridor. Ein Schwall kalter Luft wehte Sano entgegen; er drang aus einer geöffneten Tür, durch die ein kleines Stück des Gartens zu sehen war, vom Licht der Laternen erhellt. Doch als Sano auf die Tür zurannte, erschien ein paar Schritte voraus, in der Wand aus Papier, plötzlich ein horizontales Rechteck aus Licht, als jemand in einem der Zimmer eine Lampe anzündete. Eine Tür wurde aufgeschoben. Licht fiel auf den Flur. Eine hochgewachsene Gestalt trat Sano in den Weg.

Sano wollte dem Unbekannten gar nicht erst die Gelegenheit geben, irgend etwas zu sagen. Er stieß den Fremden zur Seite und stürmte auf die Tür zu, sprang hinaus in den Garten und flüchtete weiter.

»Eii-*chan!*« rief eine Frauenstimme im Flur hinter ihm.

Zu spät sah Sano die dunkle Gestalt, die aus dem Schatten zu seiner Rechten erschien. Er versuchte, mit einem raschen Schritt zur Seite auszuweichen, doch er war zu langsam. Der riesige Mann stieß mit voller Wucht gegen ihn und schleuderte ihn zu Boden. Der Aufprall des schweren Körpers erschütterte Sano bis ins Mark. Die Maske flog ihm vom Gesicht; das Schwert fiel ihm aus der Hand. Wilder Schmerz raste durch seine linke Hüfte, die die volle Wucht des Sturzes aufgefangen hatte. Er rollte sich herum, wollte sein Schwert ergreifen und kämpfen, doch die starken Hände des Angreifers packten Sano und hielten ihn am Boden, preßten sein Gesicht in den Schmutz. Schwere Knie drückten ihm ins Kreuz. Stählerne Arme hielten seinen Brustkasten und die Schultern in lähmender Umarmung. Langsam, unerbittlich wurde sein Rücken von der gewaltigen Kraft des Gegners nach hinten gebeugt. Unwillkürlich stieß Sano einen Schrei aus, als ihm ein greller Schmerz über den Rücken jagte. Der Mann wollte ihm das Rückgrat brechen! Schweiß lief Sano übers Gesicht, und er preßte die Zähne zusammen, als er sich zu wehren versuchte. Doch vergeblich. Der Druck ließ nicht nach. Der Mann bog ihm das Rückgrat immer weiter durch. Sano glaubte, jeden Augenblick das Bersten der Knochen zu hören …

»Das reicht!« erklang der herrische Befehl der Frau.

Zu Sanos unendlicher Erleichterung ließ der Angreifer von ihm ab. Das drückende Gewicht des Mannes verschwand. Zitternd vor Schwäche, aber unverletzt, drehte Sano sich auf den Rücken und blickte seine Bezwinger an.

Fürstin Niu stand vor ihm. Ihr Haar fiel lose über die Schultern, und ihr wutverzerrtes, weiß geschminktes Gesicht sah im flackernden Licht der Lampen gespenstisch aus. Die schimmernden Falten ihres dunklen, ungegürteten Kimonos verstärkten ihr geisterhaftes Aussehen. Mit beiden Händen hielt sie den Schaft eines Speeres gepackt, dessen stählerne Spitze genau auf Sanos Brust zeigte.

Dann lächelte sie. Ihre Lippen verzogen sich und entblößten ihre schimmernden schwarzen Zähne. Sie zog den Speer zurück.

»Bringe ihn ins Haus, Eii-*chan*«, sagte sie zu ihrem riesigen, grobschlächtigen Diener, der neben ihr stand. »Wir werden ihn nicht töten … noch nicht.«

27.

Beim Anblick des grausamen Triumphs, der in Fürstin Nius Augen schimmerte, verflog Sanos Erleichterung darüber, statt dem Sohn der Mutter in die Hände gefallen zu sein. In seinem Innern starb jede Hoffnung. Dann wandte Fürstin Niu sich um und ging davon. Sano hörte das leise Rascheln, als der Saum ihres dunklen Kimonos über den Boden und die Stufen der Treppe schleifte, welche hinauf zur Veranda führte; dann, nachdem die Fürstin die Villa betreten hatte, verklang das Geräusch.

Eii-*chan* beugte sich über Sano und streckte die Arme nach ihm aus. Sano versuchte, an sein Schwert zu gelangen. Er stemmte die Hacken in den Boden und stieß sich mit aller Kraft nach hinten ab. Es war ein verzweifelter Versuch, dem Gegner zu entkommen. Zwar bekam Sano das Schwert zu packen; doch es verhedderte sich in den Falten seines Umhangs. Außerdem nahmen die Schmerzen in den Wunden zu, und Sanos Bewegungen wurden immer unbeholfener. Mit aller Kraft trat er nach Eii-*chan*. Seine Füße prallten gegen Beine, die so hart und fest wie Holz waren. Eii-*chan* packte den Gegner und zerrte ihn so heftig in die Höhe, daß Sano das Gefühl hatte, der Arm würde ihm ausgerissen. Ein brutaler Stoß ließ ihn in Richtung Veranda taumeln. Sein Fuß traf die unterste Treppenstufe; er wurde herumgeschleudert und stieß einen gellenden Schmerzensschrei aus, als er gegen die Veranda prallte. Dann packte Eii-*chan* ihn am Kragen und hob ihn beinahe von den Füßen. Starke Finger schlossen sich um

Sanos Handgelenke, nachdem Eii-*chan* ihm die Arme auf den Rücken gedreht hatte; den anderen Arm schlang er Sano um die Brust. Sano versuchte beharrlich, sich aus der Umklammerung zu befreien, erstarrte jedoch abrupt, als ihm die kalte Schneide einer stählernen Klinge an den Hals gedrückt wurde.

Als Eii-*chan* den hilflosen Gegner die Treppe hinauf und durch die Tür schleifte, schmeckte Sano den eigenen Tod. Wilde, animalische Angst stieg in ihm auf. Er kämpfte sie nieder, indem er sich dazu zwang, sich auf Einzelheiten seiner Umgebung zu konzentrieren. Er lauschte den Windglöckchen, die auf den Dachvorsprüngen klingelten. Der Flur war jetzt nicht mehr dunkel, sondern von den Lampen beleuchtet, deren Licht aus den durchsichtigen Fenstern in den Wänden jenes Zimmers drang, in dem Fürstin Niu wartete. Die moderige Ausdünstung Eii-*chans* – fremd und seltsam vertraut zugleich – reizte Sano zum Niesen. Eine schwache Erinnerung an diesen Geruch stieg in ihm auf, doch wenngleich sie dicht unter der Oberfläche blieb, konnte er sie nicht greifen. Dann vergaß er diesen Gedanken vollkommen, als Eii-*chan* ihn ins Zimmer Fürstin Nius stieß und ihn auf die Knie drückte.

Mit einem raschen Blick nahm Sano das Innere des Zimmers in sich auf: Es war geräumig; eine Wand des Raumes war mit Wandgemälden bedeckt, eine andere von eingebauten Regalen; mehrere Kisten aus Lack standen auf dem Fußboden, und im Alkoven stand eine Vase mit Blumen. Dann richtete Sano seine Aufmerksamkeit auf die Bewohnerin dieses Zimmers.

»Fessle ihn!« befahl Fürstin Niu. Sie kniete auf einem Kissen aus Seide; weitere Kissen stützten ihren Rücken und die Arme. Trotz der Hitze, die aus den Kohlebecken stieg, welche in den Fußboden eingelassen waren, hatte die Fürstin sich eine Decke um die Schultern gelegt.

Sano ließ sich den Schmerz nicht anmerken, als Eii-*chan* ihm Hände und Füße fesselte und die Stricke so fest zog, daß sie sich tief in die Haut des Gefangenen gruben. Fast augenblicklich wurden Sano die Hände und Füße taub. Er unterdrückte einen protestierenden Schrei, als

Eii-*chan* ihm sein langes Samurai-Schwert fortnahm – das Sinnbild seines Standes und seiner Ehre – und es wie ein Stück Abfall zu Boden warf. Die ganze Zeit hielt Sano den Blick auf Fürstin Niu gerichtet. Er sah, daß ihr Gesicht nicht vor Schminke weiß war, wie er zu Anfang geglaubt hatte, sondern einer kränklichen Blässe wegen. Neben ihr stand eine Schale, in der sich eine dampfende Flüssigkeit befand, die den gleichen, strengen Geruch wie das Kräutergebräu verströmte, das Sanos Vater bei Kopfschmerzen einnahm.

Was für ein Pech, daß Fürstin Niu ausgerechnet an diesem Abend krank auf ihrem Zimmer gewesen war, statt draußen an den *setsubun*-Feiern teilzunehmen! Sanos Sinne waren vor Angst geschärft, als er nun die Fürstin betrachtete und nach Hinweisen suchte, die ihm verrieten, auf welche Weise er sie vielleicht davon überzeugen konnte, ihn unverletzt gehen zu lassen.

Doch ihr Gesicht verriet keine Regung. Sano sah nur die unbeteiligte, kühle Selbstbeherrschung, die Fürstin Niu bereits bei ihrer ersten Begegnung gezeigt hatte. Sano überlegte fieberhaft, was er der Fürstin sagen konnte; doch auf Anhieb fielen ihm nur Worte ein, die zu flehentlich klangen und die Fürstin allenfalls dazu bewegen würden, ihren Gefangenen noch tiefer zu demütigen. Sano versuchte, sich Mut zu machen, indem er sich sagte, daß Fürstin Niu ihn gar nicht erst ins Haus hätte bringen lassen, hätte sie seinen sofortigen Tod gewünscht. Wollte sie ihm irgendeinen Handel vorschlagen? Oder wollte sie ihn foltern lassen und sich an seinen Qualen weiden?

Die Fürstin hob das Kinn. »Eii-*chan*«, sagte sie.

Der Diener zerrte ein letztes Mal an Sanos Fesseln; dann trat er zurück. Er durchquerte das Zimmer und blieb an einer Seite abwartend stehen, von Sano und der Fürstin gleich weit entfernt. Der riesige Mann warf Sano einen kurzen, aber vielsagenden Blick zu, der ihm androhte: Wenn du auch nur den Versuch machst, zu fliehen oder meiner Herrin ein Leid zuzufügen, wirst du bitter dafür bezahlen.

Dann nahm Eii-*chans* Gesicht wieder die übliche Härte und steinerne Ausdruckslosigkeit an, so, als würde es ihm nicht das geringste ausmachen, daß er soeben beinahe einen Mann getötet hätte – oder es vielleicht noch tun mußte. Er hob eine Hand in Brusthöhe, ergriff einen kleinen Beutel, den er an einer Schnur um den Hals trug, und hielt ihn sich kurz an die Nase. Dann verschränkte er die Arme vor der Brust und blickte starr nach vorn. Bewegungslos stand er da, doch voller innerer Anspannung und jeden Augenblick bereit, blitzschnell in Aktion zu treten.

»Ihr interessiert mich, Sano-*san*«, sagte Fürstin Niu so ausdruckslos-höflich, als würde es sich um ein ganz normales Gespräch handeln. Sie nahm einen Schluck von dem Gebräu; dann fuhr sie fort: »Bevor Eii-*chan* sich Eurer entledigt, möchte ich gern wissen, warum Ihr so beharrlich einen Weg verfolgt habt, der Euch bereits Eure Stellung gekostet hat und der Euch nun auch noch das Leben kosten wird. Warum habt Ihr Eure Probleme noch verschlimmert, indem Ihr wie ein gemeiner Dieb in mein Haus eingebrochen seid? Schließlich seid Ihr kein Dummkopf, wie ich inzwischen weiß. Bitte, erklärt es mir.«

Wenngleich die Zeit, die ihm noch blieb, von seiner Antwort abhängen konnte, sträubte sich alles in Sano dagegen, der Fürstin sein Inneres preiszugeben. Er wollte gar nicht erst versuchen, Fürstin Niu von seinem unstillbaren Verlangen zu erzählen, die Wahrheit aufzudecken; er konnte sich selbst kaum erklären, weshalb dieses Feuer in ihm loderte. Statt dessen flammte Zorn in ihm auf, als ihm klar wurde, daß diese Frau nur mit ihm spielte. Doch Sano blieb keine andere Wahl, als ihr Spiel mitzuspielen und darauf zu hoffen, daß sich ihm vielleicht die Chance bot, die Fürstin in die Defensive zu drängen und sie zum Einlenken zu zwingen.

»Ich bin heute nacht hierher gekommen, um den Beweis sicherzustellen, daß Euer Sohn mindestens eines der schweren Verbrechen schuldig ist, die ich ihm zur Last lege«, sagte er mit ruhiger Stimme, ohne auf die anfängliche Frage der Fürstin einzugehen. »Und er *ist* schuldig; das weiß ich mit Sicherheit.«

»Ach?« Erstaunt hob Fürstin Niu die Brauen. »Und welche Verbrechen sind das?«

Wieviel wußte sie? Konnte er sie überrumpeln, indem er sie mit der vollen Wahrheit über ihren Sohn konfrontierte? Sano versuchte es.

»Der Mord an seiner Halbschwester Yukiko und an dem Künstler Noriyoshi. Der Mord an meinem Schreiber, Hamada Tsunehiko, den Euer Sohn irrtümlich für meine Person gehalten hat. Der Mord an einem bestimmten jugendlichen Samurai. Der Mord an Eurem Dienstmädchen O-hisa. Und vor allem …«

Sano hielt inne, als er sah, daß Fürstin Niu ihn mit einem selbstzufriedenen Lächeln auf den ungeschminkten Lippen betrachtete. Ihre entspannte Haltung ließ deutlich erkennen, daß sie sich nicht die geringsten Sorgen machte. Sie schien kein bißchen überrascht zu sein oder bestürzt oder gar schockiert.

»Ihr wißt das alles schon«, sagte Sano, ohne das Erstaunen aus seiner Stimme heraushalten zu können. »Ihr wißt, was Euer Sohn getan hat, und es kümmert Euch nicht!«

Das Lächeln Fürstin Nius wurde belustigter, und sie schüttelte den Kopf. »Wirklich, Sano-*san*, Ihr enttäuscht mich. Wahrscheinlich habe ich Eure Klugheit überschätzt.«

In diesem Augenblick erlebte Sano eine jener plötzlichen, intuitiven Eingebungen, die nur selten geschehen und jeden Menschen in tiefstes Erstaunen versetzen. In Sanos Kopf schwirrten die Gedanken, als er schockiert erlebte, daß unwichtige Tatsachen, die er schlichtweg übersehen hatte, plötzlich ein Muster bildeten, das vollkommen anders aussah als dasjenige, das er aus den scheinbar bedeutsameren Tatsachen zusammengefügt hatte.

Fürst Niu mochte durch seine harten körperlichen Übungen und seine Selbstzucht noch so gekräftigt und gestählt sein – dies änderte nichts an der Tatsache, daß er unter einer körperlichen Behinderung litt. Er konnte einen Mord begehen, gewiß, und er hatte es auch getan. Aber war er auch imstande, sich ohne fremde Hilfe der Leichen Yukikos und Noriyoshis zu entledigen? In der Sommervilla hatten seine Leute ihm geholfen, den Leichnam des Samurai-Jungen zu beseitigen, den er in einem

Anflug plötzlicher Wut getötet hatte. Aber vertraute Fürst Niu seinen Männern so sehr, daß er ihre Hilfe auch bei einem vorsätzlichen Doppelmord in Anspruch genommen hätte, bei dem das eine Opfer seine eigene Halbschwester, die Tochter des Daimyō, gewesen war? Bestimmt nicht. Niemals.

Wer hatte Midori ins Kloster von Hakone geschickt? Ihre Stiefmutter, nicht ihr Stiefbruder. Und wer hatte sich bei Magistrat Ogyū über ihn, Sano, beschwert? Fürstin Niu, nicht ihr Sohn. Und da war noch etwas: der seltsam muffige Geruch, den Eii-*chan* verströmte. Er strömte aus dem kleinen Beutel, den der Diener an einer Kordel um den Hals trug und der vermutlich Heilkräuter enthielt. Jetzt erinnerte Sano sich an diesen Geruch: Er hatte ihn in seinem Herbergszimmer in Totsuka gerochen, in jener Nacht, als Tsunehiko ermordet worden war. Er schaute zu dem riesenhaften Diener hinüber und sah Kratzer an Eii-*chans* Händen, die noch nicht verheilt waren – Kratzer, die O-hisa und der Nachtwächter ihm zugefügt hatten, der Sohn des Wirts in Hakone, den Eii-*chan* erwürgt hatte!

Bislang war Sano der Meinung gewesen, der junge Fürst Niu habe diese Morde verübt, um sich zu schützen. Jetzt wurde ihm klar, daß die Fürstin ihrem Diener Eii-*chan* die Befehle erteilt hatte, Yukiko, Noriyoshi und O-hisa zu ermorden. Und sie hatte Eii-*chan* ausgeschickt, auch ihn, Sano, auf der Tōkaido zu ermorden. Weil der Versuch fehlgeschlagen war, hatte die Fürstin für Sanos Entlassung aus dem Amt des *yoriki* gesorgt und ihm den Mord an O-hisa untergeschoben. Alles, um ihren Sohn zu schützen.

Sano erkannte, daß er zwar das richtige Motiv erkannt, es aber der falschen Person zugeordnet hatte. Voller Staunen schüttelte er den Kopf. Es kam ihm wie ein Wunder vor, daß er doch noch ans Ziel gelangt war und die Wahrheit entdeckt hatte – eine Wahrheit, die jedoch ganz anders aussah, als er erwartet hatte.

»Wie ich sehe, habt Ihr die Wahrheit erraten.« Fürstin Niu lachte mit silberheller Stimme, die in dem stillen Zimmer widerhallte. »Bedauerlicherweise zu spät, als daß es Euch noch etwas nützen könnte.«

Sano wußte, daß er jetzt sterben würde, falls es ihm nicht gelang, die Fürstin zum Weiterreden zu bewegen – und sei es nur, um das Unausweichliche aufzuschieben. »Ihr habt Yukiko zur Sommervilla in Ueno geschickt«, sagte er. »Ihr habt Noriyoshi dorthin gelockt, indem Ihr ihm so viel Geld versprochen habt, daß er damit ein eigenes Geschäft hätte eröffnen können. Während Ihr in Fürst Kurodas Villa die Musikaufführung genossen habt, hat Eii-*chan* die beiden getötet und ihre Leichen in den Fluß geworfen.«

Wieder lachte Fürstin Niu. »Es ist alles ganz leicht zu verstehen, wenn man erst die Tatsachen kennt, nicht wahr?« An Eii-*chan* gewandt, sagte sie: »Töte diesen flüchtigen Verbrecher, der unbefugt unser Anwesen betreten hat, und übergib seine Leiche dem *dōshin*.«

Als Eii-*chan* ihn in die Höhe zerrte, sagte Sano: »Es ist sinnlos, einen weiteren Mord für Euren Sohn zu begehen, Fürstin Niu. Ihr könnt ihn nicht vor sich selbst beschützen, und angesichts seines Verrats gibt es für Euch nichts zu gewinnen. Für diesen Verrat wird er sterben, und das wißt Ihr.«

Weder der Gesichtsausdruck noch die Haltung der Fürstin änderten sich, doch ihr Körper straffte sich merklich. »Verrat?« wiederholte sie. »Ich möchte Euch davor warnen, Sano-*san*, solche Beleidigungen und unhaltbaren Anschuldigungen vorzubringen. Oder wollt Ihr, daß Eii-*chan* Euren Tod sehr lange hinauszögert und Euch schreckliche Schmerzen bereitet?«

Nach außen hin blieb die Fürstin ruhig, doch ein kaum merkliches Zittern in ihrer Stimme ließ Sano erkennen, daß er einen wunden Punkt getroffen hatte. Sie belog ihn nicht – weshalb hätte sie sich die Mühe machen sollen, da er sowieso sterben sollte? Es gab nur eine Erklärung: Sie wußte nichts von der Verschwörung ihres Sohnes! Sie hatte vier Morde nur deshalb geplant und ausführen lassen, um die geringfügigeren Vergehen ihres Sohnes zu verbergen. Doch Sanos Erstaunen über diese Entdeckung trat weit in den Hintergrund, als er den veränderten Ausdruck in den Augen der Fürstin sah: Ihr Blick war gehetzt und verängstigt. Sie wollte zwar nicht glauben, daß ihr Sohn sich des Verrats schuldig gemacht hatte – aber sie wußte, daß Niu Masahito dazu fähig war.

Sano stolperte, als Eii-*chan* ihn zur Tür zerrte. Rasch fuhr er fort: »Euer Sohn und eine Gruppe anderer Daimyō-Söhne wollen den Shōgun ermorden und die Tokugawa-Regierung stürzen.«

Die beiden Männer waren bereits durch die Tür, als Fürstin Nius Stimme sie einholte.

»Warte, Eii-*chan* ... Bringe ihn wieder her!« rief sie drängend und widerstrebend zugleich. Sie wollte sich anhören, was Sano zu sagen hatte – und hatte gleichzeitig Angst davor. »Woher wißt Ihr das?«

Wieder drückte Eii-*chan* Sano zu Boden, so daß er vor der Fürstin kniete. Sano erzählte ihr alles, was er wußte. Als er geendet hatte, reagierte die Fürstin zuerst nicht. Tief in Gedanken versunken, runzelte sie die Stirn, während Sano voller Spannung wartete. Was würde sie tun? Sano spürte, daß er nun die Chance hatte, sein Leben zu retten; doch er konnte nicht wissen, welchen Schritt er als nächsten tun mußte, solange er nicht wußte, welchen Schritt die Fürstin unternahm.

Schließlich hellte das Gesicht Fürstin Nius sich auf. »Ihr habt eine höchst beeindruckende Phantasie, Sano-*san*, daß Ihr Euch ein solches Märchen ausdenken könnt«, sagte sie, und ihr Lächeln kehrte wieder zurück. »Ich bin erstaunt, daß Ihr Euch sogar selbst davon überzeugen konntet, daß es diese Schriftrolle tatsächlich gibt. Ihr wart von deren Existenz so überzeugt, daß Ihr Euer Leben aufs Spiel gesetzt habt und hierhergekommen seid, um diese Rolle zu stehlen.«

Sano wurde es eng in der Brust, als er bemerkte, daß Fürstin Niu die Zweifel an ihrem Sohn besiegt hatte. Doch er ließ sich seine Bestürzung nicht anmerken.

»Woher wollt Ihr wissen, daß diese Schriftrolle nicht existiert?« sagte er. »Wie könnt Ihr Euch so sicher sein, daß Euer Sohn diese Rolle nicht besitzt? Weshalb, glaubt Ihr, begibt er sich im Winter in die Sommervilla?«

Sano mußte wider seine Natur und Erziehung handeln, die ihn gelehrt hatte, die Frau eines mächtigen Daimyō mit Respekt anzureden, als er ihr nun derart scharfe

Fragen stellte. Doch er wurde durch die aufkeimenden Zweifel belohnt, die sich plötzlich in Fürstin Nius Augen spiegelten.

»Laßt uns in die Kammer des jungen Fürsten gehen und nach der Rolle suchen«, schlug er vor. »Möchtet Ihr mir nicht gern beweisen, daß ich im Irrtum bin – falls Ihr dazu imstande seid?«

Sano hatte darauf gesetzt, daß Fürstin Niu einer direkten Herausforderung nicht aus dem Wege ging. Sie enttäuschte ihn nicht.

»Also gut«, sagte sie, plötzlich wieder hochmütig und verächtlich. »Dann laßt uns jetzt sofort gehen. Und sobald dieses fruchtlose Unternehmen vorüber ist, wird Eii-*chan* dafür sorgen, daß Ihr doppelt dafür leidet, meine Zeit verschwendet und in einem so rüden Tonfall zu mir gesprochen zu haben.« Sie erhob sich und nahm eine Lampe.

Die Gemächer Fürst Nius befanden sich in einem freistehenden Haus auf der gegenüberliegenden Seite des Gartens. Sano folgte der Fürstin ins Gebäude hinein, wobei Eii-*chan* dicht hinter ihm blieb und die Stricke hielt, mit denen Sanos Handgelenke gefesselt waren. Fürstin Niu schob eine Tür auf.

»Führe ihn hinein, Eii-*chan*«, rief sie über die Schulter, als sie das Zimmer betreten hatte.

Sano war erstaunt, wie klein und schmucklos das Zimmer war; überrascht betrachtete er die kahlen weißen Wände und das offene Gebälk an der Decke. Dieses Zimmer war vollkommen anders als alles, was er bislang von der Villa gesehen hatte. Der winzige, karge Raum hatte Ähnlichkeit mit einer Mönchszelle. Selbst im trüben Licht der Lampe, die Fürstin Niu hielt, konnte Sano den rissigen Putz erkennen, die abgenutzten Stellen auf den Tatami und die Flicken auf der papierenen Fensterscheibe. Es war sehr kalt im Zimmer, doch nirgends war ein Kohlebecken zu sehen. Sano hätte damit gerechnet, daß der Sohn eines Daimyō in einer Umgebung wohnte, die seinen Reichtum widerspiegelte. Doch er mußte zugeben, daß dieses Zimmer perfekt Fürst Nius Lebensauffassung entsprach: Als augenfälliger Protest gegen die Genußsucht spiegelte die Kargheit dieses Zimmers die

Tugenden eines Kriegers wider, die Fürst Niu zu erlangen strebte.

»Und nun werde ich Euch zeigen, daß Ihr Euch in meinem Sohn irrt«, sagte Fürstin Niu. Ihre Stimme klang ein wenig zu fröhlich, so, als wollte sie sich selbst überzeugen, indem sie Sano überzeugte. Sie stellte die Lampe zu Boden und öffnete die Schränke, die an einer Wand des Zimmers standen.

Im Schrank waren nur sehr wenige Gegenstände untergebracht – Bettzeug aus Baumwolle, Toilettenartikel und einige der schlichten schwarzen Kimonos, wie der junge Fürst sie bevorzugte. Neben dem Schrank standen zwei Truhen; in der einen befanden sich Bücher, in der anderen Schreibzeug. Fürstin Niu lächelte, als sie mit übertriebenen Gesten den Schrank durchsuchte, doch ihre Hände zitterten. Als sie dann in den Kisten nachsah, schauderte sie, als würde sie jeden Augenblick damit rechnen, daß eine Schlange daraus hervorzuckte.

Sano beobachtete die Fürstin schweigend. Er bemerkte, daß er vor Spannung die Luft anhielt, und atmete aus. Was war, wenn Fürstin Niu die Schriftrolle nicht fand? Und was war, *falls* sie die Rolle fand? Daß er die Fürstin dazu gebracht hatte, im Zimmer ihres Sohnes nachzuschauen, war vielleicht doch nicht der kluge Schachzug gewesen, für den Sano ihn anfangs gehalten hatte. Denn ob sie die Rolle nun fand oder nicht – bestrafen mußte sie ihn so oder so. Sano brach der kalte Schweiß aus. Er biß die Zähne zusammen, um in der kalten Luft nicht zu zittern. Die Schmerzen in seiner Schulter wurden schlimmer.

Fürstin Niu beendete die Durchsuchung des letzten Teils des Schrankes: ein Regal mit Unterkleidung. Sie holte jedes Kleidungsstück kurz hervor, strich geistesabwesend über den Stoff, und legte es wieder zurück. Schließlich richtete sie sich auf und breitete die leeren Hände aus.

»Sehr Ihr?« sagte sie mit unüberhörbarer Erleichterung und einem aufrichtigen Lächeln. »Diese Schriftrolle, von der Ihr erzählt habt, gibt es nicht. Ebensowenig den Beweis für irgendeine Verschwörung.« Sie verschränkte die Arme vor der Brust, und ihr Lächeln schwand. »Ihr habt meinen Sohn und mich beleidigt. Dafür werdet Ihr teuer bezahlen.« Mit einem raschen Blick gab sie ihrem Diener ein Zeichen. »Eii-*chan*. Beginne.«

Als Eii-*chan* an den Fesseln ruckte und den Gefangenen zur Tür zerrte, warf Sano einen letzten verzweifelten Blick auf den Schrank. Plötzlich sah er etwas, das ihm vorher nicht aufgefallen war, und neue Hoffnung keimte in ihm auf.

»Schaut doch, ehrenwerte Fürstin!« rief er. »Dort – im Schrank. Eine Stelle habt Ihr übersehen. Die Holzplatte! Seht Ihr sie denn nicht?«

Die Fürstin runzelte die Stirn, doch ihr Blick richtete sich wieder auf den Schrank. Sie öffnete den Mund, um etwas zu sagen, schloß ihn dann aber wieder. Eii-*chan* blieb stehen und wandte sich seiner Herrin zu, um deren Befehle abzuwarten.

Sano wußte, daß seine letzte Chance gekommen war. Hastig stieß er hervor: »Über dem Regal, in dem die Unterkleidung liegt. Die rechteckige Holzplatte. Seht Ihr sie? Dahinter ist ein Geheimfach!« Viele Schränke besaßen solche Fächer, um zum Schutz vor Dieben Geld und Wertsachen darin zu verstecken. Hoffentlich war es in diesem Fall genauso – und hoffentlich war etwas anderes in dem Fach als Geld.

Zögernd klopfte die Fürstin mit dem Knöchel gegen die Platte. Ein hohles Geräusch erklang, und hastig zog sie die Hand zurück.

»Da ist nichts«, sagte sie. »Nur … nur ein Fehler des Schreiners. Der Schrank ist ein billiges Stück. Mein Sohn möchte keine teuren Möbel in seinen Zimmern …« Ihre Stimme verebbte, und in ihren Augen lag Angst, als sie den Kopf hob und Sano anschaute.

Auf ihrem Gesicht konnte er das heftige Verlangen erkennen, das Verbrechen ihres Sohnes zu leugnen – aber auch das Verlangen, festzustellen, ob die Schriftrolle sich tatsächlich in dem Fach befand. Schockhaft wurde Sano klar, daß er und Fürstin Niu mehr Gemeinsamkeiten besaßen, als er es je für möglich gehalten hätte. Getrieben von dem Wunsch, jene Kräfte in Zaum zu halten, die durch die ungestüme Natur ihres Sohnes entfesselt wurden, war sie bereit, Ränke zu schmieden, zu bestechen, zu töten und zu vernichten. Nur mit dem Unterschied, daß die Loyalität der Fürstin gefährlich und fehl am Platze war. Doch wie auch Sano würde sie niemals Ruhe geben, bis sie die Wahrheit wußte. Diese Erkenntnis ermutigte Sano in gleichem Maße, wie sie ihn erschreckte. Er glaubte zu wissen, welche Entscheidung die Fürstin nun treffen würde, und er ließ sie ihren inneren Kampf ausfechten, bis sie ihren Entschluß gefaßt hatte.

»Eii-*chan*, nimm die Holzplatte fort«, befahl die Fürstin.

Der Diener ging zum Schrank, wobei er Sano mit sich zerrte. Sano beobachtete in qualvoller Erwartung, wie Eii-*chan* mit der freien Hand sein Kurzschwert zog und es auf die Platte richtete. Die Fürstin hielt die Lampe in die Höhe, damit der Diener besser sehen konnte. Das Kratzen von Metall auf Holz, das ferne Krachen explodierender Feuerwerkskörper und das heftige Atmen Fürstin Nius waren die einzigen Geräusche im Zimmer.

Eii-*chan* schob die Klinge unter die Platte. Mit einer raschen Bewegung drückte er den Schwertgriff herunter. Die Platte löste sich mit einem scharfen Knall, der alle zusammenzucken ließ. Als die Platte zu Boden fiel, wurde Sano von einer Woge des Triumphs durchflutet. Er hörte, wie neben ihm Fürstin Niu heftig den Atem ausstieß.

Vor ihnen war ein schmales, dunkles Fach zu sehen, gerade groß genug, daß ein Mann beide Hände hineinschieben konnte. Fürstin Niu streckte den Arm aus und griff hinein. Ihr schmerzerfüllter Gesichtsausdruck zeigte deutlich, was ihre Finger ertastet hatten, noch bevor sie die Schriftrolle aus dem Fach nahm.

Fürstin Niu bewegte sich langsam, wie in Trance, als sie Eii-*chan* die Lampe reichte, der daraufhin Sano losließ, um das Licht halten zu können. Jetzt, dachte Sano, hast du wieder die Gelegenheit zur Flucht. Doch er ließ sie ungenutzt – wie schon wenige Augenblicke zuvor, als Eii-*chan* mit dem Schwert die Platte herausgebrochen hatte. Das gleiche Verlangen nach Wahrheit und Wissen, das Sano angetrieben hatte, seine Nachforschungen weiterzuführen, veranlaßte ihn nun, stehen zu bleiben. Er wollte diesen Augenblick unbedingt miterleben. Falls er sich geirrt hatte, was den Inhalt der Schriftrolle betraf, war sein Leben ohnehin nichts mehr wert.

Fürstin Niu löste die seidene Kordel, die um die Rolle gewickelt war. Auf ihrem Gesicht zeigte sich nun keinerlei Gefühlsregung mehr, doch es war noch bleicher geworden als zuvor. Behutsam öffnete sie die Rolle. Ihre Augen bewegten sich auf und ab, als sie den Blick über die Schriftzeichen schweifen ließ. Ihre farblosen Lippen formten lautlos Worte, während sie las. Dann sank sie auf die Knie. Die Rolle lag ausgebreitet auf ihrem Schoß, als sie den Kopf darüber senkte.

Sano trat einen Schritt auf die Fürstin zu. Eii-*chan*, der offenbar nicht wußte, wie er sich ohne die Befehle seiner Herrin verhalten sollte, hielt ihn nicht auf. Sano blickte auf die Schriftrolle hinunter, die er zuvor nur aus der Ferne gesehen hatte, und las:

> Wir, deren Namen hier aufgeführt sind, geschrieben mit unserem Blut, widmen unser Leben dem Ziel, die Tokugawas zu stürzen. Tod dem Shōgun Tokugawa Tsunayoshi! Sieg und Ruhm unseren Familien, den rechtmäßigen Herrschern dieses Landes!
>
> Die Verschwörung der Einundzwanzig:
>
> Niu Masahito
> Maeda Yoshiaki
> Hosokawa Tadanao
> Kuroda Nagakira
> Asano Naokatsu
> Nabeshima Yorifusa
> Tōdō Yoshihiro
> Hachisuka Sadao
> Satake Masatoshi
> Uyesugi Tadateru
> Sanada Masanori
> Date Takatora
> Hosokawa Tadao
> Kuroda Nagamura
> Mōri Kagekatsu
> Tōdō Yoshinobu
> Ikeda Hirotaka
> Yamanouchi Hidenari
> Arima Iehisa
> Uesugi Tadasato
> Torii Ōgami

Sano blickte von der Rolle auf und sah, daß Fürstin Niu den Kopf gehoben hatte. Ihre Augen waren von Trauer erfüllt und starrten ins Leere. Sano erkannte, daß die Fürstin endlich eingesehen hatte, daß ihr Sohn ein Verräter war. Nun überdachte sie vermutlich die Gefahren, denen er ausgesetzt war, und wog sie gegeneinander ab. Verrat durch einen seiner Diener, Gefolgsleute oder Mitverschwörer? Möglich. Tod durch die Hände der Leibwächter Tokugawa Tsunayoshis oder durch öffentliche Hinrichtung? Wahrscheinlich. Oder – falls es Masahito irgendwie gelang, den Shōgun zu töten und zu entkommen – eine gnadenlose Menschenjagd, so daß er in keinem Winkel des Landes in Sicherheit war. Der junge Fürst Niu würde ohne Ruhm sterben, ohne Ehre, durch die Hände seiner Feinde, eher früher als später und ob erfolgreich oder nicht. Oder von eigener Hand, als letzte Zuflucht, um eine Gefangennahme zu verhindern und Schmach und Schande zu entgehen. Dies alles erkannte die Fürstin. Sano konnte es daran sehen, wie ihr Gesicht zu zerfließen schien, als würden die Knochen selbst sich auflösen. Dann sagte sie mit leiser, flacher Stimme, die vollkommen anders klang als sonst:

»Er kann keinen Erfolg haben. Er wird sich nur selbst zerstören.«

Sano erkannte, daß sehr viel davon abhing, wie er diesen Augenblick nutzte. Vielleicht gelang es ihm nie, dafür zu sorgen, daß die Fürstin für die Morde bezahlen mußte, aber er konnte den Shōgun retten und viel unnötiges Blutvergießen vermeiden. Sano wählte seine Worte mit Bedacht.

»Ihr könnt Euren Sohn noch retten, indem Ihr ihn davon abhaltet, den Shōgun zu töten.«

Tränen schimmerten in Fürstin Nius Augen, als sie den Kopf schüttelte. »Ihr begreift nicht. Masahito hatte immer seinen eigenen Willen, seit er ein kleiner Junge war. Nichts und niemand konnte je seinen Eigensinn und seine Aufsässigkeit brechen. Und ich, die ich ihn geliebt und ihm alles gegeben habe – ich habe nicht den geringsten Einfluß auf ihn. Ich kann ihn nicht aufhalten.« Ihre Stimme brach und verwandelte sich in das häßliche, gequälte Schluchzen eines Menschen, der selten weint.

»Ihr müßt es versuchen«, sagte Sano behutsam. »Anderenfalls ...« Er hielt inne, denn er wußte, daß er den Satz nicht zu beenden brauchte. Die Fürstin wußte so gut wie er, daß die übliche Strafe für Verrat der Tod war – nicht nur für den Verräter, sondern für seine ganze Familie. Durch ihre Macht und ihren Einfluß mochte es den Nius vielleicht gelingen, daß die Strafe für die Familie in lebenslängliches Exil und die Beschlagnahme ihrer Lehnsgebiete gemildert wurde. Doch die Nius würden den Tod selbst einer geringeren Schande vorziehen.

Die Fürstin kniete so reglos da wie aus Stein gemeißelt. Nur ihre zitternden Lippen verrieten, daß sie um Fassung rang. Schließlich sagte sie in kaum hörbarem Flüstern: »Es hätte keinen Sinn.«

»Sprecht wenigstens mit ihm«, drängte Sano. Er wünschte, er könne seine Hände in die ihren legen; eine Berührung war manchmal überzeugender als alle Worte. Statt dessen beugte er sich zu ihr hinunter, bis Eii-*chan* ihn fortzog. »Geht zu ihm. Sofort. Solange noch Zeit ist.«

»Nein. Er wird mir nicht zuhören. Außerdem weiß ich nicht, wo er ist. Er sagte, er würde sich mit jemandem treffen, der sich als eine der Prinzessinnen aus *Die Geschichte von Genji* verkleidet habe ... sie wollten zusammen *setsubun* feiern. Masahito schien sehr aufgeregt zu sein, diesen Freund zu treffen ...« In offensichtlicher Verwirrung redete die Fürstin unzusammenhängende, belanglose Dinge; doch es schien ihr gar nicht bewußt zu sein.

»Und was ist mit seinem Vater?« fragte Sano. »Wenn Ihr dem Daimyō davon erzählt, kann er doch sicher ...«

»Nein!«

Fürstin Nius Beherrschung zerbröckelte. Ihre Augen wurden groß und dunkel, als würde sie irgend etwas Entsetzliches erblicken, das nur sie allein sehen konnte. Dann senkte sie den Kopf. Tränen fielen auf die Schriftrolle, als sie lautlos weinte.

Sano verspürte unerwartetes Mitleid mit ihr. Wie würde seine Mutter sich fühlen, wenn sie erfuhr, daß ihr Sohn dem Tode geweiht war – wie es vielleicht schon bald der Fall war? Sano verdrängte sein Mitleid, indem er an Tsunehiko und die schreckliche Nacht in Totsuka dachte.

»Dann müßt Ihr die Verschwörung den Behörden melden«, fuhr er unerbittlich fort. »In Eurem eigenen Interesse und zum Wohle Eures Ehemannes und Eurer Familie. Ihr wißt, daß Ihr einen Mordversuch am Shōgun nicht vertuschen könnt, wie Ihr es bei den Morden an Yukiko und Noriyoshi getan habt. Die Wahrheit wird ans Tageslicht kommen, für alle sichtbar. Und wenn das erst geschieht, habt Ihr keine Gelegenheit mehr, Euren Sohn vor den Folgen seiner Taten zu schützen.«

Plötzlich straffte sich Fürstin Nius Körper, und Sano erkannte, daß sie versucht hatte, eine Möglichkeit zu finden, genau dies zu erreichen. Sie stieß einen zitternden Seufzer aus, denn eine solche Möglichkeit gab es nicht.

»Dann laßt uns jetzt den Rat der Ältesten aufsuchen und ihm die Schriftrolle zeigen. Der Rat wird ...« Sano wollte fortfahren: ... *Euren Sohn verhaften lassen*; dann aber formulierte er seine Worte anders: »Der Rat wird dafür sorgen, daß der junge Fürst Niu niemandem ein Leid zufügt. Gehen wir. Ihr wißt, daß Ihr keine andere Möglichkeit habt.«

Wieder brach die Fürstin in Tränen aus. Sano wartete. Und wartete. Würde sie zustimmen? Sein eigenes Schicksal hing von ihrer Entscheidung ab. Er brauchte die Begleitung der Fürstin und ihrer bewaffneten Wachtposten, um auf dem Weg zum Schloß von Edo vor der Polizei geschützt zu sein. War er erst einmal dort angelangt, konnte er die verzweifelte, hoffnungslose Fürstin dazu bringen, die Morde zu gestehen und ihn zu entlasten. Eii-*chans* Hand schloß sich wieder straffer um Sanos Fesseln, was seine Ungeduld und den körperlichen Schmerz steigerte.

Schließlich hob Fürstin Niu den Kopf, blinzelte die Tränen fort und straffte die Schultern. Doch trotz aller Bemühungen war sie nur mehr ein müder Abklatsch der stolzen und herrischen Gattin des Daimyō, die sie vor kurzem noch gewesen war.

»Ihr habt recht«, sagte sie, und ihre Stimme klang mit einemmal wieder kalt und entschlossen. »Ich habe keine andere Wahl. Eii-*chan*, binde unserem Gast die Fesseln los und gib ihm seine Waffen zurück. Anschließend kommst du sofort auf meine Gemächer. Bitte, entschuldigt mich,

Sano-*san*, aber ich möchte mich ein wenig zurechtmachen, bevor wir gehen.«

»Selbstverständlich.« Sano stieß einen tiefen Seufzer der Erleichterung aus, als Eii-*chan* ihm die Fesseln um die Handgelenke durchtrennte. Er war nicht nur deshalb erleichtert, weil damit der Schmerz endete und er die Hände wieder frei hatte. Sehr bald würde er den Behörden eine Mörderin übergeben, womit er der Gerechtigkeit diente und zugleich seinen Schwur einlöste, die Opfer zu rächen. Bald war er wieder ein freier Mann. Bald würde man Fürst Niu und seine Mitverschwörer verhaften, und der Shōgun war in Sicherheit. Als Sano sich ausmalte, rehabilitiert zu werden, Amt und Würden eines *yoriki* wiederzuerlangen und zu erleben, wie sein Vater gesundete, mußte er eine Woge verfrühter Vorfreude zurückdrängen.

»Darf ich die Rolle an mich nehmen?« fragte er. Das Schriftstück hatte viel von seiner Wichtigkeit verloren, nun, da Fürstin Niu beschlossen hatte, vor dem Rat der Ältesten auszusagen. Sano hatte die ganze Zeit gewußt, wie gering seine Chancen andernfalls gewesen wären, die Behörden von seiner Unschuld zu überzeugen und dazu zu bringen, die Anschuldigungen gegen ihn zurückzunehmen. Vielleicht hätte man ihn auf der Stelle hingerichtet. Ganz zu schweigen davon, daß es Sano ohne Fürstin Nius Aussage niemals gelingen konnte, den Beweis für Fürst Nius Attentats- und Umsturzpläne zu erbringen, ob mit oder ohne Schriftrolle. Doch für diese Rolle hatte er sein Leben riskiert, und er wollte sie immer noch nicht aus den Augen lassen.

Fürstin Niu rollte das Schriftstück zusammen und band die Kordel wieder darum. Dann erhob sie sich und reichte Sano die Rolle mit einer Verbeugung. Ihr tränennasses Gesicht war angespannt, als sie sich bemühte, ihre gewohnt strenge Miene aufzusetzen.

Sano hielt ihr Benehmen für seltsam förmlich, besonders zu diesem Zeitpunkt und unter diesen Umständen, da keine Geste der Förmlichkeit oder Höflichkeit den Ernst ihrer Lage verbessern konnte. Vielleicht fand sie Trost in diesem höflichen Ritual. Ernst erwiderte Sano die Verbeugung der Fürstin und verstaute die Rolle unter seinem Umhang, wo er zudem noch immer die Sandale und das Stück Seil verbarg.

Nachdem Fürstin Niu und Eii-*chan* gegangen waren und Sano sich allein im Zimmer des jungen Fürsten befand, befestigte er seine Schwerter an der Hüfte. Dann schritt er mit der nunmehr nutzlosen Maske, die Eii-*chan* ihm ebenfalls zurückgegeben hatte, den Flur auf und ab. Geistesabwesend drehte und wendete er sie in den Händen. Die Zeit verging, doch Fürstin Niu kam nicht zurück. Was hielt sie so lange auf? Hatte sie ihre Meinung geändert und wollte ihn nun doch nicht begleiten? Was sollte er in diesem Fall tun? Wie hatte das Wissen, einen Sohn zu beschützen, der zur Selbstzerstörung neigte, die Fürstin beeinflußt? Das Wissen, daß sie für diesen Sohn Morde hatte begehen lassen? Die Fürstin bedauerte die Missetaten ihres Sohnes, gewiß; aber er war ihr Fleisch und Blut, und sie liebte ihn. War sie wirklich imstande, ihn zu verraten, selbst wenn die Alternative ihr eigener Untergang und der ihrer Familie war?

Aber sie hat einen so schicksalergebenen Eindruck gemacht, versuchte Sano sich zu überzeugen. Als hätte sie die Richtigkeit ihrer Entscheidung voll und ganz erkannt und …

Mitten im Schritt hielt Sano inne. Eine plötzliche, schreckliche Vorahnung durchfuhr ihn.

»Nein«, flüsterte er, als ihm klar wurde, welche Entscheidung die Fürstin in Wahrheit getroffen hatte.

Er jagte durch die Tür, rannte den Flur hinunter, eilte durch den dunklen Garten und stürmte in das Gebäude, in dem sich die Zimmer der Fürstin befanden. Als er sich ihrem Wohnraum näherte, hörte er ein lautes, qualvolles Stöhnen. Er war zu spät gekommen. Sano stieß einen entsetzten Schrei aus, als er im Türeingang stehenblieb und genau das sah, was er befürchtet hatte.

»Nein!«

Fürstin Niu kniete auf einer Matte und hielt einen Dolchgriff umklammert, der aus ihrer Kehle ragte. Blut schoß aus dem vertikalen Schnitt im weißen Fleisch ihres Halses und strömte auf ihren Kimono. Ihr Mund stand offen. Ein ersticktes Röcheln drang daraus hervor; dann ein Schwall Blut. Die Fürstin verdrehte die Augen, bis nur noch das Weiße zu sehen war. Eii-*chan* stand neben ihr, das lange Samuraischwert in beiden Händen, die Arme ausgestreckt. Schließlich hob er das Schwert und hielt es hoch über das Genick der Fürstin.

»Nein!« rief Sano noch einmal. Er stürmte ins Zimmer und fiel vor den beiden auf die Knie.

Eii-*chans* Schwert fuhr in einem blitzenden Bogen hernieder und trennte der Fürstin den Kopf vom Rumpf. Mit einem Übelkeit erregenden Geräusch fiel er zu Boden, rollte in Sanos Richtung und blieb so liegen, daß Sano ins Gesicht der Toten blicken konnte. Ein großer Schwall Blut schoß aus dem Hals des zusammengesunkenen Körpers und färbte Wände, Fußboden und Decke rot. Warme Tropfen sprenkelten Sanos Gesicht, als er hilflos auf den Diener starrte. Er hatte der Fürstin geholfen, *jigai* zu begehen, den rituellen Selbstmord der Frauen.

Eii-*chan* hatte als ihr Sekundant gehandelt und ihren Qualen ein Ende bereitet, indem er die Fürstin enthauptete, nachdem sie sich selbst erdolcht hatte. Bis zum Schluß hatte er die Befehle seiner Herrin mit absolutem, erschreckendem Gehorsam befolgt. Sano konnte diesen Mann nicht hassen, der nun die blutige Klinge seines Schwertes betrachtete, wobei ein Ausdruck der Trauer, des Schmerzes und des Unglaubens auf seinem Gesicht lag, der ihn zum erstenmal wie ein menschliches Wesen erscheinen ließ.

Sano erkannte, daß Eii-*chan* in vielerlei Hinsicht ein besserer Samurai war als er selbst. Was für eine gewaltige innere Kraft mußte man besitzen, um den Menschen zu töten, dem zu dienen man geschworen hatte!

Sano blickte auf das verstümmelte Etwas, das einst Fürstin Niu gewesen war. Ihr Rumpf war zur Seite gekippt; die Hände hielten noch immer den Dolchgriff umklammert. Mit einem Gefühl, das dem Mitleid sehr nahe kam, erkannte Sano, daß die Fürstin sich die Fußgelenke gefesselt hatte, damit man ihren Leichnam in halbwegs züchtiger Haltung auffand, wie schlimm ihre Todesqualen auch gewesen sein mochten.

Es gab Sano keine Genugtuung, daß er die Vernichtung

einer Mörderin von vier unschuldigen Menschen miterlebt hatte. Statt dessen verspürte er einen überwältigenden Anflug von Trauer um diese Frau, die von der Treue und Liebe zu ihrem Sohn zerstört worden war. Sanos Wunsch nach Vergeltung schwand und ließ eine innere Leere und Erschütterung zurück. Nie hätte er damit gerechnet, den Tod eines Mörders zu bedauern, den er so lange gesucht hatte; nun aber wünschte er sich von ganzem Herzen, Fürstin Niu wieder ins Leben zurückholen zu können. Für eine Woche, einen Tag oder auch nur für eine Stunde.

Denn wie konnte er ohne sie Fürst Niu aufhalten und sich selbst entlasten?

28.

Als Eii-*chan* beobachtete, wie Rinnsale aus Blut über sein Schwert liefen und zu Boden tropften, tat sich eine unerträgliche Leere in seinem Innern auf. Das Zimmer schien zu verschwimmen und undeutlich zu werden, bis er sich seiner Umgebung kaum noch bewußt war. Nun war er allein auf der Welt. Ganz allein. Schrecklich und erschreckend allein, so wie damals, bevor Fürstin Niu in sein Leben getreten war.

Eii-*chan* dachte an jenen längst vergangenen Tag im Hof der Villa des Vaters seiner toten Herrin. Er war zwölf Jahre alt gewesen – schon damals häßlich und riesengroß für sein Alter, schrecklich schüchtern, empfindsam und unbeholfen. Ein verwirrtes Kind im Körper eines Mannes, das noch nicht gelernt hatte, wie man sich unter Kontrolle behielt. Ein einsamer Ausgestoßener, der versucht hatte, die Tränen zurückzuhalten, als die anderen jungen Samurai ihn mit ihren Holzschwertern angriffen.

»Tötet den häßlichen Dämonen!« riefen sie.

Das Mädchen erschien in dem Augenblick, als Eii-*chan* die Tränen nicht mehr zurückhalten konnte. Schon in Alter von sieben Jahren wunderschön und herrisch zugleich, hatte sie Eii-*chans* Peiniger mit einem einzigen Blick in die Flucht geschlagen. Er starrte sie an, zu dumm und zu erstaunt, als daß ihm irgendeine Bemerkung eingefallen wäre.

Doch sein Schweigen schien ihr zu gefallen. Sie lächelte, zeigte mit einem winzigen Finger auf ihn und sagte mit ihrer hohen Kleinmädchenstimme: »Du sollst mein Diener sein.«

Eii-*chan* hatte nie begriffen, weshalb sie gerade ihn aus den Gefolgsleuten ihres Vaters erwählt hatte; nie hatte er sich gefragt, weshalb diese glückliche Fügung gerade ihm zuteil geworden war. Er wußte nur, daß sein Leben sich seither auf wundersame Weise verändert hatte. Unter dem Schutz der jungen Fürstin erwarb Eii-*chan* sich Ansehen und Achtung. Kein Kind wagte es mehr, sich über ihn lustig zu machen; kein Erwachsener beschimpfte ihn mehr seiner Dummheit wegen. Und Eii-*chan* vergalt es seiner Herrin: Er vervollkommnete seine Kampftechnik, so daß er sie vor jedem Gegner beschützen konnte. Und jedem ihrer Befehle gehorchte er auf der Stelle.

Nachdem die Fürstin geheiratet hatte, half er ihr, den Haushalt des Daimyō zu führen; für sie bespitzelte er die Bediensteten, und für sie bestrafte er jene, die sich etwas hatten zuschulden kommen lassen. Er liebte sie, erbat sich als Gegenleistung aber lediglich die Ehre, ihr dienen zu dürfen. Es war seine größte Angst, ihr Mißfallen zu erregen, indem seine Dienste nicht zu ihrer Zufriedenheit ausfielen. Mit Freuden hatte er Noriyoshi für die Fürstin ermordet und O-hisa und sogar Fräulein Yukiko, die er ihrer Schönheit und Freundlichkeit wegen sehr gern gehabt hatte. Die Entdeckung, statt Sano irrtümlich diesen Jungen, Tsunehiko, getötet zu haben, war die größte Katastrophe in Eii-*chans* Leben gewesen.

Bis jetzt. Denn er hätte sich niemals vorstellen können, in Ausübung eines Befehls der Fürstin einen derart schrecklichen inneren Schmerz zu empfinden wie in dem Moment, als er sein Schwert gegen sie gerichtet hatte.

Und nun war sie fort. Eii-*chan* hatte nichts und niemanden mehr, für den zu leben sich gelohnt hätte. Die Trauer schnürte ihm die Kehle zu, und der Druck unvergossener Tränen wurde so groß, daß er glaubte, der Kopf würde ihm zerspringen. Er blickte auf den Körper Fürstin Nius hinunter und sah statt des lächelnden Gesichts eines siebenjährigen, hübschen Mädchens …

Verschwommen wurde ihm bewußt, daß jemand seinen Namen rief. Er blinzelte, und schlagartig nahm seine

Umgebung wieder Gestalt an. Der junge Mann, Sano, den er bereits vergessen hatte, stand vor ihm. Verloren in der Leere aus Trauer und Hoffnungslosigkeit, konnte Eii-*chan* keinen Sinn in den Worten Sanos erkennen oder den Grund für dessen Erregung verstehen. Doch Sanos Anwesenheit erinnerte ihn daran, daß er noch einen allerletzten Auftrag für die Fürstin erfüllen mußte.

»Eii-*chan*, könnt Ihr mich hören?« rief Sano mit wachsender Verzweiflung. »Könnt Ihr verstehen, was ich sage?«

Durch den Tod der Fürstin war Sanos Chance, seine Unschuld zu beweisen und mit dem Leben davonzukommen, praktisch zunichte gemacht. Aber das Leben des Shōgun konnte er vielleicht doch noch retten. Als er Fürst Nius geheimes Treffen belauschte, hatte Sano den Eindruck gewonnen, daß der Mordanschlag schon bald verübt werden sollte. Möglicherweise sollte das Attentat stattfinden, sobald er, Sano, verhaftet worden war. Ohne große Hoffnung wandte er sich erneut an den schweigenden, regungslosen Eii-*chan*, um vielleicht doch noch jene Information zu erhalten, die er so dringend brauchte. Denn außer Eii-*chan* gab es niemanden mehr, den er noch hätte fragen können.

»Wißt Ihr, wo der junge Fürst Niu ist oder wann er den Anschlag auf den Shōgun verüben will?«

Sano widersetzte sich dem instinktiven Wunsch, den riesenhaften Diener zu packen und zu schütteln. Statt dessen hielt er sich in respektvoller Entfernung. Eii-*chan* konnte durchaus noch gefährlich sein, auch ohne daß Fürstin Niu ihm Befehle erteilte.

»Wenn Ihr es wißt, sagt es mir. Falls Ihr es könnt. Bitte!«

Dem Diener war nicht anzumerken, ob er Sanos Worte gehört oder begriffen hatte. Statt dessen legte er sein Schwert neben den Körper seiner Herrin. Vorsichtig darauf bedacht, nicht in ihr Blut zu treten, ging er zu einem Schreibpult neben dem Fenster. Er zeigte auf ein Blatt Papier, das auf dem Pult lag. Die Schriftzeichen darauf waren noch so frisch, daß die Tusche im Licht der Lampe feucht glänzte.

Fürstin Nius Abschiedsbrief! Von der sinnlosen Hoffnung getrieben, die Nachricht könne ihm irgendwie helfen, griff Sano hastig danach. Tiefe Enttäuschung breitete sich in ihm aus, als er die Seite überflog.

An meinen geliebten und einzigen Sohn Masahito:

Mit dieser meiner letzten Botschaft möchte ich Dir mitteilen, daß ich Dich mehr als irgend etwas oder irgend jemanden auf der Welt liebe. Um Dich zu schützen, habe ich Yukiko, Noriyoshi und O-hisa ermorden lassen. Außerdem habe ich den Tod Sano Ichirōs befohlen, dessen Schreiber an seiner Statt sein Leben ließ. Betrachte diese schrecklichen Taten als Beweis meiner Hingabe; denn Du hast mir nie erlaubt, sie Dir mit Worten oder Gesten zu zeigen.

Trotz meiner Pflichten Deinem Vater, unserer Familie und unserem Herrn, dem Shōgun gegenüber, könnte ich es nicht über mich bringen, Dich zu verraten. Deshalb habe ich beschlossen, *jigai* zu begehen. Es ist der einzige Ausweg, der mir geblieben ist, um meine Ehre wiederherzustellen, nachdem ich bei Dir und den anderen versagt habe, denen ich meine Aufmerksamkeit und Treue schulde.

Vor meinem Tod möchte ich noch zwei Wünsche äußern. Zum einen bitte ich Dich, meiner Seele die Ehre zu erweisen, indem Du von der verräterischen Tat abläßt, die Dich vernichten würde. Ich weiß, daß Du mir diese Bitte im Leben abgeschlagen hättest; jetzt aber, im Tod, erfülle mir diesen letzten Wunsch, auf daß ich nicht sinnlos sterbe. Ich bitte Dich.

Mein zweiter Wunsch betrifft Sano Ichirō. Möge es ihm gelingen, Dich von Deinem Plan abzuhalten – sofern Du nicht von selbst davon läßt –, auf daß er unsere Familie von Schmach und Tod errettet, was mir nicht gelungen ist.

Und nun sage ich Dir Lebewohl, mein geliebter Sohn. Wenn der barmherzige Buddha es will, werden wir uns dereinst wiedersehen.

Deine Mutter

Müde lehnte Sano sich an die Wand, den Arm gesenkt und den Brief in der schlaffen Hand. Hier, endlich, war der Beweis für die Morde – und der Beweis für seine Unschuld –, in Gestalt von Fürstin Nius Geständnis. Doch Sano wußte, daß es ihm nur wenig nutzen mochte. Es war eher damit zu rechnen, daß die Polizei ihn tötete, als sich seine Darlegungen anzuhören! Außerdem würde dies alles nicht das Leben des Shōgun retten. Und nach dem zu urteilen, was Fürstin Niu ihm gesagt hatte, bezweifelte Sano, daß ihre Bitte ihren eigensinnigen Sohn beeinflussen konnte.

»Lesen. Brief. Mir.«

Beim rostigen Klang von Eii-*chans* Stimme hob Sano vor Erstaunen ruckartig den Kopf. Er hatte Eii-*chan* noch nie reden hören und war bislang davon ausgegangen, daß der Hüne stumm war.

»Lesen«, wiederholte Eii-*chan*, senkte den Kopf und faltete die Hände wie ein Bettler.

Sano durfte hier, im *yashiki* der Nius, keine Zeit mehr verschwenden. Er mußte zumindest den Versuch unternehmen, die Schriftrolle den Behörden auszuhändigen, so daß Fürst Niu verhaftet und der Anschlag auf den Shōgun vereitelt werden konnte. Und er mußte versuchen, sich selbst zu entlasten, bevor jemand ihn tötete. Doch er hatte schon die ganze Zeit den Verdacht gehegt, daß Eii-*chan* ein intelligenter Mann war; die geheime Verfolgung Sanos und Tsunehikos auf der Fernstraße hatte bewiesen, daß Eii-*chan* ein geschickter Spion war – eine Fähigkeit, die er vermutlich auch dazu verwendet hatte, die Dienerschaft der Nius zu bespitzeln.

Und nun hatte Sano erfahren, daß Eii-*chan* sprechen konnte. Falls er dem Diener den Gefallen erwies und ihm den Brief vorlas, erzählte Eii-*chan* vielleicht, was er über die Pläne Fürst Nius wußte – *falls* er etwas darüber wußte. Sano las den Brief laut vor.

Als er geendet hatte, stand Eii-*chan* für einen Augenblick schweigend da. Dann fragte er mit seiner kratzigen Stimme: »Ist alles?« Sein Gesicht spiegelte sein Erstaunen wider.

»Ja.« Sano dachte blitzschnell nach. »Hört zu, Eii-

chan«, sagte er, trat näher an den Diener heran und streckte in einer flehentlichen Bitte zögernd die Hand nach ihm aus. »Fürstin Niu möchte, daß ich ihren Sohn aufhalte. Aber es könnte sein, daß ich getötet werde, noch bevor ich die richtigen Leute vor Fürst Niu warnen kann.« Er zwang sich, die Ungeduld aus seiner Stimme fernzuhalten. »Und selbst wenn diese Leute von der Verschwörung erfahren, könnte es sein, daß sie zu spät reagieren. Falls Ihr also wißt, wo Fürst Niu sich aufhält, dann sagt es mir bitte. Um seiner Mutter willen.«

Eii-*chans* einzige Antwort bestand darin, daß er den Kopf schüttelte, die Achseln zuckte und die Arme ausbreitete, um kundzutun, daß er die Antwort nicht kannte.

»Wißt Ihr denn, wann und wo er den Anschlag auf den Shōgun verüben will?«

Doch Eii-*chan* wischte Sano mit einem Schwung seines gewaltigen Armes beiseite. Er ging durchs Zimmer und kniete neben dem Leichnam Fürstin Nius nieder. Ihr Blut tränkte seine Kleidung, doch er schien es nicht zu bemerken, oder es kümmerte ihn nicht. Unempfänglich weiteren Bitten gegenüber, blickte Eii-*chan* voller Trauer auf den abgetrennten Kopf seiner Herrin – mit einem Ausdruck, als wäre die Welt für ihn erloschen.

Hastig und verzweifelt überdachte Sano noch einmal sämtliche Informationen, die er über den jungen Fürsten Niu besaß. Doch er fand nicht den kleinsten Hinweis darauf, wann oder wo die Verschwörung ihren Höhepunkt erreichen sollte.

Sano öffnete die Schriftrolle, las sie und suchte zwischen den Zeilen auf versteckte Botschaften. In dem Augenblick, als er das Schriftstück zusammenrollen und es wieder unter seinen Umhang schieben wollte, hielt er mitten in der Bewegung inne. Er starrte darauf, und sein Blick wurde unscharf, als eine vergessene Erinnerung an die Oberfläche stieg. Sano stockte der Atem.

Vor dem geistigen Auge sah er Fürst Niu bei dem geheimen Treffen, wie er auf der Plattform stand und heftig mit der Schriftrolle gestikulierte, während er ein Gedicht zitierte.

»Die Sonne senkt sich
auf die Wiese hernieder –
Glück und Segen!
Denn das neue Jahr
es naht heran.«

Plötzlich, im nachhinein, erkannte Sano die Bedeutung dieses Gedichts. »Sonnenuntergang … und das Herannahen des neuen Jahres … *setsubun*«, sagte er laut und mit einer Stimme, die vor Staunen und aufkeimender Erkenntnis gedämpft war. »Glück« und »Wiese«: »Glückswiese« – der übliche Euphemismus für das Vergnügungsviertel Yoshiwara!

Die Verschwörer hatten gejubelt, weil ihr Anführer auf den Tag und den Ort für den Anschlag auf den Shōgun hingewiesen hatte!

Keuchend stieß Sano den angehaltenen Atem aus, als dieses zuvor unbedeutende Informationsbruchstück das Bild vervollständigte. Ein Hochgefühl ließ ihm schwindlig werden. Fürstin Niu hatte vorhin zu ihm gesagt, daß ihr Sohn – der durch seinen versteckten Hinweis auf den Anschlag vermutlich die Gefahr hatte herausfordern wollen – ihr aufgeregt erzählt habe, daß er an diesem Abend jemanden treffen wollte, der sich als eine der Prinzessinnen aus der *Geschichte von Genji* verkleidet habe, um mit diesem Unbekannten gemeinsam *setsubun* zu feiern.

Dem Shōgun, der in weiblicher Verkleidung das neue Jahr feiern wollte. In Yoshiwara. Heute abend.

Sano warf sich herum und stürmte aus dem Zimmer. Entsetzen, Angst und die dringende Notwendigkeit zur Eile ließen frische Energie in seinen müden. schmerzenden Körper strömen. Es war schon spät am Abend, und bis Yoshiwara lag noch ein weiter Weg vor ihm. Und er kannte weder den genauen Ort noch den genauen Zeitpunkt des Anschlags oder auf welche Weise er verübt werden sollte. Trotzdem. Vielleicht hatte er noch Zeit genug, den Shōgun vor der Gefahr zu warnen. So dürftig Sanos Informationen auch sein mochten, sie waren immer noch besser als gar nichts.

Aber genügten sie auch?

Eii-*chan*, nun ganz allein, senkte den Kopf, als er neben Fürstin Nius Leichnam kniete. Die Anstrengung des Redens hatte ihn ermüdet und geschwächt. Wenngleich er Worte verstehen und sie in Gedanken zusammenfügen konnte, hatte irgendein Mangel der Natur dafür gesorgt, daß er alle Worte stets in seinem Innern verschlossen hielt. Seit seinem sechsten Lebensjahr hatte Eii-*chan* kein Wort mehr gesagt. Die Gewohnheit zu schweigen – die sich herausgebildet hatte, als die anderen Jungen sich über seine langsame, stockende Sprechweise lustig gemacht hatten – hatte sich tief in seinem Innern verwurzelt. Nur weil er wissen wollte, was Fürstin Niu in ihrem Abschiedsbrief geschrieben hatte, es aber nicht lesen konnte, hatte er heute abend sein Schweigen gebrochen. Jetzt wünschte Eii-*chan*, er hätte es nicht getan.

Er konnte es immer noch nicht fassen, daß Fürstin Niu keine Nachricht für ihn hinterlassen hatte. Kein Wort des Dankes für all die Jahre treuer Dienste; kein Wort der Besorgnis darüber, was nach ihrem Tod mit ihm geschehen würde. Nicht einmal ein Lebewohl! Eii-*chan* hatte das Gefühl, vor Enttäuschung sterben zu müssen. Jetzt erkannte er, daß er für die Frau, die ihm alles bedeutet hatte, ein Nichts gewesen war. All die Jahre hatte sie ihn bloß als Diener betrachtet – oder, schlimmer noch, nur als ein Werkzeug. Die letzten Augenblicke ihres Lebens hatte sie damit verbracht, an ihren kostbaren Masahito zu schreiben – den boshaften, lieblosen Sohn, der sie zerstört hatte. Und anschließend? Sie hatte nicht einmal den Versuch gemacht, jenem Mann ihren Dank zu übermitteln, der sie wirklich geliebt hatte. Eii-*chan* hörte, wie ein schreckliches Geräusch über seine Lippen kam – zur Hälfte ein Schluchzen, zur Hälfte ein Brüllen. Kein einziges Wort hatte sie an ihn gerichtet! Nach allem, was er für sie getan hatte!

Doch selbst in diesen Augenblicken blieb Eii-*chans* Liebe zu ihr bestehen. Er konnte diese Frau nicht hassen. Sie war noch immer seine Herrin.

Eii-*chan* seufzte. Für einen Moment wehrte er sich nicht mehr gegen seine Trauer und seine Qual, die ihn wie eine schwarze Woge überflutete. Dann aber schob er Kummer und Schmerz durch die bloße Kraft der Disziplin beiseite, die seine Samurai-Ausbildung ihn gelehrt hatte. Seine Hände bewegten sich entschlossen und gezielt, als er den muffig riechenden Medizinbeutel losband, den er ständig an einer Kordel um den Hals trug; dann schnürte er die Schärpe los und streifte seinen Kimono ab. Als er sein Kurzschwert zog, warf er einen letzten Blick auf den abgetrennten Kopf seiner Herrin. Er war nur mehr ein bedeutungsloser Klumpen Fleisch und Knochen. Die wahre Fürstin Niu lebte in jenem Reich der Unterwelt weiter, in dem er sich bald zu ihr gesellen würde.

Eii-*chan* stellte sich die Freuden ihrer Wiedervereinigung vor, so daß er nicht einmal aufschrie, als er sich das Schwert tief in die Eingeweide stieß.

29.

Yoshiwara erhob sich als immer hellere und größere Lichtglocke vor Sano aus der Dunkelheit, als er in wildem Galopp über die Fernstraße durch die nächtlichen Sümpfe jagte. Feuerwerkskörper stiegen über den Mauern des abgeschlossenen Geländes auf, explodierten und ließen hin und wieder rote, blaue, weiße und grüne Funken auf die Dächer herniederregnen. Schon bald hörte Sano über das Trommeln der Hufe seines Pferdes hinweg Rufe, Gelächter und das Krachen von Kanonenschlägen.

Das Pferd wurde immer langsamer. Sano spürte, wie die Flanken des Tieres sich vor Anstrengung schwer hoben und senkten, doch er drängte das erschöpfte Pferd voran. Auch Sanos eigener Atem ging stoßweise durch die Mund- und Nasenschlitze seiner Maske, als wäre er die ganze Strecke gerannt. Der wilde Ritt aus dem Wohnbezirk der Daimyō bis hierher hatte fast zwei Stunden gedauert; inzwischen rückte die mitternächtliche Stunde näher. Hatten die Mitglieder der »Verschwörung der Einundzwanzig« ihren Angriff auf den Shōgun bereits begonnen? Oder war noch Zeit, die Attentäter aufzuhalten?

Wenn die Fürstin und der junge Fürst Niu ihm doch genauere Einzelheiten mitgeteilt hätten! Und wenn er selbst doch den Mut aufgebracht hätte, um Hilfe zu bitten! Aber er war noch immer ein Flüchtiger vor dem Gesetz. Fürstin Niu, die der Menschenjagd ein Ende hätte setzen können, lag tot und verstümmelt auf dem blutüberströmten Fußboden ihres Zimmers – ein Anblick, der

Sano für den Rest seines Lebens verfolgen würde. Selbst mit dem Brief der Fürstin und der Liste mit den Namen der Verschwörer konnte Sano es nicht riskieren, an den Magistraten, die Polizei oder die Palastwache heranzutreten; wahrscheinlich würde man ihn töten, bevor er die Verantwortlichen von der Notwendigkeit überzeugen konnte, Truppen nach Yoshiwara zu schicken, um Tokugawa Tsunayoshi zu schützen.

Sehnsüchtig dachte Sano an die Schüler seines Vaters und an seinen Freund Koemon. Sie alle waren tapfere und hervorragende Kämpfer, der Familie ihres Lehrers treu ergeben. Sie waren genau die Verbündeten, die Sano jetzt gebraucht hätte. Doch es war unmöglich gewesen, sich mit ihnen in Verbindung zu setzen. Denn gerade in der Gegend, in der Sano aufgewachsen war, durfte er sich nicht blicken lassen. Mit Sicherheit gingen die *dōshin* dort Streife – für den Fall, daß er zurückkehrte.

Als Sano sich einem der Tore Yoshiwaras näherte, sah er, daß es weit geöffnet und praktisch unbewacht war. An einer Seite des Tores hatte sich eine Gruppe Männer zusammengesetzt: zwei Posten, die sich auf ihre Lanzen stützten, und fünf oder sechs weitere Samurai. Alle hielten Trinkschalen oder Reiseflaschen in den Händen. Sano ließ die Zügel klatschen, und das Pferd preschte an den Männern vorüber durchs Tor.

»Halt!« hörte Sano die Posten rufen. Er schaute nicht einmal zurück, um festzustellen, ob die Männer ihn verfolgten.

Das Vergnügungsviertel explodierte um Sano herum in einem Ausbruch von Licht, Geräuschen und wimmelndem Durcheinander. Tausende von Laternen leuchteten von den Dachfirsten der Gebäude entlang der Nakanochō. Männer standen auf den Dächern und schossen Feuerwerksraketen ab. Von einem riesigen, lodernden Freudenfeuer an der Einmündung zur nächsten Querstraße stieg Rauch auf, der in Sanos Richtung trieb und ihm in den Augen brannte, als er versuchte, sein Pferd durch die Menschenmassen zu lenken.

Yoshiwara brodelte von *setsubun*-Feiernden jeder Art: Samurai in voller Kampfausrüstung; gemeine Bürger, die nichts als Lendenschurze und Sandalen trugen; Gruppen von Musikern und Trommlern. Aus dem Sattel hatte Sano den Eindruck, sich über ein wogendes Meer aus maskierten, auf und ab hüpfenden Köpfen zu bewegen. Musik und Trommeln, Rufe und Lachen vermischten sich zu einer einzigen ohrenbetäubenden, tosenden Geräuschkulisse. Betrunkene taumelten von einer Seite zur anderen über die Straßen und Gassen, erbrachen Reiswein und fügten auf diese Weise der ohnehin stechend nach Urin, alkoholischen Getränken und Schießpulver riechenden Luft eine weitere Duftnote hinzu.

Einige *yūjo* hatten ihre käfigartigen Zimmer verlassen und sich unter die Menschenmenge gemischt, und Sano mußte sein Pferd zügeln, als eine Parade dieser Mädchen seinen Weg kreuzte. In ihre farbenprächtigsten Kleider gewandet, kicherten sie übermütig, als sie sich spöttisch vor Sano verbeugten. Geröstete Sojabohnen knirschten unter den Schritten zahlloser Fußpaare. Jeder Vergnügungsbetrieb hatte geöffnet und war bis zum Bersten gefüllt. Lachsalven erklangen aus den Teehäusern, und hinter den Fenstern der Bordelle fanden wilde, ausgelassene Feiern statt.

Sano biß die Zähne zusammen, als er die Parade der *yūjo* umritt – nur um von einer großen Zuschauergruppe, die sich um einen Jongleur versammelt hatte, erneut zum Halten gezwungen zu werden. Verzweifelt ließ er den Blick über die Menschenmenge schweifen. Wie sollte er in diesem Inferno jemals Tokugawa Tsunayoshi und Fürst Niu finden? Wenigstens, tröstete er sich, kann die Polizei dich in diesem Gewimmel nie und nimmer erwischen.

Doch er mußte seinen Irrtum einsehen, als er einen *dōshin* vor jenem Teehaus stehen sah, in dem mit »Frauen-Sumo« geworben wurde. Seiner alltäglichen Arbeitskleidung und seines nüchternen Auftretens wegen war der *dōshin* eine auffällige Erscheinung inmitten des Trubels. Soeben hatte er sich einen Samurai vorgeknöpft, der aus einem Teehaus gekommen war, und brüllte dem verschüchterten Mann seine Fragen ins Gesicht. Ganz in der Nähe hatten die Helfer des *dōshin* einen zweiten, berittenen Samurai angehalten. Sano beobachtete, wie die Männer ihr Opfer vom Pferd zerrten und ihm die Tigermaske vom Gesicht rissen. Einer drückte dem Samurai die Spitze seiner Lanze an den Hals, während ein anderer ihm den Umhang vom Leib zerrte.

Sano wendete sein Pferd und kämpfte sich einen Weg zur gegenüberliegenden Straßenseite frei. Beide Samurai besaßen in etwa seine Größe, seinen Körperbau und sein Alter; und der Berittene hatte, wie auch Sano, auf einem braunen Pferd gesessen. Die Polizei hielt alle Männer an, auf die seine Beschreibung paßte, und überprüfte sie! Toda Ikkyu, der *metsuke*, leistete offenbar ausgezeichnete Spionagearbeit; er mußte der Polizei Sanos Besuch gemeldet und den Beamten von dem Seil und der Sandale erzählt haben, die Sano bei sich trug – ein besserer Beweis für seine Identität als irgendwelche Schriftstücke, die möglicherweise gefälscht oder gestohlen waren.

Sano erkannte, daß er diese verräterischen, belastenden Gegenstände so schnell als möglich loswerden mußte – wie auch das Pferd. Dennoch brachte er es nicht über sich, eines der Beweismittel für die Verwicklung der Nius in die Morde fortzuwerfen; ebensowenig hatte er den Wunsch, sich von Wadas Pferd zu trennen. Vielleicht hatte er ja doch noch eine Chance, das Tier zurückzugeben und die Beweisstücke dem Rat der Ältesten vorzulegen, um auf diese Weise seinen und Raikōs Namen reinzuwaschen, seine Ehre und sein Amt zurückzuerlangen und damit die Gesundheit seines Vaters wiederherzustellen.

Mit Schwierigkeiten lenkte Sano das Pferd durch die Menge und nahm seine Suche wieder auf. Er hatte früher einmal eine bebilderte Version der *Geschichte von Genji* gelesen und wußte daher in etwa, wie der Shōgun heute abend gekleidet sein würde. Die Frauen dieser versunkenen Epoche vor etwa vierhundert Jahren hatten mehrere Kimonos übereinander getragen, ohne Schärpen – fünf oder sechs, jeder von einer anderen Farbe; dazu wallende Gewänder, die über den Boden schleiften und so weite Ärmel besaßen, daß sie die Hände verhüllten. Dazu trugen die Frauen ihr Haar lang und lose und in der Mitte gescheitelt. Doch wo war der Shōgun? Was tat er?

Sano versuchte, sich in Tokugawa Tsunayoshis Rolle zu versetzen. Wohin würde er gehen, wenn er ein Mann wäre, der die Last der Macht und des Ruhms wenigstens für einen Abend ablegen wollte? Die kunstvolle Kostümierung legte den Verdacht nahe, daß der Shōgun sich einfach nur unter die Feiernden auf den Straßen und in den Teehäusern mischen wollte – durch eine Verkleidung vor Feinden oder Bittstellern geschützt, die nicht so leicht zu durchschauen war wie eine schlichte Gesichtsmaske. Der Shōgun konnte überall sein, wenngleich er bestimmt nicht allein unterwegs war. Leibwächter würden bei ihm sein; wahrscheinlich waren sie mit Kostümen bekleidet, die der gleichen geschichtlichen Epoche nachempfunden waren wie die Frauenkleider des Shōgun. Auf diese spärlichen Vermutungen gestützt, kämpfte Sano sich den Weg die Straße hinunter frei. Er hoffte inständig, daß Fürst Niu keine genaueren Informationen über die Pläne des Shōgun besaß als er selbst.

Wo steckten Niu Masahito und seine Mitverschwörer? An ihrer Stelle hätte Sano dem Shōgun schon vor den Toren des Vergnügungsviertels einen Hinterhalt gelegt, um den Anschlag rasch und sauber verüben zu können und eine schnelle Flucht zu ermöglichen, fern von dem Lärm, den Menschenmengen und dem Durcheinander. Dennoch wagte Sano keine Voraussage, was die Pläne eines Verrückten wie Niu Masahito betraf. Außerdem hatte er nicht die leiseste Ahnung, welche Verkleidungen die Verschwörer trugen.

Sano sah ein, daß er das gesamte Viertel nie und nimmer rechtzeitig würde durchsuchen können, mochte er sich noch so sehr beeilen. Deshalb sprach er einfach Leute an, die ihm begegneten. »Habt Ihr eine Gruppe gesehen, die …«, rief er und ließ eine kurze Beschreibung des Shōgun und seiner Begleiter folgen, so, wie er sich diese Gruppe vorstellte. Die Antworten, die Sano bekam, reichten von: »Nein. Ja. Schon möglich. Keine Ahnung«, die er von einem betrunkenen Kaufmann erhielt, bis: »Sei nicht so ernst, Mann! Trink einen mit!« von einem rüpelhaften jungen Samurai – und waren zum größten Teil unbrauchbar.

Dann antwortete der Türsteher eines Freudenhauses: »Eine altmodisch gekleidete Dame, sagt Ihr? Warum sucht Ihr sie, wo Ihr hier doch so viele hübsche junge Mädchen haben könnt?«

Die Erwähnung der Mädchen und der Anblick der *yūjo*-Parade erinnerten Sano an Wisterie. Sie hatte ihm schon einmal geholfen; vielleicht würde sie es wieder tun. Wisterie mußte in Yoshiwara viele Freunde haben, die sich an der Suche beteiligen konnten, und genug Bewunderer im Range eines Samurai, um sich Fürst Niu und seinen Leuten zu erwehren. Sano schlug die Richtung zum »Palast des Himmlischen Gartens« ein. Bald darauf entdeckte er eine weitere Versammlung von *yūjo*, die sich vor einem Teehaus gebildet hatte. Freude und Besorgnis durchströmten ihn gleichermaßen, als er schließlich Wisterie entdeckte.

Doch wären ihre unverwechselbaren runden Augen nicht gewesen, hätte Sano sie nicht wiedererkannt. Sie trug einen schlichten Kimono aus Baumwolle und war viel magerer und blasser geworden. Neben ihr stand ein schwankender, sehr betrunkener Mann. Während Sano die Szene beobachtete, umarmte der Mann Wisterie; seine Hand grapschte nach ihren Brüsten. Wisteries Gesicht war zu einer unbewegten Grimasse verzogen, die nur entfernt an ein Lächeln erinnerte.

Sano hatte keine Zeit, sich die Frage zu stellen, weshalb diese hochrangige Schönheit so tief gesunken war. »Edle Wisterie!« rief er.

Irgendwie gelangte er an ihre Seite, ohne jemandem auf die Füße zu treten. Wieder rief er ihren Namen.

»Wisterie!« Für einen Augenblick nahm er die Maske ab, so daß sie sein Gesicht sehen konnte. »Erinnert Ihr Euch an mich, Wisterie?«

Ihr falsches Lächeln schwand. »Ihr!« rief sie, und in ihren Augen loderte Haß auf. »Ich habe Euch damals geholfen. Ich habe mich Euch hingegeben. Jetzt schaut Euch an, was aus mir geworden ist!«

Mit der Hand vollführte sie eine zornige Geste, die ihr verhärmtes, abgerissenes Aussehen, ihren schmierigen Kunden und ihren Platz ganz am Ende der Reihe umfaßte. Sano verspürte einen Stich im Herzen, als ihm einfiel, daß er Magistrat Ogyū von seinem Gespräch mit Wisterie berichtet hatte. Ogyū mußte daraufhin befohlen haben, Wisterie von einer gefeierten *yūjo* zu einer niederrangigen Prostituierten zu degradieren, zu einem gesellschaftlichen Nichts, so daß niemand ihr die geringste Aufmerksamkeit schenken würde, falls sie von der Ermordung Noriyoshis erzählen sollte. Noch ein Leben, ging es Sano durch den Kopf, das du zerstört hast. Aber er durfte nicht zulassen, daß Schuldgefühle oder Mitleid ihn daran hinderten, das zu tun, was getan werden mußte.

»Vergebt mir, edle Wisterie. Ich brauche noch einmal Eure Hilfe. Ich muß jemanden finden, der …«

»Kommt mir nicht zu nahe!« schrie sie ihn an. »Ihr habt schon genug Unheil angerichtet!«

Sie riß sich von ihrem Kunden los, warf sich herum und flüchtete. Da sie so klein und zerbrechlich war, gelang es ihr rasch, sich durch die schmalen Lücken in der Menschenmenge zu zwängen, was dem berittenen Sano verwehrt blieb. Ihm blieb keine Wahl, als Wisterie fliehen zu lassen.

Er wandte sich hastig ab, als er sah, wie ein weiterer *dōshin* sich durch die Menge wühlte und in seine Richtung kam. Sano stieg vom Pferd, nahm es am Zügel und ging die Straße hinunter. Jetzt, da er nicht mehr im Sattel saß, konnte er auch nicht mehr über die Menge hinwegschauen; andererseits machte sein neuer Aussichtspunkt es den Verfolgern schwerer, ihn zu entdecken, und er konnte in Türeingänge und durch geöffnete Fenster spähen. In den Teehäusern und Eßlokalen sah er viele hochgewachsene, massige Frauen, die in Wahrheit verkleidete Männer sein mußten; doch es war niemand darunter, auf den die Beschreibung des Shōgun gepaßt hätte.

Sano bog um eine Ecke in eine Straße ab, die kaum breit genug war, um vier Männern nebeneinander Platz zu bieten. Die äußere Mauer des Vergnügungsviertels bildete den Abschluß der Straße; leuchtende Laternen, die an Leinen hingen, welche zwischen den Hausdächern gespannt waren, tanzten im kalten Nachtwind. Hier war die Menschenmenge so dicht, daß Sano nicht mehr weiterkam. Er stellte sich auf die Zehenspitzen und reckte den Hals. Um ihn herum feierten die Leute mit wachsender Hemmungslosigkeit, während der *setsubun* sich seinem Höhepunkt näherte. *Yūjo* riefen den Männern aus ihren vergitterten Zimmern Ermunterungen und Einladungen zu. Der Boden unter Sanos Füßen war glitschig von übelriechendem Schmutz.

Dann sah er einen glänzenden dunklen Kopf, der über die anderen emporragte, ungefähr dreißig Schritt entfernt. Für einen Moment bildete sich eine Lücke in der Menge und gewährte Sano den Blick auf ein großes, unscheinbares weißes Gesicht und langes, wallendes Haar. Die Mann-Frau lächelte und winkte irgend jemandem zu. Dabei rutschte der gebauschte goldene Ärmel des Gewands zurück und enthüllte mehrere Kimonos, die übereinander getragen wurden und die Farben rot, grün, blau und weiß aufwiesen.

In dem Augenblick, als Sano Tokugawa Tsunayoshi erkannte, wurde er von der Menschenmenge eingezwängt. Drei Samurai bewegten sich auf ihn zu und räumten dem Shōgun den Weg frei. Sie waren maskiert, trugen aber die übliche Kleidung. Sechs weitere Leibwächter – drei berittene Männer und drei weitere zu Fuß – deckten ihrem Herrn den Rücken und die Flanken. Sano stieß die Zuschauer zur Seite, die zwischen ihm und der Straßenmitte standen. Er mußte den Shōgun abfangen, bevor dieser in der Menge verschwand.

»Hört auf zu schubsen!« rief jemand und stieß Sano zurück bis gegen ein Geländer.

»Macht Platz! Macht Platz!« riefen die Leibwächter des Shōgun.

Sano band die Zügel seines Pferdes am Geländer fest. Dann drängte er sich zwischen zwei Zuschauern am Straßenrand hindurch. Der vorderste Leibwächter näherte sich ihm. Ein Ellbogen stieß unbeabsichtigt Sanos Maske ein Stück zur Seite. Als er sie geraderückte, sah er, wie der Leibwächter innehielt und auf einen Zuruf von hinten den Kopf drehte.

Ein *dōshin* erschien neben dem Leibwächter. Die beiden Männer begannen ein Gespräch, in das sich die zwei anderen Posten einschalteten, die vornweg liefen, wobei sie sich gegenseitig ins Ohr riefen, um den Lärm der Menge zu übertönen. Sano konnte nicht hören, was die Männer sagten; aber er konnte es sich vorstellen. Der *dōshin* erkundigte sich bei den Leibwächtern nach einem bestimmten gefährlichen Verbrecher, der sich auf der Flucht befand.

Sano kämpfte sich weiter nach vorn. Wie groß das Risiko für ihn selbst auch sein mochte – er mußte diese Gelegenheit nutzen, den Shōgun zu warnen. Die Verschwörung der Einundzwanzig konnte jeden Augenblick zum tödlichen Schlag ausholen.

In diesem Moment ertönte ein dumpfer Gongschlag in der Ferne. Sofort senkte sich Stille über die Menge; die Leute hielten schlagartig beim Trinken und Tanzen, Reden und Lachen inne. Köpfe hoben sich und lauschten in gespannter Erwartung, darunter auch der Shōgun und seine Begleiter. Ein weiterer Gongschlag ertönte; dann noch einer. Plötzlich erwachte die Nacht durch den Lärm von Millionen Gongs und Glöckchen zum Leben. Einige besaßen einen hohen, lieblichen Ton; andere klangen tief und sonor. Ein tausendfacher Jubelschrei donnerte über das Vergnügungsviertel hinweg. Es war Mitternacht, und die Priester in sämtlichen Tempeln Edos hatten begonnen, das Übel des alten Jahres auszutreiben und für das neue Jahr das Gute herbeizuläuten. Das Glockengebimmel und die Gongschläge hallten von den fernen Hügeln wider und ließen den Boden erbeben und die Luft erzittern.

Wie alle anderen in der Menge lauschte auch Sano. Für den Augenblick war auch er von dieser Ehrfurcht gebietenden Musik in den Bann geschlagen. Plötzlich nahm er im rechten oberen Winkel seines Blickfelds eine Bewegung wahr. Er hob den Kopf.

Ein Samurai, in schwarze Umhänge und Beinlinge gekleidet und mit einer Maske vor dem Gesicht, kroch über ein Hausdach hinweg. Während Sano beobachtete, nahm der Mann eine kniende Haltung ein und zog einen Pfeil aus einem Köcher, der von seiner Schulter hing. Er legte den Pfeil auf seinen Bogen, spannte die Sehne und zielte auf den Shōgun.

»Gebt acht, Hoheit!« rief Sano und zeigte zum Dach hinauf. »Dort oben! Auf dem Dach!«

Seine Warnung ging im Lärm der Gongs und Glöckchen unter. Doch wenngleich er nicht einmal die eigene Stimme hören können, rief er weiter.

»Hoheit!« brüllte er. »Vorsicht!«

Doch Sanos Schreie gingen unter, und niemand, der mehr als drei Schritte von ihm entfernt stand, vermochte ihn zu sehen. Kurz entschlossen wühlte er sich zu seinem Pferd durch, schwang sich auf den Rücken des Tieres und trieb es durch die dichte Masse menschlicher Leiber hindurch. Er stellte sich in die Steigbügel, rief und gestikulierte heftig. Niemand rührte sich. Die Leute konnten sich einfach nicht bewegen. Noch immer dröhnten und klingelten die Gongs und Glöckchen. Der Shōgun hatte den Blick verzückt zum Himmel gerichtet, und Sano erkannte plötzlich mit wachsendem Entsetzen, daß zwei weitere Bogenschützen auf anderen Dächern Stellung bezogen hatten.

»He!« brüllte er. »Ihr da oben! Nicht schießen!«

Seine Rufe fielen genau in eine winzige Pause im Klingeln der Glocken und Dröhnen der Gongs. Zwei der Bogenschützen hielten die Blicke und die Pfeilspitzen unbeirrt auf das Ziel gerichtet; der dritte Mann jedoch, der Sano am nächsten war, ließ den Blick hastig über die Menge schweifen und sah, daß Sano zu ihm und den anderen hinaufstarrte. Sano ahnte die Absicht des Mannes, als dieser den Bogen herumschwang; doch es war zu spät, als daß Sano noch hätte reagieren können. Der Pfeil sirrte von der Sehne und zischte, funkelnd im Laternenlicht, auf ihn zu. Sano blieb gerade noch die Zeit, scharf Atem zu holen. Zum Abducken aber war es zu spät. Sekundenbruchteile später wieherte Sanos Pferd schmerzgepeinigt und bäumte sich unter ihm auf. Sano sah, daß der Pfeil aus dem Hals des Tieres ragte, und in rhythmischen Stößen quoll Blut rund um den Pfeilschaft hervor. Sano schrie auf und versuchte, das grell wieherende, auskeilende Pferd unter Kontrolle zu bekommen. Doch das Tier machte einen Satz nach vorn; dann fiel es zur Seite. Sano, der mit zu Boden stürzte, sah mit einem letzten Blick, wie die Schützen auf den Hausdächern die Pfeile abschossen. Dann verschwand der Shōgun aus Sanos Blickfeld, als wäre er von unten zu Boden gerissen worden.

Plötzlich breitete sich Panik unter den Zuschauern aus; die Menschenmassen verwandelten sich in ein brodelndes, wildes Durcheinander. Die Leute schubsten, stießen und traten sich, als sie versuchten, sich in Sicherheit zu bringen. Ihre Schreie übertönten sogar das Dröhnen und Klingeln der Gongs und der Glocken. Sano stürzte auf Körper, die von den wilden Todeszuckungen des Pferdes bereits zu Boden geschleudert worden waren. Füße und Beine, Arme und Hände trafen seine Brust. Sano wühlte sich unter einem Mann hervor, der auf ihn gestürzt war – nur, um einen wuchtigen Tritt ans Kinn zu erhalten, der ihn erneut zu Boden warf. Er rappelte sich gerade noch rechtzeitig auf, um zu beobachten, wie sich zwei der Leibwächter des Shōgun auf ein Hausdach zogen und die Verfolgung der flüchtenden Bogenschützen aufnahmen. Andere bildeten mit ihren Körpern einen Schutzwall um ihren gestürzten Herrn, während der Rest die Menge zurückdrängte, die sie und den Shōgun umringte. Sano wurde von Furcht und dem schrecklichen Gefühl gepackt, versagt zu haben. War der Shōgun tot?

»Macht die Straße frei!« riefen die Leibwächter. »Los, los, bewegt euch! Nun macht schon!«

Der *dōshin*, den Sano bereits zuvor mit einigen Leibwächtern hatte sprechen sehen, erschien wieder. Drohend schüttelte er seine *jitte*, während seine beiden Helfer die Keulen schwangen. Die Menge wich in Richtung Nakanochō, der Hauptstraße, zurück. Schreie und Rufe gellten Sano in den Ohren: »Was ist los? Was ist geschehen? Hilfe!«

Plötzlich wurde Sano klar, daß er die Leute hören konnte, weil die Gongs und Glocken verstummt waren. Er stemmte sich gegen die wogende Flut aus menschlichen Leibern und bahnte sich mit den Ellbogen einen Weg hindurch. Er mußte sich davon überzeugen, ob …

Auf einer kleinen, freien Fläche, welche die zurückweichende Menge gebildet hatte, lag ein toter Mann. Ein Pfeil steckte in seiner Brust. Sano stieß einen tiefen, zittrigen

Seufzer der Erleichterung aus, als er erkannte, daß es sich um einen der Leibwächter des Shōgun handelte. Tokugawa Tsunayoshi stand inmitten seiner anderen Begleiter und Beschützer. Er war sichtlich erschüttert, aber unverletzt. Er zeigte auf den Leichnam; dann wies er zu den Dächern empor. Er machte ein düsteres Gesicht und schlug mit den Fäusten auf seine Leute ein. Sein Frauenkostüm bildete einen seltsamen, befremdlichen Kontrast, als er nun mit undamenhaftem Zorn seine Leibwächter prügelte und mit flüsternder, aber unverkennbar zorniger Stimme auf sie einredete. Wahrscheinlich wollte er von ihnen wissen, wer die Attentäter waren und wie sie erfahren hatten, daß er sich in Yoshiwara aufhielt, und weshalb der Anschlag nicht rechtzeitig bemerkt worden war. Die Hände in hilfloser Verwirrung ausgebreitet, gaben die Leibwächter Antworten, die der Shōgun mit weiteren zornigen Faustschlägen quittierte.

Plötzlich wurde Fürst Nius Plan für Sano in aller Deutlichkeit erkennbar. Ohne den *dōshin* zu beachten, der ihn mißtrauisch angestarrt hatte, eilte Sano zum Shōgun. Er drängte sich an jedem vorbei, der ihm in den Weg geriet.

Die Pfeilschüsse waren lediglich ein Ablenkungsmanöver gewesen, um die Menge zu zerstreuen und die Aufmerksamkeit der Leibwächter auf sich zu ziehen – ein Vorspiel für den wirklichen Anschlag. Er, Sano, mußte Tokugawa Tsunayoshi davor warnen, daß er mit den Angriffen weiterer achtzehn Attentäter rechnen mußte.

»He, du da«, rief der *dōshin*. Mit den Ellbogen stieß er zwei taumelnde Betrunkene zur Seite, als er auf Sano zukam. »Komm einmal her.«

Sich der Gefahr bewußt, blickte Sano am Shōgun vorbei zum entfernten Ende der Straße. Unter den flüchtenden Zuschauern entdeckte er drei Samurai, die es offenbar überhaupt nicht eilig hatten, das Weite zu suchen. In schlichte dunkle Kimonos gekleidet und Strohhüte auf dem Kopf, die ihre Gesichter beschatteten, schlenderten sie dahin und ließen sich von den Flüchtenden überholen. Ungefähr zehn Schritte trennten die drei Männer; der in der Mitte ging in der Straßenmitte, während die beiden anderen ihn auf gleicher Höhe flankierten. Als sie sich dem Shōgun und seinen Leuten näherten, verringerten sie die Abstände zueinander, bis sie eine Dreiergruppe bildeten. Sofort schritten sie schneller aus. Der Mann in der Mitte hob den Kopf und warf einen raschen Blick zu den Hausdächern empor. Der Schein der Laternen beleuchtete sein angespanntes junges Gesicht. Sano erkannte, daß es Fürst Maeda war, den er auf dem geheimen Treffen in der Sommervilla der Nius gesehen hatte.

»Hoheit!« rief er dem Shōgun zu und stürmte nach vorn. »Hinter Euch! Paßt auf!«

Statt sich umzudrehen, starrten der Shōgun und seine Leibwächter Sano an. Fürst Maeda war nur noch wenige Schritte von dem Wächter entfernt, der zwischen ihm und Tokugawa Tsunayoshi stand. Maedas Hand glitt zum Griff seines Schwertes.

Dann aber wirbelte der Wächter herum – sei es Sanos warnenden Zurufs wegen oder weil er die drohende Gefahr gespürt hatte. Fürst Maeda riß sein Schwert aus der Scheide. Er schwang es erst zur Seite, dann über den Kopf. Doch bevor er die Klinge auf sein Opfer niedersausen lassen konnte, hatte auch der Leibwächter sein Schwert gezogen und hielt es in der linken Hand. Blitzartig vollführte er einen wuchtigen Hieb, der Fürst Maeda die Brust aufschlitzte. Maeda schrie gellend auf, sprang vor und stieß dem Leibwächter die Klinge tief in den Hals. Tödlich getroffen, fielen beide Männer zu Boden.

Ein neuerliches, wildes Durcheinander entstand, als weitere Zuschauer, die sich bislang noch nicht in Sicherheit gebracht hatten, nun die Flucht ergriffen. Aus den Freudenhäusern erklangen die schrillen Schreie der Prostituierten.

Sano wich den flüchtenden Menschen aus, als der *dōshin* ihn plötzlich am Arm packte.

»Wer seid Ihr?« fragte er mit scharfer Stimme. »Was wißt Ihr über diese Sache?«

Sano beachtete ihn nicht. »Bringt Euch in Sicherheit!« rief er dem Shōgun zu. »Es gibt noch mehr Angreifer!«

Doch es war zu spät zur Flucht. Weitere Männer in dunklen Umhängen erschienen wie aus dem Nichts. Sie umringten die Gruppe mit dem Shōgun und vereitelten die Versuche der Leibwächter, ihren Herrn hastig im Innern eines Gebäudes in Sicherheit zu bringen. Plötzlich wimmelte es auf den Straßen von wirbelnden Kämpfern und blitzenden Klingen. Stahl klirrte auf Stahl. Heisere Schreie erfüllten die Nacht. Inmitten des Tumults stand Tokugawa Tsunayoshi, der Militärdiktator, der den schönen Künsten den Vorzug vor der Kriegskunst gab und das Studium des Konfuzius vor den Staatsangelegenheiten. Unbewaffnet kauerte er hinter dem Schutzwall, den seine Männer bildeten – eine jämmerliche Gestalt in seinen prächtigen Gewändern und der langen Perücke. Seine weiße Schminke verlieh seinem angstverzerrten Gesicht einen häßlich-komischen Ausdruck.

Der *dōshin* ließ Sanos Ärmel los und rief seine Helfer herbei, als auch er sich in die Schlacht stürzte. Die Leibwächter kämpften mit Mut, Verwegenheit und tödlichem Geschick, wie es sich für die besten Krieger der Tokugawas geziemte, doch auf jeden Verteidiger kamen zwei Angreifer. Auch Sano zog sein Schwert und stürzte sich ins Handgemenge.

Einer der Männer Fürst Nius stürmte mit erhobener Waffe auf ihn zu. Sano machte einen blitzschnellen Schritt zur Seite, wirbelte herum und schlitzte seinem Angreifer den Rücken auf. Der Mann schrie und stürzte mit dem Gesicht voran zu Boden. Er war tot. Den nächsten Angreifer spürte Sano eher kommen, als daß er ihn hörte. Der Mann griff von hinten an. Sano ließ sich auf ein Knie fallen, kreiselte herum und vollführte einen tief angesetzten Schwertstreich, der dem Gegner den Bauch aufschlitzte. Neben der Leiche des ersten Angreifers stürzte der Mann zu Boden. Das alles geschah so schnell, daß Sano keine Zeit zum Nachdenken blieb. Die Jahre der Ausbildung hatten dafür gesorgt, daß er jede Bewegung rein intuitiv vollzog. Nun aber durchtoste die Erkenntnis, daß er zum erstenmal getötet hatte, seine Seele wie ein wilder, glutheißer Sturm.

Er hatte etwas getan, das er nie von sich erwartet hätte: Er hatte im Dienste seines Herrn gekämpft. Er war Samurai im wahrsten Sinne des Wortes. Von Erregung und Leidenschaft durchdrungen, sprang er auf und stürzte sich erneut in dem Kampf. Er würde den Shōgun doch noch retten!

Ein Blick in die Runde dämpfte seinen Kampfeseifer. Der *dōshin* und seine beiden Helfer waren tot zu Boden gesunken. Die Körper der Leibwächter des Shōgun und der Mitverschwörer Fürst Nius lagen verkrümmt auf der Straße. Einer der überlebenden Verschwörer hieb und stach zwei Männer aus der Zuschauermenge nieder, die sich ebenfalls am Kampf gegen die schwarzgewandeten Verschwörer beteiligt hatten. Dann schloß er sich seinen drei verbliebenen Mitverschwörern beim Sturmangriff auf die vier überlebenden Leibwächter an, die einen schützenden Wall um den Shōgun gebildet hatten. Die Gruppe zog sich enger zusammen, als die Verschwörer sie immer weiter zurückdrängte, bis die Verteidiger schließlich mit dem Rücken zur steinernen Mauer standen. Blut tränkte die Kleidung der Widersacher. Nun kämpften auf beiden Seiten nur noch die Besten gegen die Besten; jetzt war das Kräfteverhältnis ausgeglichen. Als Sano voranstürmte, um den Männern des Shōgun beizustehen, sah er plötzlich eine dunkel gekleidete Gestalt aus einem Türeingang hervorschlüpfen und auf die Straße treten. Das Gesicht des Mannes war Sano abgewandt, doch sein leichtes Hinken war unverwechselbar.

Fürst Niu Masahito.

Mit einem schrillen Todesschrei fiel einer der Leibwächter des Shōgun zu Boden. Der Tod des Mannes hinterließ eine gefährliche Lücke im Wall aus menschlichen Leibern, der den Shōgun schützend umgab. Bevor die anderen Männer die Lücke bemerkt hatten und sie füllen konnten, stürmte Fürst Niu nach vorn und zog das Schwert aus der Scheide.

»Nein!« Ohne Rücksicht auf die eigene Sicherheit, warf Sano sich schützend vor Tokugawa Tsunayoshi. Mit hellem, lautem Klirren trafen die Schwertklingen Sanos und Fürst Nius aufeinander.

Die Schadenfreude auf Niu Masahitos Gesicht verwandelte sich in einen Ausdruck wilden Zorns, und in seinen Augen loderte es noch heller als gewöhnlich. Mit einer Bewegung, die so schnell war, daß Sano sie gar nicht wahrnahm, schlug der Fürst ihm mit der Schwertspitze die Maske vom Gesicht. Masahito lächelte grausam und entblößte dabei seine Zähne.

»Ihr!« stieß er hervor. »Mischt Ihr Euch immer noch in meine Angelegenheiten ein? Lernt Ihr denn niemals aus Euren Lektionen?«

Von plötzlichem Entsetzen gelähmt, konnte Sano ihn nur schweigend anstarren. Mit dem lässigen Hieb, mit dem Fürst Niu ihm die Maske vom Gesicht geschlagen hatte, hätte er ihn ebensogut töten können. Diese Erkenntnis machte Sanos Selbstsicherheit zunichte, die seine beiden vorangegangenen Siege ihm verliehen hatten. Gegen seinen Willen mußte er an die eindrucksvolle Vorstellung denken, die Fürst Niu in der Übungshalle der Waffenkampf-Akademie gegeben hatte. Das erhobene Schwert zitterte in Sanos Hand. Mit der Zunge befeuchtete er sich die Lippen, die plötzlich trocken geworden waren.

»Ich, Sano Ichirō, werde nicht zulassen, daß Ihr den Shōgun ermordet«, sagte er dann mit einer Stimme, die selbst in seinen eigenen Ohren furchtsam klang.

Fürst Niu lachte laut auf. Es war ein hohes, dämonisches, abgehacktes Geräusch, bei dem Sanos Nackenhaare sich aufrichteten. Fürst Nius Nasenflügel blähten sich, als könnte er Sanos Angst riechen. »Ihr könnt mich nicht aufhalten«, sagte er. »Ihr könnt bei dem Versuch nur sterben. Aber wenn Ihr es so haben wollt, dann soll es so sein.« Er starrte Sano in die Augen, kauerte sich nieder und machte sich sprungbereit, das Schwert erhoben.

Während Sano dem Blick des Fürsten standhielt, lenkte er einen Teil seiner Gedanken nach innen, richtete sie auf sein spirituelles Zentrum, suchte nach Gelassenheit und Ruhe, geistiger Reinheit und innerer Harmonie, die einen Krieger beim Kampf leiten und ihm Kraft verleihen. Doch Sano fand in seinem tiefsten Innern nur Chaos und Aufruhr, aus dem er keinerlei Energie schöpfen konnte. Er vermochte weder die Furcht zu vertreiben noch den Schmerz, noch die Erinnerungen; und er konnte der Kraft, die diese innere Verwirrung gegen ihn selbst richtete, nichts entgegensetzen. Doch er brauchte den

Zustand der vollkommenen Konzentration! Ohne diese geistige Energie war er lediglich eine gut ausgebildete Kampfmaschine, der man jedoch die leitende und lenkende Kraft genommen hatte. Er war verloren.

Fürst Niu schlug zu. Sein Schwert fuhr mit hörbarem Zischen durch die Luft.

Sano parierte den Hieb einen Lidschlag zu spät. Die Klinge schlitzte ihm die rechte Schulter auf. Nur eine blitzschnelle, instinktive Drehung zur Seite bewahrte Sano vor dem nachfolgenden Stich, der auf die Brust gezielt war und bis ins Herz gedrungen wäre. Für einen Augenblick raubte der lodernde Schmerz ihm den Atem. Sano machte einen Gegenangriff, doch seine Klinge zischte nur durch leere Luft, als Fürst Niu sich lässig duckte. Sano spürte, wie ein Schwall Blut ihm warm über die Haut rann; das Leben strömte aus seinem Körper.

Die Leibwächter des Shōgun, die noch immer mit Fürst Nius Männern kämpften, konnten ihm nicht zu Hilfe kommen. Sie wußten und erkannten nicht, daß der Fürst eine größere Bedrohung für ihren Herrn darstellte als die drei anderen Gegner zusammen. Doch wenn Sano den Shōgun schon nicht retten konnte, so wollte er ihm wenigstens die Möglichkeit verschaffen, sich selbst zu retten.

Er duckte sich, so daß Fürst Nius nächster Hieb fehlging. Die Schwertklinge sirrte in einem Halbkreis so dicht über Sanos Kopf hinweg, daß sein rasierter Scheitel gestreift wurde. Die Haut brannte und prickelte. Mit der linken Hand zog er das Kurzschwert aus der Scheide. Die Bewegung verschlimmerte den Schmerz in seiner Schulter; schwarze Punkte tanzten Sano vor den Augen. Für einen schrecklichen Moment fürchtete er, das Bewußtsein zu verlieren. Ohne hinzuschauen, schleuderte er das Schwert nach hinten und rief: »Hoheit! Fangt auf!«

Er hatte keine Zeit, sich davon zu überzeugen, ob der Shōgun die Waffe auffangen konnte. In pfeifenden Bögen sirrte Fürst Nius Schwertklinge immer wieder auf Sano hinunter oder über ihn hinweg. Für einen Schlag kassierte Sano zwei seines Gegners. Sein Schwert wurde stumpf, schartig und beinahe nutzlos. Sano entging einer tödlichen Wunde nur, indem er sich immer weiter von jenem Mann forttreiben ließ, den er schützen mußte.

Aus schierer Verzweiflung suchte Sano schließlich in verbalen Attacken Zuflucht. »Eure Mutter ist tot«, rief er Fürst Niu zu. »Sie hat sich heute abend das Leben genommen, als sie erfahren hat, daß Ihr ein Verräter seid!«

Fürst Niu war nicht anzumerken, ob er die Bemerkung gehört hatte. Seine lodernden Augen starrten durch Sano hindurch auf fernen Ruhm.

Sano versuchte es mit einem weiteren verbalen Nadelstich. »Für dieses Verbrechen wird man Euch zur Rechenschaft ziehen!« rief er. »Selbst wenn Ihr den Shōgun und mich tötet, kommt Ihr nicht lebend aus Edo heraus!«

Plötzlich schien Fürst Niu überall um ihn herum zu sein. Den Schlag, der ihm das Schwert aus der Hand prellte, sah Sano gar nicht. Instinktiv packte er nach der kurzen Waffe – die er dem Shōgun zugeworfen hatte. Sein Entsetzen wuchs, als er nun seinen Fehler erkannte. Blitzartig rannte Sano ein Stück zurück und ließ den Blick über die Straße huschen. Wo war das Schwert, das der Fürst ihm aus der Hand geschlagen hatte?

Fürst Niu setzte sofort nach. Nur ein leichtes Hinken verriet seine Behinderung, als er über die Straße zu Sano eilte und dabei über die Leichen hinwegsprang. Seine Miene war angespannt vor wilder Entschlossenheit, und er schwang das Schwert mit unglaublicher Wucht.

Zu spät bemerkte Sano, daß ihm der Leichnam des *dōshin* in den Weg geraten war. Er trat mit dem Fuß gegen den Körper, geriet ins Wanken und stürzte schwer auf den Toten. In diesem Augenblick entdeckte er sein Schwert ganz in der Nähe. Er streckte die Arme aus, so weit er nur konnte, und reckte die Hände, um die Waffe zu ergreifen, doch es war vergeblich. Das Schwert lag außerhalb seiner Reichweite, wenn auch nur ein kleines Stück.

Dann stand Fürst Niu über ihm. »Ihr seid ein gewaltiges Ärgernis, Sano-*san*«, sagte er zwischen raschen Atemzügen. »Aber damit ist es nun vorbei. Lebt wohl.« Mit absichtlicher Langsamkeit hob er das Schwert hoch über den Kopf.

Sano sah den Tod in Fürst Nius lodernden Augen und

auf der schimmernden stählernen Klinge. Plötzlich, als sein Körper und sein Geist mit der unerschütterlichen Ruhe des Samurai bereits den tödlichen Schlag erwarteten, berührte seine rechte Hand einen Stab aus kaltem, hartem Metall. Zwei Zacken ragten über den Handgriff hinweg. Es war nicht sein Schwert, sondern die *jitte*, die Verteidigungswaffe der Polizei.

Kaum hatte Sano den Gegenstand erkannt, ging eine schlagartige Veränderung in seinem Innern vor. Seine Furcht verschwand, und alle körperlichen und seelischen Hemmnisse verblaßten zur Bedeutungslosigkeit. Die *jitte:* das Symbol für Recht und Ordnung im Kampf gegen Gesetzlosigkeit und Chaos; für das Richtige statt des Falschen; für Wahrheit statt Täuschung; für das Gute in Sanos Innerem statt des Bösen im Innern Fürst Nius. Diese Gedanken schossen Sano in Blitzesschnelle durch den Kopf. Ein sonnenheller Lichtstrahl wortlosen Begreifens leuchtete in ihm auf. Kraft strömte von der Waffe in seinen Körper. Indem sein Geist sich mit allem vereinte, das wahr und gut, rein und sittlich war, fand er Stärke und Mut. Sein zersprengtes Innerstes verschmolz wieder zu einem Ganzen und begann, reine Energie auszustrahlen. Jetzt, binnen eines winzigen Moments, blickte Sano seinem Schicksal ins Auge.

Mit einem ohrenbetäubenden Schrei ließ Fürst Niu sein Schwert in einem diagonalen Bogen niedersausen. Im gleichen Augenblick riß Sano die *jitte* schräg vor seinen Körper. Fürst Nius Schwertklinge traf die Abwehrwaffe mit solcher Wucht, daß beim Aufprall greller Schmerz durch Sanos Arme jagte. Nur Zentimeter von Sanos Kehle entfernt, verkantete die Schwertklinge sich in einer der Zacken der *jitte*. Sano riß die Waffe zur Seite und nutzte den Schwung und das Überraschungsmoment, um den Gegner aus dem Gleichgewicht zu bringen. Fürst Niu geriet ins Wanken. Bevor er sein Schwert zwischen den Zacken der *jitte* hervorzerren konnte, riß Sano die Waffe zur Seite, befreite sie vom Schwert und schmetterte sie Fürst Niu seitlich an den Kopf. Der Fürst fiel schwer zu Boden. Sano erkannte, daß dieser großartige Schwertkämpfer keinerlei Übung im *jittejutsu* besaß.

Seine Zuversicht wuchs, als ihm deutlich wurde, daß seine eigenen beschränkten Erfahrungen mit dieser Waffe ihm einen kleinen Vorteil verschafften. Sein Geschick mit der *jitte* – dazu seine wiedergewonnene Kraft – konnte ihn vielleicht doch noch als Sieger aus diesem Kampf hervorgehen lassen. Sano sprang auf.

In diesem Moment erkannte er, daß er den Winkel des Schlages falsch eingeschätzt hatte, wie auch die Wucht, die für einen wirkungsvollen Hieb erforderlich war, und die tödliche Entschlossenheit seines Gegners. Mit erschreckender Gewandtheit richtete Fürst Niu sich auf. Sein gebrochener Kiefer verwandelte sein Gesicht in eine boshafte, verzerrte Fratze, auf der ein schiefes Grinsen lag. Er starrte Sano mit unvermindertem Haß und Zorn an. Dann sprang er vor, und die Klinge seines Schwertes sirrte blitzend durch die Luft.

Sanos linker Arm war praktisch nutzlos, und der rechte begann unter der Wucht der wiederholten Schläge des Gegners zu ermüden. Fürst Niu ließ dem Gegner erst gar keine Zeit, das eigene Schwert an sich zu nehmen. Doch Sanos Wahrnehmungsfähigkeit wurde immer schärfer, bis er einen Zustand außergewöhnlicher geistiger Klarheit erreichte, wie er ihn nie zuvor erlebt hatte.

Er handelte ohne einen bewußten Gedanken, als er Fürst Nius Schläge parierte, wobei er jede noch so kleine Bewegung vorausahnte. Wenngleich seine größte Aufmerksamkeit auf den Gegner gerichtet blieb, war ihm gleichzeitig alles in seinem Innern und um ihn herum bewußt. Noch immer tobte die Schlacht. Ohne daß er hinzuschauen brauchte, sah Sano, wie einer der Leibwächter zwei Angreifern in rascher Folge die Kehlen aufschlitzte.

Doch seinen Schmerz spürte er nach wie vor: Er konnte O-hisa, Raikō, Tsunehiko, Wisterie und seinen Vater nicht vergessen – ebensowenig wie seine Abscheu vor dem Mann, der ihm nun gegenüberstand, der seine eigene Mutter zur Mörderin gemacht und sie in den Selbstmord getrieben hatte. Doch die Erinnerungen und Gefühle seelischer und körperlicher Natur vermischten sich mit dem Einssein und dem Einklang seines inneren Selbst, und dies gab ihm Zuversicht.

Sano bewegte sich mit zunehmender Aggressivität, wobei er nun einen weiteren Vorteil gegenüber Fürst Niu nutzte: seine Beweglichkeit. Immer wieder glitt Sano gefährlich nahe an den Gegner heran – um dann blitzschnell zurückzuweichen. Auf diese Weise zwang er den Gegner, ihm zu folgen, wobei er ihm wieder und wieder die Spitze der *jitte* gegen den Oberkörper stieß. Doch Sano mußte seine Risikobereitschaft mit weiteren Schnittwunden bezahlen, als Fürst Nius Schwert ihm die Unterarme und eine Wange aufschlitzte. Doch dieser zusätzliche Schmerz wurde zu einer weiteren Quelle der Kraft und des Wissens für Sano.

Und dann, plötzlich, erkannte er die essentielle Wahrheit über seinen Widersacher: Fürst Niu wollte töten, aber er wollte auch *sterben*, und die Intensität dieser beiden Wünsche hielt sich die Waage. Das war der wirkliche Grund für Niu Masahitos Wunsch, den Shōgun zu töten; deshalb hatte der Fürst den Anschlag an einem Ort wie diesem verübt, an dem die Chance auf ein Entkommen sehr gering war.

Nach einem Rückhandschlag Sanos, der das gesunde Bein des Gegners traf, fiel Fürst Niu auf die Knie. Sano spürte, wie das Gleichgewicht zwischen Tötungs- und dem Todeswunsch des jungen Mannes für einen Augenblick ins Wanken geriet. Fürst Nius Antlitz verzerrte sich angesichts schrecklicher Todesqualen mehr als je zuvor. Zum erstenmal schien er zu zögern, bevor er sich erhob – gerade lange genug, daß Sano die *jitte* in die linke Hand wechseln, sich rasch niederkauern, endlich mit schnellem Griff sein Langschwert in die Rechte nehmen und sich wieder erheben konnte. Ein schwindelerregendes Hochgefühl erfaßte ihn. Der Sieg war zum Greifen nahe.

Wieder schlug Fürst Niu mit dem Schwert zu, und wieder parierte Sano mit der *jitte* und klemmte die Klinge zwischen den Dornen fest. Dann drehte er die *jitte* mit einem kräftigen Ruck. Die Schwertklinge brach dicht über dem Griff ab und flog wirbelnd davon. Fürst Niu erstarrte. Zuerst blickte er auf sein abgebrochenes Schwert, dann auf Sano. Ihre Blicke trafen sich; der Augenblick, den sie sich anschauten, schien eine Ewigkeit zu dauern. Sano sah Haß, Wut und Angst auf Fürst Nius Gesicht. Dann Resignation.

Sano warf die *jitte* zur Seite und packte das Schwert mit beiden Händen. Er schwang es herum und in die Höhe. Seine verletzte Schulter schrie auf vor Schmerz. Dann schrie auch Sano – triumphierend und sieghaft. Mit aller Kraft ließ er das Schwert auf Fürst Nius Kopf herniedersausen. Der Stahl drang durch Fleisch und Knochen und spaltete den Schädel Niu Masahitos vom Scheitel bis zur Nasenwurzel.

Für einen Augenblick stand Sano bewegungslos da, die Hände noch immer um den Schwertgriff geklammert. Der Energiefluß, der ihm Kraft verliehen hatte, verebbte schlagartig. Wie ein mit Asche belegtes Feuer loderte es in den Tiefen seines Innern noch einmal auf; dann erlosch es abrupt. Die geschärfte Wahrnehmungsfähigkeit und Klarsicht ließen nach. Seine Umgebung verlor ihre Farben und ihr Leben. Schon Augenblicke nachdem die Euphorie von Sano abgefallen war, konnte er sich kaum mehr daran erinnern, wie er sich in diesem Zustand gefühlt hatte. Sein Inneres war taub und leer.

Dann stürmten die Welt und ihre Kümmernisse wieder auf ihn ein und füllten die Leere. Sano starrte auf seinen toten Feind. Fürst Niu lag auf dem Rücken, die Beine angewinkelt. Noch immer hielt er den Schwertgriff umklammert. Blut und Hirnmasse quollen neben der Klinge hervor, die tief in seinem Schädel steckte, und bildeten eine Pfütze unter seinem Kopf. Mit dem Tod war das boshafte Lodern in seinen Augen erloschen. Der allerletzte Ausdruck auf seinem Gesicht war seltsam unschuldig und friedlich.

Sano ließ das Schwert fallen. Er taumelte zurück. Plötzlich spürte er die pochenden Schmerzen in der Schulter und wurde von einer lähmenden Schwäche befallen. Er sank auf die Knie. Er zwang sich, den Blick von Fürst Niu zu wenden und sich umzuschauen.

Überall auf dem blutüberströmten Boden lagen Leichen. Es waren sämtliche Mitglieder der »Verschwörung der Einundzwanzig«, wie es schien, sowie alle Leibwächter und Polizisten. Eine erstaunliche Zahl von Samurai, die sich in den Kampf gestürzt hatten, darunter die bewaffneten Torwächter. *Setsubun*-Feiernde, die bei der panischen Massenflucht zu Tode getrampelt worden waren. Sanos Pferd sowie ein weiteres, das den Tokugawa-Männern gehört hatte. Doch der Shōgun und die beiden überlebenden Leibwächter standen nicht weit entfernt und beobachteten Sano. Von aufgeregtem Murmeln der Zuschauer abgesehen, die das Geschehen aus den Fenstern verfolgt hatten, war es still auf der Straße.

Sano konnte den Anblick des Blutbads nicht mehr ertragen und schloß die Augen. Es ist vorüber, dachte er, während sich in seinem Innern ein bleiernes Gefühl der Müdigkeit ausbreitete, als hätte er ein Schlafmittel bekommen. Es ist vollbracht. Er fiel zu Boden. Durch eine Wolke aus Schmerz und Benommenheit, die immer dichter wurde, nahm er verschwommen wahr, wie die Männer des Shōgun ihn auf eine Trage legten und eine Decke über ihn ausbreiteten; wie durch Watte hörte er ihre raschen Schritte, als sie ihn aus Yoshiwara hinaustrugen; dann ging es eine dunkle Straße hinunter, und Sano blickte mit müden Augen zum gewaltigen, sternenfunkelnden Nachthimmel empor. Er kämpfte darum, wach zu bleiben, damit er dem Shōgun erklären konnte, was zu dem Mordanschlag geführt hatte und weshalb er, Sano, an Ort und Stelle gewesen war. Doch Wogen aus Schwärze umspülten sein Bewußtsein. Halb besinnungslos, träumte er.

Er war tot. Sargträger brachten seinen Leichnam zu einem lodernden Scheiterhaufen.

»Bitte«, flüsterte er. Er konnte nicht sterben, ohne seine Geschichte erzählt und endlich jemanden gefunden zu haben, der ihm glaubte.

»Ruht Euch jetzt aus«, befahl eine schroffe Stimme. »Reden könnt Ihr später.«

Aus seinem Alptraum gerissen, blickte Sano die steile Straße hinunter auf ein Fahrzeug, das er in seinem umnebelten Verstand für den brennenden Scheiterhaufen gehalten hatte. Doch es war ein Boot, das auf dem schwarzen Fluß neben der Anlegestelle von Yoshiwara langsam auf dem Wasser schaukelte und dessen Deck von flackernden Laternen beleuchtet wurde. Am einzigen Mast flatterte ein Wimpel, auf dem das Wappen der Tokugawas prangte. Als Sano über den Laufsteg an Bord getragen wurde, schaukelte und schwankte die Trage, und er stöhnte, als die Männer ihn in einer kleinen, hellen Kajüte behutsam auf weiche Kissen betteten. Dann erblickte Sano Tokugawa Tsunayoshis Gesicht über sich und hörte, wie eine Stimme den Bootsleuten den Befehl zum Ablegen erteilte. Jemand schnitt Sanos Kleidung auf und tupfte seine Wunden mit irgend etwas ab, das brannte und stach. Wieder schlug Sano die Augen zu.

Gnädige Bewußtlosigkeit senkte sich auf ihn nieder, während das Boot ihn den Fluß hinunter in Richtung Edo trug.

30.

Die *setsubun*-Feiern waren vorüber. Der erste Morgen des neuen Jahres hüllte Edo in stille, gelassene Heiterkeit. Auf den menschenleeren Straßen lag nur hier und da noch ein bißchen Abfall, den die Straßenfeger übersehen hatten – eine weggeworfene Maske; ein paar zertretene Sojabohnen; einige Schnipsel farbigen Papiers: schweigende Erinnerungen an die ausgelassenen Feiern, die erst vor so kurzer Zeit geendet hatten. In der Nacht war ein klein wenig Schnee gefallen, was um diese Jahreszeit selten der Fall war; er überzog die Dächer mit einem kaum sichtbaren Hauch von Weiß. Die Sonne strahlte hell von einem eisblauen Himmel und verlieh der Stadt ein scharf konturiertes, beinahe kristallines Aussehen.

Sano ritt langsam zum Haus seiner Eltern. In der vergangenen Nacht hatte der Shōgun den Befehl zu seiner Verhaftung aufgehoben; jetzt war Sano wieder ein freier Mann. Seine Augen tränten vor Kälte und schmerzten vor Müdigkeit, als er staunend eine Welt betrachtete, die sich auf eigenartige Weise verändert zu haben schien. Die Geschäfte waren des Feiertags wegen geschlossen. Erst später würden die Straßen sich mit Menschen füllen, die ihre Neujahrsbesuche machten; doch zu dieser frühen Stunde standen die Häuser noch still und schlafend da. Die mit Kiefernzweigen und Bambus geschmückten Türen waren zum Schutz gegen die Kälte geschlossen.

Dies war die Stadt, in der Sano sein ganzes bisheriges Leben verbracht hatte. Ihm wurde klar, daß Edo *doch* nicht anders aussah als an jedem anderen Neujahrsmorgen. Nicht die Stadt – er selbst hatte sich verändert.

Doch die Straßen und Häuser Edos verblaßten in Sanos Erinnerung, als er an die Nacht zurückdachte, die er im Schloß des Shōgun verbracht hatte. Dort hatten die Ärzte seine oberflächlichen Schnitt- und Schürfwunden behandelt, den tiefen Schnitt an seiner linken Schulter genäht und dann Kräuterumschläge aufgelegt, um den Schmerz zu lindern und einer Entzündung vorzubeugen. Diener hatten ihn gebadet und frisiert, hatten ihm saubere, warme Kleidung übergezogen und ihm Tee zu trinken gegeben.

Dann – ohne vorherige Ankündigung und ohne die Zeit gehabt zu haben, über dieses Wunder zu staunen – war Sano vom Shōgun, dem Kammerherrn und dem Rat der Ältesten in privater Audienz empfangen worden.

Tokugawa Tsunayoshi saß im riesigen Empfangszimmer auf einem Podest. Er hatte sich das Frauenkostüm ausgezogen und trug nun formelle schwarze Gewänder. Sein Gesicht sah müde, besorgt und älter aus, als bei einem Mann von dreiundvierzig Jahren zu erwarten gewesen wäre. Kammerherr Yanagisawa und die fünf Ältesten knieten am Fuße des Podests; der Shōgun schien ihren Schutz ebenso dringend zu brauchen wie den seiner Leibwächter bei dem wilden Kampf in der vergangenen Nacht.

»Ihr habt mir das Leben gerettet, Sano Ichirō«, sagte er mit einer Stimme, die höher und leiser klang, als Sano es beim höchsten Militärbefehlshaber des Landes erwartet hätte. »Dafür will ich Euch meinen Dank aussprechen. Aber zuerst einmal möchte ich Euch bitten, mir zu berichten, wie Ihr von der Verschwörung des jungen Fürsten Niu erfahren habt.«

Sano erzählte die ganze Geschichte. Er zeigte die Sandale und das Seil, die er als Glücksbringer behalten hatte, nachdem sie ihren praktischen Wert längst schon verloren hatten. Dann las er laut den Abschiedsbrief der Fürstin Niu sowie die Namensliste der Verschwörer vor.

Als Sano endete, redeten alle Anwesenden gleichzeitig drauflos.

»Ein Skandal!«

»Fürstin Niu – eine Mörderin?«

»Niu Masahito muß von bösen Geistern besessen gewesen sein. Eine andere Erklärung für eine solche Untat gibt es nicht.«

»Kann es denn wirklich stimmen, daß Magistrat Ogyū gerade jene Nachforschungen behindert hat, die letztlich zur Aufdeckung der Verschwörung geführt haben?«

Kammerherr Yanagisawa erhob die Stimme, so daß sie die aller anderen übertönte. »Ich schlage vor«, rief er, »wir erlauben es dem ehrenwerten Magistraten, sich selbst zu dieser Sache zu äußern.«

Er klatschte in die Hände. Auf dieses Zeichen hin führten zwei Wachtposten einen taumelnden Magistraten Ogyū ins Zimmer. Sano starrte seinen einstigen Vorgesetzten verwundert an. Magistrat Ogyū sah aus, als hätte man ihn soeben aus dem Bett gezerrt. Das Gesicht des Magistraten war schlaff, und er war noch benommen vom Schlaf. Er trug einen Umhang, den er sich hastig über sein Nachtgewand geschlungen hatte. Als er Sano erblickte, wimmerte er und wankte rückwärts zur Tür. Doch die Wächter zerrten ihn nach vorn und stießen ihn vor dem Podest des Shōgun unsanft auf die Knie.

»We-welche Ehre, Eure Ho-hoheit«, brachte Ogyū stockend hervor und senkte den Kopf.

Der Shōgun musterte ihn mit ausdrucksloser Miene. »Habt Ihr versucht, Sano Ichirō davon abzuhalten, Nachforschungen über die Morde an Niu Yukiko und Noriyoshi anzustellen?«

»Ich? Oh … äh … nein, Hoheit«, stammelte Ogyū, der offensichtlich zu ängstlich und durcheinander war, als daß er überzeugend hätte lügen können.

Der Shōgun tauschte einen Blick mit dem Kammerherrn Yanagisawa, der ein düsteres Gesicht machte. »Seid Ihr Euch darüber im klaren, daß Fürstin Niu die Morde befohlen hatte, um ihren Sohn zu schützen?« fuhr Tokugawa Tsunayoshi schließlich fort. »Hätte Sano Ichirō nicht so hartnäckig seine Nachforschungen betrieben, was diese Morde betrifft – entgegen Euren Anweisungen –, wäre Fürst Nius Versuch, mich in der vergangenen Nacht zu ermorden, erfolgreich verlaufen.«

»Nein! Oh, nein«, stöhnte Ogyū. Am ganzen Körper zitternd, warf er sich vor dem Shōgun flach auf den Boden. Beinahe konnte Sano die Wogen des Entsetzens sehen, die von Ogyū aufstiegen. »Bitte, Hoheit!« rief er. »Bitte, versteht doch! Ich versichere Euch – hätte ich das alles gewußt, hätte ich niemals zugelassen ...«

»Das reicht!« Der scharfe Befehl des Shōgun unterbrach abrupt Ogyūs Bitten und Betteln. »Wegen grober Pflichtvernachlässigung und weil Ihr mein Leben auf so leichtfertige und verräterische Weise in Gefahr gebracht habt, enthebe ich Euch hiermit Eures Amtes als Magistrat des Nordteils von Edo und verurteile Euch zu lebenslanger Verbannung auf die Insel Hachijo. Bis das Schiff in drei Monaten dorthin segelt, werdet Ihr im Gefängnis von Edo in Verwahrung gehalten.« Er nickte den Wächtern zu. »Schafft ihn fort.«

»Nein!« kreischte Ogyū. »Ich flehe Euch an, Hoheit, habt Gnade!«

Die Wächter packten ihn. Ogyū trat und wand und wehrte sich, doch sie trugen ihn rasch aus dem Zimmer. Sano hörte Ogyūs verzweifelte Schluchzer über den Flur hallen. Er senkte den Kopf, betroffen vom plötzlichen tiefen Sturz eines einstmals so mächtigen Widersachers. Ein Anflug von Entsetzen und Mitleid trübte seine Genugtuung, die Bestrafung Magistrat Ogyūs miterlebt zu haben.

Als wieder Stille ins Zimmer eingekehrt war, sagte einer der Ältesten: »Und was wünscht Ihr, das wir in dieser bedauerlichen Angelegenheit nun weiter unternehmen?«

Bevor der Shōgun etwas erwidern konnte, meldete Kammerherr Yanagisawa sich zu Wort. »Eines ist sicher«, sagte er. »Es dürfen nur so wenige Leute wie möglich davon erfahren, daß Ihr, Hoheit, letzte Nacht beinahe ermordet worden wärt. Ebensowenig darf bekannt werden, daß es bei unseren Sicherheitsvorkehrungen Fehler gegeben hat. Wenn Ihr erlaubt, werde ich Euch sagen, weshalb dies so ist und auf welche Weise wir tun können, was nunmehr getan werden muß.«

Die Ältesten und Tokugawa Tsunayoshi hörten dem Kammerherrn respektvoll zu. Sano erkannte, daß der gutaussehende Yanagisawa einen Großteil der Amtsgewalt des Shōgun ausübte – genauso, wie die anderen *yoriki* es damals, vor langer Zeit, beim Frühstück in den Kasernen angedeutet hatten.

»Wir können es uns nicht leisten, daß die Daimyō auf den Gedanken kommen, der Shōgun wäre leicht anzugreifen«, erklärte Yanagisawa. »In diesem Fall würde die Tokugawa-Familie nicht nur das Gesicht verlieren – dies könnte eine Rebellion von gefährlichem Ausmaß zur Folge haben.«

Zustimmendes Gemurmel erhob sich.

»Deshalb schlage ich vor, daß wir folgende Geschichte ausstreuen lassen, die zudem in die offiziellen Akten aufgenommen wird: In der vergangenen Nacht ist es in Yoshiwara zu einer Auseinandersetzung zwischen zwei rivalisierenden Verbrecherbanden gekommen. Im Verlauf dieser blutigen Massenschlägerei sind viele unschuldige Zuschauer ums Leben gekommen, die den Polizeikräften zu Hilfe geeilt sind, darunter der junge Fürst Niu sowie zwanzig seiner Freunde. Jene Verbrecher, die nicht auf der Stelle ihr Leben ließen, wurden von der Polizei verhaftet und werden zu einem späteren Zeitpunkt hingerichtet.«

Schweigen breitete sich im Zimmer aus, als die Anwesenden diese Geschichte überdachten. Schließlich nickte der Shōgun, und die Ältesten tauschten zustimmende Blicke. Auch Sano mußte die Vorteile dieser vom Kammerherrn erdachten Geschichte eingestehen, wenngleich ihm eine derartige Verzerrung der Wahrheit zutiefst mißfiel.

Dann sagte der Sprecher der Ältesten zögernd: »Ja, so wird es gehen. Von den hier Versammelten abgesehen, wissen nur sehr wenige Leute, daß seine Hoheit in der vergangenen Nacht in Yoshiwara gewesen ist – nur wir selbst, seine Leibwächter, seine Familie und seine engsten Bediensteten. Der junge Fürst Niu und sämtliche Mitglieder der ›Verschwörung der Einundzwanzig‹ sind tot. Meine Schreiber haben dem *yashiki* der Nius bereits einen Besuch abgestattet und offiziell bestätigt, daß Fürstin Niu und ihr Diener Eii-*chan* ebenfalls tot sind. Wir könnten gewisse … Methoden« – sein Tonfall besagte: Drohungen und Bestechungen – »anwenden, um dafür zu sorgen, daß die überlebenden Zeugen keine anderslautenden Gerüchte verbreiten. Und keiner der Verbündeten der Nius oder anderer Daimyō-Sippen wird zugeben, daß eines seiner Familienmitglieder in eine wie auch immer geartete Verschwörung verwickelt gewesen ist. Allerdings müssen wir die gesetzlichen Vorschriften berücksichtigen, daß auch die Familienangehörigen von Verrätern mit dem Tode bestraft werden. Sollten wir uns nicht daran halten?«

Sano schauderte vor Entsetzen, als er sich vorstellte, daß Midori und ihre Schwestern, Fürst Niu Masamune und seine Söhne und Enkel sowie die Familien der anderen Verschwörer – Hunderte unschuldiger Menschen – zum Hinrichtungsplatz geführt wurden, um mit ihrem Leben für ein Verbrechen zu bezahlen, das sie nicht begangen, ja, von dem sie nicht einmal gewußt hatten. Erleichterung durchflutete ihn, als der Kammerherr sich zu Wort meldete.

»Wie Ihr bereits erwähnt habt, sind alle Schuldigen tot«, sagte Yanagisawa zum Sprecher der Ältesten. »Weitere Bestrafungen ...« Er breitete die Hände in einer beredsamen Geste aus, deren Bedeutung offensichtlich war: Weitere Bestrafungen würden zwar dem Gesetz entsprechen, nicht aber dem Wunsch der Regierung nach Geheimhaltung und der Notwendigkeit, im Land die Ruhe und Ordnung aufrecht zu erhalten.

Die Kräuterpackungen hatten Sanos Schmerz in der Schulter betäubt, und der mit Drogen versetzte Tee machte ihn schläfrig. Die Lider fielen ihm zu, als der Shōgun und die Ältesten übereinkamen, den ›Yoshiwara-Plan‹ des Kammerherrn zu billigen und anschließend die Einzelheiten der Durchführung besprachen. Sano wurde erst aus seinem Dämmerschlaf gerissen, als der Shōgun seinen Namen sagte.

»Sano, verzeiht, daß wir Euch so lange bei uns behalten haben. Ihr seid müde. Aber nun dauert es nicht mehr lange. Wir müssen jetzt nur noch die Frage Eurer Belohnung klären.«

Mit einigen Schwierigkeiten raffte Sano sich auf und versuchte, wach zu bleiben.

»Als Gegenleistung für den wertvollen Dienst, den Ihr mir geleistet habt, soll Euch jeder Wunsch gewährt sein, den ich Euch erfüllen kann«, sagte Tokugawa Tsunayoshi.

Sano war überwältigt von der Großzügigkeit dieses unerwarteten Geschenks. »Ich … ich danke Euch, Hoheit«, sagte er stockend. Aber wie sollte er die richtige Wahl treffen? Schließlich beschloß er, eine Bitte zu äußern, die – so hoffte er zumindest – eine seit langem sprudelnde Quelle drückender Schuldgefühle versiegen lassen würde. »Ich möchte Euch bitten, die Kurtisane Wisterie aus dem Vergnügungsviertel Yoshiwara freizukaufen und ihr genug Geld zu geben, daß sie als freie Bürgerin leben kann.«

Der Shōgun regte sich nicht; der Ausdruck auf seinem Gesicht war nicht zu deuten. »So soll es sein. Aber dieser Lohn ist mir zu gering für Eure Dienste. Ich gewähre Euch noch einen Wunsch.«

Derart ermutigt, sagte Sano: »Dann möchte ich Euch um einen Gedenkstein für meinen ermordeten Schreiber bitten, Hamada Tsunehiko, der in Erfüllung seiner Pflicht sein Leben ließ. Der Stein soll auf der Grabstätte der Hamadas aufgestellt werden.« Diese ehrenvolle Anerkennung durch den Shōgun würde sehr dazu beitragen, der Familie des Jungen Trost zu spenden, und sie würde auf gewisse Weise Sanos eigenen Wunsch befriedigen, den Hamadas Wiedergutmachung zu leisten. »Außerdem soll Niu Midori aus dem Kloster im Tempel der Kannon entlassen und nach Hause gebracht werden, hierher nach Edo.«

»Für sich selbst wünscht er sich nichts.« Voller erstaunter Bewunderung blickte der Shōgun die Anwesenden an. »Nur für andere.« Dann wandte er sich wieder Sano zu und sagte: »Eure Bitten sollen erfüllt werden. Doch als Anerkennung für Eure selbstlose Großzügigkeit werde ich Euch eine weitere Belohnung zukommen lassen, die *ich* für angemessen halte.«

Nun, Stunden später, ritt Sano durch das Tor, das in die Wohngegend führte, in der seine Eltern lebten. Als er den Kanal überquerte, schaute er auf das prächtige schwarze Pferd, das Tokugawa Tsunayoshi ihm als Ersatz für Wadas getötetes Tier gegeben hatte. Die Satteltaschen waren prall gefüllt mit Neujahrsgeschenken für seine Familie und seine Freunde: kostbares Geschirr aus Lack, Keramik und Silber; wunderschön eingewickelte Päckchen mit *mochi* und Mandarinen.

Sano schaute an sich hinunter. Er trug einen dick gepolsterten Mantel und Umhänge aus Seide, die aus des Shōguns eigener Garderobe stammten; alle Kleidungsstücke trugen das Wappen der Tokugawas. Sano berührte die prachtvollen Schwerter, die sein dankbarer Wohltäter ihm geschenkt hatte; sie waren die schönsten Arbeiten des meisterhaften Schwertschmieds Yoshimitsu. Sano spürte das Gewicht des Geldbeutels, der zehn Goldstücke enthielt – ein Vorschuß auf die eigentliche Belohnung, die Sano nach seinem Besuch zu Hause erhalten sollte. Es sah aus, als würde all diese Pracht jemand anderem gehören – dem Fremden, der Sano geworden war.

Doch der Gedanke an seine *wirkliche* Belohnung beunruhigte ihn …

Vor dem Haus seiner Eltern stieg Sano aus dem Sattel. Er hatte sein Pferd kaum durch das Tor geführt, als die Tür auch schon geöffnet wurde. Und da stand sein Vater – zerbrechlich und gebeugt, sah er kranker aus als je zuvor. Mit einer Hand stützte er sich am Türrahmen ab; in der anderen Hand hielt er den Brief, den Sano ihm über den Priester hatte zukommen lassen. In den müden, eingesunkenen Augen des alten Mannes spiegelte sich eine Mischung aus Hoffnung, Unsicherheit, Argwohn, Angst und hilfloser Liebe wider.

Schuldgefühle zerrten an Sanos Herz. Was immer er in der gestrigen Nacht auch erreicht haben mochte – er würde es sich niemals verzeihen, seinem Vater so viel Schmerz zugefügt zu haben. Er wollte etwas sagen, doch die Kehle war ihm wie zugeschnürt. Tränen der Scham brannten ihm in den Augen.

»Ichirō.« Sein Vater streckte die Hand aus, in der er den Brief hielt; dann aber ließ er den Arm sinken, als wäre er sich nicht schlüssig, ob er Sano ins Haus bitten oder die Tür verriegeln sollte. Ein Hustenanfall schüttelte den alten Mann. Als er wieder Luft bekam, fragte er: »Bist du nach Hause gekommen, um zu bleiben?« Die Hoffnung, die in seiner Stimme mitschwang, umfaßte Myriaden unausgesprochener Bitten.

Sano räusperte sich. »*Chichive*«, sagte er und verbeugte sich, »ich bin nur nach Hause gekommen, um ein paar freie Tage bei euch zu verbringen. Der Shōgun hat mich zu seinem Sonderermittler ernannt. Wenn ich euch wieder verlasse, werde ich mich im Palast einrichten und mein neues Amt antreten – für zehnmal soviel Lohn wie zuvor.« Da: Er hatte es laut gesagt. Jemandem von seiner Belohnung zu erzählen ließ sie für Sano erst wirklich erscheinen. Als der Shōgun ihm sein neues Amt übertrug, hatte Sano es nicht fassen können; es kam ihm auch jetzt noch unglaublich vor – und beängstigend. Die Aussicht auf sein hohes Amt erfüllte Sanos Inneres mit gestaltlosem Schrecken, so daß kein Platz für Freude blieb. »Wenn du mich einläßt, werde ich es dir erklären.«

Ungläubig runzelte Sanos Vater die Stirn. Dann wanderte der Blick des alten Mannes, der bislang auf Sanos Gesicht geruht hatte, über das Pferd, die Kleidung und die Schwerter. Er wurde blaß, und der Arm, mit dem er sich am Türrahmen abstützte, begann zu zittern. Plötzlich sank der alte Mann nach vorn.

»*Chichive!*«

Sano ließ die Zügel fallen, rannte los und fing den Vater auf. In diesem Augenblick erschien seine Mutter im Türeingang. Ihre freudige Begrüßung verwandelte sich in einen Aufschrei des Entsetzens, als sie das aschgraue Gesicht ihres Mannes sah. Mit Hilfe der Mutter trug Sano den alten Mann ins Haus und bettete ihn neben dem Kohlebecken unter warme Decken. Dann ging Sano nach draußen, um das Pferd in den Stall zu bringen.

»Wir haben uns solche Sorgen gemacht, Ichirō! Was ist denn mit dir geschehen?« fragte seine Mutter mit ängstlicher Stimme, als Sano zurück ins Haus kam. »Wo bist du gewesen?« Mit ehrfürchtigem Staunen betrachtete sie Sanos Kleidung und die Schwerter; dann richtete ihr Blick sich auf die mit Kostbarkeiten beladenen Satteltaschen, die ihr Sohn in den Armen hielt. »Was hat das alles zu bedeuten?«

Sano kniete vor Vater und Mutter nieder. Tokugawa Tsunayoshi hatte ihm die Erlaubnis erteilt, den Eltern die Wahrheit zu erzählen. Nachdem er ihnen das Versprechen abgenommen hatte, Schweigen zu bewahren, berichtete er ihnen alles. »Falls irgend jemand euch fragt, erzählt ihm nur, daß der Shōgun mich befördert hat, weil ich ihm als *yoriki* so gute Dienste geleistet habe«, fügte er hinzu, nachdem er geendet hatte. Auch diese Geschichte hatten Kammerherr Yanagisawa und die Ältesten sich einfallen lassen, um den wirklichen Grund für Sanos Beförderung zu vertuschen.

Wie geschickt sie mich bei dieser ganzen Täuschungsgeschichte zu ihrem Komplizen gemacht haben, ging es Sano durch den Kopf.

Seine Mutter reagierte mit überschwenglicher Freude auf diese Neuigkeiten. »Oh, Ichirō«, rief sie, »du bist ein Held! Und was für eine wundervolle Belohnung du für deinen Mut bekommen hast!« Mit Tränen in den Augen blickte sie ihn strahlend an. »Es hat sich also doch noch alles zum Guten gewendet!«

Nur zu gern hätte Sano diese Ansicht geteilt. Doch ohne einen genauen Grund dafür nennen zu können, hegte er die Befürchtung, seine neue Aufgabe als Sonderermittler des Shōgun könne sich eher als Bestrafung denn als Belohnung erweisen. Er versuchte, diesen störenden Gedanken beiseite zu schieben, und brachte für seine Mutter ein Lächeln zustande. Schließlich wandte er sich dem Vater zu.

Der alte Mann nickte nur und sagte: »Du hast dem Namen unserer Familie Ehre gemacht, mein Sohn.« Doch er saß aufrechter da als zuvor, und sichtlich gewann er wieder an Farbe, Energie und Lebenskraft.

Lachend erhob sich Sanos Mutter. »Bei all dieser Aufregung hätte ich doch beinahe unser Festtagsmahl vergessen!« Sie eilte aus dem Zimmer in die Küche.

Beim anschließenden Neujahrsschmaus zwang Sano sich, seiner Mutter zuliebe zu essen. Der Schmerz und die Müdigkeit hatten ihm den Appetit auf rote Bohnen und kalte Suppe, auf süßen, gewürzten Wein und all die anderen Leckerbissen genommen. Es bereitete ihm jedoch die größte Freude zu beobachten, wie sein Vater mit ungewöhnlich gesundem Appetit aß, was darauf hindeutete, daß der alte Mann wieder genesen würde.

Doch Sano hatte nur den Wunsch, allein zu sein, um zu versuchen, vielleicht eine Erklärung für all die Geschehnisse zu finden, seit er das erste Mal von dem *shinjū* gehört hatte. Er wollte ungestört darüber nachdenken, welche Bedeutung die überraschende und beängstigende Wendung besaß, die sein Schicksal genommen hatte. Er wollte sich über die Gefühle klar werden, die sich nun, nachdem der anfängliche Schock und die Benommenheit allmählich von ihm wichen, in ihm ausbreiteten.

Schließlich endete die lange Mahlzeit. Sano stand auf und verbeugte sich vor seinen Eltern. »Entschuldigt bitte, aber ich muß jetzt zu Wada-*san* und ihm sein neues Pferd geben«, sagte er. Mit Päckchen voller *mochi* und Mandarinen beladen, die er unter den Nachbarn verteilen wollte, entkam Sano schließlich hinaus auf die stillen Straßen.

Er gab das Pferd bei Wada-*san* ab, der das Tier mit ehrfürchtiger Dankbarkeit annahm. Dann brachte er Sano dazu, ins Haus zu kommen und seine Beförderung mit einem guten Schluck zu begießen.

Anschließend suchte Sano die Nachbarn auf, gab aber nur die Päckchen ab und wünschte den Leuten ein gutes neues Jahr. Neuigkeiten verbreiteten sich rasch; die Nachbarn würden noch schnell genug von Sanos zweifelhaftem Glück erfahren.

Dann schlenderte er durch die Straßen; sein allerletztes Neujahrsgeschenk trug er noch bei sich. Seine Gedanken waren in Aufruhr. Er ließ sich die Ereignisse durch den Kopf gehen, die ihn in seine jetzige Lage gebracht hatten.

Hätte alles auch anders verlaufen können, fragte er sich. Hättest du die große Tragödie verhindern können, ohne daß dabei kleinere entstanden wären? Kann dein letztendlicher Sieg deine vielen Niederlagen aufwiegen? Und vor allem: Weshalb hast du so große Angst davor, dein neues Amt anzutreten?

Sano war nicht erstaunt, als er sich schließlich vor dem Gefängnis von Edo wiederfand. Denn er suchte *doch* nicht die Einsamkeit, sondern jene Art von Gesellschaft, die er in seiner derzeitigen Lage am nötigsten brauchte.

Diesmal blickte Doktor Itō erstaunt drein, als er Sano an seiner Zellentür willkommen hieß. Nachdem er die Neujahrsgrüße und das Geschenk seines Besuchers entgegengenommen hatte, sagte Itō: »Ich muß gestehen, daß ich mich gefragt habe, ob wir uns jemals wiedersehen, mein Freund. Es gab seltsame Gerüchte um Euch. Was führt Euch hierher? Offensichtlich seid Ihr jetzt in Sicherheit und ...« Er hielt inne und hob die Brauen, als er das Wappen der Tokugawas auf Sanos Kleidung sah. »Und wenn schon nicht unversehrt an Leib und Seele, so doch zumindest dem Anschein nach in bester Verfassung.«

Sano erwiderte nichts. Das Bedürfnis, sich seine Sorgen und Bedenken von der Seele zu reden, war schier überwältigend. Doch nun, als Doktor Itō vor ihm stand und darauf wartete, daß Sano ihm den wahren Grund für seinen Besuch nannte, wußte er nicht, wie er beginnen sollte. Wie konnte er die unbestimmbaren Ängste, die Reue und die Zweifel, die ihn quälten, in Worte kleiden?

Schließlich brach Doktor Itō das Schweigen. »Ich bin froh, daß Ihr gekommen seid, Sano-*san*«, sagte er. »Ihr seid gerade zur rechten Zeit erschienen, um an meinem besonderen Neujahrsritual teilzunehmen. Kommt mit.«

Er führte Sano an einer Reihe bewachter Türen und Durchgänge vorbei bis auf einen Hof, auf dem die Kasernen der Wachtmänner gleich unterhalb der äußeren Gefängnismauer standen. In einer Ecke führte eine Treppe zur Mauerkrone und dem westlichen Wachtturm hinauf.

Als sie die Stufen hinaufstiegen, sagte Doktor Itō: »Heute ist der Tag, an dem ich über diese Mauer hinwegschaue und mich am Anblick Edos erfreue.«

Die Sorge um seinen Freund ließ Sano für den Augenblick die eigenen Probleme vergessen. »Wollt Ihr damit sagen, daß man Euch nur einmal im Jahr über die Gefängnismauer hinwegschauen läßt?« fragte er fassungslos. Verglichen mit einer lebenslangen Einkerkerung, erschienen Sano die eigenen Sorgen plötzlich unbedeutend, und die Belohnung durch den Shōgun kam ihm wie ein vollkommener Segen vor.

»O nein«, erwiderte Doktor Itō mit einem trockenen Lachen. »Die Wächter würden mich jederzeit herauflassen, wenn ich sie darum bitte. Ich behandle ihre Beschwerden, und als Gegenleistung gewähren sie mir Privilegien, die unsere erlauchte Regierung mir nie zugestehen würde. Nein, ich habe beschlossen, mir meine Freuden einzuteilen. Würde ich das nicht tun, würden sie an Reiz verlieren, und ich würde mich nicht mehr so sehr darauf freuen. Außerdem bewahre ich mich auf diese Weise selbst davor, allzu sehr darüber nachzugrübeln, wieviel ich verloren habe.«

Sie gelangten an das Ende der Treppe und gingen über die breite, flache Mauerkrone. Der Wind ließ ihre Gewänder flattern, als sie den Blick über die Stadt schweifen ließen.

»Es ist wunderschön, nicht wahr?« sagte Doktor Itō mit leiser Stimme. »Der Beginn des neuen Jahres ist eine Zeit der Hoffnung, und meine Hoffnung besteht darin, daß ich eines Tages die Freiheit wiedererlange.« Er drehte sich zur Seite und richtete seinen durchdringenden Blick auf Sano. »Aber Ihr seid ja nicht hierher gekommen, um Euch meine Sorgen und Wünsche anzuhören.«

Ermutigt von der Aufmerksamkeit und der anregenden Präsenz seines Freundes, erzählte Sano, wie er *setsubun* verbracht hatte. Doktor Itō hörte ihm schweigend zu. Als Sano geendet hatte und den alten Arzt anschaute, um dessen Reaktion zu beobachten, nickte Doktor Itō.

»Und deshalb seid Ihr ein Held«, sagte er. »Aber nicht nach Eurer eigenen Einschätzung, wie mir scheint.«

Die scharfsinnige Bemerkung ließ den Damm brechen, hinter dem Sano bislang seine Gefühle zurückgehalten hatte. »O ja, ich bin ein Held«, sagte er voller Bitterkeit. »Ich habe dem Shōgun das Leben gerettet, und ich habe einen Verräter getötet. Vielleicht habe ich sogar den Zusammenbruch der Tokugawa-Regierung und neuerliche fünf Jahrhunderte Bürgerkrieg verhindert. Ich habe die Mörderin gefunden und den Tod über sie gebracht. Aber wegen mir mußten drei unschuldige Menschen sterben. Tsunehiko. Raikō. O-hisa. Sie alle sind Opfer meines Strebens, das ich als notwendige Suche nach der Wahrheit betrachtet habe. Dabei wollte ich nur meiner Eitelkeit schmeicheln!

Hätte ich gewußt, daß diese Menschen ihr Leben lassen, hätte ich mich wahrscheinlich anders verhalten. Ich hätte den *shinjū* einen *shinjū* bleiben lassen. Ich war ein Dummkopf – ein eitler, selbstgefälliger Narr –, und ich habe den gerechten Lohn dafür bekommen!« Von Verzweiflung und Selbstverachtung überwältigt, begann Sano, auf der Mauerkrone auf und ab zu schreiten.

Doktor Itō trat ihm in den Weg, legte ihm sanft die Hand auf die Schulter und hielt ihn zurück. »Ich kann gut verstehen, was Ihr fühlt und warum Ihr es fühlt«, sagte er. »Aber solche Selbstvorwürfe sind sinnlos. Ihr habt Eure Pflicht getan – jenem Herrn gegenüber, dem Euer höchster Treueschwur als Samurai gilt. Vielleicht war es den anderen bestimmt, zu sterben – so, wie es Euch bestimmt war, das Leben des Shōgun zu retten. Ihr werdet es niemals erfahren.«

Sano schüttelte den Kopf. Das Mitleid und Verständnis Doktor Itōs konnten ihm nur wenig Trost spenden – und schon gar nicht das Gefühl, von seiner Schuld freigesprochen zu sein. Doch allmählich begriff er die Gründe dafür, daß die Aussicht, als Sonderermittler des Shōgun tätig zu sein, ihm so sehr zu schaffen machte.

»Als ich dem Shōgun das Leben gerettet hatte – und als ich Fürst Niu tötete –, da glaubte ich, meine Sorgen wären vorüber«, sagte er und suchte nach den richtigen Worten. »Die Sorge, sich ständig zwischen der Pflicht und den persönlichen Wünschen entscheiden zu müssen – wobei diese Entscheidung, wie sie auch ausfallen mag, nie vollkommen richtig oder falsch zu sein scheint. Die Sorge, Nachforschungen anzustellen, ohne zu wissen, wohin sie führen oder wem sie Schaden zufügen. Das Wissen, eine Arbeit zu tun, für die ich nicht ausgebildet bin, so daß nur mein Instinkt mich leiten kann. Die ständige Furcht, nicht nur das eigene Leben aufs Spiel zu setzen, sondern auch die Ehre. Die Angst, statt Ruhm und Erfolg den Tod und die Schande zu finden.«

Er lachte – ein trostloser, verzweifelter Laut, der aus den Tiefen seiner Seele aufstieg. »Und was habe ich erreicht? Daß ich nun zur Belohnung ein Amt bekleide, das mich erneut vor alle diese Probleme stellt. Es hat sich nichts geändert!«

»Wirklich nicht?«

Sano schaute seinen Freund an, sah den spöttischen Ausdruck auf dessen Gesicht und begriff augenblicklich, was Doktor Itō mit seiner knappen Bemerkung meinte: Mit der Macht des Shōgun im Rücken hatte auch er, Sano, gewaltige Macht über das Leben anderer Menschen. Von nun an würde er noch viel größere Möglichkeiten haben, Schicksale zu beeinflussen, Gefahren gegenüberzutreten und gefährlichen Geheimnissen auf die Spur zu kommen. Seine innere Auseinandersetzung würde noch heftiger werden. Sanos Verlangen, die Wahrheit aufzudecken, war unvermindert; doch wehe ihm, wenn er die Befehle seines neuen Herrn mißachtete! In der Tat hatte sich nichts geändert – und doch war alles auf erschreckende Weise anders geworden.

Sano nickte und seufzte. »Ich verstehe.«

Er beendete seine ruhelose Wanderung auf der Mauerkrone, nahm den Blick von Doktor Itō und schaute hinaus auf die Stadt.

Über den Dächern Nihonbashis, die von einer dünnen Schneeschicht bedeckt waren, erhob sich der weiße Turm des Schlosses von Edo, in dem Sano die letzte Nacht verbracht hatte und in dem er nun sehr viele weitere Nächte verbringen würde. Sano mied den Blick auf den Wohnbezirk der Daimyō; statt dessen schaute er auf die Hügel im Westen und auf das Netzwerk der Kanäle, die in allen Himmelsrichtungen verliefen, und auf die dicke, schlammfarbene Ader des Flusses Sumida. Dann blickte er nach Norden, in Richtung Ueno und Yoshiwara, und dann nach Süden, dorthin, wo das Theaterviertel lag. Er betrachtete die winzigen, perspektivisch verkleinerten Gestalten der Menschen, die sich durch die Straßen und Gassen bewegten. Schließlich folgte sein Blick dem Verlauf der Reisestraßen, die aus Edo hinaus in die fernen Provinzen führten.

»Selbst in diesem Augenblick geschieht dort draußen irgend etwas, das Eure Nachforschungen erforderlich machen könnte«, sagte Doktor Itō und faßte damit Sanos Gedanken in Worte.

»Ja.« Sano trat vor bis an den Rand der Mauer. Er hatte das Gefühl, am Abgrund einer ungewissen Zukunft zu schweben. Vielleicht erwartete ihn bereits ein noch gefährlicherer, mächtigerer Gegner, als Fürstin Niu und ihr Sohn Masahito es gewesen waren.

»Ich beneide Euch nicht, Sano-*san*. Ihr müßt Euch einer schwierigen Herausforderung stellen.«

Gänzlich unerwartet besserte sich Sanos Stimmung. Der Beginn des neuen Jahres war eine Zeit der Hoffnung, wie Doktor Itō gesagt hatte. Es war eine Zeit, die Sano die Möglichkeiten bot, für die Morde zu sühnen, die er mit verursacht hatte. Seine Wunden würden heilen. Die Zeit und die Erfahrung würden ihm das Wissen und die Weisheit vermitteln, die ihm bei der Suche nach der Wahrheit helfen konnten. Sano stellte sich vor, Menschenleben zu retten und weitere Verbrecher ihrer gerechten Strafe zuzuführen und dem Namen seiner Familie noch mehr Ehre zu machen. In seinem Innern regte sich erster, vorsichtiger Optimismus – und einhergehend mit dieser Zuversicht erwachte die Bereitschaft, ja, der Wunsch, seine neuen Verantwortungen auf sich zu nehmen.

»Ich nehme diese Herausforderung an«, sagte er.

Glossar

amazake – süßes, vergorenes Reisgetränk, das traditionell zu Festlichkeiten, z. B. beim Neujahrsfest (→ *setsubun*), getrunken wurde.

bushidō – der »Weg des Kriegers«; Ehren- bzw. Verhaltenskodex der Samurai *(bushi)*, was die geforderte militärische Gesinnung und Fertigkeit *(bu)* sowie die Gelehrsamkeit *(bun)* betrifft. Mit der zunehmenden Einbindung der Samurai als »Krieger-Beamte« während der Tokugawa-Zeit (→ *Tokugawa Tsunayoshi*) erfuhr der *bushidō* bestimmte Veränderungen (z. B. eine stärkere Hervorhebung der Gelehrsamkeit und Bildung).

-chan – Koseform (entspricht etwa dem deutschen -chen).

chichive und *hahave* – förmliche Anreden des Vaters und der Mutter; Ausdrücke der Ehrerbietung.

daimyō – z. T. adeliger Feudalherr mit einem Lehns- und Burgbesitz (→ *koku*).

dōshin – Polizeibeamter niederen Ranges; eine Art »Streifenbeamter«, der von Helfern begleitet wurde; Untergebener des → *yoriki*.

eta – gesellschaftlich Ausgestoßene, die als »spirituell unrein« betrachtet wurden und in Elendsvierteln am Rande der Städte wohnten. Eta durften nur innerhalb ihrer eigenen sozialen Schicht heiraten und besaßen somit keine Möglichkeiten zu gesellschaftlichem Aufstieg. Oft übten die Eta Berufe aus, die mit dem Tod zu tun hatten, z.B. den Beruf des Metzgers, Gerbers oder Leichenbestatters.

Genroku-Periode – Die Tokugawa-Epoche (1603–1867) war unter anderem von einer wachsenden Verstädterung gekennzeichnet, die eine eigene Literatur und bildende Kunst hervorbrachte. Die Genroku-Periode (1688–1705) gilt als kunsthistorisch bedeutsame Blütezeit.

Geschichte von Genji – eig. »Die Geschichte vom Prinzen Genji« *(Genji monogatari)*; Prosawerk der Dichterin Murasaki Shikibu, das um das Jahr 1000 entstand und in dem das höfische Leben während der Heian-Periode (794–1185) geschildert wird.

giri-ninjō-Konflikt – klassischer Konflikt zwischen der Pflicht *(giri)* und der Leidenschaft *(ninjō)*; nicht selten ist die → *yūjo* eine Schlüsselfigur bei der literarischen Aufarbeitung dieses Konflikts in den Prosawerken und Theaterstücken der Tokugawa-Epoche (→ *Tokugawa Tsunayoshi*).

hakama – weite Hose des Mannes; wird z.B. unter dem → *haori* getragen.

haori – Umhang, mitunter reich verzierter Teil der Amtskleidung.

he-gassen – die »Furzschlacht«; klassisches japanisches Gemälde, das zwei berittene Samurai zeigt, die sich mit Fürzen »duellieren«.

ichirō – erstgeborener Sohn.

jigai – ritueller Selbstmord der Frau; die Motive entsprachen weitgehend denen beim → *seppuku*.

jitte – Verteidigungswaffe des → *dōshin*; ein dünner, stählerner Stab mit zwei gekrümmten Dornen über dem Griffstück; diente vor allem der Abwehr von Schwerthieben.

jittejutsu – der Kampf mit der → *jitte*

kago – korbähnlicher Stuhl; Reisegerät, das ähnlich einer Sänfte von Trägern befördert wurde.

Kannon – die Barmherzigkeit des Buddha, in weiblicher Gestalt; zugleich eine Verkörperung aller warmherzigen Menschen, die nach dem Nirwana streben.

kenjutsu – der Kampf mit dem Schwert; herkömmliche Kampfesweise der Samurai gemäß ihrer traditionellen Bewaffnung mit zwei Schwertern.

kirisute – das Recht, wenn nicht gar die Pflicht eines Samurai, jeden gemeinen Bürger zu töten, der nicht genug Ehrerbietung zeigte. Dies galt auch dann, wenn ein Samurai als Gefolgsmann eines Daimyō unterwegs war und diesem Daimyō nicht die angemessene Achtung entgegengebracht wurde.

kitsune udon – »Fuchsnudeln«, dicke weiße Nudeln mit gebratenem Tofu, der das Lieblingsessen des bösartigen Fuchsgeistes sein soll, den jedermann – ob Bettler oder Shōgun – für jeden Kummer verantwortlich machte.

koban – ovale Goldmünze mit hohem Nennwert. Der genaue Wert einer Münze war im alten Japan regional verschieden und ist darum nicht eindeutig festzulegen.

koku – sämtliche bebauten Flächen wurden ausschließlich nach geernteten Reismengen bemessen, wobei ein *koku* ca. fünf Scheffeln (ca. 55 l Getreide) entsprach. Diese Maßeinheit war vor allem insofern bedeutsam, als der Landbesitz eines Daimyō (→ *daimyō*) auf mindestens 10 000 *koku* geschätzt worden sein mußte. Es gab Daimyō, die mehr als eine Million *koku* besaßen. (Siehe auch → *ryō*.)

metsuke – Spion der kaiserlichen Regierung.

miai – förmliches Treffen zweier vornehmer Familien zwecks Besprechung bestimmter Fragen der Heirat zwischen Sohn und Tochter aus den beiden betreffenden Familien.

mochi – zäh-elastischer, sehr nahrhafter Reiskuchen; traditionelles Neujahrsgeschenk.

Narukami – im alten Japan bekanntes und beliebtes Kabuki-Theaterstück; in »Narukami« geht es um die Geschichte einer Prinzessin, die Japan vor einen verrückten Mönch rettet, der durch einen Zauber bewirkt, daß kein Regen mehr fällt. Die weiblichen Rollen wurden in der frühen Tokugawa-Zeit von männlichen Darstellern übernommen (→ *onnagata*), nachdem weiblichen Schauspielern wegen »Mangels an Moral« die Auftritte untersagt wurden; mitunter wurden Theateraufführungen sogar gänzlich verboten. Die Kabuki-Stücke waren stark von den älteren Nō-Dramen (mit stark religiösem Hintergrund) und dem Puppentheater beeinflußt, das in Japan traditionell eine große Rolle spielt.

neto-zeme – Foltermethode, bei der dem Opfer flüssiges Kupfer in Wunden gegossen wurde, die man ihm zuvor mit einem Messer o. ä. zugefügt hatte.

oinu-sama – »ehrenwerter Hund«, bezieht sich hier auf → *Tokugawa Tsunayoshi*, den »Hunde-Shogun«, so genannt, weil er »Gesetze zum Schutz der Hunde« erließ, die »jedwede schlechte Behandlung von Hunden« unter strenge Strafe stellte (bis hin zur Todesstrafe). Tokugawa Tsunayoshi war im Jahr des Hundes geboren und mußte, einer Weissagung zufolge, durch sein »Hundeschutzgesetz« für die Sünden seiner Ahnen büßen, um einen Sohn zeugen zu können.

onnagata – männlicher Schauspieler, der Frauenrollen darstellt.

ozen – Tablett bzw. Servierbrett.

rangakusha – Gelehrte der »holländischen Schule« *(rangaku)*, die der holländischen Sprache mächtig waren. Die Rangakusha waren insofern von enormer Bedeutung, als sie – oft unter großen persönlichen Risiken – das Studium der im Zuge der Abschottungspolitik verbotenen abendländischen Wissenschaften (Medizin, Astronomie, Mathematik, Physik, Geographie u.a.) betrieben, die während der Tokugawa-Zeit (→ *Tokugawa Tsunayoshi*) fast ausschließlich über holländische Kauffahrer vermittelt wurden. Der Ausgangspunkt dabei war die holländische Handelsstation auf der Insel Dejima vor Nagasaki.

rōnin – herrenloser Samurai ohne Stellung und Status. Die *rōnin* hatten durch den Verlust ihres Herrn (üblicherweise eines Daimyō) auch ihren Lebensunterhalt und ihre erbliche Stellung eingebüßt und wurden nicht selten zu Gesetzlosen, da ihnen außer der Priesterschaft nur wenige Berufe (z.B. Arzt oder Lehrer) offenstanden.

-*san* oder -*sama* – »ehrenwerter«, respektvolle Anrede, insbesondere gegenüber Höhergestellten.

sen – Münze mit dem geringsten Nennwert. Es wurden unterschiedliche Kupfer-, Messing- und Eisenmünzen als geringwertige Münzen parallel verwendet.

sensei – Lehrmeister der Waffenkünste und Kampftechniken der Samurai; auch Anrede für Gelehrte.

seppuku – ritueller Selbstmord durch Aufschlitzen der Gedärme; eine besonders qualvolle und langsame Todesart. Durch den *seppuku* konnte ein Samurai für ein Verbrechen sühnen und zugleich seine Ehre als Samurai und die Ehre seines Familiennamens wiederherstellen.

seppun – Kuß: im alten Japan unüblich; wurde erst von den »ausländischen Barbaren« eingeführt.

setsubun – Neujahrsabend, der allgemein festlich gefeiert wurde; vergleichbar den Silvesterfeiern.

shinden – Haupthaus aus Holz und mit Strohdach einer Palastanlage im architektonischen Stil der Heian-Dynastie (8.–12. Jahrhundert).

shinjū – gemeinsamer Selbstmord eines Paares; das Motiv war zumeist Liebeskummer, der z. B. auf ein Heiratsverbot durch die elterlichen Familien aufgrund sozialer Barrieren zurückzuführen war.

shirasu – kleine, rechteckige, mit weißem Sand (»Sand der Wahrheit«) gefüllte Grube im Gerichtssaal, unmittelbar vor dem Podest des Magistraten, der als Richter fungierte. Flankiert von zwei → *dōshin*, kniete der Angeklagte auf dem *shirasu*, wenn er den Urteilsspruch entgegennahm.

shōgun – Oberbefehlshaber, Landesherrscher.

shunga – erotisches, mitunter pornographisches Kunstwerk (als Holzschnitt, Aquarell u. a.); z. T. mit begleitenden Gedichten oder erotischen Versen.

tatami – große Matten aus Reisstroh als Bodenbelag.

tatemae-honne-Konflikt – der Konflikt zwischen der Konformität bzw. der Anpassung und der Individualität bzw. dem Ausdruck der eigenen Persönlichkeit.

Tokugawa Tsunayoshi – Regierungszeit 1680–1709; der fünfte Shōgun aus dem Hause der Tokugawas (siehe auch → *oinu-sama*, der »Hunde-Shogun«). Die Tokugawa-Epoche wird vielfach als restriktiv (z. B. Abschottung gegen ausländische Einflüsse) und konservativ (z. B. Herausbildung einer »Militärdiktatur«) bezeichnet. Andererseits bescherte die Tokugawa-Zeit Japan den »Großen Frieden«, was u. a. zur Entwicklung eines gut funktionierenden Verwaltungsapparates führte, der weitgehend in den Händen der Samurai lag.

tsuppari – spezielle Schlagtechnik beim Sumo-Ringen.

yariodori – komischer Tanz, bei dem der Tänzer sich über die Gefolgsleute eines Daimyō lustig macht.

yashiki – die Residenz eines Daimyō in Edo, dem heutigen Tokio. Ein *yashiki* war von einem geschlossenen Ring aus flachen Wohngebäuden umgeben, in denen Frauen und Kinder eines Daimyō als Geiseln des Shōgun untergebracht waren, dazu Gefolgsleute und Diener, während der Daimyō sich auf seinem Lehnsgebiet in der Provinz aufhielt. Insofern waren die Daimyō dem Shogun verpflichtet, die *yashiki* zu errichten; dies hängt mit dem »Gesetz des wechselnden Aufenthaltsortes« oder »turnusmäßigen Besuchs« zusammen, das Verschwörungen der Daimyō gegen den Shōgun vorbeugen sollte; dies hatte zur Folge, daß die Daimyō abwechselnd in Edo und in ihrem Daimyat wohnten.

yoriki – Polizei-Bezirksvorsteher im alten Japan; Vorgesetzter des → *dōshin*. Im Unterschied zum *dōshin* tat der höherrangige *yoriki* keinen als »niedere Arbeit« erachteten Dienst auf den Straßen, sondern leistete in seiner Amtsstube Verwaltungsarbeit.

Yoshiwara – Vergnügungsviertel der Stadt Edo; die »nachtlose Stadt«. Ähnliche »Rotlichtdistrikte« mit Bordellen, Schänken und Vergnügungsbetrieben gab auch in anderen japanischen Städten (z. B. Dōtonbori und Shinmachi in Osaka und Shimabara in Kyoto).

yūjo – häufig geachtete, hochrangige und kultivierte Kurtisane im offiziellen Vergnügungsviertel mit wohlhabender, oft adeliger Klientel. Die *yūjo* ist vergleichbar mit der Geisha. Junge Mädchen wurden von ihren verarmten Familien aus finanzieller Not oftmals an Bordellbesitzer verkauft, oder man schickte sie als Strafe für ein Verbrechen in die Prostitution. Einigen dieser Mädchen gelang der Aufstieg zur gefeierten *yūjo*. In Edo, wie auch in anderen Städten, durften diese »Edelprostituierten« nur im abgeschlossenen Vergnügungsviertel → *Yoshiwara* ihrer Tätigkeit nachgehen; Straßenprostitution war untersagt.